Une (toute) dernière chance

De la même autrice

Un grand amour peut en cacher un autre
Amis et rien de plus
Trop beau pour être vrai
L'amour et tout ce qui va avec
Toutes ces choses qu'on n'a jamais faites
Toi et moi
C'est toi que j'attendais
Si seulement… la vie s'apprenait dans les romans d'amour
Maintenant que tu le dis…
La vérité sur l'amour (et autres petits mensonges)
Toutes ces choses qu'on n'a jamais faites
Le temps d'un été

Dans la série « Blue Heron »

À un détail près
Sans plus attendre
Repartis pour un tour
N'y pense même pas !
Ton âme sœur (ou presque)

Dans la série « Gideon's Cove »

L'homme idéal ou presque
Tout sauf le grand amour
Confidences au bord de l'eau

KRISTAN HIGGINS

Une (toute) dernière chance

Traduit de l'anglais (États-Unis) par
AXELLE DEMOULIN
et NICOLAS ANCION

HarperCollins

Titre original :
ALWAYS THE LAST TO KNOW

Ce livre est publié avec l'aimable autorisation de Maria Carvainis Agency, Inc.

HARPERCOLLINS FRANCE
83-85, boulevard Vincent-Auriol, 75646 PARIS CEDEX 13
Tél. : 01 42 16 63 63

www.harpercollins.fr

ISBN 979-1-0339-1259-0

Ce livre est dédié à Huntley Fitzpatrick,
gentil et fort, brillant et redoutable.
Je suis tellement contente d'être ton amie.

1

Sadie

— Tu t'es fiancée ? Oh ! heu… hourra !

Oui, je sais. « Hourra » n'était probablement pas le bon mot. Surtout prononcé avec si peu d'enthousiasme.

Mais c'était plus fort que moi. Encore une annonce de fiançailles parmi les profs de l'école élémentaire catholique Sainte-Catherine dans le Bronx ? C'était la cinquième, cette année (eh oui, je les comptais !).

J'étais incapable de détacher les yeux du diamant qui ornait le doigt de Bridget Ennis. La pierre était de la taille d'un bourdon, et mon regard hypnotisé suivait la main qu'elle agitait avec excitation, racontant à nos collègues – six femmes, un homme – à quel point cette demande était « romantique, inattendue, exaltante ».

Je n'avais rien contre Bridget. Au contraire, je l'appréciais. Je l'encadrais, car c'était sa première année d'enseignement. Elle avait fêté ses vingt-trois ans la semaine précédente ; je me sentais vieille avec trente-deux ans (les années de prof doivent compter plus, comme celles des chiens).

Il s'était mis à pleuvoir des bagues de fiançailles mais, malgré les vœux que j'avais formulés en soufflant mes bougies d'anniversaire, mon annulaire gauche restait nu comme un ver.

Bridget évoquait les magnets qu'elle allait imprimer pour rappeler la date, le carton d'invitation dont le papier devait être de première qualité, le nuancier pour le repas, les arrangements floraux et, enfin, les soixante-dix-neuf robes entre lesquelles elle hésitait encore. Une jeune femme de plus, emportée par la folie du mariage. Bridget était fille unique, ses parents étaient riches. Cela ne présageait rien de bon pour moi, qui étais plus ou moins son amie. Est-ce qu'il était trop tard pour prendre mes distances ? *S'il te plaît, ne me demande pas d'être demoiselle d'honneur. Pitié. Pitié. Je suis beaucoup trop vieille pour ce genre de conneries.*

— Mon père a précisé que je pouvais avoir tout ce que je voulais et j'ai envie que la cérémonie soit parfaite.

Bridget me regardait droit dans les yeux, et je sentis de la sueur froide ruisseler dans mon dos.

— Sadie, évidemment, je voudrais que tu fasses partie des demoiselles d'honneur.

Ses yeux verts se remplirent de larmes. *Oh ! putain de merde.*

— Avec plaisir ! Merci ! Quel honneur !

Je me mis à sourire et un tic nerveux agita ma mâchoire.

— Et toi, Nina ! Et toi, Vanessa ! Il y aura bien sûr les trois sœurs de Jay et les copines de ma sororité, Kappa Kappa Gamma. Et ma cousine, parce qu'elle est comme une sœur pour moi. Vous aimez le violet ? Ou le bleu pâle ? J'imagine une robe aux épaules dénudées, mais la mienne sera peut-être comme ça et…

Je cessai d'écouter lorsqu'elle se mit à pérorer dans un langage uniquement accessible aux accros de l'émission *J'ai dit oui à la robe*, qui explore les coulisses d'une boutique de mariage.

Le mariage de Bridget ne serait pas vraiment ma première expérience comme demoiselle d'honneur. Ce serait la sixième fois que je tiendrais ce rôle, et je savais à quoi m'attendre. Fête de fiançailles. Fête prénuptiale pour offrir des cadeaux à la future mariée. Séance de shopping en vue de sélectionner la robe de Bridget. Nouvelle séance de shopping pour trouver la robe des innombrables demoiselles d'honneur, dont je faisais partie. Fête prénuptiale pour offrir de la lingerie à la future mariée. Fête prénuptiale pour offrir de l'électroménager à la future mariée. Rencontre(s) des familles. Week-end d'enterrement de vie de jeune fille dans une ville à même d'accueillir une bande de pochardes, probablement La Nouvelle-Orléans, Las Vegas ou Savannah, ce qui signifiait billet d'avion et chambre d'hôtel. Dîner de répétition. Puis, enfin, mariage proprement dit. Et brunch le lendemain. Tout ça avec ou sans Alexander Mitchum, mon petit ami, qui, lui, n'avait pas encore formulé sa demande, même s'il faisait régulièrement des allusions à notre avenir. Comme ce jour où il m'avait demandé si j'envisagerais de changer mon nom de famille, Frost, en Mitchum (même s'il avait bien sûr précisé que c'était une question totalement hypothétique). Et je ralentissais le pas chaque fois que nous passions devant Cartier sur la Cinquième Avenue.

— Tu n'es pas obligée d'accepter, idiote, susurra une voix grave à côté de moi.

C'était Carter Demming, mon meilleur ami à Sainte-Catherine.

— Elle est gentille, murmurai-je en retour.

— Oh ! je t'en prie. Laisse ses sœurs de Kappa Kappa Gamma jouer les demoiselles d'honneur. Fais preuve d'un peu de dignité à ton âge.

— Je n'ai que trente-deux ans.

— Tes années les plus fertiles sont derrière toi.

— Merci, Carter.

— Mademoiselle Frost ? J'ai besoin de vous une seconde, annonça Carter d'une voix forte. *Mazel tov,* ma chérie, ajouta-t-il à l'intention de Bridget, qui essuyait de nouvelles larmes scintillantes.

Nous quittâmes l'excitation de la classe de Bridget pour nous rendre dans la salle des profs, déserte à cette heure. C'était là que nous discutions des élèves que nous détestions le plus et du meilleur moyen de pourrir leur jeune vie (en réalité, pas vraiment). Carter affichait de temps en temps un autocollant « Légalisons la marijuana » dans un coin, pour faire enrager notre directrice, la vénérable et terrifiante sœur Mary.

J'étais prof d'arts plastiques. Un salaire de prof dans une école primaire catholique de New York ne me permettait évidemment pas de subvenir à mes besoins, mais je reviendrai sur ce détail plus tard. J'aimais enseigner, même si ce n'était pas vraiment mon rêve. Presque tous les élèves appréciaient la peinture. Et si je n'avais pas droit au même statut que les enseignants « normaux », le fait d'être adorée compensait largement cet inconvénient.

— Si je devine bien, tu es en train de penser au mariage et tu te demandes pourquoi tu es encore célibataire, résuma Carter en tirant une chaise et en s'installant à califourchon dessus.

— Exactement.

Je m'assis à mon tour, normalement, comme un humain et pas comme un cow-boy.

— Alors fais ta demande.

— Quoi ?

— Demande en mariage ton petit ami si parfait.

— Mais enfin ?

— Pourquoi est-ce que les hommes devraient se taper tout le boulot ? Tu sais à quel point c'est difficile d'acheter la bague idéale, de choisir le moment et l'endroit adéquats, de prononcer les mots qu'il faut, et tout ça en s'arrangeant pour que ça reste une putain de surprise ? C'est super dur.

— Tu es bien placé pour le savoir.

Carter avait été marié plusieurs fois : à deux femmes successivement, puis à un homme.

— Écoute les conseils de tonton Carter.

— Tu n'es pas mon oncle, malheureusement.

— Certains hommes ont besoin qu'on les pousse vers l'autel, ma chérie. Pousse-le. Tu as vraiment envie de te retrouver à nouveau sur Tinder ?

— Oh là là, non.

— Tu ne peux pas te transformer en statistique rare. Les jeunes se marient de plus en plus tôt de nos jours. Ta fenêtre de tir se referme. Match.com et eHarmony fonctionnaient il y a quinze ans mais, maintenant, ces sites sont remplis de prédateurs. Tu en as fait l'expérience.

— C'était un petit escroc, et ce n'était pas précisé dans son profil. Mais, oui, je vois où tu veux en venir.

Alexander (qui, lui, n'avait rien d'un escroc) et moi sortions ensemble depuis quelques années à présent. Notre rencontre était digne de figurer dans les meilleures comédies romantiques. J'étais à une soirée avec des amis, nous buvions du vin et, en me retournant, j'avais renversé mon cabernet sur sa chemise blanche immaculée. Il avait ri, m'avait demandé mon numéro et m'avait appelée quelques jours plus tard. Nous étions ensemble depuis lors.

À tous points de vue, notre relation méritait d'aboutir à un mariage. Peut-être était-ce dû à la distance ? Alexander vendait des yachts (il fallait bien que quelqu'un le fasse) et voyageait beaucoup pour son boulot. Grâce à ses déplacements, nous n'étions pas usés par le train-train de la vie à deux. Il était constant : on se voyait presque tous les week-ends. Il me rapportait des cadeaux de ses voyages : un foulard en soie avec des feuilles de palmier quand il revenait des Keys au bout de la Floride ou du miel en rentrant de Savannah. Il avait rencontré mes parents, charmé ma mère (ce qui n'était pas une mince affaire), discuté avec mon père et n'était pas béat d'admiration devant ma sœur aînée, ce qui était un point en sa faveur. Alex avait des anecdotes à raconter à propos de ses clients : certains étaient des stars, d'autres étaient juste fabuleusement riches. Il était, heu… ordonné, une qualité qu'on ne devrait pas sous-estimer.

Alexander vivait dans le quartier résidentiel chic de l'Upper East Side, ce dont j'essayais de ne pas lui tenir rigueur. Son appartement était impressionnant, mais sans âme. Chaque fois que je me rendais chez lui, j'avais l'impression de mettre les pieds dans une maison témoin, au décor intéressant et de bon goût, mais pas vraiment accueillante. Il l'avait achetée meublée. Certaines des œuvres d'art qui étaient exposées sur les murs provenaient d'une chaîne de magasins de déco et, comme j'avais été – correction, *je l'étais toujours* – une artiste, cet aspect me faisait grincer des dents.

Le sexe avec Alexander était génial. Mon mec était beau, ses cheveux étaient d'une nuance que j'appelais « le blond des écoles privées », et devenaient presque blancs en été. Ses yeux étaient bleus et affichaient déjà les jolies pattes d'oie que l'on attend d'un vendeur de bateaux. En un mot, on aurait dit un mannequin sorti d'un catalogue de vêtements chics pour hommes, et je ne savais pas très bien pour quelle raison il sortait avec moi.

— Tu n'imagines pas comme c'est difficile de trouver une fille bien, m'avait-il dit une fois.

Ça devait être l'explication.

Mais je n'étais plus vraiment une fille, contrairement à Bridget. Mes meilleures années de fertilité étaient derrière moi, d'après tonton Carter, qui, en général, était bien informé.

— Allô ? fit-il tout en se grattant le poignet. Sadie, tu es dans une impasse. Il faut que tu te jettes à l'eau.

Il avait raison, encore une fois. J'enseignais à Sainte-Catherine depuis huit ans, je peignais le reste du temps, et je vivais dans un appartement de quatre-vingts mètres carrés près de Times Square, le coin le plus pourri de Manhattan.

— Oui. Bien sûr. Je pourrais le faire : on a rendez-vous ce soir.

— Tu vois ? C'était écrit.

Il m'adressa un clin d'œil.

— Maintenant, je dois aller laver la crasse que ces petits connards ont laissé sur mes fringues, parce que j'ai moi aussi un rendez-vous. Un rendez-vous sexuel, je tiens à ce que tu le saches.

— Je ne veux pas de détails, Carter.

— Josh Foreman, m'informa-t-il.

C'était l'agent de sécurité de l'école.

— S'il te plaît, arrête.

— Il a les mains très douces. Et son sourire… En plus, il hurle comme un chat sauvage au lit.

— C'est bon… coupez !

Je joignis le geste à la parole en mimant un clap de fin. Carter sourit et quitta la salle des profs.

Je cherchai d'autres preuves qu'Alexander comptait m'épouser un jour. Je me souvenais par exemple qu'il m'avait dit :

— « Margaret », c'est un joli prénom pour une fille, tu ne trouves pas ? Je ne serais pas contre le fait d'avoir une fille qui s'appelle Margaret.

Autre exemple :

— On devrait chercher une propriété sur la côte du Maine pour y passer l'été. C'est tellement beau là-bas. Et la vie artistique est incroyable à Portland.

Il était peut-être effectivement temps pour moi de passer à l'action. Juliet, ma sœur, qui avait presque douze ans de plus que moi, adorait me faire la leçon. Elle me répétait régulièrement que je me laissais dériver dans la vie, alors qu'elle avait établi des listes, plastifiées et classées par codes de couleur, et qu'elle les suivait à la lettre pour avoir la garantie d'être parfaite et de tout avoir. (J'exagère, mais à peine.)

C'est juste que, lorsque j'imaginais mon mariage, ce n'était jamais avec Alexander. L'image d'un homme aux cheveux noirs et aux yeux sombres, debout dans le vent, me traversait l'esprit. Ma version de Jon Snow, vêtu en Carhartt plutôt que d'une peau de loup.

Mais Noah et moi avions essayé. Essayé et échoué, plus d'une fois, et c'était il y a longtemps.

Carter avait raison. Pourquoi attendre ? J'étais avec Alexander depuis plusieurs années, notre relation se passait bien, on voulait tous les deux des enfants (plus ou moins, peut-être). On ne rajeunissait pas. Je l'aimais, il m'aimait, on s'entendait tellement bien que c'en était presque flippant.

Je repensai à la bague de fiançailles de Bridget et à son diamant de la taille d'un bourdon. C'est peut-être superficiel, mais moi aussi j'avais envie d'un gros caillou. Mon matérialisme s'arrêtait là. (Ou pas… Était-il trop tôt pour imaginer acheter une maison dans Greenwich Village ? Alexander était riche, après tout. Quant au mariage, on pourrait très bien se marier en cachette. Pas besoin de nuancier pour les tables ou de galerie sur Pinterest.)

Il devait arriver vers 16 heures, en fonction de la circulation. Pouvais-je trouver un endroit romantique, à New York en janvier ? Il faisait étrangement doux ce jour-là – merci, le réchauffement climatique –, peut-être que je pouvais miser sur les rives de l'Hudson au coucher du soleil ? La High Line, parc urbain suspendu, était jolie aussi, et ça me permettrait de passer au marché de Chelsea pour acheter du fromage et du vin. Nous pourrions admirer le coucher de soleil, et je me contenterais de déclarer :

— Je t'aime. Épouse-moi et fais de moi la femme la plus heureuse du monde.

Alors les touristes et les hipsters qui fréquentaient la High Line se mettraient à applaudir et prendraient des photos. Les images deviendraient virales…

Je m'imaginais appeler mon père peu après. Il serait *tellement* content. On ne se marierait peut-être pas en cachette, car je voulais que mon père me mène à l'autel. Bon. Une petite cérémonie toute simple, alors. Je porterais une robe blanche que Carter m'aiderait à choisir. Brianna et Sloane sèmeraient des pétales de fleurs dans l'allée centrale, même si elles étaient un peu vieilles pour ça. Comme j'étais leur seule tante, elles n'auraient pas mille occasions de le faire.

Pour couronner le tout, ma grincheuse de mère serait de bonne humeur pour une fois.

C'était décidé. J'allais faire ma demande en mariage ce soir, et entrer dans une nouvelle phase de ma vie où j'étais sûre qu'Alexander et moi serions très très heureux.

*

Évidemment, la température avait chuté, car le temps dans le Nord-Est est aussi cruel que capricieux. Nous étions passés de seize à quatre petits degrés quand Alexander me retrouva devant le Standard, un hôtel à l'allure étrange qui enjambait la High Line.

— Brr, qu'il fait froid ! s'exclama-t-il alors que le vent transperçait nos vêtements. J'ai trouvé une place de parking sur la Dixième Avenue, mais je n'imaginais pas qu'il faisait si glacial.

— Oh ! ça va encore !

J'avais un plan, et je comptais bien m'y tenir.

— Il fait un peu frais, c'est tout ! Le coucher de soleil sera magnifique.

Ou pas. Un seul autre couple s'attardait sur cette promenade urbaine suspendue, ils semblaient faire du tourisme. Tous les autres passants étaient pliés en deux pour se protéger du temps de chien et se dépêchaient d'aller je ne sais où.

— Rhoo. Je ne suis pas habillé pour ça.

Alexander portait une veste en cuir marron sur une chemise bleue et un gros pull, un pantalon kaki et de luxueuses chaussures en cuir. Je m'étais mise sur mon trente et un : une jolie robe noire en tricot, une queue-de-cheval (que le vent s'était chargé de défaire), le pendentif qu'il m'avait offert pour Noël et une belle veste en cuir rouge qui ne me tenait pas chaud du tout. J'aurais dû mettre un pantalon. Et une parka.

— Allez, Alexander, on n'est pas obligés de rester longtemps. Ce sera sympa.

Il me suivit sur les anciennes voies ferrées. Nous passions devant des touffes d'herbe et des buissons de fleurs desséchés par l'hiver. Au printemps, le plus élégant des parcs de New York serait une explosion de couleurs et de vie mais, là, il était, heu, tristounet.

Merde. Ce n'était pas grave, je ferais vite.

— Le coucher du soleil est dans dix minutes, annonçai-je.

— Je serai congelé d'ici là.

— Je ranimerai ton corps rigidifié par le froid. En tout cas, j'essaierai de toutes mes forces, puis j'irai au Standard noyer mon chagrin au bar.

Il éclata de rire et je sentis mon cœur se gonfler un peu. C'était vraiment quelqu'un de bien, de gentil. Un mari idéal. Jamais trop exigeant, toujours joyeux… l'opposé de Noah, ce qui n'était probablement pas une coïncidence. Je ne devais pas penser à Noah en ce moment, me rappelai-je. Je jetai un coup d'œil à l'autre couple. Est-ce qu'ils nous filmeraient quand je mettrais un genou à terre ? D'ailleurs, est-ce que je *devais* mettre un genou à terre ? C'était ma seule paire de collants noirs.

— J'en *reviens pas* que tu dises ça !

Ah. Ils se disputaient. Ce n'était pas de bon augure.

Je voulais que nous soyons baignés dans la lumière du soleil couchant, ce qui se produirait dans six minutes. J'étais peintre et j'avais réalisé tant de scènes de ciel que j'étais experte en lumière naturelle.

— Comment s'est passée ta journée, mon chéri ? demandai-je pour tuer le temps.

— Oh ! pas mal, répondit-il en mettant un bras autour de ma taille. Je suis presque certain d'avoir conclu une vente avec un type qui travaille pour des fonds spéculatifs. Il veut qu'on lui construise un yacht, sur mesure bien sûr.

Il détailla les nombreuses exigences de ce type pour le bateau : pont principal privé, héliport, jardin intérieur, sauna, hammam et salle de sport.

Je conclus :

— Bref, une petite barque en bois pour pagayer.

Il sourit.

— C'est un métier, tu sais. On y va, chérie ? Je suis affamé.

— J'ai acheté du fromage.

Je sortis le bloc de mon sac. Merde. Je n'avais pas de couteau : on allait devoir mordre dedans.

— Chérie. Il fait quatre degrés. Peut-être même pas. On annonce de la neige ce soir.

— Bah, il ne fait pas si froid. T'as vu ? L'autre couple est courageux. En plus, on est du nord des États-Unis. Ce climat, c'est pratiquement l'été, pour nous.

Il examina de plus près les deux touristes.

— Ils ont des manteaux d'hiver.

Il avait raison. Ils portaient des doudounes avec des écussons annonçant qu'ils étaient prêts à affronter l'Antarctique. La femme croisa ses bras bouffants et hurla presque :

— Tu te fous de moi, Dallas ?

— Oh ! murmura Alexander. Peut-être que ça va *devenir* amusant après tout.

— Je n'ai jamais dit que je voulais une relation monogame ! C'était dans ta tête ! répliqua le type qui avait le malheur de s'appeler Dallas.

— Tu m'as trompée avec combien de femmes, espèce de salaud ? Belinda ? Tu vois encore cette pute ?

— Ce n'est pas une pute !

— Ça veut dire oui ! Putain ! C'est fini, connard. Si j'ai une MST, je te tranche la gorge et je fous le feu à ton appart !

Elle passa devant nous d'un pas déterminé en nous jetant un regard furieux.

— Bonsoir, lui lançai-je.

— Va te faire foutre, riposta-t-elle.

Alexander éclata de rire. Le mec infidèle passa devant nous à son tour, bras croisés, tête baissée pour se protéger du vent.

— Bon, c'était drôle, conclut Alexander. Mais eux ont eu la bonne idée de partir. Ce fromage est pratiquement congelé, et je ne me vois pas le manger ici. Qu'est-ce que tu en dis, chérie ? On y va ? Prendre un verre quelque part où il y a du chauffage ?

C'était maintenant ou jamais.

— Juste un truc, d'abord.

Je le fixai droit dans les yeux… qui étaient un peu larmoyants à cause du vent. À cet instant précis, le soleil disparut derrière un banc de nuages sortis de nulle part. Tant pis pour les ciels enflammés qui devaient illuminer la scène.

Ça n'avait pas d'importance. Je l'aimais. Il était solide comme un roc, ce type, et nous… nous avions une très bonne relation. Avant de changer d'avis, je posai un genou au sol. Je sentis les mailles de mon collant s'accrocher à la surface rugueuse de la passerelle.

— Ça va ? me demanda-t-il.

— Alexander Mitchum, veux-tu m'épouser et faire de moi le plus heureux des hommes – pardon, la plus heureuse des *femmes* – sur cette terre ?

Une bourrasque projeta mes cheveux sur mon visage.

— Heu… qu'est-ce que tu fais, Sadie ?

Sa mine était dubitative.

— Je… je te demande en mariage.

J'avais l'impression que mon cœur avait été brusquement recouvert par les nuages, comme ce maudit soleil. *Ne m'oblige pas à me réinscrire sur les sites de rencontres, Alexander Mitchum.*

— C'est moi qui suis censé te demander en mariage.

— C'est vrai, t'as raison. Vas-y.

Merci, mon Dieu.

Il émit un petit rire.

— Eh bien, chérie… je ne suis pas encore fin prêt. Il y a quelques préparatifs à prévoir. Une bague, par exemple.

— On peut en acheter une plus tard. Cartier est ouvert jusqu'à 19 heures. Enfin, j'imagine. Je n'ai pas vérifié.

Il s'esclaffa.

— Et puis, j'aimerais te surprendre. Quand le moment sera venu.

— J'ai un genou à terre, Alexander.

— Relève-toi, alors ! C'est de la folie.

Il me tira pour me remettre sur les pieds. Je sentis mes collants se déchirer.

— Tu es dingue. C'est à l'homme de faire la demande en mariage.

C'était sexiste.

— Ça me paraissait une bonne idée. On est ensemble depuis deux ans. On a le bon âge.

Je me forçai à sourire.

— C'est quoi le bon âge, en fait ? demanda-t-il. Est-ce qu'il y a un âge qui ne convient pas ?

Il m'embrassa sur le front.

— Je le ferai quand le moment sera venu. D'accord ?

Je me sentais vraiment stupide.

— D'accord.

— Je vais essayer que ça ne se passe pas pile quand on se gèle le cul dans le noir. Ne t'inquiète pas. Ce sera parfait.

Mon cœur battait de travers. De bonheur ou de déception ?

— Ben, heu, maintenant qu'on en parle… tu pourrais juste… me demander.

— Non. Je veux que ce soit vraiment romantique. Pas un soir où il fait si froid que mes couilles se rétractent.

— Compris.

S'il me restait le moindre doute sur le fait que mon plan était nullissime, les nuages gris foncé se déchirèrent et une pluie glaciale se mit à tomber.

— Je vais m'évanouir si je ne mange pas bientôt, gémit Alexander. Tu veux prendre quelque chose quelque part, puis aller chez moi faire des folies de nos corps pour rattraper cette soirée ?

— Avec plaisir.

Je me sentais ridicule. Je le suivis jusqu'aux marches qui descendaient vers la rue.

Le téléphone d'Alexander carillonna. Il l'examina, puis releva les yeux.

— Merde, chérie. Je dois aller à Boston. Cet imbécile de joueur des Patriots pète un câble : son portrait devait être accroché au plafond au-dessus de son lit, et le décorateur l'a suspendu au mur. Quelle heure est-il ? Merde. Je vais devoir y aller en voiture.

Il me regarda.

— Tu veux m'accompagner ? On pourrait prendre à manger dans un fast-food en route et passer la nuit sur place. Une suite au Mandarin avec un peu de temps au spa demain, peut-être ?

C'était une des qualités d'Alexander. Il était super prévenant. Mais cela ne changeait en rien mon sentiment d'être nulle.

— Non merci, je vais rentrer chez moi. J'ai un tableau à finir pour dimanche.

— OK.

On resta un instant sur place sans prononcer un mot, tous les deux mal à l'aise.

— Tu veux que je te ramène ?

— Le métro est plus rapide.

— OK.

— Bon. Conduis prudemment.

— Promis. Je t'appelle, chérie.

Il m'embrassa rapidement et s'éloigna à grands pas.

Il faisait vraiment froid. Je me mis à marcher vers la Huitième Avenue pour prendre le métro. Je serais bientôt chez moi. Je prendrais peut-être une douche pour me réchauffer. Je commanderais de la nourriture thaïe et je travaillerais sur le tableau bleu et blanc « comme Van Gogh, mais avec moins de tourbillons » qu'on m'avait commandé. Je soupirai amèrement, avant de me rappeler que je devrais me réjouir de bénéficier de ces commandes et de ne pas vivre sur un bout de carton dans la rue.

Juste à ce moment-là, mon téléphone sonna. C'était Juliet, qui ne m'appelait presque jamais.

— Salut ! Comment tu vas ?

— Écoute, Sadie, commença-t-elle.

Sa voix était étrange, et je m'arrêtais instinctivement de marcher. Je couvris mon autre oreille de ma main libre pour mieux l'entendre.

— Papa a eu un AVC. On est en train de l'opérer au UConn, l'hôpital universitaire du Connecticut, et c'est assez grave. Viens dès que tu peux.

2

Barb

J'étais en réunion avec le chef des services de la ville, pour discuter du recours intensif au sel pendant l'hiver et des plaintes que j'avais reçues à cause de la rouille sous les carrosseries, quand mon téléphone se mit à sonner.

Être la maire d'une petite ville du Connecticut n'était pas de tout repos. Cette idée me fit sourire. En réalité, j'adorais mon travail. Même dans des instants aussi intenses que celui-ci.

C'était mon dernier rendez-vous de la journée et je n'avais pas de réunion de comité ce soir-là. Peut-être que j'irais chez Caro, si John était déjà vautré devant le documentaire de guerre qu'il regardait en ce moment. Et si elle n'avait rien de prévu, bien sûr.

— Les gens râlent dès qu'ils dérapent d'un centimètre, argua Lou. Quoi que je fasse, les gens se plaindront, Barb.

— Nous avons déjà dépensé la moitié du budget annuel de sel, et nous n'avons pas eu plus de cinq centimètres de poudreuse jusqu'à présent. Tu sais bien qu'on doit s'attendre à au moins quatre ou cinq autres tempêtes de neige cette année.

— Comme je viens de te le dire, c'est de toute façon sur moi que ça retombera.

Lindsey, ma secrétaire, ouvrit la porte.

— Barb ?

Sa voix était presque un murmure.

— Désolée de vous interrompre, mais j'ai un appel que je dois absolument te transférer. Lou, tu peux sortir ?

Je décrochai le téléphone.

— Barb Frost, que puis-je faire pour vous ?

J'avais fait appel à ma voix chaleureuse de maire. Les gens appelaient souvent mon bureau pour se plaindre, et je savais que la politesse les prenait par surprise. J'ai grandi au Minnesota, où les bonnes manières sont instillées dès le plus jeune âge. Mais j'étais désormais établie en Nouvelle-Angleterre.

— Madame Frost, c'est George Macon.

George travaillait aux services d'urgence de la ville. Je n'avais connaissance d'aucun problème avec eux en ce moment. J'espérai qu'il n'allait pas réclamer l'achat d'un nouveau matériel. Ils avaient eu droit à une ambulance flambant neuve l'année dernière.

— Que puis-je faire pour vous, George ?

— Je suis vraiment désolé de devoir vous annoncer ça, madame Frost. Votre mari vient d'être emmené aux urgences, il est inconscient et sous respirateur. Il a fait une mauvaise chute à vélo. Est-ce que quelqu'un peut vous conduire à l'hôpital ? Immédiatement ?

Mince. « Immédiatement ». Le mot ne présageait rien de bon. Mes lèvres bougèrent pendant quelques instants sans émettre de sons avant que je parvienne à articuler :

— Bien sûr. Merci.

Je raccrochai.

D'habitude, je garde la tête froide face aux urgences. Mon cerveau est capable de classer les tâches en fonction des priorités et je les accomplis dans un ordre presque parfait. À huit ans, quand Juliet s'est entaillé la main tellement profondément que le sang giclait à chaque battement de son cœur, j'ai serré un bandage autour de sa paume, je lui ai ordonné de maintenir la main plus haut que sa tête et je l'ai mise dans la voiture au lieu d'appeler les urgences, comparant mentalement le temps qu'il faudrait pour que les secours arrivent avec celui que je mettrais pour conduire ma fille à l'hôpital. Et au même moment, je me demandais si je ne devais pas lui faire un garrot au bras, mais je redoutais que cela ne coupe l'afflux de sang. J'avais pensé à emporter mon sac pour avoir notre carte d'assurance médicale et j'avais attrapé son Winnie l'ourson en peluche pour la réconforter. J'avais aussi pris une couverture pour la couvrir dans la voiture, au cas où elle se retrouverait en état de choc. Nous étions arrivées à l'hôpital en moins de dix minutes et je n'avais dépassé la limite de vitesse que de quinze kilomètres/heure, parce que je ne voulais pas conduire comme une cinglée et risquer de blesser quelqu'un en cours de route. Cela n'aurait aidé personne, pour l'amour du ciel !

Quand Sadie avait été mordue par le chien des voisins, j'avais aussi très bien réagi. De la glace sur son visage, un coup de fil à la police pour qu'ils mettent l'animal en sécurité et réclament une preuve de vaccination contre la rage, un coup de fil à Caro pour lui demander d'aller chercher Juliet à l'école, et un coup de fil à l'hôpital pour les prévenir que nous allions avoir besoin d'un chirurgien esthétique et pas d'un interne disposé à s'entraîner à faire des points de suture, merci beaucoup. Six mois plus tard, la cicatrice se voyait à peine.

Mais en cet instant… John était dans l'ambulance, et je me sentais… paralysée.

Parce que, le lendemain, je comptais lui annoncer que je demandais le divorce. Et même si je m'étais souvent imaginée en veuve heureuse… je n'avais jamais réellement envisagé de vivre cette situation.

« *Inconscient. Sous respirateur.* »

— Barb ?

Je levai les yeux. J'étais toujours assise à mon bureau. Lindsey, cet ange, avait mis son manteau.

— Et si je te conduisais là-bas ?

Elle était au courant, apparemment.

— C'est… c'est une bonne idée, Lindsey. Merci, chérie.

Quand j'attrapai mon sac, mes mains tremblaient. J'avais l'impression que tout se déroulait au ralenti. J'aurais déjà dû être en route pour l'hôpital, mais je me demandais encore ce que je devais faire.

— Ton manteau, me rappela Lindsey.

Puis le temps s'accéléra. Nous étions sur l'autoroute, j'avais Juliet au téléphone, qui se mettrait en route dès que sa baby-sitter arriverait. Sincèrement, je n'ai aucun souvenir de ce que je lui ai raconté.

— Tu n'appelles pas ton autre fille ? me demanda Lindsey.

Non, je ne préférais pas, parce que ça ne me semblait pas correct vis-à-vis de Sadie, pas si dans dix minutes je devais lui annoncer que son père était… décédé.

J'avais la gorge nouée. Je n'arrêtais pas de déglutir, mais cela ne changeait rien.

Une urgentiste m'attendait dans le couloir de l'hôpital Lawrence & Memorial, un établissement spécialisé dans les maladies cardiovasculaires. Je pressentais que ce n'était pas bon signe. Je me demandais si l'hôpital de Westerly, qui travaille avec la prestigieuse université Yale, n'aurait pas été un meilleur choix. Peut-être pas. Cet établissement-ci convenait sans doute mieux aux patients inconscients et sous respirateur.

— Madame Frost, je suis la Dr Warren, dit-elle. On va devoir emmener votre mari au UConn en hélicoptère, si vous êtes d'accord. Il passe un scanner en ce moment, mais je suis presque sûre qu'il a une rupture d'anévrisme avec une hémorragie majeure. Je suis désolée de vous informer qu'il est dans un état grave. Il va devoir être opéré dès que possible pour soulager la pression à l'intérieur du crâne. Il faut que vous signiez des documents.

« Grave » ? « majeure » ? Était-elle obligée d'utiliser le terme « majeure » ? Ma respiration était si forte que je n'entendais qu'elle.

— Signez ici et ici, et vos initiales ici.

Des documents. Évidemment. Qu'est-ce que j'espérais ? Qu'on le soigne tout simplement ? Ou que je reste près de lui, à lui tenir la main et à le rassurer ?

Un vieil homme passa sur un brancard, on le conduisit dans un box. Comme pour les chevaux. Les urgences ressemblaient à une écurie. Et encore, franchement, il y en avait de bien plus jolies que celle-ci, avec tous ces bips, ces bruits, ce chaos et ces gens en blouses colorées. Les chevaux ont la chance d'habiter dans des lieux magnifiques et paisibles, eux. À une époque, Sadie avait pris des cours d'équitation : l'écurie était splendide ; mais elle avait cessé de s'intéresser aux chevaux après…

— Vous pouvez le voir maintenant, annonça la Dr Warren.

Oh ! Ce vieil homme… le patient qu'ils venaient de parquer dans un box… c'était John ! Je l'apercevais à peine au milieu du personnel, de l'équipement médical. On lui avait placé une minerve. Il était intubé, aussi. Son visage était en sang, ses yeux fermés. Des électrodes et des fils partaient de son corps, ainsi qu'une perfusion, que je venais de remarquer. Il était tellement méconnaissable que je faillis signaler qu'il y avait une erreur.

Mais c'étaient ses mains. Des mains de vieil homme, qui portaient l'alliance que je lui avais glissée au doigt cinquante ans plus tôt. Il avait bien vieilli dans l'ensemble, sauf ses mains qui ressemblaient à celles d'un vieillard. C'était peut-être le cas depuis un certain temps déjà. Je ne me souvenais pas de la dernière fois où j'y avais prêté attention. Nous n'étions pas du genre à nous donner la main.

Des gens parlaient, mais je n'écoutais pas ce qu'ils disaient. Ils ne s'adressaient pas à moi, de toute façon.

— Il est en très bonne santé, déclarai-je. Il prend très bien soin de lui. Il nage, il court, il fait du vélo. Il veut faire un triathlon au printemps. Je lui ai dit : « John, tu es fou, tu as soixante-quinze ans. »

Personne ne me prêtait attention. Je ne leur en voulais pas. Mon mari souffrait d'une *hémorragie majeure.* Ils avaient des choses importantes à faire, j'imagine.

Je me remémorai tout à coup un dimanche matin ensoleillé d'hiver, quelques semaines après notre mariage. La lumière du soleil pénétrait dans la chambre, créant une atmosphère douce et chaleureuse, et caressait ses cheveux. Il avait une magnifique et épaisse chevelure à l'époque, châtain clair, ébouriffée dès qu'il ne la peignait pas. Je trouvais les taches de rousseur sur ses épaules tellement attendrissantes. Nous avions fait l'amour… et c'était peut-être la première fois que ce n'était pas maladroit. Nous étions tellement inexpérimentés. À vrai dire, nous étions tous les deux encore vierges lors de notre nuit de noces, ce qui n'était pas la norme dans les folles années 1970. Mais on m'avait élevée avec des valeurs désuètes, et John aussi.

Quoi qu'il en soit, nous étions plutôt contents de nous ce matin-là, puisque nous avions enfin compris comment fonctionnait le sexe. Nous avions passé toute la journée au lit, à manger du pain grillé, puis des restes de spaghettis, à lire le *Sunday Times* jusqu'à la tombée de la nuit. Ensuite on s'était douchés et habillés pour aller au cinéma. Je ne me souviens pas de ce qu'on a vu.

— Allez-y, madame Frost, parlez-lui, me suggéra une infirmière en posant une main sur mon bras.

Mon Dieu, elle semblait si jeune. Une belle peau. Des yeux si doux.

— John ? fis-je en le regardant.

Je voulus l'appeler « chéri », mais cela faisait une éternité qu'aucun de nous n'utilisait de terme affectueux pour s'adresser à l'autre.

— John, ne t'inquiète pas. Je suis là. On s'occupe de toi. *Chéri.*

Je plaçai ma main sur la sienne. *S'il te plaît, ne meurs pas.*

Cette pensée me fit l'effet d'un électrochoc. Notre couple pouvait trouver un nouveau souffle, non ? Ou était-il déjà trop tard ?

— Voici ses affaires, m'annonça quelqu'un en me tendant un sac en plastique.

— Maman ! Oh ! mon Dieu, papa !

Juliet venait d'arriver et elle tenta de prendre son père dans les bras, mais c'était impossible à cause des tubes et des fils. Elle me serra contre elle à la place, le corps tremblant.

— Je sais, chérie, je sais. Il va être transporté au UConn, et ils vont faire tout ce qu'ils peuvent pour le tirer d'affaire. On y pratique des soins de renommée mondiale, tu sais.

— Madame Frost.

La docteure était de retour, des papiers en main.

— Il est prêt à partir. Le scanner a montré qu'il y avait bien une hémorragie importante, mais pas de fracture du crâne ni de la nuque. L'hélico est là. Vous êtes en état de conduire jusqu'à Farmington ?

— Ça ira, intervint Juliet, puis elle se tourna vers moi : Riley London s'occupe des filles et Oliver est en route pour la maison. Je vais conduire. Tu as ta voiture ? Quelqu'un peut la ramener chez toi ?

Aux urgences, les détails prennent une importance étrange. Qui conduisait quelle voiture ? Est-ce que Lindsey avait apporté mon manteau ? Est-ce que je l'avais remerciée de m'avoir déposée ? Est-ce qu'elle annulerait tous mes rendez-vous du lendemain ? Ah non, on était vendredi. Quelle autoroute allait-on emprunter ? Quel était l'état de la circulation ? Est-ce que je devais passer aux toilettes avant de partir ? Oui.

C'est étonnant de constater que le corps continue de fonctionner quand votre vie s'écroule. J'avais besoin d'aller aux toilettes. J'avais soixante-dix ans : évidemment que je ne tiendrais pas toute la route. En sortant des toilettes, je me lavai soigneusement les mains, consciente d'être dans un hôpital où pullulaient les maladies. C'était la saison de la grippe. Cela n'arrangerait rien que je tombe malade.

Mon mari aurait pu être mort en cet instant.

Juliet avait arrêté sa BMW devant l'entrée. Je montai et bouclai ma ceinture.

— Je n'ai pas envoyé de message à Sadie, déclara-t-elle. Je ne savais pas si tu l'avais déjà prévenue. Je me suis dit que ce serait mieux d'attendre d'avoir des nouvelles précises. Que son état soit stable. Ou… de savoir qu'il s'en sortira. J'espère que quelqu'un pourra la conduire. Ça va être un choc, pour elle.

C'était exactement ce que je pensais.

— Et *toi,* tu te sens en état de rouler, ma chérie ?

— Je suis un roc, maman.

Même si sa voix tremblait un peu, c'était la vérité. Juliet était un roc. Elle conduisit efficacement et prudemment, sans jamais oublier de mettre son clignotant.

Nous ne discutâmes pas beaucoup. Mais elle prit ma main et la serra.

— Quoi qu'il arrive, on s'en sortira, me promit-elle.

*

Le temps que nous arrivions à Farmington, John était déjà au bloc opératoire. Il était toujours en vie, nous informa l'infirmière, mais la situation était critique, étant donné son âge et l'emplacement de l'anévrisme.

D'après le rapport des ambulanciers, John faisait du vélo quand l'accident était survenu. En janvier, dans une rue résidentielle ? En toute sincérité : pour quelle raison ? C'était normal d'avoir des hobbies, et quand il s'était lancé dans ce truc idiot de combiner la course à pied, le vélo et la nage l'année dernière, j'avais même été soulagée qu'il ait trouvé de quoi s'occuper. Mais rouler à vélo en janvier ? C'était de l'imprudence, même si la journée avait été très agréable.

— D'après ses blessures, la médecin pense qu'il a eu une attaque et qu'il est ensuite tombé sur le trottoir, ce qui explique pourquoi son visage est tout abîmé, nous informa l'infirmière. Il n'a pas levé les mains pour se protéger.

Elle mima la façon dont on se couvre le visage par réflexe.

— Il a subi une commotion cérébrale en plus de l'AVC, et son nez est cassé, mais le gros problème, pour le moment, c'est l'hémorragie.

— Est-ce qu'il va s'en tirer ? demanda Juliet.

Ma fille était si forte qu'elle posait les questions délicates.

— Difficile à prédire. Essayez de rester positives. Nous vous tiendrons au courant dès que nous en saurons plus.

Elle posa la main sur mon bras.

— Je suis désolée. Je sais que c'est très dur. J'aurais aimé pouvoir vous donner des informations plus détaillées.

— Merci. Vous êtes très gentille.

— Je vais appeler Sadie, dit Juliet.

— Oh. Bonne idée. Tu veux que je le fasse ? Je devrais peut-être m'en charger, tu ne crois pas ?

— Non, maman. Va t'asseoir, d'accord ? Je reviens tout de suite. Je t'apporterai un café et une collation. Il y a un Starbucks ici. J'arrive. Envoie-moi un SMS s'il y a du nouveau.

Juliet ajouta tout à coup en souriant :

— Ton accent du Minnesota est revenu.

— Ah oui, tu es sûre ?

Pour plaisante, j'avais répondu en exagérant l'inflexion de ma voix, et nous parvînmes à rire un peu. C'est vrai, le stress faisait ressortir mon accent.

Elle s'éloigna et, comme toujours, j'étais soulagée qu'elle soit ma fille et qu'elle soit avec moi.

La salle d'attente réservée aux familles à cet étage rappelait un hall d'aéroport, dans un style épuré et joyeux. Je trouvai un fauteuil et m'y assis. Je n'avais pas retiré mon manteau d'hiver. Le siège au design rétro et élégant était censé ressembler à un Morris : il avait un dossier incliné et des accoudoirs, il était robuste et rassurant. Un excellent choix pour ce lieu.

Lorsque nous avions emménagé à Stoningham, j'avais une passion pour les vide-greniers et les brocantes. J'avais ratissé la moitié de l'État du Connecticut pour dénicher des antiquités nécessitant un petit ponçage ou quelques réparations. John travaillait encore dans le droit de la famille à l'époque, et nous devions surveiller notre budget, à cause des coûts liés à la maison – la nouvelle cuisine, les salles de bains, la fuite dans le toit, la chaudière à remplacer –, mais, malgré tout, nous devions aussi la meubler.

Un jour, j'étais tombée sur un beau fauteuil en bois avec des coussins en cuir et des lignes épurées. Il coûtait dix dollars. Je l'avais ramené à la maison, j'avais nettoyé et ciré le cuir, poli le bois, et montré le résultat à John quand il était rentré ce soir-là. Il était content. Ravi. Nous avions appris qu'il s'agissait d'un fauteuil Morris vintage, et John avait pris l'habitude de s'y asseoir tous les soirs jusqu'à finir par le déplacer dans son bureau.

C'était le plus beau cadeau que je lui aie jamais fait.

Je me demandai à quel moment exactement il l'avait changé de pièce.

Je ne pensais même plus au sac que je tenais quand il se mit à produire un bourdonnement étrange. Ah oui. Il contenait les effets personnels de John, ses vêtements luisants et moulants, qui tiennent chaud même s'ils sont fins comme du papier. Franchement, il était trop vieux pour jouer les athlètes. Je le lui dirais s'il survivait. Il ferait mieux de se mettre à la pêche à la mouche ou à un truc dans le même genre. Mes doigts se refermèrent sur son téléphone et je le sortis du sac.

C'était un message du bureau. John faisait encore un peu de consultance de temps à autre. Zut. Il fallait que je les mette au courant, non ? Il appréciait beaucoup certains de ses anciens collègues. Je tapai son code (0110, la date de notre mariage), mais le téléphone ne s'activa pas. Il avait dû changer de code après une tentative de piratage, sans m'en parler. Je tapai la date de son anniversaire. Encore raté. Celle de l'anniversaire de Sadie. Ah, cette fois, c'était la bonne.

L'écran était rempli de textos. J'enfilai mes lunettes pour lire.

Après une seconde à peine, je les retirai et reposai le portable. J'appuyai longuement sur le petit bouton pour l'éteindre. Mon visage était brûlant, mes mains glacées. Mon cœur était serré et fonctionnait au ralenti, comme un oiseau mourant qui bat vainement des ailes.

Je jetai de rapides coups d'œil autour de moi. Est-ce que quelqu'un pouvait deviner ce qui m'arrivait ? Est-ce que quelqu'un m'observait ? Est-ce que quelqu'un était au courant ?

Non. Chacun semblait préoccupé par ses proches. Et j'aurais dû m'inquiéter pour John, moi aussi. Il avait une hémorragie cérébrale. Mon Dieu ! et Juliet qui pouvait être là d'un instant à l'autre…

De la honte. Voilà ce que je ressentais. De la honte et de l'humiliation. Et la peur que quelqu'un ne lise sur mon visage ce que je venais d'apprendre.

3

Juliet

Le jour où son père fut frappé par un AVC, Juliet Elizabeth Frost envisageait de quitter sa vie parfaite pour devenir pompier parachutiste dans le Montana, abandonnant sans regret son mari, ses enfants et son travail.

Sa vie était pourtant *vraiment* idéale. Elle était en parfaite santé, avait suivi d'excellentes études, sa carrière d'architecte lui rapportait un salaire mirobolant. Son mari l'aimait *et,* cerise sur le gâteau, il était super sexy avec son accent, car il était originaire de Londres. Ils avaient deux filles en pleine forme, ils vivaient dans une belle maison avec vue sur la baie de Long Island. Juliet conduisait une voiture allemande sûre et luxueuse, pas trop tape-à-l'œil. Ils emmenaient leurs filles en vacances dans les plus beaux coins du monde, que ce soit en Nouvelle-Zélande ou en Provence. Juliet parlait français et italien. Ses seins avaient survécu à l'allaitement de deux bébés et, s'ils n'étaient peut-être plus aussi fermes qu'avant, ils n'étaient pas flasques non plus.

Elle fréquentait beaucoup de femmes brillantes et intelligentes, mais sa meilleure amie était sa mère. Elle tolérait sa petite sœur, et l'aimait même parfois. Son père, qui ne s'était jamais beaucoup soucié d'elle, s'était récemment transformé en connard intégral… et Juliet allait devoir en parler à sa mère. Bientôt.

Rien de tout cela n'expliquait pourquoi, en cet instant, Juliet était recroquevillée dans un placard, en proie à une crise de panique, et espérait s'évanouir rapidement.

Dieu merci, les filles étaient à l'école, et Oliver au boulot, occupé à concevoir des moteurs d'avion. Heureusement aussi que Juliet travaillait depuis la maison aujourd'hui, parce que la semaine précédente, lorsqu'elle avait fait une crise de panique au bureau, l'idée que ses collègues, son patron et Arwen la voient hyperventiler, pleurer et peut-être s'évanouir… lui avait paru insupportable. Elle avait dû descendre huit étages, se précipiter dans le Starbucks le plus proche et foncer vers les toilettes qui, Dieu merci, étaient libres. La première fois, comme les W-C étaient occupés, elle s'était laissée glisser sur le sol et avait dû prétendre faire de l'hypoglycémie pour éviter que la serveuse n'appelle les secours.

Aujourd'hui, la crise de panique l'avait prise au dépourvu au beau milieu d'une conférence téléphonique avec son équipe de chez DJK Architects, l'un des meilleurs cabinets d'architecture des États-Unis. Elle avait surgi de nulle part… cette terreur insidieuse qui commençait comme un fourmillement dans ses pieds, remontait le long de ses jambes, picotait ses genoux et accélérait son rythme cardiaque. *Ne flippe pas,* s'ordonna-t-elle. Son patron, Dave, étirait les adieux en faisant appel à son jargon habituel… « Je crois que chacun de nous a sa liste de tâches et nous avons pertinemment approfondi la problématique », ce genre de clichés débiles. Ça l'aurait tué de simplement mettre fin à cette satanée réunion ?

Son cœur battait à toute vitesse, et elle essayait de ne pas cligner des yeux trop rapidement, mais la sueur perlait sur sa peau, sur la poitrine d'abord, puis aux aisselles et à l'entrejambe, à l'arrière des cuisses et des mollets, sur son front. Dans dix secondes, elle allait commencer à hyperventiler.

— Arwen, envoie-moi ces numéros par mail, d'accord ? dit-elle d'une voix fluette et tendue.

— C'est déjà fait.

Évidemment.

— Super ! À bientôt, tout le monde !

Là, sa voix n'était carrément plus qu'un croassement. Elle cliqua sur le bouton « Quitter », ferma l'ordinateur pour le cas où elle serait encore en ligne, et fila vers le placard.

Parfois, l'hyperventilation lui faisait perdre connaissance, ce qui était en réalité beaucoup plus aisé que de recouvrer son calme, de respirer lentement, de se répéter comme un mantra « Tout va bien, tout va bien, tout va bien, ralentis, ralentis, ralentis ». S'évanouir était agréable. Tout se grisait doucement, des taches géantes dévoraient sa vision, et elle avait l'impression de chuter très lentement. Puis elle se réveillait, la respiration apaisée, étendue sur le tapis de son immense placard, parce que, jusqu'alors, quatre de ses six attaques de panique s'étaient produites là-dedans, bien à l'abri parmi ses chaussures et ses pulls. Comme une sieste. Comme une anesthésie. Juliet adorait l'anesthésie ; l'année précédente, elle avait dû subir une biopsie utérine, et la sédation par intraveineuse avait été la sensation la plus agréable qu'elle aie éprouvée depuis une éternité. Elle aurait adoré rester dans cet état, cotonneux, flottant, à la limite de la perte de conscience. Elle comprenait parfaitement pour quelles raisons les gens devenaient accros aux drogues.

La crise était en train de passer. À première vue, cette fois elle n'aurait pas droit au réconfort de l'évanouissement. Elle allait devoir se doucher à nouveau, puisqu'elle était trempée de sueur, et se changer, puis apporter sa tenue actuelle au pressing. Si Oliver avait remarqué que leur facture de nettoyage à sec avait grimpé ces derniers temps, il n'en avait rien dit. De toute façon, c'était son boulot à elle : passer au pressing en rentrant du bureau.

Rien de tout cela n'expliquait pourquoi elle se retrouvait recroquevillée sur le sol de son placard.

Le problème, c'était Arwen.

Non. Non, ce n'était pas Arwen, le problème. Juliet détestait les femmes qui accusent les autres femmes de tous leurs soucis personnels… ou de leurs échecs.

À bien y réfléchir, le problème était peut-être tout de même Arwen. Arwen Alexander, la jeune prodige.

Mais oui ! Et merde, son cœur se remit à battre la chamade. *Allez, évanouissement ! Tu peux y arriver !* songea-t-elle. Un rire en forme de soupir s'échappa de ses lèvres.

La panique enflait. Rapidement. Comme un champignon. Comme un cancer. Comment pouvait-elle en être réduite à se terrer dans un putain de dressing, à trembler comme une feuille, alors que sa vie était parfaite en tout point ?

Ces derniers mois, toutes ses certitudes semblaient ébranlées. Elle avait toujours voulu être architecte, mais en avait-elle encore envie ? Sans qu'elle comprenne la raison de ce changement, elle avait le sentiment de ne pas vivre la vie qui lui convenait. Comment était-ce possible ? Tous les détails de sa vie avaient pourtant été pensés avec minutie, planifiés. Elle s'était donné beaucoup de mal pour atteindre les objectifs qu'elle s'était fixés. Harvard ? *Check*. Yale ? *Check*. Oliver ? *Check*. Deux filles en bonne santé ? *Check* et *check*, Dieu merci. Cette maison dont elle avait dessiné les plans, dans la ville qu'elle aimait ? *Check*. Des parents qui l'aimaient et dont le mariage était solide (ha !).

Désormais, elle avait l'impression que tout clochait. Juliet ne s'était jamais demandé si elle était sur la bonne voie… jusqu'à ce que cette horrible sensation ne s'abatte sur elle.

Était-elle une bonne mère ? Une bonne épouse ? Elle adorait ses filles, évidemment. Elle était prête à *mourir* pour elles. Elle tuerait sans ciller quiconque les menacerait. Elle faisait tout ce qu'elle pouvait pour elles et, de l'extérieur, elle avait probablement l'air d'être une mère irréprochable.

Mais elle n'en était plus convaincue ces jours-ci. Brianna était devenue grincheuse et renfermée : elle avait douze ans, ce n'était pas si surprenant que ça. Cependant Juliet ne s'était jamais comportée de cette façon avec sa mère. Elle l'*adorait*, tous les jours, tout le temps. Sloane suivait Brianna de près : elle avait dix ans… Allait-elle bientôt arrêter de lui parler, elle aussi ? Oliver était un peu… distant, peut-être. Et s'il y avait bien une chose que Juliet ne supportait pas, c'était la distance. Son père était comme ça (sauf avec Sadie). Et il s'était montré particulièrement distant avec sa mère.

Bien sûr, après quinze ans de mariage, sa relation avec Oliver avait cessé d'être torride et passionnelle. C'était impossible de maintenir la flamme, malgré tous les efforts déployés et tous les strings achetés. La situation devenait peu à peu routinière et confortable, et c'était une *bonne* chose, non ? Même si Juliet s'efforçait vraiment de se montrer spontanée et surprenante, Ollie et elle se connaissaient par cœur. Était-elle en train de suivre le même chemin que ses parents : à n'échanger que quelques mots, à devenir invisibles l'un pour l'autre ?

Cette peur qui s'insinuait, cette réaction de fuite, pourquoi semblait-elle si réelle ? Juliet se mentait-elle, dans sa vie professionnelle comme dans sa vie personnelle ? Pourquoi Arwen lui paraissait-elle si terrifiante alors qu'elle était parfaitement… normale ?

Merde, merde, merde. C'était à cause de *ça*. Il suffit d'une lézarde pour que tout le bâtiment s'écroule.

Juliet se leva. Ses jambes flageolaient, elle avait les cheveux gras et d'énormes cernes.

Un évanouissement aurait été tellement bienvenu. Une petite sieste.

Au lieu de se reposer, elle s'installa devant son ordinateur et tapa dans Google « comment devenir pompier parachutiste dans le Montana ». Ça tombait bien, l'US Forest Service embauchait. Il allait lui falloir un peu d'expérience en matière de lutte contre les feux de forêt. Elle l'aurait. Elle était en pleine forme. Elle adorait prendre de la hauteur et aimait les feux (en réalité, plutôt les feux de camp et de cheminée). Elle était courageuse : toujours la première à plonger dans l'eau, à essayer le ski nautique ou à sauter de la plateforme en tyrolienne. C'était une accro à l'adrénaline qui venait de ressortir du placard où elle s'était réfugiée.

L'idée d'être loin d'ici, très loin même, à accomplir des actes héroïques était attirante, pleine de promesses. Sadie, sa sœur, le ferait sûrement si elle était à sa place. Elle déménagerait dans le Montana, trouverait un emploi, rencontrerait un cow-boy milliardaire et passerait le reste de sa vie à voyager et à se faire masser sur les plages les plus réputées, car c'est comme ça que se déroulait la vie de Sadie. Juliet travaillait et planifiait tout ; Sadie s'envolait pour New York et se lançait dans les projets tête baissée, sans rien prévoir et sans que rien ne la tracasse. *« À court d'argent ? Pas de problème. Je peux être serveuse ! Je peux travailler dans un salon de tatouage ! Je suis une artiste, tu comprends. Notre vie n'est pas celle du commun des mortels, parce que nous sommes des êtres purs et supérieurs. Carrière dans un cul-de-sac ? Pas de problème ! Une opportunité va se présenter. En attendant, regarde ce taudis dans lequel je vis après que papa et maman ont réhypothéqué la maison pour me payer mes études ! »*

Sadie avait trouvé un chouette petit emploi dans une chouette petite école et s'était mise à gagner de l'argent en vendant des tableaux, ce qui lui avait permis d'acheter un petit appartement sympa et de sortir avec un petit ami plein aux as. C'était typiquement Sadie ! Elle n'avait jamais dû faire le moindre effort. Juliet se donnait à fond tous les jours, à tous les instants. Les gens s'imaginaient qu'Oliver l'avait aperçue et était tombé amoureux ? Ce n'était pas le cas. Elle avait dû *se battre* pour le conquérir. Il était merveilleux – beau, charmant, intelligent, gentil et drôle – et *toutes* les femmes le voulaient. Dès que Juliet l'avait repéré, elle s'était dit : *Que la meilleure gagne !* Elle allait devoir le *gagner*, et c'est ce qu'elle avait fait.

Elle se donnait du mal en permanence, dans tous les aspects de sa vie. Du temps pour elle ? Quelle blague ! Juliet emportait du travail tous les week-ends, et même pendant les vacances. Elle prenait un bain moussant pour donner l'illusion de prendre soin d'elle, uniquement quand Oliver rentrait de déplacement. Elle faisait couler un bain, dispersait des pétales de fleurs et allumait des bougies comme personne ne le faisait dans la vraie vie, et tout ça pour le séduire, pour lui signifier ceci : « Même si on est mariés depuis quinze ans, je suis toujours une bête de sexe, je t'assure ! » Les longues promenades du week-end ou après l'école visaient à intégrer l'exercice physique et le plein air dans la vie des filles, même si son cerveau était embrumé par les montagnes de travail qu'elle abattait pour gagner son salaire impressionnant, par le fait qu'elle devrait bosser tard afin de compenser le temps passé à marcher, à aider Sloane à combler son retard en lecture et à préparer des cupcakes sans gluten, sans cacahuètes et sans produits laitiers pour la classe de sa fille et, plus tard, à faire l'amour avec Oliver pour qu'il n'oublie pas qu'il l'aimait, ou à inviter sa propre mère à dîner parce qu'elle le méritait, ou à planter des fleurs dans le jardin parce que sa belle-mère britannique adorait les parterres bien entretenus et avait déclaré un jour qu'une maison sans jardin était une maison sans âme, sans oublier le mentorat qu'elle avait promis de faire pour Yale et l'atelier (pas un simple discours d'introduction) qu'elle donnait à la conférence annuelle de l'American Institute of Architects, l'association nationale des architectes, ah oui, un coin de son cerveau se souvenait aussi que leur femme de ménage avait déménagé et que, comme Juliet n'en avait pas encore trouvé d'autre, c'est elle qui nettoyait toutes les pièces parce qu'elle aimait la propreté et était incapable de se détendre tant que la maison était en désordre.

— Merde ! La prochaine fois, évanouis-toi, idiote.

Elle était sortie de son placard avec l'intention de prendre une douche, mais son téléphone se mit à sonner sur son bureau.

Maman. Elle prenait toujours les appels de sa mère.

— Ma chérie, commença celle-ci, je suis vraiment désolée d'avoir à t'annoncer ça, mais ton père a eu un accident. C'est grave. Je suis en route pour l'hôpital Lawrence & Memorial.

Son cœur se mit à battre à toute vitesse, déclenchant aussitôt une vague de nausée : une première, une deuxième, une troisième.

— J'arrive, répondit Juliet d'une voix ferme. Tiens bon, maman, je serai là dans vingt minutes.

Pompier parachutiste. Elle ferait un excellent pompier parachutiste.

4

Sadie

Dans l'impression de terreur floue qui suivit l'appel de Juliet, je louai une voiture et louvoyai à travers les embouteillages de Manhattan pour rejoindre le Connecticut, roulant à cent trente kilomètres/heure quand c'était possible, pilant quand j'apercevais des feux arrière. J'eus beau tenter d'appeler Alexander dès la fin de ma conversation avec Ju, il ne répondit pas. Il coupait généralement son téléphone quand il était au volant, ce qui ne m'arrangeait pas dans ces circonstances. Après lui avoir laissé six messages, j'appelai Carter à la place et lui annonçai la nouvelle en hoquetant.

— Oh ! ma chérie. Je suis désolé. Je suis là si tu as besoin de quoi que ce soit. Si tu veux que j'appelle sœur Mary, que j'arrose tes plantes, peu importe, dis-le-moi.

Pendant tout le trajet, des larmes roulèrent sur mes joues et je dus faire un effort surhumain pour ne pas m'effondrer. Mon père était mon idole, et ce depuis l'enfance : il m'encourageait, il était toujours de bonne humeur, amusant… et c'était le seul de mes parents qui m'aimait vraiment. C'est lui qui m'a appris à jouer au poker et à nager, et il ne m'a jamais reproché d'étudier les beaux-arts. Il me répétait souvent que j'étais jolie et n'a jamais critiqué mes tenues, même pendant ma période gothique. Il venait me rendre visite une fois par mois à New York et me tenait encore la main lorsque nous traversions la rue. Il ne pouvait pas être en train de mourir, pas sans que je sois à ses côtés.

Depuis toujours, il y avait une séparation claire au sein de ma famille. Juliet, parfaite dès la conception, était du côté de maman ; moi, la plus faible en tout, si ce n'est pour les disciplines artistiques, j'étais du côté de papa. Il ne s'est jamais plaint d'avoir tiré la mauvaise pioche.

— S'il te plaît ne meurs pas, s'il te plaît ne meurs pas.

Je répétais ces mots comme un mantra, à voix basse. Qui d'autre me soutiendrait comme lui ? Qui d'autre serait si… si heureux à chaque tournant de ma vie ? J'avais l'impression que, pendant mon enfance, ma mère m'avait sermonnée à tous propos, depuis ma posture jusqu'à ma façon de nettoyer la salle de bains en passant par mes notes, alors que papa se tenait en retrait derrière elle, balayant les critiques d'un sourire ou d'un clin d'œil, ou même d'une virée chez le glacier. Chacun de ses actes me faisait comprendre que j'étais aimée, alors que tous ceux de ma mère visaient à me faire sentir à quel point j'étais nulle.

Ce n'était pas pour rien que je rentrais rarement à Stoningham, et encore, pour un jour au maximum. Et ce n'était pas pour rien non plus que mon père me rendait visite à New York, dormait sur mon canapé-lit et trouvait qu'on passait des moments formidables. Quand il venait chez moi, c'était comme au bon vieux temps, quand j'étais petite et que j'avais peur des orages, et qu'il me racontait des histoires de guerrières redoutables, chevauchant les monstres qu'elles avaient apprivoisés.

J'avais l'impression qu'un poids énorme m'écrasait la poitrine. Où était Alexander, bordel ? Pourquoi ne m'appelait-il pas ?

Finalement, après une éternité, je me garai sur le parking géant du UConn, coupai le contact de ma petite voiture de location merdique et courus vers l'entrée du centre hospitalier en glissant, car la pluie s'était transformée en verglas au moment où la température avait chuté. Il faisait beaucoup plus froid ici qu'à New York.

Une aide-soignante me guida vers la salle d'attente réservée aux familles, et je courus à nouveau à l'intérieur du bâtiment.

Maman, Juliet et Oliver étaient déjà assis. Ju avait l'air inquiète, ma mère totalement absente.

— Est-ce qu'il…, commençai-je mais ma voix s'étrangla.

— Il est inconscient mais vivant, m'informa Oliver en se levant pour me serrer dans ses bras. Il a survécu à l'opération. Nous attendons que le médecin nous explique à quoi nous allons devoir faire face.

Ma sœur se leva à son tour et nous nous serrâmes maladroitement. Elle me marcha sur le pied, et mes cheveux s'emmêlèrent une seconde dans sa boucle d'oreille.

— Salut, maman.

— Bonjour, Sadie.

Sa voix était éteinte. Elle était sans doute sous le choc. Elle pressait un sac en plastique contre sa poitrine. Je lui embrassai la joue, mais elle ne leva pas les yeux vers moi.

— Bonjour, Sadie, répéta-t-elle, et je ressentis un élan de compassion.

— Salut, maman. Ça va ?

Elle était plus jeune que papa, et on disait parfois que soixante-dix ans étaient le nouveau quarante, mais quand même.

— Ça va.

Alors que tout mon corps tremblait, elle semblait tout à fait calme.

— Je peux le voir ?

— Il se repose.

— J'aimerais beaucoup le voir.

— Bien sûr, bien sûr, intervint Ju. Viens. On n'a droit qu'à quelques minutes par heure, mais viens dire… heu…

Sa voix se brisa, et elle inspira en frissonnant.

Nous empruntâmes un long couloir très éclairé et nous pénétrâmes dans une chambre.

Oh ! mon Dieu. Oh ! papa.

Il était sous respirateur, le visage tuméfié, une entaille sur le nez, un œil au beurre noir. Sa tête était rasée et bandée.

— Mon Dieu, chuchotai-je.

— Ils ont dû le trépaner pour soulager la pression, m'expliqua Ju.

Il était méconnaissable, mais c'était bien lui. C'était ses sourcils beaucoup trop broussailleux. C'était son alliance à la main gauche, sa chevalière universitaire du Boston College à la droite. La cicatrice à son bras, séquelle d'une vilaine fracture quand il était à la fac.

— On ne peut rien faire d'autre qu'attendre, reprit Ju d'une voix étonnamment douce.

Je ne savais pas où toucher mon père, il avait l'air si petit dans ce lit d'hôpital.

— Papa ? murmurai-je en posant une main sur sa poitrine, sur son cœur. C'est Sadie. Je suis là. Je t'aime très fort, papa.

Je n'eus pas droit à plus. Une infirmière vint nous signaler qu'il avait besoin de calme, et Ju me ramena dans la salle d'attente.

— Qu'est-ce qu'il s'est passé ? demandai-je.

Oliver, le diplomate de la famille, me résuma la situation.

C'était bien papa, de décider de faire une promenade à vélo sans tenir compte de la saison. Il avait eu une attaque et était tombé, puis il était resté allongé pendant un certain temps – on ignorait combien – avant que quelqu'un ne le trouve et n'appelle les secours. Ils avaient raté l'instant critique, cette fenêtre après un accident vasculaire cérébral où une intervention peut faire une énorme différence.

— C'est vraiment dommage, conclut Oliver.

L'euphémisme de son constat me donna envie de le gifler.

Mes larmes continuaient à couler. Ma mère fixait le vide. Juliet appela la baby-sitter pour s'assurer que tout allait bien et s'assit à côté de maman. Elles se murmuraient à l'oreille. Oliver souriait chaque fois que je le regardais. Je n'arrêtais pas de vérifier mon téléphone pour voir si Alexander avait allumé le sien. Boston n'était pas si loin, et puis j'avais aussi envoyé des SMS. Mais il était du genre à ne se rappeler que son portable était éteint qu'après plusieurs heures.

Quelques amis de l'école m'envoyèrent des messages, Carter avait dû faire passer le mot. Même sœur Mary m'adressa un texto, m'annonçant qu'elle prierait pour ma famille.

Une heure s'écoula. À plusieurs reprises, je dus me lever et marcher jusqu'à la fenêtre pour ne pas sangloter devant ma famille, au cas où maman dirait quelque chose comme « Inutile de pleurer, Sadie. Garde tes larmes pour quand il mourra ». En réalité, elle n'aurait pas fait ça. Mais je n'arrêtais pas d'imaginer ce genre de scénario : Juliet soupirant et levant les yeux au ciel face à mon chagrin, ou mon beau-frère à l'optimisme agaçant me donnant un conseil typiquement britannique, du genre : « De la retenue, Sadie ! Inutile de t'effondrer ! »

Où était Alexander ? Et où était le docteur ? (Il avait probablement une bonne excuse, il devait être en train de sauver la vie de quelqu'un d'autre, mais j'étais irritée quand même.)

Il se mit à neiger, d'abord quelques flocons à la dérive, puis un voile blanc recouvrit bientôt quasiment toutes les surfaces. Sur la télé suspendue au mur défilaient des météorologues enjoués, postés à des carrefours où les voitures dérapaient pour signaler que, oui, de toute évidence, la neige s'était mise à tomber. S'ils se faisaient renverser par un de ces véhicules dont le conducteur avait perdu le contrôle, on pourrait remercier la sélection naturelle, songeai-je.

L'état de mon père me rendait cruelle, de toute évidence.

Finalement, alors que je contemplais par la fenêtre le « vortex polaire » (appeler ça de la neige était devenu ringard apparemment), le nom d'Alexander s'afficha sur mon écran de téléphone. Je lui annonçai la triste nouvelle.

— Je suis vraiment désolé, chérie. Je serai là dès que je peux. Tu me connais, je conduis toujours avec le téléphone éteint. Mais je vais le laisser allumer. Je remonte tout de suite dans la voiture.

— Il neige là-bas ?

Il hésita.

— Oui. Ça tombe bien.

— Ici aussi. Si tu venais plutôt demain matin ? Reste à Boston ce soir. Les prévisions sont de vingt à trente centimètres.

— Vingt à trente centimètres ? C'est la taille de ma b…

Je le coupai :

— Ce n'est pas le moment, Alexander.

— Désolé. J'essayais juste de te faire rire.

— Je sais.

Je marquai une pause, puis :

— Tu me manques.

— Tu me manques aussi. Je suis vraiment désolé, chérie. Je sais à quel point tu aimes ton père.

Les larmes se remirent à couler de mes yeux déjà gonflés.

— Merci, mon cœur, répondis-je d'une voix rauque.

— Je t'aime, Sadie.

— Je t'aime aussi.

Je retournai rejoindre ma famille. Personne ne leva les yeux.

— Pas de nouvelles du médecin ? demandai-je.

— Hélas, non, fit Oliver.

« *Hélas* » ? J'essayais de ne pas m'énerver, mais Oliver… il était certes très gentil. S'il paraissait fade à mes yeux, cela n'avait sans doute pas d'importance. C'était un bon père, un excellent mari et un gendre idéal, du moins d'après ma mère.

Je tapai « AVC avec hémorragie cérébrale » dans Google sur mon téléphone, puis je décidai que ça ne servirait qu'à me faire paniquer. Mieux valait attendre les nouvelles du médecin, d'abord. Je soupirai. J'étudiai les membres de ma famille. Je les avais vus à

Noël, quelques semaines plus tôt, mais il me semblait que c'était il y a mille ans au moins.

Ju paraissait épuisée, ce qui était rare, mais qui aurait pu lui en vouloir ? D'habitude, ses cheveux blond foncé qui lui arrivaient à l'épaule étaient parfaitement lisses, mais, là, ils étaient emmêlés, comme si elle venait de sortir du lit. Ses vêtements étaient froissés. Elle était toujours bien habillée en toutes circonstances : son style pouvait être qualifié de discrètement tendance, composé uniquement de pièces de qualité, un peu trop conventionnelles, à moins d'y regarder de plus près et de remarquer que le chemisier était asymétrique ou qu'elle portait une bague en argent super cool. Comme toujours, elle servait de chien de garde à ma mère, assise à ses côtés, lui rappelant de s'hydrater, lui offrant un bonbon.

Elle ne m'en proposa pas.

Et puis, il y avait Oliver, super beau, pour ne pas changer, les cheveux bruns, les yeux verts, les dents d'une blancheur aveuglante et bien droites (il avait succombé à la pression des normes d'orthodontie américaines et avait porté un appareil dentaire quand Juliet et lui étaient déjà fiancés). Il était occupé à consulter son téléphone, et j'avais envie de le lui arracher des mains pour le frapper avec sur la tête. Chaque fois qu'il me surprenait à le regarder, il m'adressait un sourire, par réflexe. J'avais envie de lui dire : « Oliver, mon père est peut-être en train de mourir et je réalise que je suis sans doute la seule personne à qui il manque vraiment : est-ce que tu pourrais arrêter de me montrer tes dents immaculées ? » Il avait toujours été gentil avec moi… mais n'avait jamais fait l'effort de dépasser les banalités polies. Et puis, il y avait cette façon qu'avait Juliet de l'exhiber, comme s'il était une vache de concours dans une foire agricole. « *Voici mon* mari, *Oliver Smitherington.* » Son nom de famille n'aidait pas, il faut dire. Comment pouvait-on coucher avec quelqu'un affublé d'un nom aussi ridicule ?

Quant à ma mère… En ce moment, on aurait dit une statue : un carré strict de cheveux blancs parfaitement en place, du mascara qu'aucune larme n'avait fait couler. Pourquoi est-ce qu'*elle* aurait pleuré ? Elle détestait probablement mon père. Au mieux, elle le tolérait et, même si ce n'était pas génial de se dire que ma mère était quelqu'un qui se servait des autres, il fallait reconnaître qu'elle avait largement utilisé mon père, son nom de famille et l'argent qu'il avait durement gagné. Elle n'avait jamais travaillé avant l'année dernière.

Pour être honnête, elle paraissait pâle et solitaire dans cette salle d'attente. Je m'attendais à ce que tante Caro, la personne la plus proche de ma mère, soit là, puisqu'elles étaient meilleures amies depuis bien avant ma naissance. Mais non. Maman se contentait de fixer le vide, probablement occupée à planifier un vide-greniers pour se débarrasser des affaires de papa.

— Comment vas-tu, maman ? lui demandai-je.

— Bien.

— Ça doit être très dur pour toi.

Elle cligna des yeux.

— Qu'est-ce que tu as dit, Sadie ?

— Ça doit être dur pour toi, répétai-je plus fort, ce qui me valut un regard noir de ma sœur. Ton mari depuis cinquante ans est entre la vie et la mort. L'hémorragie cérébrale. La chirurgie.

— Je n'ai pas besoin d'un résumé, Sadie. Bien sûr que c'est dur.

— Ne commence pas, me prévint Juliet.

— C'est bizarre, vous avez tous un visage de marbre. Sauf toi, Oliver.

Il sourit à nouveau. *Bon Dieu.*

— Tu voudrais que je me ronge les ongles ? riposta ma sœur. Désolée de ne pas être à la hauteur. Mais continue à jouer ton rôle, je t'en prie.

Le médecin apparut enfin, un grand et bel Afro-Américain en blouse blanche avec son nom cousu sur la poche. « Dr Daniel Evans. Neurochirurgie »

Merde. Chirurgie du cerveau. *S'il te plaît, papa, remets-toi. Ne meurs pas, je t'en prie.*

— Je suis vraiment désolé, commença-t-il. Nous avons eu une autre urgence juste après votre… heu, M. heu…

— Frost, répondit Juliet en même temps que moi.

— Oui, bien sûr. Alors…

Il s'assit.

— Votre père – et votre mari, madame Frost – a subi une hémorragie importante, comme nous le soupçonnions. Pour l'instant, il se repose. Nous le gardons sous respirateur, mais c'est plus par précaution, puisqu'il avait déjà recommencé à respirer tout seul dans l'ambulance en arrivant ici.

Mon estomac se noua. Ça paraissait tellement grave.

— J'aimerais pouvoir vous dire à quoi vous attendre. La partie du cerveau qui contrôle la parole *est* endommagée, nous en sommes certains. Il y a aussi des contusions dues à la chute, qui ont provoqué un gonflement. Mais il a survécu à l'opération. Une étape à la fois. Maintenant, je suis sûr que vous avez des questions.

— Est-ce qu'il va se réveiller ? demandai-je.

Il inclina la tête.

— Nous ne le savons pas encore. Les séquelles des lésions cérébrales sont difficiles à prévoir. Chaque cas est différent. Tout ce que je peux affirmer pour le moment, c'est que son état est stable mais critique. Les deux prochains jours seront déterminants. Où est-ce que vous habitez ?

— Stoningham, dit Juliet.

Maman n'avait toujours pas prononcé un mot.

Il hocha la tête.

— Pourquoi ne rentrez-vous pas chez vous pour vous reposer ? Nous vous appellerons si son état évolue.

— C'est une bonne idée, renchérit Oliver.

— Non, pas du tout, protestai-je. Il voudrait qu'on soit près de lui.

— Ça fait des heures qu'on est ici, fit remarquer Juliet. Et on ne peut pas camper dans sa chambre, Sadie. Il est dans un état critique.

— Eh bien, moi, je reste là, décrétai-je. S'il lui arrive… quelque chose, je veux être là.

— On doit s'occuper des filles, se défendit Oliver.

— J'en suis bien consciente, Oliver. Allez-y. Les filles ont besoin de vous. Je sais ça.

— Merci, docteur Evans, dit Juliet. Nous apprécions beaucoup votre gentillesse.

Il nous serra la main, l'air inquiet, et partit.

— Dommage que tu sortes avec un vendeur de yachts, remarqua Juliet.

Je fis comme si je n'avais rien entendu.

— Je peux dormir ici s'il le faut, je veux être tout près.

— C'est bien, admit maman. Mais je vais rentrer avec Juliet, je pense. C'est un tel choc.

Nous nous serrâmes dans les bras comme l'exigeait la situation, et ils s'en allèrent tous les trois.

Ma mère serait peut-être veuve bientôt. Malgré ses nombreux défauts comme épouse, cette perspective devait être flippante pour elle. Ils étaient mariés depuis cinquante ans. Mon Dieu. Cinquante ans demain…

Je me rendis au poste des infirmières et je demandai à revoir mon père. Il n'avait pas bougé, ce qui paraissait en réalité normal vu qu'il était sous sédatifs.

Il faisait peur à voir. C'était difficile d'imaginer qu'il puisse survivre : ce bandage autour de sa tête, le tube qui sortait de sa bouche, les points de suture sur son sourcil, les ecchymoses…

— Je suis là, papa. Je suis là. Toi et moi, comme toujours.

J'expliquai aux infirmières où elles pourraient me trouver et elles se montrèrent très gentilles. Elles me conseillèrent de manger et l'une d'elles me proposa une couverture.

Si mon père mourait au milieu de la nuit, il ne serait pas seul. Il y aurait quelqu'un qui l'aimait pour lui tenir la main et le remercier. J'étais contente que ce soit moi, parce que, en toute honnêteté, je ne pouvais pas imaginer Juliet ou ma mère s'en charger.

5

Barb

J'essayais de me souvenir de l'instant où mon mariage était discrètement passé de très bien à bien, puis de bien à pas mal, puis à… carrément inexistant, mais j'étais incapable d'identifier un moment précis. Je n'y parvenais pas.

John et moi, nous nous étions aimés. Je n'avais aucun doute à ce sujet, ah ça non. C'est vrai que nous ne nous connaissions pas très bien au début, mais nous étions heureux.

C'est probablement mon infertilité qui déclencha la pente descendante : John n'a pas vraiment tenté de comprendre la douleur que je ressentais, et comme j'étais une Norvégienne de deuxième génération, fille d'un fermier du Minnesota en sus, peut-être que je ne savais pas non plus comment partager mes émotions. Nous, les paysans du Minnesota, nous n'aimons pas nous plaindre.

Mais il ne fallait pas être un génie pour voir que je *souffrais*. Avec le recul, je pense que John préférait faire *comme si de rien n'était,* parce que ça lui permettait d'ignorer un problème qu'il ne pouvait pas régler.

Ensuite, lorsque nous eûmes enfin la chance d'avoir un enfant, toute mon attention se porta naturellement sur Juliet. Malheureusement, avoir un bébé ne nous rapprocha pas vraiment, John et moi. C'était en partie ma faute. Je le réalise, maintenant.

Mais n'est-ce pas ce que font les bonnes mères ? J'étais mère au foyer à une époque (et dans une ville) où la plupart des femmes *restaient* à la maison ou ne travaillaient qu'à temps partiel. Devenir mère était mon plus grand rêve. Je n'allais pas confier mon bébé à quelqu'un d'autre. C'était hors de question ! Juliet était ma raison d'être. Il n'était pas concevable de faire autrement.

John ne comprenait pas. Il ne se rendait pas compte de tout le travail que j'abattais. Dès qu'il commentait les progrès ou les capacités de notre fille, ça me rendait dingue.

— On s'est bien amusés cet après-midi, m'avait-il annoncé un dimanche d'août après l'avoir emmenée à la plage, s'attribuant pratiquement le titre de père de l'année. Tu sais que c'est une excellente nageuse ?

— À ton avis, qui lui a appris ? avais-je répliqué sèchement. Et tu n'aurais pas oublié la crème solaire ? Elle m'a l'air très rose.

Même chose pour la lecture.

— Notre fille de quatre ans lit des livres ! s'était-il exclamé, comme si c'était une révélation.

Moi qui passais toutes mes journées avec elle, qui lui faisais la lecture des heures durant, qui lui avais transmis l'amour des livres. Je voulais qu'il le remarque, qu'il reconnaisse mon mérite, qu'il admire les heures, les *années*, où je m'étais consacrée corps et âme au développement de notre fille. J'étais une mère merveilleuse. Je disais tout le temps à Juliet que je l'aimais, alors que c'était une phrase que je n'avais jamais entendue de toute mon enfance. J'étais généreuse, attentionnée et affectueuse. Je fixais des limites pour qu'elle dorme suffisamment, qu'elle mange des repas équilibrés, qu'elle respecte les autres et elle-même, qu'elle se montre courageuse, mais pas idiote. Juliet était l'œuvre de ma vie.

Et même si le jour de la fête des Mères John m'offrait une carte et me préparait un petit déjeuner en utilisant toutes les casseroles de la cuisine, me recommandant de « m'accorder un jour de congé sans tâches ménagères » (pour que je puisse en faire deux fois plus le lendemain), il ne le remarquait pas. Ou il faisait semblant de ne pas le voir. Lorsqu'il « gardait » Juliet pour que je puisse me consacrer à des activités aussi passionnantes que faire les courses toute seule, je le trouvais en rentrant à la maison en train de lire dans un fauteuil pendant que Juliet était assise devant la télé, regardant un programme qui ne faisait pas partie des émissions que j'autorisais (une demi-heure par jour le week-end, et rien les jours d'école). Il ne remarquait pas que la maison était étincelante, même quand Juliet était tout bébé, parce que je voulais que notre foyer soit impeccable en toutes circonstances, et je peux vous dire que ce n'était pas grâce à son talent pour manier la brosse à récurer.

Il pensait que Juliet était née comme ça, comme si elle s'était élevée toute seule.

Parfois, j'étais obligée de serrer les dents quand les gens nous disaient que c'était une enfant formidable et que John rayonnait de fierté. Il répondait des choses comme « Ma mère aussi aime la poésie », oubliant que c'était moi qui lisais des poèmes à notre fille (et que personne ne m'avait jamais lu ce genre de texte, je vous l'assure). Lui en tout cas ne lisait *pas* de poésie, alors qu'il était peut-être de la même famille que le célèbre poète Robert Frost ! Il rentrait d'ailleurs rarement à la maison assez tôt pour faire la lecture à Juliet.

En réalité, John ne faisait pas grand-chose pour notre fille, à part subvenir à ses besoins. Et il le faisait très bien. Je lui en étais reconnaissante, évidemment, et je m'efforçais d'être une bonne épouse : je lui demandais comment s'était passée sa journée, j'organisais notre vie sociale, parce qu'il ne s'en souciait pas le moins du monde. J'invitais les associés de son bureau à dîner, je dressais une belle table, je préparais un repas délicieux, et quand tout était terminé, il me disait « C'était très bien, chérie », puis il me faisait du rentre-dedans, sans penser que je venais de cuisiner pour douze personnes et que j'étais épuisée. Mais je faisais l'amour avec lui et, quand il s'endormait, je descendais ranger.

Ses petites habitudes personnelles avaient fini par me taper sur les nerfs. Lorsque, à notre arrivée à Stoningham, je n'avais que la maison et le bénévolat pour m'occuper, cela ne me posait pas le moindre problème qu'il laisse une serviette sur le sol de la salle de bains ou qu'il ne rince pas l'évier après s'être rasé. J'étais une femme au foyer, ça ne me dérangeait pas de nettoyer derrière lui, même si ça me rappelait que lorsque nous travaillions tous les deux à plein temps, je me chargeais tout de même de quatre-vingt-quinze pour cent des tâches ménagères.

Mais maintenant que nous avions notre belle et merveilleuse fille à élever, cette serviette et cet évier me faisaient comprendre qu'à ses yeux rien n'avait changé. Il était trop important pour mettre sa serviette sur le porte-serviette ou dans le panier à linge, trois secondes de rinçage de l'évier étaient indignes de lui parce qu'il était avocat et que je n'étais qu'une mère au foyer.

Encore une fois, avec le recul, j'aurais probablement dû exprimer ce que je ressentais.

La mère de John se rendait compte de tout ce que je prenais en charge parce qu'elle avait été *à la même place que moi.* Quand ses parents venaient nous rendre visite, John et son père jouaient au golf, tandis qu'Eleanor et moi admirions Juliet, car c'est ce que font les grands-mères. Elle roucoulait, complimentait sa petite-fille et la serrait contre elle. Une fois, alors que nous étions seules elle et moi, Juliet endormie dans ses bras, elle m'avait dit :

— Personne ne se rend compte qu'on offre une part énorme de son âme à son bébé. Les gens s'imaginent que c'est une question de chance ou de hasard s'il fait ses nuits, s'il ne pique pas une colère quand on sort d'un magasin ou s'il dit merci. Ils croient qu'une bonne fée s'est penchée sur son berceau. Ils n'ont aucune idée du nombre d'heures qu'on passe à les façonner.

Mon Dieu, que ça faisait du bien de sentir que mes efforts étaient enfin reconnus ! Malheureusement, Eleanor mourut quand Sadie avait trois mois. Je me suis parfois demandé si les choses auraient été différentes si elle avait encore été en vie. Je suis convaincue qu'elle m'aurait aidée, et qu'elle aurait peut-être remarqué que je souffrais de dépression post-partum, car elle était intelligente, cette Eleanor. Elle se montrait toujours gentille et maligne. Bien plus que ma propre mère – qu'elle repose en paix.

John et moi perdîmes respectivement nos mères en l'espace de six mois, et juste entre ces deux décès, nous eûmes un nouveau-né. On aurait dit que Dieu se moquait de toutes ces années passées à essayer d'avoir Juliet car, quand notre aînée allait presque avoir douze ans, surprise !

John se prenait pour un héros quand il s'occupait de Sadie, changeait ses couches et se levait au beau milieu de la nuit… ce qu'il n'avait presque jamais fait pour Juliet. Il aimait me raconter les exploits qu'il avait accomplis, tandis que j'avais l'impression que mes seins étaient transpercés par des couteaux et étaient plus durs que de la pierre. Lorsque mon hystérotomie dut être recousue parce que j'avais eu une quinte de toux (les médecins adorent vous dire que vous êtes responsable de tout ce qui se passe mal), John me raconta qu'il s'était brillamment arrangé pour que Caro aille chercher Juliet aux scouts. Et, en plus, comme il avait sorti du congélateur un ragoût que j'avais préparé le mois précédent, le dîner était prêt. Je conservais ce plat pour le moment où il reprendrait le travail et serait en déplacement, où je me retrouverais seule avec notre bébé et notre adolescente, où toutes les responsabilités liées au ménage et aux enfants reposeraient sur moi et moi seule.

— C'est bon, hein ? s'était-il exclamé au dîner ce soir-là. Qui est-ce qui a cuisiné ce ragoût ?

Il se montrait tellement… peu attentionné parfois. La plupart du temps, en fait.

Avec Sadie, ils avaient leur propre petit univers, comme Juliet et moi avions le nôtre. Juliet aimait sa petite sœur, mais elles ne passaient pas beaucoup de temps ensemble ; elle avait des devoirs et des travaux à rendre, des activités et des amis. Les deux camps étaient bien définis : Sadie et John d'un côté, Juliet et moi de l'autre. Je ne pouvais pas m'empêcher d'être irritée par l'adoration de mon mari pour notre petite dernière, car Juliet n'y avait pas eu droit. Parfois, je la voyais regarder son père jouer au cheval avec Sadie sur le dos ou dessiner avec elle pendant une heure après le dîner, et je savais que ça lui faisait de la peine.

Quand Juliet partit pour l'université, notre mariage se dégrada encore. John critiquait mes rapports avec Sadie, me reprochait de me montrer trop stricte, prétendait que Sadie était un électron libre et que je devais faire preuve de souplesse. Si je disais : « C'est fini les biscuits, Sadie », il lui en donnait systématiquement un en cachette. Si j'annonçais que c'était l'heure du coucher, il lui accordait quinze minutes de répit. Il rentrait tous les soirs à 18 h 30 et j'avais l'impression qu'il passait tout son temps à me harceler au sujet de Sadie. Pourquoi était-elle dans sa chambre ? Qu'est-ce que ça pouvait bien faire qu'elle ait dit à son prof que les maths c'était nul et qu'elle ne ferait pas ses devoirs ? Tout le monde détestait les maths. J'avais encore préparé des côtes de porc ? On ne venait pas d'en manger ?

Comme il disait tout ça avec amabilité, je répondais :

— Non, John, c'était en avril. Je planifie les repas pour que nous ne mangions jamais deux fois la même chose au cours du mois. Je le fais depuis le jour de notre mariage. Tu n'as pas remarqué ?

Il répondait :

— D'accord, d'accord, je suis désolé. C'est ma faute. Je ne voulais pas te vexer.

Puis il adressait un clin d'œil à Sadie (ou, si elle n'était pas dans la pièce, il soupirait pour me faire comprendre que c'était moi la méchante). Il prenait toujours, toujours son parti.

— Sadie n'est pas Juliet. Elle a sa propre personnalité, Barb.

— Je le sais très bien ! Mais elle a besoin qu'on lui pose des limites et elle doit se concentrer, John ! Je passe toute la journée avec elle, et toi tu débarques pour t'amuser deux heures en sa compagnie, une fois que tout ce qui est difficile est fait.

— Qu'est-ce que ta vie a de si difficile, Barb ?

À nouveau, son ton était condescendant.

Je ne pouvais jamais avoir le dernier mot de ces discussions.

Lorsque Sadie quitta enfin la maison pour partir à la fac, j'avais cinquante-huit ans, j'étais fatiguée et terriblement soulagée. Ce jour-là, ce fut John qui fondit en larmes sur le chemin du retour. J'ai trouvé que ce n'était que justice.

J'espérais qu'une fois seuls nos rapports s'amélioreraient… J'espérais que je ne serais plus irritée à tout bout de champ par John, que nous pourrions redevenir proches. Mais le fossé n'avait pas disparu. Si je posais la main sur sa jambe au lit, il décrétait :

— Oh ! je suis désolé, chérie. Je suis épuisé.

Le lendemain soir, il était tout à fait partant, si vous voyez ce que je veux dire, et c'est *moi* qui tombais de fatigue. Quand on faisait enfin l'amour, je retrouvais rarement le sentiment de plénitude d'avant. C'était juste une case à cocher. Sexe avec le mari ? Fait. Dieu merci.

Les hommes ne comprennent pas que c'est difficile pour une femme de se mettre dans l'ambiance. Je déteste ces films où un simple baiser suffit à l'héroïne : trois secondes plus tard, ils font l'amour. Les hommes trouvent ça normal. Et si vous ne réagissez pas comme ça, ils vous le reprochent. Par pitié ! Je n'avais plus vingt-cinq ans. Les hommes ne se rendent pas compte que nous, les femmes, nous devons souvent d'abord nous convaincre d'être d'humeur à faire l'amour, que nous devons ensuite simuler jusqu'à ce que ça devienne sincère, que nous devons faire face aux conséquences d'un système reproductif vieillissant. Sécheresse vaginale. Bouffées de chaleur. Infections urinaires. Perte de sensibilité. Kystes. Pour les hommes, c'est juste une question de pénis en érection ou non.

C'est pendant la deuxième année de fac de Sadie que nous commençâmes à faire chambre à part, quand les ronflements de John devinrent plus bruyants et que ma vessie décida de me réveiller deux fois par nuit. Quand nous regardions la télé ensemble, il s'asseyait dans le fauteuil, moi sur le canapé, et dix minutes plus tard il s'endormait.

John travaillait et je faisais du bénévolat. Même si c'était lui, le parent préféré de Sadie, c'est moi qui connaissais l'emploi du temps de notre cadette à l'université. C'est moi qui l'ai poussée à reprendre des cours de maths avant la fac pour qu'elle ait son diplôme. J'ai demandé à Geneviève London, qui vivait à Stoningham et qui était un grand nom de la mode, si Sadie pouvait faire un stage dans le département stylisme de son entreprise, espérant que son diplôme lui permettrait un jour de subvenir à ses besoins. (Sadie a refusé ce stage, finalement.)

Pourtant, quoi que je fasse, j'étais toujours la méchante, l'intruse. Je me demandais comment c'était d'être aimée par Sadie, d'être respectée, qu'elle vienne placer son bras autour de ma taille. Ça devait être agréable. Si je posais la main sur ses cheveux ou si j'essayais de la prendre dans mes bras, elle était surprise et me regardait l'air de dire « Qu'est-ce qui te prend ? ». C'était… épuisant.

Pour combler ce besoin maternel, je me réfugiais là où je me sentais le plus moi-même : près de Juliet. Et de sa famille, bien sûr. Mais surtout de Juliet. Avec elle, je pouvais exprimer la meilleure version de moi-même, la plus sincère. J'étais heureuse, drôle, serviable, écoutant avec attention tout ce que Juliet me racontait à propos de son travail ou de ses amis, prodiguant des conseils quand on me le demandait. « C'est une super idée, maman », disait-elle, ou « Je savais que tu trouverais les mots justes ».

Je continuais à faire du bénévolat. Je participais à la commission scolaire, j'étais membre du Club des jardins, de la Société des amis du patrimoine, des Amis de la bibliothèque. Je connaissais pratiquement tous les résidents de Stoningham par leur nom. Les commerçants me saluaient avec plaisir ; les enseignants venaient me trouver dès qu'ils avaient un problème ; on orientait les nouveaux habitants vers moi pour que je leur explique comment s'intégrer au mieux dans notre petite communauté soudée. Je connaissais le pasteur, le prêtre et le rabbin. Je recommandais aux nouveaux venus de rejoindre l'une de ces activités bénévoles : opérations de nettoyage, banque alimentaire, accompagnement des personnes âgées ou soutien scolaire.

John savait que je prenais toutes ces activités en charge, mais celles-ci ne l'intéressaient pas. Il jouait au golf ; il faisait partie du comité organisateur du concours de pêche. C'était moi qui signais un chèque de cinq cents dollars pour les scouts chaque année, et John qui papotait avec les autres pères.

Je fis de nombreux efforts. C'est à la femme de piloter le couple, m'avait dit Caro (ce qui ne l'avait pas empêchée de divorcer, par ailleurs). Au dîner, je demandais à John comment s'était passée sa journée et j'obtenais la réponse habituelle : « Rien d'intéressant. Juste la routine. » Si je lui racontais ce que j'avais fait, ses yeux se voilaient et il répondait : « Hum ? »

Nous prîmes l'habitude de lire pendant les repas au lieu de discuter.

Les vacances étaient généralement merveilleuses, grâce à Juliet et à ses filles. Je préparais des gâteaux, je les décorais et je mettais de la musique qui leur plaisait, je tentais de leur offrir tout ce qui m'avait manqué pendant mon enfance dans le froid du Minnesota. Juliet et ses filles me donnaient un coup de main ou admiraient mes créations, et quand Sadie rentrait à la maison, elle m'accordait parfois un commentaire gentil, comme « la maison est belle, maman » ou « ça sent super bon ici ».

Dans ces moments-là, je regardais mon mari et je souriais en me disant : *Quelle chance nous avons ! Deux enfants en bonne santé. Deux petits-enfants en bonne santé. Un gendre adorable. Une belle maison.* Parfois, je l'exprimais même à haute voix. « Ça c'est sûr », répondait John, et la conversation s'arrêtait là.

C'était dur de ne ressentir que de l'irritation pour lui. D'année en année, c'était de plus en plus pénible. Quand il prit sa retraite à soixante-huit ans, je me mis à craindre le pire. Après toutes ces années d'absence, il allait être là tous les jours, dans mes pattes, à faire semblant de se rendre utile, mais à tout mal faire pour que je le chasse. Pour lui, nettoyer la cuisine signifiait mettre les couverts dans le lave-vaisselle et faire couler un peu d'eau tiède dans les casseroles. Il n'essuyait pas les surfaces, ne vidait pas la grille de l'évier… les restes de nourriture restaient dans la bonde jusqu'à ce que je les enlève. Inévitablement, je finissais par ne plus supporter ce désordre et je me mettais à récurer les casseroles et les poêles, et John s'exclamait :

— Oh ! je comptais le faire ! Je vais m'y mettre tout de suite.

Mais il ne joignait jamais le geste à la parole. S'il avait voulu le faire, il *l'aurait* fait. S'il avait vraiment voulu se rendre utile pour la lessive, par exemple, il n'aurait pas versé de l'eau de Javel dans la machine à laver – sur des vêtements noirs, en plus – trois fois de suite.

— Pour un homme intelligent, tu peux être stupide, avais-je dit en essayant de garder un ton léger.

— Ce n'est pas grave. Il faut bien que j'apprenne.

— Trois cents dollars de vêtements bons pour la poubelle, parce que tu n'as pas lu les instructions ou que tu ne m'as pas écoutée.

La Norvégienne économe en moi était furieuse.

— Je n'aimais pas cette chemise, de toute façon.

— Eh bien, moi, j'aimais beaucoup la mienne.

— Barb, ce n'est pas grave. Achètes-en une autre. Tu n'es pas obligée de t'énerver tout le temps.

— Je ne suis pas énervée. Je ne fais que constater les choses.

— Je suis désolé, avait-il conclu d'un ton condescendant qui signifiait en réalité : « Je suis désolé que tu sois si mesquine, et je suis désolé d'avoir cette discussion, et je suis désolé que tu ne réalises pas que je suis le mari le plus merveilleux du monde. »

Je ne sais pas quand je me suis mise à considérer le veuvage comme une excellente alternative. John était en bonne santé, mais c'était un homme. Il jouait au golf. La foudre ne s'abattait-elle jamais sur les terrains de golf ? Il allait rendre visite à Sadie en voiture, et tout le monde sait comment conduisent les New Yorkais.

Ce n'est pas que je souhaitais sa mort. Je ne voulais simplement plus être mariée.

— Il me semble qu'il y a une solution qui s'appelle le divorce, m'avait fait remarquer Caro un soir où John avait décidé de rester à New York (sur le canapé de Sadie, à se faire croire qu'il avait à nouveau vingt ans. Nous avions assez d'argent pour qu'il s'offre une chambre d'hôtel).

J'avais soupiré.

— On est mariés depuis presque cinquante ans. On ne divorce pas après autant de temps, si ?

— D'accord, mais il te reste environ vingt-cinq ans à vivre. Comment as-tu envie de les passer ?

Elle me fixa en prenant une gorgée de margarita. Elle avait raison. Je réfléchis un moment.

— Exactement comme maintenant, mais sans lui.

J'avais déjà creusé la question. Nous étions à l'aise financièrement grâce au travail de John, mais il n'avait jamais été associé dans sa boîte. Il était si peu ambitieux et si gentil qu'il ne pouvait gravir les échelons. Si nous divorcions, nos finances en prendraient un coup, ce que j'expliquai à Caro.

— J'adore cette maison et tout ce qu'elle contient. Je ne veux pas emménager avec Juliet ni vivre à New London dans une habitation divisée en trois appartements et me demander chaque mois comment je vais régler mes factures.

Caro était divorcée depuis longtemps. Mais elle venait d'une famille riche, elle avait repris des études, était devenue consultante en relations publiques et gagnait très bien sa vie. Vraiment très bien.

Elle hocha lentement la tête.

— Alors… je crois qu'on va devoir le tuer.

Elle arbora son plus beau sourire.

— Sinon… sinon quoi ? Y a-t-il la moindre chance que les choses puissent s'améliorer entre vous ? Il n'est quand même pas insupportable, si ?

— Non, pas à ce point-là.

— À mon avis, vous rabibocher vaudrait mieux qu'un meurtre ou un divorce.

— Sans doute.

Je souris, mais cette idée me décourageait. Une tâche de plus à endosser seule. J'étais prête à parier qu'aucun des amis de John ne lui recommandait d'être un mari plus aimant.

— Voilà le conseil que je donne à mes clients : fais semblant jusqu'à ce que tu y arrives. On ne sait jamais. Si vous faites semblant de vivre l'amour fou, peut-être que vous retomberez amoureux. Il faut se montrer positif, le bonheur repose en grande partie là-dessus.

Nouveau sourire radieux de Caro.

— J'ai beaucoup de chance de t'avoir comme meilleure amie, Caro, lui avouai-je, d'une voix un peu rauque.

— Oh ! Barb ! Je suis heureuse de t'avoir, moi aussi ! Je t'adore ! Et j'adore cette margarita ! S'il te plaît, dis-moi qu'il y en a encore.

Nous passâmes le reste de la soirée à discuter, et comme elle avait un peu trop bu, elle dormit dans la chambre d'amis, ce qu'elle pouvait décider sans devoir passer un coup de fil pour se justifier.

Elle avait deux fils un peu plus âgés que Juliet ; l'un vivait dans le Vermont, et l'autre à New York. Ça ne lui posait aucun problème de rester dormir chez moi, comme si nous étions deux ados improvisant une soirée pyjama. Ça faisait une éternité que je ne m'étais pas autant amusée, et en compagnie d'une autre personne que Juliet. Après ma fille aînée, Caro était ma meilleure amie. Elle habitait au coin de la rue et nous avait apporté un gâteau le jour où nous avions emménagé. Nous nous étions tout de suite bien entendues.

Je suivis ses conseils, même si le cœur n'y était pas. Je me donnai à fond. Je cherchai des activités à faire avec John, ou avec d'autres couples, comme à l'époque où nous étions jeunes mariés. Caro avait un amoureux stable qui s'appelait Ted (elle refusait d'utiliser le mot « petit ami »), et on s'inscrivit ensemble à un cours de danse de salon. John était aussi à l'aise qu'un éléphant sur la piste de danse. Karen, la prof, riait parfois jusqu'aux larmes, ce qui nous faisait rire aussi. Malheureusement, Caro finit par se déchirer le tendon d'Achille en randonnée, et on laissa tomber la danse. On essaya alors le bowling, mais j'avais de l'arthrite au poignet et chaque lancer était douloureux. On prit part à une dégustation de vins dans le Connecticut. Je réservai un circuit touristique en Italie, que John résuma par la suite aux filles en disant : « On montait dans le bus, on descendait du bus ; on remontait dans le bus, on redescendait du bus. » Sadie nous fit la morale sur la nullité des voyages organisés et nous reprocha de ne pas lui avoir demandé conseil, alors qu'elle était experte de l'Europe (dans sa tête, du moins).

J'avais trouvé le voyage plutôt agréable. C'était confortable de se déplacer en car, de ne pas avoir à se soucier où nous allions loger chaque nuit puisque le forfait incluait des hôtels corrects. Nous n'avions pas exploré les villes et flâné en tête à tête dans les rues, mais nous avions admiré de belles églises et de magnifiques paysages. Pourquoi John se moquait-il de notre expérience ?

C'était toujours un peu la même chose, dans le fond. Si nous passions un bon moment, John en attribuait systématiquement le mérite à quelqu'un d'autre : « Caro est vraiment une boute-en-train » ou « Ted a toujours des anecdotes très drôles, tu ne trouves pas ? », ou encore « le musée avait des pièces vraiment étonnantes ! ». Je n'avais jamais droit à un « Merci de t'être renseignée, d'avoir acheté les billets et de m'avoir fait sortir de mon fauteuil alors que je râlais à l'idée d'y aller ». Il ne me qualifiait jamais de boute-en-train et ne me complimentait jamais pour avoir raconté une bonne anecdote, alors même que Caro et Ted riaient en écoutant le récit de mes combats épiques avec l'énorme chèvre de la ferme quand j'étais petite.

Non, John se contentait de me lancer un regard agacé. « La seule histoire amusante de son enfance. Une fois de plus », semblait-il dire.

Et pendant tout le temps où je jouais la comédie, où j'espérais que la stratégie marche, John ne faisait pas le moindre effort. Il ne m'offrait pas de fleurs, ne me proposait pas d'activités, de sorties. Il se contentait de me suivre au cinéma. Parfois j'étais obligée de lui résumer le film pour le convaincre de venir.

C'était épuisant.

Le sexe était devenu une routine depuis mes années d'infertilité. Je ne cherchais même plus à avoir de relations sexuelles avec John. Je savais que j'étais censée m'en soucier, mais c'est fatigant de demander à chaque fois. Je me sentais parfois mal d'avoir à le prier. John n'avait pas l'air de remarquer la différence. Je cessai de tenter d'organiser des activités en couple. Ça n'avait pas l'air de le déranger non plus. On ne se parlait pratiquement plus. C'était mieux que de se forcer à maintenir une conversation sans intérêt.

C'est pour toutes ces raisons que, lorsque je reçus l'appel m'annonçant qu'il risquait de mourir, le chagrin que je ressentis fut une vraie surprise. Cependant, pas autant que la découverte, une heure plus tard, qu'il me trompait.

6

Barb

BUREAU : Mon amour, tu me manques tellement ! J'ai l'impression que la semaine dernière c'était il y a mille ans. Je ne peux pas m'empêcher de penser à tout ce que je ressens avec toi. Je n'ai JAMAIS joui comme ça. Je te jure que j'ai cru que j'allais mourir. TU ES TOUT POUR MOI !

JOHN : PAREIL !!! Tu es incroyable. Je n'ai jamais ressenti ça. Je ne pense qu'à toi, à toi, à toi. Nous deux ensemble. Bon Dieu ! J'ai l'impression d'être un nouvel homme !

BUREAU : Le truc que tu m'as fait avec la langue M'ENFLAMME rien que d'y penser.

JOHN : Tu mérites qu'on te vénère. Ton corps est incroyable. Qu'est-ce que j'aimerais avoir plus de week-ends de « golf » !!! MDR !

BUREAU : Tu peux mettre ton fer dans mon trou quand tu veux. OMG je n'en reviens pas d'avoir dit ça !

JOHN : Continue comme ça, ma bête de sexe. Tu me fais rugir comme un tigre !!!

BUREAU : J'ai envie de toi, de tes krs. Tout le tmps, n'importe quand, tout le tmps. Quand est-ce qu'on peut se revoir ? J'en meurs d'envie.

JOHN : Bientôt. Mais jamais assez tôt, mon amour !!!

BUREAU : Les choses que je pourrais te faire pendant un week-end… une semaine… un mois… toute une vie ! Mon 3 enfle rien que d'y penser !!! J'espère qu'un jour on pourra !!!

JOHN : Mon cœur enfle aussi et il n'est pas le seul !!! MDR !!! On va y arriver ! Je veux passer le reste de ma vie avec toi. Tu me rends HEUREUX.

BUREAU : J'ai tellement envie de toi en ce moment. Si je te voyais je me jetterais sur toi. C'est TROP BIEN que tu aies pris ton bonheur en main et que tu ne te sentes pas coupable. YOLO !

JOHN : Je sais ! Je ne savais pas ce qu'était le bonheur avant toi. Je bande rien qu'en pensant à toi ! Je dois y aller maintenant. Je veux faire du vélo pour notre TRIATHLON ensemble ! J'arrive pas à croire que je vais le faire. Je suis un nouvel homme grâce à toi !!! Tu me manques, tu me manques, tu me manques !

Une série d'émojis suivaient le dernier message de John. Un cœur rouge. Un smiley avec des yeux en forme de cœur. Un smiley qui souffle un baiser. Un cœur violet. Un smiley avec la langue pendante. Un deuxième cœur rouge.

Et que dire du déluge de points d'exclamation ? Des mots en majuscules. Des acronymes (j'avais dû chercher pour « YOLO », qui signifie « *You only live once* », on ne vit qu'une fois). De la quasi-absence de virgules et de l'utilisation des abréviations comme « krs » ? Je n'avais peut-être pas fait des étincelles à la fac, mais par pitié !

Il était clair que John vivait une seconde puberté.

— Mon Dieu, s'exclama Caro en me rendant le téléphone. Je ne sais pas quoi dire, si ce n'est qu'il faut tuer ce salaud.

Ses joues s'empourprèrent, comme chaque fois qu'elle était en colère.

— L'épouse est toujours la dernière au courant, ce n'est pas ce qu'on dit ?

C'était deux jours après l'accident de John. Caro était passée me voir, après avoir reçu mon message l'informant que John était hospitalisé, et (malheureusement) toujours vivant. Les filles étaient à l'hôpital… Enfin, Sadie y était. Avec un peu de chance, Juliet était chez elle en ce moment, et recevait l'amour et le soutien d'Oliver et de ses filles.

— Qu'il aille se faire foutre, décréta Caro en levant les mains. Comment est-ce qu'il ose avoir une maîtresse ? Quel salaud, Barb ! Il t'a bien baisée !

— Apparemment, « BUREAU » – je mimai l'utilisation ironique des guillemets – se charge de la partie baise.

C'était étrange d'être vulgaire. Cela faisait du bien aussi. J'avais lu dans un article que les gens qui jurent sont plus honnêtes. Après tant d'années passées à dire « flûte » et « mince », il était temps de changer.

— Ça va ? me demanda Caro. Tu as l'air tellement… apaisée.

— Bah, tu sais, il est sûrement en train de mourir.

— Je l'espère de tout mon cœur.

Caro se couvrit la bouche de la main.

— Oups, désolée.

— Je l'espère aussi.

Nous gardâmes le silence une minute.

Heureusement, Caro était une amie de longue date, elle connaissait tout ce que j'avais traversé, aussi bien mes joies que mes peines. Elle était la seule à savoir quelles difficultés j'avais eues pour tomber enceinte de Juliet. C'était elle que j'avais appelée en état de choc, quand j'avais appris que j'étais enceinte de Sadie. Elle qui m'avait consolée lorsque j'avais déposé Juliet à Harvard, à la fois fière comme un coq et effondrée. Caro avait été ma directrice de campagne pour ma candidature au poste de maire : « Barb Frost pour Stoningham, un nom de confiance. »

Caro était aussi la seule à savoir que j'avais prévu de demander le divorce.

— Renvoyons-lui un texto, suggéra-t-elle en buvant une gorgée du bourbon qu'elle avait apporté, en bonne amie qu'elle était.

— Tu crois ?

— Mais oui. Pourquoi pas ?

Les derniers messages venaient évidemment de BUREAU, vu que John avait été trop occupé à se faire percer un trou dans la tête pour répondre. Il y avait sûrement une blague à faire avec ça, mais je n'étais pas d'humeur.

BUREAU : Mon amour, j'ai pas de nouvelles. Ça va ? Jtm. Tu me manques !

Je pense à toi, à nous et à comment on est ensemble. Tu me manques !

Je commence à m'inquiéter. C'est ELLE ? S'il te plaît, appelle-moi. ♥ ♥ ♥ x 10000000 !!!

— « C'est ELLE ? », fis-je. Elle parle de moi, je suppose.

— Réponds-lui. Juste pour gagner du temps avant de réfléchir à ce que tu veux lui dire.

— Et dire quoi ? « Salut, toi. C'est la femme de John. Je te le laisse. Au fait, il a des lésions cérébrales. »

Caro pouffa de rire.

— Je trouve ça parfait.

Je soupirai et laissai ma tête reposer contre le dossier du canapé.

— Ça ferait vraiment du mal aux filles. Surtout à Sadie. Elle considère son père comme un saint.

— Alors annonce-le-lui. Pas de quartiers.

— Tu le dirais à tes fils ?

— Sans hésiter.

C'était probablement un mensonge. Caro et Rich, son ex, avaient divorcé avec grâce et humour, et je ne comprenais toujours pas comment ils avaient accompli cet exploit. Ils dînaient encore ensemble une fois par mois. Caro avait même assisté à son remariage, bon sang !

Même si je ne me faisais pas trop d'illusions, j'avais espéré parvenir au même résultat : un divorce à l'amiable, où on se verrait encore à l'occasion des fêtes. Si John avait voulu se remettre avec quelqu'un d'autre, une fois le divorce prononcé, cela m'aurait été complètement égal.

Ce qui me faisait chier, c'était le mensonge, comme disent les jeunes. Il m'avait trompée. Y avait-il eu d'autres femmes ? Est-ce que BUREAU était la première avec qui il avait une liaison ?

Je ne le saurais probablement jamais, à présent.

Je fermai les yeux. Le bourbon me réchauffait la poitrine et, après deux nuits sans sommeil, j'avais besoin de me détendre. Plus tôt dans la journée, quand j'avais quitté l'hôpital, Sadie m'avait toisée avec mépris parce que j'avais annoncé que je voulais rentrer à la maison. Juliet m'avait conseillé de prendre un long bain et de manger un vrai dîner. Leurs réactions illustraient bien la différence entre mes deux filles. J'avais à peine franchi le seuil que Caro débarquait comme un ange avec la bouteille de bourbon, et un long câlin réconfortant pour couronner le tout.

John avait une maîtresse. Il était à nouveau jeune. Il avait découvert ce qu'était le bonheur, faisait des trucs avec sa langue et se retrouvait à présent plongé dans un coma artificiel.

— Je veux savoir qui est cette femme, annonçai-je soudain. C'est vrai, Caro, qui peut bien vouloir de ce vieil emmerdeur ? On dirait qu'elle a vingt-trois ans. Il a soixante-quinze ans, je te rappelle ! Et son nez est horrible ! Heureusement, les filles me ressemblent !

Carole éclata de rire.

— J'adore quand tu t'emballes comme ça !

— C'est parce que je suis un peu pompette. Je crois que je n'ai rien mangé d'autre qu'une barre de céréales dans la voiture depuis ce matin, le bourbon, c'est mon dîner.

Je levai mon verre. Caro avait toujours de bonnes bouteilles. C'était du Woodford, une marque réputée. John était radin en matière d'alcool. Il n'avait jamais acheté une bouteille de vin à plus de dix dollars.

Caro me serra la main.

— Tu as raison. Heureusement qu'elles te ressemblent toutes les deux. Mais certaines femmes feraient n'importe quoi pour décrocher un homme. Surtout un homme marié.

Elle se leva.

— Je vais commander une pizza. Je te proposerais bien de te cuisiner quelque chose, mais je ne t'aime pas à ce point-là.

Je me mis à rire, le genre de rire à bout de forces, difficile à arrêter. Une maîtresse ! Qui l'aurait cru ?

De la cuisine, j'ai entendu Caro passer son appel :

— C'est très pressé. Une urgence pizza pour la maire.

La voix de Caro était apaisante et chaleureuse, et les gens l'appréciaient. Moi aussi.

Les gens m'aimaient aussi. C'était normal. J'adorais me rendre utile, aider les autres et être sympathique. Les deux seules personnes qui ne m'appréciaient pas étaient mon mari et Sadie. Enfin, Sadie m'aimait sans doute. Mais pas tant que ça.

— Pour quelle raison courir après un homme marié ? demandai-je quand Caro revint dans la pièce. Surtout un homme marié aussi vieux ?

— Pour l'argent, ma chérie. Premièrement, il est proche de la mort. Oups. Désolée. Je voulais dire au sens figuré. Je parie que c'est une jeune salope qui pense qu'il va te quitter, l'épouser, et qu'elle aura tout son argent.

— Tu sais, on ne roule pas vraiment sur l'or. On s'en est bien sortis. On a assez pour la retraite. Mais personne ne va hériter de grand-chose en dehors de cette maison.

— Ce que notre petite pute ignore sans doute, reprit Caro. Ensuite, son mariage prouve qu'il a déjà été le bon pour quelqu'un d'autre. « *Marié depuis cinquante ans ? Oh ! c'est un bon père de famille !* » Elle ne se dit pas : « S'il a trompé sa femme avec moi, il me trompera. » Parce que ça ne pourrait *jamais* arriver. Son vagin est unique : il est tapissé de licornes.

J'éclatai à nouveau de rire.

Caro prit une gorgée de bourbon.

— Et troisièmement, la concurrence l'excite.

— Depuis quand tu es une experte du sujet ?

— J'ai lu des articles sur Internet.

Je souris, mais mon sourire s'effaça rapidement.

— Tu sais, Caro, je n'avais même pas pensé que j'étais en concurrence avec une autre femme. Je me disais que, pour John et moi, c'était… terminé. Tu comprends ce que je veux dire. Dans la chambre. Il n'a jamais… tu vois. Fait la moindre tentative d'approche. Ça ne me dérangeait pas. Ces dix dernières années, on ne se parlait pratiquement plus.

— Qu'il aille se faire foutre. Je vote pour l'étouffement. C'est la meilleure solution, pour tout le monde.

— Je fais de mon mieux pour être en colère. Je ne voulais plus de ce mariage, et lui non plus apparemment, mais ce n'est pas moi qui ai fait des cachotteries. Et maintenant, regarde ! Si elle acceptait de me débarrasser de lui, je lui en serais reconnaissante.

— Évidemment ! renchérit résolument Caro. Tu étais prête à le larguer. Il ne te méritait pas, Barb.

— Je sais.

Nouvelle gorgée de bourbon.

Malgré tout, j'étais embarrassée. Mon mari me trompait. C'était tellement ridicule et cliché ! Grâce à BUREAU, il se sentait à nouveau jeune. Waouh. Quel scoop : tromper sa femme est excitant. Coucher avec une femme plus jeune donne l'impression d'être un étalon.

Comme c'était *pathétique*. Il n'y avait pas d'autre mot. John se comportait comme tous les imbéciles qui trompent leur femme un beau jour. Et, comme les ados qui découvrent le sexe, il s'imaginait être le premier à expérimenter ces sentiments.

J'avais prévu une solution élégante. Un divorce. En d'autres mots : enterrer le cadavre qu'était devenu notre mariage. *Je* n'avais jamais envisagé de le tromper. Je prenais au sérieux les vœux que nous avions prononcés, ça on peut le dire.

Je m'étais donné tant de mal pour faire de notre maison un endroit charmant, et encore plus pour élever nos filles. Même si Sadie et moi, on se prenait parfois à rebrousse-poil, ça n'avait pas vraiment d'importance. Mes filles étaient réussies. Elles étaient des gens bien. Juliet concevait des bâtiments incroyables, et Sadie apprenait aux enfants à apprécier l'art. Il y avait tant de raisons d'être fiers d'elles.

C'était moi qui avais fait tout le boulot. John faisait bouillir la marmite, d'accord, mais je faisais en sorte qu'il n'ait pas à lever le petit doigt dans la maison. Cela lui convenait parfaitement. Qui se serait opposé à une situation si confortable ?

En revanche pour notre mariage, ses rouages, nos conversations, notre proximité, notre intimité et notre vie sociale, je trouvais que les efforts auraient dû être partagés. Il n'avait *rien* fait. Les cours de danse, assister à la vente aux enchères annuelles pour financer des bourses d'études, le club d'observation des oiseaux, le club de bowling… aucune de ces initiatives n'était venue de lui. Les femmes étaient responsables des activités du couple. C'était injuste, mais c'était comme ça. John acceptait de prendre part à presque tout, mais il ne suggérait jamais rien.

Et me sentir rejetée quand je souhaitais un peu d'amour, un peu d'affection, eh bien, ça faisait mal. Avant que je ne baisse les bras pour le sexe, son côté professeur distrait était parfois vexant : il ne remarquait pas la nuisette transparente que je portais ou les taies d'oreiller aspergées de parfum, encore moins ma peau hydratée avec soin. J'étais une belle femme. Je l'étais toujours. Alors que John, il fallait lui rappeler de prendre une douche, pour l'amour du ciel ! Il pouvait passer plusieurs journées sans se raser, jusqu'à ressembler à un clochard. Cette bedaine, ces seins d'homme tombants. Il se fichait pas mal que je le trouve séduisant. Mais BUREAU… oh, elle lui avait donné envie de se lancer dans un triathlon !

Je m'étais posé des questions sur son intérêt soudain pour la salle de sport l'automne précédent. Les nouveaux vêtements qu'il avait achetés avec Sadie à l'occasion d'un de ses séjours à New York : des chemises à fleurs que j'aurais plutôt vues sur une femme et des pantalons qui s'arrêtaient à quelques centimètres de ses chevilles. Il s'était même mis à porter un petit chapeau en feutre à bords étroits. Il avait l'air tellement ridicule que je devais me retenir de lever les yeux au ciel. Il ne faisait pas illusion. Il n'était pas chanteur de hip hop et n'avait pas trente ans.

Mais, apparemment, BUREAU le trouvait génial.

Je fus prise d'une haine soudaine, pour lui et pour BUREAU.

— Bon, allons-y.

Je me redressai d'un coup, pris le téléphone de John et me mis à taper. « Mon amour, je suis vraiment DÉSOLÉ – tout en majuscules – de ne pas pouvoir te répondre », point d'exclamation, point d'exclamation, point d'exclamation. « Je suis en pleine crise familiale ici. Tu me manques et je t'aime aussi. Te contacte bientôt. Hâte de te voir », point d'exclamation, point d'exclamation, point d'exclamation.

Je levai les yeux vers Caro.

— Comment on fait pour mettre les petits visages souriants et les cœurs ?

— Passe-le-moi.

Elle tapota plusieurs fois l'écran et me rendit le portable.

— Tu vas l'envoyer ?

— Regarde-moi bien.

J'appuyai sur la flèche bleue et, une seconde plus tard, nous entendîmes le léger « dong » d'un message s'élançant vers le vaste monde.

— Bien joué ! fit Caro en levant son verre. Et la pizza vient d'arriver en plus. C'est bon signe.

*

Entre les allers-retours à l'hôpital et le travail qui ne pouvait pas attendre, je découvris que communiquer avec BUREAU m'apportait un peu de… pas vraiment de plaisir, de… satisfaction, c'est tout.

Je lui envoyai deux autres SMS (était-ce un homme ou une femme ?), pour calmer ses inquiétudes quant à la date de leurs retrouvailles. Imiter le langage idiot de mon mari était simple, et BUREAU ne soupçonnait rien. J'avais juste écrit d'autres platitudes tournant autour du sexe, de la passion, du feu et de ce qu'ils pourraient se faire dès que possible.

Si John était gay, ce serait beaucoup plus facile. Faire un mariage hétéro, mais désirer un homme… tout le monde pouvait comprendre ça. Je serais bienveillante avec son petit ami, je l'accueillerais, même. Nous deviendrions peut-être amis tous les trois. Brianna et Sloane pourraient avoir deux grands-pères, puisque le père d'Oliver était mort quand celui-ci avait douze ans à peine. John admettrait enfin que ce n'était pas moi le problème, mais sa peur de sortir du placard, et comme ce serait fait, il me remercierait de lui avoir donné les filles les plus merveilleuses du monde. Nous serions une famille heureuse, aimante et moderne, qui préparerait en riant des dîners sophistiqués, et ce nouvel homme *(Evan,* me dis-je, *Evan est un joli prénom)* m'aiderait à décorer la maison à Noël, apporterait de délicieuses tartes pour Thanksgiving et me complimenterait pour ma dinde succulente, parce que je préparais vraiment bien la dinde.

Malheureusement, au troisième échange de textos, BUREAU fit référence à ses seins, précisant qu'elle adorait que John les vénère, et c'est comme ça que le joyeux petit film que je m'étais fait sur l'homosexualité de John a pris fin. Dommage, parce que je commençais à m'attacher à Evan.

Je n'étais pas effondrée. Je n'avais pas le cœur brisé.

J'étais *furieuse.*

John avait transformé ma vie en cliché. « *La femme avec qui je suis marié depuis cinquante ans ne me comprend pas. Enfin quelqu'un à qui parler ! La vie était devenue tellement routinière, tellement grise. Je ne vivais pas... Je ne faisais qu'exister. C'est toi, ma BUREAU chérie, qui a changé tout cela.* »

Et pendant ce temps, John refusait de mourir. Oh non. Il s'accrochait, faisant mariner ses filles dans la tristesse, me laissant le regarder dormir dans son lit d'hôpital. Pendant cinquante ans, j'avais accepté ses défauts. J'avais bien conscience de ne pas être parfaite. Je savais que je devais me donner du mal dans la vie et que je ne pouvais pas être comme Sadie, le genre de personne à qui tout le monde semblait manger dans la main. Oui, je voulais divorcer. Je méritais un divorce.

John, de son côté, s'était mis à me tromper, était devenu un athlète à soixante-quinze ans, couchait avec une autre depuis Dieu sait combien de temps. Il m'épuisait de son indifférence, qui me donnait l'impression d'être un fantôme dans mon propre mariage.

Comment avait-il osé trouver le bonheur avec une autre femme ? Comment osait-il me laisser m'occuper de lui maintenant, ce vieil homme, avec un cathéter et un cerveau endommagé ?

Nom d'un chien, Caro avait raison. Si j'avais été sûre de ne pas me faire prendre, j'aurais collé un oreiller sur la figure de ce vieil imbécile et je l'aurais étouffé.

7

John

Quelque chose cloche dans le visage de sa femme. Il est trop mou. Affaissé. Ses yeux n'ont plus leur douceur habituelle.

Il pense qu'elle est peut-être… non, pas malade, ce n'est pas ça, mais quelque chose du genre.

Les années ont filé. Il y a un vieil homme qui vit dans sa chambre. John n'est pas sûr de savoir de qui il s'agit. Sa femme ne le remarque pas. Ce n'est pas son grand-père, mais il a l'impression de le connaître. Il poserait bien la question à sa femme, mais il n'arrive pas à faire sortir les mots.

Elle sent bon. Pas comme avant, mais cette odeur lui donne un sentiment de sécurité, c'est une sensation très agréable, même si elle ne reste jamais près de lui très longtemps. Ses yeux sont sans douceur. On dirait ceux d'un requin, froids et sans expression, alors qu'ils devraient être… différents. Il aimerait tant qu'elle s'asseye près de lui et pose la tête sur son épaule. Il aimerait qu'elle le laisse tenir sa main plus longtemps mais, quand il parvient à la saisir, elle lui donne une tape et s'éloigne. S'il avait les mots, il lui dirait qu'il l'aime, mais les mots ont disparu maintenant, et l'ouïe va et vient.

Il y a une autre femme qui vient assez souvent. Elle parle et s'assied avec lui. Elle lui donne parfois à manger. Ses yeux sont de la même couleur que ceux de sa femme, mais ils sont plus expressifs. Il la connaît, cependant il ne se souvient pas de qui il s'agit.

Des enfants entrent et sortent, John ne sait pas qui ils sont. Ils font beaucoup de bruit et sont agités, ils sont effrayants… ils paraissent tellement rapides et forts. Leur mère est quelqu'un dont le visage ne lui est pas inconnu. Elle lui parle avec enthousiasme et gentillesse. Peut-être que c'est quelqu'un avec qui il travaille à… à… à l'endroit où on passe la journée pour gagner de l'argent.

Il y a aussi un homme assez grand. John ne le connaît pas, mais cet homme l'aide et lui parle. John a été blessé, il ne sait pas comment. Probablement un accident de voiture. Ses jambes doivent être cassées, car il a beaucoup de difficultés à marcher et ses genoux lui font mal.

John sait qu'il a… changé. Mais il ne sait pas comment.

Essayer de comprendre tout cela est trop difficile. S'il pense ou écoute trop, la tête lui tourne et il s'endort. Il a juste envie d'être dehors, de jardiner, or quand il regarde par la fenêtre, l'été est déjà fini. John ne sait ni quel mois on est ni ce qu'il est censé faire aujourd'hui. Les personnes qui lui font faire des choses – les femmes, l'homme grand, son épouse – vont et viennent. Peut-être qu'on lui donne des instructions, mais il n'en est pas sûr.

D'autres personnes vont et viennent. Un homme qui prononce des mots étranges que John ne comprend pas, mais qui le serre dans ses bras et lui sourit. Une autre personne qu'il devrait connaître. Une femme avec de longs cheveux tressés. Elle n'est pas là pour lui, il le sait, mais elle vient quand même parce qu'elle est… elle a cette façon de se montrer gentille sans raison. Sa voix le rend heureux et l'endort. Comme une pluie chaude.

Il y a aussi l'homme qui était un garçon, mais qui ne l'est plus. Il vient d'abord à l'endroit où sont les malades, puis à l'autre endroit où se trouvait son amie de la pluie chaude, et maintenant dans la maison de son grand-père. Parfois, il amène un bébé. Il est père, ce garçon qui a grandi. Ils ont des cheveux bruns, le père et le fils, et le jeune homme le laisse tenir le bébé, qui rit.

Des images défilent dans sa tête, trop vite pour avoir un sens : une fille avec des cheveux blonds et des taches de rousseur avec ce garçon aux cheveux foncés, puis des couleurs ; cette fille, John lui a tenu la main un beau jour, alors qu'ils traversaient une rue dans un endroit très lumineux. Une fois elle a pleuré à cause de ce garçon aux cheveux noirs qui est maintenant un homme.

Ensuite, il n'y a rien. Rien que le vide, la grisaille et l'horrible sentiment de gâchis. Du temps passe, tourbillonne devant lui, le renverse, l'entraîne dans la mer de souvenirs déroutants, et comme il n'a rien à quoi se raccrocher, il s'endort. Le sommeil, c'est ce qu'il préfère.

*

Sa femme entre. Son nom est bien présent dans son esprit : « Barbara ». Sa Barb. Il ne sait pas pourquoi ils n'habitent plus dans la petite maison rouge. Elle dit des mots, et il la regarde, sentant sa bonne odeur, l'aimant, souhaitant qu'elle ne parte pas. Mais elle repart à chaque fois.

*

Puis on est plus tard, ou un autre jour, et John ne parvient pas à se rappeler où il se trouve. Mais le garçon est de nouveau là avec son petit, et une boîte à outils. Le mot « boîte à outils » apparaît dans son cerveau, et il sait que c'est le bon. John tend la main et l'homme place le bébé dans ses bras : il reste là une minute, la main sur la tête du bébé, s'assure que John sait comment le tenir.

Il sait.

Le bébé lève ses yeux sombres vers lui, puis il sourit. John sent sa bouche bouger, et il regarde l'homme qui le lui a mis dans les bras…

… le prénom arrive…

… *Ned. Neil. Nick…*

Noah !

Et Noah sourit, puis ouvre la boîte à outils et commence à faire des choses. John ne sait pas trop quoi ni pourquoi.

Le bébé émet des sons, mais John sait que ce ne sont pas des mots, et c'est un tel soulagement de laisser les bruits être simplement des bruits, plutôt agréables en plus. Des sons heureux. Puis le bébé pose la tête sur son épaule, et John sent que ses yeux deviennent humides, il sait pourquoi parce qu'il se souvient de cette émotion. Il a eu un bébé, lui aussi. Peut-être même plus d'un. Il sait comment tenir ce bébé, oui, il le sait. Un bras sous les fesses, une main posée dans son dos, on sent sa poitrine monter et descendre, monter et descendre.

Puis ces pensées disparaissent, et il n'y a plus que le bébé, et l'odeur de sa tête, et la sensation de ses cheveux sombres et soyeux, et la chaleur douce et agréable de son poids pendant que le bébé respire. Que sa poitrine monte et descend, monte et descend.

8

Sadie

Je n'avais jamais souhaité me réinstaller à Stoningham.

Mais j'étais revenue. Qui d'autre allait s'occuper de mon père, sinon ? Ju était trop importante et trop occupée, et puis elle avait Brianna et Sloane, sans parler d'Oliver. Maman était maire, et je crois que cela faisait déjà des dizaines d'années qu'elle avait cessé d'aimer mon père. Peut-être même avant ma naissance, à part pour me concevoir évidemment.

Je ne pouvais pas le laisser seul. Après avoir passé dix jours aux soins intensifs du UConn, il avait été transféré à Gaylord, un centre de rééducation spécialisé, où sa guérison allait pouvoir vraiment commencer.

Papa n'allait pas mourir, malgré ses soixante-quinze ans et tout ce qui avait mal tourné. En plus de l'accident vasculaire cérébral, il avait subi une violente commotion cérébrale. C'était compliqué, nous avait expliqué le beau neurochirurgien. Seul le temps nous dirait ce qui allait se passer. Waouh, j'étais ravie que des universités aussi prestigieuses que Stanford et Johns Hopkins lui aient appris ça. « Seul le temps nous le dirait », hein ? Super. Surtout n'essayez pas de nous submerger de termes médicaux compliqués, doc.

C'est vrai, quoi, j'étais capable de comprendre. Évidemment. Des termes comme « apraxie », « aphasie », « neuroplasticité », « fonctions exécutives » et « hémiparésie » faisaient désormais partie de mon vocabulaire quotidien. Papa suivait toutes sortes de thérapies à Gaylord : kiné, orthophonie, exercices aquatiques, ergothérapie, réinsertion sociale : un atelier qui consistait à emmener les patients à l'épicerie ou au restaurant. On lui mettait une sorte de combinaison robotique qui l'aidait à réapprendre à marcher. On lui avait confié un iPad, dont il ne comprenait pas le fonctionnement même lorsque les thérapeutes guidaient ses doigts.

Qu'est-ce que je n'aurais pas donné pour recevoir un mail ou un message de sa part disant « Ne t'inquiète pas, ma puce. Je suis là. Laisse-moi juste un peu de temps. Je t'aime, papa ». Au lieu de ça, il me fixait de son regard vide, puis tournait la tête vers la fenêtre.

Je venais tous les soirs, en me tapant l'aller-retour depuis New York. Je vivais pratiquement dans ma voiture de location, qui était jonchée d'emballages de fast-food et de cafés à moitié bus de chez Dunkin' Donuts. Parfois, Alexander m'accompagnait, mais c'était généralement plus facile pour moi d'y aller seule. Il faisait partie de ces personnes qui ne savent pas quoi faire devant un malade. C'était un amour cela dit, il était toujours prêt à m'emmener dîner, à m'envoyer des fleurs et à prendre des nouvelles pendant ses déplacements professionnels.

Papa se remit à marcher, d'abord à l'aide d'une sorte de ceinture de soutien spécialisée et avec un déambulateur, puis tout seul, même s'il avait tendance à pencher d'un côté. Il arrivait presque à s'habiller. Il parvenait à tenir une fourchette, mais pas toujours quand on le lui demandait. C'était une des manifestations de l'apraxie, m'expliqua l'assistant du médecin. Les messages entre son cerveau et ses muscles étaient brouillés. Papa avait essayé de parler plusieurs fois, mais n'arrivait qu'à émettre des bruits étranglés et laborieux qui me brisaient le cœur.

C'était déchirant. Il n'y avait pas d'autre mot. Mon père avait toujours été si intelligent, tellement enjoué ; malgré une façade un peu sèche, il était ouvert à tout en permanence. Chaque fois qu'il était venu me rendre visite à New York, il avait accepté toutes mes propositions. Il avait assisté avec moi à un spectacle où la comédienne se trempait dans ce qu'elle disait être du sang menstruel, et nous avions dû nous éclipser par la porte de derrière parce que nous riions trop fort. Nous avions pris le ferry pour Staten Island juste pour admirer la vue sur Manhattan. Nous avions fait du vélo le long de l'Hudson, mangé avec appétit de la viande dans un *food truck* et participé à une dégustation de scotch dont nous étions sortis ivres et hilares. Il m'avait même emmenée faire un tour de calèche dans Central Park.

— Tu es ma princesse, après tout, m'avait-il dit.

Et nous nous étions blottis sous la couverture au son des sabots du cheval.

C'était mon héros.

— Il détesterait être dans cet état, déclara Juliet un jour où nous étions en visite à Gaylord au même moment.

Nous attendions que papa revienne de la piscine avec l'un de ses thérapeutes, et nous étions toutes les deux fatiguées et irritées.

— Parfois, je me dis qu'il aurait mieux valu qu'il…

— Ju ! C'est notre père ! Non, il n'aurait pas mieux valu qu'il meure ! Il va mieux de jour en jour.

Elle soupira. On aurait dit maman. À propos de notre mère, elle était dans le couloir, en train de téléphoner. Chaque fois qu'elle venait ici, elle passait le moins de temps possible près de papa.

— Le voilà, et il s'en est super bien sorti ! annonça Sheryl en poussant le fauteuil roulant de papa dans sa chambre.

— C'était comment la piscine, papa ? lui demandai-je. La piscine ? Ça t'a plu ?

Des phrases simples, c'est ce qu'on nous avait recommandé d'utiliser avec lui.

Il ne répondit pas.

— Hé, bonjour, lui lança une femme.

Janet, la sœur d'un autre patient.

— Comment ça va, John ? Vous avez mangé le poulet au déjeuner ? Il était plutôt bon, non ? J'ai bien aimé les épinards. C'était une bonne idée. Comment ça va, les filles ? Vous allez bien ?

J'aimais bien Janet. Son frère avait subi un traumatisme crânien et occupait une chambre un peu plus loin. Elle lui était dévouée : elle lui rendait visite tous les jours. Quand il dormait ou était en thérapie, elle se promenait dans le couloir. Elle portait pratiquement toujours une salopette, de petites lunettes rondes et de gros sabots encombrants. Elle discutait avec mon père comme si c'était un vieil ami.

C'était étrange de voir que les familles des patients formaient involontairement une espèce de communauté, alors que nous étions tous là pour des raisons merdiques. Ma mère, quand elle n'était pas au téléphone, passait presque tout son temps à discuter avec ces personnes, et Ju ne savait pas quoi faire. Moi, ça ne me dérangeait pas de me retrousser les manches pour aider mon père. Ça me brisait le cœur de le voir surmonter tant de difficultés, mais je savais qu'il finirait par aller mieux. Cela prendrait du temps et cela lui demanderait beaucoup d'efforts, mais il était sur la bonne voie. Je devais y croire. Je n'étais pas prête à imaginer une vie sans mon père – celui d'avant.

— Il semble avoir atteint un plateau.

— Et merde ! s'exclama Ju.

Nous étions à une réunion avec l'équipe – les thérapeutes, les médecins et les infirmières –, maman, Ju et Oliver, et moi.

— Donc, à ce stade, poursuivit la Dr McIntyre, comme il se débrouille bien avec les tâches de la vie quotidienne, nous renvoyons généralement le patient chez lui. Cela améliore souvent sa capacité mentale d'être entouré d'objets et de personnes qui lui sont familiers.

— Il ne peut pas rentrer à la maison, objecta maman.

— Bien sûr que si, protestai-je. Où est-ce qu'il pourrait aller sinon ?

— Rose Hill dispose d'une aile réservée aux adultes maintenant.

— Non. Pas question qu'il aille dans une institution, maman. Tu dois lui donner une chance.

— Rose Hill est un excellent établissement, murmura le chef d'équipe.

— Il doit être à la maison ! Il a le droit de rentrer chez lui. Ses chances de se rétablir sont meilleures, comme vous l'avez souligné.

— Nous ne pouvons rien prédire, malheureusement, nuança la médecin. Je suis désolée, je me rends bien compte que c'est horriblement frustrant, mais il vaut mieux se concentrer sur les progrès incroyables qu'il a déjà accomplis et se fixer des objectifs raisonnables pour l'avenir.

— Comme quoi ? s'enquit Ju.

— Qu'il parvienne à prononcer quelques mots intelligibles, par exemple. Bien sûr, vous espérez qu'il redevienne l'homme que vous avez toujours connu, mais, pour l'instant, le simple fait de dire « faim » ou « fatigue » serait une avancée significative. C'est important d'adapter ses attentes.

— Est-ce qu'il n'aura pas besoin de quelqu'un pour veiller sur lui en permanence ? demanda maman.

— Si. Il ne peut pas rester seul tant que ses facultés cognitives ne se seront pas nettement améliorées.

Maman, Ju et moi échangeâmes des regards.

— Aucune de nous n'a de formation médicale, précisa ma mère.

Je ressentis un soulagement coupable.

— Non, bien sûr que non, reprit la médecin. Nous pouvons organiser l'intervention de thérapeutes à domicile, et vous bénéficierez de l'aide d'une infirmière. Vous n'êtes pas seules.

— Dieu merci, commenta maman.

— Mais il devrait y avoir une personne de référence, quelqu'un qui vit avec lui ou tout près. Madame Frost, puisque vous…

— Non. Ce ne sera pas moi. Mon travail m'occupe plus qu'à plein temps, et j'ai soixante-dix ans.

Bingo. D'un coup, son âge devenait un prétexte. La vitesse avec laquelle elle inventait ses excuses était impressionnante.

— Je travaille aussi à temps plein, et j'ai deux enfants, se justifia Juliet.

Elle jeta un coup d'œil à Oliver, qui hocha la tête et sourit. Quel connard.

— Je vis à New York, déclarai-je.

Ils me regardèrent tous.

— Mais pas de problème, je vais le faire.

Je fermai les yeux.

— Bien sûr que je vais m'en charger. Je vais… emménager à la maison. Ça me prendra une semaine ou deux, mais c'est bon.

Merde. Évidemment que j'étais prête à le faire.

— Merci, Sadie, c'est très gentil, me dit ma mère.

J'ai haussé les épaules. Si je ne le faisais pas, qui d'autre s'occuperait de papa ?

*

Dans la semaine qui suivit, je mis mon appartement en location sur Airbnb pour qu'il me rapporte un peu d'argent pendant la convalescence de papa. Carter m'aida à le rendre plus présentable en investissant dans un nouvel édredon, quelques coussins décoratifs et d'autres améliorations du genre. J'entassai mes affaires personnelles dans des cartons que j'emportai. Ju me laissa les entreposer dans son sous-sol.

Sœur Mary m'accorda un congé pour convenance personnelle, et mes amis de Sainte-Catherine m'invitèrent à boire un verre la veille de mon départ. Tandis qu'Alexander me conduisait jusqu'à ma ville natale, j'essayais de toutes mes forces de ne pas fondre en larmes.

Les deux premières semaines, je quittai à peine la maison, trop occupée à apprendre ce que me montraient les infirmières, les thérapeutes et les installateurs de matériel médical. Je faisais aussi de mon mieux pour ne pas étrangler ma mère.

Pour tout ce qui concernait papa, la vieille Barb semblait avoir perdu son légendaire sens pratique hérité de son enfance à la campagne. Elle s'arrangeait en permanence pour garder ses distances. Elle disparaissait comme par miracle lorsque mon père devait prendre un bain, dès que l'heure de la kiné approchait ou qu'il avait simplement besoin d'un peu de compagnie. Ju passait et s'asseyait à côté de son lit, mais elle était tout le temps sur son téléphone. Je finis par en avoir assez.

— Tu es obligée d'avoir le nez collé à ton portable non-stop ? lui demandai-je sèchement.

— Je travaille, OK ? L'assurance ne couvre pas tous les frais, et je ne veux pas que maman et papa épuisent leur capital retraite. Alors je compense la différence, si ça ne te dérange pas.

Je m'assis, remise à ma place.

— Désolée, marmonnai-je comme une petite sœur.

— C'est pas grave. On fait tous ce qu'on peut.

Gaylord nous avait communiqué le nom de quelques ergothérapeutes et kinésithérapeutes et – avec l'aide de Juliet, je suppose –, nous avions engagé un kiné qui s'appelait LeVon Murphy. Il restait avec papa de 8 heures à 16 heures, cinq jours par semaine, pour l'aider à améliorer son état. LeVon était incroyable, calme et drôle, et nous l'adorions toutes les trois. Il était grand et musclé, ce qui lui permettait de soulever papa dès que nécessaire.

J'étais apparemment en charge des aspects pratiques de la routine : la toilette au gant, le change des draps quand il arrivait à mon père de les mouiller.

— Écoute, lui déclarai-je la première fois tandis que LeVon supervisait mes gestes. Ça nous met tous les deux mal à l'aise. Mais je t'aime, papa, et tu m'as lavée quand j'étais petite. Maintenant, c'est moi qui vais m'occuper de toi. Et quand tu iras mieux, on pourra tous les deux se faire hypnotiser pour oublier tout ça.

J'espérais que ma remarque le ferait sourire. Pas vraiment. Sa bouche bougea un peu, soit parce qu'il était horrifié, soit parce qu'il était amusé, soit par réflexe. C'était difficile à dire.

Quand il se mit à me fixer, je sentis qu'il tentait de dire quelque chose.

— C'est moi, papa. Sadie. Tu peux dire mon prénom ?

Il n'y arrivait pas. Quand il s'agitait, je lui tenais la main et je restais positive.

— Tu vas de mieux en mieux chaque jour. Le cerveau est incroyable. Tu dois juste réapprendre certaines choses.

J'avais l'impression de vivre un cauchemar. Papa n'arrivait plus à parler ; je dormais dans mon ancienne chambre, qui avait été redécorée une demi-heure à peine après mon départ pour la fac ; maman et moi tentions de ne pas nous chamailler pendant les dîners. Au moins, Caro passait de temps en temps, ce qui atténuait la tension. Mes nièces venaient aussi, Brianna était un peu effrayée de voir son grand-père dans cet état, Sloane ne se rendait compte de rien et était radieuse.

New York me semblait loin, très loin.

Après trois semaines à la maison, j'annonçai à ma mère que j'avais besoin de sortir un peu.

— Mais enfin, Sadie, je ne peux pas rester ici seule avec lui ! s'exclama-t-elle. C'est ton boulot.

— LeVon n'est pas là aujourd'hui, et papa est toujours ton mari, que je sache ! m'emportai-je. Il a juste besoin de compagnie. C'est si difficile ? Tu ne peux pas t'asseoir avec lui pendant une demi-heure pour me permettre de prendre l'air, merde ?!

— C'est bon. Vas-y. Mais rentre avant le déjeuner, s'il te plaît.

Elle détestait le regarder manger. J'admets que ce n'était pas le spectacle le plus agréable.

Quelle merde ! J'aurais tellement préféré que ce soit elle. Dans son cas, une maison de retraite aurait été largement suffisante.

Je sortis. Nous étions en mars, cela faisait huit semaines que papa avait fait son attaque, et c'était la saison de la boue en Nouvelle-Angleterre, mais l'air annonçait déjà le renouveau du printemps. Le ciel était d'un bleu pâle, la brise fraîche chassait l'air vicié qui m'étouffait à la maison, l'air salin me faisait du bien.

Je m'éloignai de la ville pour prendre la direction de la rivière à marées. Arrivée à la passerelle en bois qui l'enjambait, je m'y installai comme quand j'étais petite, assise, les jambes pendant au-dessus de l'eau qui gargouillait. La rive était couverte de longs roseaux dorés par la lumière du soleil. Mon père et moi jouions à la course aux bâtons : on en laissait tomber deux d'un côté, puis on courait de l'autre pour voir lequel émergerait le premier de sous le pont.

Au loin, la baie était vide ; les bateaux étaient encore en cale sèche.

Je m'allongeai sur la passerelle. Les planches étaient chaudes et réconfortantes sous mon dos, elles apaisaient la douleur dont je n'avais pas eu conscience jusque-là. J'avais porté trop de poids ces derniers temps : mes affaires dans des cartons, papa pour le mettre au lit et l'en sortir, les meubles pour faciliter la circulation dans la maison. Mon père utilisait un déambulateur et beaucoup de meubles le gênaient. Ma mère adorait les antiquités, et on aurait dit que ces vieilleries pesaient trois fois plus que les meubles modernes.

Cela faisait une éternité que je n'avais pas passé plus de deux jours d'affilée à Stoningham. Le bruit de l'eau qui coule, celui lointain des vagues qui s'écrasent contre le rivage, les cris stridents des mouettes. Tous ces sons étaient réconfortants et je n'avais pas réalisé jusqu'alors qu'ils m'avaient manqué. Même si l'air était frais, le soleil était chaud.

Quelques larmes glissèrent de mes yeux pour finir dans mes cheveux. Je croyais avoir pleuré toutes les larmes de mon corps depuis l'attaque de mon père – apparemment, j'en avais gardé en réserve.

Il irait mieux. Je devais y croire.

— Sadie ?

Je m'assis précipitamment, le cœur battant à tout rompre.

Évidemment, je savais que je tomberais sur lui. Je ne m'y étais simplement pas préparée.

— Noah.

Je clignai des yeux, puis je me protégeai du soleil. Il me fallut une minute pour le discerner clairement.

Un bébé dans un porte-bébé pendait sur son ventre.

Un *bébé*.

La petite créature était bien protégée par le tissu, seuls des cheveux noirs et des petons vêtus de petites chaussettes bleues saillaient au-dessus et au-dessous.

Un bébé. Un bébé qui, j'imaginais, ressemblait beaucoup à l'homme qui le portait. Mon cœur se remit à battre trop vite.

— Pour ton père, je suis vraiment désolé, dit Noah.

— Oui. Merci.

J'essayai de sourire.

— Je te remercie. Pour la carte.

Il en avait envoyé une quand papa était encore au UConn.

— Comment va-t-il ?

— Heu… il ne va pas trop mal. La convalescence est lente.

Les petits pieds bleus s'agitèrent, et je me rappelai qu'il fallait cligner des yeux.

— J'ai entendu dire que tu étais revenue pour l'aider.

— Oui.

Je marquai une pause.

— C'est… ton bébé ?

J'aurais voulu qu'il rie et me réponde : « Oh ! non, c'est celui de ma sœur. »

Mais je savais qu'il n'avait pas de sœur. Il faisait peut-être du baby-sitting pour un ami, et…

— Oui. C'est mon fils. Marcus.

Il baissa les yeux sur la petite tête noire et lissa les cheveux indisciplinés avec une tendresse évidente.

— Il a seize semaines.

Dieu du ciel.

Cette fois, je me mis à battre des cils trop vite. *Ne pleure pas, Sadie. Ne t'avise pas de pleurer.*

— Oh ! waouh ! Un fils ! Waouh ! Félicitations. Je ne savais pas… On ne m'a rien dit… Félicitations ! Tu es, heu, marié ?

Il s'appuya contre la rambarde de la passerelle, et son visage se vida de toute expression.

— Non. Sa mère est Michaela Watkins. Nous sommes coparents.

— *Mickey* Watkins ?

— C'est ça.

Je déglutis. OK. Mickey Watkins était notre camarade de classe depuis le CE2 ou le CM1. Mais elle était lesbienne.

— Nous voulions tous les deux un enfant, et rien d'autre ne semblait marcher, expliqua-t-il.

Je me rendis compte qu'il attendait une réaction de ma part.

— Waouh. Heu… félicitations.

— Oui. Merci.

Il se tenait tout raide, les cheveux ébouriffés par le vent, et fixait un point à ma gauche. Alors que moi, je ne pouvais pas m'empêcher de le dévisager. Son menton mal rasé, où il n'avait jamais réussi à faire pousser une vraie barbe, ses longs cils et son air légèrement renfrogné, ses grandes mains, l'une posée dans le dos du bébé, l'autre sur sa hanche. La scène aurait dû paraître ridicule : un père séduisant et ténébreux, promenant son gamin dans un porte-bébé et tombant par hasard sur son ex.

Mais Noah n'avait rien de ridicule.

Je pris conscience que je devais dire quelque chose. Ne surtout pas rester bouche bée.

— Mickey. Comment va-t-elle ? C'est… c'est une grosse surprise.

— Oh excuse-moi, j'aurais dû te consulter ? Te demander si tu étais d'accord ? ironisa-t-il, une pointe d'agacement dans la voix.

— Pas du tout !

Je me relevai.

— C'est juste que… Je savais que tu étais fiancé, mais je, heu… Je ne…

— Ça n'a pas marché. Et moi, je croyais que tu ne reviendrais jamais dans ce bled paumé, comme tu l'appelais. Maintenant, j'ai un bébé de quatre mois et, d'un coup, tu reviens vivre ici. Si j'avais su que tu reviendrais un jour, peut-être que je n'aurais pas mis une lesbienne enceinte.

— Je suis ici pour m'occuper de mon père, Noah. Pas pour avoir un bébé avec toi.

— Oh ! je sais. Crois-moi, j'en suis bien conscient. Rien d'autre n'aurait pu te faire revenir dans ce trou à rats.

Je n'avais jamais qualifié Stoningham de trou à rats, j'en étais sûre.

— Je constate que tu m'en veux toujours.

— En effet.

Ses cheveux, qui étaient courts il y a quelques années (merci, Facebook), étaient redevenus plus longs et indisciplinés, ça me faisait plaisir.

— Je peux jeter un œil à ton bébé ?

Il se renfrogna subitement, puis détacha les sangles et sortit son fils. Je m'approchai d'eux.

Le petit était endormi, mais c'était Noah tout craché, avec de petits sourcils noirs, des joues rebondies, une bouche parfaite.

— Salut, bout de chou, chuchotai-je en frôlant sa joue.

Elle était aussi douce et craquante que l'oreille d'un chiot.

— Bon, ça suffit, décréta Noah en le replaçant dans le porte-bébé. Écoute. Tu es là. Je suis vraiment désolé pour ton père et j'espère qu'il ira mieux. Mais tu as fait du mal autour de toi, Sadie. Nous n'allons pas être amis. Ce n'est pas possible pour moi. Je ne suis pas ton plan B.

Oh ! l'*ego* de ce mec.

— Est-ce que je me suis jetée dans tes bras, Noah ? Est-ce que je t'ai supplié de m'épouser ? J'ai l'impression d'avoir raté cette partie de la discussion.

— Je veux juste être clair. Tu ne me détruiras pas une deuxième fois. J'ai un fils à élever maintenant. Donc, si on se croise, ce n'est pas pour retomber dans nos vieux travers. OK ?

Je pinçai les lèvres.

— Compris. Mais avant que tu partes, je tiens à dire que tu étais aussi têtu que moi, Noah. On aurait pu être ensemble si tu avais été ouvert à d'autres choses que ton plan de vie tout tracé. Tu m'as détruite aussi.

— Ouais, c'est ça. J'ai entendu parler de ton petit ami plein aux as.

— Et moi j'ai entendu parler de ton organisatrice d'événements. Aucun de nous n'est resté dans son coin à pleurer sur sa peine. Tant mieux pour nous.

— Tu as fait exactement ce que tu voulais, Sadie.

— Et toi aussi, Noah !

Je baissai la voix, me souvenant de l'existence du bébé. Noah me fixait, toujours aussi attirant que Jon Snow, même avec un porte-bébé sur le ventre. Peut-être *grâce* au porte-bébé.

— Hé ! Sadie ! Comment tu vas, meuf ?

C'était Mickey Watkins, en tenue de jogging.

— Salut, répondis-je, en m'ajustant rapidement à la situation. Je viens de rencontrer ton fils ! Waouh ! Félicitations !

— T'as vu ça ? C'est le plus beau bébé du monde, non ? Coucou, Marcus, c'est maman ! Qui ne devrait pas courir avec les deux seins remplis de lait !

Elle posa deux mains sur sa poitrine. Elle était sans filtre, comme dans mes souvenirs, et je lui souris.

— La vache, ça fait mal ! Dès que je le vois, je coule comme un vieux radiateur. Regarde ça !

Effectivement, deux gros ronds humides maculaient son top de sport. Elle s'approcha de Noah et embrassa la petite tête de son fils. Noah sourit.

— Ça va, vous deux ? demanda-t-elle.

— Oui, oui, dis-je, on était juste en train de s'engueuler.

— Très bien, répondit Noah au même moment.

— Désolée pour ton père, déclara Mickey.

— Merci, il s'en sort pas mal.

— Je suis soulagée de l'apprendre. Hé, tu devrais passer un de ces quatre. Je te laisserai sniffer la tête de Marcus, ça fait du bien.

— Mickey, marmonna Noah.

— Quoi ? Je suis censée la détester parce que tu l'as aimée ? Remets-toi, l'hétéro.

Elle se tourna vers moi et m'adressa un clin d'œil.

— Bon, je ne peux pas courir avec des cruchons de lait à la place des seins. Noah, où est ta voiture ? Je dois allaiter le petit ou je vais exploser. Sadie, c'était super de te revoir. Ma proposition de passer est sérieuse. Noah et moi, on se partage la garde. Trois nuits avec lui, puis trois avec moi, et ainsi de suite. Tu as déjà vu un tire-lait ? Clairement inventé par un homme. C'est un instrument de torture, putain. Bref, prends soin de toi, mon chou ! À bientôt !

Ils partirent tous les trois, me laissant en état de choc. Après une minute ou deux, je repris le chemin de la maison.

Noah avait un enfant. Avec Mickey Watkins, l'une des personnes les plus sympas de nos années d'école, une fille drôle et turbulente – une femme, à présent – débordant de vie et prête à éclater de rire à la moindre occasion. Tant mieux. Ses gènes équilibreront ceux du prince des Ténèbres.

Noah était *père*.

Un fameux choc à encaisser.

— Salut, lançai-je en arrivant.

Ju était là, elle déjeunait avec maman.

— Merci de m'avoir informée que Noah et Mickey Watkins avaient eu un bébé ensemble.

— Et alors ? Vous aviez rompu depuis une éternité, répliqua maman.

— Ça m'est complètement sorti de la tête, se justifia Ju.

Je soupirai et me rappelai que j'avais un super petit ami et que j'étais censée me moquer éperdument de Noah.

— Où est papa ?

— Il dort, m'informa maman en arrachant une bouchée de son sandwich.

J'allai voir comment il allait ; nous avions transformé la salle à manger en chambre, en attendant qu'il puisse monter l'escalier. J'ajustai sa couverture et m'assis dans le fauteuil. Il ne dormait pas, il regardait juste devant lui.

— Tu te souviens de mon petit ami, papa ? Noah ? Il est père. Il a eu un bébé avec Mickey Watkins, qui était dans notre classe. C'est un garçon. Et il est toujours furieux contre moi. Noah, je veux dire.

Papa ne répondit rien. Je l'imaginais commenter : « Il aurait pu t'épouser. Il était inflexible, celui-là. Ce n'est pas idéal pour un mariage. Je suis bien placé le savoir. »

Sans que je sache trop pourquoi, je sentis une boule se former dans ma gorge. Le cœur a ses raisons que la raison ignore, et il peut se comporter par moments comme un fameux imbécile.

9

Sadie

D'aussi loin que je me souvienne, j'ai toujours voulu quitter Stoningham parce que, même si j'appréciais cette ville, je la détestais plus encore. Elle était tellement suffisante. Satisfaite. Adorable. Sûre d'elle. D'une certaine manière, elle me rappelait ma sœur ; comme Ju, cette ville ne se remettait jamais en question. « Bienvenue à Stoningham. Vous avez de la chance qu'on vous laisse entrer », semblaient murmurer les rues. « Si vous vous débrouillez, nous déciderons peut-être de vous laisser rester. »

Le fait que ma mère considérait Stoningham comme une réussite plutôt qu'un lieu a évidemment influencé mon point de vue d'adolescente, à l'époque où je trouvais qu'il était de mon devoir de penser tout le contraire d'elle. Quand j'étais petite, c'était le paradis, bien sûr : des rives rocailleuses avec quelques plages de sable, d'énormes étendues de marais, des réserves naturelles, le doux murmure de la baie, là où l'Atlantique rugit sans être gêné par Long Island. Il y avait le paisible lac Birch avec son eau cristalline, entouré d'une forêt ancienne où serpentaient des sentiers de promenade. Nous avions droit à des ciels magnifiques, qui furent le sujet de mes premiers tableaux. Des paysages aériens au pastel ou à l'aquarelle, des nuances infinies de bleu, des couchers de soleil d'une beauté époustouflante en hiver, des ciels d'été où les couleurs explosaient.

Mais c'était une petite ville. Minuscule même, et si étouffante qu'il était parfois difficile d'y respirer, surtout si on était la sœur de Juliet, pas aussi intelligente et sportive qu'elle, ou la fille de Barb Frost, reine des comités et du bénévolat, et de John Frost, l'avocat. Et, oui, j'étais apparentée au célèbre poète Robert Frost.

C'est difficile d'être une personne ordinaire.

J'avais tout de même un talent et je l'utilisais pour échapper à la suffisance, et aux questions habituelles de Stoningham, du genre : « N'es-tu pas la fille de Barb ? »

Avec le recul, c'était dur de ne pas être un peu gênée. Une fille d'une petite ville du Connecticut qui emménage à New York pour devenir artiste. Qui s'habille en noir et se perce le nez. Ne réussit pas à révolutionner le monde de l'art. Devient serveuse, puis prof, puis vend son talent au plus offrant. Et finit par rentrer à la maison pour aider un parent malade.

Mais ma démarche avait été sincère. À dix-huit ans, mon cœur était pur, ma détermination sans limites. J'avais du talent : je remportais le premier prix de l'exposition annuelle de Stoningham depuis l'âge de quatorze ans et j'avais même vendu trois tableaux à une galerie d'art de Mystic. J'avais obtenu la troisième place au concours des jeunes artistes du Connecticut, dans la catégorie acrylique.

Je dessinais et peignais depuis toujours. J'aimais tellement cela : les odeurs, les textures, un coup de pinceau pouvait me faire voyager, la moindre variation de couleur revêtait pour moi une importance capitale. J'adorais mélanger les peintures, savourer la perfection inimitable d'un nouveau pinceau, semblable à un minuscule animal, doux et innocent, plein de potentiel. J'aimais voir une image naître de rien. Pas juste une représentation, d'ailleurs, mais une véritable expérience. Pas juste un tableau, mais des émotions, toute une histoire dans un cadre. C'était une évidence pour moi d'aller à New York étudier l'art ! Quelle autre ville d'Amérique était importante sur le plan artistique ? (À part Austin, Denver,

San Francisco, Chicago, et ainsi de suite ? D'accord, j'étais jeune et mal informée.) Ce serait donc New York.

Papa m'encourageait :

— Bien sûr, réalise ton rêve !

Ma mère était consternée.

— Des études d'art ? s'était-elle écriée comme si j'avais annoncé que je voulais devenir tueuse à gages pour un cartel de la drogue. Qu'est-ce que tu vas faire avec un diplôme d'art ? Ta sœur est *architecte* !

Au cas où j'aurais oublié le métier qu'exerçait Miss Perfection dès la conception.

Quant à Juliet, qui assistait aussi à la discussion pour ajouter son grain de sel, elle avait éclaté de rire.

— Tu es trop mignonne. Tu rêves de vivre sur des cartons, ou quoi ?

— Tu as déjà mis le pied dans un musée ? rétorquai-je avec ce ton qui me semblait alors si sophistiqué.

— J'ai *conçu* des musées, Sadie.

— Alors tu devrais te rappeler que ce sont justement des bâtiments qui servent à exposer de l'art. Tu as déjà acheté un tableau ? Regardé un film ?

J'avais haussé un sourcil vers ma mère en réaction à son ricanement désapprobateur.

— Les gens qui pensent que l'art est une perte de temps devraient vivre dans un monde sans couleur, décrétai-je.

— Tu as déjà été pauvre ? rétorqua Ju. Tu as déjà mangé à la soupe populaire ?

— Ça va peut-être te choquer, Ju, mais l'argent et le luxe ne font pas tout dans la vie.

Elle venait de démolir une petite maison ancienne à bardeaux gris pour construire – il fallait bien l'admettre – une maison fabuleuse au bord de l'eau avec une vue à couper le souffle.

— Vous êtes tous vraiment étroits d'esprit. Sauf toi, papa.

— Si tu n'essaies pas de réaliser tes rêves maintenant, chérie, quand pourras-tu le faire ? renchérit-il.

— Vous voyez ? commentai-je en le prenant dans mes bras.

— Oh ! super, John, pesta maman. Il faut qu'elle ait un plan de secours. Quelque chose de pratique.

— Et si Sadie était le prochain Jackson Pollock ? argua papa.

— Alors elle se tuera dans un accident de voiture en conduisant bourrée, ricana ma sœur.

— Keith Haring, alors, suggéra papa.

— Sida.

— Vincent Van… ah, merde. Georgia O'Keeffe, alors.

— Elle a vécu jusqu'à quatre-vingt-dix-huit ans, leur rappelai-je. L'art n'est pas *toujours* mortel. Mais merci pour votre soutien.

Ma mère refusait de se laisser convaincre. Elle tanna mon père jusqu'à ce qu'il reconnaisse que suivre un double cursus en arts plastiques et en enseignement artistique pourrait m'être bien utile. Je n'avais rien contre l'enseignement. Je m'imaginais dans un studio de Tribeca, accueillant tous les samedis pour un cours magistral des artistes béats d'admiration devant moi. L'un d'entre eux au moins s'appellerait Lorenzo et serait follement amoureux de moi. Je m'inscrivis donc à l'université Pace. (Les établissements prestigieux comme Columbia et l'École d'arts visuels de New York avaient rejeté mon dossier. À cause de mes notes médiocres, m'étais-je dit.) C'était tout de même New York, et j'allais y vivre.

En partant, j'avais brisé le cœur de Noah Pelletier, et il avait brisé le mien.

Nous étions tombés amoureux au lycée. C'était mon premier petit ami. Très malin pour son âge, stoïque, travailleur, issu d'une famille habitant Stoningham depuis cinq générations. C'était aussi mon premier amour. Il était d'une beauté déchirante : des yeux si sombres qu'ils étaient presque noirs, des lèvres épaisses qui lui donnaient un air un peu boudeur quand il ne souriait pas, et des boucles noires indisciplinées qui encadraient son visage.

Nous étions amis depuis toujours. Quand nous étions petits, nous jouions de temps en temps l'un chez l'autre et, quand nous avons passé l'âge de jouer, il est resté l'un des garçons les plus attentionnés de l'école : calme, bon en sport, élève médiocre, exactement comme moi. Nous étions assis l'un à côté de l'autre dans l'orchestre de l'école en CM1 et en CM2. Moi à la flûte, lui à la clarinette, aucun de nous n'était très doué, mais il s'entraînait plus que moi. En cours de gym, il me choisissait toujours pour faire partie de son équipe. Il me souriait pendant la récréation. Une fois, il s'était pris une balle de base-ball sur la tête, et je l'avais accompagné à l'infirmerie en tenant son bras pour être sûr qu'il ne tombe pas. Au collège, on ne s'était pas beaucoup vus, car il était trop occupé à se faire passer pour un mec et à jouer au foot. De mon côté, un prof d'art m'avait dit que j'avais « un vrai don ».

Au cours de l'été précédent notre entrée au lycée, Noah s'était métamorphosé. Sa voix avait baissé d'une octave et ses mains étaient devenues larges et fortes. Il avait grandi de dix bons centimètres, et quand il me souriait, c'était... profond. Je sentis pratiquement mon cœur se transformer : l'affection bon enfant que j'avais pour Noah depuis toujours céda la place à une agréable douleur lancinante.

Il y avait un magnifique érable japonais devant la maison de mes parents et, à l'automne, ses feuilles étaient tellement rouges qu'il semblait illuminé. C'était la couleur de mon cœur lorsque Noah me regardait, et, pendant toute la première année de lycée, mes tableaux étaient chargés de rouge et de noir, le noir de ses cheveux et de ses yeux, le rouge pur de mon amour. Noah Sebastian Pelletier, descendant d'une famille du Canada francophone, un garçon que j'aurais bien vu dans les Rocheuses canadiennes, assis près d'un feu, occupé à contempler les étoiles, entouré de loups admirant sa beauté et son âme sauvages.

Bon, j'étais ado. C'était presque une obligation de penser comme ça. Je n'osais pas le dessiner, de peur que ma mère ne tombe sur mes croquis et ne me fasse un laïus gênant sur le sexe. Ou pire, qu'elle me signale que je méritais mieux qu'un garçon de la classe ouvrière. Elle était tellement snob qu'elle ne pouvait s'empêcher de faire savoir aux gens que le mari de ma sœur avait un lien de parenté avec la noblesse britannique. Elle aurait été capable d'appeler la mère de Noah pour décréter que nous étions trop jeunes pour être amoureux. Cette réaction aurait été le pire de tout… parce que Noah n'était pas amoureux de moi.

Malheureusement. Notre relation se limitait à un gentil « Salut, Sadie » dans les couloirs du lycée de Stoningham, aux bribes de conversation que nous échangions parfois à propos des devoirs ou, de temps en temps, à un sourire amusé quand il croisait mon regard alors que certains élèves de notre classe faisaient les imbéciles… Bref, il se comportait avec moi comme avec tout le monde. Il n'y avait rien de spécial entre nous, et ça me provoquait un délicieux pincement au cœur, cet organe qui battait de cette splendide couleur cramoisie. Une fois, nous étions assis côte à côté au spectacle de Noël de l'école. Nous regardions Gina Deluca, qui était deux classes au-dessus de la nôtre, exécuter une danse censée figurer la naissance de Jésus, et nous avions ri aux larmes en silence. Les épaules de Noah tremblaient, il s'était couvert le visage de la main et me jetait des coups d'œil complices entre ses doigts écartés. Nous étions morts de rire, incapables de nous en remettre. Je m'étais rejoué ce moment mille fois. Mille.

L'été entre la classe de seconde et la première, j'avais quinze ans et j'étais une des plus jeunes de ma classe, étant donné que ma mère m'avait collée à la maternelle dès qu'elle en avait eu le droit. Par un après-midi ensoleillé et parfait, alors que les mouettes planaient dans le vent et que des passereaux piaillaient, j'emportai mon carnet de croquis vers le cours d'eau. Les terrains de sport du lycée n'étaient pas loin, et j'entendais des cris liés à un sport de ballon, mais j'étais sur une autre planète. Quand je dessinais ou que je peignais, pus rien n'existait... Ça irritait ma mère de devoir m'appeler à plusieurs reprises pour que je lève la tête. Pour moi, c'était une façon merveilleuse d'être immergée dans un monde que j'avais créé de toutes pièces. Je pouvais rester des heures sans manger ni boire. Je pouvais me trouver à la cafétéria à l'heure du déjeuner et ne pas entendre un mot... sauf si c'était Noah qui le prononçait.

Ce jour-là, donc, je dessinais avec de nouveaux crayons de graphite que mon père m'avait offerts. Je me concentrais sur le balancement des roseaux et la courbe de la tête d'un pluvier siffleur qui sautillait le long du rivage boueux de la rivière. Le soleil chauffait mes cheveux, le gazouillis de l'eau était comme une petite musique, et les bonds rapides du petit oiseau étaient discrets et ravissants. Ce paysage magnifique coulait de mon crayon sur le papier, et j'étais dans un état de plénitude bienheureuse.

Tout à coup, un ballon noir et blanc dévala la colline en rebondissant, et, instinctivement, je l'arrêtai de mon pied, avant qu'il ne tombe dans l'eau et que le fleuve ne le porte jusqu'à la mer. Il me fallut une seconde pour assembler les pièces du puzzle : *ballon de foot. Intrus. Sport. Garçons.*

Noah.

Il était là devant moi, les mains sur les hanches, ses jambes d'homme bronzées et musclées, poilues juste comme il faut – ce que je trouvais soudain *extrêmement* séduisant. Son T-shirt était trempé de sueur, il avait les joues rouges et ses cheveux étaient magnifiquement en désordre.

— Salut, Sadie, me lança-t-il avec un demi-sourire.

Mon estomac se contracta sous l'effet d'un violent pincement.

— Salut, parvins-je à articuler.

— Merci d'avoir sauvé le ballon.

— Pas de problème.

Il jeta un coup d'œil à mon carnet de croquis.

— Waouh. C'est super beau.

Sous l'effet de la fierté (et du désir), la chaleur monta de ma poitrine et vint me chatouiller le cou.

— Merci.

Il se posa à côté de moi en coinçant le ballon sous son bras, m'enveloppant d'une odeur où se mélangeaient celle de sa sueur et celle de l'herbe du terrain de foot.

— Tu passes de bonnes vacances ?

— Mm-hm.

Mes joues étaient en feu, et je gardais les yeux sur mon dessin pour éviter de fondre en une flaque de désir.

— Et toi ?

— Ouais.

Je lui jetai un nouveau regard discret. En plus de cette beauté sauvage, il avait des cils interminables. Les traits de son visage étaient plus affirmés depuis l'année précédente, et j'eus du mal à avaler ma salive. J'avais envie de dessiner ce visage. C'était Heathcliff, l'antihéros torturé des *Hauts de Hurlevent*… à condition de ne pas tenir compte du T-shirt Ramones et du short de foot.

— Je dois y aller, fit-il.

— Oh ! d'accord. Oui, bien sûr.

Waouh, ma conversation atteignait des sommets de platitude.

— Je peux t'embrasser ?

J'avais sûrement tressailli.

— Je… Qu'est-ce que tu as dit ?

Il sourit et haussa légèrement les épaules, alors je me penchai vers ce beau ténébreux et nos lèvres se rencontrèrent. Nous échangeâmes un baiser doux et délicat. L'écarlate profond de mon cœur s'enflamma de chaleur et de beauté : je l'aimais déjà.

Quand le baiser se termina, il appuya son front contre le mien, les paupières toujours closes.

— Tu veux être ma petite amie ? chuchota-t-il.

— D'accord.

— T'es sûre ?

— Oui.

Et c'était joué.

Cela ne dérangeait pas trop mes parents ; j'étais à l'âge où les jeunes commencent à sortir ensemble, et tout le monde savait que les Pelletier étaient une famille honnête et solide. Et puis, Juliet était enceinte, et notre mère était obnubilée par l'organisation d'une fête prénatale ridicule (comme elle l'avait été par son mariage deux ans plus tôt). Elle avait à peine enregistré que j'avais un petit ami.

Cela ne dérangeait pas non plus les parents de Noah. Il était fils unique ; ils l'adoraient et m'accueillirent à bras ouverts. Ils me considéraient comme une fille sympa pour Noah, même si le front de sa mère se plissa quand j'évoquai l'idée de voyager et de poser ma candidature dans des facs à San Francisco et à Barcelone.

Noah avait un boulot étudiant le week-end ; son père était entrepreneur, et il construisait principalement des extensions pour les maisons de vacances qui peuplaient le joli littoral du Connecticut. Il avait d'ailleurs collaboré au chantier de la maison de Juliet. Noah travaillait presque tous les samedis et dimanches. Il était tard quand il arrivait chez moi et, s'il était très tard, il lançait des cailloux contre la moustiquaire de ma fenêtre jusqu'à ce que je sorte. Dans ces cas-là, j'étais Juliette. Juliette Capulet. Ou Montaigu. Je ne me rappelais jamais à quelle famille elle appartenait.

— Hé, ma prodigieuse, disait-il doucement.

Et le rouge flamboyant palpitait dans tout mon être. Évidemment, je filais en douce de la maison pour être avec lui… Nous nous allongions sur une couverture sur la pelouse municipale pas loin de chez moi pour nous embrasser. En dehors des vacances d'été, nous nous blottissions l'un contre l'autre sur le ponton d'une des

« petites » résidences secondaires, bercés par le clapotis des vagues, et nous nous serrions si fort que c'en était presque douloureux.

Au lycée, ses yeux noirs se posaient sur moi comme si j'étais la seule personne au monde. Mes amies étaient jalouses ; non seulement je sortais avec le garçon le plus mignon et le plus gentil, mais il *m'aimait,* et ne s'en cachait pas. Il *m'aimait.* Quand nous étions ensemble, plus rien ni personne ne comptait. Cela agaçait mes copines, mais je ne pouvais pas m'empêcher d'être collée à lui. J'étais dingue de lui. Éperdument amoureuse.

Pour notre première Saint-Valentin, je lui offris une grande toile, ma toute première : un ciel bleu pervenche capturé juste avant le lever du soleil, parsemé de nuages dorés, dont les bords étaient du même vermillon luxuriant qui illuminait mon cœur. Il accrocha le tableau dans sa chambre et enleva ses posters de films et les autres souvenirs qui y étaient exposés, pour que ma toile soit la seule chose qui orne le mur.

De combien de baisers, d'enchevêtrements de jeunes corps en sueur et de murmures enflammés ce tableau a-t-il été témoin… ?

Pendant ses deux dernières années de lycée, Noah fréquenta un lycée professionnel à temps partiel. Il prenait le bus pour New London le jeudi et le vendredi pour se former à la menuiserie, car il aimait travailler le bois autant que j'aimais peindre. Je trouvais que nous étions faits l'un pour l'autre, tous les deux artistes, même s'il riait quand je le disais et qu'il me rappelait que fabriquer des encadrements de porte ou des tables basses n'avait rien de vraiment artistique. Si je ne m'étais jamais considérée comme malheureuse avant, être avec Noah (être vue, me sentir si importante…) m'apprit ce qu'était le bonheur.

Noah n'avait qu'un défaut : il refusait de quitter Stoningham. Il voulait que sa vie soit exactement la même que celle de ses parents et de ses grands-parents. Il voulait m'épouser dans quelques années et avoir plein d'enfants, de préférence cinq. (Combien d'ados annoncent vouloir cinq enfants ?) J'aimais bien qu'il nous imagine vieillir ensemble, parce que c'était mon rêve aussi. Mais… pas ici. Je nous voyais voyager, randonner dans la lande et déambuler dans les rues de Rome, sur la Grande Muraille, dans les marchés aux épices de Mumbai. Je ne savais pas comment nous allions financer tout cela, mais nous étions jeunes. Nous pouvions, heu… partir en sac à dos ou avec je ne sais quelle méthode de voyage qu'utilisaient probablement les gens qui n'avaient pas de parents fortunés.

À l'approche de la remise des diplômes, les choses sont devenues un peu délicates. Mes projets pour la fac ne posaient pas de problème à Noah, mais il en parlait toujours avec une pointe de condescendance. Comme si, une fois que je serais débarrassée du virus de « voir le monde et de vivre dans une grande ville », je comprendrais que Stoningham était l'endroit idéal où s'établir.

Alors que pour moi, il était hors de question de rester dans le trou perdu où j'avais grandi. Mille résidents à l'année – pétris d'orgueil parce qu'ils croisaient des célébrités ou de vrais riches, telle Geneviève London de l'empire du sac à main ou une actrice oscarisée qui passait à tout casser deux semaines par an dans sa maison de près de six cents mètres carrés. Je ne voulais pas tomber sur les mêmes personnes, dans les mêmes rues, aux mêmes endroits, que je fréquentais chaque jour depuis ma naissance. Rester ici signifiait avouer avoir peur de ce qui avait plus d'envergure… ou confesser un manque total d'ambition. Seuls des gens comme Juliet, avec ses diplômes universitaires de l'Ivy League et son succès époustouflant, pouvaient revenir à Stoningham sans passer pour des losers. C'était du moins mon avis.

Je ne voulais pas n'être que la fille de Barb et John, la sœur de Juliet, en beaucoup moins douée. Je ne voulais même pas qu'on m'appelle « la petite amie de Noah ». Je voulais être moi-même…

avec Noah, tout en étant la fille de mes parents, mais je voulais être Sadie Frost, oui, *la* Sadie Frost, l'artiste.

Le *changement*. Ce mot m'appelait comme une sirène et me remplissait d'une énergie et d'un frisson indescriptibles. Quand on grandit dans le Connecticut, on est défini par tout ce qui manque. Nous avions des collines, mais pas de montagnes. Un littoral, mais pas vraiment d'océan. Des fermes, mais pas de véritables terres agricoles. Des villes, mais soit marquées par un délabrement urbain soit trop petites pour rivaliser avec Boston ou New York, qui étaient accessibles en train.

New York. Oh ! New York. Les paroles de chansons étaient tellement vraies. Je voulais être dans cette ville étincelante et palpitante qui ne dort jamais, dont les gratte-ciel dessinent la ligne d'horizon en dents de scie, pour rencontrer de nouvelles personnes, pour me détacher enfin de l'histoire de ma famille et me définir moi-même. J'avais dix-huit ans. Je désirais m'installer à New York de la même façon que je désirais Noah, avec la même intensité.

Je trouvais déconcertant qu'il n'ait pas les mêmes envies que moi. Je croyais que nous étions *censés* désirer ce genre de choses. Ce n'était pas le cas de Noah. Il était parfaitement heureux à l'idée de m'attendre à Stoningham.

Je ne détestais pas la ville où j'avais grandi, elle m'était juste beaucoup trop familière. Je connaissais chaque rue comme ma poche, chaque centimètre de rivage, j'étais passée partout mille fois, par tous les temps. La monotonie me vidait de mon énergie.

Nous ne nous étions fait aucune promesse à long terme… Chacun pensait que l'autre finirait par entendre raison. Sa raison, évidemment. Je partis à New York, et la première chose que j'affichai dans ma chambre, c'était une photo de Noah et moi souriants, bras dessus bras dessous sur le quai de la gare de Stoningham. Ses cheveux bouclés étaient fouettés par le vent et mes yeux paraissaient plus bleus à cause du ciel et de l'eau en arrière-plan. Je n'avais aucune intention de rompre avec lui. Jamais. Nous étions faits l'un pour l'autre. Il suffisait de trouver un moyen d'être tous les deux heureux et comblés. Nous étions différents des autres couples de lycéens. Notre amour serait éternel, j'en étais convaincue.

Je me trompais.

10

Barb

Je n'ai jamais aimé mon prénom. J'aurais dû le changer quand j'avais seize ans. Barb. Barbara. Barbara Marie Johnson. Un nom typique du Midwest. Ennuyeux, banal. « Frost » était un bon nom de famille, surtout si l'on considère que John avait un lien de parenté avec Robert Frost. J'avais trouvé cette connexion tellement intéressante lors de notre première rencontre. C'est incroyable d'être de la famille du grand poète ! Avoir ce sang serein, optimiste et célèbre qui coule dans les veines. Waouh !

— Bah, je n'irais pas jusque-là, m'avait répondu John.

Et j'aurais peut-être dû prêter davantage attention à sa réponse, parce qu'elle était sincère. Comme j'avais fini par le découvrir, mon mari n'avait rien de poétique.

À notre mariage, sa mère me confia que personne ne savait vraiment par quelles ramifications Robert Frost était lié à eux… C'était plus une rumeur qu'un fait vérifiable. Cela n'avait pas d'importance, mais John me l'avait caché. Être p*eut-être* de la famille de Robert Frost, ce n'est pas comme *être* de la famille d'un grand poète. Quant au prénom « John », c'était le plus commun qui soit dans le monde anglophone. Au moins, personne ne l'appelait « Jack ». Jack Frost, comme le petit elfe aux cheveux blancs, allégorie de l'hiver. Bon sang, ça aurait été horrible.

Quand j'eus enfin un bébé, je lui donnai le nom le plus poétique du monde. Juliet Elizabeth Frost. Un prénom magnifique pour une fille magnifique. J'avais décidé qu'un enfant suffirait ; j'avais trois sœurs et trois frères, et la vie à la maison n'avait rien à voir avec les familles nombreuses décrites dans les livres. Je me souviens d'avoir lu *Treize à la douzaine,* roman autobiographique qui raconte l'enfance des auteurs dans une famille de douze enfants, et d'avoir eu l'impression d'avoir été roulée dans la farine. Les enfants Johnson ne formaient pas une joyeuse bande de sept gamins qui s'amusaient, chantaient et s'entraidaient, loin de là. Mon frère aîné, qui avait quinze ans de plus que moi, était à peine au courant de mon existence, et Elaine, qui avait à peine seize mois de plus que moi, me taquinait en permanence. J'étais le numéro cinq, perdue dans le ventre mou du milieu. Quand mon père voulait m'appeler, il n'arrivait jamais à trouver le prénom juste du premier coup, et ma mère était sans cesse épuisée et exaspérée. Je partageais une chambre avec mes sœurs, et nous portions exclusivement les vieux vêtements de nos cousins plus riches. Les habits passaient d'abord à Nancy, puis à Elaine, puis à moi, puis à Tina, qui avait au moins le privilège d'être la petite dernière.

Sept enfants en dix-neuf ans. Russell, Nancy, Henry, Elaine, moi, Arthur et Tina. Nous n'étions pas pauvres, mais nous n'étions pas aisés non plus. Nous n'avions pas faim, mais c'était parce que nous avions une petite ferme et qu'en cas de nécessité notre père pouvait toujours tuer un cochon. Jamais de vacances, sauf une fois où nous nous retrouvâmes entassés dans le gigantesque break et roulâmes pendant dix heures jusqu'à la maison louée par une tante au bord d'un lac, où il n'y avait qu'une salle de bains pour nous treize. Nous, les enfants, dormions sur le sol de diverses pièces et sous les porches, en essayant de nous lier d'amitié avec des cousins que nous n'avions jamais rencontrés. Les moustiques nous attaquaient sans relâche et l'eau du lac était trouble et brunâtre. Tina faisait encore pipi au lit la nuit, ce qui était devenu ma responsabilité sans que je sache comment. Tous les autres étés se ressemblaient : un défilé de longues journées et de dur labeur. Faire la lessive, cuisiner, rentrer le foin, nourrir les cochons, désherber notre immense jardin, écraser des vers entre nos doigts, sous le soleil implacable des prairies. Je détestais ça.

Je n'étais pas mauvaise élève, même si personne ne le remarquait. Des B, parfois un A. Je mettais mon absence d'excellence sur le compte de mon nom. Barbara Marie Johnson. Ce n'est pas le nom d'une major de promo, si ? Encore moins celui d'une élève méritante qui décroche une bourse pour une université prestigieuse. Mon frère aîné s'engagea dans l'armée, Nancy fit une école de secrétariat, Henry devint mécanicien, Elaine tomba enceinte et se maria dès l'obtention de son diplôme de fin d'études secondaires.

Tout ce que je voulais, c'était m'enfuir. Je suivis quelques cours pour devenir secrétaire juridique, puis postulai partout sur la côte Est. Il était hors de question que je reste dans le Minnesota. Quand je reçus une offre pour un poste à Providence, Rhode Island, je l'acceptai sans hésiter. Je venais d'avoir dix-huit ans, étant donné que j'avais sauté le CM1, ce qui avait profondément agacé Elaine. Sans tambour ni trompette, je déménageai dans l'État de Rhode Island, un territoire petit, mais si charmant et si diversifié comparé au Minnesota !

J'adorais Providence. La ville était animée et cultivée, elle comptait plusieurs universités, des restaurants à foison et bien d'autres lieux intéressants. Je disais aux gens que je m'appelais « Barb », ce qui me paraissait un peu plus énergique que Barbara. « Barbie » n'était pas à la mode. Je ne pouvais pas me faire appeler par mes initiales, B. M., qui étaient l'abréviation de trop de choses, comme « *Bachelor of Medicine* » (licence de médecine), ni « B. J. » (une amie m'avait expliqué que c'était l'abréviation de *blow job*, « pipe », et j'avais été choquée). « Bobbi » était un surnom trop populaire à l'époque.

J'ai essayé « Bébé », mais ça n'a pas pris. « Barb » était le meilleur compromis.

Le cabinet d'avocats qui m'avait engagée avait pignon sur rue et payait bien. Je partageais un joli appartement avec deux autres filles et je fis tout mon possible pour devenir adulte. J'appris à boire du gin-tonic (ma famille était sèche dans tous les sens du terme), à repeindre de vieux meubles achetés dans des vide-greniers. J'appris à assortir des accessoires à mes tenues et à acheter des vêtements de bonne qualité dans les friperies. Au travail, j'essayais d'avoir l'air professionnelle et un peu exubérante. Parfois, les gens se moquaient de mon accent, dont je n'avais jamais eu conscience jusqu'alors, et je tentais de l'atténuer.

Je travaillais dur. Nous étions une douzaine de secrétaires juridiques au cabinet. Comme je voulais être remarquée, j'arrivais la première tous les jours et j'étais la dernière à repartir. J'appris les préférences de mon patron et me calquai sur son rythme. Je lui remettais le journal et son café comme il l'aimait (« Vous n'êtes pas obligée de faire ça, Barb ! » disait-il chaque jour, ravi que je le fasse). En plus de m'assurer que mon travail était absolument irréprochable, j'avais inscrit son anniversaire de mariage et les anniversaires de ses enfants sur mon calendrier pour les lui rappeler. Je lui proposais de commander des fleurs pour sa femme ou de réserver des restaurants. J'étais amicale et respectueuse et je n'ai pas eu le moindre jour d'absence.

Ma tactique porta ses fruits. Il me recommanda pour une promotion au poste d'assistante juridique ; à l'époque, il n'était pas nécessaire d'avoir un diplôme pour occuper cette fonction. Il suffisait d'avoir de la jugeote. Et je n'en manquais pas.

Bientôt, ça me parut naturel de me montrer sociale et enjouée, de tirer le meilleur parti de mon visage ordinaire grâce au maquillage et à des coiffures qui me mettaient en valeur. Dans notre famille, Elaine était « la jolie » ; Tina, « la fougueuse », et Nancy

« l'intelligente ». On ne m'avait pas attribué de qualificatif. Un jour, mon père me surnomma « la fâchée » et j'éclatai en sanglots, ce qui lui fit peur. Je crois que je ne le lui pardonnai jamais. « La travailleuse » aurait été un surnom à ma mesure.

Socialement aussi, j'étais obligée de me donner beaucoup de mal. Je ne venais pas d'une famille unie où tout le monde s'adorait, comme Becky, une de mes colocataires. Je n'étais pas belle, comme Christine, l'une des autres secrétaires : quand elle passait, les hommes se taisaient et oubliaient ce qu'ils étaient en train de dire. J'étais Barb Johnson, joyeuse, travailleuse, serviable, rien de plus. Lors des fêtes ou des rendez-vous, j'étudiais le comportement des autres filles et j'apprenais à flirter, à parler, à marcher en balançant juste assez les hanches. Je tirais le meilleur parti de ce que j'avais. Mes parents m'avaient au moins appris cela.

Je fis la connaissance de John lors d'un cocktail au cabinet. Je travaillais dans le département immobilier, lui aux affaires familiales (un des départements les moins bien payés). Mais il était beau, avait une voix douce, et il semblait m'apprécier, il riait à mes blagues, et souriait quand je parlais. Nous sommes sortis ensemble pendant six mois avant qu'il ne me demande en mariage en déclarant m'aimer. Je l'aimais aussi. Je le croyais, en tout cas. C'était un jeune homme attentionné avec de bonnes perspectives d'avenir. J'aimais l'embrasser. J'aimais qu'il pose les mains sur moi, mais je restais chaste : qui épouserait la vache si le lait était gratuit, même si nous étions dans les années 1970, en théorie débridées ?

Je parais froide et calculatrice en expliquant ma décision en ces termes, non ? Il faut savoir que mon éducation n'avait laissé aucune place à la romance. Mes parents s'étaient mariés parce qu'ils étaient tous les deux immigrants, des Norvégiens luthériens, et que mon père possédait des terres.

John ferait un bon mari. Il n'y avait rien à détester chez lui, pas de cadavre dans le placard, pas de fétichisme bizarre ou de méchanceté. Nous désirions les mêmes choses : la stabilité, la famille, le confort.

Quand mes parents acceptèrent enfin de venir dans le Rhode Island pour les rencontrer, lui et ses parents, mon père commença par décréter que leur budget ne permettait pas de financer un mariage fastueux et qu'il n'y avait rien de mal à prononcer ses vœux à la mairie. Les parents de John se regardèrent, un peu étonnés.

— Oh ! je vous en prie, laissez-nous organiser un mariage pour les enfants, intervint la mère de John. John est fils unique, et nous aimons déjà Barb comme notre fille !

Je me sentis infiniment reconnaissante. Mes parents s'en fichaient, Eleanor Frost, non. Notre mariage n'avait pas été un événement majeur, mais la cérémonie était de bon goût : quarante invités, un déjeuner chic à l'hôtel Adelade. J'avais invité mes frères et sœurs, mais aucun ne vint. Tina râlait parce que je ne voulais pas qu'elle soit demoiselle d'honneur, Nancy était enceinte et les autres n'avaient ni l'argent, ni le temps, ni l'envie de venir, à vrai dire. Nancy me fit parvenir une carte et une cocotte, ce qui, étant donné qu'elle avait déjà quatre enfants, était vraiment très attentionné de sa part.

Je continuai à travailler au cabinet d'avocats. J'appréciais autant mon travail que notre vie de couple. John et moi menions peut-être une vie ordinaire, mais j'avais lu quelques livres traitant du bonheur dans le mariage, et nous *étions* heureux, à l'époque. Nous fîmes l'acquisition d'une maison charmante dans une jolie rue de Cranston. Le vendredi soir, nous buvions des cocktails et faisions un bon dîner tous les deux, parfois au restaurant, parfois je me donnais beaucoup de peine pour réaliser une recette tirée d'un livre de cuisine française, parce que, dans les méthodes pour un mariage réussi, on disait qu'il ne fallait pas ménager ses efforts et montrer qu'on appréciait son partenaire. Le samedi soir, nous sortions avec des amis : au bowling, au cinéma, ou au restaurant mexicain. Nous faisions l'amour les mardis et les vendredis, et parfois aussi le dimanche matin.

J'aimais bien être mariée. J'appréciais le rythme et la sécurité que notre union m'apportait. Quand je me réveillais en pleine nuit, je me blottissais contre le dos de John et j'étais heureuse de me sentir à ma place.

Le rôle d'épouse me convenait à merveille. J'aimais faire de petits gestes pour que John se sente choyé : des muffins à la canneberge et à l'orange le week-end, ou un petit mot glissé dans sa serviette.

Peut-être que j'estimais davantage le *nous* que nous formions que lui à proprement parler. L'unité de notre couple. Il levait les yeux au ciel pour compatir lorsque je subissais l'appel téléphonique de ma mère une fois par mois. Il savait qu'elle me bombardait de plaintes et de récriminations. Lorsqu'il appelait sa mère (un jour sur deux), je passais la main dans ses cheveux ou je lui donnais un baiser sur la joue, ravie qu'il soit un bon fils, quelqu'un de bien, puis je prenais le relais et mettais Eleanor au courant des derniers aspects plus féminins de notre vie : je lui racontais que j'avais planté des tulipes, je lui demandais si je pouvais avoir la recette de ses délicieuses pommes de terre au romarin, ce genre de choses.

À vingt-trois ans, je décidai qu'il était temps d'avoir un bébé. N'oubliez pas que j'étais originaire du Midwest et qu'à vingt-trois ans, dans le Minnesota, on est adulte depuis longtemps. Et nous étions déjà mariés depuis plus de deux ans. John était d'accord. Il serait un père merveilleux, solide et fiable, inébranlable. Surtout si nous avions un garçon.

Comme je l'ai précisé, je ne désirais qu'un enfant. J'avais grandi dans une fratrie négligée par ses parents et je ne voulais pas que mon enfant se sente mal aimé ou ignoré. Même si John m'avait confié s'être senti un peu seul sans frères et sœurs, il s'était aussi senti choyé par ses deux parents. Il ne se rendait pas compte de la chance qu'il avait.

La question était donc réglée. Nous avions assez d'argent en banque, notre mariage se passait bien, l'heure était venue. Je repeignis la chambre inoccupée en jaune pâle et je me mis à chiner le week-end. Je dénichai une vieille pendule de cheminée et des figurines en porcelaine de Winnie l'ourson qui seraient adorables dans une bibliothèque d'enfant. Je me lançai dans la pâtisserie, en rêvant au petit garçon ou à la petite fille qui arriverait en courant du bus scolaire pour manger un biscuit aux pépites de chocolat tout chaud sorti du four, en me racontant sa journée.

Je tombai enceinte tout de suite. Oh ! nous étions tellement heureux ! Nous préférions attendre pour annoncer la bonne nouvelle, au cas où un souci se présenterait, mais nous fêtâmes l'événement tous les deux. Je pense que c'est à ce moment-là que j'ai le plus aimé John et qu'il m'a le plus aimée. Il vénérait mon corps, était béat d'admiration, même si je n'avais pas encore de ventre, devant mes seins gonflés, les veines tout à coup si visibles sous ma peau pâle. Il me rapporta un « Horrible Horrible » d'un glacier de Newport (un milk-shake qui portait ce nom parce qu'il était horriblement bon et horriblement grand).

Je n'avais pas envisagé une seconde l'éventualité d'une fausse couche. Pas avant de sentir du sang chaud ruisseler entre mes cuisses et la panique s'emparer de moi.

Le temps que nous arrivions à l'hôpital, tout était déjà terminé. À dix semaines. Ce n'est pas rare, surtout pour une première grossesse. C'est la nature qui sent qu'il y a un problème avec le fœtus.

Je ne l'avais jamais considéré comme un fœtus. C'était notre bébé. Notre fils. Même si le médecin ne nous l'a pas dit, je savais que c'était un garçon.

J'étais *tellement* soulagée qu'on n'ait annoncé la nouvelle à personne parce que j'avais un horrible sentiment de honte. Je n'arrivais pas à formuler ce que je ressentais. D'un côté, j'avais cru le médecin quand il m'avait assuré que ce n'était pas ma faute. De l'autre, je haïssais mon stupide corps. Ma mère avait eu sept enfants ! Ma sœur Nancy en était à son sixième ! Elaine en avait trois !

John se montra gentil, malgré sa tristesse. J'avais l'impression que c'était ma faute, quoi qu'on me dise. Ce bébé me manquait. Mon Dieu, comme il me manquait.

Tout ce que je voulais, c'était tomber enceinte à nouveau, et vite. Dès que je fus remise, nous recommençâmes à essayer. Nous nous disions que comme j'étais tombée enceinte tout de suite la première fois, il n'y aurait pas de problème la deuxième fois.

Nous nous trompions, bien sûr.

Les semaines devinrent des mois. Ce n'était pas grave, pensais-je. J'aimais John, j'adorais travailler comme assistante juridique, je prenais soin de notre jolie maison, impeccable en toutes circonstances. Si je n'arrivais pas à m'endormir la nuit et que des larmes coulaient dans mes cheveux, eh bien, c'était parce que c'était dur, évidemment. Maintenant que j'avais goûté à ce genre d'amour, j'avais besoin d'un nouveau bébé pour chasser mon chagrin. J'avais tellement envie d'être mère que mon cœur saignait.

Quand l'année s'écoula sans que je tombe enceinte, nous consultâmes un médecin. Tout fonctionnait normalement des deux côtés, et j'étais encore jeune.

— Vous n'êtes pas infertile, puisque vous êtes tombée enceinte. Continuez d'essayer.

Je fondis en larmes sur le parking, et John essaya de me consoler.

Je devins plus fragile. J'avais plus de mal à garder le sourire, à rester joyeuse. J'avais l'esprit ailleurs au travail et je commettais des erreurs, trop occupée à me demander si ce mois-ci la nature daignerait enfin me laisser avoir – et garder – ce que tout le monde semblait obtenir si facilement. John se montrait plutôt compatissant, mais je ne parvenais pas à exprimer par des mots à quel point je me sentais vide. Comme si tous les efforts et le temps que j'avais consacrés pour arriver à ce stade de la vie étaient réduits à néant sans un bébé. À quoi servais-je, si je ne pouvais pas être mère ? Oh ! je savais que c'était plus difficile pour certaines femmes, bien sûr. Mais quand Tina m'appela pour annoncer qu'elle allait avoir des jumeaux, je raccrochai brutalement, puis je la rappelai plus tard pour expliquer qu'une tempête avait coupé la ligne.

Il y avait des bébés partout, sauf dans mon utérus.

Je pris du Clomid pour stimuler mes ovaires, mais je dus arrêter à cause des horribles maux de tête que le médicament provoquait. Le gynécologue me déclara :

— Vous n'avez aucun problème médical.

Je quittai son cabinet et en trouvai un autre.

La deuxième année d'essai devint bientôt une troisième année.

C'était *injuste.* C'était devenu compliqué de sortir avec d'autres couples. Avant, nous étions tous dans le même bateau ; maintenant, Ellen attendait son deuxième enfant et était épuisée, les Parson ne trouvaient pas de baby-sitter, et Abby et Paul avaient une super nouvelle à nous annoncer. Du coup, je ne voulais plus les voir. Les dîners du vendredi soir, qui étaient si sympas et nous donnaient l'impression d'être si adultes, étaient devenus moroses. Pourquoi nous ? Quand est-ce que je tomberais enfin enceinte ? Et s'il y avait vraiment un problème ? Devions-nous nous rabattre sur l'adoption ? Avions-nous de quoi financer un séjour en Corée ? En Colombie ? En Russie ? Nous étions sur les listes de trois agences, mais nous ne parvînmes jamais à l'étape de l'entretien.

Puis le grand-père de John décéda et, à sa grande surprise, John hérita de sa maison à Stoningham, dans le Connecticut. Lorsque nous nous arrêtâmes devant la maison, je restai assise dans la voiture, bouche bée. Grand-père Theo vivait avec sa sœur dans le Maine depuis des années. Je n'avais jamais mis les pieds à Stoningham. Je n'étais même pas au courant de l'existence de cette maison.

Elle était absolument magnifique. De style colonial, elle avait besoin de rénovations, mais elle était élégante, vaste et tellement…

tellement classe. Lorsque j'y déambulai, en admirant les immenses fenêtres, les colonnes, les pilastres, les frises, les corniches et tant d'autres ornements architecturaux dont je ne connaissais même pas le nom, je tombai amoureuse. Un hall d'entrée avec un escalier qui tournait gracieusement. Des cheminées. Un salon, un bureau, un impressionnant séjour, une salle à manger, une cuisine ensoleillée, même si elle était évidemment datée. Cinq chambres à l'étage. Cinq !

On était à mille lieues de ma ferme délabrée de Pétaouchnok, dans le Minnesota. Notre maison à Cranston était mignonne mais modeste : on ne pouvait pas recevoir plus de deux couples en même temps tellement les pièces étaient petites. Alors que *celle-ci*… c'était le paradis ! La ville, la maison, le petit jardin clos, la bibliothèque toute proche, l'odeur de sel qui flottait dans l'air, les devantures peintes de couleurs gaies sur Water Street… honnêtement, j'étais au paradis.

Stoningham était ce qu'on visualise quand on entend le mot « Connecticut » : un village composé de maisons coloniales et victoriennes, de vieux cimetières, de boutiques chics, de plusieurs restaurants, de la Société des amis du patrimoine, du Club des jardins, de la baie de Long Island étincelante, ponctuée par les voiles blanches des bateaux.

Tout à coup, mon mariage me semblait à nouveau merveilleux, un élan inouï venait d'être injecté dans notre couple. Nous en avions besoin, John et moi. De changement. De fraîcheur. Nous nous installâmes à Stoningham. John faisait tous les jours environ une demi-heure de trajet pour se rendre à Providence. J'avais décidé de quitter mon travail et de me consacrer à la maison, qui n'avait pas été habitée depuis près de dix ans. C'était là que je devais être. C'était ici que mon enfant allait naître. Nous aurions notre place en ce lieu, comme je ne l'avais jamais eue nulle part. J'avais été une petite fille qui vivait dans une ferme en dehors de la ville, un des nombreux enfants Johnson. À Providence, j'avais été Barb du Minnesota, et comme je travaillais lorsque nous vivions à Cranston, nous n'avions même pas encore fait la connaissance de certains de nos voisins.

À Stoningham, je pouvais être quelqu'un. Je *voulais* être quelqu'un ici, le fondre dans la grâce naturelle de cette petite ville, être connue par mon nom, que notre maison fasse partie du circuit de celles qu'on visite à Noël, être reconnue par les dames qui appartenaient aux diverses associations, car c'était une ville qui n'en manquait pas. Porter le nom « Frost » revêtait tout à coup un sens ; même si nos liens avec le poète n'était pas établis avec certitude, le patronyme était gravé dans le granit de trois monuments aux morts : à côté des prénoms Silas, Obadiah et Nathaniel.

Je n'étais plus une assistante juridique, j'étais la femme d'un avocat. Un avocat diplômé d'universités prestigieuses de Boston – Northeastern et Boston College –, et cela revêtait tout à coup beaucoup plus d'importance. John avait un pedigree (peut-être), et je comptais bien que cela se voie dans tout ce que je faisais, à commencer par notre maison. Et une fois que j'aurais atteint cet objectif, peut-être que Dieu m'accorderait une grossesse, parce que c'était ici que mon enfant devait grandir.

Je me jetai à corps perdu dans la vie de la ville et je fus bien reçue. Accueillie à bras ouverts, même. Je fis la connaissance de Caro, qui habitait au coin de la rue. Elle était mariée, avait un fils en bas âge et cherchait désespérément un adulte à qui parler. Je rejoignis les Amis de la bibliothèque et demandai conseil pour la restauration de nos colonnes au responsable de la Société des amis du patrimoine, qui était ravi que je prenne tellement au sérieux l'histoire de la demeure familiale. John acheta un petit voilier et nous devînmes membres du yacht-club de Stoningham.

Mais je n'étais toujours pas enceinte. Les années passèrent. Des *années* de tests. Une unique brève grossesse. Quatre gynécologues différents. Aucun diagnostic.

C'était horrible. Partout où j'allais, je me sentais jugée. Je n'étais pas sans enfant par choix. J'étais brisée. Partout où je regardais, il y avait des femmes enceintes, des enfants, des bébés. En été, quand la population doublait, il y avait tellement de beaux enfants partout que j'en pleurais.

— Ne t'en fais pas, chérie, me dit John un soir. Ça finira par arriver, et si ça n'arrive pas, eh bien, nous sommes heureux comme ça.

J'avais envie de lui balancer un coup de poing. Un gros. Je n'étais pas heureuse, pas en mon for intérieur ! Il ne le voyait donc pas ? Je le détestais presque : il menait la même vie que d'habitude, immuable, imperturbable, faisant ses allers-retours à Providence. Il réussissait pas mal, mais se contentait toujours de ce qu'il avait. Comment osait-il être heureux alors que j'avais envie de tomber à genoux et de sangloter ?

Quand une femme n'arrive pas à avoir d'enfant, on la juge. Le mari, lui, est un type formidable, qui libère des millions de spermatozoïdes que l'ovule égoïste de sa femme rejette. Il est tellement patient, compréhensif, agréable, il la soutient si bien (car c'est son problème à *elle,* après tout). J'imaginais les gens se dire : « Ce John, c'est vraiment un saint. »

J'étais *inféconde.* Quel mot détestable. Je voulais être luxuriante, fertile, accueillante, chaleureuse, nourricière… et, au lieu de cela, mon utérus était une pièce blanche, vide, aux angles droits et au sol immaculé.

Une de mes anciennes collègues était japonaise et elle me dit un jour que les femmes qui ne pouvaient pas avoir d'enfants étaient appelées des « femmes de pierre ». L'analogie était juste : j'avais l'impression d'être un minéral. J'effectuais les gestes machinalement, le sexe ne servait plus qu'à la procréation. Je m'emportais contre John. J'avais du mal à sourire quand je faisais du bénévolat dans les comités ou que je jardinais. Lorsque Geneviève London, la plus influente et la plus aimée de tous les résidents de Stoningham, me félicita en disant que j'avais fait un travail *vraiment excellent* pour la collecte de fonds qui devait financer la nouvelle aile de la bibliothèque, je faillis m'effondrer. Je m'imaginais sangloter sur son épaule. « Je m'en fiche ! Je veux juste être mère. »

J'étais en discussion avec des agences d'adoption et je regrettais l'époque victorienne où l'on pouvait simplement aller dans un orphelinat et choisir un enfant.

— Celui-là est adorable ! On le prend !

Caro fut la seule à qui j'osai m'ouvrir de ma détresse. Elle venait d'avoir son deuxième fils, et j'étais allée lui rendre visite avec un plat chaud. Elle m'avait laissée prendre le bébé dans mes bras, et, comme je devais avoir l'air triste, elle me demanda :

— Ça va, mon chou ?

— Oui, bien sûr. C'est juste que… on a des problèmes pour avoir un enfant.

Quelques larmes coulèrent sur la magnifique petite tête de son fils.

— Il est vraiment adorable, Caro.

Elle me tendit un mouchoir et me serra contre elle.

— Si tu veux en parler, ou emprunter les garçons, je suis là.

Et elle me laissa tenir le bébé pendant très, très longtemps.

Puis, finalement, alors que John avait arrêté de me demander si mes règles étaient en retard et que j'étais en tractations avec des agences d'adoption dans neuf États et trois pays, je tombai enceinte. John et moi avions accompli les gestes nécessaires la veille au soir et, quand je me réveillai le matin, je sus que, cette fois, c'était la bonne. J'en avais la certitude, tout simplement.

Les trois premiers mois, je fis très attention, m'accrochant de toutes mes forces. Je répétai à Dieu que j'étais reconnaissante et je me mis à attendre, attendre que chaque jour passe, pour me rapprocher de mon enfant. Lorsque j'allai chez la gynécologue à quinze semaines et qu'elle m'annonça que tout était normal et que le bébé et moi étions bonne santé, je me mis à sangloter. C'est seulement quand cela commença à se voir que je m'autorisai à me le confirmer : *oui, j'étais bien enceinte.*

Ce mot magnifique, riche et sacré. *Enceinte.* J'appelai ma famille et eus droit à une réaction typique du Minnesota.

— Oh ! c'est bien, Barbara. Tu sais que Tina est à nouveau enceinte, elle aussi ?

Je ne leur avais pas fait part de mes difficultés, mais leur détachement me mit en colère.

Caro fut merveilleuse. Elle se jeta dans mes bras et pleura de joie. Elle m'emmena choisir des vêtements de maternité et comprit que j'étais trop superstitieuse pour souhaiter une fête prénatale.

Les neuf mois d'attente furent terrifiants !

— Profitez-en ! me disaient les gens, et je les regardais comme s'ils étaient fous.

Profiter ? Quand je pourrais tenir mon bébé dans mes bras, j'en profiterais pleinement. Pour l'instant, je vivais avec la peur, j'étais sur le fil du rasoir. Je prenais soin de moi religieusement, et pourtant j'avais l'impression d'être prise en otage.

John pensait que nous étions « tirés d'affaire » une fois atteint le quatrième mois, sans savoir que je priais avec ferveur et presque constamment. Je suppliais Dieu, je le soudoyais, je lui faisais les yeux doux, je le menaçais, pour qu'il m'accorde un enfant en bonne santé, qu'il m'épargne une nouvelle fausse couche. Je serais la meilleure mère du monde. J'adorerais mon bébé. Je l'aimais déjà. Je rendrais Dieu fier de moi. *S'il vous plaît. S'il vous plaît. S'il vous plaît.* À chaque fois que le bébé se retournait ou me donnait des coups, j'étais émerveillée… et terrifiée. Oh ! j'aimais tellement ce bébé. Tellement.

Quand le travail a commencé, j'étais plus que prête. Pas de « Non, pitié, ça fait trop mal, je n'y arriverai pas ». Non, pas pour moi. Et ça ne me fit pas mal – enfin, si, bien sûr, mais pas autant qu'on le raconte.

J'étais prête, et mon bébé était prêt aussi : deux heures après notre arrivée à la maternité, elle était là.

Une fille. Oh ! la joie qui emplit mon cœur quand on me l'annonça ! Je suis sûre que j'aurais ressenti la même chose si on m'avait dit qu'il s'agissait d'un garçon, mais quand j'entendis : « C'est une fille, madame Frost », mon cœur déborda de gratitude, de joie et de bonheur.

Juliet Elizabeth Frost. Mon précieux et merveilleux miracle. Je sus immédiatement que je n'aimerais jamais personne autant qu'elle.

Pas même ma deuxième fille. Je n'en suis pas fière, mais c'est la stricte vérité.

11

Juliet

Un mercredi de la fin octobre, quelques mois avant l'AVC de son père, alors que le ciel était d'un bleu profond et pur et que les dernières feuilles impressionnantes d'automne illuminaient encore le campus de Yale, Juliet attendait Arwen à l'Union League Cafe, un restaurant en face de l'université. Elles devaient déjeuner ensemble, car Juliet était son mentor. Elle avait été accueillie chaleureusement par le maître d'hôtel et placée à une jolie table près de la fenêtre, d'où elle regardait les étudiants risquer leur vie en tentant de traverser la rue, une entreprise périlleuse. Ils avaient beau faire partie des personnes les plus intelligentes du monde, ils manquaient de sens pratique. Juliet parlait en connaissance de cause, elle était diplômée de Yale.

Elle consulta sa montre. 13 h 10.

Lorsque le programme de mentorat avait été lancé chez DJK Architects, Juliet s'était dit qu'un déjeuner mensuel serait l'idéal pour aborder de façon informelle et détendue les problèmes, les objectifs, la structure de l'entreprise, les projets… tout ce dont un jeune architecte avait besoin. Tous ses protégés précédents avaient adoré ces déjeuners et, sans vouloir se vanter, Juliet avait la réputation de soutenir et d'encourager les jeunes talents, à Yale, au sein de l'AWA+D, le réseau des femmes architectes et designers (l'AWA+D lui avait d'ailleurs décerné un prix pour cette initiative l'année précédente, merci à elles), et surtout au sein du cabinet DJK. Toutes les nouvelles recrues avaient bénéficié de ses conseils ou de son soutien, les femmes en particulier.

Et jamais un seul de ses protégés n'était arrivé en retard à un déjeuner de mentorat. Cela aurait été un manque criant de respect.

Or, Arwen était en retard.

Juliet comptait aborder le sujet : même si la jeune femme était talentueuse et se dépensait sans compter, il y avait une hiérarchie à suivre. Des échelons à gravir, quand bien même Juliet lui avait offert la possibilité d'en sauter quelques-uns. À trente et un ans, Arwen avait encore beaucoup à apprendre, et Juliet était ravie de partager son expérience avec elle. Arwen ferait mieux de se montrer un peu plus respectueuse et de changer d'attitude. Et… et si…

Peut-être que l'attitude d'Arwen n'était qu'une question de confiance en soi. Est-ce qu'un homme aurait été rappelé à l'ordre et lui aurait-on conseillé de valider ses choix auprès de son mentor s'il faisait du bon travail ? Un patron conseillerait-il à un homme d'avoir moins confiance en lui ? Les femmes font-elles les choses différemment parce qu'elles sont… des femmes ? Le problème ne concernait-il pas plus son ego que celui d'Arwen ? se demanda Juliet. Au fond, ne regrettait-elle pas d'avoir été moins sûre d'elle que…

Merde.

C'était son père, là ! Son père et une… femme. Une… partenaire.

Avant cet instant, elle ignorait qu'il avait une maîtresse.

Mais Juliet comprit instantanément que cette inconnue était la petite amie de son père, parce qu'il était en train de l'embrasser.

Il l'embrassait *à pleine bouche.* Là, sur Chapel Street, comme s'ils étaient des ados qui venaient de découvrir comment s'embrasser avec la langue. Ils étaient tellement dans leur bulle que les passants étaient obligés de les contourner.

Ça ne pouvait pas être son père. Bon, il lui ressemblait, mais peut-être que… non. C'était bien lui. Le couple s'écarta, et ils se contemplèrent en souriant et en riant.

C'était dégoûtant. Grotesque, même.

La femme était grande, elle avait les cheveux teints en noir et des traits très marqués, épais. Pendant une seconde, Juliet crut que cela pouvait être un homme et souhaita presque que ce soit le cas – un père gay serait tellement mieux qu'un père infidèle – mais grosse déception, c'était bien une femme.

Son père venait de poser la main sur le cul de sa partenaire, maintenant. *Bon sang ! Louez une chambre, les hôtels, c'est pas fait pour les chiens ! Non, ne prenez pas de chambre,* s'empressa-t-elle de rectifier. *Merde !* Ce n'était pas possible. Son père ? Son père si banal, pour qui une vie trépidante consistait à lire des romans de John Grisham et à compléter des grilles de mots croisés, s'octroyant peut-être une promenade l'après-midi, suivie d'une sieste ? Non, c'était impossible.

Ils s'embrassèrent à nouveau, goulûment – Juliet frissonna – puis, finalement, se remirent en marche. Ils descendirent Chapel Street en direction du parc.

Juliet avait l'impression que la scène avait été jouée à son intention. Quelles étaient les probabilités que son père décide d'embrasser une femme dans Chapel Street ? À trois rues de son bureau ? *Était-ce* une mise en scène ? Une blague ? Ça n'avait rien de drôle. Avait-il fait ça pour que Juliet le raconte à sa mère ?

C'était quoi, ce bordel ?

Elle réalisa qu'elle s'était à moitié levée de sa chaise pour mieux les épier.

— Vous désirez quelque chose, madame ? s'enquit le serveur.

— Heu… heu… un martini, s'il vous plaît.

Son cœur battait à tout rompre.

— Sec. Avec trois olives. Un grand verre, s'il vous plaît.

Son père avait une maîtresse. Elle s'affala dans son siège et sortit son portable. Elle voulait appeler sa mère sans attendre. *Non. Non, pas maman. Oliver.* Il était calme. Il saurait quoi faire.

— Ça va, chérie ? répondit-il, ce qui était sa réplique habituelle au téléphone.

— Je… Je viens de voir mon père embrasser une autre femme.

Il y eut quelques secondes de silence.

— Tu dois te tromper, mon amour. John Frost, une maîtresse ? Permets-moi d'en douter.

— Oliver. Je viens de le voir devant le restaurant où je déjeune.

Il y eut une pause.

— C'est une plaisanterie ?

— Non ! s'exclama-t-elle, même si elle avait pensé la même chose que lui. Il avait la langue dans le fond de sa gorge ! Et la main sur son cul !

Elle jeta des regards gênés autour d'elle et baissa la voix.

— C'est… ahurissant, commenta-t-il.

— Je suis bien d'accord !

— Respire à fond, mon amour. Bon sang, si c'est vrai, je n'en reviens pas.

Arwen franchit la porte, vêtue d'une robe blanche qui lui allait à ravir. Elle portait des talons aiguilles noirs avec une énorme perle montée sur un fil d'or. Un sac à main rouge vif. Les têtes se tournèrent sur son passage, comme toujours.

— Je dois te laisser, annonça Juliet à Oliver.

— Je t'aime, ma chérie. Rappelle-moi plus tard.

— Juliet, je suis vraiment désolée d'être en retard.

Arwen se pencha et l'embrassa sur les deux joues. Bizarre, étant donné qu'elles s'étaient vues au bureau deux heures plus tôt. Probablement un truc pour imposer sa domination par le langage corporel.

— Pas de soucis. Ce n'est pas grave. Ce n'est pas grave.

Arwen inclina la tête.

— Tu es sûre ? Tu as l'air bouleversée.

Juliet ressentit un léger tremblement de panique.

— Ça va, lui assura-t-elle en corrigeant sa posture.

— Votre martini, madame.

Le serveur posa son cocktail devant elle.

— Et pour vous, mademoiselle ?

— Un Perrier, s'il vous plaît. Sauf si tu es mal à l'aise de boire seule, Juliet. L'alcool m'endort, je ne bois jamais au déjeuner.

Merde, se dit Juliet. L'alcool l'endormait aussi. Elle venait de perdre la première manche du bras de fer.

— Non, ne t'en fais pas. Je…

Je viens de voir mon père embrasser une autre femme.

— Pas de problème. C'est sympa de te voir, surtout qu'on a dû rater le déjeuner du mois dernier.

— Elles durent combien de temps, ces réunions de mentorat ?

Le sous-entendu était clair. Arwen n'en avait plus besoin ou n'avait plus envie de venir.

— Il n'y a jamais eu de règlement officiel mais, en général, trois ans, improvisa Juliet.

En réalité, toutes ses précédentes recrues tenaient à ces rendez-vous, les considéraient comme un moment privilégié avec celle qui serait certainement la prochaine architecte à devenir associée au sein du cabinet DJK.

— Comment vas-tu ? Comment ça se passe ?

— Super.

La jeune femme saisit la boisson non alcoolisée que lui tendait le serveur et le remercia d'un signe de tête. Elle parvenait à être élégante et chaleureuse à la fois. Alors que Juliet sentait la sueur perler sous ses bras et avait encore les joues rouges d'indignation. Arwen prit une gorgée d'eau et inclina à nouveau la tête.

— Excuse-moi de te poser une question personnelle, Juliet, mais tu ne serais pas en train d'avoir une bouffée de chaleur ?

Va te faire foutre.

— Non, fit Juliet en se forçant à rire. J'ai quarante-trois ans. Je suis un peu jeune pour ça.

— Pour ma mère, ça a commencé quand elle avait ton âge.

Arwen ponctua ses paroles d'un sourire compatissant.

— Eh bien, tu vois, ma mère, elle, a eu un bébé à mon âge.

— C'est vrai ? Tu as l'intention d'avoir encore un enfant ?

Tu serais ravie, hein ? Que je parte en congé de maternité.

— Non, non. Deux, c'est très bien. Merveilleux. Génial.

Son père avait une liaison. Ses parents allaient-ils divorcer ? Tout à coup, une boule se forma dans sa gorge. Juliet avala une gorgée de son cocktail. L'alcool lui fit du bien.

— Parle-moi du projet de stade. Ian m'a dit qu'il y avait des soucis avec la conformité des normes d'accessibilité.

— Non. Il s'est trompé.

Arwen sourit.

— Tout se passe très bien, nous sommes même un peu en avance sur le calendrier. Bon. Qu'est-ce qu'on commande ?

*

Quand Juliet rentra à la maison ce soir-là, elle était à la fois épuisée et survoltée. Oliver avait déjà donné à manger aux filles, et Sloane était au lit, tandis que Brianna faisait ses devoirs (ce qui signifiait qu'elle envoyait des messages à ses copines).

— Un bon grand martini t'attend quand tu veux, annonça son mari. Saumon, couscous et choux de Bruxelles, avec une grosse part de gâteau au chocolat que je suis allé chercher à la boulangerie rien que pour toi.

— Tu es extraordinaire. Je vais dire bonne nuit aux filles, je reviens tout de suite.

Sloane était déjà somnolente. Son Patronus était un vieux chat qui dormait beaucoup et aimait être caressé. Juliet s'assit sur le bord de son lit et caressa les cheveux soyeux de Sloane.

— Comment va ma petite fille ?

— Bien, maman. Et toi, comment tu vas ?

— Ça va.

La boule dans sa gorge avait refait son apparition. Que diraient les filles si leurs grands-parents divorçaient ? La mère d'Oliver vivait à Londres, et même si elle était fabuleuse et débarquait une ou deux fois par an les bras chargés de cadeaux, ce n'était pas pareil. Quant au père de son mari, il était mort quand Oliver avait douze ans.

Sloane et Brianna voyaient leurs grands-parents Frost au moins trois fois par semaine.

Merde.

— Tu veux que je te chante ta chanson de bonne nuit ?

— Non, papa l'a déjà fait. Il invente des rimes rigolotes.

Elle sourit gentiment. En effet, Oliver faisait tout mieux qu'elle.

— Parfait. Dors bien, ma chérie.

Elle embrassa Sloane sur le front, le nez et les lèvres. Si elle était comme sa sœur, Sloane refuserait bientôt les bisous et ferait des commentaires vexants du genre « tu t'es brossé les dents aujourd'hui ? » et découperait le cœur de sa mère tranche par tranche.

Mais l'amour maternel devait être inconditionnel, Juliet frappa donc un coup à la porte de Brianna et entra.

— Qu'est-ce qu'il y a ?

— Bonsoir, chérie.

— Pourquoi tu rentres aussi tard aujourd'hui ?

— On est jeudi. Je travaille toujours jusqu'à 19 heures. Tu le sais bien. Comme ça, je suis à la maison quand vous rentrez des cours le lundi, le mardi et…

— *Ça va,* c'est bon. J'avais zappé. Désolée.

Brianna écarquilla les yeux comme si sa mère lui avait crié dessus.

— Comment ça s'est passé au collège ?

— Bien.

— Tu as eu des contrôles ou des trucs sympas ?

— Non. C'était chiant. Heu, je suis un peu occupée, si ça ne te dérange pas. Ackerly et moi, on fait des devoirs de maths.

Ackerly était la plus peste des copines de Brianna et, un de ces jours, elle allait jeter Brianna comme une malpropre. Juliet en voyait déjà les signes avant-coureurs.

— Pourquoi pas avec Lena ? Elle est bonne en maths, aussi.

Lena n'était plus venue à la maison ces derniers temps, et Brianna ne parlait plus d'elle aussi souvent qu'avant. Elles étaient pourtant amies depuis la maternelle.

— Maman. Ackerly est bonne en maths aussi. Si ça ne te dérange pas.

Juliet ouvrit la bouche avec l'intention de déclarer « je ne lui fais pas confiance » ou « méfie-toi d'elle » ou « change d'attitude, Bri, sinon tu seras punie ».

— Change de ton, fit-elle.

C'était le mieux qu'elle trouva à dire.

— OK. Désolée. Bonne nuit.

— Bonne nuit. Je t'aime, chérie. Extinction des feux dans une demi-heure.

Juliet n'obtint pas de réponse. Elle ferma la porte et descendit l'escalier. Elle s'arrêta devant une magnifique photo noir et blanc de Brianna bébé. À l'époque où elle aimait sa mère. Mon Dieu, ces fossettes ! Les yeux immenses et souriants de son père, le menton carré de sa mère, et ces fossettes…

Quand Brianna lui avait-elle souri pour la dernière fois ?

Juliet savait que c'était normal. Les adolescentes étaient confrontées à des bouleversements hormonaux et commençaient à se détacher de leur mère plus que de leur père. Comment supporter de partir, si on ne déteste pas un peu sa mère ? Sauf que Juliet n'avait jamais détesté la sienne. Elle avait pleuré toutes les larmes de son corps quand sa mère l'avait déposée à Harvard, et avait dû faire semblant de se plaire à la fac pendant six semaines avant que ça ne finisse par devenir une réalité. Si Juliet avait survécu à sa première année, c'était uniquement parce que Barb prenait régulièrement de ses nouvelles, venait lui rendre visite et lui envoyait des colis. Elle était la chouchoute de sa mère, elle le savait.

Et Sloane était *sa* chouchoute. Les mères ne devraient pas avoir de préféré. Elle aimait ses deux filles de la même façon. Mais, en ce moment, elle *s'entendait* beaucoup mieux avec Sloane. Si Brianna collaborait, tout serait plus facile.

S'il vous plaît, mon Dieu, se dit Juliet, *faites que Sloane n'en arrive pas là.*

Oliver l'attendait, un shaker à la main. Il adorait préparer des cocktails et essayait d'imiter les jongleries de Tom Cruise dans le très mauvais film où il incarne un barman.

— Ça va, chérie ? Ça a dû te faire un choc terrible de voir ton père aujourd'hui.

— Ça, tu peux le dire.

— Sloanie-Pop dort déjà ?

— Presque.

— Et Brianna ?

— Elle fait ses devoirs.

Juliet s'assit sur un tabouret, puis se souvint qu'elle n'avait pas embrassé Oliver aujourd'hui, et comme elle avait juré de ne jamais être une de ces femmes qui prennent leur mari pour acquis, elle se releva et l'embrassa avant de reprendre sa place.

— Bon, fit-elle.

— J'ai réfléchi à la situation, déclara Oliver par-dessus le bruit des glaçons qui s'entrechoquaient dans le shaker. Thanksgiving est dans trois semaines. Il faudrait peut-être attendre que la fête soit derrière nous pour parler de cette histoire, non ? Ta mère adore ce moment de l'année.

Il secoua le shaker de façon spectaculaire au-dessus de son épaule, puis lui servit son verre.

— Et sa dinde *est* incroyable, ajouta-t-il.

C'était son deuxième martini de la journée. Elle avait été forcée de boire le sien au déjeuner, vu qu'Arwen l'avait mise au défi de le faire, et elle avait dû faire appel à toute sa volonté pour lutter contre la somnolence qu'elle avait ressentie l'après-midi.

Mais s'il y avait bien un jour où deux martinis s'imposaient, c'était aujourd'hui.

— Tu crois qu'elle va le quitter ? demanda-t-elle à voix basse.

— *Moi* je t'aurais quitté, chérie. Et toi, tu m'aurais fait assassiner et couper en petits morceaux avant de me jeter dans l'océan.

— Ils sont mariés depuis presque cinquante ans, Ollie.

Elle avait la gorge nouée.

— Comment peut-on tromper quelqu'un après cinquante ans ?

— Oh ! ma chérie, allons, allons.

Il fit le tour du comptoir et passa les bras autour d'elle. Elle s'agrippa à sa chemise.

— Je n'en ai aucune idée, reprit-il. Ton père est un salaud.

— Qu'est-ce que je dois faire ? Je lui annonce que je l'ai vu ? Je lui ordonne de tout déballer à maman, sinon je m'en charge ? Je fais comme si de rien n'était ? Après tout, c'est pas comme si leur mariage était parfait. Si ça se trouve, ils ont une relation libre.

— Tu sais, ma chérie, Barb a énormément bossé cette année et…

Juliet eut un mouvement de recul.

— Et quoi ? Ça autorise mon père à la tromper ?

— Non ! Pas du tout. C'est juste que peut-être qu'à la maison ce n'était pas… Bon, je me tais. C'est gênant, hein ? Vas-y, mon amour. Qu'est-ce que tu allais dire ?

— Rien. Je dois attendre de digérer l'information.

— Bonne idée. Et si tu en parlais à une amie ? Saanvi ?

Saanvi était une voisine estivante. Elle travaillait aussi à New Haven, à l'hôpital, et elles déjeunaient parfois ensemble ou, plus rarement, elles buvaient un verre de vin après le boulot. Mais Juliet ne se voyait pas évoquer le mariage de ses parents avec elle. Le sujet était trop personnel.

En réalité, c'était Barb, sa meilleure amie. Dans n'importe quelle autre circonstance, c'était à elle que Juliet se serait confiée.

Elle s'essuya les yeux et laissa Oliver l'embrasser sur la joue. Ils dînèrent et, comme il était tard, ils allèrent au lit et firent l'amour, tendrement et silencieusement… car Brianna avait l'ouïe aussi fine qu'une chauve-souris.

— Je t'aime, ma chérie, chuchota-t-il juste avant de s'endormir.

— Je t'aime aussi, répondit-elle, mais ces mots faillirent la faire fondre en larmes.

Son père avait aimé sa mère. Et quand on voyait où cela les avait menés.

Dix minutes plus tard, alors qu'Oliver dormait à poings fermés, Juliet sortit du lit, enfila son peignoir et alla dans son bureau. Elle tapa dans Google : « Pourquoi les hommes mariés trompent leur femme ? »

Tous les clichés se vérifiaient. L'ennui. Le désir de retrouver une jeunesse perdue. Pas assez de sexe à la maison. L'excitation de la conquête. Le manque de communication.

La triste réalité, c'était que si quelqu'un voulait être infidèle, il ou elle pouvait le faire. Si quelqu'un voulait divorcer, il ou elle pouvait simplement mettre fin à la relation. « Je ne veux plus être marié(e). Enfin, pas avec toi. » Et pouf, la vie qu'on avait construite avec soin s'écroulait d'un coup.

Sa mère avait bâti sa vie avec *énormément* d'attention, pensa Juliet. Elle avait toujours fait passer sa famille en premier, et son mari en avait récolté les fruits. La maison splendide, le respect des habitants de Stoningham, ses filles, Juliet et Sadie, et maintenant, par extension, Oliver, Brianna et Sloane. Juliet savait que sa mère se donnait beaucoup de mal, elle en avait toujours eu conscience. Elle préparait de bons repas, la maison était en permanence un havre de paix, elle s'efforçait toujours de lancer la conversation au dîner avec des amorces comme « raconte-moi la chose la plus heureuse qui te soit arrivée aujourd'hui ». Juliet se souvenait que ses parents avaient pris des cours de danse de salon, avaient fait un voyage en Italie, s'étaient initiés à l'œnologie.

Si Barb n'avait pas réussi à sauver son mariage, qui le pourrait ?

Oliver était toujours heureux, et avait d'ailleurs peu d'empathie pour les gens qui ne l'étaient pas. Il avait du mal à comprendre qu'il ne suffit pas d'ignorer les éléments de la vie sur lesquels on n'a pas prise pour se concentrer sur le positif.

Pour cette raison, ce n'était pas évident de discuter avec lui de sujets délicats et compliqués comme les trous d'air dans la vie de couple de ses parents. Ou Arwen… Au sujet de cette dernière, il faisait des commentaires complètement à côté de la plaque, du style « Tu as vraiment déniché une perle ! » ou « Waouh, c'est génial ce qu'elle a fait ! ».

Ce n'était pas évident non plus pour elle de lui avouer que Brianna la rendait triste et l'épuisait ces derniers temps, et qu'elle se sentait mesquine et méchante de ne pas aimer sa propre fille. Elle ne pouvait pas dire à voix haute qu'elle préférait Sloane, et elle ne pouvait pas évoquer non plus sa peur que Brianna le sache, comme quand Sadie avait compris que sa sœur aînée était la chouchoute. Juliet aurait voulu dire à Oliver que c'était le karma qui la rattrapait pour avoir été la préférée de sa mère.

Et à présent, ça aurait carrément été impossible de confier à Oliver qu'elle était terrifiée à l'idée que, si son père parvenait à justifier son infidélité, Oliver comprendrait son point de vue.

12

Barb

Je ne voulais pas d'autre enfant. J'étais trop vieille. Nous n'avions plus l'âge pour en élever un deuxième. C'était absurde. Nous avions déjà une fille, et – désolée de le dire moi-même – elle était parfaite.

Juliet l'était depuis sa naissance. Depuis sa conception même, parce que je n'avais pas souffert d'un seul jour de nausée, de gonflements ou de brûlures d'estomac. Et mon corps était miraculeux. Je pouvais satisfaire à tous ses besoins : l'allaiter, l'apaiser, savoir intuitivement quand elle allait se réveiller la nuit ou quand elle allait attraper un rhume.

C'était un bébé radieux, heureux et en bonne santé, qui fit des phrases complètes à un an à peine, qui souriait et qui dormait bien. Elle commença à lire à trois ans. Elle était amie avec tous ses camarades de classe, surtout ceux qui semblaient avoir besoin d'un peu plus d'attention : le garçon qui faisait pipi dans son pantalon tous les jours à la maternelle, ou la fillette qui avait un défaut de prononciation. Tous ses professeurs me disaient qu'elle était exceptionnelle.

Elle était tout le temps dans mes jupes. John l'aimait, évidemment – qui aurait pu ne pas l'aimer ? –, mais il s'était mis à travailler plus après ses premiers mois d'existence. Il avait quitté le droit de la famille pour le droit de la régulation économique, ce qui l'obligeait à voyager en dehors du Rhode Island une ou deux fois par semaine.

Il passait parfois la nuit à l'hôtel ou rentrait très tard, et j'adorais ces soirées mère-fille.

Juliet était le but qui manquait à ma vie : le mariage n'était pas suffisant et le travail n'avait été qu'un substitut pour moi. Notre maison et mon implication dans la vie sociale de Stoningham n'avaient servi qu'à préparer le terrain pour Juliet. J'étais née pour être sa mère, et nous vivions dans un monde merveilleux que nous nous étions fabriqué. Je veillais à ce qu'elle prenne suffisamment l'air, je l'emmenais en promenade tous les jours, d'abord dans son landau, puis en lui donnant la main. Nous partions à la bibliothèque munies de notre grand sac en toile et nous le remplissions de livres, dès son plus jeune âge, et je lui faisais la lecture pendant des heures. Je préparais des repas et des collations équilibrés. J'avais même une longueur d'avance, puisque je donnais déjà la préférence aux produits bio et locaux.

Je choisissais mes mots avec soin et je lui expliquais toujours pourquoi elle ne devait pas toucher à un objet plutôt que de lui répondre simplement « parce que c'est comme ça ». Même ma voix avait changé, mon accent du Midwest avait disparu en faveur du non-accent du Connecticut, plus cultivé.

Chaque jour était du bonheur à l'état pur. Je le pense vraiment.

John passa au second plan. Je ne faisais jamais appel à une baby-sitter. Tous les deux ou trois ans, la mère de John venait de Seattle – où son mari et elle s'étaient installés pour leur retraite – et passait une semaine avec nous. Eleanor nous poussait à sortir, John et moi, et nous lui obéissions, mais j'étais stressée et je n'arrivais pas à me détendre. Je n'avais qu'une envie : être à la maison avec ma précieuse et merveilleuse fille. Le mot lui-même me semblait magique. Mais comme ma belle-mère méritait un peu de temps seule avec elle, j'acceptais.

Notre jolie maison, chaleureuse et accueillante, devint plus parfaite encore grâce à Juliet. Ses dessins étaient exposés sur le frigo et je la prenais tout le temps en photo. Sa chambre était un joyeux chaos de livres, d'animaux en peluche et de projets en cours. J'avais transformé une des chambres que nous n'utilisions pas en bibliothèque rien que pour elle : je l'avais remplie de livres qu'elle avait aimés, qu'elle aimait et qu'elle aimerait plus tard. Nous y avons passé des heures heureuses à lire ensemble.

Mes parents ne vinrent nous rendre visite qu'une fois (nous leur avions offert les billets d'avion), et pourtant ils donnèrent l'impression d'avoir été expédiés dans un camp de travail en Mongolie extérieure. Ils n'avaient jamais vu la maison, et tout ce que ma mère trouva à dire, c'est :

— Dis donc, tu es devenue bien sophistiquée.

Mon père me fit remarquer que j'étais *aux pieds* de Juliet, et que je pourrais peut-être envoyer de l'argent à Elaine, vu que j'aimais tant étaler ma richesse. Qu'est-ce que je fichais dans une maison avec cinq chambres alors que je n'avais qu'un enfant ?

Nous ne les réinvitâmes pas. Je leur envoyais néanmoins une photo de la petite chaque année à Noël ; même s'ils avaient déjà plus de vingt petits-enfants, je trouvais important qu'ils puissent voir comme elle était parfaite.

À neuf ans, Juliet faisait de l'algèbre et avait le niveau de lecture d'un élève de terminale. Elle pratiquait la danse classique et y excellait : elle avait même décroché le rôle principal, celui de la petite Clara dans *Casse-Noisette*. Elle était serviable, attentionnée et drôle, faisant ses corvées sans qu'on doive le lui rappeler et réalisant des projets qui lui rapportaient des crédits supplémentaires. Elle donnait aussi des cours particuliers à d'autres élèves juste parce qu'elle aimait ça.

Le soir, quand elle avait terminé ses devoirs, elle se blottissait contre moi sur le canapé et me demandait :

— Qu'est-ce que tu fais, maman ?

Le fait qu'elle, cette étoile brillante, s'intéresse à moi… me touchait en plein cœur, d'une façon que je ne pourrais pas expliquer. Même si elle était clairement plus intelligente que moi, elle ne me faisait jamais me sentir inutile. Elle me demanda de lui apprendre les travaux d'aiguille : sa chambre était remplie de coussins et de petits sacs que j'avais brodés, et son armoire débordait de pulls que je lui avais tricotés. Elle voulait apprendre à tricoter, elle aussi, pour qu'on puisse le faire ensemble. J'adorais bien cuisiner, et elle aimait m'aider. Nous cueillions des fleurs et nous les arrangions en jolis bouquets, la maison brillait de notre amour.

Puis, quand Juliet eut onze ans, cet âge magique où elle commençait à poser des questions sur le monde, où nous commencions à pouvoir vraiment discuter de la vie, où notre relation s'épanouissait parce que nous étions amies, on diagnostiqua un cancer de l'estomac chez ma mère. La tumeur s'était déjà propagée à ses intestins et à son foie, et il ne lui restait plus beaucoup de temps à vivre.

À ma grande surprise, je fus prise de panique et je ressentis un désir primitif de la revoir, même si elle avait été une mère médiocre. Je pleurais et je mangeais à toute heure, ce qui ne me ressemblait pas. Ma mère était en train d'agoniser lentement, et quand elle ne serait plus, je n'aurais plus aucune chance de gagner son approbation.

Lorsque je lui rendis visite en mars, le cancer s'était propagé à son cerveau et à ses os, et elle se débattait sur son lit comme un animal pris au piège. Oh ! j'ai pleuré et pleuré en la voyant ! Ce pauvre corps maigre, sa peau meurtrie, son visage blême… Les infirmières du centre de soins palliatifs nous avaient dit qu'elle n'en avait plus pour longtemps, mais cette vieille femme coriace ne se laissait tout simplement pas mourir, même si c'était ce qu'elle voulait. Sa douloureuse agonie s'éternisa au point que c'en devint une torture. Il n'y avait pas d'autre mot pour la décrire.

Je me réfugiai dans la nourriture. Mes règles se firent plus légères, puis s'arrêtèrent quelque temps, ce que je mis sur le compte du stress.

C'était arrivé à Caro quand son mari avait été envoyé en mission militaire. Ma mère s'éteignit enfin, et je revins pour l'enterrement, accompagnée de John et de Juliet.

J'étais loin de soupçonner une grossesse, pas après les difficultés que j'avais eues pour tomber enceinte. J'étais assez âgée pour commencer à flirter avec la ménopause. Nancy avait été ménopausée à trente-neuf ans, Elaine à quarante-trois ans. Et puis, John et moi n'avions eu, de toute l'année, que deux… accouplements, très médiocres…

Eh bien, en fin de compte, il s'avéra que *j'étais* enceinte. Je n'avais perçu aucun signe, cette fois. Je ne l'avais pas senti venir. Je ne l'appris d'ailleurs qu'en consultant un chiropracteur parce que j'avais des spasmes dans le dos.

— Vous êtes enceinte de combien de semaines ? me demanda-t-elle.

La question me fit rire.

— Je ne suis pas enceinte. Ma mère est morte récemment, et je suis stressée. Je… oh.

Oh non ! Les pleurs intempestifs. La faim. Je ne m'étais pas réfugiée dans la nourriture, j'avais mangé pour deux. J'allai voir mon médecin traitant juste après le chiropracteur, et il confirma le verdict. J'étais bel et bien enceinte. J'étais déjà presque à la moitié de ma grossesse.

Juliet était en sixième, le lycée et l'adolescence approchaient à grands pas, ce n'était pas le moment de se laisser distraire par un nouveau-né. Mon Dieu, un nourrisson ! Des biberons en pleine nuit, des régurgitations, un sac de couches à trimballer pendant deux ans, avoir besoin d'une douche en permanence. Ce qui avait été un privilège avec Juliet m'apparaissait alors comme un terrible fardeau.

Étonnamment, John était ravi. Plus encore que lorsque j'avais été enceinte de Juliet.

— Ce sera une seconde chance, déclara-t-il.

Je lui répondis :

— Une seconde chance pour quoi ?

— La vie de famille.

Ce qui me mit en rogne.

Juliet, fidèle à elle-même, était contente, même si elle admit que ma grossesse était « un peu dégoûtante et gênante ». Je ne pouvais pas la contredire. Quand on est au collège, avoir la preuve que ses parents ont des relations sexuelles (même si, en réalité, John et moi n'étions pas loin de l'Immaculée Conception) *était* dégoûtant et gênant.

J'espérais avoir un garçon, ce qui éviterait toute comparaison avec Juliet. Je pensais l'appeler Nathaniel, comme l'un de ses ancêtres qui avait lutté du côté de l'Union pendant la guerre de Sécession et était mort au front. Un beau nom de la Nouvelle-Angleterre. *Nathaniel Robert Frost.* Même si la grossesse avait été un choc, j'aimais le bébé qui se tortillait en moi. C'était l'inconnu qui m'inquiétait.

Et qu'est-ce que j'étais fatiguée ! Je n'avais pas encore quarante ans et j'avais l'impression d'en avoir quatre-vingts. Je m'assoupissais en essayant de lire le journal, je bâillais constamment. J'avais mal au dos comme si on m'avait frappée avec une batte de base-ball, et mes chevilles étaient enflées. Je souffrais d'hypertension gestationnelle et j'avais en permanence les joues rouges et chaudes. Je n'arrivais pas à fermer l'œil et j'avais des brûlures d'estomac tellement horribles que j'étais obligée de garder une énorme bouteille d'antiacides près de moi en permanence. Même la nuit.

Le travail débuta un mardi matin tôt. C'était horrible. Peut-être parce que j'étais plus âgée, j'avais l'impression de risquer la mort. Des heures et des heures de contractions, des douleurs fulgurantes qui irradiaient dans mes jambes, dans mon dos qui se coinçait et se contractait. Je fus prise de vomissements et de diarrhée, de la bile me brûlait la gorge. Comment allais-je survivre à cela ? J'endurai ces souffrances tout au long de la journée, de la nuit et du lendemain matin. À chaque contraction, je sentais le désespoir me submerger, j'essayais d'échapper à la douleur atroce. Était-ce cela que ma mère avait ressenti quand elle était rongée par son cancer ? Comment avait-elle pu endurer de telles souffrances ?

Après cinquante-quatre heures de travail sans la moindre progression, avec une dilatation de cinq centimètres à peine, l'équipe médicale décida finalement de pratiquer une césarienne, parce que « la mère n'arrivait pas à faire progresser le travail ».

Comme toujours, c'était ma faute.

— Ni le beurre ni l'argent du beurre, gloussa l'infirmière.

J'étais trop épuisée pour répondre. Ils m'emmenèrent en salle d'opération et me poignardèrent dans le dos avec une aiguille qui me semblait aussi grosse qu'une aiguille à tricoter, puis, lorsque la péridurale fit enfin effet, ils me charcutèrent.

C'était très douloureux. Ils prétendent que vous ne sentirez rien : c'est un mensonge. Tandis que les médecins, les mains enfoncées jusqu'aux coudes dans mon corps, trituraient mon abdomen, des larmes roulaient sur mes joues. C'était mes entrailles qu'ils malmenaient ! Comment le bébé pourrait-il être en bonne santé après une bataille pareille ? Comment pourrais-je aimer ce petit être, alors que je ne ressentais rien d'autre qu'une impression d'échec et de l'épuisement, littéralement déchirée par la barbarie de l'accouchement ?

— C'est une fille ! proclama le Dr Haines en la brandissant pour que je l'aperçoive.

Je vis un énorme bébé blanchâtre aux cheveux noirs, avant qu'ils ne l'emmènent.

— Elle va bien ? demandai-je.

— Elle m'a l'air parfaite ! décréta l'infirmière enjouée.

John pleurait de joie.

— Une deuxième fille ! Oh ! chérie, je suis tellement content.

— 9,9 livres ! Elle est costaude ! Elle a 9 aux tests d'Apgar aussi. On sait quel est son chiffre porte-bonheur à ce bébé !

Une deuxième fille. Et moi qui étais absolument certaine que ça allait être un garçon… Je fermai les paupières, tellement exténuée que je commençai à m'endormir.

— Barb, regarde ! Notre petite fille ! Elle est magnifique, non ?

Je forçai mes yeux à se rouvrir.

Elle n'était pas très jolie, sa tête était conique à cause du temps qu'elle avait passé dans la filière pelvi-génitale. Elle me paraissait géante par rapport au souvenir que j'avais de Juliet, qui pesait un peu plus de trois kilos, sept livres pour être précise. Ses paupières étaient meurtries et son visage semblait gonflé. Sa petite bouche en forme de bouton de rose bougea, et elle ouvrit les paupières.

Je l'aimai. Oh ! Dieu merci, je l'aimai.

— Bonjour, ma petite, chuchotai-je.

John lui embrassa le front, et plaça le visage de notre bébé contre le mien. La douceur de sa joue était extraordinaire.

— Bonjour, ma chérie.

Puis elle se mit à pleurer. À *hurler*. Comme elle était juste contre mon oreille, je fus obligée de détourner la tête.

— Ses cordes vocales ont l'air de fonctionner à merveille ! s'exclama l'infirmière avec un enthousiasme irritant.

C'était surprenant qu'un nouveau-né puisse faire autant de bruit.

— Chhh, chhh, ma chérie, fit John en la serrant contre lui.

Et pouf, le bébé cessa de braire.

— Ooooh. Elle aime bien son papa, commenta le Dr Haines. Barb, je vous recouds, mais vous pourrez la câliner dans quelques minutes, d'accord ?

John gazouillait des mots doux au bébé, il lui répétait qu'elle était belle, que c'était son petit ange, et je sombrai dans un sommeil profond et noir, incapable de me réveiller pour ses deux premières tétées.

Une césarienne est bien pire qu'un accouchement par voie naturelle. Au moindre mouvement, j'avais l'impression que mes entrailles allaient se répandre sur le sol. Des éclairs de douleur fulgurante me transperçaient l'abdomen. Quand on me fit sortir du lit, je perdis connaissance. On m'obligea à effectuer des moulinets avec les pieds pour éviter les caillots de sang, mais j'en eus tout de même un. On me dit que c'était parce que je n'étais pas sortie du lit assez tôt (n'est-ce pas pourtant parfaitement normal quand on est inconscient ?). Ma jambe palpitait et brûlait. Les deux premiers jours, je ne pus pas tenir le bébé toute seule, car j'étais trop faible. Je voulais juste dormir, mais on me réveillait sans cesse pour que je la nourrisse. Je devais placer un oreiller sur mon ventre pour protéger mon hystérotomie.

Elle refusait de téter. Elle criait et hurlait, tout son corps tremblait de rage quand j'essayais de lui offrir mon sein encore et encore. On fit venir une infirmière experte en la matière, et elle força le bébé à se coller à moi. Quand elle prit le sein, je poussai un cri de douleur. Mon corps tout entier était trempé de sueur tandis que mon utérus se contractait, tirant sur les points de suture.

Juliet vint à la maternité pour rencontrer sa nouvelle sœur. Ce fut un instant de bonheur au cœur des six jours passés là-bas. J'avais une mastite, et le remède était d'allaiter davantage. Au lieu de me faire moins mal, mon incision devint plus douloureuse, mais je ne pouvais pas prendre d'analgésiques efficaces parce que j'allaitais. Mes mamelons se mirent à saigner. C'était la goutte d'eau qui fit déborder le vase. On pouvait nourrir mon bébé au biberon. Cela me convenait très bien.

C'est John qui choisit son prénom : Sadie. Ce nom m'évoquait une ouvrière pendant la Seconde Guerre mondiale. Lorsqu'il suggéra « Barbara » comme deuxième prénom, je rétorquai :

— Épargne-la, la pauvre.

Je sais qu'il avait proposé mon prénom pour me faire plaisir, mais sincèrement : « Sadie Barbara Frost » ? Ça ne donnerait rien sur un diplôme.

Son deuxième prénom fut Ruth, comme sa grand-mère. C'était bien. Je m'y ferais, du moins je l'espérais. Je n'avais pas d'autres suggestions.

Avec le recul, je me rends compte que j'ai fait une dépression post-partum. Durant ces premiers mois, je me trouvais juste nulle. Quand Sadie dormait, je l'aimais. Quand elle était éveillée, il fut vite évident que ce n'était pas moi qu'elle préférait. Elle réclamait John, et il prit un congé partiel pour travailler depuis la maison et m'aider. À la naissance de Juliet, il n'avait pris que deux jours de congé.

Mais pour Sadie, il était présent, et c'était *bien* utile. Il me préparait le déjeuner et nourrissait le bébé, marchait avec elle, l'emmenait faire un tour ou la mettait dans la voiture et me disait de me reposer pour rebondir.

Je ne rebondissais pas.

Malgré mon immense fatigue, je n'arrivais pas à dormir. L'opération et ses complications m'avaient épuisée, et je ne parvins pas à créer de liens avec le bébé comme je le voulais, comme je l'avais fait avec Juliet. Quelques jours après mon retour à la maison, je fus prise d'une quinte de toux qui déchira mes points de suture. C'était reparti pour un tour.

Je commençais à en vouloir à Sadie de ne pas accepter que je la réconforte, de me sentir épuisée dès le réveil, de redouter la longue journée qui m'attendait. Quand John se remit à travailler à temps plein, je prenais Sadie dans mes bras pendant qu'elle pleurait et s'énervait – parce qu'elle avait des coliques ou faisait ses dents, peu importe, il y avait toujours quelque chose – et je fixais l'horloge en décomptant les minutes jusqu'à ce que Juliet descende du bus scolaire. Dès que je ressentais l'amour de mon aînée, je trouvais assez d'énergie pour préparer le dîner et faire semblant que tout allait bien. Lorsque Juliet était présente, je me sentais revivre.

J'attendais avec impatience le moment où ma deuxième fille m'aimerait comme la première. Il ne vint jamais. Sadie ne me détestait pas, évidemment, mais il n'y avait pas entre nous la même connexion qu'entre Juliet et moi. Parfois quand je voyais Sadie me regarder, j'étais convaincue qu'elle comprenait cette différence. Qu'est-ce qu'elle sentait en moi ? Que je faisais semblant ? Que je ne l'avais pas désirée autant que sa sœur ? Est-ce que cela faisait de moi une mauvaise mère ?

Pendant ce temps, Juliet et moi étions plus proches que jamais. Je pense qu'elle m'a sauvée, même si elle n'en avait probablement pas conscience. Mon adorable fille m'apportait une tasse de thé sans me demander si j'en voulais une, ou me cueillait des fleurs dans le jardin parce qu'elle savait que j'étais trop fatiguée pour le faire moi-même. Pour la fête des Mères, elle m'offrit un jour une carte qui disait : « Après des recherches approfondies et sur la base de mes propres expériences, c'est une certitude : tu es la meilleure mère de l'histoire de l'humanité. » Ce jour-là, Sadie pleura non-stop ; elle faisait ses dents. Comme je lui massais les gencives, elle me mordit violemment et sa nouvelle dent aiguisée comme une lame de rasoir me trancha le doigt. Je saignai énormément et eus mal tout le reste de la journée.

Cet incident résumait assez bien la situation. Je continuais à essayer que ma deuxième fille m'aime, et tous mes efforts échouaient, alors que mon aînée m'adorait et m'appréciait plus que jamais. Je fis de mon mieux. Vraiment. Les spécialistes s'accordent à dire qu'on ne peut pas comparer ses enfants, et je m'efforçais de ne pas le faire. J'aurais aimé trouver une place pour Sadie. J'essayais. Mais John était son chouchou, et mon pauvre corps était ravagé par la grossesse et la césarienne. Alors que j'avais rebondi en quelques semaines après la naissance de Juliet, il fallut près d'un an pour que la cicatrice de mon incision ne soit plus douloureuse, pour que je puisse à nouveau uriner normalement.

Des dizaines d'années plus tard, lorsqu'on s'est mis à parler de dépression post-partum, j'ai compris que j'étais passée par là avec Sadie. Cela n'aurait rien changé, mais ça m'aurait été utile de le savoir. Car, une fois de plus, j'étais persuadée que c'était quelque chose en moi qui avait cloché. Que c'était encore et toujours ma faute.

Ma relation avec Sadie évolua peu au fil des ans. Si elle se réveillait d'un cauchemar, c'est papa qu'elle appelait, pas maman. Elle voulait que ce soit lui qui la pousse sur la balançoire, qui l'emmène à la bibliothèque le samedi, qui lui prépare des macaronis au fromage. Ils étaient tous les deux d'accord pour dire que la préparation en boîte de Kraft était meilleure que les miens. Je trouvais ça ridicule. S'il y a bien un plat qu'on sait cuisiner dans le Minnesota, ce sont des pâtes en gratin, tout de même.

Juliet entra au lycée quand Sadie avait deux ans, et le compte à rebours que je redoutais tant démarra. Chaque minute des quatre années qui me restaient avant son départ de la maison était précieuse, chaque trajet en voiture, chaque matin où je lui préparais le petit déjeuner, chaque week-end, chaque petit instant que nous avions ensemble. Sadie se couchait à 19 heures ou 19 h 30 (le plus tôt était le mieux, pour moi). Je laissais John lui faire la lecture du soir, me disant que ce n'était que justice, puisqu'il avait manqué ces moments-là avec Juliet. Cela me permettait aussi de passer plus de temps avec mon aînée, qui me parlait de ses camarades de classe, de ses devoirs, de ses profs préférés, des élèves qui allaient au bal de printemps.

Quand elle était en cours, j'essayais de jouer avec Sadie, mais le cœur n'y était ni pour elle ni pour moi. Si je lui construisais une cabane, elle voulait y rester seule. Elle m'informa que jouer à cache-cache n'était amusant qu'avec papa et Ju. Elle n'aimait pas cuisiner, tricoter ou cueillir des fleurs. Si je dessinais avec elle, elle était perdue dans son propre monde. Quand je lui demandais ce qu'elle pensait de mon dessin, elle répondait :

— C'est joli. Tu vas préparer le déjeuner, maintenant ?

Heureusement, Juliet ne me laissait jamais tomber, n'était jamais de mauvaise humeur, n'eut aucune liaison sérieuse à l'adolescence, et réussit à s'entourer d'un groupe d'amis sympas sans trop de drames. Elle partit étudier à Harvard, et je sanglotai sur tout le trajet du retour. Je lui rendais visite une fois par mois, en essayant de ne pas montrer à quel point j'en avais besoin, à quel point ces retrouvailles m'aidaient à tenir. À la fac, elle me présentait à tout le monde, et elle était *fière* de moi. De moi… !

— C'est ma mère, elle est géniale, disait-elle en me prenant dans ses bras et en posant la tête sur mon épaule. C'est ma meilleure amie.

On faisait du shopping, on déjeunait et on se promenait sur le campus, main dans la main. Oui. On se tenait toujours la main. Alors que Sadie ne me laissait tenir la sienne que si on traversait la rue, et seulement parce que j'insistais.

Juliet était tellement… gentille. Généreuse. Je n'aurais jamais pu lui exprimer toute la gratitude que je ressentais. Pendant ce temps, Sadie ne semblait pas remarquer mon existence, ne suivait pas mes conseils. J'aimais ma cadette, mais elle n'avait d'yeux que pour son papa. Elle était toujours perdue dans ses pensées, rêveuse, ne faisait pas attention à ce qui l'entourait. Elle était négligente et ne m'écoutait pas quand je lui demandais de mettre son linge sale dans le panier ou de rapporter son assiette sur le plan de travail de la cuisine. J'essayais de m'investir, de me sentir aussi proche d'elle que de sa sœur, mais cela ne l'intéressait pas. Quand je lui proposais de lui lire une histoire, elle refusait, préférant lire seule, alors qu'elle avait laissé John lui lire le *Seigneur des Anneaux* à haute voix, un roman qui m'ennuyait tellement que j'étais incapable de rester dans la pièce.

Je refusais de trop me tracasser. J'avais Juliet, après tout. Juliet qui, après avoir terminé Harvard avec les honneurs, venait de choisir Yale pour obtenir son diplôme d'architecte. Elle me proposa de l'y rejoindre pour le déjeuner tous les mercredis. Elle rencontra Oliver, qui était le plus beau jeune homme du monde. Un mois après l'obtention de leur diplôme – Oliver terminait l'école d'ingénieurs, et Juliet était à nouveau diplômée avec les honneurs –, Oliver fit le trajet en voiture de New York à Stoningham afin de me demander ma bénédiction pour épouser ma fille. La mienne. Pas celle de John. Bien sûr, je lui accordai la permission, et il me demanda aussi quel genre de bague plairait à Juliet. Je lui prodiguai quelques conseils, et quand elle m'appela la semaine suivante pour m'annoncer la nouvelle, nous pleurâmes de joie ensemble. (Et elle *adorait* la bague.)

Oliver se mit à m'appeler « maman » d'une manière qui me faisait rougir et me gonflait de fierté. Sa mère était merveilleuse, et lorsqu'elle vint me voir pour discuter des aspects pratiques de la noce, nous nous entendîmes à merveille ! Oliver était fils unique, et Helen adorait Juliet (naturellement), elle voulait payer la moitié du mariage pour que la cérémonie soit la plus fastueuse possible.

— Je les adore ensemble, pas vous ? s'exclama-t-elle, et nous nous liâmes d'amitié grâce à l'amour qui unissait nos enfants.

Juliet et moi passâmes une année merveilleuse à discuter de couleurs et de fleurs, de lectures à l'église et de robes, sans un seul mot de travers, et à aucun moment elle ne se transforma en future mariée tyrannique. Nous allâmes à New York choisir sa robe, rien que nous deux, parce que c'était son souhait, et, oui, j'eus les larmes aux yeux quand elle sortit de la cabine d'essayage en souriant. Elle était rayonnante. J'avais l'impression que c'était la veille que nous jouions dans sa chambre, ou que je l'enveloppais dans une grande serviette après son bain en inhalant l'odeur de sa peau propre, puis en la faisant rire.

Ma magnifique petite fille.

Sadie avait onze ans quand Juliet et Oliver se marièrent. C'était un garçon manqué trimballant un carnet de croquis et signalant à qui voulait l'entendre qu'elle ne voulait pas être demoiselle d'honneur junior, « je ne sais même pas ce que c'est, mais je m'en fous ». C'était très bien. La cérémonie était mieux sans une ado renfrognée qui poussait des soupirs théâtraux et lisait Sylvia Plath pendant que les autres demoiselles d'honneur riaient et discutaient.

La cérémonie fut la concrétisation de mes rêves de maman de la mariée. Tout était magnifique dans les moindres détails, depuis les compositions florales crème et abricot jusqu'à la délicieuse pièce montée aux noisettes. Lors de la réception, Juliet me remercia devant deux cent cinquante invités d'avoir été une mère parfaite et déclara qu'elle pouvait simplement espérer être une mère à moitié aussi bonne que je l'avais été.

Quand Oliver et elles emménagèrent dans leur appartement de Chelsea, à New York, elle me demanda de l'aider à le décorer, « tu as tellement bon goût, maman ». La chambre d'amis était peinte en bleu pâle, ma couleur de prédilection, et le lit était garni d'oreillers en plume, car Juliet savait que je les préférais. Ils gardaient mon thé favori en réserve dans le placard, et Oliver était toujours charmant quand je venais passer un week-end chez eux de temps à autre. Il nous préparait le dîner le premier soir, puis le lendemain nous ordonnait de nous échapper pour « un super moment d'intimité mère-fille ». Théâtre, shopping ou, mieux encore, une longue soirée dans un restaurant tranquille, en compagnie de la personne que j'aimais le plus au monde.

Pendant ce temps, Sadie adoptait tous les clichés de l'ado : un air excédé, des répliques cyniques, des vêtements noirs de la tête aux pieds. Elle se mit à être complètement obsédée par la peinture et ne fit plus que le strict minimum pour ses autres cours. Elle me sermonnait sur l'importance de l'art, qui dépassait tout le reste.

— Vraiment ? Plus essentiel que la médecine ? Tu penses que l'art est plus important que, je ne sais pas, moi, sauver des vies ?

— La vie ne vaut pas la peine d'être vécue sans art, rétorquait-elle d'un ton léger.

Comme quelqu'un qui n'a jamais été malade.

Sérieusement ! Pensait-elle vraiment que l'art comptait plus qu'un apprentissage concret ? On se disputait à cause de ses résultats scolaires médiocres, mais John prenait toujours sa défense.

— Tant que tu fais de ton mieux, ma chérie, on se fiche de tes notes.

Ce qui était totalement faux. Juliet avait obtenu la meilleure note de tous les élèves de Stoningham de sa génération ! Elle avait été acceptée dans les huit universités de l'Ivy League ! Sadie ne fit jamais partie des élèves les plus brillants du lycée, et ce n'était pas par manque d'intelligence, mais par absence d'efforts.

Et son petit ami ! Qu'est-ce qu'elle s'imaginait ? Que j'étais aveugle ? Que je ne voyais pas comme elle louchait sur Noah Pelletier ? Il était plutôt gentil, mais je savais ce que les garçons de cet âge-là avaient derrière la tête. Elle se contenta de lever les yeux au ciel quand je la mis en garde contre les grossesses non désirées, comme si elle en savait plus que moi sur le sujet.

Elle adoptait cette attitude pour tout. Quoi que je dise, elle me traitait comme si elle était beaucoup plus intelligente que moi. Si Juliet trouvait que j'étais la meilleure mère du monde, comment Sadie osait-elle me rejeter, m'éviter ou, pire encore, simplement *tolérer* ma présence ? Me traiter comme si j'étais un poids, une gêne ?

Une école d'art. Sérieusement ? Passe encore si elle avait été acceptée là où vont les étudiants suffisamment doués. L'École de design de Rhode Island ou l'École d'art et de design de Savannah, pour se lancer dans la restauration historique ou quelque chose du genre. Au lieu de cela, elle est allée à New York, à l'université Pace, dont je n'avais jamais entendu parler, pour « devenir artiste ». Oh ! elle avait du talent, mais cela ne signifiait rien face à la dure réalité du monde.

Puis Juliet tomba enceinte. Je fus à nouveau impliquée d'un bout à l'autre de la grossesse. Elle m'emmena à plusieurs rendez-vous chez le gynécologue pour que je puisse entendre les battements du cœur de mon petit-enfant. Je vins chez eux quatre jours avant la date prévue pour l'accouchement et je choyai ma fille. Lorsque les contractions se rapprochèrent, je l'accompagnai à la maternité, jusque dans la salle de travail. J'étais si bien accueillie et prise en compte… j'étais tellement utile. Je lui tins la main et lui répétai qu'elle était forte et extraordinaire et que je l'aimais énormément. Quand le bébé sortit enfin, Juliet serra ma main en pleurant de joie.

C'était une fille.

Ils l'appelèrent Brianna.

— Pour toi, m'expliqua Juliet. Comme je sais que tu n'as jamais aimé ton prénom, on a pris des lettres de « Barbara Marie Johnson » pour former « Brianna ». Comme ça, elle porte ton prénom à sa façon, maman.

Existe-t-il une fille plus parfaite ?

Et donc, tandis que Sadie papillonnait en courant après son rêve new-yorkais d'une vie tiraillée entre l'art, la misère et un boulot de serveuse, mon aînée continuait d'être ma perle. Quand Brianna eut un an, ils revinrent s'installer à Stoningham. Juliet m'appelait plusieurs fois par jour, juste pour papoter, et nous invitait, John et moi, à dîner chaque mois. Elle venait chez nous presque tous les dimanches après-midi.

Si Sadie m'avait accordé autre chose que des miettes de son cœur, j'aurais pu mieux faire mais, en réalité, j'en avais assez de m'acharner. Sadie avait son père, j'avais ma Juliet, et Oliver, et Brianna, puis, quelques années plus tard, une autre magnifique petite-fille, Sloane.

John était franchement un peu décevant comme grand-père. Ça ne le dérangeait pas qu'on lui pose un enfant sur les genoux, mais il ne manifestait pas beaucoup d'enthousiasme. Il travaillait encore quelques jours par semaine et jouait au golf (le passe-temps le moins original du monde). Deux fois par an, il partait pour un week-end de golf avec ses amis, et j'adorais me retrouver à la maison sans lui. Parfois, il allait à New York rendre visite à Sadie, l'emmenait dîner et passait la nuit à l'hôtel, ou chez elle, à partir du moment où elle emménagea dans son propre appartement.

— Tu ne venais jamais me voir quand j'habitais New York, lui fit remarquer Juliet.

C'était rare que notre fille si douce lui adresse des reproches. John se contenta de répondre :

— Ah non ?

Je sentis le venin monter dans ma gorge, comme les dinosaures qui crachaient de l'acide. Mais je me mordis la langue.

Je continuais à être active à Stoningham, je participais à plusieurs comités et je siégeais dans des conseils d'administration. Je m'occupais de mes petites-filles quand on me sollicitait. Contrairement à moi, Juliet et Oliver aimaient sortir ensemble, et j'étais ravie qu'ils me demandent de venir garder les filles. Je leur lisais des livres, je cuisinais des biscuits, nous faisions des activités artistiques, je les laissais prendre un très long un bain et, quand elles étaient endormies, je pliais du linge ou je cueillais des fleurs. La maison de Juliet était magnifique, une femme de ménage se chargeait de la propreté, mais j'aimais bien m'occuper et ranger.

C'était tellement agréable de sentir que ma présence comptait.

J'envisageais de divorcer. Cela faisait tellement longtemps que John et moi on n'avait plus fait quelque chose ensemble, que nos liens n'avaient pas été renoués. Mais j'avais peur de ne plus avoir les moyens de vivre comme je l'entendais. Ou de perdre ma maison.

Puis Bill Pritchard annonça qu'il ne briguerait pas de nouveau mandat de maire.

— Tu devrais te présenter, maman, me conseilla Juliet alors que je dînais chez elle pendant que John était parti pour un week-end de golf.

Les filles étaient couchées, et nous sirotions un verre de vin sur la terrasse au-dessus de leur maison, avec vue sur la baie.

— Excellente idée, renchérit Oliver. La ville serait réglée comme du papier à musique si vous étiez aux commandes, maman.

— Le projet de centre socioculturel serait plié, c'est sûr, ajouta Juliet.

Elle posa une main sur la mienne.

— Tu devrais te présenter. Tu serais incroyable.

— Chérie, j'ai presque soixante-dix ans.

— Et alors ? Tu as plus d'énergie que moi. Tu es hyper organisée. Tu es intelligente. Et tout le monde t'adore.

La graine était plantée, elle se mit à germer. C'était vrai que j'étais douée pour l'organisation. J'avais fait partie de tous les comités à Stoningham. Être la mère de Juliet avait encore un certain cachet dans cette ville ; tout le monde l'aimait (et Sadie aussi, mais pas autant… c'était normal : elle était partie depuis plusieurs années, impatiente de quitter cette ville trop petite à son goût).

Je l'emportai haut la main. John eut le culot de tomber des nues le soir de l'élection.

— Eh bien, Barb, quelle surprise ! Qui l'eût cru ? déclara-t-il dans le gymnase du lycée, assez fort pour être entendu.

Quelques personnes lui jetèrent un regard en biais. La colère empourpra ma poitrine. Où était-il depuis toutes ces années que nous vivions à Stoningham ? Ne savait-il pas que je me donnais à fond, qu'un nombre incalculable d'habitants me respectaient, que j'avais donné énormément à cette ville ? Comment osait-il être étonné de mon succès ?

Après cela, il se mit à m'appeler « Reine des abeilles » à la maison.

— S'il te plaît, arrête. Ce n'est vraiment pas drôle, et en plus c'est sexiste.

— Oh ! c'est amusant. Et ça n'a rien de sexiste. La reine des abeilles est la plus importante…

Je cessai de l'écouter. Il adorait les documentaires interminables sur la nature, présentés par un Britannique qui vantait les mérites des colonies de fourmis ou l'agilité des singes.

Le divorce, c'était la solution idéale. Je lui donnais un an, puis j'entamerais les procédures. Le mari ne devrait-il pas être la première personne à croire en sa femme ? Je m'en sortirais financièrement maintenant que je travaillais, et j'économiserais mon salaire cette année jusqu'au dernier centime. Je pourrais probablement obtenir la maison, et même si je ne l'avais pas, eh bien… je verrais ça en temps voulu.

Un an. Je me jetai à corps perdu dans la charge de maire. Je demandai des subventions. Je discutai avec presque tous les résidents à l'année de leurs préoccupations. Je réussis effectivement à faire approuver le centre socioculturel, qui serait situé dans l'ancienne école, et je n'eus même pas à augmenter les impôts, grâce à une subvention importante de l'État et à ce que Juliet appelait mon « approche gant de velours » avec les estivants : je les avais incités à verser des dons en m'y prenant de manière telle qu'ils n'avaient pu refuser.

En plus de cela, après la mort de Geneviève London, la ville racheta Sheerwater, sa magnifique vieille demeure établie à Bleak Point ; on la fit inscrire au registre national des monuments historiques. Le terrain devint un parc, et la maison pouvait être louée pour les mariages, les réunions et autres événements prestigieux. J'avais le vent en poupe. Je collaborai avec la chambre de commerce pour améliorer notre rayonnement touristique, pour attirer, à l'aller, les gens qui se rendaient dans les casinos plutôt qu'au retour, lorsqu'ils étaient fauchés. On fit supprimer le feu rouge qui ne servait à rien et rendait tout le monde dingue, et on parvint à convaincre une pêcherie de saumon de s'installer sur le site de l'ancienne fabrique de papier. Une société qui fonctionnait à l'énergie propre, était écoresponsable et employait dix-sept personnes à temps plein.

Ce fut une année extraordinaire. Juliet était très fière de moi et ne se privait pas de me le dire. Quand le temps que je m'étais fixé s'écoula, je décidai d'attendre après les fêtes pour annoncer à John que je voulais divorcer. Pourquoi punir les petits-enfants à Noël ? Ils seraient évidemment bouleversés. Le 10 janvier, cela ferait exactement cinquante ans que nous étions mariés ; je parlerais à John ce jour-là, car le fait que nous prêtions à peine attention à cette date me fournissait une entrée en matière idéale. J'en avais assez de traîner le cadavre de notre mariage derrière moi. C'était fini.

Le 9 janvier, John fit son AVC.

Quatre heures après avoir reçu le terrible coup de fil des services d'urgence, j'apprenais que mon mari avait une maîtresse.

13

Juliet

— Nous sommes vraiment désolés pour votre père, déclara Dave Kingston, l'un des associés du cabinet d'architecture DJK, le K de DJK en personne. Si vous avez besoin de quoi que ce soit : de congés supplémentaires, de plus de flexibilité pour travailler de la maison, dites-le-moi.

— Merci, Dave. C'est très gentil. Et les fleurs étaient magnifiques. Ma mère a été très touchée, répondit Juliet.

Une partie d'elle aurait préféré voir son père mourir plutôt que d'affronter son adultère… il valait mieux ne pas y penser en cet instant. Elle fut submergée par une vague d'amour pour ce même père et dut ravaler ses larmes. *Pas maintenant. Pas maintenant.* C'était devenu un mantra chez elle.

Juliet était dans la salle de conférences de DJK avec Dave, l'assistante personnelle de ce dernier (Laurie, une personne un peu effrayante qui ne disait jamais rien et prenait des notes à toutes les réunions où son supérieur était présent), et Arwen Alexander. Qu'Arwen soit ici était… perturbant.

Dave était son boss depuis qu'il l'avait embauchée à sa sortie de Yale. Ce n'était pas un mauvais patron, loin de là, mais il avait une façon très personnelle de lui faire comprendre qu'elle devait s'estimer reconnaissante de travailler dans un cabinet si prestigieux.

L'accent qu'il avait mis sur « congés supplémentaires » et « plus de flexibilité » ne lui avait pas échappé.

Elle ne s'était absentée que trois jours, nom d'un chien. Le règlement du bureau d'architectes lui accordait trois *semaines* de congé maladie, y compris pour l'accompagnement d'un proche. La dernière fois que Juliet avait pris un congé maladie, c'était quatre ans plus tôt, parce que, comme leur mère, les filles ne tombaient presque jamais malades. Elles avaient le système immunitaire de divinités grecques. Et quand elle travaillait de la maison, Juliet faisait plus d'heures que si elle s'était déplacée au bureau, comme le prouvaient ses feuilles de présence et sa productivité. Mais, à quarante-trois ans, elle estimait ne plus devoir prouver sa valeur à DJK. Elle collaborait avec le cabinet depuis près de dix-sept ans et avait planché sur de nombreux édifices dont le budget dépassait le milliard de dollars. Les clients étaient ravis, elle avait dirigé les équipes avec brio, géré les crises et les problèmes de main-d'œuvre, fait aboutir les projets dans les délais, et parfois même à un budget inférieur à celui prévu, ce qui, dans le petit monde de la construction de grands immeubles, tenait du miracle.

Son travail parlait de lui-même. Du moins, c'était le cas jusqu'il y a peu. Au cours des six derniers mois, il y avait eu une « perturbation dans la Force », comme on dit dans *Star Wars*. Beaucoup de perturbations, même.

— Bon, fit Dave.

Il s'éclaircit la gorge.

— Nous allons considérer ces circonstances comme une opportunité pour donner à Arwen un peu plus de responsabilités. Je lui confie le siège d'Hermanos.

La perturbation se transforma en tremblement de terre. Quoi ?! Arwen allait diriger la conception du nouveau siège d'une société qui figurait dans le classement par *Fortune* des 500 entreprises les plus riches du monde ? Quelle était l'excuse ? Juliet était tout à fait capable de s'en charger.

— Avec plaisir. Je suis ravie de pouvoir me rendre utile, murmura Arwen.

— Dave, intervint Juliet en s'efforçant de ne pas élever la voix et de garder un ton aimable. Merci pour cette proposition d'aménager mon temps de travail, mais tout va très bien. Je suis complètement dans la course.

— On verra comment ça se passe. Super. Excellente réunion. Je me sens rassuré. Encore une fois, si vous avez besoin de quoi que ce soit. Tout ce que vous voulez, Juliet. Merci, Arwen, ce sera tout.

Juliet vit Arwen poser une main sur la sienne et la lui serrer brièvement.

— Je suis vraiment désolée pour ton père.

La jeune femme sortit de la salle en laissant un soupçon de jasmin dans son sillage. Même son parfum était extraordinaire.

Quand la porte se referma, Juliet fixa Dave avec détermination.

— Je n'ai pas besoin qu'Arwen reprenne mes responsabilités, Dave. Je suis la cheffe de projet. Elle a déjà beaucoup à faire.

— Vous savez quoi ? Je pense que vous avez raison, mais on va quand même essayer. Ce sera bien pour vous. Très bonne discussion. J'aime bien quand on sort des schémas établis. Bouclons la boucle et voyons si nous pouvons booster ce projet. Formidable ! Excellent ! On est tous sur la même longueur d'onde. Transmettez mon bonjour à votre mère.

Il se leva, et Laurie La Muette ferma son ordinateur portable et le suivit, non sans lui avoir lancé auparavant un regard qui semblait dire : « Méfie-toi, ma vieille. »

Juliet resta seule dans la grande salle de réunion, les expressions clichés de Dave résonnant encore à ses oreilles, accompagnées par le clapotement maintenant bien trop familier des vagues de peur à ses pieds.

Juliet avait engagé Arwen deux ans plus tôt. Cet épisode lui avait semblé tellement anodin à l'époque.

Le recrutement faisait officieusement partie de ses responsabilités… Il lui permettait de garder un œil sur les jeunes talents, surtout les femmes. Les associés ne lui avaient jamais dit :

— Juliet, consacrez deux jours par mois à chercher de jeunes femmes architectes pour qu'on n'ait pas l'air d'être un bureau composé d'hommes blancs d'âge moyen, d'accord ?

Cela s'était imposé comme une évidence, étant donné qu'elle était la femme la plus haut placée chez DJK, le seul cabinet d'architectes pour lequel elle avait jamais travaillé. Le message implicite était qu'elle avait de la chance de travailler là (et c'était vrai) et qu'elle ne faisait que rendre la faveur qu'on lui accordait. Bien sûr. Elle était ravie de le faire, franchement. Il n'y avait *pas* assez de femmes dans le secteur de l'architecture, et elle pouvait contribuer à pallier ce problème au sein de l'équipe. Le cabinet DJK avait des filiales dans sept États et seize pays. Des points de vue différents seraient bénéfiques pour tout le monde, les associés comme les clients… et même le vaste monde, qui admirerait de magnifiques bâtiments conçus par des personnes venues de tous horizons.

Arwen avait retenu son attention grâce au travail qu'elle avait déjà accompli dans un autre bureau d'architectes. La jeune femme avait supervisé certains aspects de la conception d'une aile d'hôpital à Denver, et le bâtiment était magnifique. En avance sur le calendrier, pour ne rien gâcher. Son nom avait été mentionné dans un petit article concernant le bâtiment, et Juliet s'était renseignée sur elle. Arwen était diplômée d'UCLA, elle avait obtenu un master au SCI-Arc, l'Institut d'architecture de Californie du Sud. Elle avait cinq ans d'expérience sur de grands projets.

Juliet avait appliqué sa méthode habituelle : elle avait pris l'avion pour San Diego, où était basé le bureau qui employait Arwen, et emmené la jeune femme dîner pendant qu'Oliver et les filles profitaient des plages et visitaient le jardin botanique. Elle avait trouvé Arwen intelligente, sympathique, et un peu en admiration devant elle.

— Je n'en reviens pas que Juliet Frost m'invite à dîner, avait-elle déclaré le premier soir, alors qu'elles étaient assises au Juniper & Ivy, un restaurant branché de San Diego. Vous avez conçu certains de mes bâtiments préférés. L'hôtel à Dubaï ? Et l'hôpital de Cincinnati ? Waouh.

Mais Arwen avait décrété être heureuse chez RennBore. Difficile de trouver un meilleur climat que celui de San Diego. Pourquoi aurait-elle voulu déménager à New Haven ?

Juliet lui avait sorti le grand jeu. Elle avait vanté les mérites de New Haven, où se trouvait l'école d'architecture de Yale, souligné combien la ville était proche de New York et de Boston, insisté sur la beauté de l'État avec ses nombreuses petites villes, affirmé que c'était une région très dynamique culturellement (c'était un peu exagéré, mais bon). Et puis, il y avait le salaire et les avantages sociaux, les opportunités internationales… qui ne se présenteraient pas à Arwen avant des années dans un bureau comme RennBore. Arwen avait promis d'y réfléchir, et Juliet l'avait à nouveau invitée à dîner le lendemain soir pour répondre à toutes ses questions.

Juliet finit par la convaincre en lui proposant de monter en grade : elle aurait l'entière responsabilité de petits projets. C'était une promotion qu'une architecte aussi jeune mettait généralement des années à obtenir et qui la placeraient à un échelon juste en dessous du sien : Juliet était architecte senior et vice-présidente chargée du design au sein de DJK Architects. Arwen s'en sortirait très bien : elle était talentueuse, intelligente et bosseuse, et Juliet collaborerait étroitement avec elle.

Arwen rejoignit DJK le mois suivant. Un communiqué de presse avait été envoyé et repris par tous les grands magazines d'architecture. « Arwen Alexander quitte RennBore pour être promue chez DJK Connecticut. » Arwen obtint quelques interviews, dans lesquelles elle mentionna ses héros en architecture, notamment sa mentor, Juliet, et Dave Kingston (c'était très malin de citer un associé, même si Dave passait presque tout son temps à jouer au golf et à boire du scotch). Arwen travaillait dur. Ses conceptions étaient bonnes, elle acceptait les critiques, ajustait ses dessins si nécessaire, créditait les autres membres de l'équipe. Son travail était totalement irréprochable.

Mais il faut savoir une chose sur les architectes. À chaque génération, deux ou trois personnes innovantes émergent et changent la donne pour toujours. Ieoh Ming Pei, Frank Lloyd Wright, Mies van der Rohe, Zaha Hadid… des architectes qui ont fait école en matière de design. Des génies qui ont conçu des bâtiments extraordinairement novateurs. Le résultat était parfois réussi (Fallingwater, la maison bâtie sur une cascade par Frank Lloyd Wright), parfois pas (le musée Guggenheim de New York, du même Frank Lloyd Wright… on ne peut pas gagner à tous les coups). Mais c'étaient des génies, des visionnaires, qui ont révolutionné le paysage, au sens propre comme figuré.

Et à côté de ces monstres, il y a tous les autres architectes. Quatre-vingt-quinze pour cent des meilleurs architectes du monde ont conçu des bâtiments et des intérieurs éblouissants et magnifiques, mais construits sur les épaules de ces grands de la profession. Juliet, elle, se rangeait dans cette deuxième catégorie : elle était créative, énergique, parfois même brillante, mais elle n'allait pas faire surgir une nouvelle façon de penser.

Arwen était elle aussi une excellente créatrice et son portfolio était magnifique. Elle manquait un peu d'originalité, car elle empruntait clairement à ses idoles, mais c'était comme cela que le monde évoluait, dans tous les domaines, depuis la littérature jusqu'à la mode. Tous les compositeurs n'étaient pas Lin-Manuel Miranda, mais cela ne voulait pas dire qu'ils étaient médiocres pour autant.

Tous les stylistes n'étaient pas Gianni Versace, mais ils pouvaient tout de même créer des vêtements splendides.

Juliet trouvait qu'Arwen avait du talent. Elle était convaincue que sa nouvelle collaboratrice avait de l'expérience, qu'elle pourrait s'élever à son niveau et, bien sûr, peut-être la surpasser... dans une dizaine d'années, une fois qu'elle connaîtrait mieux le métier et qu'elle aurait travaillé avec des architectes plus expérimentés. On pouvait espérer qu'Arwen finirait par se montrer plus audacieuse, qu'elle développerait un style et une voix bien à elle.

Et voilà que, six mois après son arrivée chez DJK, Arwen devenait tout à coup la femme en vogue dans le monde de l'architecture, sans que Juliet sache comment cela s'était produit.

Des articles sur le féminisme et le sexisme dans la profession se mirent à être publiés. Arwen y donnait son opinion... ce que Juliet n'apprit qu'une fois l'article publié dans le *Times*. Cet article ne contenait rien de nouveau, rien qui n'ait déjà été dit par des dizaines de femmes architectes avant elle, mais sa prise de parole créa le buzz. Suite à cela, *Architectural Digest*, le magazine de référence du secteur, demanda à Arwen de dire ce qu'elle pensait de l'architecture en plein essor en Chine et de son impact sur l'avenir des villes, même si elle n'avait jamais mis les pieds dans ce pays et n'y avait jamais conçu le moindre bâtiment.

Juliet, elle, y était allée. Elle avait dirigé la conception d'un gigantesque centre commercial et d'affaires à Hangzhou, ainsi que celle d'un immeuble d'appartements à Chengdu.

Le P-DG d'une entreprise de la liste « *Fortune 100* » que DJK venait de décrocher décréta :

— Nous aimerions avoir Arwen Alexander dans l'équipe.

Dave et Juliet se regardèrent, un peu interloqués.

— Aucun souci ! s'exclama Dave. Marché conclu ! C'est une perle !

Juliet n'en avait nullement été affectée. Elle avait prévu de confier ce projet à Arwen de toute façon. Mais... pourquoi le client l'avait-il demandée nommément ? Pourquoi toute cette attention sur sa personne ? Arwen s'était-elle offert les services d'une excellente agence de communication ? Avait-elle des relations dont Juliet n'avait pas connaissance ? Cette fille – cette femme – ne manquait pas de talent, mais elle était loin d'être une superstar. Peut-être un jour, mais les grands architectes, telle Zaha Hadid, avaient été époustouflants dès le premier jour. Et Arwen était douée et fiable, mais pas impressionnante à ce point.

Ce n'était visiblement pas l'avis de tout le monde.

Arwen avait été classée première des *40 Architectes de moins de 40 ans* par *Architectural Review*, qui la décrivait comme « un coup de tonnerre aux conceptions stupéfiantes et au regard acéré ».

Juliet avait eu quarante ans trois mois seulement avant la parution de l'article. Ne pas faire partie de cette liste lui faisait de la peine.

Arwen était séduisante, ce qui jouait évidemment en sa faveur, mais Juliet eut tout de même un choc en découvrant la photo de la jeune femme en première page de la section « Style » du *Los Angeles Times*. Arwen fut invitée à animer des ateliers, et même une conférence TED.

Apparemment, son travail était « révolutionnaire »... Juliet, sa supérieure hiérarchique, était sceptique. Cet élan soudain d'adoration était formidable pour le cabinet, mais Juliet était un peu... perplexe. Elle était à la fois heureuse de ce succès et des retombées pour DJK, mais ne pouvait s'empêcher de s'interroger : pourquoi Arwen ? Juliet exerçait ce métier depuis plus de quinze ans. Elle était capable de repérer quelqu'un de brillant. Arwen faisait du bon boulot, elle pourrait devenir une super architecte. Mais elle était loin d'être brillante.

Juliet n'était pas la seule à le penser.

— Je ne comprends pas, murmurait Kathy Walker, une architecte d'intérieur qui avait été sa première amie chez DJK. Et toi ?

Kathy baissa d'un ton jusqu'à ce que sa voix ne soit plus qu'un chuchotement :

— On a eu mieux. Tu es bien plus douée qu'elle.

— On travaille dans un domaine où la subjectivité règne en maître, lui rappela Juliet.

Kathy était une amie, mais aussi une vraie pipelette, et si Juliet laissait entrevoir ne serait-ce que l'ombre d'un doute par rapport au talent d'Arwen, le bruit se répandrait comme une traînée de poudre. Et Juliet aurait préféré mourir plutôt que de paraître jalouse. Et puis c'était déjà assez difficile d'être une femme architecte. Inutile que d'autres femmes poignardent leurs consœurs dans le dos ou disent du mal d'elles.

— Peut-être que toute cette admiration vient du fait qu'elle est...

Kathy regarda autour d'elle avant d'ajouter :

— ... jeune.

Oh ! ce mot. Ce mot terrifiant.

— Ne sois pas vache. Elle fait du très bon boulot, protesta Juliet.

Cette explication lui avait aussi traversé l'esprit. Juliet n'avait que douze ans de plus qu'Arwen. Mais, de toute évidence, cette différence était comptabilisée en âge canin, et cela l'angoissait. Elle ressentait une peur honteuse qu'elle ne pouvait avouer à personne. Elle avait toujours été une présence importante dans le monde de l'architecture, on lui demandait régulièrement de donner son avis sur certains sujets, de faire un bref commentaire, de prononcer des discours, de rédiger des articles.

Puis, sans crier gare, elle était devenue obsolète.

Alors qu'Arwen travaillait depuis un an à peine chez DJK, Juliet avait eu l'occasion de boire un verre avec quelques-unes de ses amies architectes les plus proches. Elles étaient à Chicago pour un événement promotionnel autour du design qui durait une journée. Arwen se trouvait à Maui, où elle vérifiait la conformité du site pour l'expansion d'un hôtel. Juliet avait été envoyée à

Chicago comme porte-parole de DJK, mais elle soupçonnait de n'avoir été que le second choix du cabinet…

Peu importait. Les boissons arrivèrent et, au bout de quelques secondes, la question à laquelle Juliet s'attendait fut posée.

— Parle-nous de votre jeune prodige, demanda Yvette.

— Elle se débrouille très bien.

Juliet ne pouvait pas se permettre d'être négative, et ses amies devaient le savoir.

Le silence tomba autour de la table.

— Ce qui est dit à Chicago reste à Chicago, suggéra Lynn.

Tout le monde acquiesça, sauf elle.

— Désolée, Juliet, insista Yvette, mais pourquoi est-ce que les gens en font tout un fromage ? Elle n'a vraiment rien de spécial. Excusez-moi d'être cash, mais c'est la vérité. Tout à coup, on dirait qu'il n'y a qu'une femme architecte dans le monde, alors qu'on trime depuis des dizaines d'années.

— Peut-être que c'est une question de timing, avança Juliet. Vous savez comment c'est. Parfois, quelqu'un attire l'attention.

Les autres femmes murmurèrent. Quelques regards furent échangés… elles étaient sans doute déçues que Juliet ne leur jette pas sa protégée en pâture.

— Vous êtes au courant que j'adore l'opéra ? demanda Susan.

À soixante-cinq ans, c'était la plus âgée du groupe et, à plusieurs occasions, elle avait été le mentor de toutes les autres femmes autour de la table.

— Je l'ai même étudié à l'université, figurez-vous. Option musique.

— Tu es tellement cool, commenta Juliet avec un sourire.

Le gentil visage de Susan se fendit d'un sourire également.

— Avec mon mari, on est allés voir Pavarotti chanter un soir. J'ai eu la chair de poule dès la première note. Tout le monde dans la salle d'opéra *savait* qu'on était en train d'écouter le plus grand ténor depuis trois générations.

Elle but une gorgée de son martini.

— Puis, quelques années plus tard, on est allés écouter Andrea Bocelli. Vous voyez, le bel homme ?

— Il est aveugle, tu sais, intervint Linda.

— Oui, ma chérie, tout le monde le sait, répliqua Susan. On est donc allés au concert, et Bocelli était bon. Très bon. On a passé un excellent moment. Le public était sous le charme.

Elle marqua une pause.

— Mais ce n'est pas Pavarotti. Bocelli n'est même pas un grand chanteur d'opéra. C'est une pop star qui chante de l'opéra, du Elvis Presley et des chants de Noël. Ce qui n'enlève rien à son talent, à son étincelle. Mais si on aime l'opéra, si on s'y *connaît*, on sait que c'est un chanteur médiocre qui fait impeccablement son show.

— Où veux-tu en venir ? s'enquit Lynn.

— La jeune femme dont on parle n'est pas Pavarotti.

Juliet était tellement soulagée qu'elle ferma les paupières. Elle n'était pas la seule à le penser.

La semaine qui suivit son déplacement à Chicago, Santiago Calatrava, l'une des véritables légendes vivantes de l'architecture, déclara dans une interview qu'Arwen Alexander était la nouvelle voix la plus intéressante dans le métier.

Juliet reçut un mail de Susan :

Bon, je suppose que je me trompais au sujet d'Andrea Bocelli. Qu'est-ce que j'en sais ?

Une semaine plus tard, Arwen était nominée pour le prix des jeunes architectes de l'AIA, l'Institut américain des architectes, et pour le prix Moira Gemmill récompensant l'architecture émergente.

Personne chez DJK n'avait jamais bénéficié d'une telle reconnaissance. Les amies avec qui Juliet avait bu un verre à Chicago se turent. Arwen était en pleine ascension, et on ne dénigrait pas une femme en pleine ascension, qu'elle apporte ou non quelque chose au métier.

C'était un tabou. Si certains hommes étaient d'accord qu'Arwen était un Bocelli, pas un Pavarotti, ils n'osaient pas le proclamer, surtout après l'éloge de Calatrava.

Arwen n'était pas idiote. Sans qu'un mot soit échangé à ce sujet, la dynamique chez DJK changea. Juliet constata qu'Arwen cessa de passer dans son bureau pour discuter ou pour lui demander si elle voulait prendre un verre de vin avant de rentrer. Elle se mit à porter des vêtements nettement plus chics. Elle avait toujours eu du style, mais désormais elle venait en Armani et Louboutin, Tom Ford et Prada. Elle s'acheta une Tesla. Elle quitta l'appartement qu'elle louait dans le centre de New Haven pour s'installer dans un loft incroyable, branché et spacieux, dans une ancienne fabrique et organisa une fête où elle invita toute l'équipe avec les conjoints, et cuisina tout elle-même. Apparemment, elle avait une passion pour la cuisine du nord de l'Inde depuis qu'elle y avait passé un été pendant ses années de fac. Oliver, qui avait vécu à New Delhi pendant quelques années quand il était ado, déclara que les samossas d'Arwen étaient les meilleurs qu'il ait jamais mangés. *Traître !*

Les architectes étaient bien payés. Mais pas à ce point-là. Arwen avait-elle une famille fortunée ? Un amant riche ? Elle n'avait jamais mentionné personne, et elle vivait seule. D'après ce que Juliet savait, elle était célibataire.

Juliet continuait à lui prodiguer des conseils sur ses projets, parce que c'était son travail, mais le changement était perceptible : Arwen n'était plus demandeuse et semblait juste tolérer que Juliet lui donne son avis. Edward Decker – le D de DJK, l'autre associé encore en vie – faisait étape dans le bureau d'Arwen les rares fois où il daignait honorer de sa présence le cabinet de New Haven. Avant, c'était elle, Juliet, avec qui Edward venait discuter.

C'était glaçant. Juliet avait l'impression que l'architecture était une rivière sur laquelle elle faisait du rafting depuis des années et que, d'un coup, elle s'était transformée en rocher et voyait l'eau gronder autour d'elle, alors que le radeau était loin, très loin devant.

Bon. Elle était un rocher échoué dans une salle de conférences, et elle ferait mieux de se mettre au travail tant qu'elle en avait encore un. Son téléphone sonna pour lui rappeler que les filles n'avaient qu'une demi-journée de cours. Oliver avait pris trois jours de congé au moment des vacances de Noël, c'était à son tour de prendre ça en charge. Jusqu'ici, quitter le bureau plus tôt ne lui avait jamais paru problématique pour sa carrière.

Ressaisis-toi, s'ordonna-t-elle. *Ton mariage est une réussite.* (Ce qui lui rappela qu'elle devait faire l'amour avec Oliver ce soir : ça faisait presque une semaine, et il devenait ronchon dès qu'il s'abstenait trop longtemps. Il avait été tellement merveilleux avec son père qu'il méritait un peu d'attention.) *Tu as deux enfants en bonne santé. (Qui n'ont pas eu une semaine complète d'école depuis la mi-septembre ; sérieusement, qui se charge d'établir ces calendriers scolaires ?) Tu aimes ton travail. (Même si tu es en train de perdre ton aura, que tu as l'impression que la situation t'échappe et que tu as des crises de panique qui t'obligent à te réfugier dans ton armoire.) Tu as été élevée par des parents qui t'aiment. (Emmène les filles voir papa, et arrange-toi pour que Brianna ne sanglote pas quand elle le voit, et demande aussi à maman comment elle va, parce qu'il y a quelque chose qu'elle te cache.)*

Le boulot de pompier parachutiste était plus tentant que jamais. Les montagnes, une petite maison en bois, un brave chien, une pile de livres et un poêle à bois, plus personne pour la déranger.

Juliet avait envie de fondre en larmes. De pleurer et de manger une boîte entière de donuts fourrés de crème vanille et nappés de chocolat de chez Dunkin' Donuts.

Si elle avait su à quel point c'était dur de tout avoir, elle aurait demandé moins.

14

Barb

John était de retour à la maison, et je n'étais pas ravie.

C'était normal : il me trompait depuis Dieu sait combien de temps avec une traînée et, maintenant, il avait besoin d'une aide-soignante à plein temps, et devinez qui avait gagné le gros lot ?

Les six semaines sans lui avaient été difficiles, bien sûr : je lui rendais visite presque tous les jours au centre de rééducation, tout en continuant à assumer mes innombrables responsabilités de maire (assister à un concert à l'école primaire, commander une étude sur la circulation en été ou obtenir plus d'argent pour la bibliothèque, car qu'est-ce qu'une ville sans une bonne bibliothèque ?) Mais les soirs où je rentrais de Gaylord – ce qui me prenait une bonne heure et quart – ou, encore mieux, les soirs où je n'avais pas trouvé l'énergie de m'y rendre, je me servais un verre de vin et je me préparais un sandwich. Je regardais *Broadchurch* sur Netflix – quelle série ! – ou je proposais à Caro de passer. Le matin, je me levais à 7 heures, alors que John avait pris l'habitude de se lever à 5 heures pour aller à la salle de sport (je savais pourquoi, maintenant !) : ces heures de sommeil supplémentaires étaient un vrai bonheur. Je me faisais couler un bon café (je l'aimais fort ; quand John était là, je devais vider son jus de chaussette dans l'évier et laver la cafetière, car il était évidemment infoutu de le faire lui-même).

Je me préparais du gruau d'avoine, un des rares plats de mon enfance que j'appréciais. John détestait ça. Il disait qu'il avait des haut-le-cœur rien qu'à regarder le contenu du bol.

Je n'avais jamais jusqu'alors réalisé la place qu'il prenait. L'espace qu'il accaparait.

Il y avait moins de linge à laver. Moins de bruit, parce que John aimait les compositeurs russes tonitruants. Il se promenait souvent dans la maison avec les ridicules chaussures à cales qu'il portait pour faire du vélo. Toutes les pièces étaient à nouveau parfaitement en ordre. Ses tenues de sport ne jonchaient plus le sol : le jogging rembourré aux fesses, son casque aérodynamique, ses gants, ses maillots fluo, ses gourdes et… ses chaussures de course (je les avais appelées des « baskets », ce qui lui avait donné l'occasion de me reprendre au cours de ce qui avait peut-être été notre dernière conversation).

Je n'avais jamais vécu sans personne. J'étais passé de la maison de mes parents à un appartement avec des colocs, puis à la vie de couple dès notre mariage.

Je trouvais merveilleux de vivre seule. Mais je n'avais pas envie que ça se passe dans *ces* conditions, pas avec un mari dont le cerveau ne fonctionnait plus comme avant. Je me réveillais presque toutes les nuits en songeant à lui, incapable de parler, désorienté, nécessitant de l'aide pour tout, que ce soit pour aller aux toilettes ou se lever du lit. Est-ce qu'il avait peur ? Mal ? À quoi est-ce qu'il pensait ? Est-ce que la maison lui manquait ? Et BUREAU et ses avalanches de textos, est-ce qu'elle lui manquait ? est-ce qu'il se demandait pourquoi elle n'était pas venue le voir ? Est-ce qu'il reconnaissait ses enfants ? Est-ce qu'il se souvenait de moi ?

Les larmes finissaient par couler, ruisseler le long de mes tempes et se retrouver dans mes cheveux. C'était un menteur, il avait été infidèle et n'avait pas été un bon mari, même avant ça. Mais personne ne méritait le sort qu'il subissait. J'allais devoir ravaler ma peine, rester à ses côtés et faire mon possible pour m'occuper de lui. Et je le ferais, parce que les vœux que j'avais prononcés comptaient pour moi, même s'il s'était assis sur les siens.

Être une personne d'honneur est parfois un sacré fardeau. J'étais bloquée, entre le rôle de l'épouse dévouée et celui de la femme trompée, entre l'épouse qui avait voulu divorcer et celle qui était désormais coincée avec lui pour toujours. Et même pas avec lui. Plutôt avec le fantôme de l'homme qu'il avait été.

Quand il revint à la maison, je fus obligée de transformer ma salle à manger en chambre à coucher. La belle table en noyer, les chaises et le chiffonnier du grand-père de John durent disparaître. Je les emballai avec Caro et Sadie un dimanche, alors que Juliet était à Chicago pour son travail. On fit de la place pour un lit médicalisé et une commode, en veillant à laisser suffisamment d'espace pour qu'il ne trébuche pas et que le chemin vers la salle de bains du rez-de-chaussée – qui, heureusement, était équipée d'une douche – soit dégagé. Une fois John arrivé, la phase suivante démarra, alors que j'étais déjà épuisée.

J'avais de l'aide, c'est vrai – LeVon Murphy était merveilleux, c'était un homme joyeux, fort et beau, qui arrivait à 8 heures et repartait à 16 heures. Il s'occupait de la kiné et de l'ergothérapie de John. Il l'emmenait en promenade, essayait de l'intéresser à des puzzles et à la résolution de problèmes. Parfois, il restait pour le dîner et c'était agréable d'avoir un homme qui me complimente sur ma cuisine et m'aide à faire la vaisselle. En plus de LeVon, un orthophoniste venait trois fois par semaine.

Et Sadie était là aussi, installée dans son ancienne chambre. Je devais admettre qu'elle avait du mérite. Elle était très investie : elle faisait les courses, le ménage, emmenait John à ses rendez-vous médicaux et notait dans un carnet ce qui avait été dit par qui et quand. Elle allait chercher ses médicaments et passait du temps avec lui : elle discutait, elle lui montrait ses peintures, elle amenait même parfois Brianna et Sloane pour faire de l'art-thérapie avec John parce qu'elle disait que c'était bon pour lui de fréquenter des enfants. Elle essuyait la bouche de son père au dîner avec une tendresse qui me rendait presque jalouse. Aurait-elle fait ça pour moi ? J'en doutais.

Sadie et moi, on se bouffait le nez. Ce n'était pas dans mes intentions, et certains de mes commentaires étaient inoffensifs, comme « tu crois que tu vas chercher du boulot ? », mais Sadie trouvait toujours le moyen de se vexer. Le sentiment de plénitude que j'avais ressenti en étant seule avait disparu depuis son arrivée : elle montait et descendait l'escalier d'un pas lourd, parlait ou faisait sans cesse la lecture à son père, me bombardait de questions au sujet des soins.

Et le pire, c'est que John n'avait même pas l'air de remarquer sa présence. Il fixait tout le monde comme l'aurait fait une mésange curieuse, la tête inclinée. Ou il s'endormait au beau milieu d'une conversation.

Même dans cet état déplorable, il parvenait à me faire sentir insignifiante. Je savais que c'était injuste de penser une horreur pareille, mais l'idée me venait spontanément.

Un soir, Sadie s'installa dans le salon, où j'étais en train de tricoter un pull arc-en-ciel pour Sloane. John était dans la salle à manger, et la télévision que nous avions déplacée de son bureau était allumée.

— Maman, je crois que je vais déménager.

— C'est vrai ?

— Oui.

La pointe d'agressivité que je percevais souvent dans sa voix était bien présente.

— OK, fis-je.

Parfois, la solution la plus simple était d'être d'accord avec ma cadette. Ce n'était pas une partie de plaisir de l'avoir sous mon toit.

— Je viendrai tous les jours après le départ de LeVon et je donnerai un coup de main jusqu'à l'heure du coucher de papa.

Je soupirai.

— Je vais trouver une aide à domicile pour s'occuper de lui quand je ne suis pas là.

— Je viens de *te dire* que je m'en chargerais.

— Et je viens de refuser.

Mon ton était sans réplique.

— Ce n'est pas à toi de prendre soin de ton père. Il détesterait que tu le fasses, et tu le sais très bien. Tu as été formidable, Sadie, et tu peux évidemment venir ici et passer autant de temps que tu veux avec lui. Mais tu dois vivre ta vie. Alors, vas-y. Déménage. Une petite maison à rénover vient d'arriver sur le marché, si tu veux acheter. Je ne sais pas combien tu gagnes avec tes peintures, ni si tu as réussi à mettre de l'argent de côté avec ton salaire de prof, encore moins si ton riche petit ami va un jour te demander en mariage, mais si je peux t'aider, dis-le-moi.

La mâchoire de Sadie était crispée. J'avais encore dit ce qu'il ne fallait pas, ça ne ratait jamais avec elle.

— Je viendrai tous les jours, maman.

— Bon. Ce sera vraiment bien pour ton père.

— Super.

Elle se leva et quitta la pièce. On se prenait systématiquement à rebrousse-poil, c'était une réaction épidermique.

Le téléphone de John vibra. Je le gardais tout le temps avec moi pour des raisons évidentes.

C'était BUREAU. Une chose était sûre : c'était une correspondante fidèle.

Mon chéri, je suis chaude comme un lapin ! LOL !!! Mais juré C vrai ! T'es rentré de Cali ? J'espère que t'es pas trop triste !!!

C'était suivi d'un cœur brisé, d'un cœur rouge, d'un visage souriant qui envoyait des baisers, d'un chat avec des yeux en forme de cœur, d'une empreinte de rouge à lèvres, d'un diable souriant, de flammes, d'un lapin et, inexplicablement, d'un poulet. Je préférais ne pas savoir ce qu'il fichait là.

C'était ça, l'amour ? C'était ce que John désirait ? Une maîtresse à moitié analphabète qui communiquait à l'aide de dessins miniatures ?

Ça faisait des semaines que j'échangeais des textos avec elle. La mère de John – qu'elle repose en paix : elle était décédée avant la naissance de Sadie – avait à nouveau passé l'arme à gauche… c'est du moins ce que j'avais raconté à BUREAU. Visiblement, John ne lui avait jamais parlé de ses parents, sa maîtresse et lui étaient sans doute trop occupés à explorer leur bonheur et à copuler comme des lapins.

Je lui avais raconté que la succession était compliquée, parce qu'il y avait beaucoup d'objets d'art et de meubles de valeur. Sans oublier la maison en bord de mer à Santa Barbara. La réponse avait été immédiate :

OMG ! J'adore SB ! Mon chéri, t'as besoin de compagnie ???
Je peux venir t'aider, on pourrait passer du temps ensemble à faire des cochonneries ! LOL !

Un émoji d'aubergine concluait le message. Cela avait fait hurler Caro de rire.

— Tu es incroyable, Barb ! Hé, si BUREAU est une pouffiasse qui en a après son fric, elle a bien mérité ce qui lui arrive.

Je posai mon tricot et réfléchis à ce que je devais écrire. Il était temps que John rentre du second enterrement de sa pauvre mère. Je chaussai mes lunettes de lecture, jetai un coup d'œil autour de moi pour m'assurer que Sadie ne rôdait pas dans le coin, et je me mis à taper.

Mon amour, moi aussi je suis chaud comme un lapin !!!! Pas trop triste, maman avait 105 balais. J'en reviens pas de sa collection d'art ! Le type de Sotheby's devenait zinzin.

Comme le QI de John avait chuté bien avant son accident, je n'avais aucun scrupule à le faire passer pour un imbécile.

BUREAU : C vrai ??? Hâte Q tu me racontes !!!

— Tu m'étonnes, marmonnai-je.

JOHN : Tellement de bonnes surprises ! On doit discuter de plein de trucs. On se voit quand ??? Tu me manques !!!

BUREAU : Quand tu veux !!!! Je t'm, mon tigre !!!

Je soupirai.

JOHN : On se recontacte bientôt, chaton ! Je t'aime aussi, mon ange !!!

Rien ne semblait trop mièvre avec ces deux-là.

Je fis ensuite une capture d'écran de nos échanges et l'envoyai par SMS à Caro.

Je vais rencontrer la maîtresse. Tu es partante ?

Elle répondit tout de suite.

Punaise ! Oui.

Caro valait son pesant d'or.

Après ça, je lus pendant un moment. Quand il fut temps d'aller me coucher, je passai d'abord voir comment allait John. Sadie était à son chevet et se leva de la chaise quand j'arrivai.

— Il s'est endormi pendant que je lui faisais la lecture, m'expliqua-t-elle d'une voix rauque. Comme il le faisait pour moi quand j'étais petite.

— C'est très gentil, ma chérie. Je suis sûre que ça lui fait plaisir.

Pour une fois, il n'y avait ni hostilité dans ma voix ni sous-entendu.

— Bon, bonne nuit, maman.

Sadie monta à l'étage, la sixième marche grinça comme d'habitude, comme à l'époque où elle sortait en cachette pour retrouver Noah Pelletier.

Je m'assis à côté de John.

— Tu as utilisé la date d'anniversaire de ta fille pour envoyer des SMS à ta maîtresse en secret, chuchotai-je. À ton avis, qu'est-ce que ça ferait à Sadie d'apprendre que son père parfait a une liaison ? Le travail pour son accouchement a duré deux jours et demi, John Frost. Comment oses-tu te servir de sa date d'anniversaire ?

Comme il dormait, il ne répondit pas.

— Tu sais, si tu m'avais demandé le divorce, j'aurais explosé de joie. J'aurais dit oui si vite que tu en serais tombé à la renverse. Mais non. Ça t'amusait plus de faire des cachotteries, j'imagine. Peut-être que tu ne voulais même pas divorcer. Après tout, je suis une bonne ménagère, pas vrai ?

Mon Dieu ! Cette situation était insupportable. Je détestais l'homme que j'avais aimé. Je m'étais sentie si chanceuse qu'il m'épouse. J'étais si fière de la vie qu'on s'était construite. Le vieil amour que j'avais pour lui, que la négligence avait rendu poussiéreux, était toujours présent, mais sa liaison avec BUREAU agissait comme un acide corrosif qui le rongeait.

— Je vais rencontrer ta maîtresse. Je te ferai un rapport, *mon tigre.*

Je me suis levée, avant de me rasseoir comme une furie.

— J'ai essayé, John. Je t'ai fait de la place jusqu'à ce que tu aies l'audace d'être surpris que je remporte les élections municipales. Pas une seule fois tu ne m'as dit « bien joué, Barb » ou « je suis fier de toi ». Pas une seule fois dans l'année qui s'est écoulée ! Au lieu de ça, tu t'es dégoté une idiote qui ne sait même pas écrire, et pourquoi, exactement ? Parce que je n'étais plus assez bien ? Parce que j'ai eu le culot de vieillir ? Peut-être que cet AVC est la seule récompense que tu méritais.

Des larmes jaillirent de mes yeux. J'étais dans une colère *noire*... et, parfois, cette émotion ressemblait à s'y méprendre à du chagrin.

15

Sadie

Ma mère, qui croyait tout savoir, avait raison à propos de la petite maison à vendre, c'était d'autant plus irritant.

Le toit fuyait, la minuscule salle de bains au rez-de-chaussée était équipée d'une baignoire en fer rouillée, sans douche. Il y avait deux chambres, dont l'une était trop petite pour contenir un lit une personne (je me demandais bien pourquoi l'annonce précisait que c'était une chambre) et les sols étaient tellement inclinés qu'une bille aurait pu rouler d'un coin à l'autre. La cuisine hébergeait une cuisinière et un frigo des années 1970 jaune pipi et quelques armoires Ikea bas de gamme. Une porte de placard bâillait. La pièce pouvait accueillir quatre personnes au grand maximum, la moquette beige du salon était tachée et les fenêtres laissaient passer les courants d'air. Il n'y avait pas de garage, et la cave, faite de murs en pierre et d'un sol en terre battue, était visiblement squattée par des écureuils, à en juger par les crottes et les minuscules empreintes de pas dans la poussière sur l'établi.

Je sortis avec Juliet et fis le tour de la… heu, structure. Ce n'était pas encore tout à fait une maison. Ma sœur ferma les yeux et secoua la tête.

— Je la prends, annonçai-je à Ellen, l'agente immobilière.

— Sérieusement ? ne put-elle s'empêcher de répondre. Je veux dire, super ! C'est un bien… unique.

À ce sujet, il n'y avait pas le moindre doute.

— Tu es folle, décréta Juliet, en inclinant la tête pour mieux examiner la maison.

C'est vrai qu'elle avait l'air plus droite quand on se penchait.

— On dirait qu'elle va s'effondrer à la moindre rafale de vent.

— Bah, qu'est-ce que tu en sais ? Tu n'es jamais qu'*architecte*. Au fait, tu bosses sans rémunération ?

Elle sourit un peu, ce qui faisait plaisir à voir. Ju n'avait pas beaucoup souri depuis l'AVC de papa. Son jugement sur le bâtiment qui se dressait devant nous était parfaitement exact. Mais j'étais l'une des rares personnes de tout le Connecticut à considérer une maison de cent mètres carrés comme spacieuse et, s'il y avait une autre maison à Stoningham que je pouvais me permettre d'acheter sans gagner au loto, elle était aussi invisible que l'avion de Wonder Woman.

— Je vais rédiger les papiers, déclara Ellen en montant dans sa voiture avant que je ne recouvre la raison.

— Tu peux habiter chez moi, tu sais, m'informa Juliet.

— On s'étriperait. Les filles risqueraient d'être traumatisées à vie après nous avoir retrouvées gisant dans une flaque de sang.

— Tu as raison. Bon, au moins la vue est belle, je te l'accorde.

— C'est pour ça que je l'achète.

Je me retournai pour scruter la mer, comme la femme d'un capitaine de navire quelques siècles plus tôt. Ou comme une personne normale qui apprécie les jolis panoramas. Parce que la vue était *incroyable*. La maison était de guingois, mais elle était installée sur un terrain converti en réserve naturelle. Ça voulait dire qu'elle ne pouvait ni être agrandie ni démolie pour être reconstruite (ce qui aurait été fait depuis longtemps sinon, et un « cottage » hideux aurait trôné à sa place). Il y a dix ans, une tempête monstrueuse avait dévasté cette région, et cette maison était la seule à avoir survécu.

Le propriétaire était décédé à l'automne, et j'avais de la chance : les petites maisons décrépites n'avaient pas la cote.

— Tu n'as encore rien signé, me rappela Juliet. Si tu veux mon opinion professionnelle, tu ne devrais pas l'acheter. Tu sais, je m'y connais en bâtiments, Sadie. Ça va être un gouffre financier.

— Ça m'a fait tellement plaisir qu'on parvienne à s'entendre pendant dix minutes.

— Sérieusement. Tu vas le regretter. Je peux te prêter de l'argent pour une location si tu en as besoin. Une location avec une chasse d'eau et tout.

— Je ne resterai à Stoningham que jusqu'à ce que papa aille mieux, et je ne travaille pas. Je vais retaper cette maison, passer un coup de peinture sur les murs et la revendre avec un bénéfice.

— Tu as trop regardé d'émissions de déco à la télé. Ce qu'on y raconte, c'est du pipeau.

Elle soupira et me considéra d'un œil critique, comme le lui avait appris notre mère.

— Bon, en même temps, j'ai du mal à croire que tu aies assez d'argent pour t'offrir autre chose qu'un sac en papier.

— Qu'est-ce que tu crois ? J'ai carrément les moyens de m'offrir un immense carton d'emballage de frigo.

— Tu es prof dans une école catholique.

— Ma production artistique m'a permis de faire des économies, Ju. Il y a des gens qui aiment ce que je fais.

Ma sœur prit cet air constipé que j'aimais tant. En tant qu'architecte de bâtiments super fabuleux, elle aurait pu me recommander à certains de ses clients, ou me commander des œuvres, par exemple pour le siège social d'une entreprise qu'elle avait conçu à San Francisco quelques années plus tôt. Elle ne l'avait jamais fait. Elle affirmait qu'elle n'était pas responsable du choix des œuvres d'art et qu'en plus DJK collaborait avec… d'autres artistes.

Elle entendait par là des artistes importants. Oh ! je comprenais très bien. Et de toute façon, je ne voulais pas réussir grâce aux pistons et à l'aumône de ma sœur. Par contre, ça m'aurait fait plaisir de pouvoir refuser (et que ses concurrents se battent pour m'avoir en faisant monter les enchères, mais, jusqu'à présent, ça ne s'était pas vraiment produit).

Je plaçai les mains sur mes hanches.

— Bon, j'ai du pain sur la planche. Tu veux bien me conduire au magasin de bricolage ?

— Tu me laisseras te dresser une liste, au moins ?

— Non merci ! Je gère.

Je souris.

Elle crispa la mâchoire. Oh ! l'idée de me voir acheter du parquet stratifié, des plantes artificielles et quelques coussins sympas pour donner du cachet à cette maison la rendait dingue. Or, c'était exactement ce que je comptais faire. Il n'y avait rien de mal à profiter du chic Ikea. J'étais bien placée pour le savoir. J'y recourais depuis la fac. Mon appartement me rapportait cent soixante-quinze dollars par nuit sur Airbnb, en grande partie grâce à mes nouveaux coussins décoratifs.

Je rendrais cette maison adorable. Et, comme ma mère l'avait fait remarquer, j'avais effectivement un petit ami plein aux as. S'il voulait m'aider, ce serait parfait. J'étais sûre à quatre-vingt-quinze pour cent qu'il allait me demander en mariage maintenant que l'état de santé de papa s'était stabilisé et qu'il était en bonne voie de guérison.

— Plutôt que de te conduire, pourquoi ne prendrais-tu pas la Volvo quand je t'aurai ramenée à la maison ? Tu risques ta peau à tout moment dans la petite bagnole merdique que tu as louée. Si tu as un accident là-dedans, tu es morte.

« Morte », « petite bagnole merdique », « gouffre financier ». Waouh, que de jugements… !

— Je peux pas plutôt avoir ta Porsche à la place ?

— Non.

— Il fallait bien que je tente ma chance. Bien sûr, je vais prendre la Volvo. Merci beaucoup, Ju.

C'était super gentil de sa part. Elle acquiesça, puis rejeta ses cheveux en arrière et soupira à nouveau en observant ma maison.

— Tout va bien, Ju ? À part papa ?

— Évidemment. Écoute. À propos de papa. Je pense que tu devrais… te préparer. Il pourrait rester comme ça jusqu'à la fin de sa vie. Qui pourrait être très courte.

— Bon sang ! Vas-y, creuse sa tombe pendant que tu y es.

— Je regarde juste la réalité en face.

— La réalité, c'est que le cerveau est très plastique. Des gens se sont remis de bien pire. Clara, l'infirmière de Gaylord, m'a dit que des patients dans le coma…

— Je sais, me coupa-t-elle sèchement. J'étais là quand elle l'a raconté.

— Bon, ben tu ne *veux* pas qu'il aille mieux ?

— Bien sûr que si !

— Alors, arrête de te montrer pessimiste comme ça ! L'attitude des proches peut avoir un impact majeur sur…

— Monte dans la voiture s'il te plaît, d'accord ? Je dois aider Brianna pour un devoir d'histoire.

*

Deux jours plus tard, c'était officiel : j'étais propriétaire.

Maintenant que j'étais dans *ma* maison – c'était tellement agréable à dire –, je voyais bien qu'elle nécessitait effectivement plus de travaux que je ne l'avais imaginé. Alexander (qui était en ce moment à Sausalito, en Californie, le salaud) avait très gentiment payé les frais de livraison des meubles dans mon nouveau domicile. Les déménageurs venaient de partir après avoir juré et transpiré pour faire passer mon lit dans l'escalier étroit, ce qui leur avait valu un généreux pourboire. J'avais aussi un canapé, une table pour deux, une chaise, quelques poêles, casseroles et autres accessoires de cuisine. Quelques lampes. Mes livres et mes photos étaient toujours chez Juliet, mais je voulais passer la nuit ici pour m'imprégner des lieux.

Je tenais aussi à mettre un peu de distance entre ma mère et moi. Sa désapprobation suintait de toutes nos interactions. Rien de ce que je faisais, avais fait ou allais faire ne lui convenait. Même ce que j'accomplissais pour prendre soin de papa paraissait l'énerver, et son manque de tendresse m'irritait en retour. J'avais des tableaux à réaliser, et elle détestait l'odeur de la peinture. Même si la maison était immense, il ne semblait jamais y avoir assez de place pour nous deux.

C'est pour cela que j'avais acheté cette vieille bicoque.

Même si ce n'était peut-être pas la décision du siècle.

Ai-je précisé que je n'avais pas de voisins ? Quinze ans à New York m'avaient habituée à être rassurée par la présence des gens autour de moi. Pendant tout le temps où j'y ai vécu, je n'ai jamais eu peur.

Alors que, là, je flippais. Et si un tueur en série sévissait dans le Connecticut ? Et si les énormes coyotes qui mangeaient des chats me prenaient pour cible ?

Il fallait que je prenne un chien. Bonne idée, c'était ce qu'il me manquait. Je jetai un coup d'œil à ma montre. Merde. 18 heures et il faisait déjà nuit. Mon chauffage était censé être allumé, pourtant il faisait un froid de canard. J'avais bien une cheminée, mais Ju m'avait prévenue que je mourrais carbonisée si j'essayais d'y allumer un feu.

Peut-être que j'irais dormir ce soir chez mes parents, finalement. Je prendrais un chien le lendemain, de préférence un molosse féroce qui n'obéirait qu'à moi, et je verrais si Alexander était rentré de

Californie et était disposé à passer le week-end dans le Connecticut pour faire avancer la rénovation de la maison. On formerait une équipe, comme ce couple irritant que j'avais vu dans une émission de vente de maisons. Sauf qu'on serait adorables. On finirait peut-être même par avoir notre propre émission. Je m'y connaissais en art et j'avais bon goût ; Alexander était riche et photogénique. Que demander de plus ?

Un coup frappé à la porte me fit sursauter et hurler, paniquée.

— Bon Dieu ! cria mon visiteur surprise.

Je jetai un coup d'œil par la fenêtre.

C'était Noah.

Pas de bébé, cette fois. Il était seul, mignon, et il avait l'air irrité.

— Salut, fis-je en lui ouvrant.

Il ne répondit pas.

— Bonsoir, Noah, dis-je en articulant plus lentement.

— C'est ta mère qui m'envoie.

La panique me fit aspirer une bouffée d'air glacé.

— Pourquoi ? Il est arrivé quelque chose à mon père ?

— Non, non. Elle m'a demandé de passer voir ta maison.

Je fermai les yeux de soulagement.

— Mais je peux m'en aller si tu veux. Perso, ça m'arrangerait.

— Tu es trop gentil, Noah. Entre vite, le peu de chaleur que j'ai est en train de s'échapper.

Il s'exécuta et me frôla au passage.

Merde. Il sentait super bon : un mélange de bois, de polyuréthane et de lessive.

— Comment va ton bébé ?

Il daigna autoriser la moitié de sa bouche à esquisser un sourire.

— Il va très bien.

J'acquiesçai.

— Bien. Bon, tu trouves ça comment ?

— À première vue, un gouffre financier.

— C'est ce que Ju a dit aussi. Je suis contente que tu aies laissé repousser tes cheveux, au fait.

Non, Sadie. Ne dis pas un truc comme ça. Trop tard. C'est fait.

— J'avais vu ta photo sur Facebook. Avec les cheveux courts. C'est tout. Rien d'important. Je ne t'espionnais pas.

S'il te plaît, arrête.

— C'était quand tu étais fiancé. Tous les anciens de notre classe en parlaient.

Soupir.

Il me fixa de ses yeux sombres. *Qu'est-ce que tu espérais, Sadie ? Tu t'attendais à ce qu'il te fixe avec ses dents ?!* Bon Dieu. J'avais besoin de boire un coup.

Tu as un petit ami, me chantonnait joyeusement une partie très distante de mon cerveau. *Il est très gentil avec toi ! Tu as presque à chaque fois un org…*

— Je n'aime pas le bruit que fait la chaudière, déclara Noah tout à coup. Je peux jeter un coup d'œil à la cave ?

— Bien sûr ! Vas-y ! Il fait noir, par contre, parce qu'il n'y a pas de lumière en bas. C'est ce qui arrive quand il n'y a pas d'éclairage : l'obscurité.

— Tu es soûle, ou quoi ? demanda-t-il.

— J'aimerais bien. C'est juste l'effet de ta masculinité boudeuse, plaisantai-je.

Je le regrettai instantanément.

Noah soupira, sortit une lampe torche de sa boîte à outils – dont je n'avais pas encore remarqué la présence au bout de son bras –, et trouva la porte de la cave, ce qui était facile car elle était juste devant lui.

Je respirai à fond deux ou trois fois, puis j'envoyai un SMS à Alexander pour lui dire qu'il me manquait.

J'avais besoin d'un peu de temps pour m'habituer à revoir Noah. C'était mon premier amour. Avoir encore un faible pour lui était parfaitement normal. Il aurait toujours une place à part dans mon cœur…

— Sadie ! Tu peux venir tenir la lampe, s'il te plaît ?

— J'arrive !

Je descendis les marches à tâtons. Des ampoules. Il fallait absolument que j'en achète. Je n'aurais pas dû remballer aussi vite la proposition de liste de Ju. Noah se tenait devant un énorme truc noir (la chaudière, supposai-je) et faisait quelque chose avec ses mains. Quelque chose de viril, de difficile et de salissant.

Il me tendit la lampe torche, et je la braquai dans ses yeux.

— Désolée, fis-je en la pointant vers ses pieds.

— Ton filtre est encrassé, et une manette était mal tournée.

— « Mal tournée », comme mon… Non, laisse tomber. Le filtre est encrassé, OK, compris. Je dois appeler quelqu'un ? Ou acheter quelque chose ?

— Tu as quelqu'un.

Oh ! mon pauvre petit cœur !

— Bouge pas, ajouta-t-il, je reviens tout de suite.

— Est-ce que tu…

Trop tard. Il était déjà en haut des marches. J'entendis ma porte d'entrée se fermer avec fracas.

Je devais absolument me ressaisir. Oui, il était magnifique. À quoi est-ce que je m'attendais ? À ce qu'il ait aussi mal évolué que Nick Nolte en mon absence ? Eh oui, je devais reconnaître que cet air boudeur à la Jon Snow me troublait.

Mais il avait un enfant, et moi j'étais dans une relation sérieuse – j'étais presque fiancée –, de toute façon, Noah ne voulait même pas qu'on soit amis. Je devais respecter sa décision.

Sauf que sa présence semblait déclencher en moi des pensées impures, qui avaient le don de l'énerver, ce qui m'amusait, je devais bien l'avouer. J'étais peut-être simplement épuisée. Et j'avais sans doute besoin d'une distraction. L'état de mon père me donnait envie de pleurer dès que j'imaginais qu'il ne se rétablirait jamais complètement. À chaque fois que je songeais à lui, égaré dans son propre cerveau, la panique me serrait le cœur comme un étau.

Quelle qu'en soit la raison, je ne devais pas embêter Noah.

Mais nous avions été si heureux tous les deux…

Il redescendit bruyamment dans la cave.

— Tiens, voilà un filtre de chaudière. Il faut le changer tous les mois sur ton modèle. Je vais te montrer comment le remplacer comme ça tu pourras le faire toi-même la prochaine fois.

Je le regardai faire. Ça n'avait pas l'air difficile, en tout cas pas avec ses mains expertes. Ses cheveux magnifiques. Sa voix douce. En plus, j'étais certaine qu'il était un père génial.

— Voilà qui est réglé.

— Super, merci.

Enfin, une phrase normale. Mais il fallut que j'ajoute :

— Tu vois quelqu'un en ce moment ?

— C'est pas tes oignons.

— Excuse-moi.

On remonta, j'étais derrière lui, ce qui me donnait une vue imprenable sur son cul, et désolée, mais je ne me voyais pas manquer ça. Les radiateurs émettaient un cliquetis annonçant probablement l'arrivée de la chaleur.

— Merci beaucoup de ton aide, Noah.

— Ne te lance pas dans des travaux sans me consulter, d'accord ? Même si je ne t'aime plus, je ne veux pas que tu meures. Ta mère serait effondrée.

— Ou soulagée. Mais d'accord, promis.

Il me regarda enfin droit dans les yeux, et son expression s'adoucit un peu.

— Je suis vraiment désolé pour ton père.

— Il va mieux. Tu sais, quand c'est arrivé, j'ai eu peur, mais il… il va bien. Son état progresse.

— Je suis allé lui rendre visite avec Marcus l'autre jour. LeVon m'a dit que tu étais sortie faire des courses. J'espère que ça ne te paraît pas déplacé. On… heu… on est allés le voir à Gaylord, aussi. Je me suis dit que ça lui ferait plaisir.

Imaginer mon premier amour présentant son beau bébé à mon père m'alla droit au cœur.

— Merci, Noah, chuchotai-je, les yeux humides tout à coup. C'est vraiment adorable.

Il hocha brièvement la tête.

— Bon. Profite bien de ta nouvelle maison.

— Merci. Passe une bonne soirée.

— Ne me dis pas ce que je dois faire.

Le demi-sourire réapparut sur son beau visage. Puis il repartit, et il faisait déjà plus chaud grâce à lui. Le calme s'installa autour de moi, me permettant de passer en revue les nombreux ratés de notre relation.

16

Sadie

J'étais persuadée que, lorsque Noah viendrait visiter la ville que j'adorais plus que tout, il serait lui aussi séduit. Il n'avait jamais mis le pied à New York, en dehors d'une sortie obligatoire en classe de quatrième. Je voulais qu'il s'imprègne de l'architecture, de la vie et du rythme effréné. Je m'attendais à ce qu'il admire les gratte-ciel étincelants et les jolies maisons en grès, les rues pavées et inégales de SoHo, le bruit et l'agitation, les odeurs de nourriture des *food trucks,* la variété et surtout la *nouveauté* affichée à tous les coins de rue.

Quand j'étais en première année de fac, il vint me voir en octobre, lors du long week-end de Columbus Day, commémoration du jour de l'arrivée de Christophe Colomb en Amérique. Il n'aimait rien. Pire, il détestait tout.

— Comment tu peux vivre ici ? me demanda-t-il le deuxième soir, en se massant le front. On ne s'entend même pas penser. Comment tu arrives à peindre ?

Sa réaction me laissa bouche bée.

— Je m'améliore sans cesse, je deviens bonne !

— Tu l'étais déjà.

Je balayai ce compliment d'un *pff* méprisant.

— Tout le monde peut peindre un joli paysage, Noah, lui expliquai-je patiemment.

Les paysages, c'était mon truc au lycée. C'est grâce à eux que j'avais décroché plusieurs prix au concours d'art de Stoningham (je m'étais rapidement rendu compte que ça ne voulait rien dire).

— Je progresse vraiment artistiquement. Tout ce que j'ai encore à apprendre est vertigineux, mais ça me laisse beaucoup de place pour progresser.

Je m'arrêtai devant une galerie ; nous étions à SoHo, et on ne pouvait pas faire trois pas dans ce quartier sans tomber sur un espace chic où travaillaient des personnes magnifiques vêtues de noir qui parlaient trois langues.

— *Ça*, c'est de l'art, décrétai-je en montrant l'unique peinture à l'huile de la vitrine. C'est tellement plus qu'un joli tableau. Ça transmet un message.

— Pour moi, ça ressemble juste à des taches de goudron.

— C'est une prise de position contre le matérialisme et pour défendre l'abstraction. On sent une tension, c'est glauque, ça laisse un impact fort. C'est une vision dissonante du monde, entre ce qui est réel et ce que l'on voudrait qui le soit.

— Ce sont des taches noires, mon cœur. Ton tableau représentant la lune de sang qui se lève ? *Ça*, c'est magnifique.

Je soupirai.

— Oui eh bien, je tuerais pour avoir été l'artiste qui a eu cette idée-ci. Tu sais combien ça se vend ?

Je le savais parce que ma classe était venue visiter cette galerie pas plus tard que la semaine précédente (d'où mon discours sur la dissonance et autres).

— Trois cent *mille* dollars, Noah.

Il haussa les sourcils, stupéfait.

— Bon sang. Dire que la personne qui déboursera cette somme sera obligée de *contempler* cette horreur. Alors qu'avec tes tableaux on est de bonne humeur rien qu'à les regarder.

— Noah… arrête.

Je souriais malgré tout, même si son compliment me vexait un peu. De bonne humeur ? Quelle platitude. Pourquoi ne pas simplement encadrer une photo de son chien alors ? (D'ailleurs, j'avais moi-même encadré une photo de mon chien, le regretté Pokey, qui était mort quand j'avais onze ans). Mais l'art était censé provoquer bien plus d'émotions que ça.

Je rentrai à la maison lors des vacances de Noël, pour dix jours seulement, car je devais aller à Venise le reste du temps. Cette ville était aussi magnifique que je l'imaginais. Elle me toucha en plein cœur : les palais en ruine, les canaux, la beauté à la fois décrépite et raffinée, les motifs des briques, l'esthétique qui se niche partout, jusqu'aux gouttières. J'avais trouvé sympa que les éboueurs qui discutaient gaiement en fumant une cigarette s'arrêtent pour me lancer un regard approbateur accompagné d'un « *ciao, bellissima* ». La splendeur des vitraux dans les églises, les magnifiques jardinières aux fenêtres et les volets peints de couleurs vives… J'empruntai le bateau-taxi pour me rendre à Murano et j'y regardai des hommes séduisants aux bras bronzés et parsemés de cicatrices souffler du verre. Le charme de la ville, sa singularité, firent résonner des parties de mon âme dont j'ignorais l'existence.

Quand je repris les cours, je m'inscrivis à une session d'été à Barcelone et me trouvai un boulot de serveuse pour financer mon séjour.

Après un retour en coup de vent à la maison et un voyage pendant les vacances, je filai à nouveau à New York. C'était devenu mon modus vivendi. Ma peinture évolua ; je mis de côté les paysages tranquilles qui m'avaient permis d'entrer à Pace. Je réalisais désormais des peintures mixtes et monochromes. Je m'essayai à la sculpture. Je me mis à ne plus porter que du noir (je sais, je sais). Je me fis percer le nez.

Noah me rendait visite quand il le pouvait, ce qui ne signifiait pas souvent. Il était apprenti charpentier et travaillait six jours sur sept. Quand nous étions ensemble, au lit, peau contre peau, ses petits poils me grattant doucement la joue, les doigts entremêlés, la lueur rouge refaisait surface. Mais il n'arrêtait pas de me demander quand j'aurais à nouveau des vacances, quand je rentrerais à la maison. Chaque fois que je revenais à Stoningham, tout m'irritait : ma mère, malheureusement fidèle à elle-même, mais plus investie que jamais dans ses associations ; Juliet, qui avait confirmé son statut de chouchoute en donnant naissance à une deuxième fille, après avoir baptisé la première en l'honneur de ma mère.

Et Noah. Son amour était si grand et féroce que j'avais l'impression qu'un dragon m'attendait.

Je sentais sa rancœur grandir.

Lors de mes retours, nous dormions ensemble dès que c'était possible, et je voyais les deux amies du lycée avec lesquelles j'avais gardé contact. Mon père était le seul à me poser les questions que j'avais envie d'entendre, à m'écouter avec un réel intérêt lorsque je décrivais le magnifique toit du *duomo di Milano,* les centaines de nuances de vert des paysages irlandais, l'instant où je m'étais retrouvée à la pointe méridionale de l'Afrique du Sud, un pied dans l'océan Indien, un autre dans l'Atlantique, à comparer les nuances de bleu. C'était le seul à ne pas demander quand je rentrerais à la maison, le seul à croire que je pouvais réussir.

New York m'avait prise dans ses filets et j'étais convaincue d'être destinée à faire carrière dans le petit monde de l'art.

Quand on est étudiant dans cette ville, on rêve de devenir un jour tout ce qu'on voit autour de soi. C'est une ville d'envie : envie de vivre dans tel quartier, d'habiter un bâtiment qui donne sur tel panorama, de traverser tel hall d'entrée tous les jours. Vouloir exposer dans cette galerie précise, manger dans ce restaurant, être une habituée de ce bar. Vouloir faire du shopping dans telle boutique, porter tels vêtements, être invité aux soirées de telle personne. Je voulais explorer tous les secrets de New York.

Je me mis à parcourir les rues à vélo, et j'étais à la fois émerveillée et envieuse. Quand je voyais une femme qui semblait tout posséder, je voulais être à sa place, avoir son assurance, son look, sa façon d'être, la grâce et l'aisance qu'elle dégageait en marchant dans la rue ou en s'asseyant dans un restaurant. Alors que moi, j'avais failli me faire tuer en restant bouche bée devant un immeuble particulièrement impressionnant de l'Upper East Side, et un flic m'avait engueulée quand j'avais voulu franchir un carrefour au feu orange, ce qui apparemment ne se faisait pas dans la Grosse Pomme. Partout où j'allais, je me demandais : *qui sont ces gens ? Comment parviennent-ils à s'en sortir ? Comment ont-ils fait pour réussir ?*

Je voulais m'insérer dans le tissu urbain. Je voulais peindre cette ville, la manger, la respirer, la posséder. Je voulais avoir raison sans me poser de questions. Je voulais vivre dans un immeuble de caractère et de charme. Je voulais entrer dans une exposition d'art et entendre les gens murmurer : « Oh ! mon Dieu, Sadie Frost est là. » Je voulais devenir une anomalie : une New Yorkaise chaleureuse, accueillante, qui a super bien réussi, qui sait tout et qui partage tout. Les soirées que j'organiserais ! Les étudiants que je prendrais sous mon aile ! L'amour et l'admiration de mes pairs et de mes profs ! Je serais adulée, et je rendrais ce qu'on me donnait.

Sauf que je n'étais pas adulée et que je ne perçais pas.

Le problème quand on fréquente une école d'art, c'est qu'on est entouré de gens talentueux. J'étais peut-être la meilleure artiste de ma classe au lycée de Stoningham mais, au bout de ma deuxième année à New York, je réalisai que mon niveau était… très moyen. J'avais des dispositions, sans plus. On avait *tous* abouti ici parce qu'on avait du talent quand on était plus jeunes. Nous étions tous différents. Alors que je maîtrisais les aspects techniques de l'art, mes profs n'hésitaient pas à utiliser des termes comme « fragilité », « vision », « articulation », mais jamais pour qualifier mes œuvres.

Ce n'était pas grave. J'allais apprendre. J'allais changer. J'étais capable d'affiner ma voix et de clarifier mon point de vue. Mes voyages m'avaient rendue plus mature et m'avaient beaucoup appris : j'avais traversé l'Europe avec dix dollars en poche, j'avais dormi sous un arbre dans le parc municipal de Luxembourg, j'avais offert un petit déjeuner à la vieille femme qui faisait la manche devant la Sagrada Familia à Barcelone et j'avais parlé aux héroïnomanes de Manchester. Toutes ces expériences faisaient de moi une *vraie* artiste. J'allais plonger au plus profond de mon âme et exprimer tout ce que ces découvertes m'inspiraient : la beauté et les ténèbres, l'espérance et le désespoir, la rage, la solitude, l'amour…

— Sadie, soupira ma prof pendant un cours de dernière année, tu dois arrêter d'essayer d'être celle que tu n'es pas.

Elle pointa du doigt mes gribouillis furieux au fusain.

— Ça, c'est ce à quoi tu *penses* que l'art doit ressembler.

Je tentai de masquer mon incompréhension. Ce n'était pas ça l'objectif, justement ?

Elle inclina la tête.

— Est-ce que tu sais au moins ce que tu as envie de communiquer à travers ton art ?

— Bien sûr. C'est le mélange de la rage et de l'obscurité avec… heu… l'étendue de la beauté architecturale et… heu… la pauvreté. Mais l'espoir aussi. J'aimerais que les choses s'améliorent.

Elle fit la grimace.

— En quoi est-ce que c'est moins bien que le travail de Zach ? demandai-je.

Parce qu'un des autres étudiants de mon cours avait réalisé une série de dessins abstraits au fusain et avait décroché une expo à la Woodward Gallery, à SoHo, putain.

Ma prof joignit les mains.

— L'œuvre de Zach exprime une fusion moderniste, il traite de la lutte entre la vie urbaine et la nature. C'est un poème sur la fragilité et la force de l'humanité. La qualité minimale du mouvement, la force du message… si tu ne vois pas la différence, Sadie, je suis inquiète.

Ce soir-là, je pleurai au téléphone avec Noah.

— Elle se trompe. Tu es fantastique, Sadie. Je t'assure. Tu dois juste… Je ne sais pas. Trouver ton public.

— Tu veux dire, peindre des couchers de soleil et les vendre aux estivants ?

— Ben, oui. Qu'est-ce qu'il y a de mal à ça, ma merveille ?

Ce n'était pas le bon moment pour m'appeler par ce petit nom, même si je l'avais toujours adoré. On venait de me dire que j'étais tout sauf merveilleuse.

— J'aspire à plus que ça, Noah ! Je ne veux pas être coincée dans ce bled de merde, à peindre des tableaux de merde remplis de nuages de merde !

Il répondit par le silence.

Oups. Je lui avais offert une peinture représentant des nuages, et il venait de l'accrocher dans le petit appartement qu'il avait loué au-dessus de la quincaillerie. Il m'avait envoyé la photo correspondante.

— Je suis désolée, ajoutai-je trop tard.

Quelques semaines plus tard, c'était l'exposition des travaux d'étudiants de dernière année. Notre école invitait des acheteurs potentiels, des critiques d'art, des galeristes et des collectionneurs. Certains élèves en avaient tiré des opportunités énormes, et j'étais pleine d'espoir, stressée… et un peu désespérée.

Noah et mes parents vinrent voir l'expo.

— Ton travail est le meilleur, décréta-t-il, ignorant le fait que tout le monde était regroupé autour de Zach, le type au fusain, et d'Aneni, une jeune femme qui peignait des animaux étranges avec un sens du détail extraordinaire.

Mon travail n'était *pas* le meilleur. Je le savais, et tout le monde en avait conscience, sauf Noah. Papa me dit qu'il était très fier de moi et qu'il avait hâte de voir ce que je ferais par la suite… ce que, dans mon état d'esprit, j'interprétais comme « continue tes efforts et peut-être qu'un jour tu t'amélioreras ». Ma mère acheta une des œuvres de Zach.

— Imagine ce que ça vaudra dans dix ans, déclara-t-elle.

J'avais envie de la mordre.

Je tins la jambe d'une femme qui possédait une galerie d'art à Greenpoint, un quartier branché de Brooklyn. Je lui parlai trop vite et d'une voix suraiguë pour essayer d'évoquer les références à Warhol et mon amour de Venise dans la sculpture que j'exposai. J'appris plus tard que sa galerie avait fermé le mois précédent et qu'elle reprenait des cours pour devenir assistante médicale. La critique d'art du *Village Voice*, *le* journal de référence de la contre-culture, jeta un bref coup d'œil en passant à ce que j'exposais et ne ralentit même pas. J'avais le cœur en mille morceaux.

Je ne vendis pas une seule œuvre, sauf à mon père.

Mes parents rentrèrent à leur hôtel ; Noah revint avec moi dans ma chambre d'étudiante. Mon esprit était en mode panique et je ravalais les larmes d'amertume qui me montaient aux yeux.

Je n'avais pas été découverte. Tous ces voyages, les milliers de photos que j'avais prises, l'ouverture d'esprit et de cœur que j'avais maintenue pendant quatre ans avaient eu pour seul résultat que la critique du *Village Voice* passe devant mes œuvres sans s'arrêter et que mon père ait pitié de moi et achète le tableau que j'avais copié sur Zach.

Je devais continuer à bosser. Être plus audacieuse. Différente. Ce serait difficile mais, après tout, c'était peut-être mieux comme ça. Quel artiste avait envie d'être découvert à une expo de son école ? À Pace en plus ! (Jusqu'à présent, j'avais trouvé le niveau suffisant, mais je jugeais maintenant que mon établissement n'avait pas été à la hauteur.)

J'aimais beaucoup ma position : Sadie Frost, celle qui, si incroyable que ça paraisse, s'était entendu dire par sa prof d'art qu'elle manquait d'originalité ! Je me retrouvais dans la même catégorie que J. K. Rowling, rejetée des millions de fois avant d'être publiée, ou le top model Gisele Bündchen, l'épouse de Tom Brady, à qui on avait dit un jour que son nez était trop gros pour qu'elle puisse être mannequin. Ou de Bill Gates. Ou d'Oprah. J'étais en compagnie des meilleurs, nom d'un chien.

Puis Noah posa un genou sur le sol.

— Je sais qu'on est jeunes, mais je t'aime depuis que j'ai quinze ans, ma merveille. Épouse-moi. Reviens à Stoningham. Je te promets qu'on sera heureux.

Le moment n'aurait pas pu être plus mal choisi.

— C'est une blague ? répliquai-je d'un ton grinçant chargé d'incrédulité.

Ses yeux sombres perdirent leur éclat.

— Non.

— Noah. Mon cœur. Enfin… je n'ai pas accompli un seul de mes objectifs. Je ne peux pas t'épouser ! Je ne peux pas renoncer avant même d'avoir commencé !

Il se releva.

— Je ne te demande pas d'abandonner. Je veux juste qu'on soit ensemble. Je t'aime. Tu m'aimes. Pourquoi perdre du temps ?

— Parce que c'est *ici* que ça se passe pour moi ! Noah, je n'ai jamais voulu vivre à Stoningham. C'est *ton* rêve, pas le mien. Emménage *ici*, et on verra comment ça se passe.

Il n'allait pas s'installer à New York. Il trouvait la ville bruyante. Sale. Surpeuplée. Malodorante.

— Je dois rester ici. Et tu sais le pire ? J'adore New York. C'est ici que je dois être en ce moment. Si je pars, je ne prouverai jamais que je suis à la hauteur.

Ma voix se brisa.

— Sadie. Tu es plus qu'à la hauteur.

— Tu es le seul à le penser et, désolée, Noah, mais tu ne connais pas grand-chose à l'art.

— Je te connais très bien, par contre.

Des larmes glissèrent sur mes joues.

— Alors tu sais que je dois rester ici.

— J'ai mis de l'argent de côté pour qu'on puisse voyager, et je vais nous construire une maison dans laquelle tu auras un studio avec la lumière idéale...

— Tu ne m'écoutes pas. On n'a que vingt-deux ans, Noah. Je ne veux pas me marier aussi jeune. Et je ne veux pas retourner dans le Connecticut. Je n'y retournerai peut-être jamais.

Il ferma les paupières.

— Continuons comme ça, proposai-je en lui tendant la main. Une relation à distance. On trouvera quelque chose. On sera amants le week-end. Ce n'est pas parfait, mais c'est suffisant.

— Non, pas pour moi.

Le poids de ces mots sembla chasser tout l'air de ma chambre.

— Tu ne vas quand même pas me larguer parce que j'ai de l'ambition, Noah ?

J'avais l'impression d'avoir avalé une lame de rasoir.

— Tu peux avoir de l'ambition et travailler de n'importe où dans le monde. Je te demande simplement de faire ta vie avec moi. C'est ce qu'on voulait tous les deux. On ne peut pas élever des enfants si on ne vit pas dans le même État.

— C'est beaucoup trop tôt pour envisager de fonder une famille. Toi aussi, tu peux exercer ton métier n'importe où, Noah. Tu trouverais tout de suite du boulot ici. Il y a un boom immobilier, au cas où tu ne le saurais pas.

— Je ne veux pas vivre ici. Je déteste cette ville.

— Eh bien, moi, je déteste Stoningham.

— C'est faux ! Tu crois que tu dois la détester parce que c'est une bourgade tranquille. Parce qu'elle ne fait pas partie du scénario que tu t'es inventé et dans lequel tu rêvais que New York se jette à tes pieds à ton arrivée.

Ouille. Ses paroles me transpercèrent le cœur. C'était tellement dur – et tellement vrai – que je restai figée quelques secondes.

Puis je conclus :

— Donc tu ne veux pas déménager pour moi, et je ne veux pas déménager pour toi. Si je comprends bien, on est dans une impasse.

Je ne pouvais pas me résoudre à dire : « Ça veut dire qu'on se sépare. » Pas au beau ténébreux qui m'aimait. Qui me donnait comme petit nom « ma merveille ». Qui illuminait mon cœur d'une couleur si magnifique, vive et éclatante.

— Très bien, alors, fit Noah.

Son regard était embué de larmes. Je ne l'avais jamais vu pleurer et je n'avais pas envie de le voir. Je détournai les yeux.

— Je t'attendrai, Sadie, dit-il d'une voix rauque. Mais pas éternellement.

— Pareil.

La boule dans ma gorge m'étranglait. Je me sentais toujours incapable de croiser son regard et, pendant que je fixais la fenêtre, il s'en alla.

Au dîner ce soir-là, ma mère voulut savoir pourquoi Noah n'était pas là.

— On fait une pause, lui répondis-je.

Les mots étaient durs dans ma bouche, comme si elle était remplie de cailloux. Je vidai mon martini (je détestais ça, mais c'était ce que Zach avait commandé la dernière fois qu'on était sortis ensemble, et… et mon Dieu, je manquais vraiment d'originalité).

Mon père me serra la main.

— Ce sont des choses qui arrivent, me rassura-t-il gentiment. Ne t'inquiète pas, mon chou.

— Le mariage, c'est une institution dépassée, décréta ma mère.

Papa soupira et lâcha ma main.

Je pleurai tellement au cours du mois qui suivit que j'avais des croûtes de sel sur les cils. J'avais l'impression que Noah avait violemment claqué la porte de mon cœur. Pourquoi était-ce à *moi* de déménager ? Pourquoi ne voulait-il même pas *essayer* de vivre ici ? Pourquoi est-ce qu'on ne trouvait pas de compromis ? C'était quoi, ces conneries sexistes ?

Puis je fus prise de doutes. Est-ce que je devais déménager ? Qu'est-ce qui se passerait alors ? Est-ce que je le détesterais d'avoir brisé mes rêves ? Pendant combien de temps est-ce que j'allais essayer de devenir artiste, dans cette ville impitoyable et compétitive ? Est-ce que Noah avait raison ? Est-ce que je voulais avoir cinq bébés à cheveux noirs ? Je n'en étais pas sûre. Je ne détestais pas les enfants, mais je ne me retournais pas sur eux et ne les idolâtrais pas comme certains de mes amis.

Il avait dit qu'il attendrait. De toute évidence, il voulait le faire en silence, car on passa un mois entier sans se parler.

Peu de couples de lycéens restent ensemble, au bout du compte, me rappelais-je. Et peu d'hommes de vingt-deux ans savent exactement ce qu'ils souhaitent. Je pouvais épouser Noah, bien sûr, et, dans dix ans, nous nous retrouverions vieux et aigris, fauchés dans une ville pour riches. Nos enfants grandiraient dans une ambiance délétère, comme ça avait été le cas pour moi, écrasés par le poids des frustrations de leurs parents. On finirait inévitablement par divorcer, et nos cinq enfants et moi, on lui en voudrait. Ou pire encore, ils préféreraient leur père. Qui ne le préférerait pas à moi ?

J'imaginais le visage de mon beau ténébreux, ses cheveux bouclés, son sourire rare mais aussi lumineux que le soleil, et je fondais en larmes.

Mais je devais tout faire pour atteindre les objectifs que je m'étais fixés. J'avais toujours rêvé d'être peintre, et je savais que je devais tout donner. Je venais juste de décrocher mon diplôme. C'était trop tôt pour considérer que j'avais raté.

Grâce à un petit coup de pouce financier de mon père, je pus louer un appartement en colocation à Hell's Kitchen, le seul quartier de Manhattan qui avait résisté à l'embourgeoisement. La chambre était minable et j'étouffais dans l'appartement que je partageais avec deux colocs… et des cafards. Mala ne sortait jamais et parlait à peine. Elle restait assise, le nez sur son téléphone, à taper frénétiquement. (Je ne savais pas comment elle payait ses factures, ni si elle travaillait, si elle avait des amis ou de la famille… Elle ne laissait passer aucune information.) Sarah était violoniste et n'apparaissait jamais qu'avec ses amis pour cuisiner des repas végétaliens géants et laisser la vaisselle sale traîner dans la minuscule kitchenette pendant plusieurs jours.

Deux mois après la fin de mes études, on frappa à la porte. Lorsque j'ouvris, je découvris Noah avec un sac de voyage. Je pleurai sans retenue et me blottis contre lui, en sanglotant de soulagement et d'amour.

— Je vais essayer. Je vais essayer, d'accord ? promit-il.

Ses yeux brillaient à nouveau, et on se glissa sous les draps sans ajouter un mot.

Il dénicha un emploi dans le bâtiment, mais pas pour le même genre de travaux de finition que ceux qu'il effectuait à Stoningham – des rénovations soignées, des placards sur mesure et, parfois, un meuble – ; ici, il avait été engagé par une entreprise qui construisait des gratte-ciel. Juliet avait fait jouer ses relations pour lui trouver cette place. Il partait tous les matins travailler sur des armatures en métal et faire couler du béton, à trente étages au-dessus du sol, voire plus.

Mais Noah avait le vertige. Je me souvenais de l'été où je l'avais convaincu de sauter dans l'océan depuis un rocher. Il tremblait et il m'avait fallu une demi-heure pour le persuader. Quand il s'était enfin jeté à l'eau et qu'on avait refait surface, il m'avait embrassée. J'avais repoussé ses boucles humides de son visage et je m'étais sentie follement amoureuse. Je savais qu'il avait accepté ce boulot pour me faire plaisir, comme la fois où il s'était jeté à l'eau.

Je bossais, moi aussi, comme serveuse dans un restaurant chic de Tribeca, le quartier artistique de la ville (j'espérais que cette proximité géographique me permettrait d'avoir un coup de chance). Je me créai un site Internet pour présenter mes œuvres d'art. J'y précisais que j'étais (probablement) un membre éloigné de la famille de Robert Frost… Tout que ce qui pouvait m'aider était bon à prendre. Mais cela n'eut pas le moindre effet. Pendant la journée, je peignais dans le minuscule salon. Je posais mon chevalet sur le canapé parce qu'il n'y avait pas assez d'espace libre au sol pour la toile, mes peintures, mes pinceaux et moi, sans même compter Mala, penchée sur son téléphone, qui gloussait à intervalles réguliers.

Noah et moi n'avions pas beaucoup de temps libre ensemble, mais au moins nous étions à New York tous les deux. Dès qu'on le pouvait, on se promenait, parce que c'est l'activité la plus sympa à faire. On explorait St Mark's Place, la rue la plus culturelle de Manhattan, ou on mangeait un truc à la viande acheté près de Central Park. Je lui parlais de la ville, de son histoire, de l'art, des gens célèbres qui avaient réussi ici et adoraient New York.

Il faisait des efforts. Je le voyais bien. Mais il n'arrivait pas à se laisser séduire. Pour lui, la ville était trop bruyante, trop dure, trop chaotique. Il dormait mal et des cernes étaient apparus sous ses yeux. Il ne souriait plus autant qu'avant. Il avait toujours été le moins bavard de nous deux, mais il était désormais aussi taiseux que cette cinglée de Mala.

Tout comme Heathcliff, le héros des *Hauts de Hurlevent*, avait besoin des landes, mon amoureux sauvage ne pouvait se passer de Stoningham. C'était une petite ville charmante, mais je savais que ce n'était pas les jolies rues et les espaces verts que Noah appréciait tant : c'était le chant des oiseaux, la marée, le vent dans l'herbe des marais, les orages qui remontaient la côte et zébraient l'horizon de leurs éclairs. Sans parler des épaisses forêts avec les chênes et les érables trois fois centenaires, les terres agricoles et leurs murs de pierre qui serpentaient la forêt ainsi que les champs. Tous ces éléments qui dessinaient l'histoire des lieux. Il avait envie de travailler à nouveau le bois ; son boulot actuel se résumait à couler du béton. Ses parents lui manquaient, comme le fait de connaître tous les gens qu'il croisait.

Une nuit, je me réveillai et je le regardai dormir. Ses cils caressaient ses pommettes tels des poils de pinceau, sa barbe semblait ne jamais vouloir s'étoffer. Il avait maigri, alors qu'il n'avait pas un seul gramme de trop à perdre. Son bras était levé au-dessus de sa tête et ses côtes semblaient trop saillantes.

Ma ville adorée lui faisait du mal.

Le lendemain matin, je lui préparai le petit déjeuner pendant que Mala était postée près de la fenêtre avec son putain de téléphone.

— Mala, tu peux nous laisser une minute ?

Elle me fusilla du regard et partit dans sa chambre.

— J'ai réfléchi, annonçai-je à Noah en posant ses œufs et ses toasts devant lui. Je pense que tu devrais rentrer, mon cœur. Tu détestes vivre ici.

Il prit une profonde inspiration. Le soulagement était visible sur son visage.

— Tu viendras aussi ?

— Non. Moi, je dois rester mais, toi, tu dois partir.

— Tu me quittes ?

— Non, mais je ne supporte pas de te voir si malheureux.

Mes yeux se remplirent de larmes.

— Je t'aime, tu sais, ajoutai-je.

Il fixa son assiette.

— Moi aussi, je t'aime. Je veux faire ma vie avec toi, avoir des enfants et tout, mais je ne peux pas attendre éternellement.

— C'est parfaitement compréhensible.

Mais est-ce que ça l'était ? Est-ce que c'était juste de me demander de renoncer à mon *rêve* ?

Nos adieux furent déchirants. Je pleurai. Beaucoup. Mon lit tout petit me paraissait immense sans son corps à côté du mien. Pourtant... pourtant, le quotidien était plus facile aussi, sans son air de chien battu, sans le regard désapprobateur qu'il jetait à mes tableaux (il trouvait que j'aurais mieux fait de représenter de jolis nuages ou des chiens gambadant sur la plage plutôt que d'essayer de me dépasser et de mûrir). Il me manquait, cependant j'étais contente qu'il soit parti. J'adorais être ici, à faire ce que j'avais toujours voulu. Mais je détestais vivre sans lui.

J'essayai de me trouver un agent. Je tenais compte des commentaires qu'ils me faisaient – « Jolie palette de couleurs, mais le sujet manque d'originalité », « Quand vous aurez affûté votre regard... », « Je ne prends pas de nouveaux clients pour l'instant », « Avez-vous envisagé de prendre des cours d'art ? »... J'avais suivi des cours pendant *quatre* ans, pour l'amour du ciel ! J'aurais pu *enseigner* l'art ! J'avais un double diplôme, tout de même !

Je me dis que tout ça n'était pas grave. Le manque d'originalité, ça se travaille. Je me répétais que tout échec est un pas de plus vers le succès, même si ce n'était pas l'impression que cela donnait.

Je trimballais mon portfolio dans les galeries qui acceptaient de me recevoir, et je bombardais de mails celles qui ne voulaient pas me rencontrer. Je me fis arnaquer : je déboursai des centaines de dollars pour que mes œuvres soient exposées pendant une semaine... La « galerie » était un ancien garage qui sentait encore le gazole, le vernissage qu'on m'avait promis se limitait à de la piquette dans des gobelets en plastique avec moins d'une dizaine d'invités. Je m'inscrivis à des concours, payant les frais avec l'argent durement gagné comme serveuse, mais je ne fis jamais partie du palmarès. J'essayais de considérer chaque expérience comme un apprentissage et d'en tirer des leçons. New York était un prof sévère, mais c'était le meilleur qui soit.

Des mois passèrent. Puis une année. Noah vint me rendre visite à deux reprises, et je rentrai à Stoningham (aussi pour voir mes parents et mes nièces) quelques fois également. On était toujours ensemble. On se téléphonait presque tous les jours. Puis les coups de fil se firent moins fréquents. Puis de plus en plus distants.

Mes amis de l'école d'art commencèrent à quitter New York… La vie était trop chère, trop impitoyable. Aneni fut la seule à rester. Même Zach, le chouchou, partit pour Cincinnati travailler dans la pub. J'avais envie de dire : « Ah ! Il est beau, votre génie ! »

Aneni, celle qui réalisait les dessins d'animaux étonnants et bizarres, était la fierté et la joie de notre école. Elle exposait dans tous les endroits branchés et donnait des conférences à l'Art Students League, une école renommée de Manhattan. J'étais invitée à tous ses vernissages, elle m'embrassait et me présentait à ses amis, aux propriétaires de galeries, aux critiques d'art. De temps en temps, quelqu'un me lançait « envoyez-moi vos coordonnées » ou « on reste en contact », mais ça ne débouchait jamais sur quoi que ce soit de concret.

Aneni avait un vrai don. Ça se sentait à des kilomètres. Ses tableaux ne ressemblaient à rien de connu. J'étais très contente pour elle, parce qu'elle était super gentille, mais je ne pouvais pas me mentir. J'étais jalouse aussi. Très très jalouse. Comment avait-elle fait ? Son point de vue était toujours si clair, ses dessins étaient d'une précision incroyable, beaux et étranges à la fois. Était-ce parce qu'elle venait du Zimbabwe qu'elle avait un point de vue si original ?

Pourquoi est-ce que j'avais grandi dans le Connecticut, un État que personne (en dehors de Noah et de ma mère) ne prenait au sérieux ?

J'essayais bien évidemment de comprendre ce qui manquait à mon art. Je savais que je pouvais m'améliorer, devenir plus claire, plus tout. Les mois passaient, et je gardais l'esprit résolument ouvert. Je suivais des cours quand j'en avais les moyens, j'écoutais les conseils de mes profs et je faisais tout pour progresser. Je m'imprégnais des chefs-d'œuvre des musées d'art : le MoMA, le Guggenheim, le Met, le Frick, le Whitney. Je fréquentais des galeries et j'étudiais les coups de pinceau, les textures, les voix.

J'étais toujours passionnée par la peinture. C'était plutôt la peinture qui ne m'aimait pas trop. Ou le monde de l'art.

J'examinais les vitrines des galeries et je m'interrogeais : est-ce que cette œuvre a vraiment quelque chose de spécial ou est-ce que quelqu'un lui a simplement accordé ce statut ? Et si c'était le cas, comment pouvais-je moi aussi bénéficier de ce traitement de faveur ?

Puis un de mes professeurs m'envoya un lien vers une annonce pour un poste d'enseignant à Sainte-Catherine, une petite école primaire catholique du Bronx. Je posai ma candidature, et la religieuse un peu terrifiante, sœur Mary, sembla m'apprécier. Comme je n'étais pas complètement dingue des enfants, je me débrouillais plutôt bien avec eux : je les considérais comme de petits extraterrestres amusants. Faire des bébés ne m'avait jamais semblé aussi concret que peindre. Je savais ce que je voulais. Les enfants ? Ils étaient… sympas. Amusants. Plutôt mignons.

Quoi qu'il en soit, j'acceptai le poste. J'avais de solides bases en art, j'étais ravie que mes soins de santé soient pris en charge par l'école. Mieux encore, le bas salaire ne me dérangeait pas, car je gagnais bien ma vie comme serveuse.

Carter, qui enseignait en CE2, me prit sous son aile, et j'eus tout à coup de nouveaux amis qui n'étaient pas issus du monde de l'art. Des gens normaux, dont beaucoup étaient à Sainte-Catherine depuis des dizaines d'années et avaient des enfants plus âgés que moi. Nous n'étions que quelques-uns à être dans la vingtaine.

Le travail était agréable. La classe d'art était lumineuse et joyeuse, et j'avais droit à beaucoup de câlins.

Noah était furieux. Si je pouvais enseigner dans le Bronx, pourquoi pas à Stoningham ? Il considérait mon choix comme une trahison, et on ne se parla plus pendant un moment. Cela me convenait. De toute façon, j'en avais marre qu'il semble attendre que je renonce, ça me donnait envie de le rouer de coups. Puis il m'envoya une carte ornée d'un oiseau bleu. Quand je l'ouvris, je lus : « Je t'aime toujours. » Pas un mot de plus.

Je lui dessinai un pastel, un de ces paysages faciles que tout le monde est capable de réaliser, et j'écrivis au dos : « Moi aussi, je t'aime toujours. »

On n'était donc pas vraiment séparés, même si on n'était pas vraiment ensemble non plus. Quand on se revit la fois suivante à Stoningham, on était pratiquement devenus des étrangers.

— Alors, comment ça se passe, l'enseignement ? me demanda-t-il tandis que nous étions assis dans la cuisine de sa mère.

— Vraiment bien.

C'était bizarre de me sentir mal à l'aise avec *lui.* On avait aussi du mal à se regarder droit dans les yeux.

— Et la peinture, ça va ?

— Impec.

Je ne lui parlai pas des galeries, des refus et des réactions négatives : je ne voulais pas fournir de l'eau à son moulin pour qu'il me demande de revenir m'installer à Stoningham.

— Et la menuiserie ?

— Bien.

— Super.

On n'avait jamais été comme ça. Il me conduisit à New London pour que je reprenne le train et, quand j'achetai mon billet, il m'embrassa, fort, férocement et magnifiquement – si on s'était embrassés comme ça à mon arrivée, peut-être que les choses se seraient passées autrement.

Je continuais à travailler comme serveuse. Je commençais à haïr Mala, qui n'essayait même pas de se montrer gentille. Je nettoyais à la place de Sarah, qui était bordélique mais agréable à vivre. Je peignais, je critiquais moi-même mon travail et je peignais encore, sans parvenir à identifier ce que j'essayais d'accomplir dans mon œuvre, en dehors du fait que je voulais que quelqu'un remarque sa valeur.

Un changement s'opéra tout de même. Deux ans après avoir fini la fac (je n'étais alors plus protégée par mon statut d'étudiante), j'étais en passe de devenir une vraie New Yorkaise. Je savais quels métros prendre, quelle rue serait encombrée de touristes, comment éviter les fans des Yankees qui se pressaient au stade pour un match de base-ball en journée. Je ne me tracassais pas pour mes tenues et je savais quelles boutiques étaient cool et bon marché. Je passai tout l'été à peindre, et mon travail s'améliora vraiment. Je vendis même quelques tableaux à des journées portes ouvertes d'un studio où on devait payer pour exposer.

Puis une mère de Sainte-Catherine me fit une proposition. Elle était décoratrice d'intérieur et se demandait si j'accepterais de réaliser des œuvres sur commande, pour les assortir aux locaux qu'elle aménageait. Elle m'expliqua que c'était très compliqué de dénicher des œuvres d'art qui s'intégraient parfaitement dans le décor. Elle proposait de me fournir des nuanciers de peinture et des échantillons de tissu pour que je réalise un tableau qui irait parfaitement sur le mur qu'elle avait en tête.

J'acceptai sans hésiter. Pourquoi pas ? Aneni aurait-elle refusé ? Jamais.

Ma première réalisation pour Janice, la maman décoratrice, fut un tableau de trois mètres sur un mètre cinquante qui devait trôner au-dessus d'un canapé.

— Voilà le motif du canapé et des coussins, m'avait-elle dit en me tendant des échantillons. Je voudrais qu'il y ait de la texture, des tourbillons, vous voyez ? Comme celui avec les étoiles du mec qui s'est coupé l'oreille ? Super ! Oh ! et signez-le. Ma cliente va adorer que ce soit un original.

Je suivis ses instructions à la lettre : je composai une peinture à l'huile dans des tons de sauge, d'abricot et de lavande avec des coups de pinceau tourbillonnants (à la manière de Van Gogh, bien sûr). Est-ce que c'était vendre mon âme au diable ? Oui, complètement. Est-ce que ça me rapporta cinq cents dollars ? Oui, très précisément.

Janice était ravie. Elle fit à nouveau appel à mes services à plusieurs reprises, et ça devint un élément de son argumentaire de vente : une œuvre d'art originale réalisée rien que pour votre maison. Cela me donna l'idée, et je contactai cinq ou six autres décorateurs. Je vendais peut-être mon âme au diable, mais l'essentiel, c'est que je vendais. Je restai loyale envers Janice et je ne montai pas mes prix pour elle, mais je demandais le triple aux autres, et ils ne sourcillèrent pas. Apparemment, bon nombre d'artistes refusaient qu'on leur dise quoi faire et comment le faire. Ce n'était pas mon cas.

Quelques mois plus tard, je quittai mon boulot de serveuse (qui ne m'avait fait entrer en contact avec personne d'intéressant) et l'horrible petit appartement de Hell's Kitchen partagé avec Mala la folle et Sarah la bordélique. Juliet m'avait signalé un appartement près de Times Square (le pire quartier des cinq arrondissements où s'installer pour tout New Yorkais qui se respecte). Mais l'appart était abordable, et bien plus beau que ce que j'aurais pu trouver dans n'importe quel autre recoin de la ville. Juliet me prêta l'argent pour l'apport (les artistes mettent facilement leur fierté dans leur poche dans ces circonstances), et c'est ainsi que j'eus enfin mon petit nid, avec un salon rien qu'à moi, éclairé la nuit par les lumières criardes d'énormes publicités clignotantes.

Je continuais à essayer de peindre autre chose que des « tableaux canapés », comme j'appelais désormais mes œuvres de commande. Je prenais encore des cours de temps en temps, je participais toujours à des concours avec des juges influents, j'envoyais des mails aux galeries qui pourraient me permettre de percer. J'étais encore jeune. Mais je gagnais bien ma vie. Même si c'étaient grâce à des tableaux sans intérêt, conçus, hélas, pour être assortis aux couettes ou aux faïences de la salle de bains – des rentrées d'argent régulières qui se cumulaient avec les cours que je donnais aux adorables bambins de Sainte-Catherine. Et au moins, je peignais. Peu de gens pouvaient en dire autant. Pas même Zach à Cincinnati.

Et puis, je me convainquais que ce parcours ferait une belle histoire plus tard. Philip Glass avait été chauffeur de taxi avant de devenir compositeur. Kurt Vonnegut avait vendu des voitures avant d'écrire des romans de science-fiction. David Sedaris avait été un elfe chez Macy's avant de se lancer comme humoriste. Oprah Winfrey avait travaillé dans une épicerie avant de devenir présentatrice de télévision.

— C'est un Sadie Frost de l'époque où elle débutait ! se vanterait-on un jour en commentant mes peintures canapés.

Cette horreur violet et bleu que j'avais réalisée pour masquer une télé à écran plat de soixante pouces ? Elle se négocierait peut-être un jour pour plusieurs millions.

Noah venait toujours me voir, mais je sentais son cœur se durcir. J'avais presque l'impression qu'il espérait que j'échoue. Il considérait mon appartement comme la preuve que je refusais le mariage mais, pour l'amour du ciel, on n'avait que vingt-quatre ans. Je ne voulais pas qu'il me passe la bague au doigt ! Pas maintenant ! Je commençais à en avoir assez de ses bouderies idiotes. Lui aussi était un artiste, même s'il détestait que je le dise. Ce n'était qu'au lit que la belle et féroce nuance pourpre se rallumait et qu'on se rappelait pourquoi on était ensemble.

J'entamais une nouvelle phase de ma vie d'adulte, dans laquelle je pouvais payer mes factures et m'offrir de temps en temps un dîner au restaurant, avoir les chaînes du câble, même si je n'avais pas la chaîne payante HBO. Carter vivait dans le quartier huppé de l'Upper West Side (sa famille était riche) et on passait pas mal de temps ensemble. Une cliente de Janice proposa de m'offrir un café en remerciement de son aquarelle *extraordinaire*, et on se mit à aller à des cours de yoga ensemble. Avec Alexa, la prof de maths de CM2, nous aimions nous promener dans le jardin botanique de New York, qui n'était pas loin de Sainte-Catherine.

Je profitais à fond de la ville, croyez-moi… J'assistais à des rencontres d'auteurs au 92nd Street Y, un centre culturel de l'Upper East Side, et aux récitals d'étudiants de la Juilliard School. Mon père venait me rendre visite, c'était le seul représentant de ma famille qui aimait New York – même Juliet, l'architecte, n'aimait pas trop venir ici. Mais papa adorait. Il trouvait mon appartement parfait, et aimait marcher autant que moi. On allait dîner dans mon petit restaurant italien préféré de Greenwich Village, puis on se promenait dans Washington Square Park, où une jeune fille de l'université de New York faisait de la danse classique pendant que son ami jouait du violon. Parfois, papa passait la nuit chez moi, insistant pour dormir sur le canapé plutôt que de prendre mon lit.

— C'est marrant, mon lapin, m'assurait-il, et on papotait pendant des heures.

Il comprenait mon ambition.

— Je voulais être écrivain, me confia-t-il un jour. La fac de droit, dans ma tête, c'était temporaire. Mais ensuite, tu sais… on s'est installés à Stoningham, et ta mère adorait la maison, et puis Juliet est arrivée. Le moment n'a jamais été le bon pour démissionner et entamer l'écriture d'un roman.

— Tu pourrais encore le faire, papa ! Il n'y a pas de limite d'âge. Tu es à la retraite maintenant ! Tu devrais t'y mettre demain !

— Eh bien... Je ne sais pas trop. Je crois que l'envie m'est passée. En plus, ta mère me trouve assez agaçant sans que je me mette à parler d'un roman policier.

— Elle serait sûrement ravie que tu aies un hobby.

Et que tu ne sois pas dans ses pattes, pensai-je. Mais ce n'était pas son genre d'encourager les autres (exception faite de tous ceux qui s'appelaient Juliet Elizabeth Frost).

— En tout cas, je suis très fier de toi, Sadie. Tout le monde n'a pas le courage de se lancer, et voilà ma petite fille intrépide qui trace sa route dans la Grosse Pomme.

Personne d'autre n'était de cet avis. Personne ne m'avait dit depuis très, très longtemps qu'il était fier de moi. Noah me le répétait souvent avant, mais ça faisait longtemps qu'il ne me le disait plus, surtout depuis que ça signifiait que je restais ici. Notre amour était en train de se recroqueviller, mis à mal par la frustration et l'incertitude.

L'essentiel dans la vie, ce n'est pas l'amour. Il ne faut pas croire ce mensonge.

Le jour de mes vingt-cinq ans, Noah me téléphona.

— Il faut absolument qu'on se voie, déclara-t-il, et ça ne présageait rien de bon.

À ses yeux, on n'était pas vraiment un couple, mais on n'était pas célibataires non plus. Je me doutais que notre relation était sur le point de se terminer.

Quand je le retrouvai à la gare de Grand Central où j'étais venu l'attendre, l'amour que j'avais toujours ressenti pour lui déferla sur moi comme une vague, avec une force qui me fit tituber. Je l'aimais encore. Je l'aimerais toujours. Et quand il m'aperçut, son visage s'adoucit un peu, il esquissa presque un sourire. Il n'était jamais parvenu à se faire pousser une vraie barbe, il avait l'air d'avoir seize ans dès qu'il se rasait, et c'était tellement… tellement craquant. Mon cœur brillait de cette couleur écarlate que seul Noah pouvait lui apporter.

— Salut, bel inconnu, lui lançai-je, et je le serrai dans mes bras.

On ne s'était pas revus depuis des mois, et il me semblait plus costaud : ses épaules étaient plus larges, il était plus musclé. Une boule se forma tout à coup dans ma gorge à l'idée que mon beau ténébreux soit vraiment devenu un homme.

Il voulait aller dans un restaurant du coin pour « qu'on règle ça tout de suite ».

— Bien sûr, acquiesçai-je, l'estomac noué par la nervosité et l'irritation.

Je l'emmenai dans un pub irlandais attrape-touristes juste en face, et on commanda des bières et des hamburgers. Il arrivait à peine à me regarder.

Je devinai qu'il y avait quelqu'un d'autre dans sa vie, et je fus obligée de baisser la tête pendant une minute pour ne pas pleurer.

— Comment ça va ? lui demandai-je d'une voix un peu rauque.

— Je veux que tu m'épouses.

Je redressai brusquement la tête. Je ne m'attendais pas du tout à ça. Sa mine était renfrognée.

— Je veux que tu m'épouses et que tu rentres à Stoningham. Je t'aime. Je n'ai jamais aimé que toi, Sadie. Mais je ne t'attendrai pas plus longtemps.

— Ça ressemble plus à une menace déguisée qu'à une demande en mariage, fis-je remarquer.

Il ne répondit pas. La serveuse nous apporta nos bières et s'éclipsa sagement.

— Sadie…

Il détourna le regard.

— Tu veux toujours te marier ? ajouta-t-il.

Je m'adossai à la banquette rouge et je choisis mes mots avec soin.

— Je ne veux être avec personne d'autre que toi, Noah. Je t'aime. Mais je ne suis pas sûre de désirer la même vie que toi. Pour toi, notre avenir a toujours été tout tracé, et j'ai l'impression qu'il n'y a pas de place pour le moindre compromis.

— J'en ai fait plein ! J'ai vécu ici pendant quatre mois.

— Et tu as détesté New York, comme tu l'avais promis.

— Je n'y peux rien. Et puis, c'est toi qui m'as chassé.

Il était furieux.

— Je ne t'ai pas chassé, Noah. J'ai mis fin à ta torture.

La serveuse nous servit les hamburgers.

— Bon appétit, nous lança-t-elle.

On ne lui prêta pas la moindre attention.

— Certaines personnes trouvent Stoningham déprimante, expliquai-je. Je sais que tu n'en fais pas partie, mais moi si.

— C'est ridicule.

— Merci de te montrer aussi compréhensif.

Il se renfrogna.

Je levai les yeux au ciel.

— Est-ce que tu es heureuse, Sadie ?

— Oui. La plupart du temps.

Disons que j'étais satisfaite de ma vie et que je me frayais un chemin vers le bonheur.

— Parce que, vu d'ici, on dirait que tu perds ton temps. Être prof, réaliser ces peintures que tu détestes, supporter les sirènes et les klaxons toute la journée, risquer ta vie chaque fois que tu traverses la rue. Tu as tenté ta chance. Ça n'a pas marché. Rentre à la maison et viens vivre avec moi.

Ma mâchoire se crispa.

— Waouh. Donc, maintenant que j'ai échoué – du moins selon ta définition de l'échec –, je devrais rentrer à Stoningham, t'épouser et tomber enceinte.

Il se pencha en avant.

— Je *t'aime.* Ça n'a aucune importance pour toi ? Parce que, pour moi, ça compte plus que tout.

— On ne dirait pas. On dirait que pour toi, l'amour, c'est tout ce que *tu veux,* sans savoir si j'ai ma place dans ce scénario. Pourquoi on ne peut pas être ensemble, moi à New York et toi à Stoningham ? Beaucoup de gens ont des relations à distance.

— On ne peut pas fonder une famille dans ces conditions !

— Alors, si je te suis bien, il n'a pas d'autre solution : c'est ta vision des choses ou rien du tout ?

— Qu'est-ce que je dirais à nos enfants ? Maman ne vous aime pas assez pour vivre avec vous ?

— Je ne me vois pas avoir des enfants tout de suite, Noah. Et certainement pas parce que tu m'as forcée à le faire.

On se fixa par-dessus nos hamburgers qui refroidissaient.

— Donc la réponse est non, c'est ça ? tenta-t-il encore. Parce que je voudrais une réponse. Je t'ai assez attendue et je ne compte pas te courir après toute ma vie.

— C'est vachement hostile, comme demande en mariage.

— Mets tes commentaires sarcastiques en veilleuse, Sadie. Donne-moi ta réponse. Est-ce que tu veux m'épouser ?

Je n'avais pas de bonne réponse à lui fournir.

— Je suis vraiment désolée, Noah, murmurai-je. Je t'aime de tout mon cœur, mais je ne veux pas de cette vie en ce moment.

Son expression ne changea pas. Il se contenta de me contempler de ses yeux si sombres, puis tourna la tête et déglutit. Deux fois. Il sortit son portefeuille et posa deux billets de vingt sur la table. Puis il me planta là, avec les hamburgers auxquels on n'avait pas touché et les bières qu'on n'avait pas finies.

Assise dans ce pub, je pensais savoir. Un amour comme celui-là était rare. Jamais un autre homme n'illuminerait mon cœur de nuances de rouge si belles qu'elles en étaient douloureuses. J'aimais

Noah, j'appréciais sa gentillesse et sa générosité, j'admirais qu'il travaille dur. J'aimais son sourire, sa bouche, son allure quand il était au bord de l'eau et que le vent soufflait dans ses cheveux emmêlés. Je savais qu'être avec quelqu'un qui me considérait comme la chose la plus merveilleuse et la plus précieuse du monde n'arrivait pas très souvent, et ne se présenterait peut-être plus jamais.

Mais je ne voulais pas épouser un homme qui m'avait posé un ultimatum.

*

Trois ans après que j'ai refusé sa demande en mariage dans ce stupide pub irlandais, Noah se fiança.

C'est ma sœur qui me l'apprit. On était au beau milieu d'une conversation parfaitement agréable, parfaitement fade, sur sa vie parfaite, quand elle m'annonça :

— Et, au fait, Noah va se marier. Avec Gillian je-ne-sais-pas-comment. C'était vachement sérieux entre vous, non ?

Je ne répondis pas.

Noah allait se marier. Avec quelqu'un d'autre que moi. Se *marier.* Il allait vivre avec une autre. Ils dormiraient ensemble, se réveilleraient ensemble, mangeraient ensemble, et auraient probablement des enfants ensemble.

Les paroles de ma sœur pesaient aussi lourd que des pierres dans mon estomac.

— C'est bien, déclarai-je avec beaucoup de retard.

Mais Ju parlait déjà de ses projets de vacances.

Jusqu'à présent, j'avais réussi à éviter d'imaginer Noah avec quelqu'un d'autre. C'était beaucoup plus romantique de penser à lui contemplant l'horizon, les bras croisés, le vent fouettant ses cheveux, alors que son cœur était encore à moi. Il apparaissait de temps en temps dans mes rêves : parfois il était heureux, parfois en colère et, pire que tout, triste.

On peut tenter de se persuader qu'on n'aime plus quelqu'un. On peut présenter le problème avec de très bons arguments, parfaitement logiques. *On ne souhaitait pas la même chose. C'était très beau, le temps que cela a duré. Toutes les relations ne sont pas censées être éternelles. J'aurai toujours de la tendresse pour lui. On n'oublie jamais son premier amour.* Et tout ça semble faire sens… dans la tête du moins, mais pas dans le cœur. J'aimais toujours Noah, et parfois je me surprenais à laisser échapper un grognement de frustration quand je marchais dans la rue. Pourquoi ne pouvait-il pas au moins essayer d'aimer ma ville, de lui ouvrir son cœur ? Pourquoi considérait-il Stoningham, cette petite ville prétentieuse, exaspérante, charmante, comme la raison d'être de notre vie ?

Et qui était cette Gillian qu'il allait épouser ?

Une rapide recherche me conduisit à son compte Facebook. Gillian Epstein, la future Mme Noah Pelletier. Elle était organisatrice d'événements : « Événements Epstein », pas très créatif comme nom.

Elle ne faisait pas non plus dans la subtilité pour ce qui était de leurs fiançailles ; sa photo de profil montrait sa main sur le torse d'un homme. Celui de Noah. Et elle avait un magnifique solitaire au doigt. Sur d'autres photos, ils posaient dans un verger pour ce qui était manifestement une séance photo officielle de fiançailles. Je le savais parce que sa page n'était pas privée et qu'elle contenait un album intitulé « Séance de photos de fiançailles !!! ». Il y avait trente-sept clichés. De nombreux habitants de Stoningham avaient posté des commentaires, proclamant que Noah et elle formaient un beau couple, qu'ils étaient contents pour eux et avaient hâte d'assiste au mariage… qui devait avoir lieu un an et demi plus tard ! Bon sang, s'ils devaient se marier, grand bien leur fasse !

Cette Gillian ne me plaisait pas du tout. Elle était jolie, mais très apprêtée. Ses sourcils étaient trop impeccables. Elle portait des extensions de cils (ou alors les fées s'étaient penchées sur son berceau). Elle avait l'air… de se la raconter. Oh ! elle était séduisante, bien sûr. Plutôt belle.

Mais c'est le visage de Noah que je scrutai avec le plus d'attention. Ses cheveux étaient coupés court. Qu'est-ce qui lui avait pris de sacrifier ses magnifiques cheveux noirs bouclés ? Il paraissait – il était – plus vieux. J'agrandis une photo pour voir s'il souriait vraiment, si ses yeux noirs se plissaient et étincelaient de cette façon si spéciale dont je me souvenais. Et merde, oui, il avait effectivement l'air heureux.

Mon beau ténébreux.

Les larmes qui jaillirent de mes yeux me prirent pas surprise. J'aurais bien évidemment pu être sa femme. J'avais dit non pour de très bonnes raisons. Il était intransigeant, et ce n'était pas bon signe pour la vie conjugale. On ne rêvait pas des mêmes choses, même si on s'aimait. C'était normal qu'il refasse sa vie. Il méritait le bonheur et je ressentis une pointe de honte à l'idée de ne pas avoir été à même de le lui offrir. Pire encore, au lieu de le rendre heureux, je lui avais brisé le cœur.

Mais bon, il avait brisé le mien, aussi. C'était un massacre réciproque.

Je décidai de me réjouir pour lui. Je ravalai mon sentiment injustifié de trahison et, avant de pouvoir changer d'avis, je sortis mes pastels et je lui confectionnai une carte avec un nuage en forme de cœur au dos de laquelle j'écrivis : « Félicitations pour tes fiançailles. Je suis heureuse pour toi, Noah. » Je ne la signai pas. Ce n'était pas nécessaire.

Il ne répondit pas, et je ne m'attendais pas à ce qu'il le fasse. Je voulais juste qu'il sache que je n'étais ni rancunière, ni furieuse, ni occupée à me morfondre dans mon coin… même si j'avais un peu pleuré.

D'une certaine manière, ses fiançailles furent libératrices. Je n'avais pas à me justifier ni à faire mes preuves, car Noah n'était plus là à m'observer, à attendre et à me juger. Je me détendis, même si je n'avais pas remarqué que mon cœur était serré par la tension jusqu'alors. Quelque chose s'adoucit en moi. Maintenant, quand je voyais des gens exsuder cette confiance en soi très new-yorkaise, quand j'entendais parler de la dernière exposition d'Aneni, je ressentais ce sentiment familier d'émerveillement, mais il n'était plus terni par l'envie. Peut-être que je ne serai jamais comme eux, comme ces New Yorkais brillants, talentueux et sûrs d'eux, mais ce n'était pas grave. Je m'en sortais très bien.

J'obtins plusieurs augmentations à Sainte-Catherine, sœur Mary semblait m'apprécier. Enseigner était plus amusant que je ne l'avais imaginé. J'aimais bien faire découvrir aux enfants Picasso, Seurat, Jackson Pollock et Georgia O'Keeffe. On me disait plusieurs fois par jour qu'on m'aimait, et je recevais de nombreuses marques d'affection. Au moins une fois par mois, un petit de maternelle ou de CP me demandait en mariage. C'était bon pour l'ego, ces yeux brillants et ces visages heureux, et c'était agréable aussi de les quitter pour retourner dans mon si bel appartement dans un des pires coins de la ville.

Même si j'avais honte qu'ils soient aussi insipides, mes tableaux canapés rapportaient pas mal. Je pouvais en pondre un en quelques heures seulement, cela dépendait du support et de la taille. Et si ça ressemblait à un cadre qu'on aurait pu acheter chez Ikea, tant pis. Je pouvais tout de même apposer mon nom au bas de la toile et encaisser un chèque assez généreux. Je supprimai mon site web, car rien de ce que je faisais ne valait la peine d'être immortalisé dans le cyberespace.

Je voyais souvent mes amis et j'aimais aussi passer des soirées seules, quand bien même j'avais envie de m'armer d'une machette pour traverser Times Square et rentrer chez moi. (Les touristes qui prenaient des photos des enseignes lumineuses méritaient d'être jetés en prison. Je le pensais sincèrement. J'étais une *vraie* New Yorkaise.) Je sortais parfois avec des hommes. J'accumulais les premiers rendez-vous qui ne donnaient rien, les coups d'un soir que je regrettais, puis je tombai sur un mec sympa, qui s'appelait Sam. Notre histoire dura quelques mois. Il était drôle et bossait dans je ne sais quoi en rapport avec les eaux usées de New York. Je l'aimais beaucoup. On n'eut jamais de mauvais moments tous les deux. Un soir, alors qu'on était en couple depuis suffisamment longtemps pour que ce soit devenu une évidence qu'on passe le week-end ensemble, il m'annonça (au lit, en plus) :

— Je crois que je suis en train de tomber amoureux de toi, Sadie.

— Oh ! waouh. Je suis… flattée.

L'histoire s'arrêta là. J'étais reconnaissante qu'il me quitte avant que nos vies ne soient plus enchevêtrées. Je n'aurais pas supporté de briser son cœur comme celui de Noah. Et puis… « Je crois que je suis en train de tomber amoureux de toi » ? C'était un peu tiédasse comme sentiment. Je n'avais jamais eu à me poser la question avec Noah. C'était emballé, pesé. Une certitude.

J'espionnais de temps en temps le compte Facebook de Gillian. Elle était le genre de future mariée qui me filait de l'urticaire : obsédée par le grand jour et qui s'en sert pour tirer la couverture à elle. Elle postait des questions du genre : « Quel bouquet préférez-vous ? » Bon, d'accord, elle était organisatrice d'événements, mais tout de même. Elle s'était créé des collections de robes, de bouquets, de décorations de table et de robes de demoiselles d'honneur sur Pinterest. Elle avait organisé un week-end d'enterrement de vie de jeune fille à Miami avec ses douze amies les plus proches (les pauvres… ça avait dû leur coûter une blinde). Sur chacune des photos, le sourire de Gillian, d'un blanc aveuglant, semblait presque carnassier. Elle portait un diadème qui proclamait *Future mariée*, au cas où un doute aurait subsisté.

Bref, elle exploitait toute l'attention qu'elle pouvait obtenir, et j'avais beau essayer de ne pas la détester, je n'y parvenais pas. Elle avait installé un compte à rebours pour le mariage sur toutes ses pages ! Tous les jours, elle publiait un truc en rapport avec la cérémonie. Elle avait même été jusqu'à poster une photo du corset blanc qu'elle porterait sous sa robe. « Par pitié », aurait dit ma mère.

Puis, quatre mois avant le « grand jour », il y eut un cybersilence (même si je ne la *stalkais* pas). Cinq jours plus tard, elle publia un message disant qu'elle remerciait tout le monde pour leur sollicitude et leur gentillesse, mais que Noah et elle allaient suivre des chemins séparés. Ce n'était la faute de personne, et ils resteraient amis. C'était un homme merveilleux, et elle lui souhaitait le meilleur.

Je me déconnectai immédiatement, essayant de chasser le sentiment honteux de satisfaction qui me gagnait. Leur rupture était trop personnelle, je ne voulais pas connaître les détails, même si Gillian les avait publiés pour que tout le monde les voie. Noah n'avait pas de compte Facebook, sauf pour son entreprise : Menuiserie Noah Pelletier, sur lequel il publiait des photos de placards de cuisine, de terrasses, ou encore de cette incroyable cabane dans les arbres qu'il avait fabriquée pour une maison de vacances.

Je ne lui envoyai pas de carte, cette fois. Même si nous ne nous étions pas parlé depuis des années, j'avais l'impression d'avoir une part de responsabilité dans cet échec amoureux.

17

John

Voici les choses qu'il sait.

Le vieil homme dans la maison… c'est lui. Il comprend enfin comment le miroir fonctionne et que le vieil homme qu'il voit, c'est lui. Il a beaucoup vieilli. Il ressemble à son père.

Le grand type qui l'aide s'appelle LeVon. C'est un ami, mais pas vraiment, car il le fait travailler. En tout cas, John le considère comme son ami et aimerait lui parler, même s'il n'y arrive pas.

Il a eu ce qu'on appelle une « attaque », un VHS. Non, pas un VHS, mais quelque chose comme ça. « VHS », c'est un format de cassettes vidéo. Les lettres qu'il cherche veulent dire que son cerveau est blessé.

Sa plus jeune fille lui dit de ne pas s'inquiéter, qu'il ira bientôt mieux. La grande parle moins. Elle semble moins heureuse que la plus jeune, même si elle a deux très jolies petites filles. Ça veut dire qu'elle est mère maintenant. John ne s'en souvient pas, il ne se souvient pas non plus des jolies petites filles, et ses yeux se mouillent.

Il aime bien quand les jolies petites filles sont là. Leurs voix sont comme des gazouillis d'oiseaux. Il ne saisit pas la plupart des mots qu'elles prononcent, mais parfois ça fait tilt. « Papy », « mamy », « en haut », « biscuit ». Ces mots-là, il les connaît. Elles courent vers lui, l'embrassent et s'en vont, comme le… le… le truc qui souffle. Le *paon*. Le *banc*. Quelque chose comme ça. Il sait qu'il est proche du mot, et pourtant qu'il se trompe.

John sait aussi que sa femme ne l'aime plus. Elle doit avoir une fonction importante et elle n'a pas beaucoup de sympathie pour lui, mais elle n'est pas méchante. John essaie de se rappeler pourquoi elle ne l'aime pas, mais il n'arrive pas à se souvenir ni à comprendre pourquoi.

Barb. Barb. Il veut parler à sa Barb. Lorsqu'il tente de prononcer son prénom, il entend juste un vieil homme à la respiration sifflante – ce qu'il est devenu – émettre des sons horribles. Alors il se tait. Une dame autoritaire vient le voir et essaie de le faire parler, mais les sons sont trop affreux. Parfois, s'il bouge trop les lèvres, il bave, et il se sent tout petit et bête.

Barb.

Barb.

Elle était tellement jolie le jour de leur mariage, il y a très longtemps.

Ils vivaient dans une petite maison rouge au vieux temps. Pas celle-ci. Les choses allaient mieux là-bas, mais il s'y est passé quelque chose de très triste, et Barb a changé. Elle s'est refermée. Comme un dossier. Affaire classée.

« Affaire classée. » Ces mots signifient quelque chose pour lui, mais il ne sait pas pourquoi.

Barb vit ici maintenant. Dans la maison de son grand-père à lui. C'est la maison de Barb à présent, pas la sienne. Pas la leur.

Barb voulait quelque chose de très important il y a très longtemps. Est-ce que c'était cette maison ? Non. Mais quelque chose en rapport avec cette maison. Un bateau ? Non, mais presque un bateau, avec le même son au début, c'est ce que dit la dame autoritaire quand elle essaie de le faire parler. Le son au début. *Bateau. Banque. Bébé.*

« Bébé », c'est ça. Elle voulait un bébé. Lui aussi. Beaucoup d'enfants. Il en voulait quatre, parce que quatre, c'était un bon chiffre, beaucoup, mais pas trop. Mais ils ne trouvaient pas le bébé. Non, pas *trouver*. *Obtenir* le bébé. Non, pas ça non plus. Ils ne pouvaient pas *acheter* le bébé ?

« Avoir » un bébé. Ils ne pouvaient pas *avoir* de bébé, et Barb faisait semblant d'être heureuse, mais elle ne l'était pas. Elle invitait des gens, préparait des repas, allumait des bougies et faisait semblant de sourire, et il détestait ça. Cette… *non-sincérité*. Elle faisait tous ces gestes, puis il l'entendait pleurer dans la salle de bains, mais elle ne lui parlait pas. « Tout va bien. » *Tout va bien*. Il savait que c'était un mensonge quand Barb le disait.

Elle avait… fait semblant, fait semblant d'être heureuse, et elle faisait des choses avec des gens que John connaissait à peine, remplissait leurs journées de gens et de travail et… et… et il y avait toujours des *choses* qui se mettaient entre eux, *ses* choses, ses projets et ses papiers, alors qu'il avait juste envie qu'ils soient rien qu'eux deux, comme à l'époque de la petite maison rouge, quand la maison était leur chez-eux, et pas un endroit pour faire tant de choses. Il y avait toujours de nouvelles personnes qui croyaient que Barb allait *bien*, *très bien*.

Une nuit de ce vieux temps, il avait entendu un bruit, un bruit horrible, Barb qui pleurait dans la salle de bains. Ça avait résonné un peu et elle avait essayé de se taire, elle avait fait couler l'eau pour qu'il ne sache pas. Il avait voulu entrer et lui dire de ne pas pleurer, qu'il allait… *trouver*… non, pas « trouver », mais *faire quelque chose* pour l'aider. Mais elle ne voulait pas qu'il sache qu'elle pleurait, c'est pour ça qu'elle faisait couler l'eau.

Il avait failli entrer. Il avait mis sa main sur le… le… truc qu'on tourne pour ouvrir une porte, mais l'eau s'était mise à couler, et John avait reculé. Il était reparti dans le couloir sans bruit pour faire semblant de ne pas l'avoir entendue pleurer, de ne pas savoir, pour oublier qu'il avait failli entrer.

Il *aurait dû* entrer, il s'en rend compte maintenant. Peut-être qu'elle l'aimerait encore, s'il était entré. Il regrette de ne pas être allé dans la salle de bains. Si c'était à refaire, il y serait allé et ne l'aurait pas laissée faire semblant d'aller bien. Il lui aurait permis d'être pas-bien. Ils auraient pu être pas-bien ensemble.

Mais trop de temps avait passé. C'est flou, John ne se souvient pas. Puis Barb était devenue heureuse à cause du bébé, la petite fille, et c'est lui qui se sentait seul. Il était seul et personne ne l'écoutait, et il ne savait pas trop quoi dire de toute façon. Il voulait quatre enfants, mais il n'y en avait qu'un et c'était celui de Barb, jusqu'à ce que, longtemps après, un autre arrive, et, cette fois, c'était son bébé. Cette fois, il n'avait pas été mis à l'écart. On avait encore besoin de lui.

Sadie. Sadie !

Il sourit parce qu'il s'est souvenu de son nom. « Sadie », un si joli prénom, si joyeux.

Il essaie de le prononcer, mais aucun son ne sort. Sa bouche bouge, mais pas la partie qui produit le son.

Il aimerait pouvoir dire à sa fille qu'il se souvient de son nom. Il aimerait pouvoir dire « bonjour, Sadie », pour qu'elle sourie et le serre contre lui. Mais il n'y arrive pas, et ses yeux se mouillent, alors il penche la tête en arrière et s'échappe à nouveau dans le sommeil.

18

Juliet

Juliet n'avait aucune raison d'avoir honte, elle le savait. Pourtant, elle aurait aimé avoir un sac en papier à se mettre sur la tête en ce moment. Ou mieux, un sac en soie. Elle pouvait se le permettre, ainsi que tous ceux qui étaient là, c'était sûr. Comme ça, personne dans la salle d'attente n'aurait été obligé de regarder les autres et de porter le moindre jugement.

Juliet se trouvait au centre de soins esthétiques de Park Avenue. « Chirurgie esthétique », plus exactement.

Ils étaient quatre : trois femmes (dont elle) et un homme. L'une des deux femmes avait un visage bizarre, sans âge, qui ne faisait pas jeune, mais indiquait que la chirurgie esthétique est une addiction comme une autre. Elle avait la peau tellement tendue qu'on aurait dit que tout son visage allait craquer si elle clignait des paupières, ce qu'elle semblait incapable de faire. L'autre était d'une beauté stupéfiante et, sincèrement, n'avait pas grand-chose à fiche ici. Elle ne pouvait pas avoir plus de trente ans ! songea Juliet. *Arrête d'écouter les discours du patriarcat, ma belle ! Tu es parfaite !* Oui, mais… et si c'était ce centre qui l'avait *rendue* parfaite ? Si c'était ça, Juliet voulait le même traitement ! L'homme avait un physique tout à fait normal, un visage agréable et un corps assez bien entretenu. Qu'est-ce qu'il voulait changer ? Et pourquoi ?

Elle avait envie de leur dire « Rentrez *chez vous* », hypocrite qu'elle était.

Visiblement, les affaires étaient florissantes : le cabinet occupait deux étages d'un immeuble de la très bourgeoise Park Avenue et une chute d'eau ornait le hall d'entrée. On lui avait offert une bouteille d'eau minérale à son arrivée, les fauteuils étaient luxueux et confortables. De discrets haut-parleurs diffusaient des notes de harpe entremêlées à des chants de baleines. De nombreuses brochures étaient disposées sur la table, mais Juliet n'avait pas le courage d'y jeter un coup d'œil.

Oliver ne serait pas content s'il apprenait qu'elle était venue ici. Avec un peu de chance, il n'en saurait jamais rien. Juliet s'était commandé une nouvelle carte de crédit pour qu'il ne voie pas cette dépense. Il ne lui refusait rien (et elle n'avait pas besoin de son accord pour dépenser l'argent qu'elle gagnait si durement), mais elle ne voulait pas qu'il sache qu'elle était ici. Sa crainte était de lui parler d'une imperfection et qu'il réponde :

— Ah oui, maintenant que tu le dis, tu as raison.

Évidemment, Oliver vieillissait avec grâce, comme son grand-père, qui était mort à cent quatre ans et avait l'air d'en avoir soixante. Helen, la mère d'Oliver, aurait pu être mannequin, et elle avait soixante-quinze ans. Ils avaient, comme tout Britannique, une peau de pêche.

Mais Juliet était américaine, et l'âgisme dans ce pays était un problème très concret.

La semaine précédente, Kathy Walker, qui avait six ans de plus qu'elle, était arrivée au bureau avec des cheveux d'un roux flamboyant. Avant cela, elle affichait ses cheveux prématurément blancs, qu'elle portait en un chignon banane très élégant. Elle prétendait depuis des années ne pas avoir le courage de les teindre. Maintenant, ils étaient rouge cerise et courts, ils ressemblaient étrangement à… la coiffure d'Arwen, mon Dieu, quelle coïncidence !

Kathy s'était aussi mise à porter des talons aiguilles à semelles rouges… des Louboutin, qui coûtaient une fortune. Juliet avait les moyens de s'en offrir, mais elle trouvait moralement inacceptable de payer deux mille dollars pour une paire d'escarpins qui meurtrissaient les pieds. Kathy passait de plus en plus souvent dans le bureau d'Arwen, et de moins en moins dans le sien. Lorsqu'elle lui avait envoyé un message lui proposant de prendre un verre, Kathy avait répondu que c'était une bonne idée et qu'elle la recontacterait. C'était il y a trois semaines.

Quand Juliet avait commencé chez DJK, Kathy et elle étaient les seules femmes du bureau de New Haven, et elles s'étaient soutenues mutuellement avant de devenir amies. Elles avaient dîné ensemble, parfois avec leurs maris. Juliet et Oliver avaient assisté au mariage du fils de Kathy, l'année passée. Avant l'arrivée d'Arwen, Kathy et Juliet s'étaient demandé quand un nouvel associé serait nommé, car elles étaient toutes deux bien placées pour être retenues.

Ces derniers mois, Kathy s'était montrée beaucoup plus froide.

Cela n'avait pas d'importance, se disait Juliet. Elle ferait profil bas et mènerait à bien ses dossiers. Son travail avait toujours parlé de lui-même. Sadie était la sympa, du genre à se faire une nouvelle amie tous les quarts d'heure, ou du genre à qui les gens racontent leur vie dix secondes après l'avoir rencontrée. Juliet était la bosseuse. Organisée, déterminée, avec une vision d'ensemble et une attention sans faille aux détails. « Des yeux clairs, un cœur plein : je ne peux pas perdre », comme le proclamait le cri de ralliement de l'équipe de football dans la série *Friday Night Lights*. Ce slogan lui avait toujours parlé. Son cœur avait toujours été « plein », car elle trouvait qu'elle avait énormément de chance dans la vie : une mère qui l'encourageait et la conseillait, des études de qualité, un mari merveilleux, des enfants en bonne santé, un travail qu'elle aimait.

« Avoir les yeux clairs » signifiait discerner ce qu'il fallait accomplir. Oliver s'émerveillait souvent du sens de l'organisation de son épouse.

Juliet établissait tous les mois une liste des menus pour faciliter les courses et la cuisine. Elle dressait un tableau des corvées dont les filles devaient se charger. Elle tenait à jour le calendrier familial, jonglait avec ses horaires et ceux d'Oliver pour qu'au moins un des deux assiste aux événements scolaires ou sportifs. Elle effectuait des recherches pour préparer leurs vacances, réservait les vols, dénichait les hôtels ou les locations. Elle prenait les rendez-vous chez le dentiste, le médecin, emmenait les filles faire du shopping (d'ailleurs, Brianna avait sûrement besoin d'un soutien-gorge, et Juliet en profiterait pour tenter de transformer cette virée en moment complice, comme sa mère l'avait fait pour elle).

Dans ce slogan, c'était la partie « je ne peux pas perdre » qu'elle remettait en question. Lorsque Dave avait confié à Arwen la gestion de l'immeuble Hermanos, Juliet avait *perdu* le projet au profit d'une femme bien moins expérimentée qu'elle. Et elle avait peut-être *perdu* Kathy aussi.

— Juliet Smith ?

Une femme d'une beauté impressionnante, la peau très foncée et le crâne rasé, se tenait dans l'embrasure de la porte.

— Mme Smith ?

Oups, c'était elle. Elle avait donné un faux nom. Elle se leva.

— Bonjour.

— Par ici, lui indiqua l'employée en lui souriant avec douceur. C'est la première fois que vous venez chez nous ?

— Oui.

— Bienvenue.

Juliet fut conduite dans une salle d'examen, la femme lui sourit et s'en alla.

Mon Dieu ! Voilà qu'elle se mettait à transpirer. Qu'est-ce qu'elle fichait ici ? Elle ne s'était jamais considérée comme belle, mais elle aimait son visage. Elle ressemblait beaucoup à son père, et avait ce que la mère d'Oliver appelait un « visage racé ». Une structure osseuse solide, assez symétrique, sans toutefois présente une beauté particulièrement féminine, car elle n'avait ni les lèvres pulpeuses ni des yeux de biche.

Cela lui convenait. Juliet était séduisante. Avec un peu de maquillage, elle pouvait être très jolie. Elle avait une belle peau, claire et au teint plus ou moins uniforme. Elle avait toujours trouvé qu'elle vieillissait bien. Elle avait évidemment des pattes d'oie, ce qui ne lui déplaisait pas. Et, oui, son cou commençait à se flétrir. Et ses mains ressemblaient à celles d'une vieille dame si elle ne s'hydratait pas suffisamment. Et une ride qui n'était pas là l'année précédente apparaissait sur sa joue quand elle souriait.

Mais il suffisait de regarder Helen Mirren, Meryl Streep. Sans parler d'Angela Bassett. Elles étaient plus âgées qu'elle et étaient plus belles que jamais.

Pourtant, Juliet se trouvait dans le cabinet d'un chirurgien esthétique de New York, parce qu'elle était terrifiée. Elle avait quarante-trois ans, et Arwen trente et un. Juliet se disait qu'en paraissant un peu plus jeune elle rappellerait à ses patrons, et peut-être au monde entier, qu'elle était encore une (relativement) jeune femme. Mais au fond pourquoi *voudrait-on* d'une jeune architecte ? Ne devrait-on pas préférer quelqu'un avec de l'expérience et de la maturité ? Les architectes construisaient des bâtiments, bon sang ! L'expérience était un atout si on voulait éviter que le plafond ne s'écroule !

Pour autant, Juliet n'avait pas été retenue pour la liste des « 40 architectes de moins de 40 ans ». *Vanity Fair* avait publié un portrait d'Arwen. *Vanity Fair*, putain ! « Les femmes qui changent le monde », disait le sous-titre de l'article. Après avoir été responsable de trois malheureux projets.

Trois !

Voilà ce que Juliet fichait ici. Ce rendez-vous allait à l'encontre de tous ses principes, néanmoins elle était venue. Elle n'en était pas fière, mais elle ne se précipitait pas vers la sortie non plus.

La porte s'ouvrit.

— Bonjour ! Je suis le Dr Brian. Comment allez-vous ? Juliet… Smith ! Quel joli prénom.

Le médecin avait une soixantaine d'années et portait une blouse blanche sur un jean et une chemise. Et ce n'était pas non plus un top model. Est-ce qu'elle devait faire confiance à un chirurgien esthétique affublé d'un nez de cette taille ? Pourquoi ne se l'était-il pas fait refaire ? Et ces rides ! Il commençait à se dégarnir, *en plus*.

— Bonjour.

— Qu'est-ce que vous aviez en tête, Juliet ?

Elle remarqua que ses mains tremblaient et prit une profonde inspiration.

— J'aimerais avoir l'air… un peu plus jeune. Pas différente, juste… rajeunie.

Elle ferma les yeux en prononçant ce mot galvaudé.

— Le visage ? Le corps ? Les grandes lèvres et le vagin ?

— Mon Dieu, non.

Elle marqua une pause.

— Ça consiste en quoi, le rajeunissement du vagin ?

Il lui adressa un sourire aimable.

— On peut regonfler vos grandes lèvres, peut-être les réduire, car la peau peut être étirée…

Elle serra instinctivement les genoux.

— Réduire mes grandes lèvres ? Vous plaisantez ?

— Non, pas du tout. On peut obtenir un très bel effet. On peut aussi resserrer le vagin. Je vois sur votre questionnaire que vous avez eu deux enfants ?

— Mm-hm.

— Ce qui peut l'avoir distendu, évidemment. Quelques points de suture bien placés et…

— Non, ça suffit. Je n'ai pas du tout envie de discuter de ça.

Est-ce que les *hommes* subissaient ce genre d'opérations ? Y avait-il un seul membre de la gent masculine chez DJK à qui on avait déclaré que son scrotum devait être un peu resserré et remonté ?

— Je veux juste quelque chose de rapide, de facile et de très discret, expliqua Juliet. Je ne veux pas avoir l'air figée. Je ne veux pas avoir l'air bizarre ou différente ou charcutée… Je veux juste ressembler à moi il y a cinq ou dix ans. Pas de bistouri.

Ses mains picotaient. Elle sentait monter une crise de panique.

— Compris. Je vais jeter un coup d'œil.

Nouveau sourire aimable.

— Écoutez, Juliet, c'est normal d'être un peu nerveuse. Je ne vais pas vous découper pendant que vous avez le dos tourné, promis.

Il rit, et elle se détendit un peu. Il lui pencha la tête, écarta les cheveux de son visage, souleva ses sourcils, tapota le dessous de son menton.

— Qu'est-ce qui vous amène dans mon cabinet à ce moment de votre vie ? Un anniversaire important ou autre chose du genre ?

Bah, tant qu'elle y était, autant vider son sac.

— Une collègue au bureau a environ dix ans de moins que moi. On lui confie énormément de gros projets, elle monte en grade en sautant les échelons, et je ne peux m'empêcher de penser que c'est parce qu'elle est très séduisante. En partie, du moins. L'attrait de la nouveauté, vous voyez ce que je veux dire ?

— Dans quelle branche est-ce que vous travaillez ?

— Je suis… heu… heu… journaliste pour un magazine ?

Je suis une architecte de renommée mondiale. Vous avez probablement déjà vu mon travail. Vous avez peut-être déjà mis le pied dans un de mes immeubles.

— Génial ! Quel magazine ?

— C'est… sur Internet.

— D'accord. Voici ce que je vous conseille. Vous êtes déjà belle, mais on peut vous rendre plus belle encore. Vous avez quelques boursouflures au-dessus des paupières, ce qui est tout à fait normal pour une femme de votre âge, et l'ovale de votre visage commence à se relâcher, ce qui se traduit par l'apparition de bajoues et vous vieillit. On va pratiquer des petites incisions, insérer un laser…

— Un laser ?

— Exactement ! La chaleur va provoquer une contraction et stimuler la croissance du collagène. Ou, pour un résultat plus spectaculaire, on peut imaginer un lifting du cou ainsi qu'un lifting du bas du visage.

— Non. Pas de bistouri.

— Très bien, très bien. Vous pourriez opter pour un lifting des paupières parce qu'elles paraissent un peu alourdies, mais vous voulez une solution rapide. Un repulpage des lèvres vous donnerait une apparence plus jeune. C'est discret. Vous redeviendriez comme il y a cinq ans.

Il sourit, tentant de la rassurer. C'était gentil de la part du chirurgien, alors qu'elle avait envie de lui vomir sur les chaussures.

— On peut faire des injections de Botox pour retendre le front. Un peu de remplissage entre vos yeux pour se débarrasser de ça.

Il toucha le pli qui s'était effectivement creusé entre ses sourcils.

— Je vous recommande aussi des interventions plus superficielles : des extensions de cils, un blanchiment des dents. Une coiffure audacieuse, même. Vous savez que nous avons un institut de beauté dans le centre.

Juliet posa la main sur ses cheveux. Ils étaient de la même longueur partout, coupés (plutôt bien, trouvait-elle) au rasoir tous les deux mois environ. Comme ils n'avaient pas de volume, ils étaient toujours droits. Elle pouvait les porter en queue-de-cheval ou en chignon, ou simplement lâchés, ce qu'elle choisissait la plupart du temps.

Oliver adorait ses cheveux. Mais Arwen avait une coupe audacieuse, et Kathy venait de s'en faire une aussi. Juliet ne voulait pas avoir l'air d'une copieuse.

— Heu, d'accord, mais je ne veux pas qu'on me coupe les cheveux.

— Vous me faites confiance ?

— Je viens à peine de faire votre connaissance.

Il sourit.

— Je suis un chirurgien esthétique certifié. J'ai étudié à Dartmouth et à Johns Hopkins, j'ai fait mon internat à l'université de New York. J'exerce depuis vingt-deux ans.

Mais pas sur vous, visiblement. Elle serra les poings.

— D'accord. Allons-y. Je pourrai rentrer chez moi avec un visage normal, j'espère ?

— Bien sûr.

— Pas trop de Botox. Je ne veux pas ressembler à ces monstrueuses qu'on voit dans *Real Housewives.*

— Deux d'entre elles sont mes patientes. Mais je vois très bien ce que vous voulez dire. Juste un peu. Vous aurez l'air de rentrer d'un séjour de vacances merveilleusement reposant.

*

Un « séjour merveilleusement reposant » au cours duquel elle se serait endormie au soleil pendant huit bonnes heures, apparemment.

— Est-che que je chaigne ? demanda-t-elle en s'examinant de plus près.

Elle avait les lèvres gonflées mais, d'après le Dr Brian, ça allait se résorber rapidement. Il avait intérêt à ne pas mentir. Et pour l'amour du ciel, la forêt qui bordait le dessus de ses paupières était si dense qu'elle lui bouchait la vue.

— Il y a quelques petits points dus aux piqûres, mais c'est parfaitement normal.

Il épongea son front, et la gaze se tacheta de sang.

— Je… ne peux pas wentwer chez moi comme cha.

Ses dents d'un blanc éclatant contrastaient avec sa peau rouge de tomate trop mûre et ses lèvres tuméfiées.

— Ça va juste prendre un jour ou deux pour se remettre.

— Vous chaviez dit une heuwe !

Elle cligna des yeux. Ses extensions de cils étaient si longues qu'elles touchaient ses pommettes (et peut-être ses sourcils mais, comme elle ne les sentait plus, elle ne pouvait pas en être sûre). On aurait dit Bambi essayant de flirter. Une version de Bambi diabolique, démoniaque. Juliet tenta de rapprocher ses sourcils, mais ils n'étaient plus capables d'effectuer ce mouvement. Elle parvint juste à les soulever d'un millimètre.

Et cette rougeur. Bon sang. Son visage avait la couleur d'un homard bouilli.

Et ces cils. C'était une erreur.

— Je cwoyais que cha auwait l'aiw plus natuwel.

Le Dr Brian sourit.

— Vous êtes *splendide*. La rougeur et le gonflement vont diminuer, et les cils vont tomber dans quelques semaines, je vous conseille donc de prendre un rendez-vous pour un remplissage dès aujourd'hui.

Elle grimaça.

— On diwait que j'ai un petit animal achis chuw les paupièwes.

Il balaya cette remarque d'un petit rire joyeux.

— Mais non ! Vous êtes superbe. Pensez juste à les brosser quand ils sont mouillés, sinon ils s'agglutinent.

Super. Une tâche en plus à ajouter à sa liste de choses à accomplir tous les matins.

— Ch'est pochible de les couper, au moins ?

Je parlais comme le prêtre dans *The Princess Bride*. *Mawage*.

— Si vous attendiez de vous y habituer ? Je vous assure que vous êtes magnifique. Je le vois bien. C'est mon métier. Dès que cette rougeur s'estompera, vous serez ravie du résultat, j'en suis sûr. Vous vouliez paraître plus jeune, et vous aurez l'air plus jeune.

Juliet examina son reflet dans le miroir. Il avait peut-être raison. Pour le moment, on ne voyait que son teint empourpré, et ses cils… interminables. Ils étaient déployés en éventail, comme une queue de paon. Ses lèvres lui faisaient mal à cause des injections, et ses gencives palpitaient parce qu'il lui avait fourré un écarteur dans la bouche pendant le blanchiment des dents.

Elle ne voulait pas que ses filles fassent ça. Jamais.

Je suis désolée de t'avoir fait subir ça, cher visage, pensa-t-elle.

— Voici de la crème anesthésiante. Au cas où la douleur empire.

*

La douleur empira. Juliet appela son bureau depuis l'autoroute pour dire qu'elle avait la migraine et rentra chez elle. Dieu merci, elle avait pris le premier rendez-vous disponible de la journée ; les filles n'étaient pas encore rentrées, et elle aurait le temps de mettre de la glace sur son visage. Si elles la voyaient dans cet état, Brianna lui lancerait ce regard dégoûté qu'elle maîtrisait si bien depuis l'année dernière, et Sloane risquait de pleurer.

Son visage était encore rouge vif quand elle fut de retour chez elle. Des gouttelettes de sang avaient séché autour de son nez. Ce n'était pas beau à voir. Ses sourcils étaient figés. Ses lèvres palpitaient et ne paraissaient pas sensiblement plus charnues. Ces cils étaient ridicules. Personne sur terre ne pourrait croire qu'ils étaient naturels.

Il n'y avait qu'une seule personne à appeler. Elle jeta son sac sur la table et sortit son téléphone.

— Maman ? J'ai un… pwoblème. Tu peux veniw ichi ?

— Qu'est-ce qui ne va pas, ma chérie ? Les filles vont bien ?

— Oui, ch'est wien, chauf que j'ai bejoin d'un peu d'aide. Tu vewas quand tu chewas là.

— Bien sûr, ma chérie. Donne-moi un quart d'heure. Je dois annuler une conférence téléphonique.

Sa culpabilité fut balayée par la gratitude.

— Mewchi, maman.

Quand sa mère arriva, elle haussa les sourcils (la veinarde).

— Oh ! ma chérie, qu'est-ce que tu as fait ? Un peeling ?

— Un twuc avec des chaiguilles.

— Ces faux cils ne te mettent pas en valeur, mon chou.

— Che chont des extenchions. Tu peux les couper ?

Sa mère posa son manteau et son sac.

— Je m'en occupe. On va d'abord mettre un peu de glace sur ton visage, il a l'air brûlant, ça doit faire un mal de chien.

— Oui.

Juliet avait envie de pleurer.

— Je chuis allée chez un chiwuwgien echthétique. Ch'est chupew humiliant. Je voulais juchte un petit… wajeunissement.

— Mais pourquoi ? Tu es naturellement belle.

Elle sourit et embrassa le front de sa fille.

— Il faut que tu te reposes. File au lit, enfile un pyjama pendant que je prépare deux trois choses.

Juliet monta dans sa chambre et s'exécuta. Elle avait des amies dont les mères étaient vraiment pénibles. Celle de Kathy l'appelait tous les jours pour se plaindre que sa fille ne lui téléphonait jamais. Celle de Jen était accro aux jeux de hasard et demandait à tout bout de champ de l'argent à sa fille pour s'acheter des cartes à gratter. La mère d'Iris était froide et désapprouvait tout ce qu'elle faisait.

Alors que Barb Frost était parfaite. Oh peut-être pas parfaite, mais elle frôlait la perfection. Qui d'autre se serait montrée compréhensive face à ce problème ridicule et l'aurait aidée à le régler sans la juger ?

Sa mère revint avec une tasse de thé et une poche de glace emballée dans un torchon. Elle alla dans la salle de bains, fit couler de l'eau et réapparut avec un gant de toilette.

— Je vais nettoyer le sang qui a séché sur ton visage, d'accord ?

Le tissu était tiède, et sa mère tamponnait précautionneusement. C'était tellement agréable qu'on prenne soin d'elle après la torture du matin que des larmes se mirent à couler.

— Tout va bien entre Oliver et toi ?

— Oui. Il est mewveilleux. Mais je ne veux pas qu'il appwenne que j'ai fait cha.

— Qu'est-ce que tu as fait exactement, ma chérie ?

— Micwoabwasion, extenchion de chils, injecchions aux lèvwes, Botox et blanchiment des dents. J'ai l'aiw d'une débile, et je me sens chupew mal.

— Pourquoi tu as fait tout ça ?

Si Juliet lui confiait la vérité, sa mère s'inquiéterait. Elle avait déjà assez de soucis en ce moment. En plus, Barb détestait être impuissante, et il n'y avait rien à faire. Elle serait triste d'apprendre que Juliet était victime d'âgisme, que la « perturbation dans la Force » s'était transformée en un grondement constant, qu'une autre était devenue la coqueluche du cabinet d'architectes. Barb lui avait tout donné, et elle serait effondrée de savoir que sa fille éprouvait des difficultés.

Alors Juliet déclara :

— Ch'est Kathy qui l'a wecommandé, et le wéjultat était bien, alows j'ai echayé.

— Kathy en avait *besoin*, ma chérie. Elle a clairement abusé du soleil. Sa peau est tannée comme du cuir. Tu n'as pas besoin de traitements esthétiques. Bon. Voyons ce qu'on peut faire avec ces cils ridicules.

Elle sourit.

— Ah, les jeunes femmes… Il faut toujours que vous tentiez de nouvelles expériences, alors que vous n'en avez pas besoin. Ne bouge pas, je vais les retailler un peu.

— Mewchi, maman.

Oui. Elle avait quarante-trois ans et appelait encore sa mère « maman ». Parfois, Juliet avait l'impression que Barb était la seule personne avec qui elle pouvait être à cent pour cent elle-même.

Cela faisait tellement de bien.

Une heure plus tard, les rougeurs s'étaient estompées. Ses lèvres étaient moins engourdies (par contre elles n'étaient pas du tout plus charnues). Ses cils étaient épais, mais n'avaient plus l'air faux.

— On pourrait croire que tu as simplement fait une petite réaction allergique, observa sa mère.

Voilà, elle tenait le mensonge parfait, l'explication qu'elle pourrait fournir à son mari et à ses enfants.

— Je t'aime, maman. Merci.

Tiens, elle avait récupéré ses *r* et ses *s*.

— Je t'aime aussi, mon cœur. Très fort. Oh ! J'organise un petit dîner ce week-end. Oliver et toi, vous êtes invités, évidemment. L'organisatrice d'événements que j'ai engagée pour l'anniversaire de Stoningham sera là, elle est incroyable. Elle est célibataire, et Sadie vient avec son collègue célibataire de New York. Tu sais, Sadie n'a aucun ami ici, alors je me suis dit que je pourrais mêler affaires et plaisir et aider Sadie par la même occasion. Caro et Ted viennent aussi. Ça pourrait faire du bien aussi à ton père d'être entouré. Vous êtes libres ? Vendredi soir vers 18 ou 19 heures.

— Je vais appeler Riley pour voir si elle peut garder les enfants. Merci, maman. Tu me diras ce que je peux apporter.

— Je dois retourner à la mairie. Fais une sieste, d'accord ? Les filles seront là dans une heure. Repose-toi, ma chérie. Tout le monde a besoin de s'accorder une pause de temps en temps.

Barb l'embrassa sur le front, lui lissa les cheveux, et, avant même qu'elle ne soit partie, Juliet était endormie.

19

Barb

Deux jours après que Juliet avait fait appel à moi (l'idée qu'elle ait eu besoin de mon aide me faisait encore chaud au cœur), je poussai avec Caro la porte d'un café de Middle Haddam, une petite ville du Connecticut suffisamment éloignée de Stoningham pour qu'on ne risque pas d'y croiser quelqu'un qu'on connaissait.

Nous avions rendez-vous avec BUREAU.

— C'est joli comme endroit, commenta Caro. Et elle n'est visiblement pas encore arrivée. Je vais commander. Tu veux un thé, ça, je le sais déjà. Un gâteau ou des biscuits ?

— Non, ça ira, Caro. Merci.

J'étais mal. Stressée. Et toujours en colère. Triste aussi. Et je me sentais humiliée. Horriblement fatiguée. Je me levais toutes les nuits à 3 heures du matin pour donner à John ses médicaments, et je n'étais plus toute jeune. Je mettais souvent une heure, voire plus, pour me rendormir.

Cela faisait des semaines que John était rentré chez nous. LeVon faisait pratiquement partie de la maison, et heureusement qu'il était là !

J'avais parfois l'impression que c'était le fils que je n'avais jamais eu. La première fois que j'avais été enceinte… j'étais persuadée que c'était un garçon… De temps en temps je m'amusais à imaginer ce que serait la vie si ce bébé avait vécu. Il aurait l'âge de LeVon, une grosse quarantaine d'années. Peut-être que notre couple n'aurait pas battu de l'aile si je n'avais pas connu ces problèmes d'infertilité. Peut-être que Juliet aurait été plus détendue avec un grand frère pour la taquiner, et que Sadie l'aurait admiré et se montrerait un peu plus responsable avec un modèle masculin.

LeVon restait souvent après la fin de son service et prenait une tasse de thé avec moi avant de partir. C'était tellement réconfortant. Comme s'il me protégeait. Il avait promis de rester avec nous jusqu'à ce que John soit presque totalement rétabli, et c'était un immense soulagement. Je l'aurais bien adopté si j'avais pu, mais il avait une femme et trois enfants, et ses parents vivaient à côté de chez lui, ce n'était donc pas envisageable.

Caro vint se rasseoir.

— Tu as une idée de ce à quoi elle ressemble ?

— Aucune. Je n'en sais pas plus que toi.

— Ils ne s'envoyaient pas de photos, si je comprends bien.

— Non, heureusement ! Je n'aurais pas voulu tomber sur une *dick pic* !

— Oh ! La maire de Stoningham vient de dire *dick pic* !

Ce n'était pas drôle ; c'était horrible. Mais c'était si bon de rire.

On s'installa confortablement. Je sirotai mon thé, que Caro avait déjà sucré. Elle buvait un truc monstrueux avec de la crème fouettée. Accompagné d'une part de gâteau à la noix de coco.

— Vas-y, prends-en un bout, me dit-elle en se glissant sur la banquette à côté de moi. Tu es incapable de résister, tu le sais.

Je me laissai tenter. Oh ! que c'était bon ! Il fallait que je prépare un gâteau. Peut-être que LeVon pourrait en apporter la moitié à sa famille. Et ça pourrait faire plaisir à John : sa déglutition s'était améliorée et il pouvait manger presque tout, désormais.

— Est-ce que les médecins trouvent que l'état de John progresse ? s'enquit Caro. Mentalement, je veux dire.

— Pour certains aspects, oui. Il a parfois l'air plus éveillé. Il marche mieux, mais il a encore besoin d'aide pour se mettre au lit et en sortir. Il émet quelques sons, mais il n'arrive pas à parler. LeVon lui a donné un stylo et du papier, le problème, c'est qu'il n'a pas l'air de savoir quoi en faire.

— Mon Dieu, Barb. Je me demande comment tu tiens.

— « Dans la santé comme dans la maladie »…

— Mouais. Alors que lui a renoncé à tous les autres vœux. N'oublie pas pourquoi on est venues ici.

La porte s'ouvrit, et un jeune couple avec un bébé entra dans le café.

— Comment va ton petit-fils, au fait ? demandai-je.

Caro sortit son téléphone pour me montrer les dernières photos de Garrett, son deuxième petit-fils.

— Adorable. Il te ressemble, Caro.

Elle m'adressa ce magnifique sourire qui illuminait tout son visage.

— Je trouve aussi.

La porte s'ouvrit à nouveau, et une femme qui devait avoir cinquante ans entra.

— Hé, fit Caro. On la connaît. C'est… heu… oh, merde, j'ai oublié.

— C'est Karen, la prof de danse de salon, tu te souviens ?

J'avais une excellente mémoire des visages, ce qui était très utile dans mon travail. Et puis on avait pris ces leçons de danse pendant plusieurs mois, à l'époque où j'essayais de sauver mon mariage, où je faisais tout pour que John s'amuse et pour ressentir moi-même à son encontre autre chose que de l'irritation.

— C'est ça ! s'exclama Caro. Bonjour, Karen ! Comment allez-vous ?

Elle se retourna et tressaillit en nous reconnaissant.

La lumière se fit, comme on dit.

On venait de rencontrer BUREAU.

— Venez par ici, l'interpella Caro. Vous vous souvenez de nous ? On a suivi vos cours de danse. On était tous super nuls.

Karen s'approcha, les bras croisés.

Caro poursuivit avec insouciance :

— Ça, c'est Barb Frost, et moi c'est Caro, et… oh !

Elle s'arrêta un instant, puis reprit :

— Oh ! merde. C'est vous, c'est ça ?

Effectivement. Elle nous observait tour à tour.

— Vous êtes ici pour rencontrer mon mari ? demandai-je.

Je me sentais étrangement engourdie.

— Heu… heu…

Karen ferma les paupières et ajouta :

— Je crois que je vais tomber dans les pommes.

— Génial, elle fait son cinéma, commenta Caro. Allez-y, évanouissez-vous, ne vous gênez pas pour nous. On vous jettera un seau d'eau à la figure pour vous ranimer, mais vous ne partirez pas d'ici tant que vous n'aurez pas répondu à nos questions.

— C'est parce que je n'ai pris qu'un smoothie au chou kale pour le petit déjeuner et…

— On s'en fiche, la coupai-je. Asseyez-vous, espèce de… briseuse de ménage.

— Oh ! Barb, intervint Caro. Pas la peine de prendre de pincettes ! Assieds-toi, salope.

— Où est John ? demanda Karen en serrant contre elle son énorme sac en toile.

— Chaque chose en son temps, lui assurai-je.

Karen… Quel était son nom de famille, déjà ? Quelque chose de banal. Sanders ou Saunders.

Elle s'assit en face de Caro et moi, et je l'observai longuement. Son visage avait pris une teinte rouge un peu mate tandis qu'elle fixait la table. Elle avait les cheveux teints en noir, d'une couleur terne qui venait d'un supermarché, pas d'un salon de coiffure.

J'étais d'un blond naturel et, au fil des années, mes cheveux s'étaient progressivement striés de mèches argentées. Je ne les avais jamais colorés de ma vie. Elle était habillée comme une bohémienne de vingt ans : une jupe longue et ample, un justaucorps décolleté qui soulignait sa poitrine tachetée et maigrichonne. Elle avait les traits durs, de petits yeux rusés, comme un… comme un rhinocéros. Un nez en bec d'aigle, des lèvres fines.

John n'était pas avec elle à cause de son physique.

— Je suppose que vous êtes au courant, commença-t-elle en déglutissant.

— Effectivement, Karen. Ou devrais-je t'appeler « chaton » ?

— Ça fait deux mois que c'est Barb qui t'envoie des textos, expliqua Caro. Tu ne t'es même pas aperçue que cé n'était pas ton « tigre ».

— Comment avez-vous osé faire une chose pareille ? protesta-t-elle.

Cela nous fit rire, Caro et moi.

— Barb, me dit Caro, la salope est furieuse parce que tu t'es fait passer pour John.

— Caro, rétorquai-je, je suis furieuse parce que la salope couchait avec mon mari.

— Ce n'est pas comme ça que ça s'est passé ! se défendit Karen.

— Oh ! par pitié ! s'exclama Caro.

Karen fit tourner un de ses bracelets en argent.

— Je… nous nous aimons. Et vous ne le compreniez pas. Il m'a dit que votre mariage était mort depuis des années.

— Rhoo, c'est la plus vieille excuse du monde, mon chaton, m'insurgeai-je. Et tu es tombée dans le panneau ? Il m'a offert un magnifique pendentif en rubis pour Noël.

C'était Juliet qui l'avait choisi, évidemment, mais, techniquement, le cadeau venait de lui.

— Il t'a parlé du plaisir qu'on avait avec nos *enfants* et *petits-enfants* ?

Elle détourna le regard.

— Est-ce qu'il est au courant que vous m'avez donné rendez-vous ? fit-elle.

— C'est moi qui pose les questions, chaton, rétorquai-je. Laisse-moi deviner. Il t'a fait croire qu'on était devenus des étrangers l'un pour l'autre. Qu'il n'était plus heureux. Alors qu'avec toi il se sentait jeune. Il ne savait pas ce qu'était l'amour avant de te connaître et, si seulement il t'avait rencontrée avant, waouh, la vie aurait été géniale. Il t'a dit aussi qu'il voulait me quitter, mais que les enfants… ou le… le quoi, Caro ?

— Ou qu'un divorce lui coûterait presque tout ce qu'il avait gagné dans sa vie, compléta mon amie.

— J'ai tapé juste, non ?

Les petits yeux de Karen se posèrent tour à tour sur Caro et moi, et elle tripota son sac.

— Il *allait* vous quitter. Il va sans doute le faire bientôt.

Caro éclata de rire.

— C'est ce que tu veux ? Tu l'épouserais, chaton ? demandai-je.

— Arrêtez de m'appeler comme ça, s'il vous plaît. Et, oui, car je l'aime.

— Oh ! comme c'est touchant, commenta Caro. Elle l'aime, Barb.

— Ça me va droit au cœur, répondis-je.

Bizarrement, la situation m'amusait.

— Eh bien, tu peux l'avoir, Karen. « Dans la santé, comme dans la maladie. »

Je mordis dans le gâteau de Caro.

— Dis-moi, qu'est-ce qui fait qu'on court après un homme marié ? Tu n'as aucune morale ?

— Je suis une bonne chrétienne, s'offusqua-t-elle.

On se regarda, Caro et moi, et on éclata de rire.

— Est-ce qu'il n'y a pas un petit commandement qui concerne l'adultère ? m'interrogea Caro.

— Maintenant que tu le dis, il me semble que si. Oui, j'en suis sûre, même.

— C'est différent, affirma Karen.

— Comment ça, ma chère ? demandai-je.

Elle jeta un coup d'œil autour d'elle. Ses cheveux n'étaient pas seulement d'une couleur artificielle, ils ne bougeaient pas d'un millimètre quand elle tournait la tête. Le genre de coiffure que mes filles qualifiaient de « casque ».

— Écoutez. Je suis désolée qu'il ne vous aime plus. Mais rien n'était prémédité. C'est arrivé, c'est tout.

— Donc, si je comprends bien, tu es tombée dans un profond sommeil et, quand tu t'es réveillée, tu te tapais le mari d'une autre ? résuma Caro.

— Non ! On... on s'est rencontrés par hasard à un cours de course sur tapis au printemps dernier.

Je levai les yeux au ciel. Moi qui pensais que ça ne pouvait pas être pire.

— Vous avez suivi des leçons pour apprendre à utiliser un tapis de course ?

— C'est plus compliqué que ça.

— Et puis après, qu'est-ce qu'il s'est passé, mon chaton ?

— On s'est reconnus. On a pris un jus de carotte au bar à jus. Ça a... collé tout de suite. On a fini par parler pendant des heures. C'était incroyable.

— Non, ce n'était pas *incroyable*, corrigeai-je. C'était déplacé et malhonnête. Il est marié. Ce que tu savais très bien. « Que l'homme donc ne sépare pas ce que Dieu a joint », bonne chrétienne.

— Je vous assure qu'on n'avait pas prévu d'avoir une liaison. C'était juste un verre de jus au bar, au début. Mais j'ai commencé à me réjouir d'avance de ces moments. Il est tellement… merveilleux. C'est un homme brillant.

Caro ricana.

— Il y avait une alchimie très forte entre nous, reprit Karen. Et vous n'avez rien remarqué.

Elle redressa un peu les épaules, et les os de son sternum devinrent encore plus saillants.

Elle avait raison sur ce point. Je ne m'étais aperçue de rien. Au printemps dernier, Sloane avait eu l'appendicite, et j'avais passé quatre nuits chez Juliet. J'avais joué à des jeux de société avec Brianna et cuisiné pour tout le monde. Sans compter le travail pour lequel les habitants de Stoningham m'avaient élue.

— Combien de temps a-t-il fallu pour que le jus se transforme en liaison ? demandai-je.

— Environ une semaine.

Elle sourit fièrement.

Ces mots me frappèrent en plein cœur, comme un marteau qui fait voler du verre en éclats.

Une semaine. C'était le temps et la considération que John avait accordés à notre mariage. Aux vœux que nous avions échangés. Aux presque *cinquante* ans que nous avions passés ensemble.

Une semaine, bon sang !

— L'attirance était trop forte, précisa-t-elle en levant ses sourcils redessinés au crayon. Je ne suis pas ce genre de fille…

— Ça fait soixante ans que tu n'es plus une fille, lui rappela Caro.

— … ça ne m'était jamais arrivé, un truc pareil. Mais je crois que Dieu voulait qu'on se rencontre, et la vie est trop courte. Le passé n'est pas une boussole pour l'avenir. Tout le monde a le droit de prendre une nouvelle direction.

— Tu as lu trop de conseils philosophiques dans les biscuits chinois, ironisa Caro.

— Je ne m'excuserai pas d'aimer quelqu'un de tout mon cœur.

Ses petits yeux de rhinocéros se remplirent de larmes.

— Je suppose que vous lui avez posé un ultimatum. De quoi le menacez-vous, Barb ? C'est pour ça qu'il ne me contacte plus ? Il m'avait bien dit que vous contrôliez tout et que vous aviez tendance à vous laisser emporter par la colère, mais, là, ça dépasse les bornes.

— Oh ! la ferme ! Je ne le menace de rien. Il a fait un AVC.

Elle étouffa un cri, et ses narines pincées se dilatèrent.

— J'ai découvert ton existence quand j'étais à l'hôpital. Pendant que mon mari subissait une opération du cerveau destinée à lui sauver la vie, j'ai eu le plaisir de lire les sextos ridicules et juvéniles que vous vous envoyiez.

— Il a été opéré ? Comment va-t-il ?

Je ne sais pas pourquoi, j'avais du mal à sortir les mots.

— Dis-lui, toi, Caro.

— Ça tombe bien que tu poses la question, mon chaton. Il a le QI d'une branche de céleri.

Karen eut un mouvement de recul.

— Qu'est-ce que vous voulez dire ?

— Il n'est plus capable de parler et a besoin que quelqu'un s'occupe de lui à plein temps, précisai-je. Heureusement que tu l'aimes tellement, tellement fort. Ça doit être pour ça que Dieu voulait que vous vous rencontriez.

— Barb, déclara Caro en posant la main sur mon épaule, je suis si contente que tu ne sois plus enchaînée à lui maintenant que chaton va prendre le relais. Tu sais, leur amour est extraordinaire et ne ressemble à aucun autre que le monde ait connu.

— La maison est à mon nom, repris-je. Et j'ai une procuration pour gérer nos finances. Mais je suis sûre que tu n'es pas matérialiste. Tant mieux, parce que tu n'auras pas même un centime, putain !

Karen battit des cils.

— J'adore que tu aies dit « putain », commenta Caro.

— Ça fait du bien.

Karen commença à se lever, puis se rassit.

— Alors il ne va pas se remettre ?

— Tu devrais demander à Dieu ce qu'il en pense, Karen, puisque tu es en si bons termes avec lui. John ne peut ni parler ni écrire, mais il a réappris à aller aux toilettes tout seul et il ne fait plus pipi au lit que de temps en temps.

— Que te dicterait Jésus ? fit semblant de s'interroger Caro. Je parie que Jésus réconforterait les malades et te demanderait d faire de même, pas vrai, mon chaton ? C'est un petit prix à payer quand on a détruit un mariage.

— Je… je dois y aller, balbutia Karen.

— Oui. Tu ferais mieux d'y aller.

Ma voix était dure.

Elle se mit debout, tituba jusqu'à la porte et disparut.

— On ne la reverra plus, conclut Caro. Bon débarras.

— Comme tu dis.

Caro m'observa de ses yeux sombres et bienveillants et m'adressa un sourire triste. Il ne m'en fallut pas plus. Les larmes se mirent à couler à flots, et je pleurai à lourds sanglots, ce qui attira l'attention des autres clients du café, mais j'étais incapable de m'arrêter.

Caro passa le bras autour de moi et on resta comme ça très longtemps. Une pensée me vint. Je n'avais peut-être pas un mari génial et je n'en avais peut-être jamais eu. Mais une chose était sûre : j'avais une amie merveilleuse.

20

Sadie

Je finis par prendre un chien. Il m'en fallait un pour plusieurs raisons : la compagnie, d'abord, et les câlins ; pour me protéger contre les assassins, vu que la maison était isolée et que personne n'entendrait mes cris si je me faisais tuer ; et enfin pour courir chercher de l'aide si les murs s'écroulaient sur moi, comme ils semblaient vouloir le faire.

Le refuge pour animaux de Stoningham n'en avait que trois : un tout petit « chien de sac à main », qui, même s'il était tentant, ne me protégerait pas si un tueur en série me prenait pour cible (pas très efficacement, en tout cas). Ensuite, il y avait un chien de berger tout pelé, aveugle et sourd, à la respiration sifflante, mais quelqu'un avait déjà demandé à l'adopter (quelle générosité !). Et pour terminer, il y avait Pepper.

Pepper était une fière descendante de bâtards. Un mélange de berger, de limier, de rottweiler et d'autre chose, sans qu'on puisse deviner précisément quoi. Elle avait un pelage brun-roux avec quelques taches noires, pesait une quinzaine de kilos et était en pleine croissance. Quand je m'étais arrêtée devant sa cage, elle avait remué la queue si fort qu'elle était tombée à la renverse d'excitation. Ses oreilles étaient soyeuses, et le haut de son museau doux comme du velours. Si elle ne me défendait pas, au moins la dernière chose que je verrais en quittant cette terre, ce serait un gentil chiot qui remue la queue.

Ses principaux talents consistaient à lécher les gens et à sauter sur les feuilles. Et à se blottir contre les jambes. Elle était très douée pour ça. Elle aboyait aussi pour signaler des menaces telles que le vent, la pluie, la cafetière et mes bottes de cow-boy.

Elle était depuis une semaine à la maison et je ne pouvais déjà plus m'imaginer vivre sans elle. Je lui parlais beaucoup.

— Tu crois que ce seau est assez grand pour récolter l'eau de cette fuite ?

— Qu'est-ce que tu me conseilles pour le dîner, du poisson ou du pop-corn ?

Si je dois confesser la vérité, je me sentais plus seule que je ne l'avais prévu. L'accident de mon père me fit réaliser à quelle fréquence on se parlait et on s'envoyait des textos. Parfois, c'était juste à propos de bêtises : une photo du type déguisé en Elmo qui se balade dans son costume crade à Times Square pour soutirer des pourboires aux touristes, ou d'un pigeon posé sur l'épaule d'un homme endormi à Central Park. Parfois, c'était un article… Je lui envoyais des liens vers des ateliers d'écriture, en espérant qu'il tenterait l'expérience, ou vers des événements auxquels il pourrait participer. Il m'envoyait des dessins drôles ou faisait des blagues à deux balles, me taquinait parce que je ne buvais pas beaucoup, prétendant que j'étais indigne d'être sa fille.

Parfois, il m'appelait simplement pour me dire qu'il m'aimait, qu'il pensait à moi et qu'il se demandait où j'étais en cet instant précis.

Juliet était une sœur convenable, même si on n'avait pas grand-chose en commun. J'appréciais ses filles et je m'amusais toujours avec elles, mais c'était mieux de ne pas les voir souvent. On ne peut pas être la tante cool si on est là tout le temps.

Ma mère était très… compétente. Mais je n'avais jamais rencontré mes oncles, tantes et cousins du Minnesota ; elle ne s'entendait qu'avec sa sœur Nancy, et mon père était fils unique. En résumé, papa était en quelque sorte ma seule famille. Papa, et Alexander, et ils me manquaient tous les deux. Ma vie à New York me manquait atrocement.

Heureusement, Alexander venait me rendre visite ce week-end, et Carter avait trahi sa promesse de ne jamais quitter New York : il viendrait ce soir pour le dîner de maman, même s'il avait réservé un Airbnb après avoir découvert mon intérieur en FaceTime.

Tout était tellement calme ici. Beaucoup plus calme que chez mes parents, où on entendait toujours toutes sortes de bruits : les voitures, les voisins, les basses sourdes de la musique des restaurants de Water Street, deux pâtés de maisons plus loin. Il y avait un événement tous les week-ends à Stoningham : une collecte de fonds pour la bibliothèque, un quiz à l'occasion de la Journée anniversaire de George Washington à la bibliothèque, une soirée contes ou une soirée micro ouvert au bar local. J'étais obligée d'admettre que Stoningham déployait des efforts impressionnants pour ne pas être une simple station balnéaire qui ne s'animait qu'en été.

Avant de revenir habiter ici, je ne me rendais pas compte de tout ce que ma mère faisait. Lorsqu'elle s'était présentée à l'élection municipale, j'avais trouvé ça mignon et je l'avais imaginée siégeant dans un comité et répondant aux questions d'habitants mécontents. Maintenant, je savais qu'elle travaillait avec le gouvernement de l'État, qu'elle décidait comment les coupes budgétaires affecteraient notre collectivité, qu'elle établissait des partenariats avec les entreprises, qu'elle essayait d'attirer des industries vertes, propres, et qui emploieraient des gens du coin… Et, cerise sur le gâteau, elle traitait effectivement les plaintes des concitoyens mécontents.

Je me sentais un peu coupable, parce que papa et moi on plaisantait souvent là-dessus. On la surnommait la « reine de Stoningham ».

Et ce soir, elle organisait un dîner, auquel j'étais invitée. Avec Alexander. C'était la première fois qu'elle me conviait à quelque chose d'autre qu'un événement familial. C'était un peu étrange. Alexander devait arriver dans l'après-midi. Mars était une période chargée pour lui… les riches commençaient à penser à leur villégiature en bord de mer : sur l'île ultra-chic de Martha's Vineyard, dans la baie de Penobscot ou à San Diego. Il avait beaucoup de yachts à vendre. On ne s'était vus que trois fois depuis que j'avais emménagé ici : deux allers-retours rapides vers la Grosse Pomme pour moi et, une fois, un dîner à New Haven. Mais, aujourd'hui, il serait là tout le week-end, et j'avais très hâte de le retrouver.

Pour illustrer à quel point ma vie était devenue étrange, j'étais impatiente d'aller chez ma mère. Ce serait le temps fort de ma vie sociale depuis mon retour ici.

Stoningham ne m'avait pas vraiment accueillie à bras ouverts. Il est vrai que je n'avais pas caché ma hâte de quitter ma jolie ville natale pour devenir une New Yorkaise. Quelques-uns de mes camarades de classe n'étaient jamais partis, et je les comprenais : la région était belle. D'autres étaient allés étudier à l'université du Connecticut ou à l'université du Rhode Island, juste à côté, et étaient revenus s'installer ici, heureux comme des poissons dans l'eau. C'était le cas de Mickey, la maman de Marcus, qui était prof de musique à l'école primaire et donnait des cours de piano et de violon à ses heures perdues. Certains, comme Juliet, étaient partis et étaient rentrés auréolés de succès, c'étaient les gloires locales, et ils vivaient dans les plus beaux quartiers.

Et puis il y avait les ouvriers, comme dans toutes les villes de cette taille… ceux qui étaient employés à la base navale de Groton pour la construction de sous-marins, ceux qui faisaient des boulots qualifiés ou non pour les habitants les plus fortunés. Les gens du cru avaient eu du mal à accepter que leur village de pêcheurs se transforme en lieu de villégiature pour les riches l'été. Noah appartenait à cette catégorie ; son père se souvenait de l'époque où Stoningham était presque uniquement constituée de fermes laitières et de quelques jolies maisons au bord de l'eau.

Et puis il y avait moi. J'avais croisé quelques anciens camarades de classe depuis mon retour. Ils semblaient étonnés de me voir là. Je n'étais pas à New York ? L'art, c'est ça ? Toujours en train de peindre ? Quelque chose de bien ? Oh. Des collections privées ? (Ça sonnait mieux que « peintures canapés ».) Qu'est-ce que je faisais là ? Est-ce que je comptais rester ? Pas d'enfants ? Oh. Toujours pas mariée ? Cette dernière question était constamment posée avec un peu de méchanceté, comme si être mariée aurait mieux prouvé ma valeur que tout le reste.

En un sens, j'étais une étrangère dans ma ville natale. Je connaissais les noms des personnes que j'avais connues quand je vivais ici : Mme Churchill, de la bibliothèque, et ses quatre fils adultes ; ou Caroline DeAngelo, qui m'avait appris à sauter avec deux cordes en sixième. Il y avait les enfants dont j'avais été la baby-sitter, qui étaient devenus adultes, et leurs parents, qui se souvenaient encore de moi. Il y avait aussi des femmes de quarante ou cinquante ans qui *m*'avaient gardée.

Je connaissais des gens, mais je n'avais pas d'amis. Ju me laissait venir chez elle et passer du temps avec les filles, et Oliver souriait en permanence. Mes copains de New York me semblaient loin et, à vrai dire, je n'avais pas grand-chose à leur raconter au téléphone. « Mon père est toujours en convalescence. Je peins un peu. J'ai… heu… un chien. Non, je ne peux pas encore recevoir d'invités, c'est un peu petit chez moi, et le toit fuit… »

Certains soirs, j'étais seule dans ma petite maison et j'aurais voulu que quelqu'un m'envoie un texto ou passe me voir, mais j'avais un peu peur de tendre la main, redoutant d'être rejetée. (On pourrait croire qu'à trente ans une femme cesse d'avoir ce genre de crainte : c'est une erreur.) Je faisais des travaux tous les matins : j'apprenais ce que c'était, la pourriture du bois ; je trouvais des crottes de souris dans mon isolation ; je me rendais compte qu'une seule prise de courant au rez-de-chaussée n'était probablement pas suffisante. Le soir, je peignais pour mes décorateurs d'intérieur ; ils m'envoyaient un échantillon de tissu ou des photos d'un coussin et me donnaient des instructions sur ce que les propriétaires souhaitaient : un tableau « avec des pointillés » (je supposais que ça voulait dire Seurat) ou « avec des tourbillons » (Van Gogh ?) ou « avec des éclaboussures » (Pollock ?) ou « les drôles de personnages en bâton avec un seul œil » (Picasso ?). Mon préféré était : « Les petits coups de pinceau qui font que, de près, on ne voit pas ce que c'est mais, de loin, on voit ce que ça représente, comme les livres d'illusion d'optique. » (Monet ? Désolée, Claude.)

Le seul moment où j'avais l'impression que rien n'avait changé, c'est quand j'étais avec mon père. Il avait fait de réels progrès depuis les premiers jours horribles de janvier. Même s'il ne parlait pas et ne communiquait pas non plus d'une autre manière… J'avais essayé la langue des signes, car je la connaissais un peu grâce à Sainte-Catherine, où elle était enseignée un jour par semaine. LeVon s'y essayait aussi, mais on n'avait pas encore accompli l'exploit de la prof de Helen Keller. Pas encore. On aurait dit qu'il était sur le point d'arriver à communiquer. Je le sentais.

À ce sujet, mon père n'avait plus la même odeur. On ne s'attend pas à être affecté par ce genre de choses, puis on se retrouve à sangloter dans la salle de bains.

Maman et Juliet étaient présentes à ses côtés, et j'étais sûre qu'il leur manquait aussi, mais elles le cachaient bien. J'avais l'impression que ma mère aurait souhaité qu'il meure.

Mais il allait mieux.

— C'est tentant de tirer des conclusions à partir de petits détails, m'avait prévenue LeVon. S'il fait un réel progrès, on le saura, mais ce sera plus difficile pour vous si vous interprétez le moindre réflexe comme une interaction.

Il posa sa large main sur mon épaule.

— Cependant je suis d'accord avec vous. Il fait des progrès.

On adorait tous LeVon.

Pendant ce temps, un changement s'opérait en moi.

C'était le paysage qui me bouleversait. Ma maison était peut-être un tas décrépit de moisissure et de bois pourri, mais, waouh, quelle vue ! Comme mon nid était perché sur une petite colline, je pouvais admirer à la fois le lever et le coucher du soleil. Chaque matin, je me réveillais avec le soleil qui entrait dans ma chambre. J'emmenais Pepper dehors, je la laissais s'ébattre et chasser les feuilles mortes, et on regardait le soleil sortir de derrière les nuages, les rais de lumière nous tendre les bras. Je m'asseyais sous le porche avec mon café et j'écoutais les oiseaux. De semaine en semaine, les piaillements s'intensifiaient : mésanges, carouges à épaulettes, geais bleus, canards et oies. Un héron bleu avait établi son nid près du coude du fleuve, juste après le pont.

Le soir, si je rentrais à temps de chez mes parents, j'admirais le coucher de soleil sur l'eau, et c'était encore plus époustouflant que les lueurs de l'aube. Parfois, le soleil scintillait au-dessus de l'océan, dans un ciel sans nuages, et quand il avait disparu sous l'horizon, une bande jaune et dorée s'attardait pendant une bonne heure tandis que les étoiles apparaissaient. D'autres fois, les nuages captaient la lumière et la projetaient dans toutes les nuances que je connaissais et dans certaines qui m'étaient moins habituelles : rose œillet, or pâle irisé, bleu de France, corail.

Il avait fait plus doux cette semaine, et Pepper et moi étions restées dehors jusqu'à ce que le dernier oiseau cesse de chanter, la terre exhalait une odeur puissante et le ciel s'obscurcissait peu à peu.

J'étais assise là, je contemplais le spectacle et j'écoutais la nature. Aucun cours de yoga au monde ne m'aurait fait ressentir un truc aussi intense. J'étais sereine. Impressionnée. Je n'étais pas revenue à Stoningham pour Noah (ce n'était pas envisageable de remplir ses exigences, de faire face à ses attentes). Mais, même si c'était une solution temporaire, j'étais heureuse d'être là. La ville n'était pas aussi insipide que ce que j'avais décrété à l'adolescence, les gens étaient plus complexes que je ne l'avais imaginé. Le rejet que j'avais exprimé était peut-être un passage obligé pour me préparer à la phase new-yorkaise de ma vie : minimiser ma vie à Stoningham pour y renoncer plus facilement.

J'adorais ma vie à New York. Mais j'adorais ceci aussi. J'étais… heureuse.

Oui, heureuse. Même si j'étais revenue ici pour une raison horrible, je parvenais à me sentir bien, en paix. En ce moment, je ne devais, ne pouvais ni ne voulais être ailleurs pour rien au monde.

*

Le dîner chez ma mère avait très mal commencé.

D'abord, Alexander était en retard.

— Mon cœur, je suis vraiment désolé, il y a une circulation atroce, me signala-t-il au téléphone.

— D'accord, mais tu es parti à quelle heure ?

— 16 heures.

— C'est beaucoup trop tard ! Je t'avais dit de quitter New York avant 14 h 30 !

Je laissai échapper un gémissement.

— On ne s'est pas vus depuis des semaines, mon amour. Je comptais t'avoir dans mon lit avant la soirée. Maintenant, on va devoir se retrouver directement chez ma mère.

— Je sais. Je suis vraiment désolé. J'avais plein de paperasse à remplir et je n'ai pas vu le temps passer. Je serai là dès que je pourrai. Tu m'as tellement manqué.

Je soupirai.

— Ce n'est pas grave. Sois prudent. Je t'aime.

— Je t'aime aussi.

Il raccrocha.

Je me préparai, ce qui voulait dire prendre une douche (j'avais installé un pommeau de douche de fortune dans la baignoire) et me faire lécher par Pepper en sortant (elle adorait le goût de mon savon). J'enfilai une jupe et un chemisier, puis je changeai d'avis et optai pour une robe à fleurs et un petit pull. Comme je ne trouvais pas mes escarpins bleus, j'enfilai les bottes de cow-boy qui faisaient aboyer Pepper, et je quittai la maison avec un chien qui m'aimait, mais avait peur de mes chaussures. À cause de ces sentiments contradictoires, j'eus beaucoup de mal à la faire monter dans la voiture. En m'engageant dans l'allée chez mes parents, je me rappelai que j'avais proposé d'apporter du vin et je dus filer au magasin d'alcool pour trouver des bouteilles qui passeraient le test de snobisme habituel. Ju et Oliver avaient une cave à vin *et* un frigo à vin.

J'arrivai enfin à la maison de mes parents. Pepper aimait bien mon père, et ce dernier semblait s'intéresser à elle. Elle se précipita aussitôt dans la salle à manger. D'après le bruit qui me parvenait, les invités étaient déjà là.

— Te voilà, s'exclama ma mère. J'avais dit 18 heures. Il est presque 19 heures. Ton ami Carter est à l'heure, alors qu'il vient de New York. Tu avais trois kilomètres à parcourir, Sadie.

— Je sais, et Alexander sera en retard aussi, malheureusement. Tiens.

Je lui tendis le vin.

— Bonsoir, maman. Tu es toute belle comme ça.

Elle soupira et emporta les deux bouteilles dans la cuisine. Je filai voir mon père avant d'aller dans le salon, où tout le monde semblait s'être réuni. Comme je m'y attendais, ma chienne était déjà pelotonnée sur son lit.

— Tu es le chouchou de Pepper, papa.

Il ne leva pas les yeux vers moi. Il fixait un point devant lui, mais il avait la main posée sur la petite tête de Pepper.

— Tu l'aimes bien, papa ? Tu aimes ma chienne ?

Il me regarda à ce moment-là, et mon cœur bondit dans ma poitrine.

— Tu l'aimes bien, hein ? Tu aimes bien Pepper ?

Elle lui lécha la main, et il sourit.

Oh ! mon Dieu, il avait souri !

— Bravo, papa, chuchotai-je en ravalant la boule dans ma gorge.

— Hé, salut. Je ne savais pas que tu étais arrivée.

C'était Ju.

— Où est ton jeune amant ? Et tu savais que ton ami Carter était gay ?

— Évidemment, je le connais depuis des années ! Ju, papa vient de me sourire ! Grâce à Pepper !

— Ah oui, c'est vrai. Tu as un chien maintenant.

— Juliet, papa vient de sourire.

— Super. Bien joué, papa.

Elle but une gorgée de son vin.

— Tu viens te joindre à nous ? reprit-elle. Dis, tu aurais dû préciser à maman que ton ami est gay. Elle essaie de le caser avec une de ses invitées.

— Oh ! merde.

— Et, Sadie… n'oublie pas ce qu'a dit le médecin. Sourire pourrait être un réflexe.

— Non, Ju, ce n'était pas un automatisme. Je lui ai demandé s'il aimait bien Pepper, elle lui a léché la main, et il a souri. C'est un progrès majeur.

— Bien sûr.

— C'est quoi, ton *problème* ? Il te battait ou il t'enfermait dans la cave avant ma naissance ? Pourquoi n'es-tu pas plus enthousiaste ?

— Bon, on dirait qu'il dort maintenant. Tu nous rejoins, ou quoi ?

Je fermai les paupières un instant, puis je regardai mon père. Il était effectivement endormi, la tête de Pepper posée sur sa jambe. Je les couvris tous les deux d'un plaid léger et je suivis ma sœur.

— Tu as bonne mine à propos, lui dis-je.

— Tu te fous de moi ?

Elle s'arrêta net dans le couloir et se retourna pour me fusiller du regard.

— Non ! Pourquoi ? J'aurais dû dire que tu avais une gueule de déterrée ? Tu es… jolie, c'est tout. Désolée. Je n'aurais pas dû te faire un compliment ? Non, je n'ai rien fait de mal. Je retire mes excuses.

— Tu peux me faire plaisir ? Sois gentille avec maman, d'accord ?

— Je… OK. Promis.

Carter m'aperçut le premier et me serra très fort contre lui.

— Tu m'as trop manqué ! Comment vas-tu, ma belle ?

Il baissa de plusieurs tons pour murmurer :

— Pourquoi est-ce que ta mère croit que je suis hétéro ? Elle va me lapider si je lui dis que j'aime les hommes ?

— Elle est très tolérante, même si elle n'est pas très futée pour ce genre de choses. Je suis vraiment désolée. Tu m'as manqué aussi !

Je l'embrassai sur la joue.

— Tu es toujours partant pour demain matin, hein ?

— Qu'est-ce qu'il y a demain matin ?

— Je te montre ma maison, tu agites ta baguette magique, comme dans *Queer Eye* quand ils relookent les intérieurs, et *boum* ! Tout devient magnifique, et on va bruncher avec Alexander.

— Oh ! mon chou, excuse-moi, ce n'est pas possible. Je vais au casino demain avec Josh. Il adore le craps, tu sais, le jeu de dés ?

— Tu es venu avec Josh ?

— Il arrive demain.

Carter marqua une pause avant de m'annoncer d'un ton théâtral :

— C'est officiel, c'est mon petit ami. Et on va se faire des tatouages assortis. Allez, viens maintenant. Il faut que tu parles avec les invités et que tu préviennes ta mère que je ne sortirai pas avec la sympathique jeune femme qu'elle m'a présentée.

Le salon était deux marches plus bas et il y avait plus de monde que ce à quoi je m'attendais. Oliver (il souriait, comme toujours, ce qui n'aurait pas dû m'irriter autant), Caro et son mec, Ted ou Théo ou Tim, je ne me souvenais plus, et…

Oh ! merde. Noah. Et (pas « merde ») Mickey et leur bébé. Le petit Marcus se faisait dorloter par ma mère en cet instant précis.

Ça aurait pu être son petit-fils. Cette pensée me tomba dessus sans prévenir. Mais c'était la vérité. À une époque, je pensais être un jour la mère des enfants de Noah, bien avant de me demander si je voulais être mère tout court.

Bon sang ! Qu'est-ce qu'Alexander fabriquait ?

Je me retournai et me figeai instantanément. Quoi ?! Même si je ne l'avais jamais vue en chair et en os, je la reconnus tout de suite : Gillian Epstein, l'ex-fiancée de Noah.

Qu'est-ce que… ?

Elle leva les yeux vers moi, et me reconnut visiblement aussi, car elle tressaillit légèrement.

— Bonsoir, me lança-t-elle au bout d'un moment. Je suis Gillian Epstein.

Ah. Un *g* dur, pas le son du *j*. Je ne m'attendais pas à ça.

— Moi, c'est Sadie. La fille de Barb.

— Oh ! crois-moi, je sais qui tu es.

Elle se força à sourire.

— J'ai été fiancée à Noah, il y a quelques années.

— C'est juste. J'étais au courant. Grâce à Facebook. Tu sais comment c'est. On a des amis communs, c'est normal, on a grandi ensemble, Noah et moi, pas toi et moi…

Arrête-toi, Sadie.

— … et j'imagine qu'un de mes contacts a commenté ta photo, et tu avais tagué Noah, alors je… eh bien, je savais qu'il était fiancé.

Elle jeta un coup d'œil à sa gauche, espérant sans doute que quelqu'un la sauve. Moi aussi, je cherchais à ce qu'on me tire de ce mauvais pas. Où était passé Carter ? Et pourquoi, *pourquoi* fallait-il qu'Alexander soit en retard ?

Gillian – je détestais le *g* dur – était encore plus jolie en vrai. Elle avait le teint olive, les yeux verts, de très beaux cils (naturels, cette veinarde). Un corps parfait, de beaux vêtements. Elle sentait même bon, une odeur d'orange.

— Alors Noah et toi vous êtes restés amis, si je comprends bien ? lui demandai-je.

— Non. C'est difficile de rester amie avec la personne qui m'a brisé le cœur et m'a humiliée en annulant le mariage.

Aïe.

— Oui, ça doit être… compliqué.

Je sentais la sueur ruisseler sous mes aisselles.

— Tu es très franche, ajoutai-je.

— Et toi ? Noah et toi êtes toujours amis ?

— Oh ! heu… oui ? Plus ou moins ? Pas vraiment, non. Je veux dire, c'est différent, vu qu'on se connaît depuis la maternelle. Peut-être même avant. Et on n'a jamais été, heu, fiancés.

Elle haussa un sourcil parfaitement épilé, comme si elle doutait de ma sincérité.

— Gillian, heu… je peux te demander pourquoi tu es là, alors ?

— C'est ta mère qui m'a invitée. Je suis organisatrice d'événements, et je m'occupe du week-end du 350e Anniversaire de Stoningham. Je ne savais pas que Noah et sa… partenaire… seraient invités aussi.

— Mickey.

Je baissai la voix.

— Elle est lesbienne. Ils sont juste coparents. Il n'y a rien entre eux.

— J'étais au *courant*.

— Cool. Super. C'est bien d'être informée. C'est génial.

J'avais besoin d'un verre. Et Gillian avait sans doute besoin d'un deuxième verre. Ou d'un Xanax.

Ah, enfin. Ma mère rendait le bébé à Mickey.

— Maman ! Laisse-moi te donner un coup de main pour le dîner ! m'écriai-je. Excuse-moi, Gillian. Ravie d'avoir fait ta connaissance.

Je traînai ma mère dans la cuisine.

— Qu'est-ce que tu fiches ? sifflai-je entre mes dents.

— Comme d'habitude, Sadie, je ne sais pas du tout de quoi tu parles.

— Gillian Epstein et Noah ont été fiancés.

— Oh ! Oh ! mince. Je n'avais pas pensé à ça.

Elle me dévisageait en battant des cils. Je remarquai tout à coup qu'elle avait l'air fatiguée. Évidemment : elle vivait avec papa et s'occupait de lui.

— Et puis… Tu n'as pas oublié que Noah et moi on était ensemble, hein ? C'est gênant de devoir papoter l'air de rien avec son ex. Et ça pourrait être inconfortable pour lui aussi, tu ne crois pas ? Sans compter que je suis mal à l'aise de me retrouver avec les deux.

— Je viens de te le dire, Sadie, je n'y avais pas pensé ! Je l'ai invitée parce qu'elle m'a confié que c'était difficile de rencontrer un homme bien, et je croyais que ton ami et elle pourraient s'entendre.

— Mon ami est homosexuel. Et il a trente ans de plus que Gillian.

— Tu es obligée de me sauter à la gorge alors que la maison est pleine d'invités ? Hein ? C'est vraiment nécessaire ? Noah a été très gentil avec ton père. Et avec toi, je te signale. Est-ce qu'il n'a pas réparé ta chaudière ?

— Oui. Mais…

— Gillian organise les événements autour de l'anniversaire de la ville, et qui sait ? Peut-être que Noah se rendra compte qu'il a fait une grosse bêtise.

Je clignai des yeux.

— Ce n'est pas une bonne idée d'essayer de les remettre ensemble.

— Tu as un petit ami, Sadie. Leurs histoires de cœur ne te concernent pas, si ?

Aïe.

— Non. Je veux dire… je trouve juste que c'est bizarre de vouloir pousser l'ex-petit ami de ta fille dans les bras de son ex-fiancée.

Caro passa la tête dans la cuisine.

— Tu as besoin d'aide, Barb ? Bonjour, Sadie chérie.

— Salut, Caro. Tu es magnifique, comme toujours.

— Je sais, merci, mon ange. Barb, qu'est-ce que je peux faire ?

— On mange dans quelques minutes, si tu pouvais convier tout le monde à table, ce serait super.

Caro exhiba ses fossettes et ressortit.

— Donc, tu ne vas pas essayer de recoller les morceaux entre Gillian et Noah ? conclus-je juste pour que ce soit clair.

— On verra bien ce qui se passe entre eux, Sadie. Elle organise de nombreuses activités à Stoningham et elle connaît tout le monde. Peut-être qu'elle peut t'aider à trouver un travail pendant ton séjour ici, qui sait ? Tu pourrais faire des courses pour elle.

Sympa.

— J'ai déjà un boulot.

— C'est vrai ?

— Je peins.

— Ah oui. Bon, tu veux bien aller chercher ton père pour qu'on puisse passer à table ?

Elle regagna le salon, tout sourire pour tout le monde sauf moi.

Ça m'aurait plu d'aimer ma mère autant que les autres l'appréciaient. Mais bon, ils ne la voyaient pas du même œil que moi. J'avais juste droit à une mère irritée, sans cesse à bout de patience, qui avait déjà une fille parfaite et n'avait pas envie de perdre du temps avec l'autre. Elle avait le don de rabaisser tout ce que j'aimais ou faisais, de manière subtile ou évidente, et elle se demandait ensuite pourquoi je ne raffolais pas de sa compagnie à l'instar de sa fille aînée. C'était épuisant.

Je pris une profonde inspiration et retournai dans la salle à manger. J'étais sûre que ça manquait à mon père de dormir dans une vraie chambre. Pepper était toujours lovée contre lui. Elle ronflait doucement. On aurait dit un roulé à la cannelle géant. Mon père avait les yeux ouverts.

— Salut, papa. Maman me rend dingue. Rien de neuf, tu me diras, hein ?

Il me jeta un coup d'œil, le visage vide d'expression, et mes yeux se remplirent de larmes.

— C'est moi, papa. Sadie. Tu sais qui je suis, non ?

Il me sembla que son visage se radoucissait un peu.

— Bien sûr que tu sais qui je suis. Je suis ta fille, et je t'aime.

Pepper remua la queue, qui fouetta le lit.

— Et ma petite chienne t'aime aussi. Pas vrai, Pepper ?

— Tu as besoin d'aide ?

C'était Noah. Je séchai mes larmes avant de me retourner.

— Oui, c'est gentil.

Il s'approcha. Ses cheveux étaient plus bouclés que jamais. Il venait sans doute de les laver. Mais je ne l'imaginai pas sous la douche ni rien. Je m'éclaircis la gorge.

— Hé, je suis désolée que ma mère ait invité ta... heu, Gillian.

— Pourquoi ?

— Ça pourrait te mettre mal à l'aise.

— T'inquiète. C'est quelqu'un de bien, répondit-il légèrement sur la défensive.

— Je suis sûre que c'est vrai.

— Ça te met mal à l'aise, toi ?

— Bien sûr que non ! Je ne vois pas pourquoi ça me gênerait. Ça ne me pose aucun problème ! Comment va le bébé, au fait ? Mickey l'allaite toujours ? Ça se passe bien ?

Il me lança un regard affligé.

— Pourquoi tu ne lui poses pas ces questions directement ?

— Je vais le faire.

Je jacassais comme une idiote, une fois de plus, et par-dessus la tête chauve de mon père, pour ne rien arranger.

— Viens, papa. C'est l'heure du dîner.

Noah prit un bras, et je pris l'autre.

— À qui est ce chien ? s'enquit-il.

— À moi. Pepper, je te présente Noah. Noah, je te présente ma chienne, Pepper.

Elle lui lécha le visage, et il rit.

Oh ! ce rire. Ce rire rauque et caverneux. Une centaine de souvenirs de Noah en train de rire défilèrent dans ma tête : lorsque je l'entendais résonner au lycée, je me retournais et il me souriait ; quand on marchait tous les deux pour aller prendre un café, sa main grande et forte serrée autour de la mienne ; ou le meilleur de tous, au lit, sa peau chaude contre la mienne, ses cheveux noirs soyeux emmêlés autour de son visage.

Ouais.

Pepper s'en donnait à cœur joie avec Noah, la veinarde, et il la prit dans ses bras pour la poser sur le sol.

— Allons-y, monsieur Frost, un, deux, trois. Et voilà.

On aida mon père à rejoindre son déambulateur et à se déplacer jusqu'à la table à manger.

C'était vraiment, vraiment très embêtant que mon petit ami soit coincé dans les embouteillages. J'aurais eu besoin d'un allié pour m'aider à lutter contre ces souvenirs, avant que je ne retombe amoureuse de Noah Pelletier.

21

Juliet

Juliet Frost était en mode séduction, ce qui n'était pas une mince affaire, étant donné qu'elle se trouvait dans la maison de sa mère, que son père souffrait de lésions cérébrales, que sa sœur n'arrêtait pas de jacasser et que six autres personnes étaient aussi présentes.

Mais coucher avec Oliver figurait sur sa liste de choses à faire ce soir, et elle devait l'éblouir. Elle but une gorgée du vin qu'elle avait apporté et sourit.

Apprendre que son père avait eu une liaison l'avait profondément secouée. Que son père – son *père*, cet homme hyper stable, marié depuis *cinquante* ans – ait pu avoir une maîtresse lui donnait l'impression que, dès qu'Oliver n'était pas dans son champ de vision, il pouvait lui aussi être en train de coucher avec une autre femme, ou d'y penser, ou de draguer, ou de mater ou… ou de renifler une autre femme.

Elle ferait peut-être mieux d'arrêter de boire.

L'alcool n'apaiserait ses craintes. Oliver avait l'air heureux en couple, mais des drames se produisaient. La moitié des mariages finissait en divorce ! La moitié ! Pourquoi Ollie et elle s'en sortiraient-ils mieux que les autres ? Elle avait consacré une bonne partie de sa journée de travail à consulter les réponses de Google à « pourquoi les hommes trompent leur femme ? ». Les résultats de ses recherches étaient sans appel : ça arrive même dans les meilleurs mariages.

Ça *pouvait* donc leur arriver. Est-ce qu'ils s'étaient déjà disputés ? Bien sûr. Pour des choses stupides, comme... comme la fois où elle avait dû interrompre ses vacances parce qu'il y avait eu une situation de crise au bureau, quelques années plus tôt. La fois où il avait cassé sa tasse préférée, alors qu'elle l'avait prévenu que cette tasse était fragile et qu'elle y tenait beaucoup. Mais Oliver manipulait la vaisselle comme s'il avait deux mains gauches. Et puis il était systématiquement détendu vis-à-vis de Brianna quand Juliet essayait de faire la loi. Néanmoins ils n'avaient jamais été vraiment malheureux ou n'en étaient venus à ne plus s'aimer. Jamais. Et ils ne se criaient jamais dessus. Jamais.

Ses parents ne s'étaient jamais disputés non plus, songea-t-elle.

Donc, rappeler à Oliver qu'elle était une femme désirable, qui aimait le sexe, se montrait spontanée et aventureuse, d'autant plus qu'elle n'avait pas pu l'embrasser ces trois derniers jours à cause de ces stupides injections... C'était un objectif qui figurait tout en haut de sa liste. Comme celui de venir à ce dîner, parce que sa mère était tout simplement héroïque de se donner tant de mal, d'essayer de rassembler des gens autour de son père. (Mon Dieu. Si elle savait.)

Juliet s'était mise sur son trente et un pour cette soirée, ce que sa mère appréciait toujours : elle portait une robe blanche extensible qui nécessitait un soutien-gorge spécial (qui semblait avoir décidé de s'incruster dans sa cage thoracique), des escarpins en daim rouge à talons de plus de sept centimètres qu'elle n'avait pas mis depuis des années, un string pour l'opération séduction qu'elle avait prévue (qui s'enfonçait tellement dans ses fesses qu'il avait peut-être déjà atteint son gros intestin).

Éblouissante. Éblouissante ! Il fallait qu'elle soit éblouissante. Elle avait parlé à tout le monde ce soir : à l'organisatrice d'événements que sa mère tenait en si haute estime, à Noah, à Mickey Watkins, à Ted, à Caro, à l'ami new-yorkais de Sadie qui était très gentil. Elle avait tenu le petit Marcus dans ses bras. Elle avait supporté le discours de Sadie, qui prédisait le rétablissement complet de leur père. Si seulement elle savait. Mon Dieu. Ça la tuerait de savoir que leur père avait eu une liaison. Ils avaient toujours été proches, tous les deux. Il ne s'était jamais trop intéressé à elle, mais Juliet ne lui en voulait pas. Pas beaucoup. Plus maintenant, en tout cas.

Elle vida son verre et s'en servit un autre avant que tout le monde s'asseye. C'est Sadie qui s'était chargée du vin ce soir, et Juliet avait apporté quelques bouteilles supplémentaires, se doutant, avec raison, que sa sœur n'en apporterait pas assez. Ce n'est pas qu'elle était radine, non, elle ne prenait pas en compte le nombre d'invités.

— Comment va ta maison, Sadie ? demanda-t-elle joyeusement lorsque tout le monde s'installa pour le dîner. Elle n'est pas tombée dans l'eau ?

— Pas encore. Quelques bardeaux se sont détachés du toit la nuit dernière, mais je vais monter sur une échelle et réparer tout ça.

— S'il te plaît, ne fais pas ça toi-même, intervint Noah. Engage quelqu'un pour s'en occuper.

— Je suis vachement bricoleuse, en fait, se défendit Sadie. Mais c'est gentil de t'inquiéter.

— Bricoleuse, toi ? s'étonna Carter.

C'est vrai, il s'appelait Carter, le collègue sympa de Sadie.

— Tu te souviens quand tu as cassé le lavabo des toilettes des profs, parce que tu avais oublié dans quel sens tournaient les robinets ?

— Je n'en ai aucun souvenir, non, affirma Sadie avec un large sourire.

Elle arrivait toujours à tirer son épingle du jeu, en se faisant passer pour une cruche, convaincue que c'était son charme qui opérait. Elle avait peut-être raison. Juliet devrait songer à adopter cette stratégie parfois.

— Ça dérange quelqu'un si j'allaite ? demanda Mickey.

Et sans attendre la réponse, elle remonta son T-shirt et mit le bébé à son sein.

— Personne n'a la phobie des nichons, tout de même ? reprit-elle. Même si je dois avouer qu'ils sont flippants en ce moment. Personne ne m'avait prévenue que j'aurais la poitrine plantureuse de Joan dans *Mad Men*, après avoir accouché de ce petit malabar. Je faisais du 90 C avant que Noah ne me mette enceinte.

Elle jeta un coup d'œil à Gillian, qui avait l'air verte de rage.

— Oups. Pardon. Merde, Gillian, je suis vraiment désolée. Toi aussi, Sadie.

Ah, mais oui, Juliet avait oublié ce détail. L'organisatrice d'événements avait été fiancée à Noah. Le bébé faisait des bruits de succion.

— J'aime bien regarder une femme allaiter. C'est tellement naturel, dit le collègue de Sadie en souriant.

— Merci, mec, fit Mickey. T'es cool.

Juliet vit que son père aussi fixait le sein de Mickey. Ce n'était pas du tout discret, mais est-ce qu'il l'observait de façon lascive ? Si oui, c'était doublement dégoûtant, parce que : (a) le sein en question appartenait à une femme qui n'était pas la sienne et (b) ce sein nourrissait un bébé. Le désir était tout bonnement répugnant dans un moment pareil.

Il fallait *vraiment* que Juliet parle à sa mère de cette autre femme. À moins qu'il ne soit préférable de ne *jamais* rien dire ? Mon Dieu ! Comment son père pouvait-il être un tel salaud ? Elle le détestait… Le voir titubant, mutique, fixant les seins d'une inconnue, lui donnait à la fois envie de se rouler en boule et de sangloter, ou de le frapper, ou de le voir mourir pour que sa mère soit enfin libérée.

— Barb, ces asperges sont délicieuses, déclara l'organisatrice d'événements.

Gillian.

— Tout à fait, renchérit Oliver. Vous êtes une excellente cuisinière, maman.

L'homme le plus gentil du monde était son mari. Il était temps de le séduire un peu. Juliet ôta sa chaussure (oh que ça faisait du bien) et tendit le pied pour le remonter le long de la jambe de son pantalon. Rien… rien… Est-ce qu'un pied pouvait tâtonner ? Si oui, son pied tâtonnait dans le vide. Ah, voilà.

Juliet accrocha son orteil au pantalon d'Oliver et le fit glisser vers le haut.

Mickey sursauta. Oliver ne réagit pas. Merde. Elle s'était trompée de jambe. Mickey lui jeta un regard réprobateur par-dessus la tête de son bébé.

— Désolée, murmura Juliet. Je t'ai prise pour mon mari.

— C'est ce qu'elles disent toutes.

Bon, donc pas de sexe du bout du pied, si c'était bien l'expression pour désigner cette activité discrète sous la table. En revanche, se resservir de vin était une excellente idée.

Caro et Ted semblaient se disputer à voix basse. Gillian avait l'air malheureuse.

— D'après ma mère, tu fais un boulot incroyable, Gillian, déclara-t-elle. Tu as commencé comment ?

— Oh ! c'est drôle comme histoire. C'était le trente-cinquième anniversaire de mariage de mes parents et je me suis dit : pourquoi ne pas leur organiser une grande fête ? Je l'ai fait et j'ai attrapé le virus ! J'adore organiser.

Juliet attendit la partie drôle mais, apparemment, Gillian avait terminé.

— C'est très drôle ! Ha ha ha !

Oui, elle était un peu pompette. Son père fixait Gillian à présent. Peut-être que dans son état brouillardeux et confus, il s'intéressait à elle. La femme que Juliet l'avait vu embrasser avait les cheveux noirs, comme Gillian.

Combien de femmes souhaitaient la mort de leur père, après l'avoir vu tromper leur mère ? CNN devrait organiser un sondage.

On frappa à la porte de la cuisine.

— Qui est-ce que ça peut bien être ? s'interrogea Barb en se levant.

— C'est le retour du prophète Elie ? suggéra Oliver.

C'était sa blague habituelle quand quelqu'un interrompait le dîner, et ça la faisait toujours rire. Personne d'autre ne comprit, apparemment, et son rire résonna trop fort dans le silence qui accueillit la plaisanterie.

— Je peux vous aider ? entendit-elle sa mère demander. Oh ! Bonsoir !

C'était Janet, la dame dont le frère séjournait à Gaylord dans le même couloir que leur père. Elle s'était montrée très gentille, se souvint Juliet, même si son look était ringard. Ses cheveux étaient attachés en deux longues tresses grises, et elle portait une salopette sur une chemise en flanelle.

— Oh ! merde, fit Janet. Je tombe mal. Vous avez une soirée. Je suis vraiment désolée. J'étais dans le quartier. Je me suis dit que je passerais bien.

— Non, non, entrez. Je vous en prie. Les filles, vous vous souvenez de Janet ? Comment va votre frère, Janet ? Asseyez-vous. Vous voulez un peu de vin ?

— Non merci. Je ne bois pas. Bonsoir, Juliet. Sadie. Bonsoir, tout le monde.

Ses yeux s'arrêtèrent sur le visage de son père.

— Salut, John. Comment ça va, mon pote ?

La bouche de son père resta ouverte pendant une seconde, puis il explosa en un grand sourire.

— Vous ! s'exclama-t-il. Vous.

Le silence s'abattit pendant quelques instants dans le salon.

— C'est juste, papa, déclara Sadie d'une voix haletante. Tu la connais !

— Ça, c'est sûr, commenta Janet en se rapprochant. Comment va mon vieux copain ?

Mon père prit sa main et l'embrassa. Bon sang ! Très sympa pour maman. Est-ce qu'il avait couché avec Janet quand il était à

Gaylord ? Probablement pas, mais quand même. Sale coureur de jupons !

— Vous, répéta-t-il.

Son premier mot depuis son AVC. Et il ne l'adressait même pas à un membre de sa famille, le salaud. Mais pourquoi donner la priorité à sa famille, alors qu'il avait roulé des pelles à une autre ? Qu'il n'avait même pas eu la décence de divorcer avant de tromper sa femme ? C'est cette salope qui devrait l'avoir sur les bras aujourd'hui.

Juliet avait quarante-trois ans et elle avait l'impression d'être Brianna : elle râlait, jugeait à l'emporte-pièce et mourait d'envie de cogner un vieillard grabataire. Il n'y avait pas de quoi être fière. Elle se resservit de vin et vida son verre, soulagée d'être en week-end.

*

Une heure plus tard, Sadie était toujours occupée à contenir ses larmes de joie. Maman avait appelé LeVon, qui avait dit que c'était très bon signe, et Caro avait préparé une assiette pour Janet et l'avait réchauffée au micro-ondes. Janet expliquait les progrès que son frère faisait à Rose Hill, un centre de soins au nord de Stoningham. Noah tenait son bébé endormi dans les bras, Mickey était aux toilettes, Gillian envoyait discrètement des SMS à quelqu'un, sans doute pour demander de l'aide, et elle, Juliet, était soûle.

C'est à ce moment-là que le vide intersidéral qui servait de petit ami à sa sœur fit son entrée.

— Notre vendeur de yachts est là ! annonça Juliet. Le grand manitou est arrivé !

— Chérie, lui conseilla Oliver à voix basse, je pense que tu devrais modérer tes propos.

— Pourquoi ? Il a trois heures de retard.

Sadie se leva et le serra dans ses bras, mais pas avant d'avoir jeté un regard à Noah.

— Chéri ! Tu es là, minauda sa sœur. Et devine quoi ? Mon père a parlé ce soir ! Il a reconnu Janet !

— Et qui est Janet ? demanda le petit ami de Sadie. Madame Frost, excusez-moi pour le retard.

— Ce n'est pas grave. Tu connais tout le monde ? Je te présente Janet, notre amie de Gaylord, Noah et son petit garçon, Gillian, une amie à moi…

— Bonsoir, enchanté, répondit Alexander avec un sourire fade.

— Nous nous sommes déjà rencontrés, en fait, déclara Gillian. J'ai organisé le baptême d'un yacht, à Clinton, l'automne dernier. Les Parker ?

— Oh ! c'est juste ! s'exclama-t-il alors qu'il ne la reconnaissait visiblement pas. Le monde est petit.

Mickey revint des toilettes en finissant de rattacher son pantalon.

— Dis-moi, Juliet, fit-elle, il t'a fallu combien de temps pour que tes règles reviennent à la normale après avoir eu des enfants ?

— Non, répondit-elle. Je refuse de discuter de mes règles au cours d'un dîner.

— Merci ! commenta Alexander.

Et Juliet leva les yeux au ciel. Mauvaise idée. La pièce commençait à tourner un peu.

— Rentrons à la maison et mettons-nous à poil, chuchota-t-elle à Oliver.

Il lui décocha un regard qui n'avait rien d'approbateur.

Elle avait peut-être parlé un peu trop fort.

Gillian se leva.

— Je dois y aller. C'était… oui ! Merci, Barb. On reste en contact. Ça m'a fait plaisir de voir tout le monde.

La pauvre.

— Désolée ! lui cria Juliet. On est généralement de meilleure compagnie que ça.

— Je te ramène à la maison, murmura Oliver.

— Non, il faut que je reste pour ranger.

— Non, il faut que tu rentres cuver ton vin. Allez, viens. Maman, merci. Nous devons y aller.

Ils marmonnèrent une minute tous les deux, sa mère et son mari parlaient d'elle, sans doute.

Dès qu'ils furent dans la voiture, Oliver demanda :

— Mais qu'est-ce qui t'arrive, nom d'un chien ?

Son ton était dur.

— Hein ? heu… rien ?

— Tu étais *complètement* à côté de tes pompes ce soir.

— Pourquoi ?

— Tu es bourrée, pour commencer.

— Tu sais quoi, Oliver ? C'est difficile de voir mon père comme ça. Il reconnaît cette femme, mais pas moi, pas Sadie, et, surtout, pas maman. Une femme qu'il connaît à peine.

— C'est une excuse pour te soûler au dîner organisé par ta mère ? Est-ce que ça rend la situation plus facile pour qui que ce soit ?

— Oui, Oliver, pour moi.

Elle le regarda droit dans les yeux ou presque.

— Ne sois pas fâché contre moi. Je suis juste…

… plus au top au bureau, je cache un horrible secret à propos de mon père, j'envisage de me reconvertir en pompier parachutiste, je ne suis pas sûre que notre fille aînée m'aime encore et j'ai peur que tu me quittes un jour.

— … un peu stressée. Emmène-moi à la maison et fais-moi l'amour.

— Non merci, je ne fais pas l'amour aux femmes soûles.

— Même à ton épouse qui vient de te le demander ?

— Quand tu auras dessoûlé, j'aimerais qu'on ait une conversation sérieuse.

Merde. La panique pénétra le brouillard de son esprit.

— À propos de quoi ?

— Ma chérie, tu es soûle. Tu as bu au moins trois verres de vin.

— En Angleterre, on considérerait ça comme un bon début.

— Tu n'es pas toi-même, ces temps-ci, et ce n'est pas juste à cause de ton père, même si je sais que c'est difficile. Il y a quelque chose qui ne va pas, et ça fait des mois que ça dure.

— Range-toi sur le côté de la rue.

— Quoi ?

— Je vais vomir.

Voilà comment Juliet termina la soirée : en vidant ses tripes devant chez les McMasteron, pendant que son mari soupirait et lui tenait les cheveux.

L'opération séduction était un fiasco.

22

Barb

LeVon nous quittait.

Je savais que cela finirait par arriver, mais je me mis quand même à pleurer. Il était engagé au centre de rééducation spécialisée de Rose Hill, à une demi-heure au nord de chez nous. C'était l'établissement que Geneviève London avait fréquenté avant sa mort : LeVon venait d'y être nommé directeur des services aux patients, et je ne pouvais évidemment pas lui en vouloir. Comme il me l'expliqua, c'était le poste de ses rêves.

— On restera amis, me promit-il alors qu'on prenait le thé.

Il posa gentiment sa main sur la mienne.

— Et je peux vous recommander de bons soignants et thérapeutes.

Je hochai la tête.

— Vous êtes irremplaçable, LeVon.

Je dus m'essuyer les yeux sur ma serviette.

— Et moi je vous trouve incroyable, Barb. Beaucoup de gens s'effondrent quand un drame leur tombe dessus.

— Ils ne doivent pas être du Minnesota.

Il rit, avec ses yeux doux et son sourire spontané. Je serrai sa main.

— Si j'avais eu un fils, j'aurais voulu qu'il vous ressemble, LeVon.

Ce fut à son tour d'être ému.

— Ça me touche beaucoup. Ne vous inquiétez pas, je serai encore présent jusqu'à la fin du mois. Je n'abandonne pas le navire.

— Est-ce que son état va s'améliorer, LeVon ? Je sais que vous n'êtes pas censé vous livrer à des conjectures, mais à votre avis ?

Il prit une profonde inspiration, puis expira lentement.

— Techniquement, vous avez raison : je n'ai pas à émettre des pronostics, et on est sans cesse surpris par les patients. Mais je ne pense pas qu'il se rétablira complètement, non. J'ai rencontré pas mal de patients ayant fait un AVC hémorragique avec une lésion cérébrale traumatique, et… à son âge, en plus… Non, je ne pense pas qu'il redeviendra un jour l'homme que vous avez connu.

J'acquiesçai, et mon cœur se serra, même si je m'attendais à cette réponse.

— Merci pour votre franchise.

Sadie ne venait pas aujourd'hui ; elle avait des travaux à effectuer sur la cabane qu'elle appelait une « maison », du coup j'avais quitté la mairie plus tôt. Je devais envoyer un mail à Gillian à propos de la commémoration de l'anniversaire de Stoningham (et m'excuser pour la soirée ratée), puis passer un coup de fil à Juliet (qui avait été un peu lourde sur la boisson au cours du dîner, ce qui ne lui ressemblait pas). J'avais un discours à écrire pour la Coalition des petites villes et je devais répondre à plusieurs mails. Je devais aussi passer un coup de fil à Lucille Dworkin, qui avait harcelé Lindsey pour s'assurer qu'on allait arrêter son voisin. Ce dernier avait eu l'outrecuidance d'utiliser son souffleur de feuilles un samedi avant 8 heures du matin.

Je jetai un coup d'œil à John, assoupi dans son fauteuil, et prenant le plaid luxueux et doux en cachemire que je m'étais offert l'année dernière, je le bordai au cas où il aurait froid. Sa température corporelle ne se régulait plus bien. Ses cheveux rebiquaient d'un côté, je les remis en place. Il ne bougea pas. Je ne l'avais pas rasé aujourd'hui, car cela le rendait nerveux. Son visage était couvert d'un duvet blanc.

Il avait l'air tellement vieux.

On frappa à la porte, et ce fut un soulagement d'aller répondre.

C'était Janet Hubb, qui avait débarqué à notre dîner et qui avait eu droit au premier mot intelligible prononcé par John depuis son AVC.

Elle me sourit.

— Bonjour, Barb. Je suis en route pour voir mon frère, je me suis dit que je passerais bien.

— Bonjour, Janet. Entrez.

Je ne savais pas pourquoi, mais j'aimais bien Janet. C'était le genre de femme qui ne se souciait pas de la pilosité faciale qui apparaît après la ménopause – je devais faire un effort pour ne pas fixer le dessus de sa lèvre – et, apparemment, elle portait exclusivement des salopettes et d'horribles sabots de jardinage. J'aimais bien ses cheveux tressés, ses lunettes de grand-mère, ses gros pulls tricotés main (même si, personnellement, je lui aurais sans doute tricoté un modèle avec un peu moins de foin dans les points, et moins de mailles perdues).

— Comment ça va aujourd'hui, mon amie ? me demanda-t-elle en prenant place à la table de la cuisine. Comment va notre John ?

Notre John.

— Il se repose.

— Bien. Bien sûr, ça ne me regarde pas, mais l'ambiance m'a semblé bizarre vendredi dernier, et je voulais juste voir comment vous alliez.

— Ah. Oui.

— Vous vous sentez comment ? Vous avez traversé une période super difficile. Vos enfants aussi. Celle qui était bourrée ? J'ai cru qu'elle allait me poignarder avec sa fourchette.

— Oh ! Juliet est adorable. Elle ne poignarderait jamais personne avec aucun couvert.

Je m'assis à mon tour.

— Dites-moi, Janet. Visiblement, vous aimez beaucoup John. Il y a une raison particulière ?

— Oui, je l'aime bien. Il est sympa.

— Qu'est-ce qui vous fait dire ça ?

— Je ne sais pas. Il écoute vraiment bien.

— Il n'a pas le choix, si ?

Elle sourit.

— Bien vu. N'empêche, j'ai l'impression qu'il m'entend.

— Moi aussi, j'ai l'impression qu'il vous entend. Son visage s'illuminait à chaque fois que vous entriez dans sa chambre, à Gaylord, et le fait qu'il ait parlé en vous voyant… c'était un réel progrès.

— Est-ce qu'il a encore dit d'autres mots ?

— Non.

Juste ces trois « vous » quand il avait vu Janet. Apparemment, les femmes qui inspiraient John n'étaient pas de sa famille. Je me demandais ce qu'il ferait ou dirait si Karen lui rendait visite, mais je me dis que ça n'arriverait jamais. Leur amour n'avait été exceptionnel que lorsqu'elle le croyait riche. Elle n'était pas du genre à essuyer la bave sur son visage.

Comme Janet l'avait fait vendredi dernier, après le baise-main.

— Votre maison est vraiment très belle, à propos, déclara-t-elle.

— John me trompait. Je l'ai seulement découvert après son AVC.

— Oh… merde.

— En effet. Je n'en ai pas parlé à mes filles.

— Vous gérez ça toute seule ?

— Non, ma meilleure amie est au courant. Vous voulez du café ? Et des biscuits ? J'en ai cuisiné avec mes petites-filles hier.

— J'adore les biscuits. Et je prendrai volontiers un café. Merci, Barb.

Nous avons discuté pendant toute l'heure qui a suivi. Janet me parlait de son frère et de ses progrès. Elle n'avait que lui et il n'avait qu'elle ; leurs parents étaient décédés quand ils étaient adolescents, et Janet était devenue la tutrice légale de Frank quand elle avait dix-huit ans et lui douze. Ils n'avaient, ni l'un ni l'autre, fondé de famille, et ils étaient si proches qu'ils habitaient dans la même rue avant son accident.

Je pensai à mes six frères et sœurs. Nancy m'avait envoyé une carte quand je lui avais expliqué par mail ce qui était arrivé à John, mais, en dehors de cela, je n'avais eu de nouvelles de personne.

— Vous avez envisagé de placer John à Rose Hill ? me demanda Janet. C'est un centre fabuleux. Ils ont une piscine d'eau salée, et la nourriture est délicieuse.

Pendant une seconde, j'imaginai la liberté que ce serait pour moi si John était placé. Les semaines où il était à Gaylord et où j'étais seule à la maison avaient été… paisibles. J'étais si fatiguée ces derniers temps.

Puis je me mis à sa place : être loin de chez moi, entourée d'inconnus…

— Je ne sais pas s'il répond aux critères.

Rose Hill était un établissement réservé aux personnes lourdement handicapées, et John était capable de marcher et d'accomplir certains gestes de la vie quotidienne.

— Mes filles et moi pouvons continuer à prendre soin de lui, de toute façon.

— Vous êtes quelqu'un de bien, Barb.

— Merci. Vous aussi.

— Ça vous dérange si je rends visite à mon vieux copain ?

— Pas du tout ! Il est dans le salon, il dort dans le fauteuil.

Janet enfourna le dernier biscuit, remua ses impressionnants sourcils et quitta la cuisine.

C'était étrange, le nombre de personnes qui rendaient visite à John. Ted, le compagnon de Caro, passait assez souvent, même s'il n'avait jamais été particulièrement proche de John et qu'ils ne se voyaient que rarement en dehors de nos sorties de couples. Noah venait avec son bébé au moins une fois par semaine, et voir John tenir le gentil petit Marcus me remplissait à la fois de bonheur, de tristesse et de colère. Si Sadie avait un bébé un jour, est-ce que John saurait que c'était le sien ? Ça briserait sans doute le cœur de Sadie de réaliser que son père ne pourrait jamais être le genre de grand-père qui se promène à quatre pattes avec son petit-enfant sur le dos et lui lit des histoires. Même s'il n'avait jamais rien fait de tout ça avec Sloane ou Brianna. John avait toujours eu l'air d'être absent.

Juliet et Oliver passaient aussi, souvent avec les filles. Et Sadie était là tous les jours. Je me demandais si elle serait revenue vivre à Stoningham si c'était moi dans le fauteuil à la place de John.

Apparemment, John savait s'y prendre avec les gens. Mais pas avec moi. Notre fenêtre de tir s'était refermée bien avant son AVC, et peut-être même bien avant que je ne décide de divorcer.

Il faut être deux pour réussir un mariage, mais il suffit d'une personne pour tout gâcher. Ces dernières semaines, j'avais passé beaucoup de temps éveillée la nuit, à réfléchir à mon rôle d'épouse. Ça faisait longtemps que j'avais cessé de considérer John comme une priorité. La naissance de Juliet avait tout éclipsé, et ça m'énervait qu'il ne lui accorde pas *toute* son attention, qu'il ne semble pas l'adorer autant que moi. Il devint petit à petit superflu dans notre vie. Si je n'avais pas eu Sadie, nous aurions peut-être divorcé des années plus tôt.

J'avais essayé de faire des efforts, c'est vrai. Les cours de danse (argh), les conversations que je m'efforçais de tenir, les soirées en amoureux, et tout le reste. Mais ces mesures n'avaient sans doute pas été suffisantes, elles étaient surtout venues trop tard. Peut-être que John *m*'avait attendue toutes ces années où je ne lui accordais qu'une petite part de mon attention, tout en lui faisant sentir qu'il m'irritait, qu'il était dans mes pattes. Je voulais l'aimer, et je croyais que mes sentiments pouvaient revenir... mais, en réalité, je lui avais collé depuis longtemps l'étiquette du mari inutile et agaçant.

Ça n'excusait pas sa liaison, pas du tout. J'avais été prête à divorcer ; en me trompant, John en revanche avait choisi la solution la plus facile et la plus minable.

Pourtant, parfois, je repensais à ses yeux qui s'illuminaient quand j'entrais dans la pièce, à l'époque où nous habitions notre petite maison rouge à Cranston. J'avais eu ça et je l'avais laissé m'échapper. Les problèmes d'infertilité me rongeaient, et j'avais essayé de noyer mon chagrin en m'investissant dans la vie sociale de Stoningham, et puis, quand je devins enfin mère, notre couple cessa d'exister réellement. Il est possible que notre mariage aurait battu de l'aile de toute façon, mais je n'avais pas non plus vraiment tenté de le sauver.

Alors peut-être que je devais à John plus que ce que je voulais admettre. En l'épousant, j'avais promis de l'aimer et de le chérir… Peut-être que moi aussi j'avais brisé mes vœux.

23

Sadie

C'était tellement agréable de passer le week-end avec Alexander. Il me rappelait qui j'étais en dehors de ma famille, m'aidant à reprendre conscience que je n'étais pas juste « la deuxième » fille, celle qui était moins intelligente et moins riche, qui n'avait pas aussi bien réussi, qui n'était ni mariée ni mère.

Avec Alexander, j'étais drôle, intelligente, sexy, intéressante, j'étais celle avec qui il avait envie de passer du temps. Comme mon père (si je mettais de côté la partie sexy, évidemment). On alla dîner au casino avec Carter et Josh. Carter, toujours dans mon camp, fit quelques petites allusions au mariage – « J'ai hâte d'être ton témoin » –, bon d'accord, de *grosses* allusions même. Alexander passa son bras autour de moi et m'embrassa la tempe. Il insista pour régler l'addition, et on repartit tous, heureux, le ventre bien rempli, après une soirée entre amis ponctuée par les rires. Je me sentais à nouveau aimée. Sincèrement.

Je ne m'étais plus sentie aussi bien depuis l'AVC de papa. J'étais impressionnée qu'il ait reconnu Janet, et, depuis, j'étais allée lui rendre visite tous les jours, j'essayais de lui faire dire un autre mot (mon prénom, c'était naturel, non ?). Je discutais avec l'orthophoniste pendant des heures, et je m'arrangeais pour passer quand elle était là. Il avait peut-être dit « chien » quand Pepper avait sauté sur ses genoux. « Chhhh… », c'était proche de « chien », non ? Il y venait doucement.

Mais, aujourd'hui, j'avais prévenu ma mère que je devais consacrer du temps à ma maison. J'avais déjà repeint la chambre de l'étage en gris pâle. Si l'état de papa s'améliorait suffisamment, je pourrais retourner à New York à l'automne, ce qui voulait dire que ce petit taudis devait être sur le marché cet été. Après avoir passé des heures sur Internet, j'avais appris tout ce que je devais savoir. Ikea était mon meilleur allié déco, et, oui, je pouvais utiliser la masse que j'avais dénichée dans la remise de mes parents.

Mon plan était d'abattre le mur qui séparait la cuisine et le salon, d'installer des meubles blancs et quelques étagères en bois brut (c'était hyper tendance), puis de fabriquer ou d'acheter un îlot central. Ce serait petit mais chic. Je poncerais le vieux plancher, je le teindrais en noyer foncé, j'achèterais un nouveau canapé et j'accrocherais un tableau abstrait au mur, un original de Sadie Frost. J'ajouterais des coussins de déco, un rocking-chair récupéré dans mon ancienne chambre, une table basse que je bricolerais avec du bois sympa, des stores en bambou et en papier de riz pour que les tueurs en série ne puissent pas voir ce qui se passe à l'intérieur. Je polirais la rouille de la baignoire, je récurerais le carrelage à la Javel, j'achèterais des serviettes bleu vif, et voilà, le tour serait joué : un petit bijou prêt à héberger les séjours d'été.

On aurait pu s'imaginer qu'avec une sœur architecte j'aurais bénéficié d'un peu d'aide. Eh bien, pas du tout. Juliet était bizarre ces derniers temps. Elle était sur les nerfs. J'avais voulu l'inviter un soir, espérant obtenir quelques conseils en échange de ces instants passés entre sœurs (hum hum), mais elle m'avait répondu qu'elle devait faire travailler Sloane pour qu'elle améliore ses compétences en lecture. Bon, j'avais compris.

Il était temps d'abattre ce mur.

— Recule, ma petite Pepper.

Ma chienne me fixa en inclinant la tête et en dressant ses oreilles soyeuses.

— Tu ferais mieux d'aller dehors, lui dis-je, me rappelant qu'on conseillait de porter un masque filtrant pour ce genre de travaux.

Je la fis sortir. C'était une chienne adorable, elle ne s'enfuyait jamais. Je nouai un torchon sur mon visage, je mis Prince pour me tenir compagnie – *I Would Die 4 U* - et je commençai à taper en rythme.

Bam !

Ooh. Le geste avait quelque chose de thérapeutique et, *en plus*, j'embellissais ma maison.

Bam !

C'était super amusant de balancer une masse !

Honnêtement, je parvins à abattre ce mur en très peu de temps, probablement parce que la bicoque datait de Mathusalem et que l'humidité et la moisissure avaient rendu le placo friable. Même les montants en bois tombèrent assez facilement. À en juger par les vieux clous tordus et les matériaux qui ne semblaient pas réglementaires, la maison avait été construite par quelqu'un qui n'avait pas la formation requise.

Vingt minutes plus tard, je me tenais dans un espace beaucoup plus vaste, au milieu d'un tas de gravats.

— Ah ah, tu vas voir, Ju, marmonnai-je.

Et je lui envoyai une photo de mon mur abattu avec ce commentaire : « La reine de la bricole. »

Puis je coupai la musique et je sortis pour évacuer la poussière de mes poumons. Mon torchon était couvert de crasses, que j'espérais ne pas avoir inhalées.

Pepper était allongée dans l'herbe et mordillait un bâton, je le retirai de sa gueule et le lançai.

— Va chercher !

Elle courut après son trophée, le ramassa et se recoucha sur place.

— Rapporte, Pepper ! Ici ! Viens !

Rien. Bon, à chacun ses talents. Je m'assis sur les marches du porche et je sentis le calme envahir tout mon corps.

Une odeur d'eau salée alourdissait l'air. La marée montait, la rivière se précipitait vers les berges bordées de roseaux, et le coucher de soleil s'annonçait splendide.

Si j'avais dû peindre la scène, j'aurais utilisé mon bleu le plus pâle pour le ciel, mon gris ardoise pour les nuages, en les bordant de mandarine et d'abricot et d'un soupçon de doré. La couleur changeait chaque minute, elle devenait plus foncée, passant d'une nuance à l'autre. La rivière reflétait une partie des couleurs – le rouge, le saumon, le rose –, et le doré des roseaux semblait scintiller. Les carouges à épaulettes pépiaient, et le chant mélodieux d'une grive des bois me parvenait au loin.

Ce porche était parfait pour admirer le coucher du soleil. Il faudrait encore un petit canapé en osier ou deux fauteuils Adirondack en bois, et une table pour poser son verre à vin.

Un balbuzard vola au-dessus de moi ; son ventre blanc et les plumes rayées de sa queue réfléchirent la lueur dorée du soleil couchant. Lui aussi figurerait dans mon tableau. Je jetai un coup d'œil par-dessus mon épaule et je vis un pick-up traverser le pont. Ses phares balayaient le crépuscule naissant.

Oui. Ma peinture représenterait tout ça. L'instant présent. Je l'intitulerais *Retour au pays.*

Même si je ne réalisais plus d'œuvres de ce genre-là. Mais tout à coup, j'en eus terriblement envie.

Je n'avais plus peint de ciel depuis des années et des années. Pas depuis que j'avais découvert que le monde de l'art ne voulait pas de beaux tableaux et de beaux panoramas.

Le monde de l'art n'avait qu'à aller se faire foutre. J'allai chercher mon appareil-photo pour immortaliser la scène : les couleurs, le moment, le cadre et l'atmosphère.

Au moment où j'entrais dans la maison, le pick-up remonta mon allée à toute vitesse. Je m'arrêtai.

C'était Noah. Il sauta pratiquement en marche.

— Sadie ! Sors de chez toi !

Pepper bondit vers lui en jappant de joie et en remuant la queue si fort qu'on aurait dit qu'elle tournait en rond.

— Salut ! Qu'est-ce que tu fais là ?

Il courut jusqu'au porche, m'attrapa la main et me tira vers le jardin.

— Ta sœur m'a envoyé un message. Tu viens d'abattre un mur porteur !

— C'est grave ?

— Chérie, éloigne-toi de la maison, d'accord ?

Il tenait mes bras, comme s'il voulait me planter comme un piquet pour que je ne bouge plus.

— Laisse-moi voir si je peux mettre quelque chose pour soutenir le plafond avant que le premier étage ne s'écroule.

« Chérie », il m'avait appelée « chérie ».

Je soupirai.

Puis je clignai des yeux.

— Quoi ? Merde ! Laisse-moi t'aider. C'est quoi, un mur porteur ?

— Un mur qui soutient l'étage.

Il me lança un regard.

— Tu ne peux pas continuer à faire les travaux toi-même.

Il ouvrit la porte.

— Bon sang. Tu as de la chance de ne pas être enterrée sous les décombres. Allez, viens. J'ai ce qu'il faut dans mon pick-up. Et un escabeau. Vite.

Je l'aidai à transporter les matériaux.

J'appris rapidement que les poutres de soutien servent à soutenir l'étage quand les gens qui regardent trop les émissions de rénovation ont fait de grosses bêtises. Noah fabriqua rapidement deux poutres en V inversé et les fixa de manière qu'elles soient bien coincées entre le plancher et le plafond.

Lorsqu'il grimpa à l'échelle pour les clouer, son T-shirt sortit de son jean et j'aperçus une partie de son ventre plat, ainsi qu'une ligne de poils qui allait de son nombril à sa ceinture. Je déglutis.

Il savait ce qu'il faisait. Pistolet à clous, perceuse, quelques jurons, des bras musclés, épais et forts, des cheveux magnifiques... il avait tout ce qu'on peut attendre d'un charpentier.

— Tu ne peux pas dormir ici cette nuit, me prévint-il. Je reviendrai demain pour installer une poutre permanente, mais ça devrait suffire pour l'instant. S'il te plaît, tu peux arrêter de regarder les émissions de rénovation ?

— Ju m'a demandé la même chose.

— Tu ne crois pas qu'elle sait de quoi elle parle ?

— Si. D'accord. Je suis... Je... merci, Noah. Tu m'as sauvée. Et tu as sauvé Pepper.

Quand ma chienne entendit son nom, elle s'affala sur les chaussures de sécurité de Noah et se retourna pour exhiber son ventre, espérant qu'il la caresse.

Il obéit à son ordre muet.

— Laisse la charpenterie aux charpentiers.

— À vos ordres, monsieur Pelletier.

Cela le fit presque sourire.

— À ta place, commença-t-il en indiquant la façade du menton, je me débarrasserais de cette petite fenêtre et je mettrais trois baies vitrées. La seule chose que cette baraque a pour elle, c'est la vue, autant en tirer parti au maximum.

— Tu connais des artisans qui pourraient être disponibles ?

— Finlay Bâtiments. Ce sont les meilleurs.

— C'était une façon détournée de te demander si tu pourrais t'en charger, Noah. Je te paierais, bien sûr.

— Je ne m'occupe pas vraiment de la partie maçonnerie, plutôt de la menuiserie. Je travaille pour Finlay sur beaucoup de projets. Meubles, encadrement de portes, travaux de finition.

— Mais tu *pourrais*. Tu en es capable.

Il m'évalua du regard.

— Mes tarifs sont très élevés.

— Je viens de gagner au loto. Je peux me le permettre.

— Tant mieux, parce que j'ai l'intention de te faire payer une prime d'agacement.

Il replia l'escabeau et attrapa son pistolet à clous… ou à vis, je ne savais pas comment s'appelait ce truc jaune.

— Ne monte à l'étage sous aucun prétexte. Ta mère ou Juliet aura bien une brosse à dents et des vêtements à te passer.

Il n'avait pas tort.

— Tu veux une bière ? On peut la boire sous le porche. Ou à l'arrière de ton pick-up.

Oups, on aurait dit une proposition indécente. Je m'empressai de répéter :

— Sous le porche, plutôt. S'il n'y a pas de danger.

Il hésita avant de répondre.

— OK.

Tandis que Noah rangeait ses affaires dans son pick-up, je sortis deux IPA de mon frigo, je les décapsulai (doucement, de peur que le bruit ne fasse s'écrouler la chambre sur ma tête), et je rejoignis le porche. Noah vint s'asseoir à côté de moi, en laissant un mètre entre nous. Quelque part au loin, des grenouilles coassaient. Il faisait nuit noire maintenant, mais la lune se levait.

— C'est la pleine lune, dis-je.

Pepper se coucha entre nous, et Noah la caressa distraitement.

— Presque. Elle sera pleine demain. C'est la Lune rose.

Il but une gorgée de bière.

— Comment sais-tu qu'elle sera rose ?

— C'est le nom de la pleine lune d'avril.

— Elles ont des noms ?

Quelle idée adorable.

— Oui.

— Comment s'appelle celle de mars ?

— La Lune du ver.

— Sérieux ? Pauvre mois de mars. Et en mai ?

— La Lune des fleurs.

Il me jeta un coup d'œil.

— Tu inventes, ou quoi ?

Il sourit.

— Non. Je suis juste fan de *L'Almanach des fermiers*.

Je pris à mon tour une gorgée de bière. Le coassement des grenouilles était strident et mignon à la fois. J'avais oublié ce bruit.

— Comment vas-tu, Noah ? Tu es heureux ?

— Bien sûr.

— C'est la paternité qui te comble ?

— Mm-hm.

— C'est beau de te voir avec un bébé. Tu as l'air de savoir t'y prendre.

Il mit une minute avant de répondre.

— J'ai toujours cru qu'on aurait des enfants ensemble.

C'était reparti.

— Moi aussi, murmurai-je.

Puis je m'éclaircis la gorge et répétai plus fort :

— Moi aussi. La vie est étrange.

— Et toi, tu es heureuse, Sadie ?

Plus tôt dans la soirée, je l'avais été. Mais, là, assise à côté de mon premier amour, avec le chant des batraciens en arrière-plan, le gargouillis de la rivière et la lune presque pleine, j'étais mélancolique. Je sentais le poids des occasions ratées.

J'avais les yeux humides, j'étais contente qu'il fasse sombre. Je pris une nouvelle gorgée de bière, et Noah ne me pressa pas de répondre à sa question. Pepper repéra une feuille et sauta du porche pour se jeter dessus, puis se roula dans l'herbe.

— Elle est mignonne, ta chienne.

— Oui, très.

On la regarda encore faire ses pitreries pendant une minute.

— Noah ? Tu te souviens quand tu m'as dit qu'on ne serait jamais amis ?

Il hocha la tête sans se tourner vers moi.

— Je me demandais si tu accepterais de revenir sur ta décision ?

Il ferma les yeux une seconde, puis passa un bras autour de moi et me tira plus près de lui.

— Bien sûr.

Son corps était chaud et ferme. Son odeur si familière et le chatouillis de ses cheveux me donnèrent envie de retourner dans ce pub en face de la gare de Grand Central et de trouver un moyen de convaincre la Sadie de l'époque de répondre oui. J'aurais dit à ces deux jeunes gens têtus et idiots de se serrer, de se regarder droit dans les yeux, de s'embrasser avec tout l'amour et toute la passion qu'ils ressentaient, au lieu de discuter des mille raisons pour lesquelles ça ne marcherait pas. De dire oui, bon sang. Oui ! Oui, on trouvera un moyen, parce qu'un amour comme celui-là ne se présente pas deux fois.

— Je ferais mieux d'y aller, annonça Noah en posant sa bouteille de bière à moitié vide et en se levant. Je passerai demain voir si le vent n'a pas emporté ta maison.

— J'aimerais bien qu'on arrête de me dire ça.

Comme je ne me sentais pas capable de le regarder, je laissai Pepper me lécher les mains.

— Tu es le meilleur, Noah. Merci.

Il commença à dire quelque chose, puis se ravisa.

— Bonne nuit, Sadie.

Je l'observai partir. La scène était identique à celle de mon *Retour au pays*, mais à l'envers.

Ses phares trouèrent la nuit avant de disparaître, et le ciel me parut froid et vide.

*

Je choisis de dormir chez Juliet et je passai le reste de la soirée à jouer à un jeu de société avec Sloane, puis je restai allongée sur le lit de Brianna pendant qu'elle caressait les oreilles de Pepper. Ma nièce me raconta des trucs à propos de ses copines et m'expliqua pourquoi elles n'étaient pas vraiment ses amies, mais qu'elle voulait les garder, même si elle ne les aimait plus vraiment. Elle me confia qu'elle avait envie d'aller en pensionnat.

— Cette ville est trop nulle.

— Ça dépend pour quoi. C'est un bon endroit pour grandir.

— Tu mourais d'envie de partir.

— Et pourtant, je suis revenue.

— Oui, mais juste à cause de papy.

Elle se fit rouler sur le ventre et s'appuya sur les coudes, on aurait dit une version miniature de ma sœur.

— Est-ce qu'il va mourir, Sadie ?

— Non. Ce qui lui est arrivé est flippant, il a failli mourir, mais il est tiré d'affaire maintenant.

Je tapotai son petit nez.

— Tu n'as pas à t'inquiéter pour ça.

— Alors pourquoi maman pleure en cachette dans son placard ?

Juliet ? Pleurer ?

— Heu… eh ben, c'est stressant, tu sais ?

Merde.

— Je veux dire, papy va mieux, mais il n'est plus comme avant, et je suis sûre que ça lui manque, à ta maman. Moi, ça me manque. Pas toi ?

Elle haussa les épaules.

— Ouais, je crois. Mais, honnêtement, je préfère mamy. C'est elle qui est sympa.

— Qu'est-ce qu'elle fait de sympa ?

Comme toujours, cette image me piquait au vif : ma mère, qui n'était pas du tout la même quand je n'étais pas là. J'écoutai Brianna énumérer les activités qu'elle faisait avec sa grand-mère : planter des graines pour faire pousser des fleurs dans le jardin, cuisiner de la pâtisserie, partir en virée shopping, aller au cinéma rien qu'elles deux, se faire faire une pédicure en choisissant les mêmes vernis…

Ça avait effectivement l'air super sympa. Je n'avais pas connu mes grands-mères.

— Au lit ! cria Juliet.

Elle s'arrêta brusquement en me voyant sur le lit de sa fille.

— Sadie, la chambre d'amis est prête.

Pepper bondit sur le sol, surexcitée à l'idée d'une prochaine aventure.

— Merci. Bonne nuit, princesse Brianna. Je t'aime !

— Moi aussi, je t'aime, Sadie, répondit-elle avec un sourire. Bonne nuit, Pepper.

Un peu plus tard, Ju stoppa sur le palier de ma chambre. Je l'avais déjà remerciée mille fois de m'avoir envoyé Noah, j'avais admis que je n'y connaissais rien en rénovation, j'avais juré d'écouter les conseils et d'être plus gentille avec maman.

— Tu as tout ce qu'il te faut ?

— Oui. Merci encore.

Mon humilité était le prix à payer.

— Hé, Ju. Brianna m'a dit…

— Quoi ? Elle se mutile ?

— Non ! Quelle horreur. Elle se mutile ?

— Je viens de te poser la question !

— Pas que je sache et, en tout cas, je n'ai rien vu. Elle portait un pyjama court, et sa peau est immaculée.

Les épaules de ma sœur redescendirent de quelques centimètres.

— Non, mais elle m'a dit qu'elle t'avait entendue pleurer ? Dans ton placard.

Ju grimaça.

— Oh.

— Tu es sûre que ça va ?

— Oui. Un truc au boulot. Et puis je m'inquiète pour papa et maman.

— Tu veux en parler ?

Elle soupira puis, après avoir jeté un coup d'œil dans le couloir, elle entra et referma la porte derrière elle.

— C'est une de mes collègues. Elle est géniale. Bourrée de talent. Je l'ai engagée et je n'ai que des éloges à lui adresser, mais…

Elle s'interrompit.

— Ne le raconte pas à Oliver. Ni à maman, surtout.

— Promis.

Waouh. Je ne savais pas que Ju et moi pouvions avoir un secret commun, surtout vis-à-vis de notre mère.

— Alors, qu'est-ce qu'elle a, cette collègue ?

— Elle a été… propulsée sur le devant de la scène. Je ne sais pas comment ni pourquoi, mais, tout à coup, j'ai l'impression d'être *has been*.

Je commençai à répondre, puis je me tus. Madame Parfaite n'avait jamais été aussi près de me demander des conseils ou de partager quoi que ce soit avec moi, en dehors de récits rasoir de sa vie sans défaut. Ma réponse devait être à la hauteur.

— J'ai du mal à croire que quelqu'un avec ton talent et ton éthique de travail, qui a conçu tant de beaux bâtiments, puisse un jour être *has been*.

Je marquai une pause et je me préparai mentalement à sortir l'une des meilleures répliques que je réservais à mes petits élèves quand ils se confiaient à moi.

— Mais ça doit être très difficile pour toi.

Ju m'examina pendant une seconde, et j'eus peur d'avoir tout gâché. Puis elle me serra brièvement, mais très fort, dans ses bras, et se dirigea vers la porte.

— Dors bien, fit-elle.

Elle pivota.

— Et merci d'être aussi géniale avec Brianna, ajouta-t-elle. Elle t'adore.

Cette fois, elle partit pour de bon.

Eh ben, tout arrive.

— Pepper, dis-je à ma chienne qui était déjà endormie au milieu du lit, je crois que je viens d'avoir un moment de complicité avec ma sœur.

Je me glissai sous les draps, reconnaissante envers l'univers. Noah… bon, nous étions au moins à nouveau amis. Papa se remettait petit à petit. Juliet m'avait dit quelque chose de gentil. J'adorais mes nièces.

Et j'avais une chienne extraordinaire.

Si sœur Mary avait pu entendre mes pensées, elle aurait dit : « Il faut apprécier sa chance avant que tout ne parte en sucette. »

C'était une personne d'une grande sagesse.

*

Le temps que je rentre chez moi le lendemain, Noah était déjà passé et reparti, et une nouvelle poutre très solide était installée à l'endroit du mur abattu. Le post-it collé dessus disait : « Tu peux monter sans risque. Je repasserai plus tard. Évacue les décombres en attendant. »

C'était autoritaire. Mais ça me fit du bien de savoir que Noah était venu. J'allais devoir vendre quelques tableaux canapés pour pouvoir régler la facture. Peut-être plus que quelques-uns. J'allais sans doute être obligée de prendre un emprunt bancaire.

Peu importe ce que cela me coûterait.

Alexander m'envoya un texto pour me demander si je pouvais venir à New York ce soir pour dîner et dormir chez lui. Je m'apprêtais à décliner, à cause de tout ce que j'avais à faire dans la maison, quand une voiture s'arrêta dans ma petite allée. Une Audi.

C'était Gillian Epstein, de la société événementielle Epstein.

Pepper, fidèle à elle-même, se précipita vers elle. J'aimerais pouvoir dire que Gillian était du genre à pousser des cris aigus, à paniquer et à s'inquiéter d'avoir des poils sur ses vêtements, mais elle se pencha, frotta le cou de ma chienne et lui parla. La queue de Pepper battit l'air si vite qu'elle devint floue.

Puis Gillian se redressa.

— Tu as une minute ?

— Un peu, mon neveu !

Parfois, les expressions du Minnesota de ma mère sortaient toutes seules de ma bouche.

Gillian était habillée d'une jupe crayon rouge, d'une jolie blouse bohème blanche et d'une veste en daim marron que j'aurais voulu épouser. Quant à moi, je portais mon jean de la veille et une chemise que j'avais piquée à Oliver. Gillian avait la démarche chaloupée et un peu arrogante de certaines femmes qui semblent dire « Oui, vous avez bien vu, je suis vraiment aussi jolie qu'au premier coup d'œil ».

— Ma maison est en construction, il vaut mieux qu'on s'asseye ici. Heu, attends, je vais chercher une chaise.

Comme je n'en avais qu'une, je la lui offris gracieusement, puis je m'appuyai timidement contre ma rampe décrépite, en espérant qu'elle tienne. Elle ne céda pas sous mon poids.

— Heu… le dîner de l'autre soir…, commençai-je. J'espère que la soirée ne t'a pas paru trop horrible.

— Si, admit-elle, mais ta mère est incroyable. C'est une femme impressionnante. Je crois qu'elle avait oublié que Noah et moi avions été… ensemble. Ce n'est pas grave.

— Mickey est géniale, tu ne trouves pas ? Je l'adore. Et l'allaitement, c'est ce qu'il y a de mieux pour le bébé, non ? C'est drôle parce que, toi et moi, on a sans doute pensé un jour qu'on… Mais Mickey, hein ? Elle est tellement ouverte et sympa et…

Mes mains cherchaient quelque chose.

— Oui, repris-je. Vraiment géniale. Elle a le sens de l'humour. Et elle est très cash.

Arrête de parler. Tais-toi.

Gillian me fixait. Elle inspira longuement, puis expira par les narines à la manière d'une méchante de Disney.

— Je ne sais pas si je dois te le dire, mais mon psy m'a recommandé de le faire.

Putain. Ils avaient parlé de moi en thérapie. Ce n'était jamais bon signe.

— OK. Vas-y.

— J'ai évidemment du… *ressentiment* à ton égard, depuis que Noah… enfin… Bref, ça n'a rien à voir.

Depuis que Noah *quoi* ?

— Mm-hm.

Cette traîtresse de Pepper posa la tête sur les genoux de Gillian et la contempla avec adoration.

— Je vais te le dire, uniquement parce que ça me semble juste. Pas parce que je veux créer des problèmes ni parce que je suis jalouse de toi. J'ai une très bonne relation de travail avec ta mère et tous les conseillers municipaux, et je ne veux pas risquer…

— Crache le morceau, Gillian. C'est bon. Vas-y.

Elle prit une nouvelle inspiration.

— Tu sors avec Alexander Mitchum, c'est bien ça ?

— Tout à fait.

— Ta mère m'a appris que vous étiez ensemble depuis quelques années.

— C'est exact.

— Au dîner, j'ai dit qu'on s'était rencontrés au printemps à l'occasion du baptême d'un yacht.

J'eus tout à coup un mauvais pressentiment.

— D'accord.

Elle me regarda en pinçant ses lèvres maquillées en rouge.

— Il m'a fait des avances assez lourdes.

— Oh.

Mes paupières se mirent à cligner trop vite.

— Heu… tu en es sûre ?

— Certaine.

— Le… printemps dernier ?

— Oui. Le 17 mai. J'ai vérifié dans mon agenda.

— Et qu'est-ce que tu entends par « des avances assez lourdes » ? Parce qu'il est sympa avec tout le monde, et faire de la lèche, tu sais, ça fait partie de son…

— Il m'a plaquée contre un mur, m'a embrassée dans le cou et m'a proposé de passer la nuit avec lui à l'hôtel Madison Beach.

Putain, le salaud !

— Effectivement, ce sont des avances très lourdes. Tu as raison. Bon.

Je me sentais un peu étourdie.

— Et quand j'ai refusé, il m'a dit que je ne savais pas ce que je ratais. Il m'a donné la clé de sa chambre et m'a assuré que, si je changeais d'avis, il me ferait passer une nuit inoubliable.

— Pas très subtil, comme approche.

Je déglutis.

— C'est ce que j'ai pensé aussi.

Mes jambes flageolaient. Je m'assis, et mes genoux se mirent à trembler comme ceux d'un poulain nouveau-né. Ma respiration était bizarre. Trop rapide.

« Te faire passer une nuit inoubliable. » Il m'avait dit ça plusieurs fois. « Tu veux venir chez moi pour que je te fasse passer une nuit inoubliable ? » J'avais pris ça pour du second degré, et ça m'avait toujours fait rire.

En mai dernier – je me souvenais que c'était en mai à cause des lilas –, il m'avait appelée et m'avait proposé de prendre le train pour Madison. Sur un coup de tête, avait-il prétendu, parce que la journée de samedi était déjà bien avancée. On s'amuserait bien. Et je m'étais bien amusée, *on* s'était bien amusés. Et j'apprenais maintenant que j'avais été son second choix. *Au moins*, son second choix… il avait très bien pu faire des avances à une autre femme lors de cette fête sur le yacht.

— Écoute, reprit Gillian d'une voix plus douce. Je suis désolée d'avoir eu à te raconter ça. Je sais qu'on dirait que je veux me venger à cause de Noah, mais je t'assure que ce n'est pas ça. J'ai juste pensé qu'à ta place je voudrais le savoir.

— Non, non, je te remercie de ta franchise, chuchotai-je.

— Tu veux un verre d'eau ?

— Non merci.

Pepper délaissa Gillian, s'approcha de moi et essaya de s'asseoir sur mes genoux.

— Tu veux appeler quelqu'un, peut-être ? Ta sœur ? Ta maman ?

Je clignai des yeux. Je posai le menton sur la tête de Pepper, et je la laissai me lécher l'oreille pour la remercier d'être là pour moi.

— Ça va, Gillian. Je… Je suis contente que tu me l'aies dit.

Elle se leva, lissa sa jupe et passa devant moi pour descendre les marches.

— J'adore ta veste, murmurai-je.

Elle posa la main sur mon épaule.

— Dans un monde parallèle, on serait probablement amies.

Je n'en étais pas aussi sûre qu'elle.

— Bon retour. Ciao.

Elle retourna vers sa voiture en balançant parfaitement les hanches, se mit au volant et m'adressa un petit signe.

Juste à ce moment-là, mon téléphone émit un bip. Je le sortis. Un nouveau texto de mon petit ami si aimant.

S'il te plaît, viens, mon cœur. Tu me manques !

Je lui manquais, hein ?

Je tapai :

J'arrive.

24

John

Il y avait une autre femme. Au vieux temps pas si loin, il avait été avec une autre.

John se souvient de son visage dur, qu'il n'avait pas trouvé joli quand ils s'étaient rencontrés la première fois. (À une soirée ? Des gens dansaient.) Mais le visage est devenu plus joli à mesure qu'ils se sont dit des choses, des choses qu'il était content d'entendre, des mots que Barb ne disait plus. Il sait maintenant qu'il aurait dû être plus malin. Que c'était les mots que tous les vieux qui s'ennuient ont envie d'entendre. Il avait l'impression de le mériter. Il était un homme, et on devait complimenter les hommes.

« Beau », « intelligent », « drôle », « fort »…, était une partie des sentiments ou des adjectifs qu'elle avait prononcés.

Il lui avait dit des choses aussi. Presque tout était des mensonges. Il avait menti à propos de Barb. Il avait prétendu être malheureux à cause d'elle, alors qu'elle s'était toujours donné beaucoup de mal. Il se souvient de ses efforts pour s'intégrer, pour ne pas être trop différente, parce qu'elle pensait que le fait d'être du Minnesota la rendait moins… quelque chose… que les autres femmes. Il en avait parlé à l'autre femme, et ils en avaient *ri*. La femme au visage dur s'était moquée de *son épouse*, et ça lui avait fait *plaisir*, mais, aujourd'hui, il est incapable de comprendre pourquoi.

En ce moment, il se souvient des repas que Barb préparait, des livres de recettes qu'elle achetait, des légumes qu'elle cultivait. Comme leur maison était jolie, comme elle sentait toujours bon. Il se souvient de l'amour que Barb portait à Juliet, du plaisir que lui procurait sa fille.

Juliet. John sait qu'il aurait pu être un meilleur père pour elle. Il aurait dû faire plus d'efforts. C'est quelqu'un d'important, même s'il ne sait plus dans quel domaine. Elle est renommée. Elle est impressionnante.

Cette autre femme, dont il a oublié le prénom – et il ne veut pas s'en souvenir – était comme… comme… comme cette plante qui pousse sur un arbre et l'étouffe. Un envahisseur. Une espèce envahissante, c'est ça. Le « kudzu ». Le mot s'engouffre dans son cerveau. Elle était comme le kudzu, elle s'accrochait à lui, elle lui bouchait la vue, elle l'envahissait, et il l'avait laissée faire.

Les mots se bousculent dans sa tête. « Infidélité », « adultère », « mensonge ».

« Clichés ».

Quand son amie est venue, sa nouvelle amie avec les cheveux comme deux cordes, il s'est senti heureux. Elle ne le connaissait pas quand il était nul, quand il mentait et se comportait comme un imbécile. Elle ne connaît que celui qu'il est maintenant, et il n'y a ni déception ni espoir dans ses yeux. Elle n'attend pas de lui autre chose que ce qu'il est. Elle lui parle et lui parle, et elle rit. Elle n'est pas jolie, pas comme ses filles ou Barb, ou même l'autre femme, mais avec Janet – oui, c'est ça, elle s'appelle Janet – il se sent apaisé.

Une peur s'infiltre en lui et l'enserre dans ses tentacules froids. Il a peur d'avoir fait quelque chose d'horrible en étant malade. Sa famille a besoin qu'il redevienne un père, un mari, et il n'y arrivera jamais. Il doit réparer les choses, sinon sa femme et ses filles n'auront jamais… ne seront jamais… ne sauront jamais…

La pensée lui échappe.

« Honte ». Voilà encore un mot qu'il connaît maintenant. Il a honte de lui, d'avoir menti à Barb, à propos de Barb. D'avoir dit à l'espèce envahissante que son épouse était froide et égocentrique. Qu'elle n'en avait plus rien à faire de lui, qu'elle ne voulait plus lui parler, alors qu'il sait qu'il aurait dû tourner la poignée et ouvrir la porte de la salle de bains ce jour-là, la serrer contre lui et pleurer avec elle. Il sait que s'il l'avait fait, il aurait pu changer le cours de leur vie.

Cette idée ne le quitte plus. Il l'entend pleurer dans la salle de bains dans son sommeil et, quand il se réveille, il est triste.

Il doit dire quelque chose à Barb à propos d'une fleur. Quelque chose d'important. Quelque chose qui va arranger les choses, mais la fleur s'envole. Il faut qu'elle revienne. Il doit la faire revenir. Il doit lui parler de la fleur mais LeVon lui fait faire des exercices et la femme autoritaire lui demande de produire des sons, et il essaie, il essaie vraiment, parce qu'il a quelque chose d'important à dire.

25

Sadie

Je sélectionnai avec soin le restaurant dans lequel je comptais larguer Alexander, et je m'assurai qu'il soit le plus cher possible, ce qui n'est pas rien à New York.

Il était déjà sur place, beau, charmant… Quel connard !

— Tu es magnifique, comme toujours, déclara-t-il en se penchant pour m'embrasser.

Je lui tendis la joue. Le maître d'hôtel nous indiqua la table, qui était dans un coin, parce que Alexander demandait toujours une table bien placée. Le restaurant était exactement comme j'espérais qu'il soit : décoré avec goût, étoilé au Michelin, calme, avec des clients chics qui buvaient et murmuraient.

Je n'avais pas prévu de murmurer mais, d'abord, je voulais commander à peu près tout ce qu'il y avait sur le menu. Alexander, mon futur ex-petit ami, ne sortirait pas d'ici sans s'être fait dépouiller.

Le serveur arriva.

— Bonsoir ! lui lançai-je, comme j'en avais l'habitude. Comment allez-vous ?

— Très bien, *signorina*. Je m'appelle Luciano, c'est un plaisir de vous servir ce soir.

— Quel beau nom. Vous direz à votre mère qu'elle a bien choisi ! Luciano, je prendrai un fiorentino, s'il vous plaît.

Je désignai le cocktail qui coûtait quarante-neuf dollars. Oui. Il n'y a qu'à New York qu'on trouve des prix pareils.

— Je croyais que tu n'aimais pas le brandy, fit remarquer Alexander.

— J'ai mûri et évolué.

Je lui décochai un sourire éblouissant.

— Qu'est-ce que tu prends, toi, chéri ?

Ce mot doux me faisait l'effet d'un poison sur mes lèvres.

— Un dante.

— Très bien, *signore*, dit Luciano.

— Oh ! et nous prendrons une bouteille de Cristal avec le dîner, si vous voulez bien.

J'affichai mon plus beau sourire.

— Excellent choix ! Quelle année ?

— Surprenez-nous. C'est une soirée spéciale.

J'avais étudié la carte des champagnes après avoir choisi l'établissement. La bouteille de Cristal la moins chère coûtait six cents dollars, et la plus chère plus de mille.

— Mon chou, intervint Alexander, heu, c'est un peu cher.

— Oh ! Rappelons le serveur, alors, chéri.

Je levai la main, sachant pertinemment qu'il allait m'arrêter. Il aurait l'air de ne pas avoir les moyens, et il ne le supporterait pas, surtout ici.

Comme je l'avais prévu, il baissa ma main.

— Non, non, ce n'est pas grave. C'est une soirée spéciale, comme tu dis. Comment vas-tu, chérie ? Comment s'est passée ta semaine ?

— Super, Alexander. Super.

Il sourit sans remarquer le fiel dans ma voix.

— En tout cas, ça me fait vraiment plaisir de te voir. J'espère que tu pourras rester quelques nuits. Je suis à New York quatre jours. On pourrait faire de chouettes trucs ensemble. Il y a une nouvelle expo au Guggenheim, et…

Je ne l'écoutais plus.

Il avait fait des avances à une autre femme. Il voulait coucher avec elle dans l'hôtel où nous avions fait l'amour. Je le voyais très bien embrasser Gillian dans le cou… c'était un peu son truc à lui.

J'aurais aimé qu'elle lui balance un coup de pied dans les couilles.

Quand le serveur réapparut, j'étais prête.

— Je meurs de faim ! annonçai-je gaiement aux deux hommes. Ces dernières semaines ont été difficiles, Luciano, et ça fait une éternité que je ne suis pas revenue à New York. J'ai envie de tout goûter ! Je prendrai bien l'oursin au fenouil mariné, le caviar chinois, peut-être… hum… l'antipasti de crevettes rouges et la salade du jardin, et oh ! le risotto au homard a l'air délicieux ! Et comme plat principal, l'aloyau, s'il vous plaît. Avec les pommes de terre rôties, merci. Oh et puis zut, les champignons sauvages aussi.

Luciano était amoureux de moi, avec une commande pareille.

— Excellents choix, *signorina*. Pour le *signore* ?

Alexander avait l'air complètement abasourdi.

— Tu es sûre que tu pourras manger tout ça, mon chou ?

— J'ai super faim, bébé.

Sourire éblouissant.

— Et puis, tu sais comment c'est dans les restaurants étoilés au Michelin. Les portions sont minuscules.

Luciano eut un petit rire chaleureux.

— *Signorina*, vous avez raison. Juste de quoi vous ouvrir l'appétit pour le plat suivant, *si* ?

— *Si*, approuvai-je, ravie.

— *Signore* ? Pour vous ?

— Je vais prendre le bar.

— Oh ! allez ! fis-je. Tu ne vas pas me regarder manger ces plats toute seule une fois que tu auras fini le tien ! C'est un restaurant italien ! Manger, c'est aimer, pas vrai, Luciano ?

— *Si, signorina*. La belle dame a raison.

Je lui adressai un clin d'œil. Alexander avait des défauts, mais la radinerie en matière de pourboires n'en faisait pas partie, il donnait toujours au moins quinze pour cent en plus de la note. Luciano repartirait donc avec plusieurs centaines de dollars rien que pour notre repas.

Alexander commanda un plat de pâtes et le poulpe grillé. Je comptais bien aussi prendre un dessert. Et peut-être un martini pour l'accompagner. J'avais déjà raconté à Carter mon drame amoureux sur le chemin de la gare de New Haven, et il avait heureusement décrété que je dormirais chez lui ce soir.

Je bus mon cocktail. Le goût me fit un peu grimacer, mais la chaleur ressentie était agréable.

Comment Alexander pouvait-il me faire un truc pareil ? Pourquoi ? N'étais-je pas la petite amie la plus facile et la plus cool du monde ? Je ne m'étais jamais plainte de ses déplacements. Je n'avais jamais insisté pour qu'il m'accompagne à un événement scolaire ou à une fête d'anniversaire. Avant l'AVC de mon père, il n'était venu à Stoningham qu'une seule fois. J'étais toujours de bonne humeur et optimiste en sa présence, parce que c'était dans mon caractère, bon sang.

Luciano apporta nos plats. Je mangeai, ris, murmurai aux bons moments. La nourriture était incroyable. C'était déjà ça. Et le champagne, mon Dieu. Un délice. J'envisageai même de commander une deuxième bouteille.

En observant Alexander, je prêtai attention à quelques détails. Son manque de naturel. Son besoin d'approbation. Il se donnait un mal de chien pour s'assurer que nous étions *le* couple en vue dans ce restaurant chic et sophistiqué. Quand je faisais semblant de rire, il regardait autour de lui pour vérifier si les autres clients remarquaient qu'il avait de l'humour. Il souriait beaucoup, et même si mon beau-frère un peu benêt souriait aussi beaucoup, Oliver était… sincère. Il aimait ma sœur et ses filles. Il adorait mes parents. Même moi, il m'aimait plutôt bien, alors que je ne lui avais pas donné beaucoup de raisons de le faire.

On commanda un dessert (même si je risquais de tomber dans le coma en continuant à manger).

— Chérie, déclara Alexander, je sais que ces deux mois ont été difficiles pour toi.

— Tu l'as dit, bouffi.

J'étais pompette et ça me plaisait. Ça alimentait ma rage.

— Je voulais t'offrir ceci, en espérant que ça t'apporte un peu de bonheur.

Il fouilla sa poche de poitrine et en sortit un écrin en velours.

Merde. S'il y avait une bague de fiançailles à l'intérieur, je savais qu'elle serait grosse, et que je la voudrais, et que je ne pourrais pas l'accepter, et que tout le monde dans le restaurant aurait pitié du pauvre gars qui se faisait remballer au moment de sa demande en mariage. En tremblant intérieurement, j'attendis qu'il mette un genou à terre.

Dieu merci, il fit juste glisser la boîte entre les nombreuses assiettes et me sourit.

— Oooh. C'est trop gentil !

Je l'ouvris et, merde, c'était un pendentif... magnifique. Un gros diamant serti d'or rose avec une chaîne assortie.

— Je l'adore.

J'étais sincère, je le jure. Et je le garderais, aussi. Je pourrais le revendre pour payer une partie des travaux dans ma maison.

— Merci. Ça t'a coûté combien ?

— Oh ! chérie. Peu importe ce que ça a coûté, tu vaux dix fois plus.

— Alors... on parle de combien ? Mille dollars ?

Il sourit de toutes ses dents.

— Plus. Beaucoup plus. Laisse-moi te le passer autour du cou.

Quel connard ! J'acceptai. Il se rassit, très fier de lui (en jetant un coup d'œil à la salle de restaurant pour vérifier que tout le monde avait bien prêté attention à la scène).

— Il est magnifique, commenta la dame de la table d'à côté.

Alexander et moi, on répondit en chœur :

— Merci.

— Tiens, Alexander, j'ai une petite question à te poser, mon chéri.

— Bien sûr, mon cœur.

— Quand tu es venu au dîner de ma mère, tu te souvenais de Gillian ?

— Heu… celle avec le bébé ?

— Non. Ça, c'est Mickey. La très jolie femme ?

— En dehors de toi, mon cœur ?

— Celle à qui tu as fait des avances en mai dernier. Au baptême du yacht dont elle a parlé.

Il cligna des yeux.

— Je crois qu'elle… Non, je ne l'ai jamais rencontrée.

— Elle dit que tu l'as plaquée contre un mur, que tu l'as embrassée dans le cou et que tu lui as donné la clé de ta chambre à l'hôtel Madison Beach. Celui où nous avons passé la nuit ensemble après qu'elle a refusé tes avances.

Son cou se mit à rougir.

— Elle doit me confondre avec quelqu'un d'autre.

— Tu lui as dit que tu allais lui « faire passer une nuit inoubliable ».

Il ne répondit pas.

Luciano arriva avec nos desserts.

— Les *bomboloni* pour la *signorina*, le cheese-cake pour le *signore*.

— Merci beaucoup, fis-je gentiment.

Dès que le serveur s'éloigna, je repris :

— Tu as quelque chose à répondre, Alexander ? Tu as dragué très lourdement une femme, et puis, dans les minutes qui ont suivi, tu m'as appelée comme si j'étais ton plan B pour le sexe. Pourquoi ? Tu voulais me tromper ?!

J'avais sans doute un peu élevé la voix.

Alexander jeta des coups d'œil affolés alentour et leva les mains pour faire ce geste masculin universel qui signifie « N'en fais pas tout un plat, tu es hystérique ».

— On n'a jamais dit que notre relation était exclusive.

— Quoi ? Bien sûr que si ! Ça fait deux ans qu'on est ensemble ! On passe nos vacances ensemble !

— Calme-toi.

— Comment oses-tu me demander de me calmer ?

Là, c'était bon, tous les autres convives le fixaient.

— Je n'ai jamais dit qu'on avait une relation exclusive, répéta-t-il en serrant les dents.

— Qu'est-ce que ça signifie ? Que tu as le droit de coucher avec qui tu veux ?

— Oui.

Cet aveu cash me fit l'effet d'un seau d'eau glacée en pleine figure.

— Je dois faire un test ? demandai-je, furieuse.

Heureusement, je prenais la pilule et nous avions toujours mis des préservatifs. Mais il valait tout de même mieux que je fasse un test. Bon Dieu !

— Écoute.

Il jeta un coup d'œil autour de lui avant de continuer.

— Ce n'est pas comme si je couchais avec n'importe qui. Je ne suis pas sur Tinder. Mais c'est vrai que j'ai deux autres relations.

— Quoi ?

Mon exclamation avait été stridente. Luciano et le maître d'hôtel se tenaient à l'entrée du restaurant et ils nous jetaient des regards inquiets. Je baissai la voix.

— Explique-toi.

Alexander fixa le plafond, visiblement contrarié.

— Il y a Toni à San Diego et Paige en Caroline du Nord. Je fréquente Toni depuis quatre ans, Paige depuis trois ans.

— Et moi depuis deux ans.

— Exactement.

— Donc, c'est *moi* la maîtresse par rapport aux autres ?

— Non, non. Enfin… oui, je crois. Mais ce n'est pas comme ça que je le vois.

— Et *elles*, elles le voient comment ?

— Elles ne sont pas au courant de ton existence. Pourquoi est-ce que je leur en parlerais, hein ? Quand je suis à San Diego, je vois Toni. Quand je suis dans le Sud, je vois Paige. Mais, surtout, il y a toi, mon cœur.

— Ne m'appelle plus « mon cœur ». Plus jamais.

— Écoute, Sadie. Tu es ma préférée, déclara-t-il en se penchant en avant avec un sourire.

— Je t'ai *demandé en mariage*, sifflai-je.

— Et quand je me marierai, tu seras probablement mon premier choix. Je veux dire, quand je serai prêt.

Bon sang ! Je me levai et je jetai ma serviette sur la table.

— Je t'enverrai la facture de mon test pour les MST, annonçai-je bien fort. N'oublie pas de laisser trente pour cent de pourboire à Luciano. Et je garde ce pendentif.

Je baissai les yeux vers mon assiette.

— Et j'emporte ces petits beignets.

*

Luciano attendit le taxi avec moi en me tapotant la main, pendant que je pleurais à chaudes larmes (et que j'engloutissais des *bomboloni* sans même les savourer) tout en absorbant le choc.

Merde. Tout me semblait tellement évident, maintenant. Les trois jours à San Diego qui se transformaient en cinq. Les nombreuses fois où la Caroline du Nord avait été secouée par des orages entraînant la fermeture de l'aéroport (je ne prenais pas la peine de vérifier ses dires sur la chaîne météo, parce que j'étais naïve et que je lui faisais confiance). Le téléphone « coupé ». Les innombrables urgences professionnelles. Ses retours où il était systématiquement crevé d'avoir câliné et baisé ses autres petites amies. Les longs week-ends qu'il passait à voyager ou à aller voir sa « mère ». En réalité, il emmenait probablement Paige ou Toni en week-end, comme il l'avait fait avec moi.

Il fallait que je les identifie grâce à son profil Facebook ou Instagram et que je les mette au courant.

Merde. Merde, merde, merde.

*

Je me rendis chez Carter et je lui racontai tout en détail. Il émit les bruits appropriés, lâcha de temps en temps un juron, termina mes beignets et me fit boire de l'eau.

— Je sais que tu n'es pas encore prête à l'entendre, mon chou, mais bon débarras, déclara-t-il alors que j'avais le hoquet et que je serrais son chat obèse et vieillissant contre ma poitrine. Maintenant, va te coucher. Tonton Carter va te donner de l'ibuprofène et de l'eau, et ne t'avise pas de vomir dans la chambre d'amis. Janice vient de la refaire. Je te préparerai un bon petit déjeuner demain matin, d'accord ?

— Comment va Josh ? lui demandai-je, me rappelant tout à coup que mon ami était heureux.

Il me raconta que sœur Mary les avait invités tous les deux à dîner et leur avait recommandé de se marier et de ne pas emménager ensemble avant.

C'était bien. Il y avait de l'amour dans le monde, même si j'étais une imbécile.

J'enfilai mon pyjama, je me lavai la figure et me brossai les dents, en évitant de croiser mon reflet dans le miroir, et je m'installai dans le lit merveilleusement douillet.

Allongée là, légèrement soûle, alors que mes larmes coulaient sur l'oreiller, me répétant que j'avais vraiment été stupide, je fus saisie par deux pensées bouleversantes.

La première, c'était que mon père me manquait atrocement. Il aurait su mieux que personne comment me remonter le moral, quoi dire ou faire pour que je me sente moins ridicule, que je n'aie plus l'impression d'être la deuxième fille Frost, moins maligne que l'aînée.

La seconde, c'était que Noah ne m'aurait jamais trompée de sa vie, même si on lui avait collé un pistolet sur la tempe.

26

Juliet

Le mercredi, Kathy apparut sur le seuil de mon bureau avec des airs de conspiratrice. Après avoir jeté des coups d'œil à gauche et à droite, elle haussa un sourcil (quelle chance… les siens étaient toujours figés), puis entra et ferma la porte.

— Devine qui vient d'être nommée cheffe de projet de l'école que Beyoncé construit à Houston ?

— C'est quoi, cette histoire d'école de Beyoncé ?

C'était la première fois que Juliet en entendait parler.

Kathy s'assit, l'air très contente d'elle.

— Eh oui. Elle.

— Arwen ?

— Qui d'autre ?

N'importe qui ! Matt, qui avait neuf ans de plus qu'Arwen, par exemple. Elena, qui en avait six de plus. Brett et Christopher, qui en avaient quatre chacun.

— Tu comptes en parler à Dave ? demanda Kathy en passant la main dans ses cheveux roux flamboyant.

— Et toi ?

— Non. Bien sûr que non. Je ne pourrais de toute façon jamais être cheffe de projet, même si j'espère vraiment faire partie de l'équipe qui concevra l'intérieur. Peut-être que je pourrai rencontrer Queen B ?

Juliet était sûre que Kathy était trop vieille et trop blanche pour utiliser ce surnom donné à la star. Elle jeta un coup d'œil par la fenêtre, et sentit son estomac se nouer.

— Tu savais qu'on présentait un projet à Beyoncé ?

— Arwen y a fait allusion. En réalité, c'est la fondation de Beyoncé. Son équipe de relations publiques nous a demandé de garder le secret, jusqu'à ce que la première pierre soit posée.

Beyoncé. Bon sang. Et Kathy était au courant, mais n'avait rien dit jusqu'à maintenant.

— Bon. J'ai du travail, Kathy.

— J'en suis sûre.

Qu'est-ce que ça voulait dire ? Elles étaient amies avant. Kathy avait toujours été la commère du bureau mais, depuis un peu, Juliet se sentait épargnée par ses ragots.

Elle pressentait qu'elle allait avoir du mal à lui faire confiance maintenant que Kathy arborait cette coupe de cheveux à la Arwen et que son rire retentissait depuis le bureau du jeune prodige au moins deux fois par jour. Kathy n'était pas venue dans son bureau pour recueillir des informations. Mais pour semer la zizanie.

La manœuvre eut l'effet escompté.

Juliet attendit quelques heures, pour que sa démarche ne soit pas trop évidente, et se rendit dans le bureau de Dave, au bout du couloir, sous prétexte de lui montrer les plans de la future maison d'un ancien sénateur. Elle aimait dessiner des résidences de temps en temps : elle avait conçu la sienne et proposait parfois de se charger d'un projet résidentiel au cabinet, même si c'était trois fois rien pour elle. Elle s'était portée volontaire pour dessiner celle-ci parce que le projet était amusant et que le budget était illimité, ce qui était toujours agréable.

— Il est disponible ? demanda-t-elle à Laurie, qui lui jeta un regard en coin sans tourner la tête (et lui lança peut-être un sort par la même occasion).

Laurie haussa les épaules et fit un geste du menton, lui indiquant qu'elle pouvait entrer. Son patron avait les pieds sur le bureau et regardait par la fenêtre. Difficile de croire qu'il avait été un ponte de l'architecture, étant donné qu'il passait désormais le plus clair de son temps à faire la sieste et à sortir déjeuner.

— Bonjour, Dave, j'ai les élévations de la maison dans le Maryland. Vous voulez y jeter un coup d'œil ?

— Volontiers.

Elle s'assit et l'observa parcourir rapidement les plans.

— Beau travail, Juliet.

— Merci. C'est un site magnifique.

— Tout à fait.

— Dites-moi, Dave... Une rumeur est parvenue jusqu'à moi. Vous avez nommé Arwen cheffe de projet, pour une école commandée par la fondation de Beyoncé ?

Il évita son regard, examinant les plans de la maison comme s'il venait de réaliser que Moïse en personne les avait rapportés du mont Sinaï.

— Mm, fit-il.

Vas-y mollo, la mit en garde une voix dans sa tête. Mais elle s'en fichait. Elle avait mérité sa place dans ce cabinet.

— Depuis quand un architecte aussi peu expérimenté se voit-il confier ce genre de travail très médiatisé ? Je pensais que le cabinet avait un système. Une échelle.

Une échelle qu'elle avait gravie, échelon par échelon, sans jamais brûler d'étapes.

Dave soupira. Il ne leva toujours pas les yeux.

— Arwen est très douée.

— J'en suis consciente, Dave. Mais elle n'a que trente et un ans. Elle a encore besoin de supervision.

— En êtes-vous sûre ? Elle est très ambitieuse. Elle attire l'attention.

— Il y a beaucoup de personnes ambitieuses dans ce cabinet qui ont plus d'ancienneté qu'elle. Matt. Elena. Brett.

Juliet marqua une pause.

— *Moi.* Franchement, je suis un peu choquée de ne pas avoir été informée que nous soumettions des propositions pour cette école. Je suis la cheffe de projet senior de DJK.

— Écoutez, Juliet.

Il la regarda enfin. Son menton, plus exactement.

— Vous avez accompli un travail remarquable pour nous.

— *J'accomplis* un travail remarquable pour vous, Dave.

Sa voix était ferme, mais elle prenait garde à ne pas être trop furieuse, il ne fallait surtout pas que son patron ait à gérer une femme en colère.

— Je me rends bien compte qu'Arwen est la nouvelle coqueluche, mais mes réalisations parlent d'elles-mêmes, non ?

— Je fais partie de ceux qui admirent votre travail, Juliet. Ne soyez pas désagréable.

Bordel.

— Je ne suis pas désagréable. Je souligne simplement les faits.

— Peut-être que si vous souriiez plus, les gens seraient…

— Dave. Ne terminez pas cette phrase.

— Je veux juste dire qu'Arwen est une personne très positive. Elle sourit tout le temps.

— Vous lui donnez une promotion parce qu'elle *sourit* ?

— Revoilà votre hostilité, constata-t-il avec un sourire triste.

— C'est de la stupéfaction, pas de l'hostilité.

— Juliet, vous êtes quelqu'un de très sérieux.

— Dans mon travail, tout à fait. C'est une qualité chez un architecte.

Dave plaça les mains sur sa nuque.

— Écoutez. Vous avez raison. Arwen est la coqueluche de la profession, et tout le monde semble l'adorer.

C'était le moment d'être totalement sincère.

— Mais son travail n'a rien de particulier, objecta Juliet, et vous devez vous en rendre compte.

— Attention, Juliet. Vous avez l'air très jalouse et en opposition systématique.

« Hostile », « très sérieuse », « très jalouse » et « en opposition systématique ». Des noms de code pour « salope », ou pire. Si Juliet avait été un homme, les qualificatifs employés auraient été « passionné », « motivé », « tacticien » et « ambitieux ».

Mais elle était une femme dans une entreprise détenue et dirigée par des hommes. Alors elle baissa la voix pour adopter un ton que Dave trouverait acceptable.

— J'ai toujours fait passer les intérêts du cabinet avant tout le reste, Dave. Je suis votre architecte senior. Je ne vous ai jamais déçus, si ?

Il inclina la tête.

— Je ne pense pas, non.

— Parce que ça n'a jamais été le cas.

— Où voulez-vous en venir, Juliet ?

Il consulta son téléphone.

Vous pourriez me perdre. Je pourrais démissionner. Je pourrais vous attaquer pour âgisme et discrimination.

Sauf que Kathy était plus âgée et ne pipait mot. Et la discrimination de genre serait difficile à prouver, étant donné qu'Arwen était une femme aussi. Une lesbienne, d'ailleurs, ce que Juliet avait appris seulement quelques semaines plus tôt quand elle était allée boire un verre avec Saanvi. Arwen se trouvait dans le même bar avec une femme que Juliet ne connaissait pas, et elles s'étaient embrassées une ou deux fois. Arwen ne l'avait pas aperçue et, comme Juliet ne voulait pas s'imposer, elle n'était pas allée la saluer.

Juliet regarda par la fenêtre, puis reposa les yeux sur son patron.

— Réfléchissez bien, Dave. Confier à une architecte débutante le projet d'un client très en vue comporte des risques.

— La fortune sourit aux audacieux. Et vous savez que chez DJK, nous aimons sortir du cadre. Merci de m'avoir fait part de vos inquiétudes, Juliet. Je suis ravi que nous ayons mis les choses au point. Et je vous verrai à votre soirée, ce week-end.

En d'autres mots : « Rompez ! »

— Très bien. Merci de m'avoir écoutée.

Elle sortit du bureau de Dave et passa devant Laurie la Muette en serrant beaucoup trop fort les plans de la maison du sénateur.

C'était l'un des jours de la semaine où elle partait plus tôt et continuait à travailler de chez elle. Elle rassembla ses affaires, adressa un faux sourire à ses collègues et s'en alla le plus vite possible. Installée dans sa voiture, elle resta une minute les doigts crispés sur le volant. Elle avait l'impression qu'on lui mettait des bâtons dans les roues, elle était frustrée et… angoissée.

Elle pourrait quitter l'agence et créer la sienne. L'idée lui avait déjà traversé l'esprit plus d'une fois, mais elle avait toujours trouvé que DJK lui offrait le beurre et l'argent du beurre : la créativité au sein d'un cabinet réputé et respecté. Se mettre à son compte représenterait une charge de travail double, et les filles avaient encore besoin de leur mère. Juliet pouvait tâter le terrain dans d'autres agences, mais si elle partait maintenant… eh bien tout le monde saurait qu'elle partait parce qu'une autre architecte lui piquait sa place.

Avait-elle atteint l'apogée de sa carrière ? Est-ce que ses meilleurs jours étaient derrière elle ? Elle avait quarante-trois ans, et elle n'avait encore jamais recyclé une idée. Peut-être que ce qu'elle vivait en ce moment n'était qu'une phase normale d'une carrière ? Si elle avait atteint un palier, c'était normal que son travail lui semble un peu moins excitant.

Mais l'idée d'être jugée trop vieille touchait une corde sensible en elle. Arwen était très belle… C'était sûrement ça la raison de son succès, même si personne ne l'admettrait jamais. Juliet se scruta dans le rétroviseur. Elle était encore séduisante. Évidemment ! Elle avait des dizaines d'années de jeunesse devant elle ! Elle était dans la fleur de l'âge. Il suffisait de regarder Meryl Streep ! Et… heu… Sofía Vergara ! Et J-Lo ! Et elle venait de claquer trois mille dollars pour paraître plus jeune, bordel !

Elle était trop sérieuse ? Elle devait sourire plus souvent ? Comment son patron osait-il insinuer qu'elle était… insipide et assommante ?! Elle n'était rien de tout cela. Oliver était toujours fou d'elle. Même s'ils s'étaient installés dans une forme de routine, le ronron de leur vie était agréable.

Un peu comme celui de ses parents.

Merde.

Elle fonça via l'autoroute jusqu'à Stoningham. Oliver travaillait depuis la maison aujourd'hui. Il avait un simple rhume, mais se comportait comme un gamin. Elle allait l'émerveiller. Le moment était venu de se montrer époustouflante, spontanée et audacieuse.

*

Oliver était dans la buanderie, occupé à fourrer des draps dans le sèche-linge parce que Juliet n'avait toujours pas engagé de nouvelle femme de ménage.

— Ça va, mon amour ? lui demanda-t-il quand elle entra dans la pièce.

— J'ai envie de toi.

Il lui jeta un regard en biais.

— Chérie, j'ai un refroidissement et, comme tous les hommes qui ont un rhume, j'ai l'impression d'être à l'article de la mort.

Il toussa pour le prouver, émettant un son gras et chargé.

— Je m'en fiche. Je suis super…

Merde. Elle aurait dû faire plus attention aux trois pornos qu'elle avait vus dans sa vie.

— Je suis très… mouillée.

Beurk. Ce mot donnait l'impression qu'elle s'était fait pipi dessus.

— Je ne souhaiterais pas le truc que j'ai à mon pire ennemi, ma chérie.

— Je ne t'embrasserai pas sur la bouche, alors.

Elle se mit à genoux et entreprit de dénouer le pantalon de survêtement d'Oliver.

— C'est une délicate attention, chérie, répliqua Oliver en posant la main sur sa tête.

Sa voix était enrouée à cause du rhume.

— Peut-être une autre fois, ajouta-t-il.

— Non. J'ai envie de toi maintenant. Ici. Comme ça.

— Chérie. Je ne me sens vraiment pas bien.

Il allait changer d'avis. Elle baissa son pantalon.

— Waouh, ton sexe est tellement… heu, gros.

Argh. En ce moment, il ne l'était pas du tout. Elle serra les paupières et rassembla tout son courage.

Dieu merci, il l'arrêta et remonta son survêt.

— Juliet, qu'est-ce que tu *fais* ?

— J'essaie de te faire une pipe.

Les hommes étaient censés aimer ça.

— Les filles seront là dans cinq minutes.

Il avait raison.

— Une pipe rapide, alors.

— Je t'assure que je suis ravi, en théorie. Mais en pratique, vraiment, chérie, on peut remettre ça à plus tard ?

— Non.

— Juliet.

Il la tira pour qu'elle se remette debout.

— Qu'est-ce qui te prend ?

— J'essaie d'être fun, spontanée et… moins sérieuse.

— Chérie, on est mariés et on a deux enfants. La spontanéité, ce n'est possible que si on l'inscrit sur le calendrier.

Bon. Apparemment, elle ne pouvait pas remporter cette manche. Oliver avait raison, et il avait effectivement une gueule de déterré, mais rien de tout ça ne faisait du bien à son ego blessé.

Juste à ce moment-là, la porte d'entrée s'ouvrit avec fracas et Sloane cria :

— Papa ! Maman ! Devinez quoi ? Brianna a ses règles !

— Qu'est-ce que je disais, murmura Oliver.

— La ferme, Sloane ! Je te déteste ! fulmina Brianna.

Juliet sortit de la buanderie quand son aînée passa en trombe, les yeux rougis.

— C'est une femme maintenant, affirma Sloane d'un ton solennel. Elle pourrait avoir un bébé.

— Sloane, mon chou, c'est sa vie privée. Si tu venais prendre ton goûter pendant que maman parle à ta sœur ?

Bonne idée. Laisse-moi gérer la plus difficile, se dit Juliet. Mais son mari avait raison, c'était le rôle d'une mère.

Elle monta dans la chambre de Brianna et frappa. Comme elle n'obtint pas de réponse, elle entra. Brianna sanglotait, allongée sur son lit.

Juliet ne savait pas quoi dire. Elle posa simplement une main sur les cheveux de sa fille.

— Bonjour, mon chou.

— C'était horrible ! C'est arrivé en plein cours de maths, j'ai senti quelque chose de gluant, puis George Tanner a lancé « faut pas chercher Brianna aujourd'hui, elle a ses règles », et tout le monde a rigolé. J'avais du sang sur mon jean, maman ! Je t'ai dit que j'avais des crampes hier soir ! Pourquoi tu ne m'as pas conseillé de mettre une serviette ?

C'est vrai, ça. Pourquoi Juliet n'avait-elle pas prédit que sa fille serait réglée le lendemain, comme si elle avait des dons de clairvoyance ? Si Brianna n'avait pas prétendu avoir des crampes à chaque fois qu'elle voulait échapper à une corvée, depuis deux ans au moins, sa mère aurait pu deviner ce qui allait lui arriver. Mais ce n'était sûrement pas ce que Brianna avait envie d'entendre.

— Je suis désolée, ma chérie, je me suis déjà retrouvée dans la même situation. Et Sadie aussi. Et toutes les femmes que je connais.

Sauf Arwen. Juliet aurait parié que ça ne lui était jamais arrivé.

Brianna la dévisagea avec une moue boudeuse.

— Je n'imaginais pas ça comme ça, expliqua-t-elle.

Les larmes roulaient sur ses joues.

— Je croyais que ce serait cool, que je me sentirais sophistiquée, que j'aurais l'impression d'appartenir à un club de filles plus matures, mais c'est juste dégueu et j'ai mal au ventre. Et aux jambes aussi.

— Je vais te donner de l'ibuprofène et une bouillotte, ça fera du bien à ton bidou.

Elle alla dans sa propre salle de bains et prit le nécessaire, ainsi qu'une serviette hygiénique et un tampon, au cas où. Elle avait acheté à Brianna ses propres protections l'année dernière, et un livre au sujet des règles, mais on n'était jamais vraiment préparée à la réalité.

Elle retourna dans la chambre de sa fille et lui donna l'antalgique et un verre d'eau. Elle posa la bouillotte contre l'abdomen de Brianna et indiqua d'un signe de tête le tampon et la serviette.

— Si jamais tu en as besoin.

— J'ai déjà ce qu'il me faut, marmonna Brianna.

Elle se fit rouler loin de sa mère.

— Tu peux y aller maintenant, maman. Merci.

Juliet eut à nouveau l'impression qu'on lui ordonnait : « Rompez ! » Qu'aurait fait Barb, sa mère parfaite ?

— Tu sais, tu seras toujours ma petite fille. À n'importe quel âge.

— Merci. Tu peux me laisser ? Je veux juste dormir.

— Bien sûr. Dors bien.

Le temps que Juliet prépare le dîner et fasse le ménage, même si c'était le tour d'Oliver (mais il souffrait le martyre), le temps qu'elle s'occupe de Brianna, qu'elle aide Sloane avec sa lecture, le temps qu'elle prenne une douche et se mette au lit, son mari dormait à poings fermés. Il se retourna et passa le bras autour d'elle, puis se mit à ronfler doucement dans son oreille.

Bon, eh bien, c'était raté pour jouer les maîtresses spontanées, sexy et enthousiastes.

27

Barb

LeVon occupait ses nouvelles fonctions, et John s'était suffisamment rétabli pour pouvoir monter l'escalier. On le réinstalla dans sa chambre, et les meubles de la salle à manger retrouvèrent leur place. Une aide à domicile – une certaine Kit – venait lui tenir compagnie et préparer ses repas, mais elle tirait la tête et ne parlait pas beaucoup : elle ne comblait pas le vide laissé par LeVon. Sadie passait aussi tous les jours. Elle se montrait encore optimiste, parlait des progrès intellectuels de son père (que je ne voyais pas, même si c'était évidemment formidable qu'il monte l'escalier). L'orthophoniste continuait à venir trois fois par semaine. John semblait tenter d'articuler des mots de temps en temps, mais la seule chose qu'il avait dite clairement, c'était ce « vous » quand Janet était venue.

Janet continuait à nous rendre visite une ou deux fois par semaine, et je lui en étais reconnaissante, même si je ne comprenais pas bien ses motivations. Si j'étais à la maison quand elle arrivait, on prenait un café et on discutait ; si j'étais au travail, elle me laissait un petit mot gentil et, une fois, des pensées en pot à repiquer. Elle travaillait dans une pépinière. Je m'assurais qu'il y ait des pâtisseries à la maison, des gâteaux ou des biscuits, et je lui envoyais un SMS pour lui dire de se servir.

Juliet travaillait comme une folle ces temps-ci. Caro, aussi. Sadie finirait par retourner à New York ; ses peintures constituaient un excellent travail d'appoint, mais je savais qu'elle n'était pas complètement épanouie (comme je l'avais prédit quand elle avait annoncé vouloir se lancer dans l'art, pourtant personne ne m'avait écoutée à l'époque). Elle semblait aimer son boulot de prof à New York et, tôt ou tard, elle en aurait assez d'être ici et repartirait.

Le reste de ma vie ressemblerait donc à ceci : je serais seule, mais je devrais veiller sur un malade. Mariée, mais à un homme que j'avais voulu quitter, qui s'en était trouvé une autre et qui me trompait depuis je ne sais combien de temps.

Par une douce soirée d'avril, j'emmenai John sur la terrasse. Les pensées que Sloane, Brianna et moi avions plantées dans les jardinières étaient belles, les oiseaux chantaient, et c'était vraiment agréable. J'installai John sur un transat, je le protégeai d'une couverture, je me servis un verre de vin, puis je revins m'asseoir à côté de lui. Bon sang, qu'est-ce que j'étais fatiguée ! J'avais une dizaine de choses à faire mais, techniquement, je n'étais pas obligée de travailler seize heures par jour.

Tout pouvait attendre. Mon dos me faisait mal quand je me penchais en arrière, et j'aurais aimé avoir un coussin, ou quelqu'un pour m'en apporter un. Ce n'était pas grave, la douleur cessa au bout d'une minute. John était silencieux et immobile.

J'aimais beaucoup cette terrasse. Nous y mangions en famille quand il faisait beau. La décoration avait été chinée par mes soins chez des antiquaires à la campagne : une sculpture de tête de cheval en granit posée sur le poteau de la barrière donnant sur le jardin, une ancienne meule de moulin, des jardinières en fer.

Le vin était délicieux, un chardonnay gras aux arômes briochés que John détestait – c'était le type de snob qui ne buvait que du rouge, à la limite du porto comme pousse-café. Il s'était moqué de moi au cours de dégustation de vin. « Barb est le genre de personne qui ne voit rien de mal à mettre des glaçons dans son pinot grigio. » Le prof avait grimacé.

— Eh bien, c'est moi qui ai le dernier mot, déclarai-je, même si John n'avait évidemment aucune idée de ce à quoi je faisais allusion. C'est terminé pour toi, les boissons alcoolisées. Je parie que ça te manque.

Il m'écoutait. Parfois, il avait le regard perdu au loin, mais, ce soir, il semblait un peu plus présent.

— Samedi prochain, c'est la soirée de Juliet. Désolée, mais je ne t'emmène pas. J'ai besoin d'un break. Quelques heures avec des gens qui m'aiment bien, tu comprends ?

Je bus une nouvelle gorgée de ce merveilleux chardonnay.

— Au fait, je me demandais quand tu avais cessé de m'aimer. On a été heureux. Notre mariage a été solide pendant longtemps. En tout cas, c'est ce que je croyais. On ne mettait pas le feu à la chambre, mais notre vie me plaisait. Je pensais que toi aussi tu l'aimais. On a eu nos filles, puis nos petites-filles. C'était suffisant pour moi.

Non. Si je devais être honnête, cela ne me suffisait pas tout à fait non plus.

— Je vais t'avouer quelque chose, John. J'avais l'intention de divorcer. J'allais te l'annoncer le jour de notre anniversaire de mariage, pour plus d'effet. « À propos, on est mariés depuis cinquante ans et… je voudrais divorcer. Joyeux anniversaire ! » Je ne savais pas que tu me trompais. J'en avais juste marre de toi. Je n'en pouvais plus que tu ne fasses jamais attention à moi, John. Je me demande combien de fois par jour j'étais dans tes pensées, même si on vivait sous le même toit.

— Chin, dit-il, et le son de sa voix me fit sursauter.

Quand je le dévisageai, il se renfrogna.

— Continue, John, c'est bien. Tu t'en sors très bien.

Ou est-ce qu'il émettait juste des sons au hasard, le pauvre ?

— Cheval.

— C'est ça. La tête de cheval. Tu ne l'as jamais aimée.

Ces mots qu'il sortait tout à coup étaient bon signe. « Chin » pouvait être une allusion au fait que j'avais *chiné* la déco de la terrasse, mais je cherchais sans doute trop loin.

Il remua les lèvres.

— Tu veux dire autre chose, John ?

Il se renfrogna à nouveau et remonta la couverture jusqu'au menton et bouda, un peu comme Brianna ces temps-ci. Peut-être qu'il aimait que je lui parle comme s'il comprenait tout. Et qui sait, peut-être que c'était le cas ?

— J'ai rencontré une de tes amies, poursuivis-je.

Je me servis un deuxième verre de vin, contente d'avoir apporté la bouteille sur la terrasse.

— Karen. Ta petite amie. Ou BUREAU, si j'en crois le répertoire de ton téléphone. Je dois dire que j'ai été surprise quand je l'ai vue. Mais c'est vrai que j'ignore quel est ton genre de femmes, je sais juste que je ne corresponds pas. Elle n'avait pas l'air d'avoir inventé l'eau chaude, mais j'imagine que le QI ne figure pas en haut de la liste des qualités qu'un vieil homme recherche chez une maîtresse.

Il continuait à tirer la tête.

— Caro et moi, on lui a donné rendez-vous pour boire un café. Je lui ai parlé de ton AVC et d'autres choses.

Le visage de John changea, sa mine renfrognée céda la place à de la tristesse.

Je me penchai vers lui et lui tapotai la main.

— J'aimerais bien pouvoir te dire qu'elle a envoyé une carte, un texto ou qu'elle est passée te voir, mais elle n'a rien fait de tout ça. Désolée.

Qu'est-ce qui me prenait de m'excuser que Karen n'en ait rien à fiche de lui ? Ça devait être le vin.

— Bonsoir ? Il y a quelqu'un ?

— On est sur le patio, Caro ! criai-je en lâchant la main de John. Prends un verre à vin. La bouteille est ici.

J'entendis l'armoire s'ouvrir et, une seconde plus tard, elle était là, élégante et jolie.

— Vous êtes bien installés tous les deux, constata-t-elle en se servant de chardonnay et en s'asseyant en face de nous.

— Je viens de raconter à John notre rencontre avec Karen.

— Oh ! cette salope.

Elle se tourna vers lui.

— Tu ne mérites pas Barb, John. Tu m'entends ? Tu n'es même pas digne de nettoyer ses W-C.

— Ça suffit, Caro, c'est mon mari. Peut-être pas le meilleur du monde, je te l'accorde, mais mon mari quand même.

— Tu es trop bonne, Barb.

— Tu l'as dit bouffi, renchéris-je, et on éclata de rire, Caro et moi.

Et il me sembla que John avait un peu souri. Je fermai les yeux et écoutai le chant des oiseaux.

Si c'était ça ma vie désormais, il fallait bien que je l'accepte. Si on mettait de côté cette histoire de mari infidèle, j'avais eu beaucoup de chance. Mes filles, mon amie, ma maison, Stoningham…

— Va dormir, Barb, me conseilla Caro. Tu as l'air épuisée.

— J'avoue que je suis crevée.

— Je vais aider ce vieux salaud à aller se coucher, et je jure de ne pas lui donner de coups de pied. Qu'en dis-tu, John ?

— Oh ! Caro. Tu aboies plus que tu ne mords. Ne l'écoute pas, John. Elle s'occupera très bien de toi.

Et je filai au lit sans même me brosser les dents. Mes vêtements me semblaient lourds comme du plomb.

Est-ce que John vivrait encore longtemps ? Est-ce que je serais capable de tenir ? Heureusement que j'avais Caro. Je m'allongeai, réconfortée par le son de la voix de ma meilleure amie qui parlait à mon mari. Je m'endormis presque avant que ma tête ne touche l'oreiller.

28

Sadie

Pour la première fois depuis des années, Noah et moi étions en voiture ensemble.

Ça me rappelait beaucoup de souvenirs. Même si on était en train de rouler sur l'autoroute en direction de Brooklyn, je revoyais des vitres embuées, des mains sous les T-shirts, des baisers passionnés, des respirations haletantes. Il savait exactement comment je…

— Ça va ? s'enquit-il.

— Oui ! Pourquoi ?

— Tu viens de couiner.

— Moi ? Je ne crois pas. Ça doit être le camion.

Le trajet allait être long.

Vous devez vous demander pour quelle raison on allait à New York ensemble ? J'avais un tableau à livrer à Janice, la décoratrice d'intérieur. La commande stipulait une « peinture gigantesque avec les grosses fleurs qui ressemblent à des vagins. C'est pour un couple de lesbiennes, alors vas-y à fond ».

Lorsque je l'avais appelée pour qu'on s'arrange pour la livraison, Janice était plus stressée qu'à son habitude.

— Tu peux venir l'accrocher toi-même ? Tout le projet est en train de partir en cacahuète. C'est une maison biscornue, j'ai commandé des meubles sur mesure, et l'artisan qui était censé fabriquer la banquette sous la fenêtre du palier vient de me lâcher, et personne n'est disponible avant un an, et le papier peint que les propriétaires avaient choisi n'existe plus. Je m'arrache les cheveux !

— Aucun problème, je m'en charge, dis-je.

Janice avait dû oublier un détail : j'étais dans le Connecticut avec mon père. Mais une journée à New York ne me ferait pas de mal. La dernière fois que j'y étais allée, c'était quelques semaines plus tôt, pour larguer Alexander, et je n'avais évidemment pas été en état de profiter de la ville. New York me remonterait le moral, comme toujours. Rien de tel qu'une journée de printemps à Brooklyn !

Tout à coup, une idée me traversa l'esprit.

— Hé, Janice, je connais peut-être quelqu'un qui pourrait fabriquer ta banquette sous la fenêtre.

— C'est vrai ? Oh ! Sadie, ça me sauverait la vie.

— Je te rappelle.

Je raccrochai, puis je regardai ma chienne.

— Ne me juge pas. C'est strictement professionnel.

Elle remua gentiment la queue, mais ses yeux me laissaient entendre que je ne trompais personne.

Noah avait posé la poutre pour que ma maison ne risque plus de s'effondrer. Il avait également installé les baies vitrées, et c'était incroyable comme cela changeait l'allure de la maison, à la fois de l'extérieur et de l'intérieur. Bon, la structure était encore un peu de guingois, mais Noah m'avait assuré que, si je faisais réparer le toit, ça pouvait se régler.

J'avais appris qu'en matière de rénovation, une fois qu'on commençait, on n'avait plus envie de s'arrêter. Le colossal tableau de fleurs ressemblant à des vagins (désolée, Georgia O'Keeffe) mettrait du beurre dans les épinards.

L'îlot central en bois que je comptais installer permettrait de manger sur de hauts tabourets en admirant le marais salant. Peut-être que Noah pourrait implanter un escalier en colimaçon, comme celui de Juliet. Peut-être qu'il pourrait transformer tout le mur nord en bibliothèque.

Et peut-être que j'avais juste envie de passer plus de temps avec Noah, même si je n'étais pas encore remise de la tromperie et des mensonges d'Alexander. Je l'avais aimé, ou du moins j'avais aimé la personne que je croyais qu'il était. Après l'avoir largué, je m'étais sentie idiote et humiliée, j'avais l'impression d'être nulle : il lui avait fallu trois compagnes, je n'avais pas suffi à le contenter. Je croyais avoir trouvé un homme qui m'aimait sans avoir les mêmes attentes à mon sujet que Noah. Avec Noah, j'avais le sentiment que, tant que je ne mènerais pas la vie dont il rêvait – c'est-à-dire m'installer à Stoningham et faire des enfants –, je ne ferais que le décevoir.

Alexander, lui, m'avait acceptée telle que j'étais. Il était généreux, sympa, pas bête, facile à vivre. Le seul problème, c'est qu'il avait besoin de deux autres femmes pour que sa vie soit remplie.

Quelle situation absurde !

Peu importe, j'appelai tout de même Noah, je lui expliquai que deux riches propriétaires d'une maison à Brooklyn avaient besoin d'urgence d'une banquette sous leur fenêtre. Est-ce que ça le tentait de réaliser une mission rapide à New York ? À ma grande surprise, il accepta.

Quand j'arrivai chez lui ce matin-là, il était dans le jardin. Les jonquilles étaient en fleur, le soleil faisait scintiller ses cheveux. Il confia Marcus à Mickey en me voyant.

— Salut, copine, me lança Mickey. Comment va ? Waouh, t'es vachement mignonne. Je pourrais être gay rien que pour toi.

— Tu l'es déjà, espèce d'allumeuse. Bonjour, Marcus !

Le bébé me sourit, et mes ovaires se mirent spontanément à frémir.

— Tu veux le tenir ?

— On doit se mettre en route, dit Noah en même temps que je répondais avec enthousiasme :

— Oh oui !

Mickey sourit et me passa son fils. Son petit corps chaud et frétillant, ses jambes miniatures mais robustes qui donnaient des coups de pied, et rhoo, l'odeur de ses cheveux…

— Bonjour, mon beau.

Ses cils étaient très longs et soyeux, ses joues étaient grosses, roses et appétissantes.

— Dwah ! s'exclama-t-il en attrapant une poignée de mes cheveux et en tirant dessus. Baba !

— C'est un génie ! déclarai-je aux parents.

Noah sourit. Juste un peu, et probablement à son fils.

— S'il te plaît, s'il te plaît, passons une soirée ensemble, m'implora Mickey. Je veux visiter ta petite baraque loufoque et boire du vin.

— Promis.

— Tu allaites, lui rappela Noah.

— Oh ! c'est vrai, Noah ? J'avais oublié que mes seins étaient gros comme des pastèques, que mes tétons ressemblaient à des soucoupes et que le lait en jaillissait chaque fois que ce bébé sourit.

Elle leva les yeux au ciel.

— Merci pour la *mecsplication*. Quel relou ! Je tirerai mon lait ce soir-là et le jetterai. Pff. C'est la police de l'allaitement ici, Sadie.

— C'est un monstre. Je suis désolée pour tout ce que tu dois endurer.

Elle sourit de toutes ses dents. Je l'aimais vraiment beaucoup.

— On doit y aller, Sadie, intervint Noah.

J'embrassai la tête du bébé – oh ! la partie molle ! c'était tellement adorable ! – et je le rendis à Mickey.

— Je t'appellerai.

— T'as intérêt ! Salut, Noah ! Marcus, fais au revoir à papa !

Elle leva le poing de son fils et le secoua.

Noah se pencha et embrassa son enfant.

— Je t'aime, dit-il (mes ovaires recommencèrent à frémir). À demain, mon cœur.

D'où mon état actuel d'excitation, sur le siège passager du pick-up de Noah, quelques planches de noyer et ses outils embarqués à l'arrière. L'odeur du bois et du café étaient des préliminaires parfaits.

— J'ai apporté des viennoiseries de la boulangerie. Tu en veux ? proposai-je.

— Avec plaisir.

Je lui tendis un pain au chocolat et le regardai manger, hypnotisée par les mouvements de sa mâchoire. Est-ce que ça serait déplacé de balayer les miettes tombées sur ses cuisses ?

— Qui garde ton chien aujourd'hui ?

— Quoi ? Rien ! Oh. Mes nièces.

Je pris une profonde inspiration pour me calmer et je choisis un feuilleté au *cottage cheese* et aux framboises pour évacuer de mon esprit les cuisses de Noah.

— Comment vont-elles ?

— Elles vont bien. Brianna a eu ses règles et est officiellement une adolescente insupportable, et Sloane a un peu de retard à l'école, mais elles sont géniales.

Il sourit, et je fus obligée de me concentrer sur le paysage qui défilait derrière la vitre pour éviter de m'enrouler autour de lui comme une pieuvre.

Quand on arriva à la maison de Brooklyn, le chaos régnait, comme c'était souvent le cas avec les chantiers dont s'occupait Janice. Les déménageurs apportaient des meubles, les peintres terminaient leur travail. Elle se jeta sur moi, alors que je portais l'énorme tableau des vagins en forme de fleur enveloppé dans du papier kraft.

— Laisse-moi le voir ! Rentrons-le. À l'étage, deuxième porte à droite.

Noah nous suivait avec sa boîte à outils.

— Vous devez être Noah, merci d'être venu, vous êtes un ange, vraiment, j'espère que vous ferez ça bien parce que je n'ai pas de plan B pour le moment. Déballe le tableau, Sadie, montre-moi ça !

Je jetai un coup d'œil à Noah en souriant. J'espérais que Janice ne l'avait pas agacé avec ses phrases à rallonge et ses demi-compliments. Il me sourit en retour.

Je déballai soigneusement le tableau et l'appuyai contre le lit.

— Comment tu le trouves ?

— Oh ! Sadie ! Il est magnifique ! Tu l'as signé, j'espère ?

— Mm-hm.

— T'as vu comme il rend bien avec la couette ?! s'exclama Janice.

Je réprimai un soupir. C'était mon gagne-pain, après tout.

La peinture représentait des lys – la fleur qui ressemble le plus à un vagin – et des pois de senteur – qui évoquaient les grandes lèvres –, le tout en très gros plan. J'en étais assez fière. Le couple de lesbiennes allait pouvoir se lâcher sous ce tableau. Contrairement aux « tourbillons » ou aux « gribouillis », celui-ci m'avait demandé plus de travail. Même s'il était largement inspiré de Georgia O'Keeffe, il était réussi et n'était pas une simple copie. Je l'avais réalisé à l'huile, et il avait plus de texture et de détails que les œuvres de la grande Georgia. C'était son style, mais avec un soupçon du mien.

— C'est vraiment joli, Sadie, déclara Noah en examinant ma peinture, la tête légèrement inclinée. Très… détaillé.

Puis il posa ses yeux sombres sur moi avec un léger sourire, et je sentis le rouge me monter aux joues. Il y avait un lit juste derrière moi. Je dis ça, je ne dis rien.

— Parfait, accroche-le au mur et, Noah ? c'est Noah, c'est ça ? Vous allez commencer la banquette sous la fenêtre. Vous avez les photos que je vous ai envoyées ? Vous pouvez obtenir le même résultat ? Vous avez apporté du bois pour l'érection du meuble ?

Oui, Noah, l'érection ! Mon Dieu. J'étais ridicule.

J'installai le tableau, je papotai avec les déménageurs, je déambulai dans la maison. Quelle chance elles avaient, ces deux filles ! J'avais toujours habité Manhattan, Brooklyn était trop branché pour moi, mais waouh ! La maison se trouvait à moins de cent mètres de Prospect Park, un des plus grands parcs publics de la ville, dans une rue bordée d'érables magnifiques. Toutes les fenêtres étaient ouvertes, et le soleil brillait à travers le vitrail du palier, ce qui donnait l'impression que Noah travaillait dans une église.

Il ressemblait vraiment à un ange. Ou peut-être à Joseph, le père de Jésus. Le charpentier, pas Dieu le Père. Ou peut-être même à Jésus, avec ses cheveux noirs indisciplinés, sa barbe un peu hirsute et son teint olivâtre.

— Arrête de me regarder, m'ordonna-t-il sans se retourner.

— Tu as besoin d'une assistante ?

— Oui. Assieds-toi là, ne touche à rien, ne fais rien.

Il me lança un coup d'œil, et des papillons prirent leur envol dans mon estomac. Il avait un élastique noir au poignet et, d'un geste habitué dont je me souvenais bien, il rassembla ses cheveux en une petite queue-de-cheval pour qu'ils ne retombent pas dans ses yeux pendant qu'il travaillait. Quelques boucles s'en échappèrent.

Il avait les cheveux d'un héros ténébreux : Heathcliff des *Hauts de Hurlevent*. Jon Snow de *Game of Thrones*. Darcy d'*Orgueils et Préjugés*. *Tu fais chier, Noah*, pensai-je. *Tu n'as fait que qu'embellir avec l'âge.* En le regardant travailler, en voyant ses gestes sûrs et précis, je me rendis compte que mon beau ténébreux avait mûri et était devenu un homme. Un père. Et qui pourrait être meilleur père que lui ?

— Comment va ton père ? me demanda-t-il, comme s'il avait senti les vibrations paternelles.

— Bien. Il essaie de parler et d'écrire. Enfin, il a tenu un stylo l'autre jour, mais il n'a rien écrit. En tout cas, il le tenait correctement. D'après ma mère, il a dit « cheval » l'autre soir. Et peut-être « chien ». Il réagit vraiment bien à Pepper.

— Cool. Il aime bien Marcus, aussi.

— Tout le monde aime ce bébé.

Pas de réponse. Noah passa la main sur le panneau en noyer, qu'il avait déjà verni. Quelle chance il avait ce panneau.

— Passe-moi la lame à denture inversée.

— J'ai entendu les mots, mais je ne comprends pas à quoi ça correspond.

Un bref sourire.

— Et si tu allais faire quelques tours du pâté de maisons ?

— Tu sous-entends que je suis dans tes pattes ?

— Exactement.

Il me regarda droit dans les yeux.

— Va te promener, ma merveille.

Le temps s'arrêta brusquement. Ce petit nom. Il me transperça le cœur comme une flèche enflammée.

— Comment ça se passe ici ? s'enquit Janice, qui montait l'escalier les bras chargés de coussins. Vous croyez que vous aurez terminé pour 15 heures ? Il y a une pendaison de crémaillère ! Ce soir ! C'est de la folie ! Je dois aménager toute la maison, acheter des fleurs, faire tous les lits, suspendre les serviettes de toilette et caser cette saleté de statue de vache quelque part, qu'est-ce qui m'a pris de commander ça, oh, et devinez qui n'aime pas les fausses orchidées ? Mes clientes lesbiennes !

Un bon point pour elles.

— Tu veux de l'aide ? proposai-je. Je suis dans les pattes de Noah et je suis plutôt douée pour faire les lits et ce genre de choses.

— Tu es un ange, Sadie ! Un ange ! Noah, pour 15 heures, c'est bon ?

— Pas de problème, répondit-il en se concentrant à nouveau sur son travail.

À 15 heures, la maison était plus ou moins en ordre, Noah avait terminé, Janice était ravie de la banquette sous la fenêtre et était en train d'engueuler quelqu'un au téléphone. Elle nous tendit deux enveloppes en articulant en silence « vous êtes des anges ! » et nous fit au revoir de la main.

On quitta la maison, même si j'avais vaguement espéré rencontrer les propriétaires, être invitée à la pendaison de crémaillère et finir sur une pile de manteaux collée contre Noah, à l'embrasser.

Noah ouvrit son enveloppe.

— La vache ! C'est vingt pour cent de plus que mon devis.

— Elle verse un bonus pour les travaux en urgence. Elle est un peu tarée, mais elle est géniale.

— Je devrais bosser ici plus souvent.

Il y a quelques années, j'aurais donné n'importe quoi pour l'entendre prononcer ces paroles. Je ne relevai pas, mais le ton désinvolte avec lequel il les avait prononcées me fit de la peine.

— Maintenant qu'elle a vu ton travail, il y a des chances qu'elle te rappelle.

— Merci de m'avoir recommandé, Sadie.

— Avec plaisir.

— Tu vois ton petit ami, ce soir ? demanda-t-il alors qu'on se dirigeait vers son pick-up.

— Oh. Non. C'est fini. Il avait une femme dans chaque port, comme on dit. Ou dans deux autres ports, dans son cas.

Noah se figea.

— Merde.

— Comme tu dis.

— Tu as le cœur brisé ?

Contrairement à ma diarrhée verbale habituelle, j'avais bizarrement du mal à en parler. Parce que, en réalité, c'était lui, Noah, qui m'avait brisé le cœur.

— Un peu. Je me sens surtout bête.

— Parce que tu ne savais pas ?

— Oui.

Naïve, stupide, innocente Sadie.

— Parce que tu pensais qu'il était sincère ?

— Exactement.

— Ce n'est pas de la bêtise, Sadie. C'est juste… toi. Tu fais confiance aux gens.

Le vent faisait bruisser les feuilles d'érable, elles étaient si vertes et lustrées qu'elles brillaient.

— Merci, Noah.

— Tu veux que je lui démolisse le portrait ?

Je m'esclaffai.

— Pas la peine. C'est un vendeur de yachts mollasson. Tu es un charpentier qui déchire. Ce ne serait pas juste.

Le coin de sa bouche se souleva en un demi-sourire.

— Bon, tu veux manger un bout ? fit-il. Je meurs de faim.

— Ici ? Dans cette ville horrible que tu détestes ?

— Je ne déteste pas Brooklyn. C'est sympa, Brooklyn.

— Tu prends le train en marche, dis donc ! Ça fait des années que Brooklyn est branché. Mais, oui, allons chercher une grillade à un *food truck*. Ça sent super bon.

On acheta deux *gyros* sur la Septième Avenue et on les emmena dans Prospect Park pour les dévorer sur un banc en face d'une vaste pelouse. Quand on eut terminé, je décrétai :

— Allez, viens. Toi qui aimes la nature, je vais te montrer le jardin botanique. Même si Brooklyn te plaît déjà, prépare-toi à être impressionné. C'est la journée idéale pour le visiter.

Nous étions fin avril, les cerisiers étaient couverts de fleurs roses, quelques-unes tombèrent dans les cheveux de Noah, et je les y laissai parce que l'effet était joli. Ce qu'il ignorait ne pouvait pas lui faire de mal. Des milliers de fleurs avaient éclos, et les bernaches du Canada se pavanaient, avec leurs petits qui trottinaient dans leur sillage. Le bruit constant de la circulation et de musiques qui définissait New York ne s'entendait pas ici, et les odeurs de l'herbe et des fleurs se mélangeaient pour former un parfum délicieux. Un chien d'aveugle, un golden retriever, passa devant nous, et je pensai à Pepper. Est-ce qu'elle aimerait la ville ? Probablement pas :

elle était habituée à gambader sur les bords du fleuve, à se baigner dans l'océan, à se rouler sur des mouettes mortes dès qu'elle en trouvait. Peut-être qu'elle se mettrait aux pigeons. Cette idée me fit grimacer. Les trottoirs de New York pouvaient devenir tellement brûlants l'été…

Non. Je n'allais pas me tracasser pour ça maintenant. Mon père allait mieux, je resterais à Stoningham jusqu'à la fin de l'été, et on n'était même pas en mai. Les gens avaient des chiens à New York. Pepper survivrait.

Pour l'instant, j'étais à Brooklyn avec Noah. Ses cheveux s'étaient échappés de l'élastique, et il attirait le regard des femmes… et de quelques hommes aussi. Il était encore plus cool parce qu'il ne faisait pas d'efforts. Il portait un Levi's, des chaussures de sécurité qui avaient connu des jours meilleurs, une chemise en flanelle usée sur un T-shirt vert foncé uni, sans phrase drôle ni nom de groupe de rock. Il était authentique, et c'était rare dans ce coin de Brooklyn, surtout chez les hommes de son âge.

— C'est magnifique, déclara-t-il alors que nous passions sous une arche formée par des cerisiers en fleur enlacés. Je comprends pourquoi tu aimes cet endroit. Ce n'est pas juste du béton et du bruit.

Je sentis un pincement au cœur.

— C'est vrai, murmurai-je.

— Je suis content qu'on soit à nouveau amis.

— Moi aussi, Noah. Tu m'as manqué.

Voilà, mon cœur sur un plateau, tendu vers lui.

Il hocha la tête.

— Pareil.

Un homme de peu de mots. On se regarda pendant une longue minute.

— Bon, fit-il brusquement, qu'est-ce qu'il y a dans ce bâtiment en verre ?

— Plein de chouettes trucs, répondis-je, un peu soulagée. Allons-y !

Les serres du Conservatoire étaient effectivement très sympas à visiter, elles offraient la possibilité d'explorer différentes biosphères. J'étais un peu triste à l'idée que notre relation aurait pu être différente si Noah s'était montré plus ouvert d'esprit à l'époque, et s'était simplement… détendu. Mais je n'en montrai rien.

Cependant Noah me connaissait. Il était pratiquement capable de lire dans mes pensées, comme moi dans les siennes. Une histoire d'un été ne nous mènerait à rien de bon. Je finirais par revenir ici, et il avait un enfant et une vie bien remplie à Stoningham. Si on se brisait encore le cœur, la douleur serait trop forte.

Pendant une journée seulement, on pouvait jouer à être à nouveau de simples amis, comme avant de sortir ensemble, lorsque discuter et faire des trucs tous les deux étaient aussi simples et naturels que respirer. Et pendant cette journée, je ferais semblant de ne pas être amoureuse de lui, parce que ça ne mènerait nulle part, sauf à de la souffrance. Et je préférais me couper la main plutôt que de faire souffrir une nouvelle fois Noah Sebastian Pelletier.

On dîna dans un petit restaurant italien et on rentra tard. Je m'endormis pendant le trajet et, lorsque je me réveillai, on quittait l'autoroute pour rejoindre Stoningham.

— Désolée.

— Pas besoin de t'excuser.

— C'était une super journée.

— Bien d'accord.

La « papote » était terminée : Noah ne dit plus un mot pendant qu'on traversait la ville et qu'on passait devant les boutiques et les restaurants fermés pour la nuit. J'envisageai de lui demander de me déposer chez mes parents pour que je puisse voir mon père, mais il était presque 23 heures.

Pepper avait été ramenée chez moi, et dès que le pick-up s'engagea dans l'allée, j'entendis ses aboiements joyeux. Noah sortit aussi, et un picotement chaud démarra dans mon bas-ventre avant de s'étendre à mes bras et à mes jambes.

S'il m'embrassait, s'il proposait de rester, je serais incapable de refuser : mon désir, l'amour que je lui portais, tout ce qu'il représentait pour moi étaient trop forts.

Il m'accompagna jusqu'au porche.

— Comment va le toit ?

— Il fuit toujours dès qu'il pleut trop fort.

— J'essaierai de passer un jour de cette semaine. On annonce de l'orage pour mercredi.

— T'en fais pas, je vais m'en occuper.

— Pourquoi est-ce que j'associe l'image de toi sur une échelle à une ambulance ? N'inquiète pas ta mère inutilement, laisse-moi me charger de ça.

Pepper devenait folle de l'autre côté de la porte. Je lui ouvris et la laissai sortir. Elle agita la queue, me lécha les mains, et je me penchai pour la caresser. Elle fit la même fête à Noah et essaya même de se frotter contre sa jambe. La pomme ne tombe jamais loin de l'arbre. Noah la repoussa gentiment et l'envoya au bas des marches.

— Allez, file.

— Tu veux… un café ? Ou un verre d'eau ? J'ai de l'eau.

— Non merci, ça ira.

Une rafale de vent s'éleva, et Noah repoussa mes cheveux. Ses doigts glissèrent le long de mon cuir chevelu. Je fermai les paupières pendant une seconde. Puis je me retrouvai dans ses bras, et il me pressa contre lui… il ne m'embrassa pas, mais m'enveloppa complètement. Je me sentais tellement bien, protégée et… aimée. J'entendais son cœur battre contre ma poitrine. Son odeur familière me chatouillait les narines. C'était parfait. Je le serrai de toutes mes forces, je percevais ses muscles puissants, sa clavicule contre ma joue.

— Je ferais mieux d'y aller, chuchota-t-il.

— D'accord.

Aucun de nous deux ne relâcha l'autre. Pendant une seconde, il me serra encore plus fort. Tout mon corps le désirait.

Puis il s'écarta, prit une inspiration frémissante et dit :

— Bon. Salut.

Et c'était fini. Une seconde plus tard, il redémarrait et s'éloignait, tandis que je restais là, à le regarder partir.

C'était l'histoire de ma vie.

29

Juliet

Juliet détestait organiser des soirées. Et, pas de chance, c'était exactement ce qu'elle était en train de faire.

Même les réunions de son petit club de lecture l'angoissaient : quelles boissons devait-elle servir ? Si elle préparait des cocktails, est-ce que les participants seraient en état de conduire pour rentrer ? Est-ce que le vin était trop banal ? Est-ce qu'elle devait cuisiner des biscuits ? Pourquoi est-ce qu'elle avait choisi un essai et pas un roman ? Est-ce que le pop-corn était un snack acceptable ?

La soirée qu'elle organisait pour l'heure était dix fois plus importante que celle de son club de lecture. Si elle avait eu des tranquillisants pour chevaux sous la main, elle en aurait volontiers avalé quelques-uns. Au moins, pour cette fête-ci, elle avait de l'aide, mais elle était encore plus stressée que d'habitude, à cause de la semaine d'enfer qu'elle avait eue au bureau.

On était le 1er mai, et c'était leur tradition, à Oliver et à elle. Lorsqu'ils avaient emménagé à Stoningham, qu'ils avaient acheté l'ancienne maison qui occupait le terrain, qu'ils l'avaient démolie et avaient conçu cette magnifique structure de bois et de verre, ils avaient organisé une pendaison de crémaillère un 1er mai. Et depuis lors, ils organisaient une fête chaque année à la même date. Il y avait des cocktails préparés par un barman, des traiteurs avec des plateaux chargés de nourriture, des lampions accrochés aux arbres, la maison était décorée de bouquets de lilas, et la terrasse sur le toit était ombragée par un auvent en toile. Des jardinières carrées en ciment débordaient de graminées ornementales, et chaque table était garnie de pots de mousse fraîche et de fougères, ça faisait très Brooklyn, très cool. La nourriture venait directement de producteurs locaux, et quatre lycéennes étaient payées vingt-cinq dollars de l'heure pour servir et débarrasser.

Juliet savait que sa maison était extraordinaire, quatre niveaux en bois foncé et en verre s'agençaient les uns au-dessus des autres. L'intérieur était inversé : le rez-de-chaussée se composait d'une belle entrée, d'un débarras, d'un salon, d'une salle de jeux ou de créativité – selon les envies des filles – et du bureau d'Oliver. Au premier étage se trouvaient les chambres – quatre, dont trois avec salle de bains, et une bibliothèque cosy avec des canapés où Oliver et elle faisaient la lecture aux filles le soir et où elles lisaient seules parfois. Le deuxième étage accueillait l'immense cuisine, la salle à manger et son spacieux bureau équipé d'une ancienne table à dessin et d'un énorme bureau pour ses écrans d'ordinateur.

Le troisième étage était ce que Brianna, quand elle avait quatre ans, avait baptisé la « salle du ciel ». Une immense pièce qui occupait tout l'étage. Par temps clair, la vue était tellement dégagée qu'on apercevait la pointe de Long Island. C'était un endroit magnifique pour admirer les orages, les éclairs qui crépitaient depuis le ciel jusqu'à la surface de l'océan ou les flocons de neige soufflés contre les vitres. On se sentait en sécurité et envoûtée, comme une héroïne d'un conte de fées. Enfin, la cerise sur le gâteau, c'était la terrasse au dernier étage, avec des garde-corps en câble et un auvent rétractable, des canapés et des transats, un petit bar et une cuisine extérieure, ainsi que des jardinières remplies de toutes les plantes que Juliet avait choisies cette année-là.

C'était clairement une maison d'architecte, qui avait à la fois pour but d'impressionner les visiteurs et d'offrir un cocon à la famille qui y vivait. Cette soirée servait à rappeler aux gens que les Frost-Smitherington étaient là, qu'ils se souciaient de leur quartier et de la ville. Que Juliet était une Frost appartenant à la famille Frost de Stoningham, qu'elle était la fille de Barb.

L'événement aurait dû être sympa. Il l'était généralement, si on ne tenait pas compte du stress de l'hôtesse.

Mais, cette année, Juliet n'était pas d'humeur à faire la fête. Elle était dans la « salle du ciel », et se sentait seule et mal à l'aise tout en espérant que ça ne se voie pas. Oliver riait en compagnie de quelques collègues, dont une femme qui le collait et n'arrêtait pas de rejeter ses cheveux en arrière. Juliet devait-elle les rejoindre et marquer son territoire : glisser un bras autour de la taille de son mari et ordonner un silencieux « dégage, salope » ? Est-ce que c'était comme ça que la liaison de son père avait commencé, à cause d'une femme de son bureau ? Qui était cette femme qui bavait pratiquement sur Oliver ? Est-ce que Juliet l'avait déjà croisée ? Oh ! elle posait sa main sur le bras d'Oliver maintenant, et est-ce qu'il réagissait ? Non ! Il la laissait faire !

— Juliet, quelle merveilleuse soirée. Comme toujours !

Saanvi Talwar, leur voisine, presque une amie pour elle, sourit en la serrant dans ses bras.

— Maintenant que Geneviève nous a quittés, tu reprends le flambeau de l'hôtesse préférée de Stoningham.

Merde, j'espère que non.

— Je suis tellement contente de te voir, Saanvi. Comment ça se passe à l'hôpital ?

— Oh ! mon Dieu, les compagnies d'assurances tuent la médecine telle qu'on la connaît, mais on tient le coup !

— Je suis sûre que vous faites un boulot incroyable. Tu as goûté les boulettes ? Il faut absolument que tu essaies. Je crois que tu vas adorer.

— On devrait se voir un de ces quatre, rien que nous deux, proposa Saanvi. Se réserver un soir par mois pour aller boire un verre de vin ensemble.

— Ça me ferait super plaisir !

C'était vrai. Mais quand ? Est-ce que Saanvi disait cela par simple gentillesse ? Est-ce que ce serait impoli de sortir son téléphone et de la forcer à fixer une date ?

— Oh ! voilà Ellen. Ça fait une éternité que je ne l'ai pas vue ! Merci encore de nous recevoir, Juliet. Cette maison est époustouflante.

Saanvi sourit et s'éloigna, avec sa grâce naturelle pour les interactions sociales. Juliet était obligée de déployer une énergie considérable pour arriver au même résultat.

Elle aurait dû étudier la médecine, comme Saanvi et son mari. Médecin, c'était une profession où on ne se faisait pas voler la vedette par les jeunes, si ? Ils se contentaient de gagner en expérience et en renommée avec l'âge.

À propos de jeunes qui marchaient sur les plates-bandes de leurs aînés, Arwen était arrivée. Juliet la vit s'avancer gracieusement vers elle, elle semblait presque flotter, et les têtes se tournaient sur son passage.

— Merci de m'avoir invitée, Juliet. Quelle superbe maison !

Arwen embrassa l'air au-dessus de ses joues, nota Juliet.

— Bonsoir, bonsoir. Je suis ravie que tu aies pu venir, répondit-elle. Bonsoir, bonsoir !

Bon sang, il fallait qu'elle se calme.

Arwen portait une longue robe blanche et des sandales toutes simples, on aurait dit une déesse grecque avec une coiffure spectaculaire. Des sandales, une bague d'orteil et un bracelet en cuir brun serti d'une seule pierre turquoise. Une bague en or à l'index, juste au-dessus de la deuxième phalange. Elle tenait un verre de rosé qui semblait assorti à son teint et mettait en valeur sa tenue. Ses doigts entouraient avec grâce le verre sans pied.

Juliet se sentit immédiatement à la fois moins classe et trop habillée. Sa robe de cocktail noire moulante avait pour objectif de montrer qu'elle courait dix kilomètres sur son tapis tous les jours. Elle ne portait pas de collants, et ses talons aiguilles noirs qui avaient coûté une fortune lui semblaient tout à coup un peu démodés.

— Oliver ! appela-t-elle. Tu te souviens d'Arwen ?

Elle fit signe à son mari, qui délaissa enfin le pot de colle et les rejoignit, un verre à la main.

— Bonsoir, Arwen. Ça me fait plaisir de te revoir. Tu es venue avec quelqu'un ?

— Tout à fait. Cecille, viens rencontrer nos charmants hôtes.

Arwen héla une grande femme avec une coupe afro resplendissante.

— Cecille, voici ma collègue, Juliet Frost, et son mari, Oliver.

« Collègue » ? Juliet était la *patronne* d'Arwen.

— Enchantée, fit Cecille. Quelle vue magnifique. C'est vous qui avez construit cette maison, madame Frost ?

« Mme Frost ». *Argh.*

— On peut se tutoyer, et appelle-moi Juliet. Oui, je l'ai conçue moi-même.

Elle relata brièvement les travaux de démolition de l'ancienne bâtisse tout en observant le visage d'Arwen. Celle-ci n'était pas impressionnée. Elle avait même carrément l'air de s'ennuyer.

— Ma femme est un génie, conclut Oliver en passant le bras autour de sa taille. Elle a tout dessiné dans les moindres détails.

Il lui embrassa la tempe.

— J'ai de la chance d'avoir épousé une architecte. Sans elle, je vivrais dans une boîte à chaussures. Je n'ai aucun goût. Tout ça, c'est elle.

Juliet sourit avec gratitude.

— Oh ! tu es architecte aussi ? s'étonna Cecille. Je croyais que tu travaillais… dans l'administration.

Juliet veilla à ne pas regarder Arwen et placarda sur son visage une expression qu'elle espérait faire passer pour agréable.

— Je suis architecte avant tout, mais je gère aussi des projets.

Arwen n'avait pas mentionné ce qu'elle faisait ? Qui elle était ? Elle n'avait même pas dit « ma boss organise une soirée et on doit y aller » ?

— Je suis la N+1 d'Arwen, poursuivit Juliet. Je supervise tout son travail et celui de quatre autres architectes chez DJK.

Elle sourit (du moins c'est ce qu'elle espéra avoir fait) et inclina la tête contre l'épaule d'Oliver.

— Amusez-vous bien. Il y a une terrasse sur le toit. L'escalier en colimaçon là dans le coin vous y mènera directement, et la vue est magnifique.

Elles s'éloignèrent main dans la main. Juliet crut entendre « tellement années 1990 », mais elle n'en était pas sûre.

— Elles sont plutôt sympas, commenta Oliver.

Elle tourna brusquement la tête vers lui.

— Sympas ?

— Tu ne trouves pas ?

Elle ne pouvait évidemment pas lui expliquer. Pas ici, pas maintenant. Peut-être même jamais.

— Il me faut un truc à boire.

— Bien sûr. Qu'est-ce que tu veux ? Et juste une petite mise en garde, mon amour…

Il baissa la voix.

— Ne bois pas trop, ce soir.

— Bon sang, Oliver.

— Je dis ça comme ça. Je vais te chercher un verre. Du chardonnay ?

— Je vais le chercher moi-même.

Elle aimait bien le chardonnay. Elle aimait beaucoup les cosmopolitan aussi, mais c'était tellement cliché aujourd'hui, tellement moyenâgeux. Elle appréciait même les appletini, bon sang, qui étaient populaires dans les années 1990. Elle sortit sur la terrasse, où était installé un des deux bars.

— Je vais prendre un verre de rosé, annonça-t-elle au barman.

Elle se détestait de commander ça, mais elle n'osait pas avoir l'air encore plus démodée qu'elle n'avait l'impression de l'être.

— Ma chérie !

Sa mère se détacha d'un groupe, s'approcha d'elle et lui tapota la joue.

— Quel succès ! Tu t'es surpassée. Je sais que je dis ça chaque année, mais c'est parce que, chaque année, c'est la stricte vérité.

Une vraie alliée, enfin.

— Bonsoir, maman. Bonsoir, Caro. Tu es venue avec Ted ?

— Ted et moi, on est au bord du gouffre, déclara Caro en souriant. Comme tu vois, ça me fend le cœur.

— Oh ! heu... bon, je suis contente que tu aies pu venir tout de même.

— Je n'aurais manqué ça pour rien au monde !

Riley London, l'arrière-petite-fille de Geneviève et sa baby-sitter préférée, passa en courant, à la poursuite de Sloane et d'une petite fille aux cheveux emmêlés. La petite Finlay, peut-être ?

— Bonsoir, madame Frost ! lança Riley par-dessus son épaule.

Elle sortait avec Rav Talwar, le fils de Saanvi. Juliet l'avait engagée pour surveiller les plus jeunes enfants, une attention qui faisait plaisir aux parents concernés. Brianna aurait pu s'en charger également, mais ce n'était pas son genre, et puis, douze ans, c'était un peu jeune pour jouer les baby-sitters, non ? ou est-ce que Juliet lui cherchait des excuses ? Est-ce qu'elle aurait dû obliger Brianna à le faire ? Et si sa fille aînée devenait un de ces horribles enfants qui imaginent que tout leur est dû ? Et si elle l'était déjà ? Est-ce que Juliet l'avait mal élevée ? Est-ce qu'elle devrait l'obliger à se porter volontaire pour d'autres activités que le festival des arts de Stoningham ? Peut-être l'emmener dans une maison de retraite et…

— Tout va bien, ma chérie ? lui demanda sa mère.

— Oui, très bien. Super ! Et toi ? N'oublie pas que tu es une invitée. Ne laisse pas les gens te tenir la jambe. Je veux que tu te détendes. Tu as bu quelque chose ? La nourriture est délicieuse. Vas-y ! Profites-en.

— Madame Frost, puis-je avoir une seconde de votre temps ? intervint une femme dont Juliet oubliait sans cesse le nom. J'ai un problème d'écoulement d'eau dans mon jardin, et nous avons laissé un message vocal à votre bureau hier soir, mais nous n'avons pas eu de nouvelles.

— Très certainement parce qu'on est samedi, et que même la maire de cette ville a droit à un jour de repos, répliqua Juliet en souriant pour adoucir ses propos. Ma mère est officiellement en congé.

— Non, ce n'est pas grave, fit cette dernière. Expliquez-moi le problème.

Aimable, comme toujours. Juliet se demanda si quelqu'un se rendait compte de tout le travail que sa mère abattait.

Elle envoya un texto à Brianna. Elle savait que c'était ridicule, mais il y avait soixante invités, et elle n'avait pas le temps de monter et descendre trois étages pour chercher son aînée, qui se cachait sans doute.

Mamy et tante Caro auraient bien besoin de compagnie et d'une garde du corps. Ça te dérangerait de passer du temps avec elles ?

« Pas de problème », répondit Brianna.

Bien. C'était gentil. Brianna n'était peut-être pas une cause perdue. Maintenant, Juliet serait rassurée de savoir où était sa fille et que sa mère passe du temps avec l'une de ses personnes préférées.

Des éclats de rire s'élevèrent d'un groupe éloigné, composé d'Emma London, de la mère de Riley, de Jamilah Finlay, que Juliet connaissait par l'Association des femmes de Stoningham, et de Beth, la gérante de Harvest, où Oliver et elle mangeaient de temps en temps. La voir lui rappela qu'ils n'étaient plus sortis en tête à tête depuis longtemps. Ces femmes étaient toutes plus jeunes qu'elle, elles avaient l'âge d'Arwen. Evelyn, de son club de lecture, était arrivée aussi, ainsi que Lucia et Emiko. C'étaient toutes des femmes que Juliet fréquentait et appréciait. Les collègues d'Oliver étaient là aussi.

Elle connaissait beaucoup de monde, mais avait peu d'amis proches. C'était le prix à payer pour une carrière qui l'amenait à voyager aux quatre coins du monde, tout en veillant à être là pour les filles au moins quatre-vingt-dix pour cent du temps et à ce que son mariage ne prenne pas la poussière.

Elle n'avait pas d'amis. Pas vraiment. Aucun qui soit aussi proche d'elle que sa mère de Caro.

Juliet eut tout à coup envie de fondre en larmes.

— Salut.

C'était Sadie.

— Comment ça va ? fit-elle.

— Horrible. Je déteste les soirées.

— Tu le caches très bien. La maison est magnifique, et tout le monde a l'air de s'amuser.

— Comment vas-tu ? demanda Juliet. Alexander est là ?

— Ah non. On a rompu.

Juliet cligna des yeux.

— Oh ! Tu… ça va ?

— Tu avais raison. C'est un connard. Tu es fière de l'avoir compris avant moi ? Oh ! hé, vous, là, avec le plateau, arrêtez-vous ici.

Sadie attrapa trois crevettes enveloppées dans du bacon et en enfourna une, puis la regarda.

— Tu as l'air stressée.

— Merci. Qu'est-ce que je suis censée répondre à ça ?

— Je ne sais pas ! Je suis ta sœur. C'est normal que je m'inquiète pour toi. Tout va bien ?

— Oui. Mais toi, ça va ? Toi et Bouffon, c'était sérieux, non ?

— C'est ce que j'imaginais. Mais ses deux autres petites amies ne seraient sans doute pas du même avis.

Juliet sentit sa mâchoire se décrocher.

— Ce type est une ordure. Merde. Est-ce que tu…

Elle baissa la voix.

— Tu as passé un examen médical ?

— Oui, je n'ai rien, heureusement. J'ai aussi identifié ses autres petites amies sur Facebook et je les ai mises au courant. Elles ont l'air très sympas. Une des deux était vraiment effondrée.

— Préviens-moi si tu veux qu'un immeuble lui tombe sur la tête.

Sadie sourit.

— Tu es une chouette sœur, Ju, tu le sais ?

Elle balaya du regard la soirée, en mangeant les autres crevettes.

— Il y a quelqu'un que je connais ici, à part Oliver, maman et Caro ?

— C'est peu probable. Viens, je vais te présenter à quelques personnes.

Elle entraîna sa sœur vers les jeunes femmes de Stoningham et fit les présentations. Sadie signala à Emma London qu'elle avait failli faire un stage dans l'entreprise de sa grand-mère un été, et, en un rien de temps, elle était intégrée dans le groupe ; elle riait, posait des questions personnelles sans se retenir et obtenait des réponses. Il y avait gros à parier qu'elle les inviterait à boire des margaritas avant la fin de la semaine : ça se passait toujours comme ça pour Sadie.

Juliet monta l'escalier (qui ne faisait absolument pas années 1990) pour rejoindre le toit. La terrasse était tellement impressionnante que même la regrettée Geneviève London l'avait admirée. Elle prit une profonde inspiration et essaya de chasser l'angoisse qui enflait.

Mais rien n'y fit.

— Juliet, dit une voix tonitruante.

C'était Dave Kingston. Et merde, Edward Decker était là aussi. Les deux partenaires de DJK. Edward parlait rarement, et même s'il avait hoché la tête pendant son évaluation annuelle et avait approuvé les augmentations qu'on lui avait accordées, Juliet ne savait jamais exactement à quoi s'en tenir avec lui.

— Je suis ravie que vous ayez pu venir, prétendit-elle en embrassant l'air autour d'eux comme Arwen l'avait fait avec elle. Vous passez une bonne soirée ?

— Excellente, répondit Dave. Écoutez, Juliet.

Son cœur se recroquevilla.

— Nous formons une équipe chez DJK, comme vous le savez sûrement.

— Évidemment !

— Alors ce… souci de la hiérarchie… n'est pas nécessaire, il me semble.

— Je ne suis pas sûre de comprendre de quoi vous parlez.

— Arwen nous a signalé que vous l'aviez « remise à sa place », intervint Edward en formant des guillemets avec les doigts, ce qui lui donna un air ridicule.

Merde. Si Edward ouvrait la bouche, c'est que l'heure était grave.

— Qu'est-ce que j'ai fait exactement ?

— Elle a dit que vous aviez clairement souligné devant sa… compagne que vous étiez plus haut placée qu'elle.

— Heu… non. Son amie m'a demandé si j'étais architecte et j'ai expliqué que j'étais à la fois responsable de projets et…

— Ça n'a pas d'importance, l'interrompit Dave. Les titres ne veulent rien dire de toute façon, vous ne trouvez pas ? Chez DJK, nous tenons beaucoup à ne pas respecter les codes. Nous sommes une méritocratie. Ça ne colle pas à l'image de notre cabinet, si vous êtes… enfin… Vous voyez.

— Non, Dave, je ne vois pas, répondit-elle d'un ton ferme. Arwen travaille sous mon autorité. J'ai douze ans d'expérience de plus qu'elle, et ce serait irresponsable de notre part de ne pas lui apporter de supervision et de conseils.

— Il n'était pas nécessaire de la poignarder dans le dos, insista Dave.

— En quoi est-ce que je…

Edward l'interrompit.

— La visibilité qu'elle a apportée au bureau est bénéfique à tous, Juliet. Faisons en sorte qu'elle continue à être heureuse de travailler chez nous, si vous le voulez bien.

Le picotement de panique commençait à se faire sentir dans ses pieds.

— Bien sûr. C'est compris.

— Parfait.

Juliet jeta un coup d'œil en direction d'Arwen, qui était en train de montrer quelque chose sur l'océan à Cecille. *Elle t'a dénoncée*, lui fit remarquer son cerveau. *Tu t'es défendue, elle t'a balancée, et les patrons sont de son côté.*

— Excusez-moi, dit-elle, je dois vérifier quelque chose. Profitez bien de la fête.

Elle força les muscles de ses joues à s'étirer pour former une grimace qui pourrait passer pour un sourire. La panique avait gagné ses genoux maintenant, et sa respiration devenait difficile.

Elle descendit l'escalier de la « salle du ciel », puis le suivant, « bonsoir, bonsoir, vous vous amusez ? bien, merveilleux, n'oubliez pas de goûter les choux à la crème, ils sont délicieux, mais avec plaisir, je suis contente de vous voir ». Quand elle tourna à gauche, les larmes montèrent, mais ce n'était pas grave, voilà la chambre, fermer la porte, vérifier qu'il n'y a personne, il n'y a pas intérêt, c'est *sa* chambre, dans le placard, fermer la porte, en sécurité, en sécurité, en sécurité.

Elle pleurait. *Évanouis-toi*, s'ordonna-t-elle. *Évanouis-toi. Finis à l'hôpital, que tout le monde regrette d'avoir pris le parti d'Arwen.* Juliet souffrait peut-être d'une horrible maladie mortelle qui la dispenserait de tout, si ce n'est de rester dans un fauteuil dans le salon et de colorier avec Sloane. Brianna l'aimerait à nouveau, et la maladie durerait jusqu'à ce que les filles soient grandes. Alors Juliet pourrait s'éteindre doucement en admirant les nuages au-dessus de l'océan. Ce serait vraiment merveilleux.

Ou alors elle démissionnerait, ferait sa valise et partirait pour le Montana. Comme pompier parachutiste, elle consacrerait sa vie à sauver les gens. Elle manquerait aux filles, mais elles pourraient lui rendre visite. Si elle mourait dans un incendie, au moins ce serait pour la bonne cause. Oliver s'en sortirait bien sans elle. Il se remarierait en quelques semaines. Cette pensée la fit sangloter.

À moins qu'elle n'ait besoin d'un psy. Mais ça exigerait d'elle une heure par semaine qu'elle n'avait pas. À part sa mère, elle n'avait personne à qui parler, et Barb avait déjà bien assez de fardeaux sur les bras. Évidemment, tout le monde acceptait son invitation du 1er mai, lui faisait la conversation et la saluait chaleureusement, mais à quand remontait la dernière fois où quelqu'un lui avait demandé comment elle allait et l'avait vraiment écoutée ?

Elle détestait organiser des réceptions. Elle les avait en horreur. Elle détestait essayer d'être amie avec des gens qui ne lui rendaient pas la pareille (d'accord, c'est vrai, Saanvi l'avait invitée une fois, mais Juliet avait dû partir à Dubaï pour deux nuits et, à part un verre de vin de temps à autre à New Haven, et toujours à son initiative, se rappela Juliet, Saanvi ne lui avait plus jamais rien proposé en dehors de la suggestion très vague de tout à l'heure). Juliet n'aurait pas dû organiser cette fête. Elle aurait dû passer la soirée dans le jacuzzi à regarder un film. Ce qu'elle ne faisait plus jamais, mais quand même.

« Inspire, expire. Inspire l'amour, expire l'insécurité », comme le lui conseillait son appli de méditation. Encore une tâche qu'elle avait laissé tomber.

Qu'est-ce qui se passait ? Elle avait suivi toutes les règles, et pourtant elle se retrouvait là, réfugiée dans son armoire, et elle n'aurait voulu être nulle part ailleurs.

Mais les partenaires de DJK étaient là-haut, et Arwen, et Kathy aussi, il fallait qu'elle affiche une attitude forte et confiante, il fallait qu'elle leur montre qu'elle gérait à cent pour cent. Elle allait devoir faire pression pour devenir associée chez DJK. Six mois plus tôt, c'était presque une évidence pour elle. Aucun autre architecte n'avait autant de projets réussis à son actif. Personne n'avait apporté autant de clients. Le statut de partenaire lui garantirait un revenu à vie. Elle serait intouchable. Et si Arwen finissait par l'obtenir un jour, ce ne serait pas grave. Ce serait formidable même, parce que, avec deux femmes partenaires, il y aurait une représentation équilibrée.

Mais si elle ne devenait pas associée… ?

Non, cette idée était insupportable.

Elle se leva, fila dans la salle de bains, retoucha son maquillage, s'appliqua du rouge à lèvres rouge vif, enfila une combinaison noire fluide et les grosses boucles d'oreilles en diamant qu'Oliver lui avait offertes pour leurs dix ans de mariage.

— Tu es brillante et sûre de toi, déclara-t-elle à voix haute sans prêter attention à ses mains qui tremblaient. C'est ta soirée. Ta maison magnifique. Ton mari merveilleux. Tes enfants en parfaite santé. C'est grâce à toi que tout cela est arrivé. Tu es à ta place ce soir.

Elle retourna auprès de ses invités et fit semblant que ça ne la dérangeait pas qu'Arwen fasse rire Dave et Edward aux éclats, feignit de ne pas remarquer que la femme qui collait Oliver était de nouveau à côté de lui, de ne pas être agacée que Sadie passe un bon moment avec des gens que Juliet avait rencontrés avant elle, mais qu'elle connaissait à peine. Elle endura tout cela. Pendant les quatre heures qui suivirent, elle supporta tout en bon petit soldat. Voilà à quoi se résumait sa vie ces derniers temps. Tenir le coup la journée jusqu'à ce qu'il n'y ait rien de choquant à ce qu'elle aille se coucher.

*

Quand la fête se termina enfin, que les lycéennes eurent fait de leur mieux pour ranger et que Sloane et Brianna dormaient à poings fermés, Oliver lui servit un verre de chardonnay (Dieu merci, pensa Juliet, car le rosé n'avait aucun goût). Ils s'installèrent dans la « salle du ciel », parce que les moustiques étaient déchaînés sur la terrasse.

— Super soirée, mon chéri, prétendit-elle.

— Tu trouves ? Moi pas.

La voix d'Oliver était inhabituellement tendue.

— Quoi ? Pourquoi ?

— Mais enfin, où étais-tu passée ? Tu as disparu pendant au moins une demi-heure ! Kathy t'a cherchée, et je n'avais aucune idée de l'endroit où tu étais. Saanvi et Vikram ont dû s'éclipser sans te dire au revoir, et je n'avais pas d'argent pour payer Riley. Pendant une éternité, je n'ai pas réussi à te trouver. Qu'est-ce qui se passe, Juliet ?

Si elle avait été un porc-épic, tous ses piquants se seraient dressés en cet instant.

— J'ai dû aller me changer.

— Pourquoi ?

— J'ai… renversé un truc sur ma robe.

— Et ça t'a pris tout ce temps ? Tu mens. Qu'est-ce que tu me caches ?

Elle serra les lèvres.

Oliver croisa les bras.

— Tu es à côté de tes pompes depuis des mois, Juliet. Avant l'AVC de ton père, avant le retour de Sadie. Tu n'es presque plus là, même quand tu es avec nous. Tu as la tête ailleurs en permanence, et je ne suis pas le seul à l'avoir remarqué. Les filles aussi.

Le barrage qu'elle avait construit céda, et elle sentit un gouffre énorme, délicieux et obscur, s'ouvrir. Elle se leva d'un bond et renversa un peu de vin.

— Comment oses-tu, Oliver ? Comment *oses*-tu, putain ? Tu as raison, je suis ailleurs. Je suis terrorisée. J'ai tout donné à tout le monde, et sans vouloir me vanter, ce n'est pas rien. Mais ce n'est jamais assez.

Il voulut parler, mais elle ne lui en laissa pas l'occasion.

— Tu as une idée du mal de chien que je me donne, Oliver ? Hein ? Tu penses que c'est facile d'occuper mon poste au cabinet, de bosser à plein temps et d'être encore là pour les filles, de préparer des putains de cupcakes vegan sans gluten, de conduire Brianna au lacrosse et Sloane au violon, de faire travailler Sloane sur sa lecture et de m'assurer qu'on a des moments de détente, de planifier les repas et de siéger dans les associations et de faire l'amour avec toi au moins deux fois par semaine ? Je dois être à cent pour cent tout le temps sur tous les fronts, et c'est vachement dur !

Oliver la fixait bouche bée.

— Chérie…, commença-t-il.

— Et toi, Oliver, c'est toi qui as le privilège d'être le parent cool, de jouer le mari parfait face aux femmes qui attendent juste qu'une fissure apparaisse dans notre mariage pour s'y faufiler, et tu crois que je n'ai pas remarqué cette salope qui te tournait autour ce soir ? C'est qui d'abord ?

— Quoi ? Qui ? Personne ne me…

— Oh ! bien sûr. Tu ne vois rien. Et puis tu me tromperas. Comme mon père a trompé ma mère.

Des larmes coulaient sur ses joues à présent, et elle avait du mal à respirer.

— Te tromper ? Moi ?

— Je suis épuisée, Oliver ! Je n'en peux plus ! Je ne peux pas être parfaite, travailler, me doucher et faire semblant d'aimer le saumon pour que les filles en mangent. Je déteste le saumon, c'est dégueulasse ! Et en plus, ce soir, j'ai reçu un avertissement : je dois faire comme si je n'étais pas la supérieure hiérarchique d'Arwen parce que ça la vexe et qu'elle fait parler de DJK dans la presse ! Mon père est un poids mort, ma sœur vit dans son petit monde, et je vois ma mère s'éteindre sous mes yeux. Que vais-je faire si elle meurt ? Je n'ai pas d'amis ! Brianna me déteste, Sloane a des difficultés scolaires, et je suis dépassée au boulot par une bonne femme qui a onze ans de moins que moi ! J'ai l'impression de hurler et que personne ne m'entend !

— Chérie, dit-il en avançant vers elle.

Mais elle ne voulait pas qu'il la touche, elle se sentait trop fragile et avait peur de voler en éclats au moindre contact.

Elle se leva et évita ses bras grand ouverts.

— Je vais chez ma mère pour quelques jours. Je vais juste… Dis aux filles que Barb a besoin d'aide pour mon père.

— S'il te plaît, ne fais pas ça. Parlons-en, ma chérie. Tu viens de balancer tellement d'informations d'un coup, j'ai du mal à tout digérer.

— Non. Je ne veux plus jamais parler. Je déteste tout ce que je viens de dire.

— Juliet. Ma chérie.

— On se revoit dans quelques jours.

Sur ce, elle fonça dans son placard, son refuge, jeta quelques vêtements dans une valise et s'en alla.

30

Sadie

Je passai chez mes parents avec Pepper le lendemain de la fête de Juliet et tombai sur ma sœur en train de sangloter à la table de la cuisine, pendant que ma mère lui tapotait la main. Je me mis immédiatement à paniquer.

— Qu'est-ce qui s'est passé ? Où est papa ?

— Il va bien. Il regarde *Bob l'éponge*, m'informa ma mère.

— Qu'est-ce qui ne va pas, Ju ?

— Rien, sanglota-t-elle.

Pepper essaya de grimper sur ses genoux en gémissant.

— Ça va, m'assura-t-elle.

— OK, menteuse. D'abord, je vais changer de chaîne. *Bob l'éponge* ? Il y a un problème avec National Geographic ? Après, je reviens ici et je veux entendre la vérité.

— Je ne sais pas si tu es prête à entendre une vérité qui dérange, intervint ma mère.

— Maman ! C'est une blague ? Tu fais allusion au documentaire sur le climat ? Je suis tombée dans un univers parallèle bizarre, c'est ça ? Je reviens tout de suite.

Mon père souriait devant la télé.

— Salut, papa.

Il leva les yeux vers moi.

— Di.

Mon cœur bondit dans ma poitrine.

— Oui ! « Sadie » ! C'est ça ! Bravo, papa !

Il me sourit et se concentra à nouveau sur l'écran. Je lui embrassai la tête.

— Tu as autre chose pour moi ? Tu peux dire « salut » ?

Rien. Bon, ce n'était pas grave. Il avait presque prononcé mon prénom.

— Je reviens te voir dans quelques minutes. Juliet est en pleine crise et, comme ce n'est jamais arrivé, je veux être aux premières loges.

Il ne réagit pas et ne me regarda pas. Je lui laissai *Bob l'éponge* finalement, et je retournai dans la cuisine.

— Je crois que papa vient de dire mon prénom.

— Tant mieux pour toi, commenta ma mère.

Ma sœur avait l'air au trente-sixième dessous, même si Pepper était en train de lécher ses larmes.

— Qu'est-ce qui ne va pas, frangine ?

— Ma vie est en train de s'écrouler.

— Ah, c'est ça.

Ma mère me fusilla du regard.

— Désolée, mais tu en es sûre, Ju ? Tu as le meilleur mari du monde, deux filles en bonne santé, un boulot incroyable, une maison, une mutuelle, de l'argent...

Elle se remit à pleurer, et je me sentis mal. Vraiment, c'étaient des problèmes de riches !

— Elle craque, m'expliqua ma mère. Elle en a bien le droit, Sadie. Ta sœur a fait plus de choses dans sa vie que n'importe qui.

— Je comprends. C'est vrai, Ju. Tu es incroyable et impressionnante et parfois même sympa.

— Sadie ! s'indigna ma mère, mais ça fit rire ma sœur et elle se moucha.

— J'ai une proposition. Maman, ne le prends pas mal, mais tu as l'air épuisée, toi aussi. Je sais que vous me collez l'étiquette de la petite sœur écervelée, or, pour une fois, pourquoi est-ce que vous ne me laissez pas prendre la relève pendant quelques jours ? Vous deux, vous n'avez qu'à aller à… Je ne sais pas, moi. À New York. À Boston. Je reste ici avec papa, et si vos filles ont besoin de quoi que ce soit, je peux m'en charger quand Oliver est au travail.

— Sadie, l'anniversaire de Stoningham est dans moins d'un mois, commença ma mère. J'ai mille choses à faire.

— Tu as le droit de t'accorder un ou deux jours de repos, même si tu diriges l'univers, maman. Surtout après l'hiver que tu viens de traverser.

— Elle a raison, fit Juliet d'une voix enrouée.

Ses larmes coulaient encore.

— Tu as besoin de te ressourcer.

— Tu y vas aussi, Juliet. Vous êtes meilleures amies, ne vous fatiguez pas à le nier. Je suis la chouchoute de papa, au moins. Oh ! Je sais ! Ce connard d'Alexander m'a emmenée dans un hôtel génial l'année dernière. S'il était bon pour un truc, c'était pour se faire plaisir.

Je sortis mon téléphone et fis une rapide recherche.

— Le Mandarin Oriental à Boston. Le spa est incroyable.

Et super cher.

— C'est moi qui offre. Je viens de vendre une grande toile.

— Non, je vais payer, protesta Ju.

— Laisse-moi jouer la riche pour une fois, insistai-je en pianotant sur mon téléphone. D'accord ? OK. C'est réglé. Ta-dam ! Je viens de vous réserver une chambre pour deux nuits avec quelques heures au spa. Allez-y, les filles. Mettez quelques affaires dans un sac, commandez-vous les repas en chambre, faites du shopping, allez au resto, n'oubliez pas l'excursion en bateau amphibie. Profitez. Détendez-vous. C'est un ordre.

Elles se regardèrent.

— Je suis partante si tu l'es, déclara Ju.

Notre mère sourit et monta faire ses bagages.

Une demi-heure plus tard, elles étaient parties, et je devais bien reconnaître que c'était agréable de me montrer autoritaire et responsable, comme ma mère.

J'allai dans le salon.

— La crise est évitée ou, du moins, retardée, annonçai-je à mon père. Maintenant on est rien que tous les deux, papa.

Ma chienne se glissa dans le fauteuil à côté de lui en essayant de se faire toute petite.

— Et Pepper, bien sûr.

— Chien.

— Oui ! Tope-là, papa !

Je levai la main, mais il ne réagit pas.

— Tu fais vraiment des progrès. Je suis fière de toi. Tu peux le redire ? Chien ? Chien ?

Il ne le fit pas. Les mots étaient rares, mais c'était des mots tout de même. L'élasticité de son cerveau revenait.

On passa le reste de la journée ensemble. On fit une lente promenade dans le parc municipal, on salua des gens qu'on connaissait, on s'arrêta à la bibliothèque pour respirer la bonne odeur. J'empruntai un livre rassemblant des témoignages de sauvetage par des chiens, je préparai le déjeuner et je lui fis la lecture. On alla sur la terrasse et j'arrachai des pots les fleurs fanées que ma mère avait plantées en commentant à voix haute chacun de mes gestes. Maman n'avait pas l'air de lui parler beaucoup, et Juliet non plus. Je compensais.

Papa n'essaya pas de dire d'autres mots, et son expression ne changea pas beaucoup au cours de la journée. Ses éclairs de lucidité étaient rares, mais c'était déjà un progrès.

Ju m'envoya une photo de maman et elle enveloppées dans d'épais peignoirs blancs. Elles avaient toutes les deux l'air beaucoup plus heureuses, et je répondis par des cœurs et « Ne ratez surtout pas le soin visage aromathérapie ». Oui, ce serait cher, et oui, je m'en fichais. C'était agréable de se montrer généreuse. Ça ne me dérangeait même pas qu'elles se retrouvent (une fois de plus) sans moi.

Quand papa se mit à bâiller, je le ramenai à l'intérieur, il s'installa dans son fauteuil et s'endormit rapidement, Pepper lovée à ses côtés. Il était 15 h 30.

J'errai dans la maison. Comme j'essayais de continuer le travail de LeVon quand j'étais ici, je n'avais pas souvent de temps libre. Maintenant qu'il faisait beau, je devais emmener mon père en promenade, poursuivre l'ergothérapie, lui faire faire des exercices pour améliorer ses compétences motrices, et ainsi de suite. J'avais l'impression qu'il y avait une éternité que je n'avais plus observé la maison.

Ma mère s'était donnée beaucoup de mal pour la décorer. Chaque photo, chaque meuble et chaque objet d'art était pensé et sélectionné avec soin. Elle avait même exposé une petite acrylique que j'avais peinte à l'université (bon, d'accord, elle était accrochée dans les toilettes du rez-de-chaussée, parce qu'elle était assortie au papier peint). Les photos de la famille étaient encadrées et placées à intervalles réguliers dans la montée de l'escalier.

C'était une belle maison. Ensoleillée et classique, accueillante et élégante. Pas mon style, mais vraiment jolie. Il fallait que je le dise à ma mère. Le compliment lui ferait plaisir.

Ma chambre avait été transformée en chambre d'amis avant même que je sois diplômée de l'université, et cela ne me dérangeait pas non plus. C'était tout de même un peu étrange qu'il n'y reste plus aucune trace de moi. Les figurines de chevaux que je collectionnais à l'époque du collège avaient sans doute été données, le panneau en liège qui était recouvert de photos de mes amis du lycée (et de Noah) avaient été enlevé lui aussi. Les murs étaient jaune pâle désormais. À mon époque, il y en avait deux noirs, deux violets. Sur ce coup-là, on ne pouvait rien reprocher à ma mère.

Je m'allongeai sur le lit. Ah, enfin quelque chose de familier : le plafond. Il était encore recouvert de cette peinture duveteuse qu'on utilisait à l'époque. Je l'avais toujours bien aimé, il ressemblait à un champ couvert de neige, et quand j'étais petite, j'imaginais des petits bonshommes le traversant, des nomades suspendus la tête en bas, se blottissant les uns contre les autres pour la nuit et venant se réfugier sous mon oreiller quand il faisait trop froid.

Un jour, je devais avoir neuf ans, j'avais été très, très malade. C'était une angine, le fléau de mes années d'école primaire. Mais pire que les autres, cette fois-là. J'avais tellement mal à la gorge que je ne pouvais pas déglutir, j'étais obligée de baver dans une serviette, j'étais incapable de parler, et encore moins d'avaler les médicaments. La déshydratation me rendait mollassonne, et le médecin m'avait recommandé de boire plus alors que je ne pouvais même pas avaler ma salive, sinon j'allais devoir être hydratée par intraveineuse.

Ma mère m'avait préparé un milk-shake à la vanille et m'avait ordonné de l'avaler.

— Le froid va t'endormir un peu la gorge, et tu dois absolument boire, sinon tu vas finir à l'hôpital.

Je la fusillai du regard, en rogne et mal en point. J'aurais voulu qu'elle se montre plus compatissante, plus inquiète et moins… résignée. Peut-être qu'une hospitalisation serait une bonne chose. Comme ça, tout le monde me plaindrait.

— Bois, Sadie.

Son ton était ferme. Elle avait raison : le milk-shake était tellement froid qu'il fit disparaître la douleur en quelques instants. Quand j'eus tout bu, elle m'informa qu'il y avait deux œufs crus dedans, ainsi que mes antibiotiques et de l'ibuprofène. L'extrait de vanille qu'elle avait ajouté au breuvage masquait le goût des médicaments. Puis elle me borda et tira les rideaux. Je me souviens de m'être endormie bercée par le bruit des enfants qui rentraient de l'école et de ma mère dans la cuisine.

Je savais que je n'aurais jamais droit à la même relation que Juliet avec notre mère. Au fond, je ne la méritais pas. J'avais toujours été la fille de mon père. Mais ma mère s'était néanmoins occupée de moi de la même manière. Elle savait toujours quoi faire, même si elle… non. Elle savait toujours quoi faire. Point final. Il était temps que Barb Frost reçoive le respect qu'elle méritait de la part de sa cadette.

J'appelai le Mandarin Oriental et je fis porter des fleurs et une bouteille de champagne dans leur chambre. Oui, oui, ça coûtait la peau des fesses. Et alors ? Je n'avais pas d'enfants. Je pouvais me le permettre.

— Et pour la carte, dis-je au réceptionniste, pourriez-vous écrire : « À la meilleure mère et la meilleure sœur du monde. Détendez-vous et profitez bien. Vous le méritez. Avec tout mon amour, Sadie. » Merci beaucoup !

Le sentiment qui me réchauffait le cœur me faisait autant de bien que l'idée qu'elles allaient être ébahies que je me montre aussi attentionnée.

Ce soir-là, après avoir mangé les macaronis au fromage que j'avais préparés pour lui (il n'eut aucun mal à les transpercer à l'aide de sa fourchette), mon père regarda un documentaire sur les loups du parc de Yellowstone. L'appel de la nature fit trembler Pepper, à moins que ce ne soit la peur, mais je préférais la première hypothèse. J'installai mon chevalet dans la petite véranda qui prolongeait le salon, après avoir fait un saut à la chez moi pour prendre quelques affaires pendant que Kit, l'aide-soignante pas très sympa, prodiguait des soins à mon père. Elle était efficace, mais vraiment pas gentille. Il allait falloir que j'aide ma mère à trouver quelqu'un de mieux.

En tout cas, pour l'instant, tout allait bien. C'était peut-être mièvre comme projet, mais je réalisai un portrait de mon père au fusain. Je voulais l'immortaliser dans un des moments où il était bien présent, avec Pepper contre lui. Sa chemise était mal boutonnée, mais je corrigeai ce détail sur mon dessin. J'aplatis aussi la touffe de cheveux qui rebiquait sur le côté gauche de sa tête, là où il avait été opéré.

Parfois, un dessin prend vie de lui-même, presque contre la volonté de l'artiste. C'était le cas ici. Je savais évidemment parfaitement dessiner un humain. Je veux dire que, sur le plan technique, j'étais irréprochable, comme me l'avait signalé un jour un prof un peu trop cruel. Mais le père que je dessinais paraissait trop triste, trop seul, et je n'arrivais pas à modifier cette impression. Chaque trait de fusain que j'ajoutais semblait au contraire l'accentuer.

Parfois, le portrait révèle la vérité à l'artiste.

On frappa à la porte, et j'allai ouvrir, m'attendant à tomber sur Caro.

C'était Noah. Et Mickey, qui portait leur bébé.

— Salut.

— Super ! s'exclama Mickey. On est venus voir ton père, et tu es là en bonus !

— Entrez.

Je m'écartai et je jetai un coup d'œil à Noah. Je me sentais soudain timide et rougissante. Ses yeux. Notre étreinte. Ses cheveux bouclés. Et tout le reste.

— Bonsoir, monsieur Frost, dit Mickey. Oh ! salut, toutou ! Regarde, Marcus ! Un toutou ! Ouaf ouaf !

— Chien, énonça mon père.

— Il parle de plus en plus, leur expliquai-je en lui tapotant l'épaule pour le féliciter.

Mickey déposa le bébé sur les genoux de mon père, qui le prit dans ses bras. Il sourit, même. Il était bien présent. Il n'était pas perdu, triste, ou seul. Mon dessin se trompait.

— J'espère qu'on ne dérange pas, dit Noah.

— Oh non, c'est gentil d'être venus.

Mes joues étaient en feu.

— Ta mère est géniale, déclara Mickey. Elle m'a tellement aidée l'année dernière quand j'étais enceinte. La mienne est décédée il y a quelques années.

— Oh ! merde, Mickey. Je ne savais pas. Je suis vraiment désolée.

— T'inquiète. Mais c'était dur. Une horreur de cancer du pancréas. Barb et elle étaient amies, et on est devenues proches. Et puis, Noah a toujours eu un faible pour ta famille.

— C'est vrai ?

Il haussa gentiment les épaules.

— Bien sûr.

Marcus babillait joyeusement et semblait fasciné par l'oreille de mon père. Je devrais bientôt couper les quelques poils qui saillaient du conduit. C'était ça, la vie d'une fille aimante. Mais ça lui ferait peut-être plus plaisir d'aller chez un vrai coiffeur de Stoningham, où il se rendait tous les mois avant son accident.

— Vous voulez boire quelque chose ?

— Je veux bien une bière, répondit Mickey. Une demi-bière. C'est bon pour l'allaitement. Ne me regarde pas comme ça, Noah, partages-en une avec moi.

— D'accord.

Il sourit, et mon cœur chavira un peu.

Ils formaient un couple. Une famille. Il n'y avait rien entre eux, mais il existait tant de formes de couples. L'aisance de leur relation, le naturel avec lequel ils s'occupaient tous les deux de leur fils… c'était vraiment beau à voir.

J'étais jalouse. Je n'avais jamais connu ce sentiment de confiance mutuelle qu'il y avait entre Mickey et Noah. Pas avec lui, parce que nous étions trop jeunes d'abord, évidemment, mais pas plus tard non plus parce que nous désirions des choses incompatibles. Et je n'avais connu cet état avec personne d'autre. Au cours des semaines qui s'étaient écoulées depuis que j'avais largué Alexander, je m'étais rendu compte que j'avais rempli moi-même les zones d'ombre avec les réponses qui me convenaient. J'avais imaginé le meilleur, je ne m'étais jamais demandé s'il me mentait.

J'avais été bête.

J'allai chercher leur bière et j'en pris une pour moi, je les versai dans des verres, parce que nous étions des personnes civilisées. Je revins dans le salon et je donnai les tristes petites demi-bières à Noah et à Mickey, me sentant très adulte avec mon verre plein. Mickey prit le bébé, qui commençait à s'agiter, et le cajola, ce qui sembla le ravir.

— Tu voudrais des enfants, Sadie ? m'interrogea-t-elle.

— Tout de suite les questions super personnelles, intervint Noah en levant les yeux au ciel.

— Tu n'es pas obligée de répondre. Désolée. C'est trop personnel ? Il a raison ?

— Non ! Non. Heu… peut-être ?

J'essayais de ne pas tourner les yeux vers l'homme qui m'avait un jour déclaré vouloir cinq enfants avec moi.

— J'aime bien les enfants. Je suis prof à l'école primaire. Je suis tante. Mais je n'ai jamais été… Je ne sais pas. En position d'en mettre au monde.

— Accroupie, tu veux dire ? Ou les pieds dans les étriers ? suggéra Mickey en rigolant.

— Vas-y, raconte-moi ton accouchement, lui dis-je en souriant à mon tour.

J'étais soulagée de ne pas avoir à disséquer mon opinion sur la maternité.

— Tu en meurs d'envie, ajoutai-je.

— J'avoue ! Parce que j'ai été héroïque, pas vrai, Noah ?

— Oh oui. Et tu l'es encore. Tous les jours.

— Ça, c'est un homme qui a bien appris sa leçon, commenta-t-elle.

Elle remonta son T-shirt, sortit un sein et se mit à allaiter Marcus.

— Bon. Donc, j'étais là, je conduisais sur cette putain d'autoroute.

— Le premier mot que Marcus va prononcer, ce sera « putain », intervint Noah.

— Et tout à coup, je sens que je baigne dans une flaque et je me dis « Merde, je me suis pissé dessus, ou quoi ? ». Mais non ! J'avais perdu les eaux !

Comme toutes les femmes de la planète, Mickey pensait que son accouchement était la chose la plus extraordinaire qui soit jamais arrivée. Et, comme toutes les femmes, elle avait raison. Elle m'expliqua en détail les contractions et le passage, la douleur, les poussées, sa peur de faire caca. Je jetai un coup d'œil à mon père, mais il semblait bien, une main posée sur la tête de Pepper.

— Puis ils ont mis un miroir pour que je puisse voir sa petite tête chevelue sortir, et je me suis dit : « C'est moi ça ? On croirait voir la surface de planète Mars, putain ! » T'as déjà vu tes parties génitales étirées comme ça, Sadie ?

— Malheureusement, non, mais après avoir entendu ce que tu en racontes, j'ai vraiment hâte.

— Bref, je suis à la fois horrifiée, fascinée et amoureuse de moi parce que mon putain de corps produit un petit humain, et Noah pleure à côté de moi…

— Tu pleurais ? lui demandai-je.

— Des larmes viriles. Oui.

Il afficha son fugace sourire éblouissant qui me donna l'impression qu'on venait de renverser sur ma tête un seau de phéromones.

— Puis la tête du bébé est sortie, et du sang a giclé à cause de la déchirure…

— Oh là là, fis-je, sentant mon estomac se retourner.

— … mais c'est un bébé. Un bébé !

— Alors qu'on s'attendait à avoir un hippopotame, ironisa Noah.

— J'ai poussé une dernière fois et il est sorti, tout dégueu et visqueux, mais magnifique, putain.

Les yeux de Mickey étaient embués.

— Le plus beau jour de ma vie.

— Pour moi aussi, renchérit Noah.

Il se leva, embrassa Mickey sur la tête et s'assit à côté d'elle, un bras autour de ses épaules.

— Bon, fis-je, c'était répugnant, mais je suis contente que tu aies traversé tout ça, parce que je suis attachée à ce petit bonhomme.

— Un conseil : ne fais pas d'enfants à moins d'en mourir d'envie. Ce sont d'adorables petits terroristes, en réalité : ils te gardent en otage jusqu'à ta mort.

Elle glissa le petit doigt dans la bouche du bébé, et il lâcha le sein, m'offrant une vue imprenable sur le téton de sa mère. Puis elle passa Marcus à Noah, qui le plaça sur son épaule et lui tapota le dos.

Noah Sebastian Pelletier était tellement… parfait. J'étais béate d'adoration, comme quand je voyais des photos de l'acteur Chris Hemsworth avec ses enfants dans les bras.

— Quel est le pronostic pour ton père ? s'enquit Noah. Vous avez des nouvelles ?

— Quoi ? Non, rien de nouveau, mais il va beaucoup mieux. Pas vrai, papa ? Il a dit mon prénom aujourd'hui. Il est beaucoup plus attentif, aussi. Il s'en sort vraiment bien.

— Non, dit mon père.

On se figea tous au son de sa voix.

— Qu'est-ce qu'il y a, papa ?

— Non.

— Tu… Tu as besoin de quelque chose ? Tout va bien ?

Des phrases simples, LeVon n'avait cessé de le répéter.

— Papa. Tu as mal ?

— Non.

— Tu veux quelque chose ?

— Non.

Ses yeux, d'ordinaire du même bleu que les miens avec un halo doré autour de l'iris, semblaient éteints et fatigués, mais ils restaient rivés sur moi.

Mon cœur battait à tout rompre. Mon père essayait de me faire comprendre quelque chose. Pas juste de prononcer un mot, mais de me communiquer une idée importante.

— Vous voulez qu'on s'en aille, monsieur Frost ? demanda Noah.

— Non.

— Heu… Quelque chose t'inquiète, papa ?

Les muscles de son visage se crispèrent tandis qu'il tentait de faire sortir le mot.

— Bar.

— Barb ? Tu t'inquiètes pour maman ?

Il ne répondit pas « non » cette fois. Mes épaules se détendirent.

— Maman et Ju sont à Boston. Elles passent un petit moment entre filles. Tiens.

Je sortis mon téléphone de ma poche et lui montrai la photo.

— Tu vois ? Elles sont dans un spa. Elles ont l'air bien, non ? Mais moi, je suis là. Je vais m'occuper de toi.

Il resta assis une minute, l'air énervé. Puis il se leva de son fauteuil avec difficulté. Noah passa le bébé à Mickey et fut aux côtés de mon père en un éclair.

— Où est-ce qu'on va, monsieur Frost ?

Papa se dirigea tant bien que mal vers l'escalier.

— Je suppose qu'il veut aller se coucher, dis-je. Je m'en charge. Restez là et ne vous inquiétez pas. Je reviens tout de suite.

Mon père avait déjà gravi la moitié des marches, et je courus pour le rattraper. Il se dirigeait vers son ancienne chambre, celle qu'il avait partagée avec ma mère. Je l'aiguillai vers l'ancienne chambre de Juliet, où il avait dormi ces dernières années parce que ses ronflements empêchaient ma mère de dormir. Le lit était équipé de barreaux pour qu'il puisse s'y accrocher et ne pas risquer de tomber.

— Tu t'en sors bien, papa. Je suis fière de toi. Je sais que tu fais de gros efforts, et ça marche.

Mais un malaise me nouait l'estomac, et j'ignorais pourquoi.

Je l'aidai à enfiler son pyjama et à mettre du dentifrice sur sa brosse. Il était capable de se laver les dents sans aide à présent. Juste après son AVC, il ne respirait même plus tout seul. C'était évident qu'il allait mieux.

Il se mit au lit, je fixai la rambarde de sécurité, puis je me penchai et lui embrassai le front.

— Tu peux compter sur moi, papa. Je sais que tu es là, et je veux que tu saches que peu importe le temps que ça prendra, je serai là pour toi. Je t'aime.

Il ferma les paupières.

Il était peut-être juste fatigué. Oui, c'était sûrement ça. C'était ma mère qui l'aidait pratiquement tous les soirs à se préparer avant le coucher. Il avait sans doute essayé de dire qu'il en avait assez des invités et qu'il voulait que ma mère vienne lui prêter main-forte. C'était l'explication la plus logique.

Je me lavai les mains dans la salle de bains de l'autre côté du couloir et j'observai mon reflet pendant une minute. Ça faisait longtemps que je n'étais pas allée chez le coiffeur, et plus mes cheveux étaient longs, plus ils étaient moches. Je pensai au salon où j'allais dans le Bronx, je me demandai si je manquais à Robert, mon coiffeur, ou s'il se demandait pourquoi je ne venais plus. La vie à New York me semblait si lointaine.

Quand je redescendis, Mickey et Marcus n'étaient plus là, et Noah était posté devant mon chevalet.

— Merde. Je suis désolée qu'ils soient partis.

— Passé une certaine heure, on doit absolument coucher Marcus, sinon il reste éveillé toute la nuit. Ça va, ton père ?

— Il est épuisé. Il a plus parlé aujourd'hui que n'importe quel autre jour depuis son AVC, du moins en ma présence. On peut considérer que c'était une excellente journée. Je crois qu'il était juste à bout de forces.

Il m'observa pendant une minute.

— Tu es une fille incroyable, Sadie.

— C'était un père formidable. *C'est* un père formidable.

— Et Juliet et ta mère ? Comment ça se fait qu'elles ont pu aller à Boston et pas toi ?

Je m'assis sur le canapé et je souris.

— C'est moi qui les ai envoyées se reposer, comme un seigneur bienveillant. Ju est stressée par un truc au boulot, et maman est HS.

— Tu dois l'être aussi.

— Non, ça va.

— Mickey t'aime vraiment beaucoup.

— Elle est géniale, Noah. Tu n'aurais pas pu trouver une meilleure mère pour ton bébé.

Oups. Il laissa passer ma gaffe.

— Je veux dire, elle est vraiment sympa. Et ouverte d'esprit. Ça a l'air d'être quelqu'un de bien.

— C'est quelqu'un de bien.

Il indiqua mon dessin d'un signe de tête.

— C'est très… touchant.

— Oh ! ça. C'était juste… pour m'amuser.

— C'est très beau.

— Merci. Heu, tu reveux une bière ? Une entière, rien que pour toi ?

— C'est bon. Merci.

Bon. On allait rester assis à se regarder et à échanger des politesses ? Non. Ce serait trop nul.

— Noah, je peux te poser une question personnelle ?

— Non.

— Pourquoi tu n'as pas… Oh. Excuse-moi.

Il lâcha un petit rire moqueur.

— Vas-y, Sadie. Tu sais que tu es incapable de te retenir.

Je fis la moue. Il avait raison.

— Pourquoi n'as-tu pas attendu de trouver une femme avec qui tu pouvais te marier, si tu voulais des enfants ?

— Je te l'ai déjà dit. J'ai essayé. Deux fois.

— Tu veux parler de Gillian et de moi ?

— Oui, Sadie. Gillian et toi.

— Je ne suis pas fan du *g* dur. Je préfère l'autre prononciation. Jillian. C'est beaucoup plus sympa.

— Je ne manquerai pas de le lui dire.

— Alors, pourquoi avoir fait un bébé avec Mickey ? Tu n'es pas si vieux.

Il fixa son verre.

— Je vais prendre une bière, finalement.

Il se leva, se servit, puis revint s'asseoir dans le fauteuil.

— Je voulais être père. J'en ai toujours rêvé. Ça n'a pas marché entre Gillian et moi, et je n'étais pas… Je n'ai trouvé personne d'autre. Un jour, Mickey et moi, on s'est croisés chez Frankie's, on a pris un verre et on s'est mis à discuter. Elle est tombée enceinte deux mois plus tard.

— Et c'était comment ? Le sexe avec une lesbienne ?

— C'est dingue comme tu mets les pieds dans le plat et comme tu es curieuse.

— Mais tu te sens obligé de répondre.

Je lui adressai un sourire : je savais qu'il allait cracher le morceau.

— Disons qu'on pensait tous les deux à quelqu'un d'autre.

— À Heidi Klum ? Tous les deux ?

Il rit à nouveau.

— Quelque chose comme ça.

— Combien de fois est-ce que vous…

— Juste une, d'accord ?

— Waouh ! Elle est fertile. Elle a de la chance.

Il sourit à sa bière en secouant la tête.

— Et Gillian ? Pourquoi pas elle ? J'ai vu vos… ah, merde, autant tout t'avouer. J'ai espionné son compte Facebook et j'ai vu vos photos. Tu avais l'air vraiment heureux, Noah.

— Oui. On a été heureux pendant un moment.

J'attendis des précisions qui ne vinrent pas.

— Elle t'a trompé ?

Si c'était ça, j'avais envie de la frapper. Comment est-ce qu'on pouvait tromper Noah ? Noah ! Est-ce que c'était parce qu'il travaillait de ses mains et qu'elle…

— Non, non, pas du tout. Elle… elle a énormément de qualités.

— Tu parles d'elle comme si c'était un monstre.

Il sourit.

— Non, elle n'a rien d'un monstre. Elle s'était emballée très fort pour la cérémonie de mariage, mais c'est normal. Ça ne me dérangeait pas. Ça allait… bien entre nous. On avait même fait une offre pour une maison.

— Waouh.

Je le savais déjà, grâce aux posts Facebook de Gillian, mais c'était plus impressionnant de l'entendre de la bouche de Noah. Ça avait dû être un pas énorme pour lui d'acheter une maison avec quelqu'un.

— Comme tu dis. Mais on n'a pas réussi à se mettre d'accord sur la déco.

Il fixa sa bière avec énormément d'attention.

— Ah oui, je vois comment ça peut tuer un couple. « Bleu ? Je déteste cette couleur, c'est fini entre nous ! »

Ma remarque lui arracha un petit sourire.

— Qu'est-ce qui s'est vraiment passé, Noah ?

— Elle voulait que je me débarrasse de quelque chose qui comptait beaucoup pour moi.

— Tes cheveux ? Elle a joué les Dalila et a voulu faire de toi Samson ?

— Non, pas mes cheveux, idiote.

— Ta première dent ? La Bible que tu tenais de ta famille ? Quoi ?

Il garda le silence pendant une ou deux minutes en continuant à examiner sa bière.

— Un tableau qu'une fille m'a offert il y a longtemps.

Il releva la tête après avoir dit ça, et je sentis la puissance de ses yeux sombres, c'était comme une vague qui déferlait et renversait mon cœur sous sa puissance.

— Vous avez rompu à cause d'un tableau ?

— Plus ou moins.

— Ma peinture ? Les nuages ? Tu l'as gardée ?

— Évidemment !

Je n'arrivais pas à y croire. À sa place, j'aurais brûlé tout ce qui me concernait après que j'avais refusé sa demande en mariage. Ses demandes répétées.

— Cette peinture ridicule d'un lever de soleil ?

— N'aie pas l'air si étonnée. Et je t'interdis de traiter mon tableau de ridicule.

Il parlait à voix basse, son regard pétillait, et son demi-sourire… me troublait. Ne jamais sous-estimer le pouvoir d'un sourire narquois, mesdames et messieurs.

Gillian et lui s'étaient séparés parce qu'il refusait de se débarrasser de mon tableau.

Waouh.

— Tu… tu… tu veux qu'on se remette ensemble ? bafouillai-je.

Quelle éloquence ! Mais cela suffit. Noah se leva (heureusement parce que mes genoux flageolaient déjà). Il s'approcha et, lentement, très lentement, s'agenouilla devant moi, prit mon visage dans ses grandes mains chaudes et viriles et m'embrassa.

Cela faisait tellement longtemps.

Nos baisers étaient lents et passionnés, alors que je brûlais déjà de désir. Il m'avait tant manqué, mon beau ténébreux. Une de mes mains s'accrocha à ses cheveux, et l'autre, posée contre son cou, sentait les battements rapides et forts de son pouls. Nos baisers avaient un goût délicieux, c'était tellement bon, cela semblait tellement juste, j'avais l'impression de rentrer à la maison. J'étais incapable de penser à quoi que ce soit d'autre qu'à lui, à sa bouche, à ses mains. À nous. Nous deux.

Quand il cessa de m'embrasser, il essuya mes yeux de ses pouces... je devais pleurer un peu.

— Oh ! ma merveille. Tu entraîneras ma perte.

Puis on recommença. Je glissai sur le sol – mes os ne me soutenaient plus –, et nos corps s'emmêlèrent comme si le temps n'avait pas filé, voire comme si c'était la première fois qu'on se touchait. Dès qu'il m'effleurait de ses doigts, dès qu'il m'embrassait les lèvres, le cou ou la main, des ondes d'énergie me traversaient, faisant frémir tous mes nerfs. Je passai les bras autour de sa nuque et le serrai de toutes mes forces, et nous n'étions pas encore assez près.

Lorsque sa main se glissa sous mon T-shirt, je parvins à me rappeler – avec beaucoup de difficultés – que mon père était à l'étage et qu'il lui arrivait de se balader dans la maison la nuit.

— Mon père, chuchotai-je.

— Compris. Comme au bon vieux temps, murmura Noah contre ma bouche, et je sentis qu'il souriait.

« Comme au bon vieux temps. » Mais Noah s'était bonifié avec l'âge : il était plus grand, plus fort, plus costaud, et pourtant c'était Noah, *mon* Noah. En toute sincérité, il s'était accaparé mon cœur bien avant que je ne sache ce qu'était l'amour.

31

Barb

Quand Sadie prit les choses en main, je ne compris pas tout de suite. J'étais loin de me douter qu'elle avait les moyens de payer un week-end dans un aussi bel hôtel.

Depuis quand ne m'étais-je pas sentie aussi détendue ? Il fallait que j'en discute avec Caro. On pourrait venir ici toutes les deux, un jour. Dans l'immédiat, je savourais ce moment si privilégié avec ma douce fille aînée. Elle avait quarante-trois ans, je le savais, mais quand elle avait débarqué le samedi soir en larmes, j'avais eu l'impression qu'elle était à nouveau une fillette. Je lui avais préparé un grog bien chaud, je l'avais écoutée parler de son travail, d'Oliver et de Brianna, puis je l'avais mise au lit. Être la mère de Juliet était sans doute la seule de mes nombreuses responsabilités pour laquelle je savais toujours comment réagir.

Être envoyées de force dans cet hôtel chic par une Sadie joyeuse et efficace… c'était la cerise sur le gâteau !

Juliet et moi avions été frottées, massées, et nous avions respiré toutes sortes d'agréables brumes d'aromathérapie. Nous avions profité du sauna, du jacuzzi, du hammam, nous avions eu droit à un bol de fruits frais et à des verres d'une délicieuse eau aromatisée au concombre. J'avais bien chaud, j'avais la peau toute douce et je sentais l'orange.

Quand on retourna dans la chambre, des fleurs et du champagne envoyés par Sadie nous attendaient !

C'était une surprise incroyable. Une attention adorable.

— De toutes mes sœurs, Sadie est ma préférée, déclara Juliet, puis elle gloussa.

Le son que je préfère au monde, c'est celui du rire de mes filles, et Juliet en avait bien besoin.

— C'est ma deuxième fille préférée, renchéris-je et on se mit à rire de plus belle. J'espère qu'elle ne sera pas obligée de vendre son appartement pour payer la note.

— Oh ! je la rembourserai.

— Non, il n'en est pas question, Juliet Elizabeth. Laisse ta sœur faire ce beau geste pour toi. Ne lui enlève pas ça.

— Tu as raison, maman. Une fois de plus.

On était toutes les deux en peignoir blanc moelleux et pantoufles, assises sur la couette de l'énorme lit king size. Le champagne était délicieux.

— Alors, qu'est-ce qui se passe, chérie ? lui demandai-je en me tournant vers elle. Tes propos n'étaient pas très cohérents hier soir.

— Je ne sais pas, maman. C'est ça, le problème. Je n'en ai aucune idée. C'est comme si toutes les règles du jeu avaient changé et que personne ne m'avait prévenue. Je jouais, je gagnais, et, tout à coup, je me suis mise à perdre.

— Tu veux parler de ton travail ?

— Oui. J'ai une collègue qui s'appelle Arwen… Tu l'as rencontrée lors de la soirée et la fois où tu es venue au bureau, l'automne dernier.

J'acquiesçai.

— Elle est… elle est totalement irréprochable. C'est une bonne architecte. Elle sait très bien s'y prendre avec les gens. Elle est ambitieuse et intelligente. Mais on pourrait croire que c'est la première femme architecte de tous les temps. *Vanity Fair* a publié son portrait. Elle est en lice pour le prix Moira Gemmill, maman !

Dès que je réalisai que cela devait être une récompense très prestigieuse, j'émis un son compatissant.

— Et je ne comprends pas ce succès, poursuivit Juliet. Elle fait du bon travail, mais rien d'extraordinaire. Et pourtant, les associés *l'adorent*, les clients la réclament nommément, et, pendant ce temps-là, je pédale dans le vide.

Elle soupira et vida sa coupe de champagne.

— Ça doit être difficile, commentai-je.

— J'ai un peu peur que ma carrière ne touche à sa fin. Ça m'angoisse, carrément.

— Oh ! ma chérie. Ne sois pas ridicule.

Elle me jeta un rapide coup d'œil.

— « Ces dix dernières années, Juliet Frost a conçu certains des bâtiments les plus impressionnants d'Amérique du Nord. » Tu sais qui a dit ça ? Le *New York Times*, rien que ça !

— Ah oui, c'est vrai.

— Il y a quatre ans.

— Tu vois, c'est ça le problème. C'était il y a quatre ans. C'est de l'histoire ancienne. Pas tellement à cause d'Arwen, maman. Je n'arrive pas à me débarrasser de l'impression d'avoir fait tout ce qu'il fallait et de m'être quand même fait entuber.

Je gardai le silence un moment, puis je lui pris la main.

— Je connais ce sentiment, ma chérie. Je suis désolée. Tu fais toujours exactement ce qu'il faut. Tu as du talent, tu travailles dur et tu as une éthique irréprochable. Personne ne peut t'enlever ça.

Les larmes montèrent aux yeux de mon aînée.

— Merci, maman. J'avais peur de te décevoir.

— Ça n'arrivera jamais, Juliet. Tu es ma fierté et ma joie, et tu le sais.

Elle me serra dans ses bras longtemps, et je caressai ses cheveux soyeux pendant qu'elle pleurait. C'était tellement merveilleux que ma fillette ait besoin de moi, même si elle était mère à son tour. Ce moment à nous deux était divin.

Je remerciai en silence Sadie, puis j'ajoutai de rapides excuses à mes remerciements.

Juliet prit une profonde inspiration, ce qui me fit comprendre qu'elle avait fini de pleurer. Elle se leva, se moucha, puis resservit du champagne.

— Est-ce que j'ai dit que j'aime Sadie ? À Sadie, fit-elle en levant son verre.

— À Sadie, répétai-je. Je devrais prendre de ses nouvelles.

— Non, maman, pas tout de suite. Tu viens de me dire que tu connaissais ce sentiment de tout faire comme il faut et de se faire entuber malgré tout. Est-ce que tu parlais… du travail ?

Ce fut à mon tour de prendre une profonde inspiration.

— Non, ce n'est pas ça. J'adore le boulot à la mairie. Je pensais au fait, eh bien… d'être mariée. J'aime ton père, bien sûr, prétendis-je même si n'était pas exactement la vérité, mais nous nous sommes éloignés l'un de l'autre. Tu le sais bien.

— Oui, je sais.

Sa voix était étrange, et je l'observai tandis qu'elle fixait un point droit devant elle.

— On n'avait plus grand-chose à se dire, et ça ne date pas seulement de son AVC. J'avais l'impression d'avoir tout essayé, mais de ne jamais faire ce qu'il fallait. Et j'ignorais ce que j'aurais dû faire.

Juliet éclata en sanglots.

— Maman, hoqueta-t-elle, je suis désolée d'avoir à t'annoncer ça, mais tu ne dois pas t'en vouloir. Papa… papa avait une maîtresse.

— Oh oui, je suis au courant, ma chérie.

Cela la fit cesser de pleurer en un instant.

— Quoi ?

— Je le sais.

— Depuis quand ?

— Je l'ai découvert quand il était à l'hôpital.

— Putain de merde, maman.

— Surveille ton langage, ma chérie. Mais comme tu dis : putain de merde !

Je pouffai de rire, et Juliet fit pareil.

— Et toi, comment tu l'as appris ?

— Je l'ai vu avec une autre femme à New Haven, l'automne dernier. Ils s'embrassaient sur le trottoir devant le restaurant où je déjeunais. C'était dégoûtant.

— Tu le sais depuis plus longtemps que moi, alors. Oh ! ma chérie. Je suis désolée.

Elle se remit à sangloter.

— J'aurais dû te le dire, mais c'était trois semaines avant Thanksgiving, puis il y a eu Noël, puis vos cinquante ans de mariage… Je suis tellement désolée, maman. Je voulais t'en parler, mais j'avais peur aussi.

— Non, non, ma chérie. Tu ne dois pas t'excuser. C'est ton père qui a fait quelque chose de mal, pas toi. Tu t'es retrouvée prise entre le marteau et l'enclume, c'est tout. Ne pleure pas.

Mes paroles firent redoubler ses larmes.

— Tu sais ce que je voudrais ? Qu'il soit mort. Ça fait peut-être de moi une fille horrible, mais tu serais libre, maman. C'est vrai qu'il a été un très bon père, mais il t'a ignorée pendant tellement longtemps.

Elle prit un mouchoir et se moucha.

— Tu mérites quelqu'un de mieux que lui.

— C'est peut-être la chose la plus gentille qu'on m'ait jamais dite. Tu sais, j'ai toujours eu l'impression que les gens pensaient le contraire en nous voyant ensemble. Que John aurait pu épouser quelqu'un de mieux. Je suis une fille sortie d'un bled du Minnesota, qui a pris des cours pour devenir secrétaire juridique. Il a épousé une fille d'une famille moins bien que la sienne. Lui, c'est un Frost de Stoningham.

— Pff, fit Juliet avant de se moucher à nouveau. Non, maman. C'est toi qui as construit notre famille. Notre foyer. C'est grâce à toi que nous sommes les Frost de Stoningham. Ce n'est pas le nom de famille de papa qui compte, c'est tout ce que tu as accompli depuis plus de quarante ans. Tu crois que les gens ne le savent pas ? Bien sûr que si.

Ce fut mon tour d'avoir les larmes aux yeux.

— Merci, chérie.

Je tripotai les extrémités de la ceinture de mon peignoir.

— Est-ce que tu es inquiète pour ton mariage, ma chérie ?

Elle ferma les paupières.

— Non. Enfin, oui. Je ne peux pas m'empêcher de penser que si papa a pu te tromper, Oliver peut être infidèle aussi.

Ses lèvres tremblaient un peu, comme quand elle était petite.

— Ollie est tellement merveilleux, maman. Il est à peu près parfait, et j'ai l'angoisse irrationnelle qu'il se réveille un jour et se dise : « Oh ! mon Dieu, je pourrais être avec une femme tellement mieux qu'elle. »

— Il n'y a personne de mieux que toi, Juliet, déclarai-je avec fermeté. Crois-moi. Cet homme t'adore. Son visage s'illumine quand tu entres dans une pièce, et je peux t'assurer que ton père n'a jamais été comme ça avec moi. Pas après les deux premières années, en tout cas. Oliver est différent.

Juliet déglutit.

— Tu crois ?

— Non, je le sais. Et puis je l'étranglerais de mes propres mains, s'il posait ne fût-ce qu'un regard sur une autre femme. Mais il ne le fera jamais. Vous deux, c'est du solide.

Elle replaça sa tête sur mon épaule.

— Tu es la meilleure maman qui soit.

— Mm. Dis ça à Sadie.

— Je le lui dirai. Et elle n'est pas obligée d'être comme moi, maman. Tout l'amour que tu lui as donné n'est pas gaspillé, c'est juste qu'il se manifeste d'une autre façon.

— Tu as énormément de sagesse, ma belle.

Je caressai ses cheveux soyeux et lui embrassai la tête.

— Ne lui dis pas pour ton père, d'accord ? Ça lui briserait le cœur.

— Motus et bouche cousue. Elle est géniale depuis son AVC. T'as vu comme elle a géré en nous envoyant nous reposer, comme elle a pris les choses en main. Elle nous a même fait porter des fleurs !

— Et on sent super bon, en plus. Je crois que je ne me doucherai plus jamais.

On se remit à rire et, bientôt, on ne parvint plus à s'arrêter, c'était un rire merveilleux, inextinguible, qui me fit courir vers les toilettes de la superbe salle de bains, ce qui fit repartir notre fou rire de plus belle.

Peut-être était-ce le champagne ? Mais ça m'étonnerait. C'était plutôt le soulagement, la fatigue et, surtout, l'amour.

32

Juliet

Sadie savait comment y faire. Les deux nuits à Boston avaient ressemblé à un séjour au paradis.

Juliet n'avait plus autant pleuré depuis… en fait, elle n'avait jamais autant pleuré. Mais c'étaient de bonnes larmes, de celles qui décrassent l'âme. Sa mère était magique. Son pragmatisme, son humour pince-sans-rire et ses convictions parvenaient à régler toutes les situations. Si la femme que Juliet admirait le plus au monde la trouvait extraordinaire, qui était-elle pour la contredire ?

Elle était malgré tout nerveuse en rentrant chez elle. Oliver pourrait très bien être furieux contre elle. Quand elle lui avait envoyé un texto pour lui annoncer qu'elle partait pour deux nuits avec sa mère, il avait simplement répondu : « Amusez-vous bien. »

C'est tout.

Il était là à son retour… Du moins, sa voiture était dans le garage. Sloane se jeta sur elle dès qu'elle ouvrit la porte. Elle la bombarda de questions et demanda ce qu'elle allait recevoir comme cadeaux. Juliet la prit dans ses bras et lui embrassa les joues avant de distribuer les souvenirs : un faux badge de la police de Boston, car Sloane rêvait d'être flic un jour, et un T-shirt de Boston. Pour sa grande sœur, elle avait acheté une réplique de la statue à l'effigie de Mme Mallard, la cane qui conduit ses canetons dans le parc de Boston, érigée en l'honneur d'un célèbre album pour enfants.

— J'adorais ce livre quand j'étais petite, s'exclama Brianna.

— Je sais.

Brianna la regarda.

— Je ne suis plus petite, tu sais. Tiens, Sloane. Tu peux l'avoir.

— Youpi, fit Sloane.

— Je t'ai aussi acheté un T-shirt.

Juliet le lui montra. Il portait l'inscription « Je suis trop géniale ».

— Merci quand même.

Bon.

— Où est votre père ?

— Papa ! hurla Sloane. Maman est rentrée ! Elle a rapporté des cadeaux !

Il monta l'escalier.

— Bonjour, ma chérie.

— Salut.

— C'était bien.

— Oh oui. Super.

— Tant mieux.

Sa voix était tendue.

— Les filles, vous voulez bien aller dans vos chambres ?

— Vous allez vous disputer ? s'inquiéta Brianna.

— Pas du tout, lui assura Oliver, mais il n'avait pas l'air ravi. Chérie, on va sur la terrasse ?

— Avec plaisir !

Merde, sa réponse était trop enthousiaste.

C'était une journée magnifique comme seul le mois de mai peut en offrir. Les lilas étaient en fleur dans le jardin et leur parfum entêtant flottait dans l'air. Une brise légère ridait l'eau. Malgré tout, Juliet eut envie de vomir.

— Bon. Très bien. Tu as dit beaucoup de choses l'autre soir, commença Oliver.

— Écoute, je…

— Non, non. C'est à mon tour. Ça me paraît juste, pas toi ?

Elle acquiesça en silence. Elle s'assit sur le canapé et fit de son mieux pour ne pas fondre en larmes.

Oliver sortit une feuille de sa poche.

— Tu ne veux pas t'asseoir ?

— Non. S'il te plaît. Laisse-moi juste lire ça.

Il s'éclaircit la gorge.

— Chère Juliet, tu m'as dit que tu en avais assez d'essayer d'être parfaite et que tu avais peur que je te trompe si tu ne te donnais pas à cent pour cent. Permets-moi de partager avec toi ce qui suit.

Il l'examina un instant en fronçant les sourcils, et Juliet sentit son estomac se nouer.

— La première fois que je t'ai vue à Yale, tu attendais sous la pluie à l'angle de York et Elm, et je me suis arrêté net parce que j'ai compris que mon monde venait de changer. Puis, par malchance, un taxi est passé devant toi et t'a complètement éclaboussée. Je me suis dit que ce serait malvenu de t'aborder à ce moment-là.

Oh ! mon Dieu. Elle se souvenait de cet épisode. Elle avait été trempée jusqu'aux os par une eau crasseuse et grisâtre. Le chauffeur n'avait même pas freiné.

— La deuxième fois que je t'ai vue, tu achetais des tampons à la pharmacie juste à côté du parc et, là encore, le moment ne m'a pas semblé idéal pour entamer une conversation. Me connaissant, j'aurais gaffé en disant un truc du genre « oh ! je vois que tu as tes règles ! C'est super ! ». Tu m'aurais pris pour un connard et tu aurais eu bien raison.

Elle sentit son cœur se desserrer et un sourire se former sur ses lèvres.

— La troisième fois que je t'ai aperçue, tu te rendais à une soirée à Saybrook. J'ai supplié mon ancien coloc de me faire entrer pour pouvoir me retrouver dans la même pièce que toi, et quand je t'ai vue, mon cœur battait si fort que j'ai cru que j'allais vomir.

J'étais terrifié à l'idée que tu te détournes pour parler à ton petit ami, hyper beau et musclé, qui allait sans doute devenir président des États-Unis ou inventer un traitement révolutionnaire contre le cancer. Mais tu ne t'es pas détournée, tu n'avais pas de petit ami, et tu as gentiment dit oui quand je t'ai demandé si tu voulais sortir avec moi – au bout de quarante-cinq minutes d'angoisse passées à papoter de trucs sans intérêt. Je n'arrive toujours pas à me souvenir de quoi on a discuté.

Il avait les larmes aux yeux.

— Tu es la plus belle femme que j'ai jamais vue, et tu l'es plus encore depuis la naissance de nos filles, quand tu plies du linge ou quand tu es dans la voiture ou à ton bureau. Tu n'auras plus jamais à manger de saumon. Désormais, c'est moi qui me chargerai de la préparation de ces saloperies de cupcakes vegan sans gluten, et je peux t'assurer que notre aînée ne te déteste pas, elle traverse simplement la crise d'adolescence et redeviendra bientôt ta fille chérie.

Il replia son papier et le rangea dans la poche arrière de son pantalon.

— Je t'aime. C'est pathétique à quel point je t'aime. Je te vénère. Toi à vingt pour cent, c'est plus que toutes les autres femmes du monde à cent, et toi à cent, c'est une magnifique tornade. Mais si tu as besoin d'aide, chérie, je t'en prie, demande-moi. C'est mon job. De prendre soin de toi.

Juliet s'était remise à pleurer, mais de bonheur cette fois.

— Pourquoi tu ne m'as pas dit tout ça avant ? J'ai toujours... Je n'ai jamais... Je ne savais pas que tu m'avais vue acheter des tampons.

— Chérie, je suis britannique. Exprimer ses émotions est interdit par la Couronne.

Il baissa les yeux.

— Je croyais que tu le savais.

— Je t'aime.

— Heureusement, parce que je ne suis rien sans toi, Juliet Frost.

Ils se jetèrent dans les bras l'un de l'autre, se serrèrent, s'embrassèrent avec soulagement et amour. Cette étreinte lui apportait un délicieux sentiment de familiarité : l'adorable calvitie naissante d'Oliver, ses bras puissants, l'odeur de son savon, leur taille qui s'ajustait si bien.

Ils entendirent Sloane dire :

— Ils s'embrassent.

— Dégueu, commenta Brianna.

Juliet sourit contre les lèvres de son mari.

Quelle joie, quel bonheur de savoir qu'après tout ce temps l'amour pouvait grandir et s'épanouir comme les lilas dans le jardin, qu'il pouvait devenir plus fort et être plus beau à mesure que les années passaient.

*

Le lendemain, lorsque Juliet arriva chez DJK, elle planait encore suite au manque de sommeil et à la délicieuse partie de jambes en l'air de la veille. Elle se mit au travail, le programme était chargé : conférence téléphonique avec un client, ajustements à apporter aux plans de la maison du sénateur, longue réunion avec Brett à propos d'une extension de l'aéroport. Tout se passait bien. Le travail redevenait enfin normal.

À sa grande surprise, Arwen passa dans son bureau vers 17 heures.

— Tu veux prendre un verre après le travail ?

— Oh ! Bien sûr. Qu'est-ce que tu proposes ?

— Le Barcelona à 18 heures ?

— Parfait.

Et donc, à 18 heures pile, elle tira la lourde porte en bois du bar à vins et entra. Arwen était déjà installée à une table haute.

— Juste un Perrier pour moi, dit Juliet au serveur.

— Pareil, fit Arwen. Et un peu d'intimité, s'il vous plaît.

Elle sourit pour adoucir ses propos.

— Comment s'est passé ton congé, Juliet ?

Son *jour* de congé. Elle ne s'était accordé qu'un jour.

— Super. Je suis allée à Boston avec ma mère.

— Sympa.

— Tu es proche de la tienne ?

— Bien sûr. Naturellement.

Elle ne donna pas de détails, et Juliet se rendit compte qu'elle ne connaissait pas du tout Arwen.

Le serveur leur apporta les eaux et s'éclipsa.

— Tu voulais me dire quelque chose ? demanda Juliet.

— Je vais aller droit au but. Je quitte DJK et je lance mon propre bureau d'architectes.

— Oh ! waouh !

C'était rapide, mais pas complètement inattendu. Et ce n'était pas une mauvaise nouvelle.

— Tu es sûre d'être prête ?

— À cent pour cent. Mon bureau s'appellera Arwen Alexander Architecture.

— Triple A.

— Exactement. J'ai déjà fait dessiner un logo.

Juliet choisit de ne pas souligner que « AAA » était aussi l'abréviation de l'Association américaine des automobilistes.

— Pourquoi tu m'en parles ?

— Je veux que tu nous rejoignes.

Bon, *ça*, c'était inattendu.

— C'est très flatteur. Merci.

— Tu sais, j'ai été beaucoup sous le feu des projecteurs dernièrement, et ce serait idiot de ma part de ne pas en profiter pour me lancer maintenant.

Arwen était une femme intelligente.

— Il y aura le problème habituel de la clause de non-concurrence, j'imagine que tu y as pensé.

— Bien sûr. Ça ne m'inquiète pas. Ça t'intéresse ?

— Qu'est-ce que tu me proposes exactement ? s'enquit Juliet. Je suppose que je ferai partie des associés.

Arwen but une gorgée d'eau sans la quitter des yeux, puis posa son verre.

— En fait, non. J'aimerais que tu sois collaboratrice senior.

Quel culot ! Arwen avait onze ans de moins qu'elle, et elle voulait lui faire occuper un poste subalterne.

— Qui sont les associés, alors ?

— Kathy et moi, c'est tout.

Kathy ? C'était… *Waouh !* Kathy.

— Eh bien, bonne chance.

DJK redeviendrait comme avant l'arrivée d'Arwen. Plus de « it girl », plus de gens béats d'admiration devant la nouvelle coqueluche. C'était très bien.

— Juliet, s'il te plaît, réfléchis-y. Tu es extrêmement fiable, tu es capable de gérer plusieurs projets en même temps, et tu es… stable.

— Purée. Merci beaucoup, Arwen.

La jeune femme fit un nœud dans sa paille.

— DJK vient de me proposer de devenir associée. Tu es peut-être en train de penser que c'est génial d'être débarrassée de moi, mais je veux que tu saches qu'ils m'ont fait passer avant toi. S'ils t'offrent de devenir partenaire – je dis bien *si* et d'ailleurs je trouve bizarre qu'ils ne te l'aient pas déjà proposé –, tu sauras que tu étais leur second choix. Tu t'es donnée à fond pendant plus de quinze ans pour eux et c'est à moi qu'ils ont fait la proposition.

Merde. Elle avait raison. Juliet redressa la serviette qui servait de sous-verre.

— Je peux te confier quelque chose, Arwen ?

— Bien sûr.

— J'ai été à ta place. Il y a dix ans, j'étais à peu près dans la même position que toi.

— Mmm, tu en es sûre ?

— Non, c'est vrai : tu fais l'objet de beaucoup plus d'attention que moi. Mais j'en ai reçu pas mal également. J'ai aussi écouté des architectes qui étaient plus doués que moi. J'ai bossé comme une dingue et je suis devenue meilleure dans mon boulot, parce que je savais que je devais m'améliorer et que je voulais progresser.

— C'est quoi, un speech pour me dire que c'est toi qui m'as ouvert la voie ?

— Non, c'est pour te faire comprendre que tu n'es pas aussi douée que tu l'imagines. Mais que tu *pourrais* devenir une grande architecte. Un jour. Cependant, tu ne le deviendras pas si tu crois au buzz qui t'entoure. Si tu t'appelais, disons, Lorna Kapinsky et que tu étais moins photogénique, je doute que tu aies suscité autant d'intérêt. Alors que moi, je t'ai choisie pour ton potentiel. Rien de plus, rien de moins.

— Je prends ça comme un refus, donc. Merci de m'avoir accordé du temps.

— Merci pour la proposition.

Là-dessus, Juliet se fit glisser du tabouret, replaça ses cheveux derrière ses oreilles et attrapa son sac.

— Bonne chance, Arwen.

Arwen n'était pas chez DJK le lendemain, et son bureau était vide. Kathy aussi était partie, sans même lui avoir adressé un mail d'adieu après toutes ces années de collaboration, songea

Juliet. Cela lui fit de la peine parce qu'elle avait cru qu'elles étaient amies. Mais Barb Frost n'avait pas élevé des imbéciles. Juliet s'était toujours méfiée de Kathy.

Les rumeurs allaient bon train, et les deux associés étaient en réunion dans le bureau d'Edward. Juliet ferma sa porte et se concentra sur son travail.

Elle ne fut pas surprise lorsque les deux hommes la firent venir dans la salle de conférences à 17 heures.

— Juliet ! s'exclama Dave comme s'il ne l'avait pas déjà croisée dix-sept fois dans la journée. Vous êtes superbe ! Cette semaine de congé vous a fait du bien, on dirait.

— Un jour, Dave. Un jour de congé. Et, oui, ça m'a fait un bien fou.

Edward fixait son iPad.

— Allons droit au but, voulez-vous ? Nous aimerions faire de vous une associée, Juliet. Votre excellente contribution n'est pas passée inaperçue, nous apprécions beaucoup votre travail.

— C'est tellement vrai ! Nous sommes une méritocratie, et vous avez du mérite, c'est sûr, gloussa Dave.

Elle écouta les deux hommes l'attirer avec des mots comme « pourcentage des bénéfices », « participation à part entière », « gestion d'équipes », « plus de congés ». Quand ils eurent terminé, elle croisa les mains devant elle.

— Arwen a refusé votre offre si j'ai bien compris.

Les associés se dévisagèrent un instant.

— Heu… eh bien, elle a décidé d'explorer d'autres opportunités, dit Dave.

— Je suis au courant. Elle m'a demandé de rejoindre son cabinet.

Ils tressaillirent exactement en même temps.

— On sait que vous avez l'esprit d'équipe, Juliet, reprit Dave. Que vous êtes loyale. C'est nous qui vous avons permis de débuter, après tout.

— Quand j'ai obtenu ma licence d'architecte, j'ai reçu des offres de neuf cabinets, Dave.

— Mais vous êtes venue ici, et nous vous avons très bien traitée, il me semble.

Elle pouvait accepter. Évidemment, ils avaient d'abord proposé la place à une autre, mais les affaires étaient les affaires, et Juliet ne le prenait pas personnellement.

Ce fut le souvenir de ces deux types en train de lui faire la leçon chez elle, quelques jours plus tôt, qui fit pencher la balance dans l'autre sens.

— Non merci. Je profite de l'occasion pour vous présenter ma démission. Bonne chance, messieurs.

Elle appela Oliver depuis sa voiture, il la félicita et lui dit qu'ils en discuteraient quand elle rentrerait, mais qu'il était déjà très fier d'elle.

Son impression d'avoir fait le bon choix et d'avoir remis les deux associés à leur place dura tout le trajet jusqu'à la maison et jusqu'au dîner (qui n'était pas du saumon, mais un délicieux poulet rôti. Son plat préféré. Oliver l'avait servi avec élégance et un baiser).

— J'ai quitté mon travail aujourd'hui, annonça-t-elle alors que les filles se chamaillaient.

Cela les fit taire.

— Bravo, bravo, ma chérie, la félicita Oliver en lui portant un toast.

— Sérieux ? s'exclama Brianna. T'as *démissionné* ? Génial. On va toujours à Hawaï cet été, j'espère ? T'as pensé que tu gagnais plus que papa et que c'était pas une bonne idée de claquer la porte ?

Quelle petite… morveuse !

— Tu sais quoi, Brianna ? riposta-t-elle. On ira peut-être à Hawaï, ou pas. Peut-être aussi que, si tu ne changes pas d'attitude, on ira à Hawaï tous les trois pendant que tu resteras avec mamy pour l'aider à s'occuper de papy, parce que tu n'es pas… comment dire ? Tu n'apportes pas grand-chose ces temps-ci. On t'aime, mais tu es une vraie emmerdeuse en ce moment, et je ne suis pas sûre que tu mérites des vacances.

Juliet sentit la main de son mari venir se poser sur la sienne, tandis que la bouche de Brianna s'ouvrait tout grand.

— Désolé, ma chérie, dit-il à leur fille aînée, mais maman n'a pas tort.

— Et moi, je suis une emmerdeuse ? s'inquiéta Sloane.

— Pas encore, chérie, et j'espère que tu ne le seras jamais, répondit Juliet. Brianna, tu dois faire un effort. D'accord ? Super. Ah oui, je vais te confisquer ton téléphone jusqu'à la fin de l'année scolaire. Ce n'est pas bon d'y être aussi accro.

Si un regard pouvait tuer… Celui de Brianna ne contenait pas d'amour du tout, en tout cas.

Merde. Juliet sentait monter une crise de panique. Elle avait *démissionné*. Elle avait refusé de devenir *associée* et était au chômage pour la première fois de sa vie. Sa fille la détestait, ils n'iraient peut-être pas à Hawaï, alors qu'elle s'en faisait une joie, et…

— Excusez-moi.

Descendre l'escalier, traverser le couloir, entrer dans le placard. *Respirerespirerespire*, non, ça ne marchait pas. Elle s'allongea, les jambes flageolantes, et regretta de ne pas avoir emporté un sac en papier. Sa vision se brouilla mais, cette fois encore, son corps refusait de s'évanouir. Elle voulait juste… elle ne voulait rien.

En réalité, elle avait tout.

Elle retrouverait du boulot. Elle pourrait monter son propre cabinet. Elle s'en sortirait. Oliver gagnait bien sa vie. Les filles et elle pourraient passer sur la mutuelle du travail d'Oliver, même si elle était moins bonne…

— Maman ?

Brianna avait à nouveau la voix d'une petite fille qui vient de se réveiller d'un cauchemar et tremble de peur. Merde. C'était à cause d'elle ?

— Oui, chérie ? fit-elle en se redressant.

— Tu es vraiment si fâchée que ça contre moi ?

— Non ! Non. J'en ai juste marre de cette attitude de… pimbêche.

— Mais tu m'aimes toujours, hein ?

— Évidemment !

Ce n'était pas tout à fait sincère, mais être parent, c'était quatre-vingt-dix pour cent de pardon, dix pour cent de mensonges et cent pour cent d'amour.

— Qu'est-ce que tu fiches dans ton placard ?

— Oh ! je… je me cache de la vie. Parfois, j'ai peur de certaines choses.

— Comme quoi ?

— De ne pas être une bonne mère. Je me demande si j'ai été gentille et serviable aujourd'hui. Je m'inquiète de savoir si les gens que j'aime vont s'en sortir. Je me demande si je ne devrais pas en faire plus.

— Ça fait beaucoup, tout ça.

Brianna s'assit à côté d'elle, ramassa une de ses sandales et se mit à en tripoter la lanière.

— C'est la vérité.

— C'est dur d'être adulte ?

— Parfois.

Brianna se mit à pleurer, et son joli petit visage se déforma.

— Je ne veux pas grandir, maman. Je déteste tout ça, les règles, les boutons, les seins, les garçons et les mélodrames. Je voudrais encore avoir huit ans. Huit ans, c'était vraiment bien.

Sa voix se transforma en couinement sur la fin, et Juliet la serra contre elle. Elle avait envie d'envelopper sa fille et de la garder près d'elle, de la protéger de tous les coups durs, des moments tristes.

— Je comprends, chérie. Je comprends. Je me souviens que c'était difficile.

Elle lui embrassa les cheveux.

— Mais tu sais quoi ? Tu vas bientôt aimer ton corps. Si bizarre que ça puisse te paraître, c'est vrai. C'est une période très difficile que tu traverses en ce moment. Tu vas t'en sortir. Papa et moi, on est là pour te soutenir à chaque étape.

— Est-ce qu'il y a *un* avantage à être adulte ?

Juliet s'esclaffa.

— Bien sûr. On peut choisir un partenaire vraiment génial, comme ton père, un meilleur ami, pour partager sa vie. On peut trouver un travail qu'on aime.

— Je ne sais pas ce que je veux faire plus tard. Je déteste quand les adultes me posent la question.

— Tu n'es pas censée déjà le savoir. Dis-leur : « Hé, je n'ai que douze ans. Laissez-moi respirer ! »

Brianna lâcha un petit rire.

— Et tu veux le meilleur, quand on est adulte ? demanda Juliet.

— Non.

— On peut être maman, si on en a envie.

— Je croyais que j'étais une emmerdeuse, marmonna Brianna.

— Tu l'es. Mais tu es *mon* emmerdeuse. Je ne t'échangerais pour rien au monde.

Brianna ne répondit rien, ne la serra pas plus fort dans ses bras, ne dit pas « je t'adore » ou « tu me remontes toujours le moral », comme Juliet l'aurait fait avec sa mère. Mais Brianna n'avait pas besoin de le dire. Juliet le savait déjà.

Quelques heures plus tard, alors que les filles étaient couchées, qu'Oliver était « épuisé par leurs ébats » et qu'il dormait profondément, Juliet alla à son ordinateur pour rédiger un mail.

À : arwenalexander@gmail.com
Objet : Offre d'emploi

Le cabinet s'appellera Frost/Alexander. Je veux 33 % des parts, une voix prépondérante en cas de nécessité, et le poste de cheffe du design. C'est à prendre ou à laisser.

Juliet

La réponse arriva quelques minutes plus tard. Elle ne contenait qu'un mot.

OK.

33

John

« Chien » : *chi*. « Bébé » : *bééé… bééé*. « Barb » : *Bar*. « Juliet » : *Jou*. « Sadie » : *Di*. « Fatigué » : *fati*.

« Non » : *non*.

Celui-là, il parvenait à le dire.

Ce sont les mots qu'il est capable de dire maintenant. Ça lui demande de tels efforts qu'il se sent bête et vieux. La plupart du temps, les mots sortent mal de sa bouche, ils semblent énormes et informes, ou ressemblent à d'autres mots. Par exemple, s'il regarde un arbre et pense *arbre*, le mot qui sort est « rac », qui signifie « racine ». Parfois, on saisit ce qu'il dit, mais le plus souvent, on ne le comprend pas. Les muscles de sa bouche sont fatigués, et la dame autoritaire s'en fiche.

Sadie, elle, ne s'en fiche pas. Elle comprend les associations qui se font dans sa tête. Pas toujours, mais parfois.

Il a envie de dire : « Je suis désolé, Barb. » Parce qu'elle est au courant pour la femme au visage dur qui n'est jamais venue le voir. Il le sait. Barb lui a dit, et Barb ne ment pas. Il voudrait parler de la fleur, mais il ne peut pas, et il ne se souvient pas pourquoi cette fleur est si importante. Il sait juste qu'elle l'est, et il essaie de retrouver pourquoi.

Ted vient toujours lui rendre visite, et ça lui fait plaisir. Noah vient aussi, parfois pour réparer quelque chose pour Barb, et parfois pour lui permettre de voir le bébé, dont le corps est solide et chaud et plus difficile à tenir maintenant parce qu'il a grandi. Ses filles viennent également. Juliet ne le regarde pas beaucoup, ce qui est plus facile à supporter que Sadie qui le fixe avec des yeux pleins d'espoir. John ne sait pas ce qui est le plus difficile à voir, la colère ou l'espoir.

Janet lui rend visite aussi. Elle sait pour la fleur. Parfois, elle lui apporte des fleurs qu'elle fait pousser. Elle travaille dans un endroit où on fait pousser des plantes, mais le mot est long et difficile à retenir pour lui. Elle parle et parle, elle dit des mots doux qui tombent autour de lui comme une pluie chaude.

Il l'aime. Pas comme il aimait Barb ou la femme au visage dur, mais d'une manière nouvelle. Elle est la seule à ne rien attendre de lui. Elle n'a ni espoir, ni tristesse, ni déception, ni… quel est le mot ? « fatigue ». Il n'y a pas de fatigue sur son visage.

Son état ne s'améliore pas. Il le comprend. Les mots qu'il dit sont si difficiles à former et l'effort est tellement énorme qu'il ne pourra pas en faire plus. Il veut arrêter d'essayer. La façon dont il parlait il y a longtemps, la façon dont les autres font sortir les mots de leur bouche n'est plus pour lui. Le médecin dit des mots, et Sadie aussi, avec de l'espoir dans les yeux… Non. Il le sent. Il le sait. Il n'est pas piégé dans son corps. C'est *lui*, il est comme ça. Il sera toujours comme ça. C'est son moi actuel, pas son ancien moi.

Avec Janet, son « moi actuel » suffit.

Ce qu'il doit faire, c'est faire comprendre à sa femme. Il doit redevenir le mari, juste un court moment. Le père.

Des images surgissent du passé. John rentrait à la maison depuis l'endroit où il travaillait. Le bureau. Il arrivait en voiture dans l'allée et entrait dans la maison. Sadie était petite alors, et Juliet était plus grande. Sadie courait vers lui, et il la prenait dans ses bras et souriait, Juliet attendait dans l'entrée de la cuisine, et il se rappelait la serrer aussi dans ses bras.

Puis il embrassait Barb sur la joue, sans vraiment écouter ce qu'elle disait, mais en humant les bonnes odeurs de repas. Il avait le sentiment d'être un mari, un père. Un homme.

Il a besoin de retrouver ce moment, d'être cet homme. Mais il a l'impression que c'est comme escalader une montagne en pleine tempête de neige par une nuit noire. Il y arrivera. Il trouvera la fleur. Il sera à nouveau mari et père pendant un instant, puis il pourra retourner à son moi actuel, celui qui écoute les oiseaux et le petit bébé et la voix chaleureuse qui lui fait l'effet de la pluie, le moi actuel qui aime avoir le chien près de lui, qui peut s'endormir quand il veut.

34

Sadie

L'orage se déchaînait depuis le matin, les rafales étaient accompagnées d'une pluie torrentielle. Ma petite maison tremblait et se lamentait sous l'effet des bourrasques, elle grinçait et gémissait, émettant des sons que je décidai d'apprécier plutôt que de m'inquiéter à l'idée que le toit s'envole à tout moment. La pluie s'abattait sur les fenêtres, et étrangement je ne m'étais jamais sentie aussi sereine. Je m'étais aventurée dans mon grenier la veille et j'avais cloué une bâche en attendant de pouvoir vraiment réparer le toit, et, jusqu'à présent, je n'avais eu besoin que d'un seau pour récolter les fuites. Bizarrement, le bruit de l'égouttement me tenait compagnie. Pepper était endormie sur le canapé, lovée dans sa position de roulé à la cannelle, et ronflait doucement.

Quant à moi, je peignais. Je peignais un sujet parce que j'avais envie de l'immortaliser, pas parce qu'il serait assorti à un édredon ou à un canapé.

Sans trop réfléchir à ce que je faisais, j'avais sorti mes couleurs, installé mon chevalet, pris une toile, l'avais préparée et, avant de me rétracter, j'avais appuyé sur les tubes pour faire sortir les divines taches brillantes de peinture à l'huile sur ma palette : rouge de cadmium, bleu céruléen, terre d'ombre brûlée, blanc titane, jaune de Naples, magenta, noir. J'avais attaqué la toile le plus vite possible.

Le ciel.

Je peignais le ciel, perdue dans l'odeur de la peinture à l'huile, celle plus âcre de la térébenthine, le tourbillon des couleurs, le murmure doux et humide du pinceau contre la toile. Je peignais le soleil, les nuages, la mer.

Un coucher de soleil, la scène la plus éculée au monde, mais je m'en fichais. J'étais immergée dans les couleurs… et l'infinité de nuances et de mélanges qui créaient le turquoise, la lavande, le violet, le rose. Je poussais la peinture, je la faisais glisser, tournoyer. Je tamponnais, je brossais, je contemplais le ciel qui se métamorphosait sous mes yeux. C'était une expérience transcendante.

Ce n'était pas une peinture canapé, loin de là. C'était une impulsion, un geste. Je laissais libre cours à mon instinct. Ça faisait des semaines que j'avais envie de peindre le ciel, et j'avais trouvé mille excuses pour ne pas m'y mettre.

Soudain, tout me paraissait différent. Maintenant que j'avais commencé, je ne pouvais plus m'arrêter. J'éclaircis le rouge ici, rendis le bleu plus vif là, ajoutai du noir et du violet à l'eau et aux nuages. Le passage des heures était marqué par le bruit de l'égouttement dans le seau et la lumière grise changeante de l'après-midi, rien d'autre.

J'étais confinée ici. Une branche était tombée juste derrière la voiture ce matin (Dieu merci, elle n'était pas tombée *dessus*, car c'était la bagnole de Juliet). La branche était trop grosse pour que je puisse la traîner hors du chemin ; il faudrait une tronçonneuse pour la découper avant de la déplacer. J'avais appelé ma mère et ma sœur pour les prévenir que j'étais coincée à la maison pour la journée, et, une heure plus tard, l'orage avait provoqué une coupure de courant. J'avais allumé une lanterne à piles dans la cuisine, et la lumière grise et aqueuse se déversait à travers les nouvelles baies vitrées que Noah avait installées.

J'étais coincée chez moi, je ne pouvais rien faire à l'extérieur, et il fallait que je libère une partie de l'énergie et de la tension délicieuse qui s'étaient accumulées en moi depuis que Noah et moi étions de nouveau ensemble.

Vers 1 heure du matin, cette nuit-là, il m'avait annoncé qu'il ferait mieux d'y aller et on s'était séparés. Je tenais à peine debout, j'étais tellement surexcitée que j'avais l'impression de flotter. J'étais convaincue que mes jambes n'étaient plus en état de supporter mon poids. Noah était tout autant excité.

— C'est le moment où jamais d'aller nager dans le détroit, dit-il. J'espère que l'eau est assez froide.

— J'aimerais bien pouvoir t'accompagner.

On se remit à s'embrasser et il lui fallut un quart d'heure pour aller du salon à la porte, parce qu'on était incapables de cesser de se bécoter, de se toucher, de se coller l'un à l'autre. Nos mains ne s'arrêtaient que pour admirer, caresser, sentir.

Finalement, il prit mes deux mains dans les siennes et y déposa un baiser. Puis il me contempla, les cheveux tout emmêlés et en pétard, ses yeux sombres pétillant de bonheur, et il me sourit avant de partir, me laissant m'effondrer sur le canapé en un tas de phéromones déchaînées.

De la joie. C'était ça que je ressentais. Je ne savais pas de quoi était fait notre avenir, mais le mieux était de rester ici et de laisser la joie me remplir et me transporter, parce que Noah et moi étions à nouveau réunis. Je ne savais pas ce qui allait suivre, mais nous nous étions retrouvés. Je n'avais pas besoin de plus pour l'instant. Je ne m'autorisais pas à penser plus loin que ça.

Et cette certitude avait un effet dingue sur mon humeur. Ma maison était propre et rangée, Pepper et moi avions couru huit kilomètres la veille au soir, en prévision de l'orage qui nous empêcherait de sortir. J'avais poncé l'îlot central en bois que j'avais acheté sur Etsy, je l'avais huilé, puis j'avais préparé une sauce spaghettis sans utiliser de conserves.

Et aujourd'hui, avec la branche tombée et le courant coupé, j'avais sorti mes peintures.

Il était temps. Toute cette joie, cette émotion qui m'enivrait et me faisait flotter, avait besoin de rejaillir sur la toile.

Mon Dieu, comme cela m'avait manqué ! C'était tellement bon de voir le tableau prendre vie sous mes coups de pinceau. Pendant les longues semaines que j'avais passées dans ma maison, j'avais admiré le coucher de soleil, le lever de lune, la pluie qui courbait les roseaux sur la rive. Pour la première fois depuis des années, je sentais que peindre était ma destinée. Pour la première fois depuis une éternité, je me sentais à nouveau moi-même.

Le tableau était presque achevé – l'art, c'est aussi savoir quand il faut s'arrêter – lorsque Pepper se mit à trembler et à gémir en collant son museau contre la porte-fenêtre. Elle faisait ça quand un renard ou un coyote rôdait dans les parages, ou un chevreuil, une souris ou un ver de terre. Souvent, je ne distinguais pas ce qu'elle avait repéré, mais je jetais toujours un coup d'œil, car je n'aurais pas voulu passer à côté d'un petit renard roux.

Je posai la palette, plaçai le pinceau en équilibre sur le rebord du chevalet et allai voir.

Rien.

— Est-ce qu'un de tes amis est là ?

Ma chienne se mit à gémir. Elle tremblait violemment maintenant. Je pris mon téléphone : si c'était un animal mignon, je prendrais une photo pour Carter, qui adorait entendre parler de la faune, même s'il était un indécrottable New Yorkais.

— Bon. On va mettre ta laisse, Pepper.

La chienne remua la queue avec reconnaissance, le museau toujours collé contre la baie vitrée. Je pris mon ciré sans lâcher son harnais, parce qu'elle tirait fort.

Le vent nous fouetta dès le seuil, mais Pepper bondit et m'entraîna vers le fleuve. La marée descendait, l'eau était de moins en moins profonde, et la boue salée détrempée par la pluie battante rendait la marche difficile.

— Doucement, ma belle, doucement !

La pluie avait déjà inondé mon visage et le devant de mon jean, mais mes bonnes vieilles bottes en caoutchouc gardaient mes pieds au sec. Une rafale de vent me fit reculer de quelques pas, mon pied faillit sortir de ma botte, mais Pepper tirait comme une folle pour atteindre le rivage.

— Pepper ! lui criai-je. Reste avec moi !

Puis je vis ce qu'elle avait senti.

C'était un dauphin échoué. Et il était vivant ! La vache. La tempête avait dû le rabattre jusqu'ici, et il n'avait pas assez d'eau pour nager. Oh ! c'était déchirant, il frappait des nageoires et se démenait pour tenter de rejoindre l'océan. Pepper lui faisait du charme, sa queue remuait à toute allure, et le dauphin soufflait fort par son évent, émettant un bruit sifflant.

Heureusement, j'avais mon téléphone. Je traînai Pepper quelques mètres plus loin et j'attachai sa laisse à un buisson touffu. Elle mourait d'envie de jouer avec le dauphin et elle s'abaissa sur ses pattes avant en aboyant sans cesser d'agiter la queue.

— Le dauphin n'a jamais vu de chien, Pepper, il ne sait pas à quoi il a affaire. Calme-toi. Mais je te comprends, c'est grisant !

Je sortis mon portable. Une seule barre de réseau. Je composai le numéro des urgences, mais l'appel échoua. Je réessayai. Nouvel échec. Mon unique barre disparut, et les mots que je redoutais – « pas de réseau » - apparurent sur l'écran.

J'envoyai des SMS à Noah, à Mickey, à ma mère et à Juliet, bref, à toutes les personnes compétentes que je connaissais.

Dauphin coincé dans bras du fleuve en bas de chez moi, appelle quelqu'un, j'ai pas de réseau.

Mon téléphone m'informa que mes messages n'avaient pas été expédiés.

— Merde !

Je m'approchai du mammifère – il était peut-être en train d'agoniser. Parfois ils s'échouaient tout seuls, non ? Elle (je ne sais pas pourquoi, j'étais persuadée qu'il s'agissait d'une femelle) se débattit plus vigoureusement et émit un couinement qui me frappa en plein cœur.

— OK. Tiens bon, ma belle. Les secours sont en route. Je reviens tout de suite.

Je retournai au buisson, détachai ma chienne et dus pratiquement la traîner jusqu'à la maison, puis la pousser à l'intérieur.

— Désolée, mon bébé, tu ne me serais pas d'une grande aide.

Je consultai mon téléphone : toujours pas de réseau, ce qui m'était arrivé plusieurs fois depuis que j'avais emménagé ici. Ce n'était pas grave. J'allais prendre ma voiture et aller chez mes parents ou chez Noah…

Ah non, j'avais oublié ce détail. Ma voiture était bloquée par la branche.

Je pris une profonde inspiration et je réfléchis à toute vitesse. Google m'aurait été bien utile, mais je n'avais pas d'électricité, et donc pas de wi-fi.

Bon, j'allais devoir m'improviser sauveteuse de dauphin. Je pris un seau, pour pouvoir lui verser de l'eau (elle en avait peut-être besoin ?), et une pelle. Je comptais creuser la boue pour lui fabriquer une tranchée. Quand la marée remonterait, elle parviendrait peut-être à nager ? Ou je pourrais la porter vers des eaux plus profondes ? Oh ! oui, une bâche. Je pourrais placer le cétacé ensablé dessus et le traîner jusqu'à un endroit où l'eau était plus profonde.

— Tu avais raison, maman, dis-je à voix haute. J'aurais dû choisir des études plus pratiques. Comme la biologie marine.

Mes compétences importaient peu. Un petit dauphin s'était échoué et il m'avait fait signe. Je n'allais pas le laisser mourir seul. J'attrapai ma casquette des Yankees pour protéger mon visage de la pluie et je repartis avec mon kit de sauvetage de fortune.

La pauvre était toujours là. Il me semblait que sa nageoire caudale remuait moins. Je m'agenouillai à côté d'elle.

— Salut, ma chérie. Je vais essayer de t'aider.

Je tendis ma paume, au cas où elle voudrait la renifler, comme un chien. Elle releva un peu la tête, et je jure devant Dieu qu'elle me regarda et devina que mes intentions étaient bonnes. C'était possible de toucher un dauphin sans lui faire de mal, non ? Bien sûr. Dans certaines stations balnéaires de Floride, on avait même le droit de nager avec eux. Je la touchai juste en dessous de son évent. Sa peau était froide, ferme et lisse.

— Je vais faire de mon mieux, ma belle. Reste avec moi.

Elle se remit à battre vainement des nageoires sur le sable. Je courus le long de la rivière jusqu'à un endroit où l'eau était plus profonde et je remplis un seau pour l'arroser. Cela avait l'air de lui plaire, elle se retourna et gigota avec plus d'énergie. Puis je commençai à creuser la tranchée, qui se gorgea d'eau instantanément. Si je parvenais à positionner la bête parallèlement à la rivière, elle pourrait se laisser dériver...

— Je vais te toucher maintenant, ma chérie, la prévins-je. D'accord ? Je vais essayer de te retourner.

D'après mes connaissances, c'était un dauphin à gros nez, de relativement petite taille. Elle n'avait peut-être pas fini sa croissance ? Même si je raffolais des documentaires animaliers, c'était une simple hypothèse. Je savais que les dauphins étaient intelligents, peut-être plus que les humains. Et qu'ils se déplaçaient en groupe... en banc ? Il était possible que sa famille l'attende dans les eaux plus profondes. Stoningham était la seule ville du Connecticut à avoir un peu de littoral ; la ville longeait l'extrémité du détroit de Long

Island. Mais là où je me trouvais, c'était possible (pour un dauphin, par exemple) de nager directement depuis l'Atlantique, en passant par Fishers Island à l'est, et de venir s'égarer ici en remontant le bras du fleuve à marées.

Je me préparai mentalement, puis plaçai les mains de part et d'autre de son corps et la déplaçai pour qu'elle soit dans l'alignement de la tranchée. Elle battit de la queue et semblait avoir compris qu'elle avait un rôle à jouer. Un mètre. Deux. Je creusai un peu plus, je la redéplaçai dans les cinq centimètres d'eau, puis creusai encore. Je tentai de la soulever, mais je dus renoncer, de peur de la lâcher trop lourdement. Elle était difficile à manipuler et pesante, elle devait faire entre trente-cinq et quarante-cinq kilos.

L'eau était trop peu profonde, et le devenait de moins en moins à mesure qu'on avançait. Chérie – c'est ainsi que je l'avais baptisée – paraissait épuisée. Sa respiration n'était plus aussi forte et fréquente, et ses efforts étaient moins vigoureux. La marée descendait trop vite pour que mon plan fonctionne.

— Bon, fis-je après une bonne heure d'efforts infructueux.

J'étais à bout de souffle, mon jean était trempé et incrusté de sable, il m'irritait la peau. Je remplis encore un seau d'eau et je le vidai sur Chérie, puis j'examinai la bâche. Si je pouvais la faire rouler dessus sans la blesser, je pourrais la traîner plus près de l'océan. C'était mieux que rien. Je ne savais pas si la pluie blessait sa peau, ou si c'était bon pour elle. Je ne savais pas si elle avait faim. J'aurais dû prendre le thon que j'avais dans mon placard pour la nourrir.

J'étendis la bâche à côté d'elle et je me mis à genoux en posant les mains sur ses flancs. Si je la faisais rouler, est-ce que cela blesserait sa nageoire ? Je la repliai contre son dos et la regardai droit dans les yeux.

— J'espère que ça ne te fera pas mal, Chérie. Je veux juste que tu retrouves ta famille, d'accord ? Bon. À trois, on y va. Un, deux… trois.

Malgré son poids, elle se retourna assez facilement sur le dos, et je réussis à replier son autre nageoire pour qu'elle ne soit pas blessée, puis je la fis rouler. Elle était étendue sur le ventre, sur la bâche.

— Ça va, Chérie ?

Pour toute réponse, elle souffla très fort, mais n'émit plus de sifflement.

Je pris position à l'avant de la toile et me mis à tirer de toutes mes forces. Mon Dieu ! Que c'était lourd ! J'étais obligée de marcher à reculons et, après quelques pas, je trébuchai et atterris sur les fesses dans le sable mouillé. Je me relevai et recommençai de plus belle. Le cétacé n'essayait même plus d'agiter sa nageoire caudale.

— S'il te plaît, ne meurs pas, Chérie. Je fais de mon mieux.

Je n'avais jamais été aussi trempée. Mon imperméable s'était déchiré, j'étais en sueur, moite et tremblante d'épuisement. Mais nous étions allées si loin, Chérie et moi, qu'il n'était plus question de renoncer.

— Sadie ! Houhou !

Noah, le visage fouetté par ses cheveux, se tenait sur la colline où était perchée ma maison.

— Oh ! Dieu merci ! m'exclamai-je à voix haute.

Peu après, il courait vers moi.

— Qu'est-ce que tu fais ?

— Je sauve un dauphin, comme tu vois.

— Tu as appelé de l'aide ?

— J'ai essayé, mais il n'y a pas de réseau et ma voiture est bloquée.

— Oui, j'ai vu. Il n'y a pas de réseau en ville non plus. J'ai essayé de t'appeler pour m'assurer que tout allait bien, puis je suis venu vérifier moi-même.

Il se pencha pour examiner ma nouvelle amie.

— Tu lui as donné un nom ?

Il me connaissait tellement bien.

— Chérie.

— Oui, mon cœur ?

— Non, c'est son nom.

Je lui souris. Noah flirtait avec moi devant un bébé dauphin. Mon Dieu ! L'effet que ça me faisait !

— Tu crois qu'on peut la tirer vers l'eau ? Elle est fatiguée, et la marée baisse.

— Allons-y.

Il y avait un bon demi-kilomètre pour rejoindre l'océan. Je parlai presque tout le temps à mon amie la dauphine, je l'incitais à être courageuse, à se montrer forte, à se détendre et à profiter de la balade. C'était difficile, et on tomba encore une ou deux fois (enfin, moi ; Noah se contenta de trébucher). Quand on atteignit enfin l'océan, j'étais tellement épuisée que je chancelais.

— Allez, Chérie, allons-y, dit Noah.

On la tira dans l'eau, et mes fidèles bottes en caoutchouc se remplirent immédiatement, la doublure en polaire fit éponge. L'eau était glaciale et piquait ma peau déjà irritée.

Chérie ne sortit pas vraiment de sa torpeur. Elle battit un peu des nageoires, mais ne parvenait pas à quitter la bâche.

— Emmenons-la un peu plus loin, là où c'est plus profond, proposai-je.

Je posai une main sur le dos de Chérie.

— Allez, ma belle. Tu peux y arriver.

On avait de l'eau jusqu'aux genoux, puis jusqu'aux cuisses. Chérie agita ses nageoires une fois, et la bâche glissa de sous elle.

Puis ma dauphine coula.

— Non ! Allez, Chérie ! Remonte !

Je la tirai vers la surface pour qu'elle puisse respirer.

— Allez, mon bébé. Repose-toi une minute. Reprends tes esprits.

— Elle est peut-être malade, Sadie, fit remarquer Noah.

— Je suis sûre que non.

C'était stupide de ma part de répondre ça, mais je ne voulais pas qu'elle soit malade. Ma gorge se serra. Tous ces efforts pour finir par voir ma nouvelle amie se noyer sous mes yeux ? Pas question.

Je l'emmenai quelques mètres plus loin, j'avais de l'eau jusqu'à la taille à présent, les vagues me giflaient et glissaient sur l'évent de Chérie, imbibant mon pull.

— Tu ne voudrais pas courir jusqu'à ton pick-up et aller en ville chercher de l'aide ?

Je claquais des dents.

— Je ne vais pas te laisser seule dans l'océan avec un dauphin. Il ne fait même pas dix degrés aujourd'hui, ma merveille.

— Peut-être que si on l'aide à nager un peu plus, elle finira par le faire toute seule.

Noah avait l'air dubitatif.

— Je t'en prie, ajoutai-je. Tu es papa. C'est un bébé. Ton instinct paternel n'est pas titillé ?

Il secoua la tête avec un léger sourire.

— Si. Bon, d'accord.

On assista encore Chérie sur quelques mètres, et sa queue bougea un peu. J'avais de l'eau jusqu'aux épaules maintenant. Mon amie ne coulait pas, mais seulement parce que nous la soutenions, et je peux vous dire qu'un dauphin, même bébé, ce n'est pas rien.

— Tu as d'autres idées ? s'enquit Noah.

Une vague me gifla et je recrachai de l'eau.

— Comme on va bientôt mourir, ajouta-t-il, ce serait bien que tu trouves une solution.

Je ne pus m'empêcher d'éclater de rire.

Puis, comme par magie, comme une preuve de l'existence de Dieu, un dauphin adulte bondit hors de l'eau *juste* devant nous, et je poussai un petit cri lorsqu'il nous éclaboussa. Chérie se mit à couiner et à se tortiller, et puis, *pouf*, elle donna un coup de sa puissante nageoire caudale et fila vers sa mère (enfin je supposais que c'était sa mère, car c'était difficile à vérifier). Bientôt, elle ne fut plus qu'une forme sombre dans l'eau, avant de disparaître.

— *Yes* ! Bien joué, Chérie ! s'exclama Noah.

Mais je me sentis tout à coup… triste. C'était déjà fini ? Après les deux heures qu'on venait de passer ensemble ?

Je me trompais. En provoquant un tourbillon majestueux qui s'enroula autour de mes jambes, Chérie et sa mère nous encerclèrent, une fois, puis deux, et pendant une magnifique seconde on entendit leurs sifflements et leurs gloussements.

Puis elles réapparurent quelques mètres plus loin, remontant à la surface pour respirer côte à côte, puis à nouveau un peu plus loin, et enfin elles disparurent, c'était désormais impossible de les discerner des vagues qui agitaient la mer sombre.

— Elles t'ont remerciée, fit Noah d'un ton émerveillé. Ça n'arrive pas tous les jours.

C'était tellement beau que j'en pleurais. Je passai les bras autour de Noah et je sanglotai, puis je l'embrassai sur la bouche. Notre baiser était salé à cause de mes larmes et de l'océan. Il repoussa les cheveux de ma figure.

— Allez, ma sauveteuse de dauphins, je te ramène chez toi.

*

Comme Dieu appréciait manifestement mes efforts, le courant fut rétabli cinq minutes à peine après notre retour à la maison. Pepper nous fit la fête, et je me penchai pour l'embrasser.

— On a réussi ! Elle a retrouvé sa maman ! C'est grâce à toi, Pepper, c'est toi qui l'as repérée !

Elle comprit ce que je lui avais dit, car elle fit un tour victorieux du rez-de-chaussée, dénicha son jouet sonore en forme d'opossum et se mit à assurer l'ambiance musicale de la soirée.

— Va prendre une douche chaude avant d'être en hypothermie, m'ordonna Noah en frottant ses cheveux mouillés. Tu as les lèvres toutes bleues.

— *Toi*, va prendre une douche chaude avant de faire de l'hypothermie. Tu as juste joué le bon samaritain, alors que Pepper et moi on s'est entraînées au sauvetage de dauphins toute notre vie.

Il leva les yeux au ciel (mais le geste me parut plus tendre que moqueur).

— Ne sois pas stupide, Sadie. Tu es restée dans le froid beaucoup plus longtemps que moi.

— Réchauffée par mon amour des mammifères marins.

— File sous la douche.

— Il faut que je voie si je peux sécher mon portable.

— Laisse tomber ton téléphone.

— Il faut que je poste quelque chose sur les réseaux sociaux pour que le monde entier sache que je suis extraordinaire.

— Nom de Dieu, Sadie, grogna-t-il.

Puis – enfin ! – il se jeta sur moi, sa bouche contre la mienne, les bras autour de ma taille, sa langue frôlant la mienne. Il me souleva sur le plan de travail en bois en marmonnant :

— J'aurais pu fabriquer quelque chose de beaucoup mieux que cette merde.

Alors, il m'arracha mon ciré et le fit descendre le long de mes bras pour me coincer. Il m'embrassa comme s'il se noyait, mourait, et que j'étais la seule à pouvoir le sauver.

Et comme sauver était un peu mon truc ce jour-là, j'enroulai mes jambes autour de lui et je l'embrassai en retour, libérant un bras pour pouvoir saisir ses cheveux mouillés.

— Il me reste huit minutes d'eau chaude dans le réservoir, ai-je dit en haletant un peu. J'ai envie de les mettre à profit pour qu'elles soient inoubliables.

Il savait toujours comment déshabiller une femme avec efficacité. Il pouvait encore me porter. Une intense concentration brillait dans son regard quand il travaillait, mais il souriait sans retenue tandis qu'il m'embrassait, sous l'eau chaude et savonneuse. Il se souvenait de tous les endroits où j'aimais être touchée, où j'étais chatouilleuse, il savait comment faire plier mes genoux.

En même temps, tant de choses étaient nouvelles aussi. Il coupa l'eau quand elle se mit à refroidir, sortit de la douche et m'enveloppa dans une serviette. Il se sécha rapidement. Je vis ses tablettes de chocolat onduler, j'étais hypnotisée par les muscles de ses épaules. Puis il m'embrassa et m'embrassa encore, glissa les mains sous mes fesses, me souleva et me porta jusqu'à l'étage.

— Je prends la pilule et j'ai passé haut la main mon test de dépistage des MST, précisai-je quand il me déposa sur le lit.

— Je vois que tu es toujours aussi douée pour dire des trucs excitants.

— Je veux juste que tu saches que je ne prendrai jamais de risques avec toi, Noah.

J'étais très sérieuse tout à coup.

— Même si on… Je veux dire, même si on s'apprête à coucher ensemble, je veux juste que tu saches… que tu es en sécurité.

Il s'allongea sur moi. Sa peau était délicieusement lisse et chaude, encore humide, ses boucles mouillées pendaient autour de son visage.

— Ma merveille, chuchota-t-il, avec toi, je ne suis jamais en sécurité.

Je ne savais pas pourquoi, mais je trouvai ces mots terriblement romantiques, ils enveloppèrent mon cœur et le firent fondre.

Quand on fit l'amour, qu'on se retrouva, enfin, à nouveau ensemble, je sus que j'étais véritablement rentrée à la maison.

35

Barb

Le lendemain du violent orage, je devais ramener John à Gaylord pour faire le point avec l'équipe médicale. Il avait subi une nouvelle IRM, et ils allaient examiner les résultats avec nous et discuter, entre autres, de sa thérapie.

Le trajet de plus d'une heure jusqu'à Wallingford fut presque paisible. John ne parlait pas, même s'il émettait plus de sons ces derniers temps, quand il s'efforçait de prononcer un mot ou l'autre. Je tentais de les comprendre, mais c'était difficile. Sadie était convaincue que c'était le signe qu'il allait bientôt se rétablir complètement, de mon côté je n'en étais pas si sûre. Il semblait souvent absent, et les mots… Je savais qu'il voulait me dire *quelque chose*, mais ce qui sortait de sa bouche n'était vraiment pas clair, et l'effort l'épuisait.

Pauvre John. Je me demandais s'il aurait été aussi mal en point s'il n'avait pas fait de vélo ce jour-là. Ou si quelqu'un était passé, l'avait vu tomber et l'avait secouru plus tôt. S'il ne s'était pas cogné la tête en plus de son attaque. À vrai dire, je pensais que, s'il n'avait pas eu une liaison et ne s'était pas entraîné pour un triathlon en janvier, l'AVC aurait peut-être eu des conséquences moins lourdes.

La colère et l'humiliation que je ressentais s'étaient envolées. C'est très difficile de rester en rogne contre un homme qui n'est même plus capable de couper sa nourriture.

La veille, j'avais été débordée : j'avais répondu aux coups de fil des habitants me signalant des pannes de courant et des arbres abattus, et j'avais envoyé les pompiers aider la famille Patrick à démarrer leur générateur, car Violet était incapable de réguler sa température corporelle et devrait être hospitalisée si le système de chauffage de leur maison tombait en panne. Les Fielding avaient perdu leur chat, par conséquent dès que les pompiers eurent fini chez les Patrick, ils passèrent chez eux, et je m'y rendis aussi, puisque Juliet m'avait proposé de garder John. J'aimais beaucoup les chats. J'aurais voulu en avoir un, mais mon mari était gravement allergique. On retrouva l'adorable petite boule de poils réfugiée sous la voiture, effrayée par le vent.

En dehors des problèmes causés par l'orage, la célébration du 350e anniversaire de notre ville approchait à grands pas. Le Club des jardins cherchait des bénévoles, la vente aux enchères qui devait permettre de récolter des fonds pour les bourses universitaires avait besoin de dons, et la moitié des personnes qui avaient répondu qu'elles étaient prêtes à faire visiter leur maison n'avaient pas rempli leur formulaire.

On pouvait dire que j'avais beaucoup de choses en tête, en plus de l'avenir de John. Bon sang, ça m'épuisait.

— Très bien, John, on est arrivés, annonçai-je en sortant de la voiture.

Je dus détacher sa ceinture, car il n'y parvenait pas. J'aurais aimé que LeVon travaille encore à Gaylord. Il était passé la semaine dernière prendre des nouvelles. Une fois John endormi, il était resté et on avait pris une tasse de thé tous les deux. Cela m'avait fait plaisir de discuter à nouveau avec lui.

Il nous fallut du temps pour rejoindre la salle de réunion, car John penchait vers la gauche, et j'en fus réduite à le traîner à moitié dans le couloir interminable. Toute l'équipe était là : Betsy, l'orthophoniste ; Evan, le chef de la physiothérapie et de l'ergothérapie ;

la Dr McIntyre, la cheffe de la rééducation ambulatoire ; et deux spécialistes de médecine physique et de réadaptation. Chacun d'eux manipulait un iPad ou des dossiers, et j'eus tout à coup un mauvais pressentiment.

— Ravie de vous revoir, dit la Dr McIntyre.

Elle avait été merveilleuse, elle m'appelait même parfois le week-end pour prendre des nouvelles.

Face à tout ce petit monde autour de la table, mon cœur se mit à bondir dans ma poitrine comme un lapin effrayé.

— Bien, commença la Dr McIntyre. Malheureusement, les nouvelles ne sont pas excellentes, ce qui ne signifie pas qu'elles sont très mauvaises. John semble avoir eu au moins deux petits AVC depuis sa première grosse attaque. Ça explique pourquoi son côté gauche paraît plus faible qu'avant et pourquoi il a plus de mal à se déplacer qu'il y a un mois.

Je posai la main sur celle de John. Je ne savais pas exactement ce qu'il comprenait. Il avait l'air calme et imperturbable. Assoupi, même.

— Oh ! dis-je d'une voix faible.

— Il a fait quelques progrès au niveau de la parole, intervint Betsy. Néanmoins il semble avoir atteint un plateau. Il est capable de prononcer quelques mots, mais il ne les assemble pas de manière significative.

— Oui, je… C'est aussi mon avis.

Oh ! mon Dieu. Ça allait faire énormément de peine à Sadie. Moi-même, j'étais durement touchée.

— Heu… ces deux nouveaux AVC. Ça veut dire qu'il en aura d'autres ?

La Dr McIntyre prit un air compatissant.

— Nous ajustons ses médicaments, mais c'est tout à fait possible.

John s'était endormi, le menton sur la poitrine. Tant mieux. Je ne voulais pas qu'il entende ça. Qu'il sache. Oh ! il avait soudain l'air si vieux et triste !

— Il vaut probablement mieux utiliser le déambulateur en permanence, intervint Evan, et réserver le fauteuil roulant pour quand il est fatigué. Vous devriez peut-être envisager d'engager une aide-soignante à plein temps. Nous pouvons vous recommander des gens.

— Entendu. Je… Donc, il ne va pas… se rétablir.

Personne ne répondit.

— Avez-vous une idée de combien de temps il va… rester avec nous ?

— C'est particulièrement difficile à prévoir, dit la docteure.

Je n'obtiendrais pas de réponse franche.

— Est-ce que je peux m'isoler une seconde ? demandai-je.

— Bien sûr, déclara la Dr McIntyre. Vous pouvez aller dans la pièce à côté.

Je sortis pratiquement en courant, entrai, refermai la porte derrière moi et me mis à trembler.

C'était fini. Mon mari, l'avocat intelligent et mordant, avait disparu. Il ne parlerait plus jamais à ses petits-enfants. Sadie et Juliet ne retrouveraient pas leur père. Nous n'aurions plus jamais de soirées en tête à tête et, tout à coup, ces veillées silencieuses au cours desquelles il regardait la télé pendant que je rédigeais des mails me semblèrent précieuses.

Je n'aurais pas dû les laisser l'opérer, au mois de janvier. J'aurais dû le laisser partir, mais je ne me souvenais même pas si on m'avait proposé ce choix.

Sa vie se limiterait à ça, désormais. Il allait s'éteindre, à petit feu, désorienté, effrayé et épuisé, jusqu'à son décès. Et ne nous voilons pas la face, j'allais veiller sur lui jusqu'à la fin de ses jours, ou des miens. Je sortis mon téléphone presque machinalement.

— Caro ?

— Qu'est-ce qui ne va pas, mou chou ?

L'inquiétude dans sa voix me fit venir les larmes aux yeux.

— Il ne se remettra pas. Il a fait plusieurs petits AVC, et… il ne se rétablira pas.

Je me mis à pleurer.

— Oh ! merde, Barb. Je suis vraiment désolée. Tu es à Gaylord ?

— Oui. Je ne voulais pas que les filles viennent, parce que je me doutais que les nouvelles ne seraient pas bonnes. Mais je ne m'attendais pas à ce qu'elles soient si… définitives.

— Barb, pourquoi tu ne m'as pas appelée ? Je t'aurais accompagnée ! Tu es ma meilleure amie, bon sang !

— J'aurais dû.

— Bon, voilà ce qu'on va faire. Rentre, j'apporte le dîner ce soir, et du vin, beaucoup de vin. On parlera aux filles et puis… on verra. Ne t'inquiète pas, mon chou. On va s'en sortir.

« On ». J'avais oublié comme ce pronom pouvait être joli, cela faisait si longtemps que je ne comptais plus que sur moi-même.

36

Sadie

Noah s'éclipsa avant l'aube, en m'embrassant doucement sur les lèvres et en me murmurant qu'il voulait voir Marcus avant d'aller travailler. Je passai une demi-heure béate à somnoler, avec Pepper à côté de moi, puis me levai pour l'emmener se promener. Il n'y avait aucune trace de notre sauvetage de dauphin ; la marée avait tout effacé, et le chant des oiseaux était presque assourdissant. Je nageais littéralement dans le bonheur.

Je ressentais une… gratitude énorme, même si le mot avait été galvaudé par les phrases de motivation imprimées dans des cadres insipides. J'avais l'impression que des rayons de soleil irradiaient de ma peau. Mon père allait mieux. Noah m'aimait. On avait sauvé un bébé dauphin ! J'avais une chienne ! J'avais peint un coucher de soleil hier, et le café était prêt.

J'inspirai plusieurs longues bouffées d'air salé tandis que le soleil me réchauffait le visage. Je remarquai que Noah avait déplacé la branche qui était tombée derrière ma voiture. Ce geste attentionné lui ressemblait tellement.

Mon Dieu, comme je l'aimais. Alexander était à peine un souvenir, même si j'étais maintenant amie avec ses deux autres maîtresses sur Facebook et qu'on avait partagé nos histoires de rupture avec Alexander. J'avais toujours senti qu'il ne faisait pas le poids à côté de Noah. J'avais tout simplement préféré ne pas y prêter attention, estimant que je ne pouvais pas espérer mieux qu'un type *pas mal*.

Noah était *incroyable*. Il était super gentil, c'était quelqu'un de bien, à qui on pouvait faire confiance et il était doué au lit. En bref, c'était une licorne égarée parmi les hommes. Je marmonnai une prière de remerciement pour cette seconde chance. Si la veille m'avait appris autre chose que le fait que je raffolais des bébés dauphins, c'était que j'aimais encore plus Noah.

Le café était particulièrement délicieux, ce matin. J'emportai ma tasse et mon ordinateur portable sous le porche, je m'assis sur une marche et je laissai Pepper gambader dans l'herbe pendant que je parcourais mes mails.

Tout à coup, je me redressai si vite que je renversai du café.

À : SadieFrost1335@gmail.com
De : hasan@HasanSadikSoho.com
Objet : votre peinture chez Harriet White/Darcy Cummings

Chère Mademoiselle Frost,

J'étais dernièrement à une pendaison de crémaillère organisée par Harriet et Darcy à Brooklyn. Elles m'ont montré votre tableau extraordinaire, car elles savent l'intérêt particulier que je porte aux artistes émergents. Leur décoratrice d'intérieur m'a communiqué votre adresse mail.

J'aimerais beaucoup discuter avec vous de la possibilité d'exposer dans ma galerie de SoHo à l'automne prochain et peut-être, si vous le voulez bien, avoir l'occasion de voir votre portfolio. Seriez-vous disponible pour une rencontre ? J'espère de tout cœur que vous n'avez pas de contrat exclusif ailleurs.

Bien cordialement,

Hasan

Hasan Sadik SoHo
29 Walker Street
New York, NY 10013

Je relus le mail quatre fois.

J'étais déjà allée dans cette galerie. C'était le genre d'endroit qui pouvait faire décoller une carrière en une seule exposition. Quand Aneni y avait montré ses toiles, un conservateur du Guggenheim en avait acheté une. Du Guggenheim !

En fait, c'était à Hasan Sadik SoHo que j'avais essayé d'expliquer à Noah pourquoi mes peintures de ciel étaient des conneries pour touristes et pas véritablement de l'art.

Et maintenant le propriétaire de la galerie – Hasan Sadik en personne – espérait « de tout cœur » que j'étais libre pour exposer chez lui. Voilà qu'une chance incroyable me tombait du ciel.

Cette proposition pourrait lancer ma carrière. Exaucer tous mes rêves de percer dans le milieu de l'art.

Il suffirait que je crée d'autres œuvres à la Georgia O'Keeffe, en me servant des mêmes touches que pour la peinture du vagin, pour que ce soit bien clair que ce n'était pas juste une copie… et… et…

Merde. Je deviendrais une artiste reconnue. Je serais la peintre de New York, découverte après avoir été prof d'art dans une école catholique pendant des années, et après avoir réalisé des toiles assorties à des tissus d'ameublement. Ce *serait* une histoire incroyable !

Il fallait que je me mette au boulot. Ma mère emmenait papa à Gaylord aujourd'hui, j'avais donc toute la journée devant moi.

J'inspirai à fond plusieurs fois et, les mains tremblantes, j'écrivis à Hasan Sadik pour lui dire que j'aimerais beaucoup le rencontrer et que j'admirais sa galerie. Je rédigeai un message court et je faillis m'évanouir en voyant qu'il me répondait aussitôt. Il me proposait d'envoyer une voiture me chercher et qu'on déjeune ensemble.

Il voulait savoir si j'avais un agent qu'il devait mettre en copie de ses mails.

Comme il me fallait le temps de digérer ce qui m'arrivait et que je craignais de dire une bêtise, je conclus par :

Je vous recontacte dans un jour ou deux. Merci beaucoup pour l'intérêt que vous portez à mon travail.

Heureusement que j'avais supprimé mon site web quelques années plus tôt. Je n'aurais pas voulu qu'il aperçoive mes innombrables tentatives pour manifester ma personnalité artistique hors du commun (ou qu'il lise ma biographie idiote dans laquelle je mentionnais Robert Frost). Je cherchai des photos de l'œuvre de Georgia O'Keeffe et j'en imprimai quelques-unes pour m'en inspirer. Dans un des cartons que je n'avais pas encore déballés se trouvait un livre d'art qui évoquait ses peintures de fleurs les plus provocatrices. Dans lequel, bon sang ?

Tous les artistes s'inspirent de ce qui a déjà été fait. C'était parfaitement normal que je le fasse également. Je réussis à mettre la main sur l'ouvrage, je le feuilletai et je choisis une rose blanche, des pavots d'Orient et un iris.

Une occasion unique se présentait, je serais bête de la laisser passer.

— Ta maman va devenir une artiste célèbre, annonçai-je à Pepper, qui poussa ma main de son museau d'un air encourageant. Au boulot, d'accord ?

Je laissai de côté mon tableau de coucher de soleil de la veille, je sortis quelques toiles du placard et je me mis au travail, ignorant la petite voix intérieure qui me disait de ralentir.

Je peignis toute la journée. Noah m'envoya un texto pour me proposer de venir chez lui ce soir-là. Je lui répondis que oui, que j'avais des nouvelles enthousiasmantes à lui donner et que j'avais hâte de le retrouver, mais que je devais d'abord dîner chez ma mère pour discuter des progrès de mon père.

« J'ai pensé à toi toute la journée », m'écrivit-il, et je sentis mon cœur fondre.

Moi aussi.

J'hésitai à ajouter « Je t'aime », même s'il le savait déjà, et je me remis à peindre, avec un peu plus de profondeur, des couleurs plus chaudes.

Noah avait une influence positive sur mon travail. Il l'avait toujours eue. J'espérais que moi aussi je lui faisais du bien. Je le faisais rire. Je le connaissais par cœur. J'avais toujours cru en lui, en sa bonté, en sa gentillesse, en son talent. Et puis je lui avais offert la chance de me tirer juste à temps d'une maison qui allait s'effondrer et de sauver un dauphin.

Je l'aimais. Je l'aimais. Je l'aimais tellement. Pas étonnant que je chantais en peignant.

*

— Bon, les filles, dit ma mère. Asseyez-vous.

Ju et moi avions débarrassé et fait la vaisselle après le dîner. Nous avions mangé le délicieux poulet au four de Caro avec sa sauce verte à la mexicaine, et papa était installé devant la télé avec Pepper.

On prit place autour de la table en se regardant, un peu interloquées. Juliet était toujours aussi élégante dans ses vêtements chics et bien coupés. J'avais de la peinture sur le dos de la main et je portais un legging couvert de taches et un T-shirt arborant la tête de Bill Murray. Le fait qu'Oliver et les filles ne soient pas là me sembla soudain de mauvais augure. Comme le fait que Caro soit restée.

Merde.

— Les nouvelles ne sont pas bonnes, annonça ma mère. Je suis désolée.

— Quelles nouvelles ? Les nouvelles concernant papa ? demandai-je. Comment est-ce qu'elles pourraient ne pas être bonnes ? Il va super bien !

— Tu pourrais la laisser parler ? répliqua sèchement ma sœur.

— Oui ! Bon, je voulais juste… Vas-y, maman.

Elle jeta un coup d'œil à Caro, qui lui adressa un petit sourire.

— Les filles, votre père ne progresse pas, je suis désolée de vous le dire. Il a eu deux autres petits AVC, et d'autres vont probablement suivre.

J'eus un mouvement de recul.

— Quoi ? Ils ont eu lieu quand, d'abord, ces autres AVC ? On s'en serait rendu compte, non ? Et deuxièmement, il parle maintenant ! Comment les médecins peuvent-ils prétendre qu'il ne progresse pas ?

Caro posa la main sur la mienne.

— C'est difficile à encaisser, je sais, mon chou.

— Non, pas du tout ! Ils se trompent, c'est tout.

— Calme-toi, Sadie, marmonna Juliet.

J'avais envie de la mordre.

— Il arrive à prononcer quelques mots, mais son côté gauche s'affaiblit, poursuivit ma mère.

Juliet rapprocha sa chaise de celle de maman et passa le bras autour de ses épaules.

— Il aura donc toujours besoin de soins médicaux. C'est l'information importante. Notre assurance prendra en charge une aide-soignante lorsque je serai au travail, et pour le reste on trouvera des solutions au fur et à mesure.

— Il faudrait envisager de le placer dans une maison de retraite, suggéra ma sœur.

— Non ! Pas question ! m'exclamai-je.

— C'est maman qui assure quatre-vingt-cinq pour cent du travail, Sadie. Elle a soixante-dix ans.

— Je ne suis pas encore tout à fait morte, signala notre mère.

— Tu t'épuises, maman.

— Je viens de vous envoyer vous reposer dans un spa ! protestai-je, même si je savais que mon argument était ridicule.

— Deux nuits ne feront pas la différence, à moins que ce ne soit deux nuits par semaine, Sadie, ironisa Ju.

Elle se tourna vers notre mère.

— Je suis inquiète pour toi. L'assurance couvrirait…

— Couvrirait un établissement minable, Juliet !

— Baisse d'un ton, Sadie. Oliver et moi, on peut en financer une partie.

— Juliet, tu es en train de monter ton propre cabinet, chérie. Garde ton argent. Sadie a raison, c'est ma responsabilité. Avec l'appui des aides-soignantes et des autres professionnels, ton père et moi on s'en sortira.

Je fusillai ma sœur du regard. Elle placerait papa dans un chenil si on la laissait faire.

— Quoi ? s'emporta-t-elle. Tu ne comptes pas t'installer définitivement ici, que je sache. Si tu veux que papa soit aux petits oignons, tu devrais peut-être faire un peu plus que venir ici peindre et laisser ta chienne regarder la télé avec lui !

— C'est injuste. J'ai fait tout ce que j'ai pu pour lui. Par contre, toi, il ne faudrait surtout pas que tu interrompes ta vie parfaite…

— Ça suffit, les filles, nous coupèrent Caro et maman en chœur.

Puis elles se sourirent. Je serrai les lèvres et essayai de ne pas pleurer.

— En réalité, vous avez toutes les deux raison, reprit notre mère. Je ne me vois pas le placer dans une maison de retraite alors qu'il a juste besoin que… eh bien, que quelqu'un veille sur lui. Et, oui, c'est vrai, je suis fatiguée. Ça n'a pas été facile.

— « Pour le meilleur et pour le pire », lui rappelai-je.

— Exactement, fit-elle.

— Va te faire foutre, Sadie, lança Juliet.

— Waouh ! Que de colère, Ju ! Tu *sais* qu'il prendrait soin de maman si la situation était inversée.

— Tu es une imbécile. Et tu n'as pas tous les éléments en main.

— Bon, eh bien, c'était super, ironisa notre mère. Maintenant, rentrez toutes les deux chez vous. Vous me faites de la peine.

— Je suis désolée, maman, répliqua Ju. Mais si elle savait…

— Si je savais quoi ?

— Comme c'est dur pour elle, répondit Ju. Le mettre au lit, le lever, le doucher, le raser, l'habiller, faire les courses, payer les factures, travailler plus qu'à plein temps, passer le voir à l'heure du déjeuner ou…

Je lui coupai la parole.

— Maman, je sais que tu es dévouée. Et je trouve ce que tu fais admirable. Vraiment.

— Merci, mais je vous demande quand même de rentrer chez vous. Sadie, ta chienne est roulée en boule contre ton père, pourquoi ne pas la laisser ici ce soir ? Juliet, chérie, je te vois demain pour le déjeuner. Caro, tu veux rester pour prendre un verre de vin ?

Elle nous mettait gentiment à la porte. On sortit toutes les deux en évitant le plus possible de se regarder.

— Comment va ma voiture, au fait ? s'enquit Ju.

— Roooh. Très bien. Merci d'être si bienveillante et généreuse, toi, la perfection incarnée.

— Bon. Tu peux la garder tant que tu es ici. Et si tu voulais revenir t'installer ici définitivement et être l'aide-soignante de papa vingt-quatre heures sur vingt-quatre, je te la donnerais.

— Ça suffit, il faut que je parte.

— Comme d'habitude.

Je pris une profonde inspiration.

— Juliet, que veux-tu que je te dise ? J'ai un travail et un appart à New York. J'ai une deuxième carrière de peintre, même si tu adores t'en moquer. Je sais que tu te considères comme la personne importante de la famille, mais ça ne signifie pas que je peux devenir infirmière comme par magie et renoncer à la vie que j'ai construite à New York. Papa et maman sont mariés. Être mariés, c'est ça aussi. Tu voudrais qu'Oliver te colle dans une maison de retraite ?

— Oui ! Si ça lui permettait d'avoir une meilleure vie, alors évidemment !

— Et lui, tu le placerais dans une maison de retraite ?

Ah ! Elle était coincée. Elle détourna le regard, admettant sa défaite, et je montai dans la voiture. Je fis marche arrière dans l'allée pour aller chez Noah.

Les médecins se trompaient. Papa allait mieux, c'était évident. Ils n'avaient pas passé autant de temps avec lui que moi. Non, mais, sérieux : quand est-ce qu'ils l'avaient vu pour la dernière fois ?

J'étais en larmes et conduire en pleurant est dangereux. Je m'arrêtai et me laissai aller à sangloter. Deux autres AVC ? Quand ? C'est vrai qu'il semblait… planer un peu, ces derniers temps, et qu'il tanguait sur la gauche quand il était debout, mais… mais… l'idée que je ne retrouverais jamais mon ancien papa m'était insupportable.

Inspire à fond. Expire lentement. Mon père *allait* mieux, et… et je n'avais pas d'autre argument, mais il fallait que ce soit la vérité. À tout prix.

Je n'étais pas allée chez Noah depuis mon retour à Stoningham. Néanmoins l'adresse m'était familière : il habitait l'ancienne maison de ses parents. Ma mère m'avait appris quelques années plus tôt que les parents Pelletier avaient déménagé à Ottawa, où vivait la grand-mère de Noah.

La maison se trouvait dans un des petits quartiers tranquilles de Stoningham ; les habitations bénéficiaient de l'ombre de grands érables dont les branches s'entremêlaient au-dessus de la rue ; comme si les arbres se donnaient la main. Les trottoirs étaient joliment déformés par les racines.

Je me passai la main dans les cheveux et j'examinai mon visage dans le rétroviseur. J'avais les yeux rouges et la peau tachetée. Je respirai à nouveau à fond. Voir Noah me ferait du bien. Il remettrait les choses en perspective.

Comme on pouvait l'attendre d'une famille où l'on était charpentier de père en fils, la maison de Noah était très jolie. Elle était blanche, avec un vaste porche et un étage. Elle avait beaucoup changé depuis la dernière fois : les fenêtres étaient plus grandes, il y avait une nouvelle porte d'entrée et le garage ressemblait davantage à une grange. Dans le jardin, une balançoire pour bébé était suspendue à une branche du pommier.

C'était une maison familiale, ça, c'était sûr. Pas comme ma minuscule bicoque de guingois.

Je frappai à la porte en regrettant d'être venue les mains vides.

Mickey vint m'ouvrir.

— Salut ! J'ai entendu dire que vous vous étiez envoyés en l'air la nuit dernière.

Je ne pus m'empêcher de sourire.

— Il a cafté, hein ?

— On s'est mis d'accord : si jamais l'un de nous est en couple, l'autre doit être au courant. Bien joué. Il a l'air très heureux. Entre. Il est en train de donner le bain à Marcus.

L'intérieur était arrangé avec beaucoup de goût. C'était si différent depuis ma dernière visite, quand notre relation ne tenait plus qu'à un fil. À l'époque, Mme Pelletier passait le nez hors de son bureau – elle était rédactrice scientifique pour une agence de presse – et me disait de me servir dans le frigo. Tout le rez-de-chaussée était à présent ouvert et lumineux, et un parquet en chêne à larges lames avait remplacé la moquette beige. C'était ridiculement bien rangé, les meubles étaient solides et chaque recoin était astucieusement aménagé par un menuisier de talent. Au premier coup d'œil, je repérai des armoires avec des portes en verre, un magnifique manteau de cheminée et plusieurs bibliothèques sur mesure.

Je suivis Mickey vers la cuisine et je m'arrêtai net en passant devant la montée de l'escalier.

Là, sur le mur, était accroché le tableau que j'avais peint pour Noah quand j'avais seize ans. Celui dont il avait refusé de se débarrasser quand Gillian l'avait demandé.

C'était un simple ciel bleu avec des nuages cotonneux et dorés.

Non. Pas « simple ». Je n'avais pas vu cette peinture depuis des années, et je fus frappée : le ciel était céruléen, les nuages illuminés d'or étaient bordés de rouge Noah. Le soleil était sur le point de se lever ce jour-là. J'avais presque l'impression de voir les nuages défiler au gré de la brise légère, d'entendre les oiseaux, de sentir l'air humide du petit matin et l'odeur des muffins sortant du four de la boulangerie. J'avais enfourché mon vélo pour aller peindre et j'avais roulé jusqu'au pont, pas très loin de l'endroit où j'habitais maintenant en fait, et, avec tout ce jeune amour dans mon cœur, j'avais composé ce tableau rien que pour Noah.

Le résultat était magnifique.

— Par ici, m'appela Mickey.

Je m'extirpai de ma rêverie et la rejoignit dans la cuisine, qui était bleu cobalt et blanc.

— Les photographes du magazine de déco viennent de partir, ou quoi ? demandai-je. Sérieusement. Quel homme a une cuisine blanche ?

— Ouais, je sais. J'ai hâte que Marcus commence à marcher et salisse toutes les surfaces avec ses petites mains poisseuses.

Je me sentirai moins nulle à ce moment-là. Je ne suis pas une fée du logis comme Noah. Quand est-ce que tu viens chez moi, au fait ? Ce soir ça irait, vu que c'est au tour de Noah de garder le petit prince pour la nuit. Mais non, qu'est-ce que je raconte ? T'as certainement envie de te faire poutrer par le charpentier, non ? Haha, t'as vu le jeu de mots ?

Elle éclata de rire.

— Ne traumatise pas mon enfant. Bon, c'est vrai que quand Marcus dort, rien ne le réveille. Même l'orage d'hier. En résumé, si vous avez l'intention de batifoler, Noah et toi…

— Bon, je crois qu'il est temps de changer de sujet. À propos de l'orage, Noah t'a parlé du dauphin ?

— C'est un euphémisme pour « pénis » ou un truc du genre ? Tu veux une bière, du vin ou ce qu'il a ?

— Oui pour le vin, et non, je parle d'un vrai dauphin.

Je m'installai à la table de la cuisine et je lui racontai l'histoire.

— Waouh ! Tu déchires, ma vieille. Quelle équipe vous faites, tous les deux. Un putain de dauphin !

— Merci. Je suis d'accord avec toi pour ce coup-là.

Je pris une gorgée de vin.

— Tu habites où, Mickey ?

— La maison à côté.

— Oh ! génial, c'est pratique.

— Ouais, inutile de compliquer la vie pour l'enfant, hein ? Donc, si vous comptez vous marier, on devrait avoir une discussion sérieuse, tu ne crois pas ?

— Il n'est pas question de mariage, pour le moment.

— Mais vous allez finir par y arriver, non ?

— Heu… ça dure longtemps le bain en général ?

— Aussi longtemps que le bébé en a envie, répondit Noah.

Il apparut, son fils dans les bras. Il me sourit et je sentis mes joues chauffer. Ainsi que d'autres parties de mon corps.

— Salut, Marcus, marmonnai-je.

— Abi ! répondit-il.

— Tu veux le prendre dans les bras ? me proposa Noah. Il sent bon, maintenant. On ne pouvait pas en dire autant il y a une demi-heure.

— Explosion de caca ! précisa Mickey avec enthousiasme.

Je pris le petit bonhomme. Oh ! waouh ! Il sentait vraiment bon. C'était un bébé robuste, et ses cheveux noirs se dressaient sur sa tête. Il avait des yeux sombres, comme son père.

— Il a quel âge maintenant ?

— Six mois, répondirent en chœur les fiers parents.

Comme ma mère et Caro, tout à l'heure.

Est-ce que mes parents avaient été comme ça un jour : tellement synchronisés qu'ils pouvaient dire la même chose en même temps ? Je ne m'en souvenais pas.

Marcus me tira les cheveux.

— T'es vachement mignon, petit, dis-je en dégageant la mèche de son petit poing potelé. Vachement mignon.

— Bon, j'ai l'impression d'être la cinquième roue du carrosse, décréta Mickey. Je dois m'éclipser ?

— Non ! Non, reste, insistai-je. Heu… j'ai reçu un mail intéressant aujourd'hui. Je pourrai peut-être exposer dans une galerie à New York. Noah, tu te souviens du tableau que j'ai réalisé pour la maison à Brooklyn ? Un des amis du couple possède une galerie et il veut voir mon travail pour une éventuelle collaboration.

— Putain de merde ! C'est génial ! s'exclama Mickey.

— Oui. Ce qui est drôle, c'est que c'est une galerie que tu as déjà visitée, Noah. Il y a quelques années.

— Ah bon ?

Il ne semblait ni content ni surexcité pour moi.

— Oui. Ça veut dire que je vais être vachement occupée la semaine prochaine, peut-être même plus longtemps que ça. À peindre. Toujours la même chose, les fleurs, tu vois ?

Sans que je sache trop pourquoi, j'étais contente d'avoir le bébé dans les bras.

Noah me le reprit et, lisant dans mes pensées comme à son habitude, demanda :

— Mickey, tu veux bien emmener Marcus chez toi ? Je reviendrai le chercher dans un petit moment.

— Bien sûr ! Avec plaisir. Je dois l'allaiter de toute façon.

Elle me lança un regard que je ne sus pas comment interpréter.

— On se voit peut-être plus tard ? ajouta-t-elle. Mais pas en cas de dispute, parce que je suis toujours de son côté. C'est obligé : loyauté entre coparents.

— On ne se dispute pas !

Merde. Elle avait raison. On était sur le point de s'engueuler.

Mickey s'en alla en emportant Marcus qui babillait.

— Bon, fit Noah en s'asseyant en face de moi. Une exposition dans une galerie. Waouh !

— Comme tu dis. Hasan Sadik. Très, très prestigieux.

— Pour ta peinture de fleurs porno.

— Eh bien, oui. Enfin, je veux dire, c'est une façon de voir les choses. Je crois que la décoratrice l'a qualifiée d'« énorme peinture de vagins ». Donc, je vais devoir en faire d'autres du même genre. J'ai passé presque toute la journée à ça.

— Comment tu comptes t'organiser ?

— Heu… comment ça ?

— Tu vas retourner à New York ?

— Ben… Je ne sais pas. J'imagine que je finirai par rentrer, oui. J'ai un travail là-bas. J'enseigne. Donc, oui. Je pense que oui. Mais le problème, c'est que mon père n'est pas…

Noah leva les bras en l'air, agacé.

— Tu te fous de moi ?

— Non. Pourquoi ?

— Bon sang, Sadie ! On a couché ensemble !

— Je sais ! J'étais là, je te signale ! Et je suis super contente que ça soit arrivé.

— Ah oui ? Parce que j'ai tout à coup l'impression que tu t'es servie de moi !

J'esquissai un sourire.

— Je dirais qu'on s'est servis tous les deux, alors.

— Je *t'aime*, Sadie.

— Je t'aim…

— Je n'ai jamais cessé de t'aimer. On a été séparés plus de dix ans, puis tu rentres, on se remet ensemble, et maintenant tu repars ? Pour ces mêmes conneries de New York ?

— Bon, pour commencer, ce ne sont pas…

— Ta sœur a raison. On ne peut pas te faire confiance.

— … des « conneries ». Noah, j'ai travaillé toute ma vie pour atteindre cet objectif. Et quand est-ce que Juliet a dit que je n'étais pas fiable ?

— Dès que la situation de ton père sera réglée, ce sera fini pour toi, pas vrai ? Tu retourneras à New York et, au mieux, tu viendras me voir deux ou trois fois par an.

— Et de deux, la situation de mon père est loin d'être réglée.

Mes yeux se remplirent à nouveau de larmes à la pensée que son état ne s'améliorerait pas, mais je refusais de pleurer pour l'instant.

La mâchoire crispée, Noah regarda par la fenêtre.

— J'ai un fils maintenant. Une famille. Tu ne peux pas entrer et sortir de notre vie quand ça te chante. Si tu as un plan de vie, Sadie, il est clair que je n'en fais pas partie, et bon sang, je n'arrive pas à croire que je sois tombé dans le panneau encore une fois.

— Je crois que tu n'as pas écouté quand je t'ai dit que je t'aime.

— Et qu'est-ce que ça veut dire exactement ?

— Ça veut dire exactement ce que j'ai dit ! Je t'aime, Noah !

— Est-ce que tu vas rester ici ? M'épouser ?

— C'est toujours le même refrain : tu me fixes un ultimatum et tu me dis comment mener ma vie.

— Est-ce que tu vas rester ?

— Je ne sais pas ! criai-je. Je devrais ? Qu'est-ce qu'il y a pour moi ici, à part toi ? Et encore, à condition que je réponde à tous tes critères ! Le père qui m'aimait a disparu et, d'après ma mère, il n'ira jamais mieux. Tu as une famille où je ne joue aucun rôle et ça te convient très bien, tu me l'as fait clairement comprendre. Ma sœur et ma mère forment un club dont on ne m'a jamais proposé de faire partie. Mon ex-petit ami m'a récemment avoué que, de toutes ses compagnes, il était presque sûr que j'étais sa préférée. Je donne des cours d'art à des gamins et je gagne à peine de quoi flotter au-dessus du seuil de pauvreté, je me suis lancée dans ces putains de peintures canapés et, quelque part en cours de route, j'ai perdu mon âme. Et voilà que j'ai enfin une chance extraordinaire, une opportunité qui pourrait changer ma vie : on me propose d'exposer dans une galerie de rêve. Hier, on couche ensemble et tu me dis que tu m'aimes, mais aujourd'hui tu ne veux plus de moi. Qu'est-ce que je suis *censée* faire ?

Je m'arrêtai, essoufflée par cette longue tirade, puis je vidai mon vin.

— Je me barre. Je suis furieuse et bouleversée, Noah. Peut-être que je te reverrai bientôt, ou peut-être que tu planteras des épingles dans une poupée vaudou à mon effigie. Je n'en ai aucune idée et, pour l'instant, je m'en fiche. Je rentre à la maison pour peindre.

— Sadie.

Il se leva.

— J'ai une chose à te dire. Ta toile avec les fleurs, celle que tu as faite pour le couple de femmes de Brooklyn, ce n'est pas toi. C'est toi qui te fais passer pour quelqu'un d'autre. C'est une peinture canapé.

— Va te faire foutre, Noah.

Je claquai la porte en sortant. Juste au cas où il n'aurait pas compris que je venais de l'envoyer promener.

37

Sadie

Le moment était venu. Le plus important de ma vie professionnelle.

Hasan Sadik m'avait accueillie en m'embrassant sur les deux joues, avait demandé à sa belle et silencieuse assistante de m'apporter un expresso (je détestais ça). Il m'avait fait poser mes tableaux sur les chevalets disposés à cet effet et, en cet instant, il les observait. Il marchait lentement devant chacun d'eux, s'arrêtait, inclinait la tête, attendant qu'ils « parlent et me racontent leur histoire ».

Cette cérémonie exigeait le silence. L'assistante était pieds nus, pour que le bruit de ses pas n'interrompe pas la conversation de Hasan avec mon travail. J'étais assise, les genoux serrés l'un contre l'autre, et je faisais semblant de siroter le café amer en me donnant l'air d'être sûre de moi.

Juliet m'avait prêté une tenue et des bijoux (elle avait des défauts comme sœur, mais elle n'était pas rancunière pour un sou). Je n'avais jamais été aussi bien habillée : un pantalon de smoking noir, des escarpins en cuir verni rouge avec un gros talon, un top sans manches ivoire avec un décolleté légèrement drapé et un « jardigan » gris (le terme, qui désignait un blazer entre le cardigan et la veste, était nouveau pour moi, mais Brianna m'avait assuré que c'était très tendance). Ma tenue était complétée par des pendants d'oreilles en or et un anneau en or tout simple à mon index droit.

C'était ainsi que j'imaginais l'allure d'une artiste à succès. Cool, simple, classe (merci, Ju) et sophistiquée.

Hasan, arbitre du goût dans le monde de l'art new-yorkais, qui avait négocié des contrats juteux pour quelques artistes en vogue, portait un Levi's, un T-shirt blanc et des baskets Converse, mais parvenait à avoir l'air mille fois plus classe que moi. Je possédais la même tenue que lui : j'aurais dû la porter pour qu'on se rapproche grâce à nos looks similaires.

Dans la semaine qui avait suivi l'envoi de son mail, j'avais travaillé vingt heures par jour et produit sept autres peintures de fleurs. Iris, rose, pivoine, œillet, tulipe, pavot et feuilles d'érable (pour montrer l'étendue de mon répertoire). À 6 heures ce matin-là, j'avais terminé le séchage de la dernière toile à grand renfort de soufflage d'air chaud (merci, mon sèche-cheveux), je les avais glissées dans mon carton à dessins, j'avais laissé à Brianna un mot pour la prévenir que la nouvelle lubie de Pepper était de manger des vers, et j'étais arrivée ici avec deux heures d'avance. J'avais tué le temps en restant dans ma voiture. Comme la nervosité me faisait transpirer, je me tamponnais régulièrement les aisselles à l'aide de Kleenex.

Je n'avais jamais participé à ce genre de rituel. Je n'avais jamais été cette femme chic qui détient un trésor que New York voulait découvrir. Mais j'y étais. Je vivais un moment crucial de mon parcours d'artiste.

Si seulement mon père pouvait me voir à cet instant. Cette pensée me noua la gorge.

Il n'allait pas mieux. Je serrai très fort mes lèvres l'une contre l'autre. J'y penserais plus tard. Il *aurait voulu* que je sois tout à cet instant, que je profite à fond de l'expérience. C'est ce que je désirais aussi avant de venir mais, maintenant que j'y étais, je me sentais vide. Peut-être parce que mon père n'était pas là pour partager ce moment avec moi. Juliet m'avait souhaité bonne chance et m'avait serrée dans ses bras, et ma mère m'avait dit qu'elle trouvait mes œuvres « vraiment jolies », mais l'impression d'être vide, d'être un imposteur, refusait de me quitter.

C'était normal que je ne me sente pas à ma place, je ne portais même pas mes propres vêtements. J'aurais dû venir habillée d'une de mes robes de prof, à fleurs ou à rayures, parfaitement adaptée à mon public de petits enfants, qui aiment les couleurs vives.

Ils me manquaient. Sainte-Catherine, sœur Mary, Carter et la bande me manquaient. J'avais l'impression, de plus en plus forte, que ma vie new-yorkaise était un réverbère sur l'autoroute que je ne voyais plus que dans le rétroviseur. Une vie laissée derrière moi.

Noah me manquait aussi.

La veille, il avait frappé à ma porte à 22 heures, il était resté sur le seuil, mal à l'aise pendant que Pepper se déchaînait sur ses chaussures.

— Écoute, commença-t-il à la seconde où j'avais ouvert la porte, je suis désolé pour ce que j'ai dit. Je sais à quel point ça compte pour toi, et je te soutiens. D'accord ?

— Merci, chuchotai-je.

Il hocha la tête.

— Mets-en-leur plein la vue demain.

— C'est Mickey qui t'envoie ?

Ma question le fit rire, mais ses yeux étaient tristes.

— Non. C'était mon idée.

— Merci, Noah. Je suis très touchée.

Il hocha la tête une seconde fois, puis s'en alla avant qu'un de nous deux ne complique la situation.

J'étais donc dans la galerie de SoHo. Le déjeuner prévu avec Hasan devait avoir lieu après l'examen de mes toiles.

Il refit un tour, une deuxième promenade, en émettant une sorte de petit bourdonnement. Je gardais le silence, pour me donner un air de mystère et aussi pour ne pas sortir d'ineptie, comme j'en avais la mauvaise habitude.

Je jetai un coup d'œil par la vitrine, et je me vis de l'autre côté, en train d'examiner l'intérieur. Pas moi, évidemment, mais un gamin. Oh là là, il était tellement jeune, il n'avait sans doute pas vingt ans. Il portait un jean et un T-shirt noirs, ses cheveux teints en noir étaient en pétard, et il avait un anneau dans le nez à la façon d'un taureau et un sourcil percé. On aurait dit mon portrait craché, quinze ans plus tôt. Je lui adressai un petit sourire, auquel il répondit par un signe de tête, avant de poursuivre sa route.

Je me souvenais de ce que j'avais pu ressentir en étant dehors et en regardant à l'intérieur. Le sentiment qu'un jour ce serait moi. Je l'avais encore en cet instant, même si j'étais *littéralement* à l'intérieur.

Mes tableaux… ils étaient magnifiques, il n'y avait aucun doute là-dessus. Comment auraient-ils pu ne pas l'être ? C'était des fleurs. Les couleurs étaient vives et éclatantes, la technique bien irréprochable. Toute la semaine, j'avais transmis à ces toiles toutes les émotions du monde : la peur pour mon père, la colère et l'amour pour Noah, l'ambition, l'espoir, la plénitude, le contentement, la joie, la terreur, l'incertitude.

Mais en observant attentivement mes œuvres dans cette galerie, où elles pourraient se vendre des dizaines de milliers de dollars chacune, je devais admettre la réalité. Noah avait raison.

C'était des tableaux pour canapés, et ils ne me ressemblaient pas. Ils ressemblaient à la fille que j'étais à la fac, qui essayait d'être ce qu'elle n'était pas. J'avais voulu me convaincre que je tenais quelque chose avec le tableau de la fleur vagin, mais c'était faux. J'avais peint un O'Keeffe et ajouté quelques gribouillis, c'était juste un tour de passe-passe. Ces sept-là, au moins, avaient été faits avec passion et énergie. Mais ce n'était toujours pas moi.

Ce stupide coucher de soleil, ça, c'était moi. Celui que j'avais pratiquement jeté du chevalet pour produire ces fleurs porno.

— C'est… intéressant, finit par déclarer Hasan en me regardant. Quand j'ai vu la toile à la pendaison de crémaillère, j'ai été frappé par son intensité et son authenticité. Celles-ci… je ne pense pas qu'elles aient le même impact, et j'essaie de comprendre pourquoi.

Et merde.

— Hum.

— Il leur manque quelque chose, alors que le tableau des lys et des pois de senteur offrait une disparité très forte, un contraste saisissant entre la sensualité luxuriante et le vide du désespoir émotionnel. C'était une bataille entre la chasteté et la vulgarité.

Il secoua la tête.

— Je ne ressens pas le même bouleversement émotionnel ici.

C'était n'importe quoi.

— Intéressant.

Cette réponse me semblait sans danger. « Chasteté » et « vulgarité » ? Le « vide du désespoir émotionnel » ? C'était des mots qui n'avaient jamais effleuré mon esprit pendant que je réalisais la peinture pour la maison de Brooklyn. Ces sept-là ? J'y avais mis une tornade d'émotions en vrac.

— Parlez-moi du tableau aux lys, Sadie, me pria Hasan. Que ressentiez-vous quand vous l'avez peint ? Comment pouvons-nous capturer à nouveau cette atmosphère ? Parce que cette peinture a vraiment quelque chose, et je pense que si vous parvenez à puiser encore dans cette obscurité, cette fureur et cette sexualité, nous serions sur la bonne voie. Vous savez peut-être que je ne me considère pas seulement comme un collectionneur, mais aussi comme un mentor. Un allié qui nourrit l'expression de la passion et de l'émotion.

Bon sang. Ce genre de discours m'avait-il toujours semblé aussi ridicule ?

— Que ressentiez-vous, Sadie Frost ? répéta-t-il en posant une main sur son menton.

Je hochai la tête.

— Ce que je ressentais ? Oui, eh bien, Hasan, pour être honnête, je pensais à l'argent, parce que j'étais payée six mille dollars pour l'exécution de ce tableau. Je pensais aussi à la contrefaçon, parce que n'importe qui peut voir que c'était une imitation de Georgia O'Keeffe. J'ai juste joué avec la texture de l'huile pour rendre cette peinture un peu différente. À part ça, je ne ressentais pas grand-chose.

— Oh. C'est… c'est décevant.

— Hasan, je suis une peintre amateure. J'ai réalisé ces lys pour les assortir à l'édredon des propriétaires. Pour ces toiles-là…

Je désignai d'un geste les tableaux en face de nous.

— … c'est moi qui ai essayé de vous faire plaisir. J'aurais peut-être dû chercher l'inspiration dans des échantillons de tissu.

Il fronça les sourcils.

— Vous avez clairement du talent. Avez-vous apporté autre chose ?

J'hésitai. Pourquoi pas ? Mon père aurait *voulu* que je lui montre autre chose. Moi aussi, j'en avais envie. Au moins, je pouvais présenter à ce type un travail qui était vraiment moi.

— Oui, en fait.

Dans la dernière pochette de mon carton à dessins se trouvait le tableau du coucher de soleil, celui que j'avais peint le jour de l'orage. Pour moi, c'était ce que j'avais fait de mieux de toute ma vie.

En dehors des nuages peints pour Noah.

Je sortis la toile et je regardai Hasan la contempler. Et je l'examinai moi aussi. J'avais l'impression d'être gagnée par le calme de cette journée, d'entendre les oiseaux, le clapotis lointain de l'océan, de sentir l'air humide et salé du printemps.

— Heu, fit-il. N'importe quel étudiant en art pourrait faire ça. Ce n'est pas le genre de choses que mes clients recherchent.

— C'est bien ce que je pensais. Merci de m'avoir accordé cette rencontre.

Je commençai à rassembler mes fleurs sexy et monstrueuses.

— Je suis désolé, Sadie. J'ai gâché votre journée.

— Ce n'est pas grave, je vous assure. Ce n'est pas moi, ces fleurs. Ce coucher de soleil, si, et je comprends que SoHo n'est pas l'endroit pour exposer des tableaux de coucher de soleil.

— Vous voulez toujours qu'on déjeune ensemble ? Je pourrais vous donner quelques conseils sur l'orientation actuelle du marché.

— Non merci, je vais retourner dans le Connecticut.

Je lui serrai la main et je m'en allai.

C'était officiel, désormais. Je ne serais jamais une artiste en vogue.

Mais j'avais eu l'occasion de percer. Un grand galeriste qui avait aimé une de mes œuvres m'avait prié de lui présenter mon travail. C'était bien plus que ce qu'obtiennent la plupart des artistes, quel que soit leur talent, leur formation et leurs perspectives.

J'avais réussi. J'avais franchi les portes, et – à ma grande surprise – je n'en demandais pas plus. Je marchai d'un pas léger en trimballant mes toiles dans la rue. Je n'allais pas percer en tant qu'artiste, mais je n'avais pas non plus vendu mon âme au diable.

J'offrirais ces toiles en cadeau, j'en garderais peut-être une ou deux. J'en enverrais peut-être une au couple de lesbiennes, puisqu'elles avaient contribué à me donner cette chance aujourd'hui.

Mais, pour l'instant, je n'avais qu'une envie : rentrer chez moi. Je voulais retrouver ma maison, jouer avec ma chienne, m'asseoir sous mon porche déglingué et admirer le coucher de soleil.

38

John

Il sait ce qui se passe. Barb va devoir s'occuper de lui jusqu'à la fin de ses jours.

Il décline au lieu de se remettre, et il n'a toujours pas réussi à prononcer les bons mots. Le nom de fleur qui sauvera sa femme, les autres mots qu'il veut dire. Il faut que ses filles soient là, et Barb. Quand elles seront là toutes les trois, il doit être prêt. Il doit être là.

Or, c'est flou dans sa tête, et les sentiments ne s'accompagnent pas de mots. Il continue d'essayer, mais il roule sans cesse au pied de la montagne qu'il s'efforce tant de gravir. La neige est trop épaisse, et il est à bout de forces. Les jours passent sans qu'il s'en aperçoive. Parfois tout le monde est là, parfois il a l'impression d'être seul, parfois il dort, parfois il est dans la neige. Il faut qu'il dise les mots. Il doit parler à sa Barb du vieux temps.

Puis, un jour, il se réveille sur la terrasse, dans le fauteuil qui lui permet de garder les jambes droites. Il fait bon, et ses filles, sa femme et son amie à la voix chaude comme une pluie d'été sont toutes là.

C'est le moment parfait, il le sait. Cette occasion ne se représentera pas. Il le sait aussi.

Il attrape le bras de la personne la plus proche de lui. Juliet, son aînée, sa fille parfaite, et elle sursaute.

— Toi ! dit-il.

Il force sa bouche et son cerveau à collaborer. Le mot qui sort est « pierre », il est déformé et lourd.

Les femmes se consultent du regard pour essayer de comprendre.

— Une pierre ? répète Sadie. Tu as une pierre dans ta chaussure ?

— Non !

Il regarde à nouveau Juliet.

— Fiê. Fiê.

Il y a un silence et le mot lui échappe, le mot pour Juliet. John a les larmes aux yeux parce qu'elle n'a pas compris et que, maintenant, le mot est parti.

— « Fier », dit Barb. Il est *fier* de toi.

Elle a *compris*. Elle a compris ! John acquiesce, prend la main de Juliet et l'embrasse.

— Oh ! papa, s'exclama-t-elle.

Elle pleut, ce n'est pas le bon mot, mais il l'a rendue heureuse et triste. C'était son mot, et il le lui a donné, enfin.

Sadie s'agenouille devant lui et prononce des mots, mais ils se brouillent et se mélangent dans sa tête.

— Joie, dit-il en touchant le visage de sa fille cadette.

— Joie, répète-t-elle en hochant la tête. Oui. *Joie*.

John sent son cœur se gonfler, et ses yeux pleuvent aussi.

Encore un effort. La neige s'est arrêtée, mais les nuages sont lourds.

— Bar, continue-t-il, et sa femme s'approche.

Elle s'assied sur la chaise à côté de lui. Elle attend son mot, elle aussi.

La salle de bains. La porte fermée. Les pleurs. Pardon. Il aurait dû entrer et il ne l'a pas fait.

Mais les mots sont trop nombreux et trop difficiles.

— Rose, dit-il. Rose.

Le nom de fleur ! Il l'a enfin prononcé.

— C'est très gentil, John, répond-elle en lui tapotant la main, mais elle ne sait pas que c'est le mot qui va la libérer.

— Non ! Rose… pile.

Tout le monde se fige. La neige arrive, c'est pour ça que personne ne bouge ? Il a juste besoin d'un peu plus de temps.

— Rose Hill ? demande son amie.

Il acquiesce du plus fort qu'il peut. Sa tête vacille sur son cou. C'est un vieil homme maintenant. Il ferme les yeux juste une seconde.

— Qu'est-ce que tu veux dire, papa ? insiste Juliet. Tu veux vivre à Rose Hill ?

Il hoche à nouveau la tête.

— Et ne plus vivre ici ?

Sa grande fille veut que ce soit bien clair, il sait que c'est sa façon de faire.

Il acquiesce. Oh ! il est fatigué à présent, mais il force ses yeux à s'ouvrir.

Le visage de Sadie est tout plissé et triste. Juliet *pleure*, oui, cette fois, c'est le mot juste. Janet sourit de son joli sourire, avec ses cheveux de corde si soignés et tordus.

Mais il y a encore un mot que Barb doit entendre. Un mot de plus que John doit lui dire avant que la neige n'arrive, car il sait que la neige ne s'arrêtera pas cette fois.

— Barb, murmure-t-il en la regardant.

Il lui prend la main et la ramène contre son visage.

— Barb.

Désolé. Pardon. Aime.

— Divorce, dit-il, et il sait que c'est le bon mot.

Elles se mettent à parler, il entend leurs voix, mais il ne comprend pas ce qu'elles disent.

Ça n'a pas d'importance. Il sait qu'il a réussi. Il a dit les mots dont elles avaient besoin, et elles ont compris.

La neige arrive, et il tombe dedans. Elle lui paraît tiède et légère, maintenant qu'il sait qu'il a été à nouveau un père… que, pour la première fois depuis longtemps, et pour la dernière fois, il a été un bon mari.

39

Barb

John avait été admis à Rose Hill. Il y avait de la place pour lui et l'établissement acceptait toutes les caisses d'assurances et se chargeait des frais qui n'étaient pas couverts, grâce à sa dotation.

Il voulait *divorcer*. Après toutes ces années, alors qu'il avait plus que jamais besoin de moi, il me quittait. Je n'étais pas sûre d'être capable d'aller jusqu'au bout de la procédure, mais… j'avais les larmes aux yeux chaque fois que j'y pensais.

Quand les hommes trompent leur femme, ils confient à leur maîtresse que leur épouse ne les comprend pas. Le vrai problème, c'est qu'on les comprend. Et je le comprenais. John avait prononcé le mot « divorce » pour m'accorder la dernière chose que je voulais obtenir de lui. En prenant ma main et en prononçant ce mot, il reconnaissait que notre mariage était un échec, et il me libérait de mes obligations.

On dit qu'on ne fait jamais vraiment son deuil, mais j'avais l'impression de pouvoir faire celui de mon mariage.

Je ne savais pas si j'allais remplir les papiers, mais mon avocat avait insisté pour qu'on en discute. Pour des raisons financières, notamment.

De toute façon, même si on divorçait, je continuerais à m'occuper de lui, bien sûr. Je n'étais pas du genre à tourner le dos à un homme malade après cinquante ans de vie commune, quand bien même il m'avait trompée.

Quand on alla visiter Rose Hill, John refusa d'en partir. C'était un bel établissement. Aussi, quand je vis LeVon, je fondis en larmes.

— Je suis ravi qu'il vienne ici, dit-il en me serrant dans ses bras. Je vais pouvoir vous voir tout le temps.

Mon Dieu, quel réconfort !

Janet était là aussi : elle rendait visite à son frère quatre ou cinq fois par semaine. Le visage de John s'illumina quand il la vit, et je ne pus m'empêcher de secouer la tête. Ce n'était pas étonnant que ce vieux roublard se trouve une autre femme, même dans son état actuel.

Mais je lui étais reconnaissante de m'avoir rendu ma liberté. Je n'avais personne d'autre dans ma vie, évidemment, et je ne savais même pas si j'aurais un jour envie de me remettre en couple. Cependant, pour la première fois depuis des décennies, j'avais l'impression que mon mari me voyait vraiment et me comprenait.

LeVon avait suggéré que John commence par passer de temps en temps une nuit à Rose Hill pour s'habituer. Alors un soir, juste avant le week-end du Memorial Day et les festivités de l'anniversaire de la ville, je l'y conduisis, je l'installai dans sa chambre, puis je repartis. Revenir dans ma belle maison silencieuse fut plus dur que je ne l'imaginais.

Je sortis sur la terrasse et j'envisageai d'appeler les filles, mais je me ravisai. Juliet avait sa famille, et j'avais passé la soirée chez elle l'avant-veille. Et puis, c'était à ça que ressemblerait ma vie désormais. Calme et paisible, peut-être un peu solitaire. Mais agréable, aussi, ici sur la terrasse, un verre de vin à la main.

— Tu es là ? appela Caro.

— Sur la terrasse, lui criai-je.

— J'ai apporté du vin.

— J'en ai déjà, mais prends-toi un verre, mon chou.

Elle apparut une minute plus tard et s'assit à côté de moi.

— Comment vas-tu ? Ça s'est bien passé à Rose Hill ?

— Oh ! oui. Il a l'air de beaucoup aimer cet établissement.

— Mais toi, comment tu vas, Barb ?

Je souris, malgré les larmes qui me piquaient les yeux.

— Ça va. Et toi ? J'ai l'impression que ça fait une éternité qu'on n'a pas parlé de toi.

Elle soupira et s'adossa au fauteuil.

— Ted et moi, c'est fini pour de bon.

— C'est vrai ? Qu'est-ce qu'il s'est passé ?

Elle haussa les épaules.

— Est-ce que c'est insensible de ma part de reconnaître que je n'en sais rien et que ça ne m'intéresse pas assez pour chercher à comprendre ? On n'avait plus rien à se dire ces dernières années, et je me suis demandé pourquoi je me donnais tant de peine. Ce n'est pas comme si on était mariés.

— Il est triste ?

— Non. Il sort avec une femme de quarante-huit ans.

— Oh ! c'est dégoûtant.

— À qui le dis-tu.

Elle soupira à nouveau.

— Je vais peut-être prendre un appartement, Barb. La maison me semble trop grande depuis qu'il est parti.

— Viens vivre avec moi.

Elle sourit.

— On s'amuserait bien, hein ?

Je me redressai.

— Caro. Emménage avec moi.

Elle se tourna vers moi.

— Tu n'as pas envie d'être seule ? Après tout ce temps ? De rencontrer quelqu'un, peut-être ? De t'inscrire sur Tinder ? De t'envoyer en l'air ?

Ses suggestions me firent rire.

— Tu trouves que c'est mon genre ?

Je réfléchis une minute.

— J'ai beaucoup pensé au mariage ces derniers temps, Caro. À ce que ça signifie, à ce qu'est l'amour, les engagements, tout ça.

— C'est normal, tu as vécu des mois difficiles.

— Ce que je veux dire, c'est que… je ne suis pas lesbienne. Je ne crois pas, en tout cas. Non, j'en suis sûre. Tu es belle, évidemment, ne le prends pas personnellement.

Caro rejeta la tête en arrière et se mit à rire aux éclats.

Ma gorge se noua. J'avais toujours aimé son rire, son sourire, ses fossettes et ses yeux qui se plissaient, la faisant paraître quarante ans plus jeune.

— Caro, tu es l'amour de ma vie. Personne n'a été là pour moi comme toi. Tu es la meilleure amie du monde, la personne à qui je peux tout confier. Tu es capable me faire rire de tout, même de l'infidélité de mon mari.

Je me rapprochai et je lui pris la main.

— Je ne peux rien imaginer de plus agréable que de partager une maison avec toi.

— J'ai toujours trouvé la tienne plus belle que la mienne, admit Caro. Tu sais quoi ? Je vais y réfléchir. On pourrait peut-être faire un bout d'essai. Laisse-moi en parler à mes fils et voir ce qu'ils en pensent.

— Super.

On continua à se tenir la main, à écouter les oiseaux entonner leur chant du soir, en sirotant notre vin.

— L'amour de ta vie, hein ? répéta-t-elle.

— Une chose est certaine en tout cas, ce n'est pas John.

Elle rit.

— Alors je crois que tu es l'amour de la mienne, aussi.

— *Girl power*, comme disent les jeunes.

— Amies jusqu'au bout.

— Je t'aime vraiment.

Elle serra ma main.

— Je t'aime aussi.

Elle fit tinter son verre contre le mien.

— À la santé des colocs. Après tout, on s'en fiche de savoir ce que mes fils en pensent, non ? Mais je te préviens, j'apporte mon fauteuil violet.

— Tu as intérêt. Je l'adore.

On papota jusqu'à ce qu'il fasse nuit et que les moustiques s'intéressent à nous, puis on rentra.

« Partenaire de vie », « compagne de longue date », « meilleure amie ».

De si beaux mots.

L'amour n'a pas besoin d'être charnel pour serrer quelqu'un dans ses bras. Il n'est pas nécessaire que le cœur s'emballe ou que des papillons s'envolent dans le ventre. L'amour peut être simplement ça, des rires qui s'élèvent dans une nuit chaude, le confort qu'on ressent quand on est exactement qui on est avec la personne qui nous connaît intimement.

40

Juliet

Elle s'attendait à détester s'occuper des détails, des aspects légaux, de l'administration. Elle se trompait. Tout était si différent quand il s'agissait de son propre cabinet d'architectes.

Frost/Alexander avait ouvert trois semaines après son départ de DJK, la semaine avant le congé du Memorial Day, fin mai. Juliet ne serait peut-être jamais amie avec Arwen, mais elles formaient une bonne équipe : Arwen faisait le buzz ; quant à elle, sa réputation était une garantie de fiabilité. Elles avaient engagé trois autres architectes à l'essai et avaient déjà six clients. Des projets plus petits que des terminaux d'aéroport et des gratte-ciel à Dubaï, mais ce n'était que le début de leur aventure.

Les bureaux étaient installés à Mystic, ce qui était plus près pour elle. DJK Architects était logé dans un bâtiment épuré et austère ; Frost/Alexander avait élu domicile dans un bâtiment victorien de trois étages avec des vitraux et d'impressionnantes bibliothèques. Juliet avait engagé Noah pour créer de nouvelles ouvertures et réparer le porche d'entrée, mais elles occupaient déjà les lieux. Arwen quittait son loft à New Haven, et Juliet lui avait recommandé un agent immobilier. Kathy passait deux semaines à Napa, en Californie, avant de commencer.

— Kathy est un peu verte que tu sois l'associée principale, l'avait prévenue Arwen au cours d'un dîner qui avait scellé la naissance de leur agence. Mais c'est comme ça. Nous avions besoin de ton expérience. Et pour être franche, j'ai trouvé que tu faisais preuve d'un fameux culot en exigeant que ton nom passe en premier.

Elle haussa un sourcil et ajouta :

— C'est une attitude que j'admire.

— Très bien, répondit Juliet. Je t'admire aussi, Arwen, de te mettre à ton compte aussi jeune. Tu es impressionnante.

— Commandons une bouteille de champagne, proposa Arwen. Pour nous féliciter mutuellement.

— On devrait peut-être attendre que Kathy puisse se joindre à nous ?

— On en commandera une autre à ce moment-là.

Arwen fit signe au serveur.

— Apportez-nous une bouteille de votre meilleur champagne.

— Attention au budget, murmura Juliet.

— Apportez-nous une bouteille de votre champagne le moins cher, corrigea Arwen.

Elles rirent. Et le champagne bon marché… eh bien, il n'était pas mauvais du tout.

Quelques jours plus tard, Juliet vit Kathy débarquer chez elle à l'heure du dîner.

— Il faut que je te parle, annonça-t-elle d'une voix ferme.

— Bien sûr. Entre, viens dire bonjour à Oliver et aux filles.

Elle conduisit Kathy dans la cuisine.

— Bonsoir, Kathy, fit Sloane.

C'était la plus chaleureuse de ses deux filles. Elle ressemblait énormément à Sadie.

— Bonsoir, Kathy, répéta machinalement Brianna en levant à peine les yeux de son devoir de maths.

Comme moi avant, pensa Juliet en souriant.

— Kathy ! s'exclama Oliver. Ça fait plaisir de te voir ! Je te sers un verre ?

Oliver était un amour mais, parfois, il ne se rendait absolument pas compte de ce qui se passait. Le visage de Kathy portait déjà tous les signes de la colère, et elle ne répondit même pas. Elle posa les mains sur les hanches et la fusilla du regard. *C'est parti*, se dit Juliet. *Deux femmes qui vont se sauter à la gorge*. Elle inclina la tête, attendant que l'orage explose.

— Comment *oses*-tu t'installer dans mon cabinet ? gronda Kathy.

Elle ne prêta aucune attention au fait que les filles étaient à table et la dévisageaient.

— C'était *mon* bureau d'architectes ! C'est *moi* qui étais censée être l'associée d'Arwen ! Qu'est-ce que tu lui as dit ? Comment tu as fait pour t'imposer ?

— C'est Arwen qui m'a demandée, répondit Juliet avec calme.

— Elle t'a demandé de travailler *pour* nous. Pas d'être une des nôtres ! Associée principale ? C'est ridicule ! Je n'ai pas donné mon accord !

Juliet haussa un sourcil (elle y arrivait à nouveau, Dieu merci, les effets du Botox s'étaient estompés).

— Ça pose un problème, alors, étant donné qu'Arwen et moi pouvons te mettre en minorité.

— Espèce de salope. Tu veux toujours être la star. Tu pètes plus haut que ton cul et tu…

— La ferme ! aboya Brianna. Comment oses-tu parler à ma mère comme ça ? Et d'un, c'est une des meilleures architectes du pays, et de deux, tu es dans notre maison. Barre-toi.

— Oui, va-t'en, renchérit Sloane. Tu es méchante. Et impolie.

Oh ! quel sentiment délicieux ! Juliet sentit son cœur se gonfler de fierté, de chaleur, d'amour et de surprise. Ses filles la défendaient bec et ongles contre les attaques d'une brute.

— Merci, mes chéries.

— Mes filles ont parfaitement raison, Kathy, déclara Oliver. Je vais te raccompagner.

— Je vais le faire, chéri, intervint Juliet.

Mais Kathy sortait déjà à grands pas, en soufflant comme un vieux tracteur. Juliet la rattrapa dans l'allée alors qu'elle ouvrait la portière de sa petite Mini Cooper.

— Kathy, attends. Pourquoi est-ce que tu es fâchée comme ça ? On a très bien travaillé ensemble pendant toutes ces années.

Elle se retourna, les poings sur les hanches.

— Bon sang, Juliet. C'est à toi que je voulais échapper ! Tu as eu du mal à supporter qu'Arwen soit la coqueluche de la profession ces deux dernières années ? Oh ! tu es trop supérieure pour l'admettre, mais je savais parfaitement ce que tu ressentais. Parce que j'avais dû l'endurer pendant quinze ans.

Juliet cligna des yeux.

— On ne fait pas du tout la même chose, Kathy.

— Ah oui ? Je ne savais pas. Vas-y, explique-moi.

— Honnêtement, je ne vois pas où est le problème, répliqua Juliet.

— Eh bien, ce n'est pas à moi de t'ouvrir les yeux. Réfléchis simplement à ce que je vais te dire. J'ai « travaillé » Arwen depuis son arrivée chez DJK : je l'ai coachée et je lui ai murmuré à l'oreille qu'elle était douée, et c'est moi qui lui ai obtenu la moitié des interviews pour arriver exactement au résultat que je voulais atteindre : qu'elle quitte DJK et m'emmène avec elle. Mais, non, il a fallu que tu te pointes à la dernière minute et que tu exiges d'avoir ton nom imprimé sur la porte. Le cabinet était censé s'appeler « Alexander/Walker ».

— Ce n'est pas ce qu'Arwen m'a dit.

Juliet dévisagea Kathy. Elle lui sembla tout à coup un peu pathétique avec ses cheveux rouge cerise et ses talons hauts qui devaient lui massacrer les orteils.

— Kathy, je crois que tu as sous-estimé Arwen et qu'elle t'a aussi un peu manipulée.

— Vous avez toutes les deux agi dans mon dos.

— Non, Kathy. Si tu n'es pas capable de te défendre, ne rejette pas la faute sur quelqu'un d'autre. J'ai posé mes conditions à Arwen, et elle les a acceptées. Elle était clairement en position de décider. Bon, si ta crise de colère est terminée, j'aimerais bien que tu restes avec nous. Sinon, nous devrons nous séparer.

Et il faudra trouver un nouvel associé, pensa Juliet.

Brett, peut-être. Ou Elena.

— J'ai déjà dit à Dave que j'envisageais de revenir chez DJK.

— Alors je te souhaite le meilleur, répondit Juliet, et elle était sincère.

Tous ces déjeuners ensemble, toutes ces conversations, voir leurs enfants respectifs grandir… ça comptait beaucoup pour elle. Mais pas pour Kathy, apparemment : celle-ci lâcha un ricanement méprisant et monta dans sa voiture. Qu'elle fit démarrer sur les chapeaux de roue.

— Je ne l'ai jamais vraiment aimée, déclara Oliver quand Juliet revint dans la cuisine.

Il sentit qu'elle était encore un peu triste et la prit dans ses bras.

— Je ne l'ai jamais aimée non plus, renchérit Sloane.

— Moi non plus, compléta Brianna. Elle était tout le temps jalouse de toi, maman.

La vérité sort de la bouche des préadolescents… parfois, du moins. Juliet sourit à son aînée et, petit miracle, Brianna sourit en retour.

— Je propose qu'on aille prendre une glace ce soir, déclara Juliet, ce qui lui valut les applaudissements de ses deux filles.

La vie était belle. Son couple avec Oliver se portait mieux que jamais, et ce n'était pas peu dire. Les filles étaient merveilleuses, même si Brianna continuait à tirer la tête et à être tributaire de ses hormones, et que Sloane allait sans doute passer par là aussi. Barb aurait un quotidien plus facile quand John serait à Rose Hill. Quant à ce dernier… eh bien, Juliet n'avait pas pardonné à son père.

Peut-être qu'elle ne lui pardonnerait jamais. Peut-être que certains actes ne devaient pas être pardonnés.

Mais c'était trop lourd d'être en colère, et Juliet sentit son ressentiment s'envoler, là, dans le soleil de cette soirée de mai. Elle avait son propre cabinet. Arwen et elle trouveraient un nouvel associé. Elle aimait son mari et ses filles, sa mère et sa sœur. Il y aurait encore des moments difficiles et tristes, mais elle s'en sortirait.

Elle était la fille de sa mère, après tout.

41

Sadie

« Joie ». C'était le mot que mon père m'avait attribué, extrait avec tant d'efforts des profondeurs de son cœur et de son cerveau. Je savais que c'était sa façon de me dire que je lui en avais procuré, mais j'espérais malgré tout que c'était plus encore.

Que c'était peut-être un conseil.

Depuis que j'avais quitté Stoningham à dix-huit ans, j'avais couru après le moment où tout dans ma vie s'emboîterait comme je l'avais rêvé. Mais ça ne s'était jamais produit, au fond. J'aimais beaucoup enseigner, j'aimais mes petits élèves, mon école, New York et ses richesses infinies, je ressentais un peu de fierté que mes peintures canapés paient mes factures. Je m'étais bâti une vie pas mal du tout dans la Grande Pomme. Une vie solide, une vie heureuse.

Mais la joie, c'était tout à fait autre chose.

La joie, c'était une soirée tranquille à contempler le coucher de soleil, à caresser les oreilles soyeuses de Pepper, à rire de ses idioties. La joie, c'était peindre un de ces maudits tableaux de ciel. Papoter avec mes nièces. Prendre soin de mon père. Envoyer ma mère et ma sœur à Boston. La joie, c'était ce moment où le dauphin et sa maman avaient nagé autour de mes jambes avant de filer vers le large. La joie, c'était marcher dans les rues de New York le nez en l'air, toujours en l'air, pour admirer l'architecture magnifique, et le ciel, en respirant l'odeur de la ville, en écoutant le bruit constant de la circulation et des langues exotiques, en s'imprégnant de cet élan de vie, de ces millions d'existences qui tourbillonnent autour de moi.

La joie, c'était être avec Noah : la première fois que je l'avais vu avec ce magnifique bébé attaché à son torse, la fois où je l'avais irrité alors qu'il réparait ma chaudière, notre promenade sous une pluie de cerisiers en fleur, et enfin notre baiser après des années de séparation.

Mais, même si j'aimais Noah Pelletier, je ne voulais pas de la vie qu'il menait. Je ne savais toujours pas quelle vie je voulais. Un peu de tout, je crois, alors que Noah voulait beaucoup d'une seule chose. Il voulait un foyer, une compagne qui soit toujours là, plus d'enfants, et qui aurait pu le lui reprocher ? C'était de beaux objectifs.

J'étais presque sûre de ne pas vouloir de cette vie-là. Oh ! j'aimais mes nièces, j'aimais le petit Marcus, j'aimais entendre Mickey parler des horreurs et des enchantements de la maternité. Mais, au fond de mon cœur, je n'étais pas sûre d'être taillée pour ça. Ma mère m'avait comparée un jour à un papillon : elle disait que je volais vers tout ce qui brillait et attirait mon attention, elle n'avait pas tort.

Pourtant, je n'étais pas sûre de vouloir mener une vie de papillon. Ils ne vivent pas très longtemps, il me semble.

Quelques jours après mon rendez-vous chez le galeriste new-yorkais, j'étais allée à la quincaillerie pour acheter du plastique afin de boucher un nouveau trou dans la toiture. Quand j'avais surgi dans le rayon, j'étais tombée sur Noah en train de choisir une mèche de perceuse. Il n'avait pas réussi à cacher sa surprise.

— Salut, me lança-t-il.

— Salut.

Mes entrailles furent envahies de chaleur, mon cœur vibra de ce magnifique rouge écarlate qu'il était le seul à pouvoir susciter.

— Ça s'est passé comment à New York ?

— Oh… c'était… ça n'a rien donné. Mes toiles ne correspondaient pas à ce qu'il cherchait.

— Alors c'est un imbécile.

Je ris un peu.

— Un imbécile très influent.

Il m'examina un moment.

— Je suis désolé, Sadie.

— Non, ce n'est pas grave. J'ai déjà entendu ça des centaines de fois. Deux cents. Cinq cents, peut-être. Bref. Comment vas-tu ?

— Bien.

Il ne semblait pas vouloir poursuivre la conversation.

— Bon, fis-je. Ça m'a fait plaisir de te voir. Je t'aime.

Merde.

— Je le pense. Je veux dire, tu le sais. Bref. Passe une bonne journée.

Je m'éclipsai avant d'aggraver la situation et j'allai voir mon père.

Il n'avait pas reparlé depuis le fameux jour. C'était très dur d'admettre enfin que mon père était cet homme en face de moi, qu'il se trouvait en un lieu que je ne pouvais ni atteindre ni voir. Peut-être qu'il ferait de nouveaux progrès, mais j'avais l'impression que tout ça était terminé.

Rose Hill lui réservait une chambre dans la nouvelle aile. À une demi-heure à peine de Stoningham. Je lui rendrais souvent visite. Cela ne m'empêcha pas de pleurer à chaudes larmes.

— J'envisage de rester à Stoningham, papa, lui annonçai-je.

Son expression ne changea pas.

— Je pourrais trouver une place de prof ici. Continuer à produire des peintures pour canapés, aller à New York de temps en temps, laisser mon appartement sur Airbnb. Je ne sais pas. Peut-être pas Stoningham, parce que ce serait difficile de voir Noah, tu comprends ? Peut-être une ville proche, comme Mystic ou Old Lyme.

Je soupirai. Même en me parlant à moi-même, je n'arrivais pas à me décider.

Hasan m'avait dit ce que j'avais toujours su. Que mes tableaux du ciel n'avaient rien de spécial. Pas pour le monde de l'art new-yorkais, en tout cas. Que n'importe quel étudiant en première année d'art pouvait les faire. En effet, ce n'était pas très difficile, techniquement parlant.

— Je ne suis pas une artiste talentueuse, papa, avouai-je, les larmes aux yeux.

Il ne répondit pas. Alors je me calai dans le fauteuil contre lui et je posai la tête sur son épaule. Son bras vint m'entourer, comme au bon vieux temps, mais pour une fois – pour la première fois depuis son AVC – je ne cherchai pas à en obtenir plus. Parfois, on a juste besoin d'un bras autour de soi.

— Merci, papa, chuchotai-je.

Je la ressentis à nouveau : la joie. Douce et paisible à présent. Mon père m'aimait. Nous étions en mai. J'avais une chienne adorable et tant de possibilités s'offraient à moi. La joie serait l'élément déterminant de ma vie. Être dans les endroits qui me faisaient chaud au cœur, réaliser les choses qui me faisaient du bien et m'épanouissaient, passer du temps avec les gens qui me faisaient cet effet. Arrêter de me prendre la tête et me contenter de « c'est pas mal » ou de « ça me suffit pour le moment ». Je trouverais le moyen de faire de la joie le moteur de mon existence, parce que la vie pouvait basculer à chaque instant. Une bête chute de vélo, et on pouvait finir avec le cerveau endommagé.

— Merci de m'avoir remonté le moral, papa.

Mon imagination me jouait peut-être des tours, mais il me sembla qu'il me serrait plus fort.

*

À la fin du mois de mai, à l'occasion du week-end du Memorial Day, Stoningham célébrait son 350e anniversaire. Gillian, ma mère et les nombreux bénévoles avaient abattu une quantité de travail incroyable. La fête était magnifique.

La journée commença par un défilé. J'avais amené Pepper, parce qu'elle adorait voir du monde, et elle remuait joyeusement la queue dès qu'on croisait quelqu'un. Je m'étais retrouvée à la dernière minute dans l'équipe des bénévoles – la personne chargée du char de l'école maternelle avait pété un câble, jugeant que c'était trop de responsabilités, et ma mère m'avait proposé de la remplacer. C'était vraiment un boulot à ma mesure : des enfants, des décorations artistiques, un projet à réaliser à la dernière minute.

Un défilé dans une petite ville a quelque chose d'attendrissant. Les quelques anciens combattants de Stoningham, dont certains étaient très vieux, très dignes, passaient en décapotable, saluant la foule de leurs mains noueuses sous les applaudissements émus des habitants. Les volontaires de la Garde nationale, l'air sérieux dans leurs uniformes, les suivaient. Ma mère, magnifique dans un tailleur pantalon bleu avec un foulard rouge, et les conseillers municipaux venaient ensuite, puis le clergé de la ville – le rabbin Fierstein, dont la fille s'asseyait à côté de moi dans le bus à l'école primaire ; le révérend Bateman, qui nous lisait le livre pour enfants *L'Arbre au grand cœur* le dimanche de Pâques ; le séduisant prêtre catholique.

Après, il y avait les enfants : les scouts, le club de voile, les groupes de musique du collège (dont Brianna à la trompette), les louvettes (Sloane, mignonne à croquer dans son uniforme, me lançant « Salut, tatie » comme si elle ne m'avait pas vue quelques heures plus tôt).

Puis arrivait mon char, luxuriant comme un jardin, décoré de centaines et de centaines de fleurs en papier crépon (elles n'avaient rien de vaginal, celles-là). Tous les petits, déguisés en oiseaux, portaient (ou enlevaient) les becs et les ailes que j'avais fabriqués en papier mâché. C'était adorable. J'avais écrit sur la banderole

« Volez, petits oiseaux, volez ! », et les lettres étaient formées par les empreintes de leurs mains. Comme je l'ai dit, ce char, c'était mon truc.

J'aperçus Noah, Mickey et Marcus de l'autre côté de la rue. Mickey m'adressa un signe de la main, puis décocha un coup de coude à Noah, qui fit de même.

On ne s'était plus parlé depuis l'épisode maladroit à la quincaillerie. Je comprenais sa position. Son fils avait besoin de stabilité, Noah aussi, et je n'étais pas quelqu'un de stable. L'amour ne suffit pas pour qu'un couple marche. Il faut être assortis en quelque sorte, désirer les mêmes choses. Je n'avais jamais rêvé d'avoir cinq enfants. Je n'étais pas sûre d'en vouloir, d'ailleurs. Je n'avais jamais vraiment su ce que je cherchais, à part être peintre.

J'avais tout de même de la peine en le regardant. Je l'aimais, mais je ne le rendais pas heureux, et c'était une douleur terrible que je ne savais pas comment guérir. Je caressai Pepper pour me rappeler que je n'étais pas seule au monde.

Après le défilé, les boutiques et les entreprises de Water Street offraient des boissons et des collations sur le trottoir, pour encourager les gens à se promener. Il y avait même des bols d'eau à la disposition des chiens. Sheerwater, cette splendide maison qui appartenait désormais à la ville, était ouverte au public toute la journée ; le Club de jardinage organisait des visites guidées et proposait un thé à l'anglaise accompagné d'un goûter. Il y avait une petite régate (nous étions dans le Connecticut, après tout). La vente aux enchères pour récolter de l'argent au profit des bourses d'études se déroulerait en soirée.

Je passai du temps avec mes nièces, laissant Oliver et Ju aller prendre le thé pour que mon beau-frère puisse avoir sa dose d'atmosphère british. Puis les filles finirent par avoir trop chaud. Comme elles en avaient assez, on alla chez mes parents se reposer un peu. Je les installai dans mon ancienne chambre et je leur mis des gants de toilette imbibés d'eau froide sur le front, comme le faisait ma mère quand j'étais enfant.

— Reposez-vous, mes petites, dis-je.

Elles sourirent, même si elles étaient déjà grandes. Papa dormait en bas, il était rentré de sa nuit à Rose Hill. Pepper avait filé se pelotonner à côté de lui, en bonne chienne qu'elle était.

Mon père n'avait jamais été un bon mari. Il ne fallait pas être un génie pour le deviner. Ces dernières semaines, j'avais surpris les regards échangés entre ma mère et Ju, et entendu quelques chuchotements.

Je commençais à comprendre que mon père avait sans doute eu une liaison. Honnêtement, je ne voulais pas le savoir. Ça n'avait plus d'importance à présent. C'était toujours mon père. Il avait libéré ma mère de ses obligations, ce qu'elle n'aurait jamais fait toute seule.

Je l'observai un temps, ce vieil homme dont les sourcils étaient devenus broussailleux.

— Tu es un type bien, papa.

Il n'était peut-être pas parfait comme je le croyais avant, mais il était bon quand même. Je pouvais encore l'aimer, et il méritait cet amour.

J'allai chercher les ciseaux et je lui taillai les sourcils.

Ce soir-là, Brianna, Sloane et moi allâmes au parc municipal pour la vente aux enchères, qui était l'événement phare du week-end. Gillian était là, elle courait dans tous les sens comme une poule sans tête et posait des questions à ma mère toutes les trente secondes. Je discutai avec quelques-unes des femmes que j'avais rencontrées à la fête de Juliet – Emma London, Beth, et Jamilah Finlay, celle qui avait d'adorables petits garçons. Il y avait aussi Ju et Oliver, qui se donnaient la main. Ils étaient tellement bien assortis, ces deux-là. J'étais contente pour ma sœur. Ollie me tapait sur les nerfs de temps en temps, mais, honnêtement, si son seul défaut était de trop sourire, alors je devais admettre que c'était un type incroyable. Les filles coururent vers leurs parents.

— Reste avec nous, me proposa Ju.

— Non, merci. Je me sens mélancolique et j'ai envie de broyer du noir.

— T'es bizarre, observa Brianna.

— Tu peux parler.

Elle sourit.

— À plus tard.

Je me dégotai un endroit sous un arbre d'où je pouvais suivre la vente aux enchères. Certains des gros lots proposés valaient une fortune, car les estivants de Stoningham jouaient à qui débourserait le plus. C'était pour une bonne cause – des bourses d'études accordées aux familles à faibles revenus – et c'était généreux de leur part, mais quand même. « Une semaine dans notre maison de dix chambres à Jackson Hole, majordome inclus ! Les enchères débutent à deux mille cinq cents dollars. » « Un dîner avec Lin-Manuel Miranda après une représentation de la comédie musicale *Hamilton* ! Les offres commencent à cinq mille dollars. » (Si j'avais eu de l'argent à dépenser, j'aurais tenté de remporter ce prix-là, mais la réfection de mon toit était prioritaire.) « Conception d'une annexe pour votre maison, offerte par le cabinet Frost/Alexander, mise de départ : sept mille cinq cents dollars. »

On ne m'avait pas demandé de faire de don. Cela aurait été gênant d'offrir un tableau que ma sœur aurait acheté par pitié.

— Bonsoir, Sadie ! Est-ce que tu donnes des cours de peinture ?

Je me retournai en entendant la voix. C'était Emma London.

— Oui. Ça t'intéresse ?

— Hou là, non. Je veux dire, je me suis fait virer des soirées peinture et vin, tu sais ? Des bonshommes en bâton, c'est le mieux que je peux faire.

Elle sourit.

— Je pensais à des leçons pour une petite que je connais. Elle a quatre ans et elle est un peu remuante.

— Bien sûr. Je pourrais lui donner des leçons. J'ai été prof d'art en école primaire.

— Génial ! Merci, Sadie. Tiens, je te présente mon compagnon. Le père de ton élève potentielle, Miller Finlay. Tu le connais ?

Évidemment que je le connaissais. Miller possédait Finlay Bâtiments, et Noah avait fait un stage chez lui au lycée. On discuta du fait qu'à Stoningham on était toujours à maximum deux poignées de main de quelqu'un, puis ils s'éloignèrent. Un couple sympa.

Les enchères marchaient du feu de Dieu. Le dîner avec Lin-Manuel fut adjugé pour seize mille dollars. La vache.

Puis je vis Noah. Il portait un tableau.

Ma peinture.

Les nuages que je lui avais offerts pour la Saint-Valentin il y a si longtemps.

Il la posa sur un chevalet avant de reculer, et ma poitrine s'ouvrit en deux.

Le commissaire-priseur consulta ses notes.

— Eh bien, chers amis, c'est au tour d'un lot qui ne figure pas dans le programme imprimé. Une peinture à l'huile originale de Sadie Frost. Très jolie. Sadie est la fille de notre maire, je crois. Elle travaille comme… prof, c'est ça ? Professeur d'art ! Formidable. Commençons les enchères à… cent dollars ? Cent dollars, puis-je avoir cent dollars ? merci, monsieur. Cent cinquante, qui va me donner cent cinquante ? merci, madame. Deux cents, deux cents ?

Noah vendait ma peinture. Non. Il la donnait. Il s'en débarrassait. Il la… merde, il la jetait parce que, c'était quoi l'idée ? Elle ne déclenchait pas l'étincelle du bonheur ?

Il avait gardé mon tableau pendant des années. Il avait rompu avec sa fiancée à cause de lui, et maintenant il le jetait à la poubelle.

Je me levai pour partir, la vue brouillée par les larmes. Bon sang. Pourquoi ne pas brûler ma maison ou me poignarder ? Au moins, ça se serait joué en privé et pas devant toute la ville assemblée.

— Trois cents, trois cents, merci, je peux en avoir quatre cents ? Quatre cents, s'il vous plaît ?

Tout à coup, ma mère fut à côté de moi.

— Où vas-tu ? me demanda-t-elle.

— Je vais… voir papa.

— C'est ta peinture, ma chérie !

— Je sais.

— Tu dois rester. Ne fais pas l'idiote.

Elle m'attrapa la main et me força à rester.

— Quatre cent cinquante, quatre cent cinquante, merci, madame.

Noah se tenait toujours à côté de mon tableau, il me regardait droit dans les yeux.

Il se passait quelque chose. Je n'étais pas sûre à cent pour cent de ce que c'était, mais la flamme rouge brûlait dans mon cœur, et ses yeux sombres ne me quittaient pas.

— Mille, s'il vous plaît, mille, poursuivit le commissaire-priseur. Merci, monsieur, très bien, je peux avoir mille cinq cents ?

— J'aimerais pouvoir enchérir sur cette offre, ma chérie, il est très joli, me confia ma mère.

— C'est pas grave, maman.

Mais c'était une délicate attention. C'était peut-être la première fois qu'elle complimentait sincèrement mon travail sans me dire qu'il n'était pas ancré dans la réalité.

— Deux mille, deux mille pour le monsieur en chemise bleue. Est-ce que j'entends trois ? trois mille, trois, merci, je passe à quatre maintenant…

Des gens, des inconnus, enchérissaient sur mon tableau. Et les sommes étaient énormes. Je ne savais pas si je devais rire ou pleurer. C'était le tableau de *Noah*.

— C'est génial !

Juliet nous avait rejointes.

— Tu arrives à y croire, Sadie ?

— Dix mille dollars, merci, monsieur, puis-je en avoir onze, onze mille pour une toile originale de Sadie Frost ? merci, madame. Ai-je entendu douze ?

Purée. C'était le double de ma peinture pour canapé la plus chère.

Il se passait quelque chose, c'est sûr.

Noah quitta le podium et fendit la foule sans me quitter des yeux un instant.

— Quinze mille, quinze, merci, monsieur. Puis-je avoir dix-sept, dix-sept mille…

Il s'arrêta juste devant moi.

— Tu donnes mon tableau, murmurai-je.

Il acquiesça.

— Je voulais que tu voies comme il est beau. Ce type à New York, il n'y connaît rien.

— Mais il est à toi.

Mes lèvres tremblaient légèrement.

— Tu m'en feras un autre.

Il se glissa derrière moi et me murmura à l'oreille :

— Regarde, Sadie. Regarde ce tableau et combien de personnes le veulent. Il est beau. Il rend les gens heureux. C'est toi qui fais ça, ma merveille.

— C'est pour une bonne cause, chuchotai-je, fascinée par les enchères.

— Hé, me signala Juliet, le dîner avec Lin-Manuel est parti pour moins cher que ça.

— Mon Dieu, comme c'est palpitant, s'exclama ma mère. Oh ! les Stanley viennent de proposer vingt mille dollars, Sadie ! Chérie ! Je suis tellement fière de toi !

Je me mis à pleurer.

— On devrait peut-être s'éloigner discrètement, maman, suggéra Juliet.

— Pourquoi ? Est-ce que tu… Oh ! d'accord. Mais pas trop loin. Ça va, chérie ? me demanda ma mère.

Je hochai la tête en m'essuyant les yeux.

— Vingt-deux mille ! Vingt-deux mille… une fois ! Vingt-deux mille… deux fois ! Dernière chance d'enchérir sur ce magnifique original de Sadie Frost… ? Adjugé à l'homme à la chemise bleue !

La foule applaudit à tout rompre.

Noah me fit pivoter vers lui et laissa les mains sur mes épaules. Ses grandes mains chaudes et viriles.

— Sadie, j'ai regardé ce tableau tous les jours depuis que tu me l'as offert. Il fait partie de moi, maintenant.

— Alors pourquoi l'as-tu mis en vente ?

— Parce que je voulais te prouver de quoi tu es capable. Comme tes peintures sont magnifiques. Je ne suis pas le seul à être de cet avis.

— Mais tu ne l'auras plus.

Un petit sanglot s'échappa de ma gorge et je me couvris la bouche.

— Ce n'est pas grave. C'était l'ancien nous. Ce tableau me torture depuis des années, il me rappelle que je n'ai jamais aimé que toi.

— Eh bien, tu es maso alors, de l'avoir accroché à ton mur. Tu aurais mieux fait de le brûler.

— Pas du tout. Être en colère contre toi était bien mieux que de ne pas t'avoir du tout. C'était un moyen de te voir tous les jours. Mais, ma merveille, je ne peux plus faire ça. Je ne peux pas te garder et je ne peux pas te laisser partir encore une fois. Je t'aime. J'aime que tu sois peintre. Ton travail est important et beau et… et magique. Tu viens de le voir. Si tu dois être à New York, je comprends. On peut s'arranger. Je veux que ça marche entre nous. Je suis amoureux de toi depuis que j'ai quinze ans. Je refuse de tout gâcher à nouveau.

Il me sembla que je pleurais. Oui. Je pleurais bel et bien. Ma mère et ma sœur nous observaient en souriant.

— Je ne veux pas avoir cinq enfants, précisai-je. Je ne sais pas si je veux en avoir.

— J'ai déjà l'enfant le plus génial du monde, et il a la mère la plus géniale du monde.

— Je vis dans une maison toute tordue qui n'a pas passé l'inspection.

— Je peux arranger ça. Ou tu peux m'épouser et venir vivre chez moi.

— J'ai un appart à New York.

Je me voilais les yeux de la main.

— Tu pourras y passer autant de temps que tu veux. Je viendrai même te rendre visite quand tu voudras.

— Est-ce que tu ne viens pas… de me demander en mariage ?

— Si. Pour la troisième fois, je précise.

Il souriait.

— Tu es sûr, Noah ? chuchotai-je.

Il posa un genou par terre, et les gens autour de nous poussèrent des exclamations attendries. Quelques personnes sortirent leurs téléphones.

— Tu es mon chez-moi, Sadie. Je n'aurais pas dû essayer de faire que tout se passe comme je le voulais. Épouse-moi. Deviens la belle-mère de mon fils. Deviens ma femme. Va à New York si tu veux, mais reviens à la maison, Sadie Frost. Je t'aime de tout mon cœur.

Je fixai ses yeux si sombres. Ils débordaient d'amour, de bonheur et… d'assurance.

— La troisième fois, c'est la bonne, répondis-je. Oui, Noah Pelletier, je veux t'épouser.

Puis je l'embrassai, passai les doigts dans ses cheveux bouclés. Je ressentais tellement d'amour, de *joie*. Le mot que mon père m'avait adressé était la clé de tout.

Chez moi n'avait jamais été un lieu. Noah, mon beau ténébreux, était mon chez-moi, mon cœur, ma joie. Je l'avais toujours su, en mon for intérieur, et maintenant j'allais l'assumer et construire ma vie sur ce socle solide.

Épilogue

Barb

Deux ans après son installation à Rose Hill, John mourut. Dans son lit. Avec Janet.

Elle m'avait expliqué qu'ils n'avaient pas de relations sexuelles. Ils appréciaient juste dormir ensemble. Je la croyais sur parole. Ça me faisait chaud au cœur de penser qu'il était mort aux côtés d'une femme qu'il aimait, qui l'aimait tel qu'il était, et qui ne l'avait jamais connu autrement.

J'étais donc veuve, désormais. Je n'avais jamais divorcé. Je n'avais pas pu me résoudre à signer les papiers. J'avais Caro, qui avait emménagé presque aussitôt que je le lui avais proposé. Je ne savais pas qu'on pouvait être aussi libre, heureuse, et s'amuser autant dans la vie. Je n'avais pas eu besoin de divorcer, car je n'avais pas envie de me lancer dans une nouvelle relation. J'avais remporté un nouveau mandat de maire, ce qui voulait dire que je travaillerais encore pendant deux ans au moins, et cette perspective me réjouissait.

Tout allait pour le mieux entre Juliet et Oliver, et Brianna et Sloane me procuraient une joie immense. Je les voyais encore plusieurs fois par semaine, pourtant… les choses avaient un peu changé. Juliet était toujours ma fille adorée, mais elle s'était affirmée. Elle était plus détendue désormais, et je devais admettre qu'elle n'avait plus autant besoin de moi qu'avant. C'était très bien comme cela. C'était merveilleux, même. Les filles mettaient leurs parents à l'épreuve, et Juliet s'en sortait comme une championne. Son cabinet marchait du tonnerre. J'étais très fière d'elle.

Noah et Sadie se marièrent à peu près un mois après la vente aux enchères. On organisa une petite cérémonie dans le jardin, chez moi, sous la direction de Caro en officiante. Brianna et Sloane étaient demoiselles d'honneur, et les parents de Noah étaient venus d'Ottawa. Des gens sympas. Même la petite chienne de Sadie avait pris part aux festivités, elle avait mangé un peu de gâteau avant l'heure, mais ce n'était pas grave : nous avions simplement tourné la pièce montée pour couper les parts sans que ça se voie trop.

Maintenant, le petit Marcus m'appelait aussi « mamy » et venait souvent en courant à la mairie pour me faire un câlin quand Noah passait remplir des papiers au service d'urbanisme. Mickey était une sacrée boute-en-train, et c'était une habituée de nos réunions de famille. Elle prenait plaisir à nous taquiner, Caro et moi, en nous accusant d'être des lesbiennes qui s'ignorent, et ses commentaires nous faisaient beaucoup rire.

Sadie avait tenu sa promesse de transformer sa petite maison. Bien sûr, sa sœur était architecte et son mari charpentier, mais c'était elle qui avait fait presque tous les travaux, et le résultat était charmant. Son ami Carter et son mari l'avaient acheté comme résidence secondaire et y organisaient souvent de belles fêtes. Caro et moi y étions toujours invitées.

Sadie avait ouvert une galerie d'art à Stoningham. La galerie Frost. Elle y exposait ses propres œuvres et quelques sculptures et photos d'autres artistes. Les estivants en raffolaient. C'était une autre façon d'étendre la renommée de notre nom de famille. Le cabinet Frost/ Alexander, et maintenant la galerie Frost. Sadie vivait avec Noah, même si elle allait à New York quelques jours par-ci, une semaine par-là. Ma fille était un petit oiseau : elle quittait souvent le nid, mais finissait toujours par revenir. Noah l'accompagnait parfois à New York, et Caro et moi demandions alors à accueillir Marcus pour une nuit ou deux. Ces soirs-là, on acceptait qu'il reste dans la baignoire jusqu'à ce que ses doigts soient tout fripés, puis on le câlinait et on lui faisait la lecture en embrassant ses boucles foncées.

Le Club de jardinage avait proposé qu'un jardin de la propriété de Sheerwater porte mon nom. On y installerait des parterres de plantes qui fleurissent en hiver, comme cela le Frost Garden, le « jardin du givre », porterait bien son nom. C'était un honneur, et j'étais très fière de mes filles, de moi et de notre nom : les femmes Frost étaient impressionnantes.

Lorsque John était décédé, je m'étais sentie plus triste que je ne m'y attendais. Je savais que cela allait arriver. Les petits AVC l'avaient affaibli, et maintenant qu'il était parti pour de bon, je me souvenais de certains épisodes de notre mariage que j'avais oubliés.

Ils dataient de toutes ces années où je luttais contre l'infertilité… j'avais passé une nuit horrible. J'avais pleuré dans la petite salle de bains de notre maison de Cranston et j'avais fait couler le robinet pour que John ne m'entende pas, comme il ne pouvait de toute façon rien changer à la situation. J'étais gênée d'être si chagrinée à cause d'un phénomène sur lequel je n'avais pas prise. J'étais abattue, comme tous les mois, et je savais que ce sentiment d'impuissance devait l'épuiser, c'est pour cette raison que je le cachais du mieux que je pouvais.

Mais le lendemain matin, John m'avait préparé du pain perdu saupoudré de sucre en poudre, mon petit déjeuner préféré. J'avais découvert ce plat pendant notre lune de miel et j'avais tellement raffolé du sucre en poudre et des fraises en tranches que John avait ri de mon bonheur.

Et ce jour-là, un matin comme un autre où nous devions tous les deux aller travailler, il avait préparé du pain perdu avec du sirop d'érable chaud, du sucre en poudre et des fraises en tranches.

Je n'avais jamais repensé à ce petit déjeuner mais, maintenant, ce souvenir et bien d'autres jaillissaient de ma mémoire.

L'amour, ce n'est pas toujours un sentiment qui emplit la pièce ou le cœur. Parfois, c'est ce qui s'insinue dans les interstices. Je n'aurais jamais imaginé que mon plus grand amour serait ma meilleure amie. Ni qu'un jour je trouverais la vie papillonnante de Sadie aussi agréable à regarder. Ni que j'aurais un petit-fils qui n'était pas techniquement le mien, ou que ma famille s'agrandirait et inclurait la maman lesbienne du bébé de mon beau-fils, ou encore la femme qui partageait le lit de mon mari le jour de sa mort.

Mais tous ensemble, nous formons une famille.

Et je n'en changerais pour rien au monde.

Remerciements

Chez Berkley, ma profonde gratitude à ma formidable éditrice, Claire Zion, pour son œil vif et son grand cœur. Et au reste de la brillante équipe de Berkley : Ivan, Christine, Jeanne-Marie, Craig, Erin, Diana, Bridget, Jin, Angela, Anthony et tous les membres des équipes artistique, commerciale et marketing.

À mon agente, Maria Carvainis, qui a façonné ma carrière avec dévouement, enthousiasme, et une vision à long terme. Merci, madame.

Merci à Mel Jolly, qui se souvient toujours de ce que j'oublie et sait ce que j'ignore, et qui est par ailleurs une personne adorable.

Merci à ma stagiaire drôle, intelligente et travailleuse, Madison Terrill, pour ses initiatives et ses bonnes idées durant les deux étés qu'elle a passés à travailler pour moi.

Je n'avais aucune idée du sujet de ce livre jusqu'à ce que je m'isole un mois à Cape Cod dans le froid de l'hiver avec pour seule compagnie mon ordinateur et mon brave chien. Merci à la propriétaire qui m'a loué sa magnifique maison, à Luther, le chien le plus fidèle et le plus doux qui soit, qui m'a obligée à sortir tous les jours pour le promener ; à Ivan, et sa casquette des Red Sox et sa dent en or, qui a participé avec moi au sauvetage d'un dauphin par un jour de tempête et de froid, et aux professionnels des animaux marins si compétents, et encore à Ivan qui nous a ramenés en voiture Luther et moi, alors que j'étais trempée et couverte de sable.

Mon affection et ma gratitude vont aussi à ma sœur, Hilary Higgins Murray, qui écoute si bien et m'a appris comment régler les problèmes d'un manuscrit : en coupant dedans. Et ça marche !

À Laura Francis, maire de ma ville, merci de m'avoir expliqué l'énorme travail que représente cette responsabilité.

Au personnel du Gaylord Specialty Hospital, merci pour les informations qu'il m'a fournies sur les AVC et les lésions cérébrales.

À Stacia Bjarnason, merci pour le temps qu'elle m'a consacré, ses excellents conseils, son amitié et les éclats de rire que nous partageons.

À Jackie Decker, ma sœur de cœur, merci d'avoir partagé avec moi ses connaissances sur la peinture et le monde de l'art.

Merci à Terence Keenan, l'amour de ma vie et mon meilleur ami, réuni en une seule et même personne adorable.

Merci à Flannery et à Declan, qui sont exceptionnels et merveilleux, et remplissent mon cœur d'amour chaque jour.

Et merci à vous, lecteurs, de me consacrer du temps.

Composé et édité par HarperCollins France.

Achevé d'imprimer en mai 2022

FIRMIN-DIDOT

à Mesnil-sur-l'Estrée (Eure)

Dépôt légal : juin 2022.

Pour limiter l'empreinte environnementale de ses livres, HarperCollins France s'engage à n'utiliser que du papier fabriqué à partir de bois provenant de forêts gérées durablement et de manière responsable.

Imprimé en France